關中麵師

赵军锋 著

新 华 出 版 社

图书在版编目（CIP）数据

关中面师 / 赵军锋著 . —— 北京：新华出版社，2024.4
ISBN 978-7-5166-7385-0

Ⅰ．①关…　Ⅱ．①赵…　Ⅲ．①长篇小说—中国—当代
Ⅳ．① I247.5

中国国家版本馆 CIP 数据核字（2024）第 081785 号

关中面师

作者：赵军锋
出版发行：新华出版社有限责任公司
　　　　（北京市石景山区京原路 8 号　邮编：100040）
印刷：北京通州皇家印刷厂

成品尺寸：170mm×240mm　1/16　　印张：27.25　字数：377 千字
版次：2024 年 5 月第 1 版　　　　印次：2024 年 5 月第 1 次印刷
书号：ISBN 978-7-5166-7385-0　　定价：78.00 元

微店

视频号小店

抖店

京东旗舰店

微信公众号

喜马拉雅

小红书

淘宝旗舰店

扫码添加专属客服

一 **这**一年的冬天来得特别早，拖得特别长，冻得特别狠。

门外的臭椿树被冻得一天到晚瑟瑟发抖，脆弱的枝条在呼啸的北风中僵硬地摇来摆去，像木偶跳大神。偶尔在树上歇脚的寒鸦飞去，枝条便带着一声微微的呻吟，"啪"地一声掉落下来，又砸在树底下雪水冻成的冰坨子上，弹两下，无声无息地滑到土地上去了。

接二连三下的几场大雪，像厚厚的棉被把房顶罩得严严实实。偷偷摸摸融化的雪水，在房檐上被冻成了一尺多长的冰柱，像是冰帘子挂在窗外。尖尖的柱头利剑一般倒悬地面，诡秘中萧杀冷峻。

太阳刚刚露头，就被冻住了脚步，粘在斜空一动不动。几根光线蛛丝一般软弱无力，在铺天盖地的冰冻中无可奈何。

刘挽钩被病折磨得几乎一夜未眠，黎明时分刚刚合眼，才屁大个工夫，就又醒来了。

他在炕上蜷缩了一冬。刚开始还挣扎着下地来活动身子。慢慢地，除了在炕上翻翻身子外，连下炕的力气都没有了。

火炕被烧得滚烫，刘挽钩身上盖着厚被子，怀里抱着老羊皮还不住地颤抖说："我说，这炕到底烧了没有？身子底下冰凉冰凉的，像是把我扔到了冰窖里。能不能多填点柴火？省下一把半把麦糠做啥用？"

老婆灯芯一边下炕一边系大襟棉袄的扣子："我一晚上煨了三回炕，两平底笼麦糠都用完了。老二孝福都被烫得睡到厦子房炕上去了，你还说炕不热。我说，你是病得身子没有底火了，再叫先生来把把脉，换个方子试一试。"

刘挽钩从被窝里伸出手来摆着说:"先生治病不治命。我这是命到了。你赶紧烧炕去。"

灯芯用白布裹了脚,下了炕,趿拉着棉窝窝往外走说:"等会儿烧完炕,我给你做一碗拌汤。热热乎乎喝了,或许能强一些。你等着些。"

灯芯往炕眼儿里煨了几把麦糠,关上炕眼门起身要走,想了想,又顺手扯了几根房檐下堆着的干树枝,打开炕眼门塞进去,又用火拐子往里推了推,眼见得炕洞里火苗儿呼呼冒起来,这才又关上炕眼门。

她站起身,看了看房顶上的烟囱。只见一股黑烟从烟囱里"呼呼啦啦"往上蹿,又被北风打散了。

灯芯正要回身,却见黑烟在半空被风吹成了一个扁圆形。图形的中间出现一个奇怪的人像,大铜瓢脑袋,光光的没有一根头发。两只眼睛一睁一闭,长长的鼻子尖儿耷拉在嘴边。咧到耳根子的大嘴巴,露出两颗獠牙。一对儿蒲扇大的耳朵垂下来,遮住了半个脸。

灯芯慌慌张张就往回跑。

到了炕跟前,却见她老汉刘挽钩已经滚到了炕沿边上,脸色黄白瘆人,一只手搭在配墙上似乎是要起身。

灯芯被吓得叫唤起来:"娃他大,你这是咋了?"

灯芯站在炕沿下,双手使劲把刘挽钩往里推,一边一屁股坐上炕去。

刘挽钩双眼紧闭,吭吭哧哧地说:"刚才,我看见一个人,光头,鹰钩鼻子,大耳朵,穿着白袍子,把我从炕上往下拉。我不去,他就把我放到炕沿上走了。"

灯芯瞬间明白了刚才看到的烟雾人是咋回事,惊慌得五官都变了形说:"不得了!你说的那个人,和我刚才在半空中看到的烟雾人一模一样。只怕是不干净,有啥哩。我这就叫人喊玄师来,作个法,拿了它。"

灯芯话音未落,就见刘挽钩微微睁开眼说:"甭胡乱折腾了,不顶用的。我的病我不知道,我的命我心里明白得很哩。你赶紧把娃娃们都叫到跟前,我有话说。赶紧的!"

两口子生了三个男娃儿。老大娶了媳妇另过，老三给他三大家顶了门儿。只有老二孝福，还没有成家，跟着他们过活。

　　灯芯听到老汉这样说，心里一阵发紧。

　　她知道大势已去，一切都不顶用了。不由流下泪来说："老大、老三就在村子里，寒冬腊月的，多半儿都没有出门。我这就去叫。只是老二给董村财东家做厨活，一大早穿着套裤背上褡裢子走了。我唤人叫他回来。"

　　刘挽钩吃力地点点头说："快去！快去！妈日的是，阎王爷也是个怪�货。哪里有白天红日勾魂的？"

　　灯芯急急忙忙出去叫人。临走，看了一眼老汉，眼神酸楚不已。

　　刘挽钩其实是有大号的。只是因为他一生都在给人做厨活，又使得一手好挽钩，才得了这个雅号。

　　关中人家有个红白喜事，筵席以肉为大菜。厨师手段高低，主要是看大肉做得怎样。一般厨师善使刀，褡裢子里面插着剔骨刀、剁骨刀、剜肉刀、利耳刀、两尖圆背刀等各种各样的菜刀。刘挽钩别出心裁，除了一把常用切菜刀，褡裢里插着五把挽钩。长的接柄二尺，短的无柄三寸。大的弯钩四指，小的直头八分。

　　厨师接手，头一道工序就是煮肉。骨头剁成一拃长的节节，肥膘切成手掌大小方块在大锅里煮半晚上，期间不断加各种作料，生熟咸淡全靠观察品尝。

　　一大锅骨头带肉，捞起来就靠挽钩了。厨师瞅准一块肉，一挽钩下去顺手一带，一块肉就飞出来了。这块肉被送到厨师嘴边，瞬间被连咬带闻，火候就已经了然。火候到了的就被放在案板上。厨师对烧火的人喊一声："压火！"烧火的停了风箱，釜底抽薪。

　　要是厨师默不作声，这块肉又被扔回到锅里，烧火的就吹风添柴，继续着已经半晚上的活计。

　　火候到了的肉，晾到半热半凉，就要被切成各种形状。方寸的叫作"尖尖子"，筷子厚的肉片叫作"面面子"，都要装在蒸碗里备用。

刘挽钩装碗也是用他的宝贝挽钩，小号挽钩在他手里上下飞舞，面前一排蒸碗就被依次装上肉。"尖尖子"连刀接皮，"面面子"形似初月。

据说，刘挽钩秘不传人的绝活，就是肉块上的挽钩洞了。有的肉块两个洞，有的一个洞。有人虚心请教，说一样的肉，为啥洞数不一？

刘挽钩故弄玄虚地回答："你说说，一样的人，为啥有的人穿一件棉袄就过冬，有的人不穿羊皮不过冬？"

有好事者闲得慌，亲手做了试验，偷偷把刘挽钩弄好的肉块区分开来。一个洞的放在一起，两个洞的放在一块，一样的上锅蒸，结果蒸出来的肉味道差着天地。

问其中门道儿，刘挽钩说："一样的人口渴了，有的人一碗凉水喝个饱，有的人两碗凉水不解渴。嘿嘿，这就是门道儿。"

刘挽钩手艺高，毛病也多。蒸肉要用松木锅盖，切猪头肉要用杜梨木案板。

只要是他用挽钩背狠狠地敲打锅盖或者案板，那就是说材质不对，需换了才行。

好在用得起刘挽钩的，都是大户人家。锅盖、案板成龙配套，应有尽有。

话说灯芯出去叫人，半袋烟的工夫，他大儿子刘孝喜风风火火破门而入，皂色棉袍裹着一身寒气。

刘孝喜来到炕前大嘴大嗓门喊着："大呀，你这是咋了？我妈说你就快不成了？"

刘挽钩喘着气说："快！叫老二回来！"

刘孝喜说："好办得很哩！我刚刚得了一头骡子，烟熏毛色，长腿杆子，脸盆蹄子。我这就骑上它，一鞭子到董村。驮上老二，一缰绳就回来了。你睡着些，我这就走了。"

老大刚走，灯芯就带着老三刘孝贤来了。

老三长得白白净净，说话慢慢腾腾。他抬屁股坐到炕沿上，拉着刘挽钩的手说："大呀，你这手咋冰凉冰凉的。你等下，我叫了黄店子张先生。你这病只怕是要箍帮换底哩。非猛药不能回春。"

老三读过私塾，识文断字也算半个先生。

刘挽钩努力地摇摇头说："你甭走，等老二回来我有话说。"

老三说："不到药石无方，不说回天乏力。我昨个听说黄店子张先生赶早就要来村里刘财东家给他妈号脉，这会儿应该到了。我叫人到刘财东家等着。他那边一来，先到咱家。刘财东家是尽孝续命，咱家里是救人水火。轻重缓急，张先生自会把握。"

说话之间，本家亲戚刘普君带着张先生进门了。

张先生给刘挽钩把了把脉，起身对灯芯使了个眼色说："借一步说话。"

这句话很轻微，却没想还是叫刘挽钩听见了说："我心里明镜儿一样哩。我气数到了，刚才都看见勾魂的了。先生有啥话，当面说。不要紧的。"

张先生安慰刘挽钩说："你安心养病，我命人外出求药，脾肾两虚，非大补不能回春。"

出了屋子，张先生面色凝重地说："君臣反目，佐使逃逸；药匿深山，石遁无形。"

别人都听不懂张先生的话，只有老三说："先生一言，破壁穿底。去年以来，家父承蒙先生屡次相救，顶风冒雪在所不辞。大恩大德，容当后报。诊金药资，笔笔上账，还容宽限奉送。"

张先生对送他出来的灯芯和老三说："散脉已现月余，鄙人无能为力。恕我直言大限不过三五日。准备后事吧。至于诊金，减半收取。一年半载，不在话下。告辞！"

灯芯听了个大概，又问老三到底先生的话啥意思？

目送张先生后背，老三说："风中蜡烛日中霜。我大只怕是这两天就不成了。"

说完，母子俩掩面痛哭。

却听得屋里传来刘挽钩一阵紧似一阵咳喘声。

5

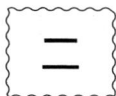

二 **刘**挽钩在炕上死熬硬撑，苦苦等待儿子们到跟前来交代后事。

太阳终于爬到一树高的时候，亲戚们陆陆续续来到家里。他们都听说刘挽钩只差一口气就阴阳两重天了，也就没有了多余的话。看过病人，默默地在一边叹气。

灯芯吩咐老三刘孝贤把火盆扇旺，放到外屋地上，板凳儿、草墩儿放了好几个。众人纷纷说："赶紧办正经事，我们站一会儿就成了。"

老规矩，分家分产、交代后事仅仅是儿子们的事情。媳妇儿只能远远地站着，连凑到跟前的份儿都没有。

说快也不慢。老大刘孝喜和老二刘孝福前后小跑着进门来。老二一头扑到炕上就哭了起来。

老大刘孝喜眉飞色舞地显摆他的烟熏色骡子："好家伙，一尺厚的雪，平蹚。两人二百多斤，轻省。来回五里地，撒欢儿。要是换了驴来，还不得压趴下？这还是事情紧走得急。要是有一升豌豆给它嚼嚼，还不得飞起来……"

也许是回光返照，刘挽钩这时竟然抓着老二的胳膊坐了起来，脸上有了血色，喘气也匀实一些了。

刘挽钩瞟了一眼灯芯，灯芯知趣地躲到一边去了。

刘挽钩咳嗽几声，嗓子眼儿一阵呼呼噜噜。

刘挽钩四下趔摸，正好和刘孝喜四目相对。刘孝喜赶紧把扬起的胳膊放下，两步跨到炕沿前，一抬腿坐稳当。

刘挽钩开口说话，语气平和就像拉家常一样："我说，我这一病，小半年了。原指望吃几服药就缓过来了，没承想老天爷放不过咱。罢了罢了，林子常见千年树，世上难寻百岁人。我活了六十二岁，比你爷爷还多活两年，够本了。寻思着我也就这一半天的活头儿了，棺材寿衣我就不操这份心了，反正能省就省，别拉太多饥荒，省得我到那头也不得安生。

"老大，我先叮嘱你几句。你逞强好胜，见了怂人压不住火。狐朋狗友、酒肉弟兄、不三不四、吊儿郎当，我没少管你，都不顶用。事到今个，也不指望你——都改了。你记住，穷汉、寡妇、老人、小娃不许欺负。不许打家劫舍、拦路挡道、坑蒙拐骗，也不许当土匪贼娃子。你要是正正经经种地做买卖，最好不过。我给你说，不怕穷，就怕懒。不怕硬，就怕软。你也就三十来岁，现学手艺都来得及。木匠、泥瓦匠的你学不来，跟上老二学几年厨活，也能混饭吃……"

刘挽钩这里一本正经规劝，刘孝喜早就不耐烦了说："大呀，不是我小看你。你给人做了一辈子厨活，挣了几个钱？地没有置一分，房没有盖一间。这点家业还是老祖宗留下的。别的不说，你给党睦村做了半个月厨活，得了一块光洋，半道上还被强人抢了去。你给王家洼做十天厨活，到末了一个子儿也没要到，还差一点被讹上。给财东家做活挣不下钱，给官家做活也是半个子儿不得。嘿嘿，工钱被当作税钱扣了。妈日的，这世道好人不好活，恶人赛神仙。看到没有？我不耍刀子了，有这个了。老炮筒子给我做的，地道货。独撅，七九枪子，五十步能打死牛。妈日的，谁不让我过活，我也不让他活过。"

说着，刘孝喜"唰"的一声，从后腰拔出一把手枪来。黄亮亮的枪把，黑油油的枪筒，半尺长的牛皮枪挂摇来晃去。

刘挽钩看这阵势，知道老大的二毬脾气上来了，气得浑身哆嗦，一指头点过去，胳膊僵硬在半空，连咳带喘忙活不过来。

老二一看，说声："不得了！"赶忙给他大揉心口。

老三不紧不慢地说："其鸣也哀，其言也善。床前教妻，炕前教子。听父指教顺为孝，养老送终善莫大。大哥，火气伤肝，暴戾伤身。少说几句吧。"

老大看自己把父亲气成这样，也有点后悔。心想：半辈子没听他的话，临了就听几句吧。

这样想着，老大把手枪又别到后腰，嘴巴动了动，却没再说话。

刘挽钩慢慢缓过来了。他知道再多的话对老大都是一风吹，也就打消了规劝的念想，换了话茬给老二交代："老二，你厚道老实，吃苦肯学，祖宗传下来的这门手艺就靠你了。这几个月来，我思来想去，觉得以后你还是要学面点。我这可不是叫你走歪门邪道。老大刚才说的话，也有几分道理。为啥哩？你大我做了一辈子厨活，还是穷得叮当响。不是说这门手艺不养人，是这个世道它不容人。咱这个地方，打我成人起，连年灾荒，兵荒马乱。年馑一年接一年，就没断过。民国十八年遭年馑，一年两料没收成，半青绿豆拿线穿，十粒绿豆一块钱。人都饿死一大片，谁还有心思过红白喜事？好容易盼来个风调雨顺平和年，不是闹土匪就是打乱仗，绿衣裳黄衣裳，灰衣裳黑衣裳，今天你打我，明天我打你，就没消停过。天下不太平，买卖就做不起来，婚丧嫁娶也就讲究不起来。这五六年来，我一年就有大半年没活干，长工短工混口饭吃。扯远了，还是说眼前的事。我寻思着，光做红案肉食，不是个办法。咱这地方人爱吃面食。男女老幼都爱吃面条。你要是把面条做好了，做得和常人不一样，也许能撑起个门面来。你想啊，进城的，赶车的，扛包的，拉炭的，谁不吃饭都不成。又不能随身带着锅。大鱼大肉吃不起，一毛半子儿的面条总能吃得起吧？有人吃，就有生意。记住，做面条，可不是家常擀面，要做扯面裤带面。我早早留心过，面条这东西，西拉东扯，各有门道。西府讲究拉面，东府讲究扯面。拉面掺和多筋道少，扯面筋道多掺和少。要是想办法把这两样长处揉到一起，叫面条既筋道又掺和，要是成了，开个馆子不愁没有回头客。

"平日里我和几个做面食的老人手学过几招。当然，人家也不会教我绝活儿。我就知道，做扯面，和面揉面门道深得太。东府和面放盐，西府和面放灰。这两样东西我给它揉到一起，拿了个样方，还有一些作料配方，画了图形，用纸包着，你妈知道在啥地方放着。办完了我的后事，你朝你妈要，多琢磨琢磨，没事了练练手，一年半载也就差不多了。揉面太难了，难就难在你不知道成色。我画的图形，很简单，你一看就懂。这里边有个道道，叫作横三竖四。面没有揉到向上，就有三道横着的面筋。揉

8

好了，就变成四道竖着的面筋。咋看哩？把面拍成片儿，放到太阳底下照，就能看见。当然，也不是谁都能看见，得老手才成。扯面，最好的吃法就是油泼，赖作料胜过好臊子。我想着姜末葱丝辣子粉，上面放作料，用热油泼，还起了个名字叫'油泼辣子五味面'。放啥样的作料好？我还没有琢磨透。你跟上我做厨活，炝肉该放啥作料你都知道了。可是，这些作料用到扯面上，就不灵了。不仅不香，还有股邪味儿，也不知道咋回事。我讨教过很多人，都不知道门道。或者说是人家知道了也不给我说。这就和咱家炝肉作料密不外传一样。张先生来给我看病，我不管三七二十一就向人家讨教。也是病急乱投医。没想到，张先生一句话提醒了我，说是药食同理，相生相克，君臣佐使。邪味要靠臭味克。啥臭味能克邪味？我没找到方子。来不及了，来不及了！把他的，老天爷不促红咱么。往后全靠你了。"

刘挽钩说着不由泪流满面，老二一把鼻涕一把泪说："大呀，你这一辈辈苦得很、累得很，病成这样还惦记着给我想活路，我真是太笨太懒了，咋就没发现你这么用心劳神，我……"

这里伤心得说不成话，那里老三却有点着急说："时日无多，去日苦多。大呀，好歹给我叮嘱几句，也不枉你我父子一场。"

刘挽钩哭了一会儿说："老三，你过继给你三大，一心一意给人家当儿子。好在同门同祖，不用更名换姓。也多亏你三大。不对！是你大哩。你大省吃俭用供你念书，咱家好歹出了个读书人。你记住，虽说我和你妈生了你，却没有养你，你的亲大亲妈就不是我们了。两家人，过两家日子，柴米油盐要分清，银钱手续不糊涂。没有你大你妈许可，一根柴火棒都不能往这边拿。另外，有句话我可能说不得，也不知你……"

老三赶紧说："一日为师，终身为父。况且你是我的生身父亲。你说得，我也听得。"

刘挽钩满意地点点头说："那我就说了，轻重你甭谈嫌。你识文断字，脑子好用，满村里没几个人比得上你。可是，我还是觉得，老老实实好，踏踏实实好。脑筋好用是长处，用得太多就是短处了。有些人脑子是不太灵光，可是，天下也没几个真正的笨人。我的话，不知道你能不能听进去？"

老三涨红了脸忙说："心存善良，忠厚传家。工于心计，身败名裂。这道理我还是懂得一些的。大你放心就是了。"

刘挽钩说这一番话，似乎用尽了平生的力气。他开始大汗淋漓，浑身抽搐身子往后一倒说："话说完了。老大，你给你媳妇说道说道去。你们都走吧，叫你妈来。"

老大拔腿就走。

灯芯到了跟前，和刘挽钩对视，眼泪汪汪。

灯芯说："老天爷呀，你咋这样偏心眼儿。你叫我老汉走到我前头，他享福去了，留下我活受罪。我……"

灯芯大哭，众人落泪。

正在这时，老大刘孝喜媳妇田豆颗不管不顾闯过来大声嚷嚷道："你这当阿公的心眼儿太多。我们两口子光溜溜出门，白手起家过日子。今个你把话说清楚，谁还欠着你的工钱？欠多少？你把名字和钱数说出来。别人讨不回来，我们去讨。说好了啊，谁讨回来归谁，也算你给后人留下作念。你都是要烧倒头纸的人了，还不给我们交实底儿，想留给谁？哼！"

刘挽钩本来精疲力尽，老大媳妇这一闹事，就更气得上气不接下气，脑袋挺了挺，头却怎么也抬不起来。

刘挽钩看了灯芯一眼。灯芯明白用意，擦擦眼泪说："老大媳妇，听我说两句。能欠咱家工钱不还的人，都是恶人硬人和官家，要不就是军爷吃粮的。你们去要钱，只怕是钱要不回来小命就没了。听我一句话，保命要紧，钱以后慢慢挣。"

田豆颗这里还没摁下去，老大刘孝喜又蹿了上来，手里挥舞着"独撅"手枪骂道："哪个狗日的敢欠钱不还，冲我的枪子儿说话。妈日的，他不怕死我就不怕埋。大，你说！你赶紧说！"

一阵乱乱哄哄，众人纷纷拉扯相劝。却听老二号啕一声说："大呀！快醒醒！你不能这么就走了呀！"

众人朝炕上望去，只见刘挽钩双目圆睁，嘴巴大张，脖子直挺，双拳紧握。只是脸色灰暗。

灯芯赶忙拿了一撮棉花放到刘挽钩鼻子底下，棉花纹丝不动。

灯芯给她老汉合眼睛说："闭上眼，你先走，我后头就来了。你甭走远啊，要等着我呀……"

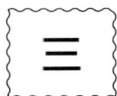

三 刘挽钩入土为安，对别人也就是个伤心和怀念而已。对于老二刘孝福，算是留下了许许多多的包袱，包袱里满满当当都是解不开的谜团。

夜里，刘孝福在油灯下看他大留下来的图形，只见钩钩叉叉满纸，有的还画上了植物叶子、根茎和果果，看了半晚上还是看不明白，气馁地对他妈灯芯说："妈呀，我大不识字，画的这些图形云里雾里的，我弄不懂。难死我了，咋办呀？"

灯芯在油灯下纳鞋底子，听老二这样问，停下手里的活儿说："就算你大识字，给你写个一张半张的，你核桃大的字不识一升，你不是也看不懂符号？怪就怪咱家穷，念不起书。要是当初他给你三弟说明白了，也就省事了。你三弟毕竟识文断字脑子好。哎！，鸡叫头遍了，你也该歇息了。明个再看不迟。"

刘孝福说："心里烦缠，躺下了也睡不着。看把人难成的。"

看儿子这样难成，灯芯心疼了说："看把我娃作难成啥样了。你大要是再活个一年半载的就好了。唉！这都是命。"

刘孝福说："妈呀，我一直弄不明白，我大放着好好的红案大厨不当，非要做面食。做面食倒也罢了，蒸包子、烙油馍、炸油条的做啥不好，偏偏叫我学做扯面。学扯面就学扯面，葱花面、荤素臊子面也成呀，非要来个油泼佐料调和面。真是叫人摸不着头脑。"

灯芯说："你大给人做了一辈子厨活，啥人没见过？啥事没经过？他琢磨的事情，自有他的道理，你照着来就是了。你大最大的心事，就是想开个馆子，正正经经有个生意做，也就不用风里来雨里去满世界赶趟给人熬活了。听你大的没错。"

刘孝福说："妈呀，我倒不是不想学扯面。我还是不明白，我大琢磨扯面，也不是一天半天了，为啥平日里不给我说，偏偏等到人不成了才给我交底？为啥呀？"

灯芯一边打开铺盖一边说："你还不知道吗？你大一贯办事稳当，没有把握的事情轻易不吐口。他还没有弄个一清二楚，咋给你交待？再说了，你刚成年，你大说你嘴上没毛，办事不牢。怕你把半拉子事情说出去，就不好弄了。是个这，你先睡觉，明个再看不迟。我寻思着，你大在世的时候，和张先生说过几回扯面的事情，张先生还给出了不少主意。你得了空，请教一下张先生，或许能有个窍道儿。睡吧。"

刘孝福高兴得一拍大腿说："对对对，张先生是个神人，没准能帮我。妈呀，你真有办法。睡觉。明个一大早就去寻张先生。去晚了，只怕是人家就出诊了。可是，妈呀，咱家还欠着人家的诊金，见了人家，我张不开嘴咋办？"

灯芯笑着说："张先生人好，不会为难你的。你去你的，诊金的事情他不问就罢了。他若问起，你就说我妈和我哥正在想办法哩。"

第二天天刚麻麻亮，刘孝福就起身穿衣。下炕来，套上棉套裤，蹬上棉窝窝，穿上老棉袄，又在腰里扎上了白布腰带，收拾褡裢子就要出门。

灯芯把老羊皮放到炕沿儿说："穿上你大的老羊皮，暖和些。你快去快回，路上甭耽搁。世道不稳当，我担心哩。对了，罐子里有四个鸡蛋，你拿上权当给张先生的见面礼。东西不贵，是个人心。你路上把要请教的事情理出个条条道道来，省得见了张先生说不明问不清。"

刘孝福嘴里答应着出了大门。

天刚刚大亮，大街上行人稀少。刘长路老汉背着粪笼拿着粪叉子在拾粪，看见刘孝福急匆匆走路问道："我说，一大早你匆匆忙忙的做啥去？得是又给哪个财东家做厨活？嘿嘿。有手艺就是好，会厨活美得太哩。大鱼大肉尽管咥。"

刘孝福嘴里哼哼哈哈地搭着腔，一边急急赶路说："好我的叔哩些，不在一行不知道一行的苦处。你忙着，我到黄店子去。"

一辆骡车伴随着"嘚嘚"的蹄子声走了过来。赶车的打着响鞭，把车赶得飞快。

车子将要和刘孝福错身的刹那，车窗帘子被打开了，一个声音高叫着："老二，你这是往哪里去？"

刘孝福侧身一看，骡车停了下来，老大刘孝喜戴着狗皮帽子从车窗里探出头来对他说话。

刘孝福说："哥呀，你这是从哪里来？到哪里去？咋这么早赶路？你也黑了是不是没回家？"

刘孝喜说："嘿嘿！马财东也黑了到小郭村打牌，我护卫。这不，赢了钱，我护送他回家。车上有人，不方便你坐。你这是去哪里？"

刘孝福说："我去黄店子寻张先生，讨个方子来。你走你的，车子不顺路。"

刘孝喜说："你寻张先生，是不是咱妈身子不美气？"

刘孝福说："咱妈身子好着哩。我寻张先生，是讨个作料配方。你赶紧走着些，甭耽搁东家的事情。"

刘孝喜说："是这向，咱们家还欠着张先生诊金，迟早要还人家的。给，这几张票子你拿着，够不够的回头再说。"

说着，递过来几张钞票。

刘孝福接过钱大喜说："正是时候。哥呀，这钱算我借你的。等我有了钱，还你。"

刘孝喜说："还不还的也就那样。反正你大也是我亲大。对了，钱的事情千万别给你嫂子说。就是个这，走些。"

赶车的把式吆喝一声"嘚起"，骡车叽里咕噜地走了。

刘孝福出了北门，插斜路、过瓦窑，就到了十字路口。再往北，就是钱铒村。过了钱铒村，两里地就是黄店子了。

刘孝福一眼就瞅见十字路口有两个人，一男一女。男的高高大大，女的瘦小单薄。两个人吵吵嚷嚷的似乎在吵架。

走到跟前，女的说："这个兄弟，问个路，到周家村是往东还是往西？"

刘孝福正要答话，却见那个男人恶狠狠地骂道："你个贱货！赶紧走些，要不然一刀捅死你。"

说着，瞪了一眼刘孝福说："不关你的事，走远些！"

刘孝福有点害怕，哆哆嗦嗦指着路说："往周家村向东走，五里地。往西是店马村。你们好好说话，甭打锤骂仗。我走了。"

刘孝福心里想着赶紧躲开是非，也就赶忙转身走了。刚走开几丈远，就听得背后女人哭喊："你到底把我带到哪里去？周家村在东边，你为啥叫我往西边去？西边是店马村。你是不是要把我卖到窑子去？"

刘孝福没敢回过身看，继续走路。不过，脚步明显慢了下来。

背后传来厮打声和叫骂声。突然，背后的男人"哎呀"一声惨叫，女人"救命！救命！"地喊着。

刘孝福不得不回过身去。他刚刚转过身，就看见那个女人一嘴的鲜血，向刘孝福跑来喊："有土匪，救命呀！"

那个男人左手血淋淋的。看见女人跑了，也不追赶。撩起棉袍大襟，拔出一把黑乎乎的手枪来，一扬手，"啪"的一声炸响，只见女人嘴里"妈呀妈呀"叫着，身子摇摇晃晃倒了下去。

男人骂着："该死的贱货！"提溜着手枪，一溜小跑地闪了。

女人躺在地上，鲜红的血从大腿根灰色棉裤的破洞里流了出来，染红了地上的积雪。

刘孝福吓得脸如土灰，呆若木鸡直愣愣看着女人，不敢靠前一步。

女人"妈呀妈呀"叫唤着，一边喊着："救命救命！好人救我命！"

刘孝福稳了稳神，看见那个开枪的男人已经远去，才慢慢向女人走来。

走到跟前，刘孝福手足无措，不知道该从哪里下手救人。

女人忍着痛说："恩人呀，你赶紧拿我的头巾把我的腿包上。甭叫流血了。快些！"

刘孝福如梦大醒，一把把女人头上的蓝色头巾扯下来，三两下在女人棉裤破洞处扎紧说："你忍一下，不流血了。可是，现在咋办？不赶紧找看病的先生，一时半会儿只怕是有危险。"

女人说："恩人呀，你救人救到底。你认得啥地方有先生，就赶紧把我弄迄去救治。你救了我，我一辈子忘不了你的大恩大德。"

刘孝福咬了咬牙说："我正要去黄店子寻张先生去哩。他是个看病的郎中。只是不知道人家看不看红伤？"

女人大喜过望说："能成能成，你这就扶着我寻先生去。有多远？得走多长时间？"

刘孝福说："倒也不远，三四里地。"

说着，搭把手，女人龇牙咧嘴地算是站起身来。

走了十几步，女人就浑身发软倒地上，流着泪说："好人哩，我实在走不动了，你要是有力气，背着我走吧，我还不想死，我还有大事没办哩！"

刘孝福也顾不了那么多了，蹲下身子就把她背上走路。

刘孝福背着女人，小心翼翼地走着。

到了黄店子村，已经是过了早饭时辰。刚刚走到张先生家门口，只见张先生穿皮袄，提着药箱正要出门。

看见二人，张先生大吃一惊。来不及问话，立马上前搭把手，把女人扶到自己家里。

一进大门，张先生喊着："屋里的，赶紧烧水，有红伤病人。"

刘孝福和张先生把女人扶到诊室，又扶到竹床上躺下。这才来得及看女人一眼。觉得这个女人很年轻，小嘴瘦脸很耐看。要不是脸色苍白，还真是个美人坯子。

女人和刘孝福对看一眼，脸色羞红了。

刘孝福觉得这女人羞红的脸好看得很。还有那双眼，说不清的楚楚动人。

四 张先生给受伤女人疗伤，他老婆端来了热水，胳膊上还搭着烫煮过的棉布。

张先生正在用剪子剪开受伤女人的棉裤，看见刘孝福傻愣愣站在那里，忙挥挥手说："你还站在这里干啥？走开些。"

刘孝福羞红着脸，忙不迭地走开了。

刘孝福曾经和父亲来过张先生家。这一回再来，发现和以前大不一样。新盖的三间上房，中间是药柜，东边是诊室，西边想必是两口子的卧室了。紧挨着上房，靠西边是两间"单边溜"的厦子房，一间是灶房，另一间应该是儿子住的。

和一般人家不一样的是，先生家的房子都是一砖到顶，并无寻常人家砌墙所用的土坯。房檐下露出了喇叭头碗般粗的椽子头。房顶是筒子瓦，阴阳压茬，致密有序。

刘孝福一边打量着先生家的房子，一边不由羡慕感叹，心想："不知道自家啥时候才能盖起这样的房子。"又想到自己年近二十，一事无成，紧迫感油然而生。

正在暗自思量，诊室里传来张先生的声音："不碍事了，你进来吧。

有话对你说。"

一进诊室，一股热气扑面而来。原来，先生的老婆已经把炉子烧得旺旺的，蓝色的火苗儿正从炉膛里直蹿出来。

受伤的女人躺在竹床上，身上盖着淡青花的棉被。

看了看女人，刘孝福发现她的脸色已经有点红晕了，真的很好看。

张先生边洗手边说："皮穿洞，肉缺损，血外溅。初看血肉模糊，实则皮肉之创。不大要紧，百日之内可行走自如。"

刘孝福不由松了口气说："谢谢先生救命。不知道接下来该咋办？先生给指个道儿。"

张先生问："令尊和我交情非浅，贵府的情况我略知一二。恕我直言，你家似乎没有伤者这样的亲戚，亦无此朋友？"

刘孝福说："她和我既不沾亲，也不带故。我一大早急急赶来寻你，路上碰到的。我也不认识她，实实的碰巧了。"

张先生面露难色说："这就难办了。她在我家，三日为限。三日之后，恐怕得另寻落脚之处。"

刘孝福说："落脚处我回去问我妈看看咋办。她要是有家，送回去也成。只是这三天，是不是还得用药？以后还要不要用药？"

女人已经清醒了，说："先生只管救我三天。三天之后我走就是了。先生救命，大恩大德，小女子不知怎样感谢？"

张先生摆着手对女人说："少言聚气，慎动保血。你气血两亏，将息要紧。其他的，慢慢商议。"

刘孝福把老大刘孝喜给的那一叠钞票拿出来说："这是先生为我大看病的诊金，不知够不够？救人的钱，实在是拿不出来，先欠着，以后肯定还上。不知道先生信不信得过我？"

张先生老婆接过钱去，数也没数就放在柜盖子上，看了一眼先生，一言不发走了。

张先生看着钱叹着气说："当下兵荒马乱，货值飞涨。你这些钱够也是它，不够也是它。贤侄，以后若得银钱，以光洋为好。"张先生稍停片刻又道："若无别事，你可移步回府，与你母亲商议。伤者请贤侄放心，每日换药饭食，自有糟糠料理。"

刘孝福说："是的是的，我这就回家和我妈商量去。谢谢先生了。"

日已正午。太阳攒足了精神，爽爽朗朗当空值守，空气中散发着暖意。路上的雪正在融化，涓涓细流顺着车辙汇聚成潭，一汪一汪闪着亮。地里的麦苗儿大着胆子从雪被子中露出头来，胆怯而好奇地打量着这个世界。

刘孝福心里有事，脚步加快，只恨路滑泥泞，一步一趔趄。走了两里地，刘孝福就感觉汗津津的，脱去老羊皮，搭在肩膀上，伸开胳膊鸭子一样地走路。

到了家门口，一眼看见母亲灯芯在门外站着。母子会面，灯芯接过老羊皮说："你这是咋了？是等先生耽搁时间还是遇到啥烦缠事情了？一走就是半天。赶紧回家吃饭。糜子面馍馍，豆子面疙瘩汤，都在锅里给你热着哩。"

刘孝福着实饿了，端起碗往嘴里灌汤，拿起馍馍一口就是半拉。风扫残云过后，才长叹一声说："妈呀，不得了，你娃碰到大烦缠事情了。"

刘孝福把路上遇到的事情前前后后给母亲说了一遍。完了，不住地问："往后咋办？往后咋办？"

灯芯也没了主意。走来走去地思量半天才说："快去寻你三弟来。他兴许有个啥办法。"

刘孝福赶紧说："对着哩。我三弟脑子好用，出个主意不在话下。我这就去。"

灯芯说："去了你就对你三大说咱家有事商量，千万别说那个女人的事情。"

刘孝福答应着"那是那是"。拔腿出门。

话说老三刘孝贤被母亲唤来，听说事情原委后神色凝重，半日不语，急得刘孝福直催他："只当是请来个诸葛亮，讨个绝妙计策来。没想到你来了个徐庶进曹营。兄弟呀，快快快，拿个主意。"

慢慢腾腾老半天，老三刘孝贤才说："此女绝非贫苦，若不然怎会被强盗追杀？强盗强盗，见财起意，遇难而退。胜止于利，败无惭色。"

刘孝贤这样酸文假醋地往外挤话，一旁急坏了刘孝福说："妈呀，拿筷子去，把我兄弟舌头撬开，看看底下压着啥东西。实实地急死人了！"

灯芯白了刘孝福一眼说："当哥哥的，也不沉稳着点儿。"

老三刘孝贤照样不紧不慢地说："此女，以往有难，眼前有祸。留也留不得，赶也赶不走。进退两难，恐难完全。"

灯芯也急了说："你就说该咋办哩。你这娃，怪不得你二哥说你哩。你把你妈都快急死了。快快快，给个话儿，到底咋办？"

被母亲和兄长左右挤对，前堵后截，刘孝贤也急了，顾不得斯文了说："鬼才知道她多大岁数？家在哪里？嫁人了没有？为啥得罪强盗？她父母在世不在？家里还有啥人？这些最起码的事情都在黑处，就是叫神仙来，也无办法可想。"

灯芯说："也是哩，难为老三了。先生不是说三天的期限吗？到时候咱们多去几个人，问清楚啥情况。有家有舍的大不了送她回去。没家没舍的就再说。"

老三刘孝贤这才说："这就对了，相机行事，首尾相顾。只是再去的时候，万万不可少了一个人。"

灯芯和刘孝福同时问："少不了谁？"

刘孝贤说："长兄是也。"

三天说到就到。

老大刘孝喜不知道从哪里弄来一辆轿车，套上那匹烟熏色骡子，日上三竿就出发。本来，灯芯也要去的，可是老三刘孝贤坚决不同意说："是非之地是非人，绝不能让老母亲立于危墙之下。

老大不明白这话啥意思？老三不得不实话白说："哥呀，有麻搭哩，不敢叫妈去。"

一路上，老大赶着车，兴奋不已说："嘿嘿，这回是捡便宜了。那个女的，活该让咱家发财。我说，不是说长得白皙吗？要是没嫁人，正好给老二做媳妇。要是有人家，先拉回来再捎个信去，讹她一笔钱来。"

老二脸红了，不言不语。

老三说："福祸相依，焉得知晓。哥呀，被强盗祸害的女人，你也敢打主意？"

老大刘孝喜说："你们都怕强盗土匪，那我问你们，你们怕不怕我？嘿嘿，不怕是吧？这就对了。这方大圆，我就是最大的强盗，最凶的土匪。妈日的，怕个锤子。走些。"

说着，一脚踹向骡子屁股，轿车猛地往前一蹿。

到了黄店子张先生家，先生显然是等急了。把几个人迎进来就说："大事不好，看来非得仰仗贤侄们了。此女来历复杂，身世不明。据其自言，家败人亡，已是无家可归了。"

几个人走到诊室，却见那个女人已经坐在床上。脸色尚好，只是眼神凄苦，活脱脱一个秦香莲。

老三一看，倒吸一口凉气，后退三步说："女菩萨。受难的耶稣。"

老大刘孝喜双眼放光说："妈日的，我家老二该走桃花运了。"

张先生显然对弟兄几个的话语不满意说："贤侄们，闲话少说，速办正事。伤已无大碍，服、敷的药已经备好。每日两服汤药，隔日换膏剂。半月不下炕，百日无负重。人你们拉走，诊金已经上账，该谁承当你们自定。"

一听说这女人无家可归，刘孝福和刘孝贤叫苦不迭，唯有老大刘孝喜喜出望外说："老二，该你上了。来来来，抱着你的美人上轿。走些！回家给妈报喜去！"

众人搀扶女人下床，听得女人一声啼哭，花间百灵一般清脆，子规啼血一般悲情："我的老天爷呀，你叫我欠下这一身的恩德，死几回才能报答？"

五 弟兄三个给灯芯拉回来个大活人，还是个妙龄女，这让灯芯又惊又喜。又因为大概知道了这个女人的凶险经历，所以一丝担忧深深地笼罩了她的心。

别的都是后话，安顿下来人要紧。

灯芯和儿子们把这个女人扶到火炕上去。灯芯说："老二，你去把炕再烧热一些。受过伤的人身子虚，怕冷。"

老二忙活去了。老大刘孝喜说："看把他的，人是拉回来了。是留人还是要钱，你们自己定。不过可说好了啊。要是讹钱，非得我出面不可。你们可不能布袋卖猫—— 一头黑。就是个这，我走了。回家睡觉，黑了去小郭村看场子。"

老三刘孝贤说："兄长慢走。以后你得常来。唯你镇得住邪气，缺你不能逢凶化吉。以后若得空闲，把小郭村赌场情形传授小弟，或许有大用。"

老大往外走，说："说好了啊，你以后在场子赢了钱，我就给你护卫，保你人钱平安无事。不过，抽头少不了。亲兄弟，明算账。"

受伤的女人斜靠在炕上，背后垫着棉被。灯芯一眼就看见这个女人穿一条男人的棉裤，又肥又大。虽然浆洗得干干净净，但陈旧得失去了本色，显得灰不溜丢的很难看。

灯芯起身在炕板儿上的白茬口箱子里翻腾出一条暗红色棉裤说："娃儿，你叫个啥？这是我年轻的时候穿过的棉裤。你身上的棉裤得是张先生家的？你把这条棉裤换上，等我把那条棉裤拆洗了缝上，还给张先生就是了。"

受伤女人轻声说："婶子，我姓白，叫个燕巧。人都叫我巧儿。"

说完，看着炕跟前坐着的老三，默不作声。

老三忙起身说："事已至此，随遇而安。谨言慎行，避祸消灾。告辞！"

说完，老三有点不甘心地走了。

　　灯芯隔窗喊道："老二，你烧了炕，甭忙着进来。巧儿换衣裳哩。"

　　巧儿换完棉裤，灯芯问："娃儿。对对对，巧儿呀，你今年多大？哪个村子的人？你大你妈都是做啥的？你家里还有啥人？你咋就落到了这一步？"

　　巧儿一听问话，眼泪就忍不住扑簌簌掉下来说："婶子，年关就快到了，先不说这些不吉利的事情。等我的伤好得差不多了，能下地走了，我就去我该去的地方，也就不给你老人家添麻烦了。以后有了时间，我慢慢对你说。该说的不该说的我都说。你们都是我的恩人。你们的大恩大德，我死三回都报答不过来。"

　　灯芯对窗外喊："老二，你回来吧。今儿个还有大半天时间，你该忙啥忙啥去。"

　　老二刘孝福回来后说："以前我给我大当下手，还有些活儿干。我大这一走，都没有啥人叫我做厨活了。今儿个没啥活做了，我看家里的柴火不多了，城壕岸上的洋苕秆儿没人要，我弄些回来能烧锅也能烧炕。"

　　灯芯说："那你不要耽搁时间，还要等你回来做饭。我伺候巧儿哩。"

　　老二笑了说："饭是现成的，我练扯面弄的那些面疙瘩，煮到锅里就是饭。得下些萝卜才成，冲冲邪味儿。"

　　老二走了，灯芯拆洗那件老棉裤。巧儿说："婶子，我腿脚不能动，手闲着哩。有啥针线活儿，我做做也省得闲得慌。"

　　灯芯高兴地说："那再好不过。老二的新鞋子，还剩下鞋口儿没有严。你要是能做，都在活儿筐篮里放着，剪子和针线也都在一搭放着。我说，你还是养养身子，甭做活儿了啊！"

　　巧儿说："婶子，我能成。动手不动脚，我能成的。"

　　一家人吃两顿饭。下午吃饭，灯芯把一大碗面疙瘩汤端到炕桌上说："巧儿啊，对不住你了。老二弄的这饭，实在是不好吃。好在是麦子面，下口利。你凑合吃饱，养养身子。可怜我家穷，也没个鸡蛋给你补补。"

巧儿端起碗吃了两口，皱着眉头说："不是我谈嫌，这么好的麦子面，这么做都可惜了。"

　　老二羞红着脸说："就是哩就是哩，我大临走非得叫我学扯面。我不得窍门儿，总也做不好。说实话，一点点好面粉，都让我给糟蹋了。没办法，又不能倒掉浪费。嘿嘿，凑合吃吧。"

　　巧儿问："你这面里，是不是加了土碱？"

　　老二惊喜地说："对着哩，土碱我用水泡了和面。"

　　巧儿说："怪不得哩。和面加碱，得把土碱煮了，去掉邪味儿才成。这都是以前的老办法。现在，得用洋碱面，县城西药店才有的卖。"

　　这一番话，让灯芯母子听得面面相觑，大感意外。

　　灯芯说："好巧儿哩，你说的这些话，我们听都没听说过。你一定是有来头的，你家里也不是普通人家。"

　　巧儿说："婶子，这都是后话。对了，我属猪，今年二十整。你们家老二多大？"

　　灯芯说："他属鼠，比你小一岁。以后你叫他兄弟，他叫你姐姐。"

　　巧儿说："是的哩，我有个哥哥，就是没有弟弟。今个得了个弟弟，也是个好事哩。"

　　老二红着脸说："姐，以后多指教兄弟了。"

　　巧儿问："你和面除了加碱，还加过啥东西？"

　　老二老老实实说："这几天我变着法儿试火，盐也加过，蓬灰也加过。都不成，也不知道咋回事？"

　　灯芯说："就是得哩。他大叫老二扯面，娃儿又不会，难成得啥一样。"

　　老二说："和出来的面，擀面条还没问题，就是扯不出来。一扯就断不说，还有一股邪味儿。"

　　巧儿问："你和面加的盐，是不是白粒儿的晒盐？"

　　老二点着头说："对着哩对着哩，就是的。"

巧儿笑着说："怪不得哩，晒盐后味儿苦，得加做豆腐的老浆水熬制才成。现在也简单了，西药店买精盐就成。只是价钱太贵，一般人家买不起。还有，你是不是除了这两样东西，还加别的了？"

老二已经被深深震撼了，他心想："这是个能人，神仙派来帮助咱家的。"

老二说："不瞒姐姐，我大留下的方子，还有蓬灰哩。"

巧儿嘻嘻笑，露出洁白的牙齿说："这就更不对劲了。蓬灰是拉面用的东西，扯面不能用。你不知道窍道儿，净出洋相闹笑话。姐不敢胡说，你这样做出来的面条，只怕是自己都不愿意吃，还别说做买卖了。"

老二更兴奋了，说："对着哩对着哩，这叫作一窍不得，少挣几百。哎呀，姐呀，你咋知道我学做扯面，是要开门面做生意哩？你得是神仙？"

灯芯也瞪大眼睛问："巧儿，你咋是个神一样的人？你到底是做啥的？一个女人家，为啥知道这些？"

巧儿的脸色，一霎时凄惨下来，低下头来说："不是说好了先不说这些的吗？婶子、兄弟，这几天我不能下炕，你们和面的时候，拿到炕上来，我看看是咋样弄的？趁我没走，咱们一块儿先把扯面的第一步，也就是和面弄明白。剩下的，就是功夫和手艺了。和面是窍门儿，没有人指点，只怕是弄不出来的。"

灯芯还想问话，老二却喜出望外地说："能成哩能成哩，姐呀，你身子要是能成，我这就拿面去。"

巧儿说："我兄弟也是个急三火性子。这样吧，你把要和的面，拿到炕上来温着。明个晌午再和面不迟。"

老二刘孝福说："姐，你是个高人，当然听你的。不过，面粉是不怕冻的，做啥要放到炕上来？"

巧儿说："面和人一样的道理，冬要暖，夏要凉，春要潮，秋要干。现在冰天雪地，把面拿到炕上来暖一下就是这个道理。要不然，面被冻得'缩手缩脚'的，和面的时候就不舒坦，面性子就发紧。就是个这，你先拿面去，明个再说和面的事情。"

老二拿来一只面口袋，看着口袋底儿说："姐呀，实实地丢人哩，我家就只有这三五斤面了。再浪费了，只怕是没有了也弄不来了。"

巧儿说："兄弟放心。这些面，练和面够够的了。你学会和面，往后练功夫，再弄回来面粉不迟。这也是个细功夫、慢功夫，急不得、也抄不得近路的。"

好容易熬到第二天晌午，老二刘孝福急急忙忙上炕来就要和面。灯芯在海碗里抓了两把面问："够不够？"

巧儿说："够了。再拿一只喇叭头碗来，有用处。"

老二赶紧又拿来喇叭头碗说："做啥要用这么多和面的家伙什儿？我平时和面，一个盆子就够了。"

巧儿也不答话，往喇叭头碗里捏一小撮面说："滚烫的水，冲开，满碗，厾筷子顺着一个方向搅匀。"

灯芯说："我这就去烧开水。"

灯芯烧开水去了，老二刘孝福一头雾水问："姐，看这阵势，你这是和张先生一样，像是在配药哩。"

巧儿说："你赶紧去和面浆水去，有用处哩。"

一会儿工夫，面浆水和好了，巧儿说："放凉了，用面浆水和面。"

刘孝福大惊说："使不得的！姐呀，你这是烫面哩。做面条的面，千万烫不得。一烫，面就死了。面死了就发黑，做成的面条有黑芯，难看得很唰。"

巧儿一边试着面浆水的温度，一边说："我兄弟还懂得一些和面的道理。不过，你有没有见过做粉条？"

老二刘孝福说："见过，也给人帮过忙。咋了？做粉条和做面条不一样哩。"

巧儿把面浆水倒在海碗里说："你现在和面，揉成团醒着。我给你说，做粉条先要打糊，要不然是烫糊，要不然是煮糊，都是一样的。为啥哩？

要的是糊精的筋道儿。没有糊精的芡粉，做不成粉条的。你说的烫面有黑芯，这话不假。可是，一物降一物，有办法叫它不带黑芯的。你等一下，等面醒两个时辰，再扯扯看看还断不断？"

两个时辰到了，老二迫不及待抓起面团来，搓成剂子，拍成片儿，抓住两头使劲一扯，只见面片儿"唰"的一声被扯成了两尺多长的条儿，挽挽筋筋，荡荡悠悠，光光亮亮，匀匀称称。

老二手里抓着面条，赤脚"咚"的一声从炕上跳下地来，"咕咚"跪下来，眼泪"唰唰"往外流说："姐呀，成了！妈呀，成了！大呀，你娃把扯面做成了！"

六　就在老二刘孝福喜极而泣以为自己已经学会了扯面时，巧儿却迎面一瓢冷水泼过来说："兄弟呀，你赶紧起来吧。我给你说，你这扯面，连门还都没进来呢。你把你扯的面好好看看，是不是两头带把儿，中间带核儿？"

老二把自己刚才扯出来的面拿在手里看了看，又举起来对着窗户照了照，把面条扔到桌子上泄气地说："姐，你说的对着哩，我这面两头带着把儿，就像是个林檎。还有中间，好像有很多麦颗颗。这是咋回事儿？"

巧儿安慰他说："甭急甭急，这不是一半天的事情。我今个给你说的，还只是个和面，能保证扯出来不断。其他的，还没给你说哩。扯面的功夫，一少半在和面，一多半在手艺。光是一个扯匀称了，只怕是没有个一年半载出不来。你是个大男人，不会纺线线。女人家纺线线的时候，锭子拧着劲儿，胳膊扯着丝儿，指尖送着絮儿，就像蚕儿吐丝蛛儿扯网。光是蛮劲儿可不成哩。以后你自个慢慢练习就成了。还有，以后和好面，搓成条儿、码在盆儿、盖上湿抹布再醒半个时辰才成。啥样才是好面？对着太阳或者油灯照，里边的面筋是顺着的。要是面筋芜三顺四，就是功夫不到。"

老二听了这番话，不由得目瞪口呆，心里对这个谜一般的女子充满敬佩。

夜深了，巧儿翻来覆去睡不着。灯芯起身把油灯点亮问："你得是肚子饿了？我给你烧一碗拌汤去。"

巧儿说："婶子，你不敢忙活了。伤口痒痒得很哩，抓不得挠不得的，怪难受的。"

灯芯高兴地说："好事情哩。要不说张先生手段高，他的药灵着哩。伤口痒痒，是在长新肉哩。你这一关算是熬过来了。"

巧儿说："也是的哩，五六天过去了，再换药的时候已经没有脓血了。张先生和你们家人都是我的救命恩人。这叫我以后咋报答哩？这一关是过去了，以后只怕是要过鬼门关哩。这都是命。"

说着，巧儿又抽抽嗒嗒哭起来，灯芯少不得一番安慰。

过了一会儿，巧儿说："婶子，你把灯吹灭了，咱俩说说话儿。点着灯，熬油哩。"

灯芯说："深更半夜的，你好好睡觉。睡好了伤口好得快。有啥话，明个说也不迟。"

巧儿叹着气说："婶子，不瞒你说。我今个眼皮儿跳得很凶，只怕是要出啥不好的事情。我的腿，只要能下地，就赶紧走人，省得给你家带来麻烦。我心里知道，你们全家都想知道我身上发生的事情。今夜，我就都对你说了吧。有些话，还不能当着我兄弟的面说。"

灯芯黑地里点点头说："你要是睡不着，说说也成。有话，憋在肚子里也怪难受的。说出来也就轻松了。不过，你要是说乏了，就打住。"

巧儿被窝里又是一阵哭泣，这才长长地哭一声说："婶子，好我的婶子哩，我糟的这些罪，把天能罩住，把地能苫严，黄河载不动，东海盛不下。你听我慢慢说。

"我家在郃阳坊镇，离黄河不远。我家六口人，我爹、我妈、我哥、我嫂子，还有个小侄儿和我。自打我爷爷起，就在镇上开了家饭馆，卖凉菜、小炒，主食是饪面。生意说不上红火，却也食客不断。对了，你是不是要问，我家是卖饪面的，为啥会做扯面？这里头有个小情景儿。

有一年冬天，从河对面来了个河南口音的老汉。这老汉是个要饭的，浑身脏里脏气的讨人嫌。他在几家馆子门口讨吃的都被人家赶走了，偏偏的到我家饭馆门口昏倒了。我爹把他叫醒扶起来，一碗面汤救了他的命。从此，这个老汉就在我家馆子住下来了。我妈给他换了身干净衣裳，白天端碗跑堂，夜里看门守户。也不要工钱，管吃管住就成。这老汉在我家住了个把月，一天夜里和我爹喝了二两烧酒，打开了话匣子。他对我爹说，饪面不出镇，扯面走天下。说如果愿意的话，他愿意把祖传的扯面技术传授给我爹。我爹一听当然高兴，也就作揖拜师。

"这老汉传授手艺只是在夜里。手把手教我爹和面、扯面、煮面、炒臊子。对了，我家的扯面有两种臊子。肉臊子贵一些，吃的人少。萝卜、粉条、豆腐做的素臊子便宜，吃的人就多一些。

"眼看着我爹学会了扯面，生意也渐渐红火起来，这老汉放心了。一天早起，我爹开门营生四处寻不见老汉。到了晌午，才有人说，黄河边上有一个老汉被淹死了，水浪又把尸首冲到岸上。我爹一听，心里'咯噔'一下，赶忙骑上驴去看。这一看不要紧，正是那个教我爹学扯面的老汉。我爹花钱叫人把老汉尸首抬回来，材木老衣地发送了，磕几个头，哭一会儿也就罢了。

"我家的饭馆，自从有了扯面，就红火起来。一天到晚客人不断。有一家卖羊肉泡的馆子，掌柜的姓商。这个商掌柜以前在北山里当过土匪，干过不少剪黑道砸明火的勾当，在一场火并中被人打瞎了一只眼，跑回来开馆子，说是金盆洗手了，可骨子里还是土匪。他的馆子一直半死不活，成天骂天骂地骂爹娘。他看我家生意好，就拿了礼性求我爹把扯面手艺教给他。我爹当然不愿意，两人翻了脸。商掌柜摔门子离去，临走还说叫我家不得个好。

"我爹也只当是一时斗气，没把商掌柜的话当回事。谁想到，从那时起，我家的倒霉运气就一个接一个地来了。

"我哥结了婚，生了个儿子。本来一家人和和美美做生意过日子，神仙也眼红。可是，我哥中了邪一样，和几个不三不四的人搅合到了一起。非说一碗一碟卖饭太辛苦，来钱太慢，连声招呼都不打，偷偷和那几个狐朋狗友到北山里贩烟土。一来二去，贩烟土没挣到钱，人却叫大烟死死地缠上了。

"从那时候起，我哥就算是没了人样儿。白天无精打采，夜里神鬼不知，看都看不住。他上了烟瘾，鼻流涎水，哈欠连天，一头钻进烟馆出不来。他抽大烟没有现钱，都是赊账，完了我爹给人家还。

"眼看着好好一家人，让我哥给弄得过不成日子了。我爹一狠心，把我哥拿绳子绑了，关在黑屋子里戒烟。一连三天，我哥不吃不喝。端过去的饭一脚踢翻，汤水一头撞倒。到了第四天，我哥没了声响，我爹开门一看，我哥已经昏迷了，屎呀尿呀地拉了一裤子。我嫂子也跟上来了，一进门就给我爹跪下说，再这样下去，只怕是人都没了。

"我妈也心软，偷偷跑出去给我哥买烟泡，夜里再偷偷给我哥烧了吸。这倒也罢了，趁我爹不注意，偷偷解开绳子把我哥给放跑了。

"我哥成天不着家，倒是要烟账的人成天踢门砸窗户要钱，弄得生意眼看就做不成了。

"婶子，我给你说，抽大烟的人，一肚子下水都被熏黑了。黑成啥样？不是人干的事情他们都能干出来。

"生意败下来了，我爹再也填不满我哥的无底洞。没有钱抽大烟，我哥五块光洋把我嫂子卖给了放钱的。自古放印子钱的，不是兵痞就是土匪，一个个虎狼一样，亲生儿子都敢下嘴吃的狠主儿。

"放印子钱的苟掌柜带着三个保镖，拿着文书，明打明地当着我妈和我爹的面，一绳子把我嫂子绑了，放到驴背上拉走了。听说卖给了远处的窑子，到现在五年了都没个音信。

"我哥不成了人样儿，我嫂子又被卖了。我爹的馆子也就开不成了。

"本来，我还有个侄儿，才两岁。好好养着，长大成人也是一户人家。可是，没承想，祸端接着又来了。

"我本来已经许配给同州范家，说好了彩礼二十块光洋。这都是我爹的主意，说是养我二十年，一年一块光洋。

"范家也是个生意人，来来往往从漠北贩牲口。按说一户生意人，二十块光洋不是个大数目。可是，偏偏的，我那没过门的女婿被土匪抢去做了肉票，连踢带打关了十天。好容易寻了保人，十块光洋做保，再写下欠一百九十块光洋的文书，三方签字画押，人被放了回来。

"人被放回来了，钱是没有分文了，也就拿不来彩礼了。本来是可以毁婚约的。可是，我爹心软，再加上当时我家的馆子，扯面都是我和我哥的事情，一个人忙不过来。我爹还想着让我再给娘家干两三年。

"就这样，寻来媒人过了话儿，三年期限，到时候拿彩礼娶我。

"话又说远了。还是说说我爹的事情。

"眼看得这个家四零五散，就像生生把我爹的筋给抽了一样。

"我爹整天茶不思饭不想，寻思着大烟为啥有那么大的魔力，好好的人就让它给弄成人不人鬼不鬼。他这样胡思乱想，就走火入魔了，也就偷偷地尝两口大烟。我妈说，头一回尝大烟我爹又吐又拉，第二回就云里雾里，第三回就像升天成仙。没几回，上瘾了。活活把我一家人带到了鬼门关。

"我爹抽起大烟来，比我哥还狠。烟瘾犯了，要死要活。又没有钱，一时走投无路，心就往坏处想。

"我爹就想卖了他亲孙子换大烟抽，好在我妈看得紧，下不了手。这时候，又是那个放印子钱的苟掌柜来了，不知道给我爹说了些啥话，我爹鬼迷心窍地就信了。

"我爹按苟掌柜的说的，把邪心思用在了我哥身上，活活要了我哥的命。

"我哥叫大烟害得半死不活，不抽大烟都起不了炕。一天夜里，从来不管我哥死活的我爹，不知道从啥地方得了钱，给我哥烧了两个烟泡儿，我哥抽了大烟，昏昏沉沉睡死过去。我爹，我和我哥的亲爹啊，一根细麻绳活活勒死了他的亲生儿子。

"放印子钱的苟掌柜带人来给我哥收尸，把人装到麻袋里拉走了。干啥去了？我说出来可不要吓着你了。听人说，人家把我哥的肉剔掉，整副骨头煮了大烟膏子。卖给开大烟馆子的，得了不少钱。"

七　巧儿这些话，把灯芯听得胆战心惊，打断她的话问："你家里出了这么多邪事恶事，就没个三亲六故的帮一帮吗？你家里还有啥亲戚？都在哪里住着？和你家离得远不远？"

巧儿说："我有个二大，早年被抓了壮丁。前年捎了封信，说是在河东打东洋鬼子。从那以后，就没了音信。我还有个姑姑，嫁到了邻村，生娃娃得了'血山崩'病死了。姑姑一死，姑父也不管用了。过年过节来过几回，也就是说几句不管用的话，也帮不了啥忙了。我妈她娘家在华州，回一趟娘家得坐两天硬轱辘车。我有个舅舅，是个胆小怕事的人，树叶子落下都怕打破头。去年我哥还去寻过他。我哥做啥去了？编谎话骗钱去了，说我妈得了紧病，看先生吃药要花不少钱，要我舅舅想办法弄点钱救人。我舅舅两手空空，又怕我妗子，哪里来的钱？给了我哥两个馍馍当饭吃，就把他打发走了。"

灯芯说："是的哩。出了门嫁了人的女人，就怕娘家没有个得劲的人。没有个靠山，只剩下孤单可怜。"

巧儿说："我爹烟瘾一天比一天大，整天想着咋样才能弄点钱抽两口大烟。饭馆早就盘给了别人，得几个钱都冒了烟。一急之下，把扯面的绝活卖了几个钱，也很快就抽没了。他弄死我哥换钱，也是被烟瘾折磨得没有活路了。

　　"我妈是个老实人，没有啥本事。可是，她也早就看出来，我爹迟早要把我侄儿卖了。为了给家里留条根儿，我妈也就打好了主意避祸。去年冬月初十夜里，我妈把娘家陪嫁的银镯子寻出来，交给我爹换了烟泡。这个镯子，我妈准备留给我当嫁妆的，要不是藏得严实，也早就没了。

　　"我爹得了银镯子，两眼放光，急急忙忙拿着到烟馆受活去了。我妈知道，我爹这一去，一黑了半上午回不来。

　　"我爹走了，我妈立马就收拾包袱，打算明个天一亮，就让我姑父套车送她到华州表舅家避祸。我妈说，拼了老命也要把孙子养活大。

　　"我妈边收拾东西边对我说：'巧儿啊，你待在家里不是个事儿，迟早被你爹换了烟抽。本想着带你一起走，也好有个照应。可是，你许配了人家，我就不能带你走了。你赶紧打主意，到同州寻你未过门的女婿去，私下里磕头拜天地，成亲过日子，也是个依靠。'

　　"我妈几句话，算是给我寻好了出路。我也就打好了主意，送走我妈，我也就远走高飞了。

　　"和我妈在路边惜惶告别，我回来打扫院子，给瓮里担满水，又寻出来所有的粮食，蒸了一箅子三合面馍馍。还把我爹的旧衣裳拆拆洗洗。我爹做了不少缺德昧良心的事情，想起来我就恨得牙根子疼。可是，不管咋说，他也是我生身父亲。他把我养活大，也不容易。我给他做点事情，也算是尽孝了。

　　"我本来打算把这些事情弄完，第二天一大早就走人。没想到，还是迟了。来不及了，一切都来不及了啊！

　　"后晌，我爹回来了。他一进门，就感觉不对劲儿。倒不是看不见我妈和他孙子感到奇怪，而是看我把院子收拾停当，劈头盖脸就问我：'你得是要走哩？你去哪里？多长时间？得是你这一走就不回来了？'

　　"我给我爹跪下说：'爹呀，你娃眼看就活不成了，你就放你娃一条活路。我要到同州寻我那没过门的女婿去，你放过我，就还是我亲爹。我将

来给你养老送终。'

"我爹一听，伸开双手对我说：'你走能成，拿二十块现大洋来。我嫁女，不能赔钱。'

"我说：'彩礼钱先欠着，你放我走。我们挣了钱，保证还你，连利息都给你算上。'

"我爹一听，眼珠子骨碌碌一转说：'娃呀，你走也能成，还是要把话说周全，把事情办稳当，这样才能来去有理。'

"我问我爹啥叫个来去有理？我爹说：'寻几个亲戚朋友来，当面立约写文书。就说你欠我二十块大洋，将来有钱必定要还。三头六面，签字画押，然后你再走。还有，你们成婚办酒席，我就不去了，给我两块钱酒钱就成了。'

"我一听他的话也有道理，就依了他。他出去寻人，我在家里等着。我爹这一出去，左等不见人，右等人不见。一直等到天麻擦黑，人终于来了。可是，来的根本就不是啥亲戚朋友，而是一帮凶神恶煞活阎王。谁？就是那个我一见就被吓个半死的放印子钱的苟掌柜。

"原来，我爹到底还是动了歪心眼儿，背地里偷偷把我卖给了苟掌柜。卖了多少钱？不多不少二十块大洋。

"苟掌柜一进门，扔给我爹一袋光洋，就色眯眯地凑到我跟前动手动脚。

"我被吓得浑身稀软，挣扎着喊救命。我爹看都不看我一眼，一枚一枚数他的光洋。

"苟掌柜死拉活拽把我往炕上摁，撕扯我的衣服。看我一直喊救命，抓起枕巾塞进我嘴里。

"我在炕上打滚，苟掌柜一时半会儿得不了手。他带的人在门口把着，不让人进来。苟掌柜对我爹喊：'帮把手，再给你加十个烟泡。'

"我爹一听有烟泡，两眼放光，就往我跟前走。到底是我亲爹，看我可怜巴巴向他求助，背过身去说：'你要弄娃，背回去随便你。你在我跟

前弄，叫我以后咋见娃哩？'

　　"苟掌柜一头油汗说：'再给你加五个烟泡，你帮我。我就是要当你的面弄你娃哩，叫你和你娃都死了心，认了命。快来些。快来些。'

　　"我那个猪狗不如的爹呀，终于没有抵挡住烟泡的诱惑。走过来，一屁股坐到我胸前，背对着苟掌柜。

　　"我被两个男人压着，再也没有了力气。生生叫苟掌柜扒了裤子，当着我爹的面糟蹋了我……

　　"我昏了过去，迷迷糊糊觉得老有个人在我身上压。天快亮的时候，我醒来了。身上一丝不挂。下身疼得钻心。后来我才知道，苟掌柜糟蹋了我还不算，禽兽不如的东西，还把他的两个保镖也叫进来，轮番糟蹋我一晚上。

　　"我那猪狗不如的爹，眼看着苟掌柜得了手，拿着光洋又去烟馆了，一夜没回来。

　　"天还没亮，苟掌柜和保镖把我手脚捆了，嘴里塞着枕巾，扔到骡车上，走了整整一天。

　　"天黑的时候，我被拉到了一户人家。解开绳子，塞进一个黑屋子。后来我才知道，那个村子叫个渭阳，还是个大镇，商户、生意人很多。

　　"苟掌柜糟蹋了我的身子，又把我卖给了一户姓卞的人家。这户人家也是开烟馆的，是个财东家。

　　"本来，卞财主买我是给他当小老婆的。没想到他大老婆寻死闹活不同意。她娘家人多势众，几个娘家兄弟、侄儿寻了来，说财主要是敢寻小老婆，就打断他的腿。

　　"卞财主被吓着了，不敢明打明娶我，还得管我的饭。一来二去没烦了，就和老婆商量咋样处置我。他老婆对财主说：'钱花了不能白花。这娃儿长得柳眉杏眼的，身条又好。你要是眼馋，黑了弄她几回也算值得了。你弄够了，卖到店马村窑子里去，赚钱不敢说，回本没麻搭。'

　　"卞财主得了老婆的令，黑了就来糟蹋我。我挣扎几回就认命了。女人家，到了这一步，念想就没了。

　　"这老畜生糟蹋我，他两个儿子也来糟蹋我。糟蹋够了，怕我怀上娃娃，拿擀面杖狠劲擀我的肚皮，把污秽从下身擀出来。

　　"父子几个把我糟蹋够了，就要卖了我。我狠了心说，要是把我卖到窑子去，我就咬舌头自尽。我能认命给人做小老婆，但绝不认命当窑姐儿叫千人骑万人压。受那个罪，还不如死了好。

　　"死的念头打苟掌柜糟蹋我的那夜就有了。可是，我咽不下这口气。我还想活着，看看能不能寻个机会，把苟掌柜和开烟馆的弄死。一个女人家，没啥本事，就想着看能不能遇到贵人、强人，帮我报了这个仇。

　　"苟掌柜答应了我，说给我寻了个人家。这个人是周家村的，收我做小，指望生个一男半女的延续香火。

　　"没想到，明地里给我说卖到了周家村，还寻了个人贩子，后来我才知道，那个人贩子，其实是窑鸨儿，想要把我卖到窑子去。

　　"带我走的鸨儿，也是个狠货，腰里别着炸子儿快火。走着走着我就感觉不对劲儿。为啥哩？一路上我打听过，都说要是去周家村，路就不对。我就和鸨儿闹。鸨儿骗我说是抄近道儿走。我就知道他胡说哩。近道儿都是斜路，官道儿才是正路。到了十字路口，正好碰见我兄弟，我就问路。这一问，鸨儿露了马脚，气急败坏，就想来硬的。我也是拼死了，一口咬掉了他半根手指头，他才冲我下手，想把我弄死解气。

　　"往后的事情，你都知道了。婶子，你说我是不是下了十八层地狱？见了十八回阎王？

　　"婶子，我给你说，我现在活着，就只有两件事情。一个是为恩人舍命，一个是寻仇人兑命。就是个这……"

　　灯芯连惊带吓，说不出话来，一个劲儿地在被窝里哭。

　　过了一会儿，灯芯缓过神来问巧儿："你妈和你侄儿后来咋样了？你有没有寻过他们？"

　　巧儿说："后来才听人说，我妈怕住在亲戚家时间久了，我爹寻了来，连孙子都保不住了。正好村子住了几个河东打散了逃回来的老兵，她带上孙子，跟一个老兵走了。婶子，我都成这样的了，寻不寻我妈，也就那样儿了。"

天快亮了。熬了一晚上的月亮，撑不住了，悄悄地把黑云当棉被，一头扎进去再也不出来。

八

灯芯听完巧儿的哭诉，边流泪边安慰到天明。

冬日天短，又是年关，地里没活干，厨活又没人请。老二刘孝福免不了给人挑水、担炭、铡草、扫屋里挣几个零钱。得了空，一心一意练习扯面技术。

巧儿已经能下地了。灯芯给她寻来根枣树棍儿当拐棍。换了药，下地挪动挪动身子。

刘孝福真心实意拜巧儿为师，也不忌讳啥，把他大刘挽钩留下的图形、方子打开来和巧儿一块琢磨。

巧儿看着这些图形，看来看去弄不太明白，就问老二说："兄弟呀，这些图形方子，好像还有作料配方。我就弄不懂了，扯面，最简单的就是油泼辣子拌葱花。再讲究一些的浇上臊子吃。要这些作料做啥用？"

老二刘孝福摸着后脑勺说："我也纳闷儿哩。我大临死的时候说，扯面要想做得和别人不一样，就一定要有作料。还说要用热油泼作料。你看这里边的作料，不少还都是他炖肉用的，也不知道是个啥意思？"

巧儿还在琢磨图形方子，刘孝福问："姐呀，听我妈说，你爹把你家扯面绝活卖了换烟抽。有没有这回事？"

巧儿一听，先是一阵脸红，这才说："是的哩。他把扯面绝活卖给了一家开羊肉泡馍馆子的。现在，人家的扯面卖得红红火火。都是我爹个败家子不干好事。"

刘孝福想了一会儿，突然一拍巴掌说："嗨！我明白了。我大，实实地是个高人。"

　　刘孝福这一拍，把巧儿吓了一跳说："你这一惊一乍的，吓着人了。咋了，你明白啥了？"

　　刘孝福兴奋地说："姐呀，你爹能把扯面绝活卖给别人，别人保不齐就传出去了。这样一来，扯面就没有啥秘密了。也就是说，将来，这扯面就是个家常便饭。还有，一般的扯面，就是个油泼辣子或者浇臊子，没有啥门道在里头，妇女老婆婆都做得来。我家的油泼作料扯面，要是弄成了，是不是就是头一份儿。我大在世常说，一招鲜，吃遍天。就是这个道理。"

　　巧儿也来了精神说："对对对，还是你大高深。这条道儿，八成是对的。你琢磨成了，开门面就没啥难处了。"

　　刘孝福正在兴奋，猛地想起一件事，神色沮丧起来说："姐呀，不瞒你说，我爹的这些作料，撒到扯面上面，再用热油一浇，有一股臭味儿。可是，不用这些作料，又寡淡少味。真真是难死人了。"

　　巧儿沉思着，冷不丁问："你上一回到黄店子张先生家，是要做啥去？后来被我打搅了，你啥也没干就回来了。"

　　刘孝福说："我大说，他弄的这些作料方子，有几味还是和张先生一搭里弄的。我那次去，就是想请教先生的。"

　　巧儿说："这就对了。那你抽了空，还得去张先生家请教。只是……"

　　看巧儿欲言又止，灯芯插话说："巧儿，你得是发愁张先生给你看伤的诊金药费？放心，张先生是个大好人，不为难人。"

　　巧儿说："话是这样说，不能因为张先生人好，就让人家吃亏。我爷在世的时候说，世上有两笔钱，是万万欠不得的。一个是庙里的香火钱，一个就是先生的看病钱。钱花不到，好运不来，歹病不去。"

　　老二刘孝福说："说走就走。正好今个没啥事情干。我这就去张先生家请教去。"

灯芯发愁了说："你这样两手空空的，失礼不讨好。咱家也没啥能拿得出手的礼性了。"

刘孝福站起来，拍拍自己胸脯说："妈呀，你放心，你娃我有一身力气，正好给张先生家挑水、劈柴、打扫屋子。这也算个人情世故吧？"

灯芯笑着说："算是哩，好得很。"

刘孝福说："那我就去了。姐呀，你在这里再好好看看这些图形方子。你灵性得很哩，没准就能解开这里边的门道儿。"

老二刘孝福这就出了村，一路小跑，半个时辰到了黄店子。

张先生家的黑漆红边儿大门敞开着。刘孝福一进门就听得里屋诊室几个人吵吵嚷嚷。

一个男人粗野的声音说："我们都打听了，人是你给救下的，还在你家里住了三天，后来就让人给拉走了。你说，她去哪里了？"

张先生说："悬壶济世，治病救人，只问病症，不问来历。这是自古行医人的德行操守。人是我救下的没错，三日挽留疗伤也是实。三日之后，伤者被人接走。客人来去自便，伤者行动自主。我开馆行医，又不是歇马粮店，岂能留人常住？"

另一个男人声音软软地问："先生是个大好人，三乡五里都知道。你救了人，也是积德行善。可是，你救下的那个人，和我有一笔账没了。你只要告诉我，她被谁接走了就成。我们保证不为难你。给，这几块光洋给你做个问话钱。"

耳边就听得一阵光洋扔在桌子上的声音。

只听张先生冷笑一声说："对不起！君子爱财，取之有道。我乃一介郎中，给人看病诊金药费自是不免。我没给你看病，亦无药石相送，凭啥要你的钱？嗟来之食，不可取也。你们走吧，我还要出诊。"

刘孝福听到这里，立马觉得有大麻烦了。

他想一走了之。可是，又一想，人是自己弟兄拉走的，给张先生惹下麻烦，就这样走了说不过去，也对不住自己的良心。

可是，自己又能做啥？强人，自己是对付不了的。

正犹豫着，张先生老婆听见有人来，从里屋走出来。看见刘孝福直愣愣站着，赶紧连摆手带使眼色，意思是让他赶紧躲开。

这意思刘孝福当然懂得。可是，他不想那样做。

他定了定神，故意大声说："我是来给先生帮工的，先生在哪里？"

他这一嗓子不要紧，诊室里的三个人都出来了。

张先生一见刘孝福，厉声说："你欠着我的诊金不还，还想帮工顶账？不可！绝不可！你赶紧走人，想办法挣钱还我诊金。要不然，老夫一家该喝西北风了。"

说着，张先生抬起两臂，张开两手，轰猪一样把刘孝福往外赶。

刘孝福硬着头皮想来个一人做事一人当，还没开口，那个手上缠着白布的高个子男人两三步走过来，围着刘孝福转了几圈，上下打量一番说："这位小伙儿有点面熟？在啥地方见过？你是做啥的？哪个村的人？来这里做什么？不对！你甭走！我认出来了。你就是那个给婊子指路的人！"

刘孝福不知道从哪里来的勇气，一咬牙一跺脚说："对着哩，路是我指的，人是我弄来叫先生治伤的。这件事与先生没关系，有啥话，冲我说！"

那个手上缠白布的男人冷笑一声说："好汉！有种！你爷我就喜欢你这样的人。来来来，咱们说个事儿。"

说着，就来拉扯刘孝福。

张先生一旁捶胸顿足骂道："匹夫之勇，何以逞能？还不快闪开。真真是急死老夫。"

说着，伸手把那个男人拉开说："他是我的病人，这件事与他毫无干系。你有话还是对我说。"

另一个满脸横肉的男人上前说："桥是桥，路是路，一码归一码。这小伙儿八成知道婊子的去向。这样吧，我们不为难先生。谁还没个三灾六病的？小伙儿，你跟我们走一趟，把人交出来，咱们往后井水不犯河水。走！"

说着，就来拉刘孝福。

张先生拦着不让拉，几个人撕扯到了一起。

正闹得不可开交，忽听得大门外一阵急促的牲口蹄子声。紧接着，一个骑着烟熏色骡子的人就到了大门口。

来人到了门口，翻身下骡子，脚下生风，"噔噔噔"就闪了进来。

刘孝福一看，心里一热，喉头一紧，带着哭声说："哥呀，你来了。赶紧救救先生！"

那两个男人看见又来了个人，身形高大，从下骡子的姿势看，似乎身手不凡，不由紧张起来。于是，放过张先生和刘孝福，拉开架势，封住门户，似乎要大干一场。

老大刘孝喜一进门，冲两个男人一拱手说："好汉们，我来得正好。你们想知道的事情，我都知道。走走走，甭耽搁先生看病出诊，咱们村外说话。"

两个男人见这阵势，借坡下驴。满脸横肉的男人拱手还礼说："爽快人！好汉，村外说话！跑不了你也走不了我。走！"

几个人一前一后出了门，把张先生紧张得大气不敢出。

刘孝福还想跟着去，老大眼珠子一瞪说："还不快帮先生收拾屋子？你甭去了。你去锤子用不顶！"

三个人一前一后走了，刘孝福和张先生站在门外看。

三个人出了村，到了村南一处废弃的砖瓦窑跟前。不知道谁惹了谁，那个一脸横肉的家伙"唰"的一声掏出一把六轮快火，一扬手就指向老大刘孝喜的脑门子。

还没等那人说话，老大刘孝喜一个反手压肘，拿快火的人被锁喉搂在怀里，六轮快火"咣啷"一声掉到地上。

手上缠白布的男人飞起一脚踹向刘孝喜心窝，却让刘孝喜把怀里的人往前一挡，这一脚正好踹向满脸横肉男人的脑门子。只听"哎呀"一声，满脸横肉男人浑身稀软瘫倒在地。

缠白布的男人手上有伤，行动不太方便，又看见刘孝喜的身手，明显是个练家子，心里不免怯了下来，就站在那里直拱手说："好汉，有话好好说，动手伤和气。"

老大刘孝喜弯腰捡起地上的六轮，手里玩弄着"哗啦啦"作响。那个缠白布男人吓得站在那里一动不动。

刘孝喜"哗啦"一声，把六轮子卸掉，递给面前的男人说："今个只是给你们下马威。你们找岔子，也不打听打听大爷我是干啥的？我也不打你，你们滚吧！以后再敢寻那个女人，小心爷的炸子儿不认人。这把快火爷给你废了，省得你们以后耀武扬威吓唬人。滚！快滚！"

地上瘫倒的男人也醒过来了，默不作声站起来接过六轮。两个人互相搀扶着。先是后退几步，看老大刘孝喜并无进一步动手的迹象，这才转过身去，垂头丧气走了。

老大刘孝喜是如何得到消息，又及时赶来的？

原来刘孝福走后一阵子，巧儿忽然想起啥事来大惊失色地喊道："婶子，大事不好！我弟寻张先生去，会不会遇到强人？我这几天眼皮子一直跳，会不会应到这上面？我伤了鸨儿，他人财两空，不会认倒霉的。会不会打听到我在张先生家治伤，寻先生麻搭？我兄弟去了，会不会也遇到麻烦？"

灯芯一听，立马慌了神，一时不知道该咋办。

巧儿提醒说："上回接我，见你家老大是个英雄。他去了，没准能治住恶人？当然，没事最好。"

灯芯说："好好好，你待在屋里哪儿也别去。我这就寻老大去。"

老大刘孝喜没等灯芯把话说完，立即意识到有大事发生，飞身上骡子，急急忙忙赶到了黄店子张先生家。

九 村子里腊月二十六有个古会，主要是卖肉，供农家蒸"碗碗"用。

早起打扫完前后院，灯芯打开前门，看到街上来来往往的人已经不少了。

灯芯回屋子里给巧儿换药。打开白裹布，灯芯高兴地说："新肉都长满了，原来的洞洞结了痂。再等个十天半月，痂掉了，你的伤就好零干了。"

伤口就要痊愈了，巧儿却高兴不起来说："婶子，我在你家住这么长时间，你对我就像亲娘一样哩。我没啥报答你的恩德，反而给你家惹来不少麻搭。我这心，亏得慌哩。"

灯芯说："碰上了，就是缘分。你还给我家老二教了扯面手艺。说实话，要不是你肯把绝活传给我家，只怕是我家一辈子也开不起个门面。啥话都不说了，今个村里有会，你要是身子方便，就外出走走，散散心。可惜我家穷，没有钱。要不然，买二斤肉来好好过个年。"

两人正说话，老二刘孝福过来说："妈呀，我今个给焦财东家帮工。他家要买两扇大肉，我帮他们炝肉装碗碗。工钱是一斤拆骨肉。嘿嘿，正好咱家过年有肉吃了。"

灯芯说："好得很哩。要不说是大门大户的有钱人。一般人家都是年三十才炝肉装碗碗，财东家倒提前了四五天。"

老二问："要是换了炝好的熟肉，就是一方，差不多就是十两。咱是要熟肉还是生肉？"

灯芯说："要生肉。自家炝了，肉汤还能给你姐补身子。大年三十炝肉，还是个喜庆事情哩。"

老二走了，巧儿对灯芯说："婶子，我就不上会去了。我这样的人，出门去保不齐又叫谁盯上了，再惹个啥麻搭，就不好了。"

两人说着话，做着针线活儿，不知不觉天已近午。

老三刘孝贤来了，手里拎着一条肥瘦相间的猪肉说："妈呀，我家买了肉，我三大说怕咱家钱不方便，让我给送一条来，过年待客用。"

灯芯说："肉放到案板上，等你二哥从焦财东家拿来肉，三十黑了一块儿炼。对了，你大在世不是叮嘱过你几回了，不管在啥地方，也不管对着谁，你都要把你三大叫大哩。你可记住了？对了，我看你家这段时间，日子好过得很哩。你大添了羊皮袄，你妈做了灯芯绒的棉窝窝，还置办了一床里外三新的棉被子。娃呀，你家的钱都是从哪儿来的？保险不保险？你大可是叮嘱过你，不要挣来路不正的钱。"

老三没有正面回答灯芯，反而说了一堆不沾边儿的话："官府行事，欲盖弥彰。在赌场外立了块石碑，上刻'一个赌，一个抽，非除了不能安宁'。宫府若真心除弊，或水淹，或火烧，或抓，或罚，或杀，不怕赌场烟馆子不灰飞烟灭。装疯卖傻者，心似明镜也。唉！对了……"

老三说着，瞟了一眼巧儿，把到了嘴边的话又咽了回去。

灯芯泼烦了说："你看你这娃儿，说话要不就云里雾里，要不就说半句留半句。有话快说。"

巧儿紧张了问："兄弟呀，你得是在街上碰到啥人了？"

老三这才说："大街上行人如织，热闹非凡。可是，有几个彪形大汉，非买非卖，鬼鬼祟祟，形迹可疑。只怕是……"

灯芯看一眼巧儿，发现她已经有点哆嗦了。安慰她说："赶集上会，人山人海，碰到几个生人有啥奇怪的？巧儿，甭听他的，安安稳稳的，过了年再商量大事。"

老三摇着头说："年前年后，大不同也。以我之见，姐绝非久留之人。早想办法，早做安排，方能主动应对。"

灯芯说："就是商量，也得等夜里老大、老二都回来，一起拿个主意。老三，你这就去寻你大哥，叫他黑了天就过来商量事。"

老三起身就走说："事不宜迟，我这就去。姐，万万不可出门。"

老三走了，灯芯嘴里说不害怕，其实心里比巧儿还紧张。她无心做针线活儿，关了前门，过一会儿就从门缝里往外瞄。却见大街上依旧人来人往，人声鼎沸，热闹非凡，也没瞅见啥彪形大汉。

黑了天，老二回来了，手里拎着猪肉。老三也来了，心神不定。过了一会儿，老大刘孝喜终于来了。

老大一来，灯芯才把油灯点亮。这一点不要紧，瞅了一眼老大，嘴里"哎哟"一声，端着灯凑到老大跟前来看。

只见老大眼圈青了，鼻子红了，脸蛋肿了，灯影里活像个钟馗。

老二和老三也赶紧过来问长问短。

老大刘孝喜满不在乎地说："这算个球哩。妈日的，后晌，我从总旗村回来的路上，碰见几个强人。我还没拉开架势，强人不问青红皂白就上手了。要是有个准备，他们几个算个毬，都不是我的对手。"

灯芯心疼得直落泪埋怨说："你大临走咋给你叮咛的？让你老老实实、本本分分，你偏不听，打打杀杀的。你要是有个好歹，我咋给你大交代哩？"说着，哭泣起来。

老三阴沉着脸问："他们打你，因为何事？"

老大说："啥毬事情嘛。上一回让我打趴下，又让我把六轮子卸掉的人，不服气下黑手了。朝我要六轮子，还问巧儿的去向。完了，抢走了我的烟熏色骡子，说是拿六轮子和巧儿来换。妈日的，寻死哩。明个我寻几个过命的好汉来，收拾了这帮狗日的。"

老二说："还好哩，人放回来就好。往后咋办？"

巧儿心里很过意不去，拿手巾给灯芯擦眼泪说："恩人们，事情很明了，他们就是冲着我来的。赶紧的，送我走，连夜。我去哪里你们别管，弄辆车，把我拉到渭河码头，我坐船走。"

老三说："渭河，雨河也。早已行不得船了。"

老大问："是个这，巧儿，你今个就给个干脆话儿，往后你想咋办？是出家当尼姑还是配煤黑子？是给人做小儿还是当佣人伺候人？原来我还想着你人长得白皙，给我兄弟当媳妇哩。看这向，怕是不成了。你想咋？我来办。不过，说好了，我要抽水头的。要不然，我婆娘还不让我管这些咸淡事情哩。"

巧儿一阵脸红，一时言短不知咋样回答好。

灯芯训斥老大说："你看你，多大的人了，说话满嘴胡呔。巧儿，甭理他，狗肉上不得席面的东西。"

老二说："姐走了，谁教我学扯面哩？"

老三说："大哥言之有理，所谓有谋在先，不测亦测。赶紧想个万全之策来。"

灯芯说："巧儿呀，不是婶子心狠不留你，你总这样下去也不是个办法。你不是说你那没过门的女婿在同州，就让他们弟兄几个送你到同州咋向？"

老大大大咧咧说："妈呀，你得是糊涂了？巧儿这番经历，谁家敢要？硬是过去寻人家，只怕是剃头挑子——一头热。"

灯芯想想，老大的话也有道理。想说啥，又确实没个好办法，也就不再说话，闷头想法子。

满屋子人都不说话，场面陷入了令人压抑的沉闷。

过了一会儿，巧儿狠着心说："大哥，看得出来，你确实有办法有门路。是个这，有些话儿，当着两位兄弟的面，我不好出口。嫂子如果不嫌弃我的话，我和你到你家去说话。"

老三刘孝贤一听，明白了巧儿的用意，起身拉着老二的胳膊说："二哥，你随我来。我大说有个媒人想给你提亲，他想和你说说话儿，也好给人家回音。"

老二刘孝福丈二和尚——摸不着头脑，坐着不动问："怪事情哩，甭说咱家里这穷样儿没有哪个女子肯嫁过来。就是有人提亲，也是妈做主哩。妈咋不知道？"

老三拽起他来说："亚父如父，当家做主。走走走！"

眼看老二和老三都走了，巧儿狠着心说："大哥，你是个英雄，我实话实说。我早就给婶子说过，我活在这个世上，就只剩下两件事情了，一为恩人舍命，二和仇人兑命。只要是不去窑子，到哪儿都成。大哥，这事你就做主了。卖了典了都成。不管得多少钱，我都不要，都给你。你把先生的诊金结了，给老二兄弟留点钱开门面，给婶子几个钱养老。剩下的就都是你的了。我这里给你作揖了。"

说着，拱手作揖，泪流不止。

老大是个狠人，也是个硬汉子。可是，这时候，不知道咋的铁石心变作了绕指柔。

老大拱拱手算是还礼说："你放心，我一定给你找个好去处。是个这，我明个就去寻人打听事儿，给你找个好人家。妈呀，这事儿就这样办，你早歇着，我回去了。"

灯芯说："老大，你费点心，把这事办周全了，也是积德行善。千万千万，甫叫她再受可怜了。"

说着，和巧儿抱在一起痛哭。

大年三十夜，月黑风高，家家户户闭门备年。一辆带轿厢的驴车来到灯芯家后门，从车上下来几个短衣大汉，人人带着家伙什儿。长的等身棍棒，短的插腰攮子。

老大把门叫开，进门就说："妈呀，巧儿的事有着落了，我这就带她走。你快些帮她收拾东西，车在门外等着哩！"

灯芯忙吹着火媒子，把灯点亮说："寻好人家了？这就走吗？寻的是个啥人家？"

刘孝喜说："妈呀，现在不是说这些话的时候，反正有落脚处就是了。你赶紧收拾东西，迟了慢了只怕走不了啦！等我把她送到地方，看着安顿好了，再回来给您细说。"

灯芯收拾包袱，巧儿下炕来一头跪在地上说："妈呀，您以后就是我妈哩！我家里没啥人了，以后您娃不管走到啥地方，都认您做亲妈，认这里是我的老家。妈呀，您娃在难处哩，两手空空没啥孝敬您的，这里给您磕三个响头。不管您认不认我，你娃都认你这个亲妈哩。你娃这一走，不知道啥时候才能回来看您。等我立住了脚，报了仇，我回来报恩。妈呀……"

巧儿痛哭不止，灯芯一把抱住她的头说："我苦命的娃儿，你这一走，叫当妈的我咋能放心？不管你走到哪里，安稳了就捎个信回来，顺当了就回来看看，待不下去了回来寻妈，妈还要我娃哩！妈认我娃当亲亲的女儿哩……"

这里两人难舍难离，那里老大急不可耐地说："快走些快走些，走迟了有危险。妈呀，又不是去送死，哭啥哩？"

说着，把灯芯拉开，一迈腿上了车说："都跟紧点儿，妈日的，遇到挡道拦横的，二话不说上家伙来硬的。走！"

没有响鞭，老大刘孝喜一脚蹬在驴屁股上，一声"嘚起"，驴蹄子、车轮子都包上了麻袋片儿的车子，悄无声息地走了。

十 老大刘孝喜连夜把巧儿送走，过了正月十五才风尘仆仆地赶了回来。

他先回到他妈灯芯的屋子里，进家门已经是晌午了。

一见老大刘孝喜，灯芯劈头就问："人送到啥地方去了？收留她的是个啥人家？人家要她是当丫鬟还是做小儿？"

老大刘孝喜费劲地从棉袍里面掏出两块光洋放到饭桌子上说："人送到凤城一个姓韩的大财东家，给人家当丫鬟，伺候韩财东的老妈，管吃管住还有零花钱。妈呀，你就放宽心，她有了个好人家，也算是好命好运气哩。给，这是两块钱。一块是给你的养老钱。还有一块，给老二开门面用。"

灯芯看了看钱又问："这钱，得是巧儿的卖身钱？人家一共给了多少钱？巧儿给自己留了没有？"

刘孝喜说："妈呀，你能不能先给我一口水喝？我在庙合镇吃了一碗糊裹馍，店主家把盐放重了，口渴得很哩。"

灯芯忙从灶膛里拿出一个瓦罐来，又拿来一只碗，倒了半碗水说："水还是温的，你喝吧。我这就给你做饭。你赶早吃了饭，又走了十几里地，肚子早就空空的了。还有，我刚才问你的话，你还没有给我说哩。"

刘孝喜"咕咚咕咚"把半碗水喝完，抹抹嘴说："妈呀，这些事情你就甭管了。反正人好好的就成了。当然，提前说好了的，我要抽水头的。要不然，豆颗儿饶不了我。就是个这，我走了。"

灯芯有点着急了说："你先甭走哩，话说清楚再走。还有，欠人家黄店子张先生的诊金，啥时候还人家？巧儿说过，看病先生的钱，拖欠不得的。"

刘孝喜说："妈呀，你就放宽心，黄店子张先生给巧儿治伤的钱，巧儿给了。得了空我就去清账。不过，可说好了。我大看病拿药的钱，可不在这里头。哎呀！差一点忘了。我不在家这段时间，有没有人寻过咱家的麻搭？"

灯芯说："倒也没有啥人来寻麻搭。只是不知道有没有人寻张先生的麻搭？"

刘孝喜得意扬扬地说："嘿嘿，这就对了。我临走前叫人放出话去，巧儿远走高飞了，和咱家没啥牵连了。估计那帮尿货信了。要不，咋会不来寻麻搭？咱家他们都不来了，张先生那里就更没有人去了。我和那帮尿货的死结，还没有解开哩。赶明个，托了人，设个局，我把六轮子还给他，他把我的骡子还给我。哼！要是饿瘦了我的骡子，就和他没完没了。妈呀，你在些，我走了。"

灯芯说："你抽空寻一下你三弟。你没回来这十几天，他来过几回，说是有要紧事商量哩。"

刘孝喜一边答应，一边起身就走。

刚走到大门口，正好碰见老三刘孝贤来了。

两人一碰面，老三刘孝贤就说："兄长一走，半月余却似有三年两载。走走走，有要事内屋相商。"

老大说："短话就在这里说，长话就等黑了说。我还有事情要办哩。再说了，有些话叫妈听见了不好。"

老三无奈地说："这里四处漏风，机事不密，必有祸秧。罢罢罢，长话黑夜说。短话，巧儿何去？得以安稳吗？"

老大左右看了看，见四下无人，这才在老三耳根子旁小声说："人我给卖了。买主是个大财东。验了货给钱的。总共二十块大洋。嘿嘿。说是巧儿长得好看，值钱。人家买了做啥用？我给你说，你可甭给谁说啊。大财东的老妈，估计活不了几天了。人一死，巧儿也要跟了去。说是在那头伺候人哩。"

刘孝喜说完，带着一脸诡秘自顾自走了。

老三一听，五雷轰顶一般六神无主。

稍稍稳了稳神，老三流着泪咬牙切齿骂道："此乃万恶之首人殉也！始作俑者，其无后乎？以人为俑，其无祖乎？奈何社稷倾覆，生灵涂炭。神器戛易，民众倒悬。庙堂之上，朽木为官。殿陛之间，禽兽食禄。痛哉！哀哉！惜哉！"

冬极阳生。立了春，过了年，天气一天暖似一天。先是房上积存了一冬天的厚雪，在一阵阵"滴滴答答"的响声中化作春水，涓涓细流顺房檐，走屋后，沿路边，穿石涵，在涝池找到了归宿。半池春水在柳树根荡漾，撩拨得树梢油润水滑起来，微风中尽情舞动美人臂，显得风情摇曳。

麦子地里的雪，不知道何时带着一身洁白远去，留下了褐色的土地和半青的麦苗儿。

蔓菁到底比麦子勤快一些，早早穿了绿裙子，伸直细腰身，含羞带姣，惹得妇女们携上篦篦笼儿掐了蔓菁苔儿当饭充饥。

村子里一半地都是东头刘财东家的。也只有大户人家才种那么多蔓菁。

刘财东早早放出话儿去，说是雪大麦丰，今年会有个好收成。蔓菁迟早要掐薹的，为的是多发枝儿多开花。地里的头茬蔓菁薹儿，任人掐去，还省了东家的人工。

吃了后晌饭，老二刘孝福对灯芯说："妈呀，眼看得天暖和了，我也该出去寻营生了。我打算先去黄店子张先生家，再讨教个好法儿来，看看能不能把扯面佐料里的邪味儿去掉。再以后，我想到河东里去，寻个高人，学学手艺。巧儿姐不是说过了吗，河东有高人，扯面是行家。咱家穷，买不起麦子面，我也就不敢可着劲儿练习，到现在手艺还是半瓶子水。寻个高人家，当两年学徒，就差不多了。"

说着，老二刘孝福忽然伤感起来，眼圈一热，扭过头去。

灯芯知道老二是想起了巧儿，劝慰他说："你大哥不是说了吗，你巧儿姐在凤城财东家好好的，有吃有喝有得住，还有零花钱。你还有啥不放心的？娃儿呀，妈知道你的心思。咱穷汉人家娶媳妇，老实本分过日子最紧要。别的，就不要寻三想四了。对了，依我看，你巧儿姐给的钱，结清了你大的诊金和药钱，还剩下一块光洋。拿这钱给你置办一身光鲜衣裳，再托人说媒提亲。我娃儿长得脱条白净，再穿一身好衣裳，不愁娶不上媳妇。"

老二脸带苦愁说："好我的妈哩，衣裳穿烂了就没有了，钱也就打了水漂。要是用来学手艺，就是把钱花到了正经地方，以后才能赚钱。我姐留下的钱，就是让我做这个用的，可不敢胡花乱用。要不然，我姐知道了心里也不好受。"

灯芯注意到，老二的嘴里，已经把"巧儿姐"变成了"我姐"。

灯芯心里也不好受，岔开话题说："可是，门上人都传来传去说，河东里东洋兵凶得很哩，杀人放火占地盘，很多人都活不下去逃难去了。人家都逃难了，你还上赶着去？你叫你妈咋能放心？还是不去了啊。实在不成，用这钱买来面粉，你在家里慢慢练习。"

老二说："不管东洋西洋，不管谁当皇上坐天下，咱都是种地纳粮的顺民。我一不偷，二不抢，三不造反，谁会和我过不去？甭说别的，先寻张先生讨教要紧。"

灯芯看看天色说："要去，你就现在去。每到天暖和了，先生就天天出诊，夜里才回来。你早去等着人，讨教完了就赶紧回来，甭耽搁先生给人把脉看病。"

老二刘孝福一听，起身就要走说："正好哩，我这就去。"

灯芯给他拿了个蔓菁菜窝窝说："拿着，饿了路上吃。早去早回。"

刘孝福到了黄店子张先生家，先生果然出诊未回。看看天色尚早，他拿来木桶，到涝池挑来水，给门前两棵杏树浇了水。又看了看树冠对张先生老婆说："婶子，借你家剪子用用，我给杏树剪剪枝。先生只怕是没有空儿打理，树枝都长疯了。"

张先生老婆笑着说："你这娃真勤快，要不先生咋就会喜欢上你？只是，树枝千万剪不得的，你坐到屋子里喝茶。"

刘孝福说："是先生不让剪枝？为啥？"

张先生老婆说："他那人，讲究多，毛病也不少。说是别人种杏为吃果子，他栽杏树只为看花。枝条越多，花儿也越繁。"

两人站在门外说着话，远远地看见张先生提着药箱回来了。

刘孝福赶紧迎上前去，接过先生药箱说："先生今个回来早，想来是病人不大要紧。"

先生一路走，脚步轻快，神情洒脱地说："天回春，地回暖，人回脉。牛家村牛老先生用药半年，大病初愈，已经能下床走动了。可喜可贺！"

说着话，就到家了。

天已麻擦黑，先生吩咐："烧汤，待客。贤侄稍等，一起用膳。"

刘孝福赶紧摆着手说："不打扰了。我带着干粮，先生只管喝汤，我是来讨教作料的。先生指教完了，我还要赶紧回去，甭叫我妈担心。"

先生带刘孝福到了屋里坐下说："说是用膳，不过清汤一盅。贤侄若带了干粮，热汤送之，岂不妙哉？"

话说到这里，刘孝福心头一热，从怀里掏出干粮来说："先生对我就像对待自己的侄男子弟，我好福气，好运气。"

先生一眼看见刘孝福手里的菜窝窝说："难怪看你面带菜色，原来你就是拿此等粗糙之物果腹？贤侄如此窘迫，为啥急着还我诊金？不必！大可不必！"

说着话，汤端上来了。等先生喝过一口，刘孝福才端起碗来喝汤。一口汤到嘴里，只觉得满口生香，咽了汤忍不住说："先生家的汤，这么香，用了啥上等作料？"

张先生笑笑说："不过是几味常见草药，断无山珍海味。对了，这碗汤的作料，还是令尊在世时，和老夫一起探讨过的。"

刘孝福眼前一亮说："我大说，扯面要用作料泼油。可是，作料一泼煎油，味道很邪咧，没有个好办法哩。我来向先生讨教。"

张先生说："药食同源，配膳如配药。药理上讲，君臣佐使，互相牵制。凡是邪味，臭味可驱。换言之，凡是臭味，邪味亦可驱。"

两人边喝汤边聊天。不知不觉，天色已晚。

先生挽留，老二执意要走。回来的路上，刘孝福反复琢磨张先生的一句话："二月茵陈三月蒿。"

快到村里时，刘孝福心里豁然开朗，一拍大腿说："看把他的，原来是个这。"

十一 张先生一句"二月茵陈三月蒿"，让一直纠结于作料邪味儿难除的刘孝福豁然开朗。他想，蒿子是他大刘挽钩焖肉作料的秘方之一。闻起来臭烘烘的蒿子，和其他作料配合起来使用，能使肉松软滑嫩，而且有一股让人难以忘怀的香味儿。问题是如果用来调制面食，却有一种拒人于千里之外的邪味儿。也就是说，本来是臭味儿的蒿子，在面食上使用，却成了邪味儿。茵陈除了药用以外，还是穷苦人家青黄不接时的一道救命野菜。其在沟壑边、乱交坟、荒野地大量生长，生命力极其顽强，非连根挖不能使其绝命。这种东西绝就绝在时令性极强。二月里就是茵陈，三月里就变成了蒿子。

刘孝福想起来，茵陈确实有一种说不清楚的味道。既不是臭，也不是涩，还不是酸，那股劲儿带着味儿直蹿到腮帮子，以至于农家吃茵陈，总得拌上蒜末浇上柿子醋才能下口。

茵陈和蒿子本是同根，同时使用，没准能化臭为香，融邪为正。

刘孝福想了一夜，越想越兴奋。第二天天刚亮，他就穿衣下炕，一头扎到村东砖瓦窑寻茵陈。

二月初，茵陈刚刚露芽儿，刘孝福不管不顾，连刨带揪，弄了一把，塞到棉衣口袋飞快跑回来。

灯芯正在洗脸，看见刘孝福一身露水回来问："你黑黢黢地做啥去了，问你你也不说，走时连门都没关。你慌里慌张的是咋了？"

刘孝福兴奋地说："妈呀，快快快，得了宝贝了。赶紧把火生着，我要试验一下张先生教给的方子。"

灯芯说："咱家里一点儿白面都没有了，你咋样试验？等吃了饭，你去你三大家借一碗来。"

刘孝福从炕上的箱子里翻出一包作料，又飞快地下炕跑到灶房说："今个光做作料，不用面也成。你把火笼上，把油烧热，再弄一片馍馍就成了。"

刘孝福把茵陈择好洗净，用刀在案板上剁成碎末儿。灯芯烧好了油，又拿来半个豆面窝窝说："你看这得成？"

刘孝福忙得来不及回话，只见他把作料撒在馍馍上，又在上面撒上茵陈末儿，拿起盛着热油的铁勺子，把热油一股脑儿泼在馍馍上。只听"呲啦"一声尖锐的响声过后，空气里顿时香气弥漫。

稍等片刻，刘孝福迫不及待拿起馍馍，看了看，一口咬下去，闭上眼，嚼了嚼，咽下去，默不作声。

灯芯忙问："咋个向？成不成？"

刘孝福睁开眼，兴奋得满脸通红说："妈呀，成了！成了！这一下我大就放心了。"

灯芯从刘孝福手里拿过吃剩下的馍馍，尝了一口说："邪味儿和臭味儿都没有了，香得很哩。可是，老二，我咋觉得有一股青草味儿，还有一股麻麻的味儿在舌根儿上贴着哩。"

刘孝福还沉浸在成功的喜悦中，听灯芯这样问，他满不在乎地说："妈呀，这只是个试验。往后咋样配料，还要试验很多次的。这一回用的茵陈，是鲜草。先生说过，鲜草极少直接入药，还得炮制才成。配药是这个道理，配作料也差不多这样。只要能把邪味儿和臭味儿去除，咱就弄成了。往后再试验，看看把茵陈晒干切碎成不成？还要看看茵陈是不是再用水焯了才好。妈呀，你就放心吧，这一回，一准能成。"

灯芯也高兴起来说："对着哩。那一股青草味儿，得焯了水才能去掉。老二，过几天茵陈长大了，你多弄点儿来，多试验几回。可是……"

刘孝福说："妈呀，你说了半截话又不说了。我知道，你忧愁咱家没有面也没有多少油，往后试验缺东少西是不是？"

灯芯说："就是哩。依我说，拿那一块光洋买成面粉和青油，你就畅畅快快试验。"

刘孝福摇着头说："我姐给的那一块钱，留着我有大用处哩。妈呀，你想想，就是我试验成了，还不算数。还要看食客喜欢不喜欢。还有我的和面、揉面和扯面，功夫还差得远哩。"

灯芯忧愁了问："你得是还想去河东当学徒？我给你说，那边的仗越打越凶，黑夜里都听得见轰轰隆隆的炮声。我可不敢叫你舍命去河东。"

刘孝福说："妈呀，你说的这些我都盘算过了。河东里这时候去不得，我也不想去了叫你成天担心。我姐不是说，邰阳坊镇有卖扯面的，生意好得很。我给他当一半年学徒，练练手艺。再顺便试验一下我弄的作料，看食客喜欢不喜欢。"

灯芯说:"不去河东就成。不过,你巧儿姐说了,邰阳那里也不太平,啥人都有。你去了,可要当心哩。还有,你再打听打听,看看咱村里还有谁和你结伴儿?有人结伴儿我才放心。"

刘孝福说:"能成,我打听一下。老早的时候,我瓷锤哥说想学做踅粉儿的手艺。踅粉儿,坊镇最有名。我问问他去不去?"

刘孝福寻见一问,瓷锤满口答应,说早就想去哩,只是没有盘缠。

刘孝福说:"我有盘缠哩,够咱俩一路用的了。再叫我妈和你妈炒些熟面当干粮。现在天不热不冷,走路正好。哥呀,你赶紧准备几件换洗的衣裳,后天一大早就走。你看得成?"

瓷锤说:"你都愿意给我出盘缠,还有啥不成的。就是个这,各准备各的,后天就走。"

夜里,灯芯给老二炒熟面。没有白面,就拿豆面和糜子面两搅和。

正忙着,老三刘孝贤来了。

刚刚坐下,老三发现灯芯在忙活就问:"炒面,熟食,干粮之用。谁要出远门?"

灯芯把老二要出门学手艺的事情说了一遍。老三听了,默不作声。

油灯下灯芯细看,却见老三面有难色就问:"老三,你是咋了?有啥事儿?"

老三吞吞吐吐地说:"有大媒提亲,条件有三,首当其冲就是需男方有瓦房三间。我大愁眉苦脸,束手无策。我乃一介书生,手无缚鸡之力。劳作无力,偷抢无胆,挪借无路。我想……"

灯芯说:"你得是想借钱哩?惦记着你巧儿姐给的那点钱?我给你说,甭说一块两块的不顶用,盖三间瓦房,还不得几十块光洋?再说了,你家的庄子也就一巴掌宽,就是有了钱,在啥地方盖?"

老三干脆不隐瞒了,直来直去说:"妈呀,不瞒你说,我这段时间练习打牌,虽说小打小闹,却也长盛不衰。这麻雀儿牌,我得了诀窍,有把握只赢不输。我想借钱做本儿,赢来院子赢来房。"

灯芯听老三说要去赌博，气不打一处来说："看你识文断字的，念了不少书。你的书都念到沟子去了？你指望打牌发财，是白日做梦哩。趁早卷了这张席，该做啥做啥。那一块钱，你二哥学手艺做盘缠哩，你就甭打鬼主意了。"

老三刘孝贤大不以为然说："眼下世道昏暗，豺狼当道。老实本分者，哪个衣食有着？反倒是一个个为官为匪为盗者，脑满肠肥，优哉游哉。妈呀，我不和你说了，道不同，不相为谋。我寻我大哥去，大不了给二分利。哼！"

说着，老三抬腿走人，却正好碰见手里捧着干茵陈进屋来的刘孝福。

刘孝福看三弟气呼呼的样子，忙问有啥事？老三不搭话头也不回地走了。

灯芯叹着气说："都是娶媳妇把娃娃愁得，胡出主意乱想点子。他还想着借钱做本儿，靠打牌挣大钱。你说好好的人，咋就不走正道儿？"

老二刘孝福听了，也陪着摇头叹气。

一大早，天还黑乎乎的，老二刘孝福就和瓷锤相伴出村，一路向东，走了五里地，天方大亮。

天黑的时候，两人走到了同州。在城外寻了个拿鸡毛当被子的小店住下来，开水冲熟面当晚饭，和衣而躺，一夜无话。

早起，两人买了两个蒸红薯当早饭，又问了问道儿。有好心人给指了一条近路后，不耽搁，急急忙忙出城赶路。

出城五里地，就到了壕沟路。几丈深的壕沟边儿上，有一条小路直通郃阳。

小路走不了车，行人贪近才愿意走。

太阳升起来了，路边草尖儿上的露水慢慢褪去。刘孝福和瓷锤脚下生风，走得嘴里"呼哧呼哧"紧着喘气儿。

走在头里的刘孝福远远地看见对面来了几个穿土黄色衣裳、身后背着"快火儿"的人。再细看，打头一个人腰里别着"六轮子"。

刚想提醒后边的瓷锤，却听瓷锤颤抖着声音问："兄弟呀，你看对面是不是来了吃粮的？我害怕哩，咱赶紧逃跑吧？"

刘孝福心里也发虚，不过还是给自己壮了壮胆说："怕啥哩，各走各的，甭怕！"

来人已经很近了，刘孝福看清楚了。一共七个人，一个当官的，六个兵娃娃。

就在刘孝福和瓷锤侧身给对方让路的时候，当官的一声令下："拿了他！"

身后的兵娃娃"呼啦"一声涌上来，七手八脚把刘孝福摁倒在地，双手被扭到了身后，疼得他"哎呀哎呀"一阵惨叫。

又有兵娃娃去收拾瓷锤，却见这货不顾命地纵身一跳，连滚带爬就滚到了沟底。

随即，瓷锤在沟底一阵狂奔，边喊着："兄弟呀，各顾各吧。我跑回去，给你家里报个信儿去……"

有个兵娃娃从肩膀上卸下来快火就要搂二拇指，被当官的挡住了说："看不着，还打个毬？白费子儿。他妈日的，算他运气好。弟兄们，捆了这个瘦杆狼，回城。"

这伙吃粮的是道儿上抓壮丁的。

十二 原来，河东战事吃紧，日寇步步紧逼，守军节节败退，眼看河东国土尽失，关中危在旦夕。国民革命军驻陕军队在固守风陵渡，防范日寇西犯的同时，充实士卒，扩编员额，积极备战，俟命东征。

驻同州的是国民革命军一个团部。该团由于内部腐败，长官长期喝兵血吃空额，弄得军纪涣散、兵无斗志、管理混乱、武备松弛，在上峰阅检中受到训斥，并严令一个月之内充盈兵员二百，以实补空。

该团骆团长预感大事不妙，如果不在期限内填充兵员至编制定额，不仅官衔不保，还有被割头祭旗的危险。

为保官保命，骆团长亲自出马，张贴告示，设棚备簿，在守土抗战的大旗下招兵买马。可是，连年饥荒内乱，把个富庶之地折腾得十室九空，青壮寥寥无几，老弱苟喘活命，十日半月征不到半百新兵。骆团长情急之下，下了死命令，所属三个营加一个辎重连，一律派出征员小组，凡十五到五十之间的男丁，一经发现便立即捕获，绳绑囊括至团部，往头上戴一顶军帽就算是正式入伍了。

抓刘孝福壮丁的兵娃娃，就是该团辎重连的万排长带的。万排长带着兵娃娃，在官道儿上设卡抓人，一连几日收获寥寥。因为兵荒马乱，本该车水马龙的官道儿行人稀少车马荒。好容易遇见赶车的、挑担的，不是老弱就是病残，青壮者十不足二。万排长眼珠子一转，想了个歪招儿。他想，人总是要走路的，官道儿上人少，没准儿小路上能有行人。一般穿行僻静之地的，青壮年居多。

于是，万排长带着人在小道儿上碰运气，头一回去就碰到了刘孝福和瓷锤。

瓷锤挣脱兵娃娃的撕扯，夹袄袖子被扯去半截儿，跳崖滚沟算是逃脱了。

再说刘孝福，被绑着绳子押到同州城内，和先后被抓来的五六十个壮丁一起，关在城隍庙后院受训。城隍庙四门有兵把守，看守严密。当官的三令五申，有敢于逃跑者，立毙不赦。

说是受训，实际上也就是扛着木棍子走来走去，不时有官长前来训话。

这天下了操，来了个少校军衔的官长，其是骆团长的亲侄子兼副官。他来到壮丁营，前后左右打量一番后，挑出来十几个长得顺溜的年轻人，叫到一间屋子单独问话。

万排长把刘孝福带到小屋，满脸谄媚对骆副官说："长官，您看这货，白白净净不像正经庄稼汉。还有，这货竟然带着一块光洋，我搜出来了，就等着有机会孝敬您。这不，您大驾光临，小的奉送，权当茶钱。长官能在团长面前给小的美言几句，好歹让我混个连副，小的感激不尽，日后定有重谢。"

　　骆副官把光洋扔到桌子上，看都不看一眼就说："我不要钱，就要人。你说这个壮丁，除了带银圆，随身之物还有啥？我看他像个生意人。"

　　万排长说："他带着个包袱，里边净是些药材作料。他说他是个厨子，出门学手艺来了。也不知道是真是假。"

　　骆副官眼前一亮，起身把万排长扒拉到一边，手指头点着刘孝福的前胸问："你说你是个厨子，那我问你，你是做大鱼大肉的红案还是做点心面食的白案？"

　　刘孝福心里害怕，哆哆嗦嗦不知道怎样回答。

　　万排长一旁骂道："妈卖皮的，你咋是个傻屄货？长官问话，从实招来。你真的有个啥手艺，被长官相中了，就不用下到班里当炮灰了。"

　　万排长的粗俗，让骆副官很反感，白了他一眼纠正说："革命军人，血性男儿，投笔从戎是为了守土抗战，光复河山。什么炮灰不炮灰的！"

　　被骆副官训斥，万排长口里"是是是"个不停，退到一边垂首不敢说话了。

　　刘孝福看这个副官面善，说话和气，心里的害怕少了许多。他大着胆子说："军爷，我本来就是个厨子。我家祖传红案，我大临死叫我改成白案，专做扯面，将来想开个门面。我这回就是到坊镇学手艺的，不想被军爷抓了来。求求军爷，放我回家吧。坊镇我也不去了，回家伺候老妈，种地活命算了。"

　　骆副官来了兴趣，点着手指头问："看来你还是个全才，红案白案通吃。撩得太，团部小灶就要这样的人。你敢不敢去团部，当我的面试验一下？真的有手艺，留下当厨师。手艺不赢人，还回新兵营受训。"

刘孝福本能地感到机会来了，到团部去，伺候当大官的，没准儿混个面熟，说说好话，就能把自己给放了。

刘孝福拍着胸脯说："能成！我敢当着军爷的面试火一下。"

骆副官拍拍刘孝福的肩膀说："撩得太。万排长，派人护送。对了，这位兄弟叫个啥大号？"

刘孝福说了自己名字后，骆副官说："这名字好，能尽孝，还有福气。走！"

万排长讨好地说："长官，您千万给团长说，人，是我弄来的。"

骆副官走出屋子说："别的新兵，我就不看了。你赶紧派人护送。"

刘孝福心里明白，说是护送，实际上还是怕自己半道儿上跑了。

临出城隍庙门，刘孝福说："军爷，我的包袱还在营里扣着哩。还有，我那一块光洋……"

骆副官对送他们出来的万排长说："快去，把这位兄弟的包袱拿来。还有那一块银圆，物归原主。快去！"

万排长扭头就跑，霎时间出来，包袱递给刘孝福。那块光洋，却递给了骆副官。

骆副官亲手把光洋塞进刘孝福的包袱里说："被挑上当厨师，这钱就还是你的，没人敢拿。要是没有被挑上，就听天由命吧。"

骆副官头里走，刘孝福后面跟。再后面，就是两个端着长家伙的兵娃娃了。

团部设在一个大户人家，三进的院子。头院是警卫，中院是团部，后院是厨房。即骆副官说的小灶了。

骆副官进门，朝身后的两个兵娃娃挥挥手。兵娃娃收起家伙扭头离去。

骆副官把刘孝福领到厨房，对一个看起来有五十多岁的半大老汉说："老贾头儿，给你带来个徒弟。你上上手，看看是不是有两把刷子。"

骆副官走了，那个被称作"老贾头儿"的伙夫，正在系着洋面粉袋子围裙和面。他忙着手里的活儿，斜了一眼刘孝福说："有没有眼色？"

刘孝福一眼瞅见墙角的一摞小号笼屉，最上面一层是白花花的馍馍，忍不住流下口水说："军爷，能不能给个馍馍吃？饿得浑身没力气。我吃了馍馍，就帮您和面。"

老贾头儿朝馍馍努努嘴说："饿不死的厨子，打不死的骡子。你尽饱吃。"

刘孝福抓起两个馍馍，三口一个下肚，转眼之间两个馍馍吃下肚了。他又抄起水缸边的舀子，"咕咚咕咚"喝了半舀子凉水。随即，挽起袖子说："军爷，我来和面。"

老贾头儿后退几步满意地点点头说："你这小伙儿有眼色，能成事。当兵吃粮和熬活一样，不打勤，不打懒，专打不长眼。你和面，我弄菜，夜里团长有客人来。"

刘孝福和着面，心里想着：机会来了。

他揉着面问："看样子客人还不少。这些面，做面条的话够十个人吃的。"

老贾头儿说："看来你是个行家，一眼就能瞅出多少斤两。对着哩，团长的客人，大都是老陕，死爱吃面。今个夜里的招待，臊子面压轴。"

刘孝福瞅瞅天色还早，做扯面来得及就说："我会做扯面。这些面团，稍稍加点东西就能做扯面。油泼作料五味裤带面，不知道军爷们爱吃不爱吃？"

老贾头儿惊喜地说："你会做扯面？好得很哩。团长就爱吃这一口，可惜我弄不来。你要是能弄成，团长说声好，你的运气就来了。小伙儿，你叫个啥？"

两个人忙活着，老贾头儿对刘孝福说，他当兵吃粮，是自己找上门来的，不当兵就要被饿死。要不是会做饭，人家还嫌年龄大不要。他伺候团长五年了，年纪大了，家里又有八十岁老妈无人照顾。团长发了善心，说找好顶班的，就放他回去，还给他发养老的钱。

刘孝福一听，心里"咯噔"一声，想着自己要是被骆团长挑选上了，是不是也得干五六年？

家里咋办？一家人一定都急疯了。

要是选不上，是不是就好一些？兴许能早早回家？或者寻个机会逃跑？

心里想着事情，手里的活儿就慢下来。

老贾头儿似乎猜到了刘孝福的心思说："你到这里来，不管是被抓来的还是自己跑来的，如果不在团部的话，十有八九是要上战场的。不管新老兵，上了战场九死一生。你就求个好运气吧，被团长挑上了，就平安多半了。还有，别想着逃跑。拖家伙逃跑自古都是杀头重罪。"

刘孝福听得战战兢兢，总觉得脖子后面凉风"嗖嗖"地刮。

刘孝福横下一条心，先保命再说。

他不得不硬撑着把自己学来的半吊子扯面手艺，当作被挑选的"大考"卷子，使尽浑身解数力求圆满。

团长的客人吃完饭，已经是掌灯时分。刘孝福和老贾头儿正在厨房听命，骆副官带着满身酒气跑来说："新来的，姓刘的，做扯面的，赶紧到客厅去，团长吃了你的面，连声叫好，说是找到了几十年前的老味道儿，要赏你哩！"

十三 话说刘孝福被抓了壮丁，又被骆副官挑选到骆团长的小灶当厨师，第一顿扯面就出手不凡，赢得满堂喝彩。

众人拍手叫绝，骆团长当然有面子。加上又喝了不少酒，兴致勃勃，让骆副官把刘孝福叫到客厅。

刘孝福一进客厅，就被耀眼的汽灯光刺得睁不开眼。揉了揉眼，这才看清当间儿的八仙桌上，围坐着一圈军官，个个领章上星辉闪烁，看起来神采奕奕。

骆副官指着刘孝福说："就是这个兄弟，我一眼就看上了。拉过来试试身手，果然是个高人。今晚的油泼扯面，就是他的拿手绝活儿，说是好几辈儿祖传，诸位长官福星高照，给鄙人带来了好运气。来来来，你给长官说说，你这扯面都有些啥门道儿？和一般人家的扯面，到底有个啥不同？"

刘孝福本来不善言谈，没见过这么大场面。又加上胆小怕事，一时紧张，说话结结巴巴起来："我这是……其实，我的手艺也是半瓶子醋……我大叫我学扯面，我姐教给我和面，我刚开始，也是胡弄哩。黄店子张先生看病哩……神医哩。他说吃饭的都是病人，做饭的都是先生……"

刘孝福这一段前言不搭后语的话，惹得哄堂大笑。

骆团长更是笑得前仰后合，拍手直叫："高！把他的，我们行伍几十年，到今个成了病人？"

刘孝福不知道自己的话哪里惹出了乱子，也不知道这些军官为啥狂笑不止，更紧张了说："军爷，我不是故意的，我没见过世面，我给军爷赔罪了。"

说着，双手作揖不停。

骆副官上来解围说："小兄弟，你也是个革命军人了。以后，见了军官称长官，见了士兵称兄弟。不要随口胡叫，乱了规矩。"

座上的军官大都是土黄色军装，有两位显得很特殊。他们都穿着灰色军装，一位领章上缀着两颗星星，另一位缀着一颗。

众人狂笑的时候，那位穿灰色军装、缀两颗星徽的军官没有笑，反而脸色凝重，若有所思。

众人笑罢，那个一直沉思的军官说："这位小兄弟不仅仅是个做扯面的厨师，还是个哲人哩。他说得对，今晚在座的，包括我在内，都是病人。病根何在？国土沦丧，民众为奴，亡国之恨，殷鉴不远啊。我们身为军人，眼睁睁看着贼寇占我领土、烧我祠堂、杀我父兄、奸我姐妹，不说杀身成仁，也该马革裹尸。可是，我们却一天天沉沦不起，昏聩不醒，这不是灵魂出窍又是什么？不是病入膏肓又作何解释？"

骆团长摆摆手说："刘团长言重了。革命军人，服从领袖第一。纵然前方抗战需要猛士舍命一搏，后方守土备战也需我等宵衣旰食。今日长官部研讨御敌之策，也是以不变应万变，以枕戈待旦应对不时之需。"

刘孝福听不懂这些话，显得很尴尬，不停地点头说："是的哩，是的哩。"

骆副官说："诸位长官如果没有什么话要问的话，这位刘兄弟就先回去收拾去了。"

穿灰色衣服的刘团长赶忙拦住说："别别别，话刚开头，意犹未尽。小兄弟暂且留下，我还有话要问。刘兄弟与我同姓，应该是同宗同祖。是不是看在鄙人面儿上，赐座看茶？"

骆副官点点头，一招手，上来两个勤务兵，给刘孝福搬来个方凳，放在八仙桌一角，又给端来一杯茶。

刘孝福哪里敢坐，骆副官把他摁下去，他只坐了凳子一角，斜身侧目，不敢正视。

骆团长说："咱们都是老陕，一辈子吃不够面。敝人驻守同州，负有维护地方治安之神圣职责。去年，逮了三个打家劫舍的蟊贼，本来想着把三个家伙充军算了，也好助解我团兵员不足之困。没想到这三个货一人一身臭毛病，一个是大烟鬼，一个是独眼龙，还有一个浑身疮疖，恶臭难闻，遂决定杀鸡儆猴。临行刑，问三个蟊贼想吃啥上路，其不约而同要吃油泼手撕面。看把他的，这三个蟊贼一人一大碗油泼辣子手撕面，吃得直呼过瘾。完了，一抹嘴说，能吃上这么好的面，也不枉世上走一遭。甭说了，上路！果然，三刀砍下去，三颗脑袋滚到地上还咧嘴瞪眼做鬼脸。其中一个不知道咋回事，嘴角叼着一寸长的面条尾巴，又极其努力地把面条吞进嘴里去，方才闭眼。"

骆团长的话让众人啧啧称奇，却把刘孝福听得毛骨悚然，还一阵反胃想吐。

一个被称"参座"的中校军官说："扯面、撕面、拉面，按说同根同源，但一字之差，相隔万里。扯面宽厚，拉面细柔。而撕面介于其间，取两家之长，避两家之短，所以最为出类拔萃。刘兄弟今日之扯面，之所以不同寻常，在于以撕面为体，以扯面为用。归根结底，还是撕面的魂魄犹在而拉面的韵味尚存。"

一个穿黄色军服的少校说："参座是同州当地人，当然褒撕而贬扯。实际上，扯面才是关中一切面条的精髓。其他的，旁门左道而已。"

骆团长一看那个少校话中有较劲之嫌，就打圆场说："焦营长不胜酒力，话已走腔跑调，参座不必在意。"

穿灰衣服的刘团长说："诸位诸位，天已不早，待我问刘兄弟几句话，也就该客走主安了。"

骆团长说："刘团长远道而来，自是贵客。你问吧，我们喝茶，洗耳恭听，也算长见识。"

听刘团长要问话，刘孝福赶紧把身子转向刘团长，恭恭敬敬地听着。

刘团长问："兄弟哪里人？"

刘孝福说："河北人。听老人说，我们村子以前叫个永乐镇，以后叫过刁龙、刁灵，现在叫刁刘。满村人大都姓刘。我还听人说，我们村这一支人脉，是早年间从河南迁移过来的。"

刘团长说："这就对了。我娘舅家的祖上，也是从河南焦作迁移过来的。看来，你我两家，血脉虽有交叉，但也算很近。按说和我舅舅家不过五到六服。"

刘孝福说："可不敢跟您比，我们家辈辈都是穷人。"

刘团长又问："油泼扯面，臊子常见。你为啥舍弃臊子而用油泼佐料？"

刘孝福说："我也不知道这里边有啥道道儿，是我大临死时候让我学的。我大说，臊子面家常便饭，油泼作料才是独门绝技。以后学成了，在城里开个门面，能挣钱养家哩！"

刘团长问："我向你打听一个人。有个名人是你们那一带的。此人和于右任老先生的贤婿屈武同在同州师范就学，而后又和八路军朱将军在昆明炮校同窗。此人家资不薄，乐于捐款办学，只是现在不知踪影。这个人，你有没有听说过？"

刘孝福说："长官说的这个人，和我们村东头的刘团总情况差不多。我年纪小，不太清楚。可是，我们村的国民小学，就是他办起来的。"

刘团长兴奋起来说："八九不离十。你知道他现在去哪里了吗？"

刘孝福说："这个人已经多年不回来了，听说升了大官。别的，我就不知道了。"

刘团长失望地说："遗憾！我和他从未谋面，但心里对其景仰已久。罢了，还是说扯面吧。我祖籍蒲城孙镇，和杨将军本是同门。只是我爷爷给姓刘的舅太爷顶了门儿，所以我跟着姓刘了。我妈在世，常常给我做油泼扯面，虽说家常便饭，但在我看来胜过鱼翅燕窝。你做的扯面，味道和家母的极为相近，只是更绵缠醇厚、香味馥郁，显然更适合开馆子做买卖。你这里边有啥绝活？"

"这……"刘孝福不敢接话茬儿了。

骆团长说："在座的都是带兵打仗的行伍军人，没有人要你的秘方绝活。我们又不做买卖。你就大胆说。"

刘团长说："在不泄露你家秘方的情况下，说说看。"

刘孝福说："和面，别的人用盐水或者碱水，我用糊筋。别人用臊子拌面，我用油泼作料。作料，数起来要十几种。最紧要的，就是张先生说的，二月茵陈三月蒿。别的，就没有啥了。"

刘团长说："拿捏有度，收放自如。我这个小老弟，以后必成大事。甭说高官厚禄，起码宾客盈门。骆团长，兄弟有一事相求。"

骆团长说："你我生死弟兄，有话直言，但凡有，无不舍。"

刘团长说："好！痛快！我就直说不讳了。这个姓刘的小兄弟，和我前世同根，现世有缘。我想夺你老兄所爱，把他给了我可否？"

骆团长说："这个嘛……"

说着，看看骆副官。

骆副官说："刘团长看得起这位小兄弟，自然是他的福分，也是我们团长的荣光。可是，恕我直言。这位兄弟初来乍到，连军装还没有发。我的意思，不知刘团长您……"

刘团长说："骆副官果然玲珑八面，说话严丝合缝。明着说吧，他虽未经训练，也未经调教，生瓜蛋子初生牛犊。但，其骨子里忠厚，说话办事仁义，老弟就不必担心到我那里会出岔子了。"

骆副官说："刘团长说话见外了。我是说，我们团长厨师已经年过半百，家里有老母无人侍奉。想有人接手，好回家尽孝。好容易歪打正着，寻来这位兄弟……您看？"

骆团长说："按说一个厨子，无名小卒子，谈不上割爱。可是，骆副官说的是实情。"

和刘团长一同参加宴会的，还有一个穿灰色军装的，人称"刘副官"。此人深藏不露，席间寡言少语，只是冷静观察。

此时，刘副官站起身来说："刘团长想要这位小兄弟，并非家事私事，而是为了抗战大计。众所周知，咱们军团，别的团都是中央军，唯独我团为后娘所养，杂牌野路子。老长官孙将军正在河东浴血奋战，官兵死伤无数，枕藉相卧，情势惨烈。不日前孙长官来电，命我团挑选精壮关中子弟数百，不列编制，昼夜训练，以备最后关头力挽狂澜。诸位深知，日军装备精良，训练有素，极难对付，非刺刀见红不足以御敌。今日作战研讨，我等已然明白，不日将有大批将士开赴河东。刘团长精心训练的三百弟兄，将不在编制，不受王命，奋勇前往，救老长官孙将军于万敌阵中。这位小兄弟到我团，平日尽其所能，炊事相助。壮士赴死，酒肉筵席壮行，少不得吃一碗家乡扯面……"

刘副官话没说完，在座的军官"唰"的一声起立，骆团长带头敬了一个军礼说："杀敌报国，何不早说？来来来，我等热血军人，同饮此杯，祝刘团长麾下壮士旗开得胜，杀敌万千而功名在后。不光一个厨师，只要刘团长看上的，要人给人，要钱给钱，要家伙给家伙。国难当头，精诚团结，驱除鞑虏，光复中华。干！"

十四

刘副官一番慷慨陈词，引得在场军人热血沸腾。骆团长不仅大大方方答应了刘团长的请求，还嘱咐骆副官说："刘团长麾下猛士聚拢，不日将开赴河东前线，血战日寇，搏命倭贼，以期保疆安民，实乃亿兆百姓的依靠。刘兄弟虽说初来乍到，未曾严格受训，距我国军律条甚远。但其为出征将士效力，职责神圣，将命威严，不能白衣空衔。特授刘兄弟为中士衔，关上士饷。带其沐浴更衣，着戎佩衔。明晨响鼓鸣号，升旗礼送，以壮刘团长和这位小兄弟行色！"

这阵势，把没见过世面的刘孝福弄得云里雾里，既听不懂也看不明，除了拱手作揖，别无二话。

刘团长也很感动说："按照条律，除非军校毕业，初员一律授予二等兵军衔。骆团长这是在设坛拜将，用意深奥，鄙人心领神会。至于礼仪，大可不必。大战在即，兵贵神速。虽未到关键时刻，但军务在身，返营宜早。我等连夜返回，省得叨扰各方。刘副官，备车，即刻起身。"

刘团长辞了骆团长，带着刘孝福，乘一辆美式大卡车，星夜开拔。

刘团长和副官坐在驾驶室，刘孝福怀里抱着新领来的军装，和卫兵坐在车厢里。

车子夜里也不敢开大灯，只管轰轰隆隆地开。好在月光相伴，道路微白。加上夜深人静，官道显得格外宽阔。

十轮大卡沿着铺着炉渣的"军专线"急驰，车上的人忽然闻到一股刺鼻的焦煳味儿，刘孝福好奇地问道："各位长官，哪里来的焦煳味儿？得是哪个大户人家失火走水了？"

靠车厢板子坐着两排士兵，人人怀抱长家伙。有的是"汉阳造"，有的是"花机关"。还有一个虎背熊腰的大个子，两腿之间夹着"捷克式"，脚架收起来拢在手里。

听见刘孝福问话，大个子老兵高喉咙大嗓门儿骂道："还不是狗日的小鬼子造的孽！一大群绿头老鸹子生生把潼关县城抹平了，烟熏火燎十几天了。碰到老子手里，非在狗日的身上钻一百零八个窟窿眼儿才解恨。"

有个怀抱"花机关"的老兵说："可不是咋咧？狗日的没完没了开炮，把铁路都给封死了。火车只敢在夜里开，也不敢开灯，不敢叫唤，偷偷摸摸做贼一样。可怜那些扒火车逃难的人，让炮弹碰上了，一死一大堆。"

刘孝福对老兵们的话也就明白个大概。他觉得有点冷，把怀里的军装胡乱披在身上。

他这才注意到，一列火车拖着黑乎乎的车厢，冒着白烟"吭吭哧哧"地过来了，车顶上蚂蚁一般爬满了逃难的百姓。

刘孝福打了个寒战，觉得周围好多野狼绿莹莹的眼睛盯着自己。

黎明时分，大卡车开进了一座小城。街道两旁一些卖饭的摊点已经有人在忙活了。卖包子的笼屉摞得老高，小伙计双手可着劲儿拉风箱，灶膛里冒着长长的火苗儿。卖油糕的老汉腰里系着灰白色围裙，守着一口大锅，锅里是冒着烟的热油，手里的铁笊篱起起落落，鹅蛋般大小的油炸糕霎时装满了竹子笆篓。

看了一眼油糕，刘孝福心想："这就是有名的泡泡儿油糕了。可惜白矾不够量，炸出来的油糕不够蓬松，泡泡儿也泛不起来。

有一家摊点门前一口硕大的铁锅，一个壮小伙儿手里拿着一块面团在锅里蹭来蹭去。

"这就是擀面皮儿了，和蒸出来的不一样哩。"

想到这里，刘孝福凭感觉是到了西府。他知道，只有西府才是擀面皮儿。而在东府，都是把面糊糊摊在平底浅口锣儿里放在大锅沸水上"烫"，叫作"酿皮儿"。

越是远离黄河，就越有祥和气氛。

刘孝福正想着，车子到了一座看起来像是"县衙"的飞檐建筑前面停了下来。刘团长和刘副官先后从驾驶室跳下来，刘团长扭头走进了"县衙"。衙门口两个站哨的立正挺胸敬礼，还真有那么一股劲儿。

车上的卫兵"呼呼啦啦"跳了下来。那个扛"捷克式"的大个子正要下车，看了看刘孝福不伦不类的滑稽样儿说："兄弟，赶紧把军装穿上，到大营了。"

刘孝福胡乱把军装套在夹袄上面，身后背着包袱，手里捏着一顶看起来像是"草圈儿"的军帽，稀里糊涂从车厢侧面跳了下来，站立不稳，又一个趔趄，正好和刘副官迎面相撞。

刘副官又好气又好笑地说："这身'黄皮子'，不是咱们穿的。看到没有，像我这身'灰兔子'，才是你应该穿的。回头让军需官发给你。你来，跟上我，到特勤处报个到。"

刘孝福跟上刘副官，走进县衙旁边的一所院子，敲了敲一扇挂着灰色布帘子的房门喊道："张处，新来了个小兄弟，分到特膳当厨师。"

屋子里跑出来个趿拉布鞋、敞胸露怀的矮胖子男人。

刘副官指着刘孝福说："这位就是新撬来的小兄弟，我的本家，也姓刘。他可是团长看上的能人，归你了。对了，坐了一晚上车，乏得很哩，给他个铺位，先睡一觉再说。等他睡醒了，你带他到军需处领套军装。他这身'黄皮子'，随便给了送柴、送水的当工料钱使。就是个这，你在着，我走了。"

张处已经穿好了衣裳，他一眼就瞅见刘孝福军服领子上的徽章问："不是说新来的吗？咋还弄了个中士？"

刘副官说："先领军服。军衔嘛，过两天团长下了令再说。"

张处送走了刘副官，领着刘孝福进了隔壁有两间宽的大屋子。

屋子里黑乎乎的看不清楚。

正在这时，"滴滴答答"一阵嘹亮的军号声音响起来，黑乎乎的屋子里顿时一阵折腾。有人打开了窗帘，里面见了亮光，刘孝福这才看清楚，七八个年轻人手忙脚乱地穿军装、戴军帽、扎腰带，又鱼贯而出。

张处指着靠墙角的一张铺板儿说："你先在那里睡觉，顺便扯过来被子褥子用，睡醒了来隔壁寻我安排事儿。我回头吩咐弟兄们操练回来，不要打扰你睡觉就是了。"

接下来一连六天，刘孝福都跟着一班年轻军人们操练。不过，他只是跟着一个老兵练习走路、敬礼，还有一些口语习惯，等等。至于特膳小灶，他连门儿都不知道朝哪边开。

从老兵嘴里，刘孝福知道，所谓的特勤处，实际上只管着两拨人马。一拨就是刘孝福跟着训练的侍从班，负责团部的来往接待、端茶送水、客房招待，还有刘团长的家人、亲戚日常琐事。另一拨就是小灶了。不过，在这里叫作特膳班。几个厨师负责宴席筹备和刘团长家人、亲信的一日三餐。

让刘孝福着急上火的，就是给家人报信，省得老妈和弟兄们操心焦虑。

老兵告诉刘孝福，不管在啥地方，当兵的逃跑都是死罪，让他打消了这个念头。不过，以后混熟了，可以托人捎个信回家报平安。当然，也得刘副官批准才成。

刘孝福日思夜想，能有个机会求刘副官托人给家里捎信。

这个机会，还真的就来了。

第七天午后，刘孝福被人从教习场叫回来，说刘副官吩咐事儿了。

回到住处，张处对刘孝福说："今黑了有特膳任务。别的你甭管，只做油泼扯面就成了。"

说完，张处神神秘秘地对刘孝福说："今黑了才是你真正的考场。考官是个大文人，也是刘团长的心腹，你要想法子讨他的好才是。"

刘孝福心里紧张带兴奋。他想，没准儿今黑了这些军官、还有那个考官高兴了，能安排人给自己家里捎封信。

自己不会写字，找谁代笔？

刘孝福正在发愁，张处叫他："嗨嗨嗨！给你说话，你这少心没魂的样子，害怕啦？不是说你是个高手吗？"

刘孝福赶紧回话："好是好，可是，哪里有面粉？夜里吃饭，我现在就要去和面备料哩。"

张处派人把刘孝福带到特膳班。特膳班的班长，是一个三十多岁的壮汉，虎头虎脑，小眼睛大耳朵，塌鼻梁阔嘴巴，看起来像个泥人儿"不倒翁"。

班长见了刘孝福，上下打量一番后说："就是你？瘦马拉卡的？也差不多。你这身条儿，看着就像是一根面。我姓马，以后叫我马班头就成。面点房在你身后，家伙什儿一应俱全，你就操练吧。弄好点啊，倒了你的牌子，也就伤了刘副官的面子。"

刘孝福点头哈腰嘴里答应着，把马班头逗得哈哈大笑说："看把他的，只说是个厨师，咋看都像是个耍马戏的。"

刘孝福问准备几个人的饭食？马班头说："吃饭的五六个人，撑死了十个人。可是，你不能死脑筋，知道吗？"

刘孝福点着头说："知道。多做点儿孝敬马班头您。"

刘孝福一阵子忙活，和好面，揪好剂子，搓好条子，放在盆里醒着。调好作料，倒好青油，架火烧水。做好了一切准备，只等一声令下，就扯面下锅。

黑漆漆的夜，只听得不远处人声嘈杂，看过去灯火通明。心想着今黑了这桌饭，人少不了。

马班头系着围裙做菜，过了好长时间，马班头走过来说："六碗油泼面，现做现上。张处吩咐，你自己端着盘子上面，然后在一边等问话儿。"

刘孝福扯着面问："团部我没去过，谁给我带个道儿，也省得碰来撞去耽误工夫。面凉了就走味儿了，不好吃了。"

刘孝福手里"噼里啪啦"扯面，把马班头看得目瞪口呆，小眼睛睁得差点儿就从眶子里蹦出来。

马班头目不转睛地说："你是个高人，实实的高人。甭说了，我和张处一起领你去。把他的，露脸的机会来了。"

特膳餐厅设在县衙后面的一处平房内。刘孝福和张处、马班头一人端着一个盘子，盘子里各摆着两碗面，上面又用盘子捂着，一前一后快步走。

进了餐厅，没有看见汽灯，却见六盏罩子灯摆在四周窗台上，把屋子照得亮堂堂的。

当间的方桌上，围坐着六个人。其中一个穿暗红色旗袍的女人，烫着"狮子狗"的头发，嘴巴红红的。

早有人在桌上腾出位置，侍从们接过面条碗去，揭去盘子，端端正正摆在客人面前。

众人也不说话，端起碗就吃。

稍时，方桌上一个看起来四十多岁，穿黑色中山装、戴眼镜的男人放下碗来，拿抹布擦擦嘴说："好得很！撩咋了！这碗扯面，像绸缎一样缠绵，吃到嘴里挽筋缠和。再加上油泼作料，香味奇特，香气四溢，实在难得。好功夫，好手艺，好配方。"

就在大家鼓掌欢笑，刘孝福满脸放光的时候，那个穿中山装男人又说道："可惜呀！美味是美味，好吃是好吃，就是少了古色古香，缺了圣贤斯文。为啥这样说哩？《论语》记载，孔圣人有三不吃，其中之一就是不得其酱不食。你这面，不应该是油泼作料，应该是油泼面酱才对。"

十五 **穿**中山装的男人先说刘孝福的扯面很好吃，这让刘孝福心里一阵轻松。心想客人说扯面好吃，主人面子上有光，自己接下来求情捎家书的事情就差不多了。谁知，那个男人又说扯面不能用油泼作料，要用什么油泼面酱才合讲究。这让刘孝福心里既紧张又好奇。看起来，这个戴眼镜的男人不仅有来头，而且有学问，是个吃面的行家里手，小瞧不得。

当厨如行医，一辈子都有学不完的东西。这一点刘孝福是懂得的。油泼面酱代替作料，这在刘孝福看来很有新意。他跟他大刘挽钩学手艺八九年，只做过大油辣子炒豆豉，而且还算不得席面主菜。只是在酒菜上完，吃主食的时候，放到席面一角供客人夹馍用，叫作"角菜"。

豆豉虽然也算酱，但和面酱完全不是一码事。豆豉是用黄豆发酵做的，再用大油辣子炒了，下饭、撑肚、身上长劲儿。穷人办酒席，荤菜不够，豆豉来凑。菜多少好坏不算大事，一定得让客人吃饱。两个馍馍夹豆豉下肚，一碗清汤灌缝儿，再壮实的汉子都能吃个肚儿圆。

可是，豆豉有一样不好，就是味道奇特。不爱吃的人说这种味道是"屁臭"，爱吃的人却把它夸奖成"肉香"。

说来也怪。面酱其实是夏天农家的馍馍发霉了，没法直接吃。扔掉又可惜，就把其捂在盆里发酵，然后加水、加盐暴晒成酱。它算不得菜也算不得作料，厨师很少用到。只是农家冬日里少油缺菜，拿来夹馍拌饭图个下口利。

这样说来，平时看不起眼儿的面酱，原来还是圣人非它不食的宝物？

正想着，刘团长指着刘孝福说："杨先生是方圆百十里难遇到的高人，祖祖辈辈都是下笔成神、能掐会算的能人。先生这番话，是在点拨你。你要上心铭记才是。"

刘孝福忙点着头感谢。

刘副官冲那个被称作"杨先生"的人点点头说："先生一言，拨云见日。这位刘兄弟承蒙我们团长偶遇厚爱，从骆团长帐下挖过来，也算是个能手了。本来，我还觉得对于骆团长来说，我们有点夺人所爱了。听先生一番高论，鄙人觉得，刘兄弟到了我们这里，尤其是遇到杨先生，才能点石成金，顽石成玉，材堪大用。来来来，本家刘兄弟，你给杨先生行大礼拜谢。"

接着，刘副官又有点担心的样子说：'这位本家兄弟初来乍到，团长一直让他受训，就是为了让他一举一动起码有个军人的样子。他还不太懂得尊卑长幼的礼数。如有失礼不周，请杨先生多多包涵才是。"

刘孝福正要过来行礼，那个一直坐着斜眼看他的女人说："杨先生的爷爷和父亲，都当过武功县儒学教谕，都是有功名的大先生。你们刘团长特聘请他当军师。我给你说，你遇上他，算是天大的好运气。你看你看，我这身衣服，无论料子还是式样儿，放在省城都一打一的时兴。这都是杨先生的眼光高。"

刘团长哈哈大笑说："战事吃紧，太太还在这里论打扮赶时髦，我要不打断你的话，是不是太太就该琵琶丝弦后庭花了？当下军队，正规正名，精实为要。哪里来的军师之谓？叫书记才好。"

刘孝福走上来，冲杨先生敬了个军礼。看着他歪歪扭扭、龇牙咧嘴敬礼的样子，现场哄堂大笑，把刘孝福弄了个大红脸，不知道自己啥地方又做错了。

还是那个女人替刘孝福解围说："小兄弟，你甭怕，今儿个都是乡党，乡里乡亲的，你不要太拘束。我给你说，我爹给我起这个转弟的名字，就是想着我以后能有个弟弟。没想到，我爹看王宝钏的戏太入迷，我也姓王，王是应了那句'所生三花并无男'的戏文了。"

杨先生乐得手指关节不断轻轻敲着桌面说："刘团长岳丈大人也算是个乡绅了，他就不知道啥叫作姐，啥叫作姊？姊，只对着男娃儿说的。也就是说，在男娃儿前面，生了个女娃儿，这女娃儿就是男娃儿的姊。而姐姐，是指同辈中年龄大一些的女娃，和弟弟妹妹相对应。老人家如果知道这些，就该给太太起个'姊转'的大号。姊转弟来，就是这个道理。"

刘团长更乐了，指指旁边满脸堆笑陪着乐的张处和马班头说："这里没事了，你们各忙各的吧。刘兄弟坐这里来，听先生指教。"

张处和马班头敬礼后倒退几步走了。临走，马班头瞅瞅刘孝福，咧嘴笑了笑，神秘而滑稽。

有侍从班的老兵，过来把刘孝福拉到桌前一张空位子上说："这张椅子，是团长太太早给你留好了的。你好大的面子。"

　　刚才众人一番玩笑话，把刘孝福的紧张和拘束一扫而光，他端端正正坐下来说："杨先生是个一肚子墨水的大先生。可我听先生说话，咋字字句句都听得明白，就像我三叔给我说话一样哩！不像我三弟，念了几册书，说话咬文嚼字让人听不懂。"

　　杨先生听刘孝福这几句半奉承半真心的话，心里极为满意。他把身子向前倾了倾，眼神柔柔地问："小兄弟今年多大？府上是哪里？"

　　刘孝福回答："我今年虚岁二十，我是渭北人，离刘团长老家蒲城也就五十里地。离下吉镇十五里。我们村子叫个刁刘。"

　　杨先生更来兴致了说："怪不得刘团长对你这么好？原来是近近的乡党。我给你说，你说的那个下吉镇，应该是下'邽'的别音，读作'下归'。是大文豪白居易的老家。古代有个皇帝，名字带个'邽'字，下令天下避讳，生生弄了个别字别音来。这就像刘团长老家，有座皇帝陵，明明是唐玄宗，碑文却是唐元宗。当然，碑文是清代陕甘巡抚毕沅书丹。这一下乱子出来了。唐元宗，历史上真有其人，只不过是南唐罢了。他叫李璟，和唐太宗李世民差着二百多年哩。刚才你说我说话能听明白是不是？这就对了。读书人，不管他有多大的功名，有多深的学问，只要是开口说话，第一要务就是让听话的人能听懂。要不然，言者口若悬河，听者如坠烟雾，不是白费口舌吗？刚才说的那个大文豪白居易，写出来的文章，先要读给老幼妇孺听。别人听懂了才罢了，听不懂就重来。说到这里，不能不佩服延安府那班人，人家的文章，文从理顺不说，都是大白话，凡是识字的人都看得懂。看似浅白，里边的道理极其丰富。所谓大道至简……"

　　正说着，刘团长咳嗽了一声，那个叫作王转弟的太太立马插话说："哎呀我说杨先生，哎呀，杨军师。哎呀不对。杨书记，别的话儿以后再谝，你赶紧指教我这位厨师小兄弟才是。人家还等着受你点拨，长进手艺哩。"

　　刘孝福说："杨先生说话，我就是爱听，咋个都听不够哩。"

杨先生这才言归正传说："今晚吃了你的油泼作料扯面，虽说大家赞不绝口，但细品又有美中不足。作料这些东西，膳食烹饪多取其味而不是其本体。像桂皮、八角、生姜等，有的直接入口，如木屑，有的细嚼味太冲。在这方面，川菜可谓取舍得当。比如辣椒，川人一般只食其味而不吃其体，这就是火锅大行其道的原因。因此，你的扯面大有改进甚至是推倒重来的必要。能不能用你的作料炮制面酱？油泼面酱，不是我发明的。酱这个东西，酿制工艺春秋时候就已经成熟了。只不过，那时候的酱，主要是豆酱。因为黄豆原产地就是我神州华夏。至于石榴、芝麻、苞谷之流，都是舶来品。据考证，孔圣人那时候吃的酱，就是豆瓣酱，没有辣酱一说。因为那时候没有辣椒。之所以建议你拿油泼面酱拌扯面，主要是因为在所有酱类里边，只有面酱是开口酱。所谓开口酱，也叫作'汗孔酱'。这东西平时是无孔无眼儿的死疙瘩。只要遇上热油，立马孔洞全开，像受冻的羊羔拥抱阳光一样，和热油来了个亲密无间。扯面，和拉面、擀面、撕面都不一样，扯面也有孔洞。这些孔洞和别的东西都老死不相往来，只有遇到油泼面酱，才焕发本性，味道既难以描述又难以抗拒，实在是妙不可言。这也不是我自己编的，是明朝有个先生，写了一本美食笔记体册子，里边有记述。可惜这本册子遗失了，我也是听私塾先生说的。汗孔酱，只有东府才有。老潼关酱菜最有名的，还不是酱笋，而是面酱。其中姚记店铺最有名。姚记酱菜，发迹已有三百多年了。说来也怪，姚老先生本是河东人，却在河西潼关成就一番大业。但油泼面酱用来夹馍或者佐餐其他主食是一回事，用来拌面是不是另外一回事？这个我不敢断言。但你的作料是独创，开眼面酱是古方，二者舍一，都是遗憾。如果能用油泼作料炮制过的面酱相拌，必然君臣俱得。当然，前提是要有好的面酱。一般市井所售，伪劣居多。你看你看，说着说着，情急之下，我也满口文绉绉的了。打住打住，见笑了。"

杨先生这番引经据典，刘孝福听得如饥似渴。他多么希望先生说得再具体一些，这可真是打着灯笼也找不到的高人名师哩。

刘团长接话说："刘孝福。对了，你的受训结束了，以后你就是我团在编的一员了，长官对你就直呼其名了。对了，刘副官，刘孝福为啥不佩戴军衔？领章光秃秃的不成体统。"

刘副官赶紧站起来说："还没得到您的指令，不知道该给个啥军衔？团长下令，马上就办。"

刘团长说："这还用问吗？骆团长当面授予中士军衔，关上士军饷。照此办理就是。低了，对不起骆团长一番美意。高了，又恐难以服众。"

刘副官说："好！马上去办。这么说吧，如果杨先生没有啥要交代的，刘孝福就可以离席了。熄灯就寝的时间也该到了。"

杨先生也说："我家祖籍华阴，所谓天下杨姓出华阴。刘孝福大厨还有啥话要说吗？"

虽然刘孝福心里明白，杨先生这话是递给自己的，目的是听几句奉承加表态的话。可是，话一出口，却是："杨先生有大学问，我想请先生代我写封信，托人捎给我妈。出来这些天，我妈一定都要急疯了。"

十六

再说瓷锤挣脱了兵娃娃的撕扯，叽里咕噜滚下壕沟，淹没在无边无际的杂草丛中。这货死活不顾地往前蹿，酸枣刺、臭蒿秆和叫不上名字的干草棵子挂住了衣服，划伤了胳膊，草籽灰尘迷了眼，都不能让他停下脚步。直到浑身没有一丝力气，他才躺在草丛里歇息。

也不知道过了多长时间，瓷锤睁开眼，瞅了瞅头顶，午后的太阳透过杂草缝隙笑嘻嘻地看着他。他抹了一把脸，看见手背上一道血印子，这才感觉满头满脸、浑身上下火辣辣地疼。

现在还顾不上疼痛，最要命的是饿得前胸贴后背，感觉五脏六腑都在肚子里翻跟头练舞，搅和得他恨不得抓一把土咽下去压压底儿。

瓷锤挣扎着往壕沟沿儿上爬去。耳朵贴在沟沿儿上听了听，除了风声啥也没有。他知道兵娃娃们走远了，这才稍稍放下了心。

觉得啥地方不对劲儿？摸了摸后背，发现身后的包袱慌乱之中不知道丢到啥地方去了。

末日来临一般的绝望。

他想返回去找包袱。又一想，包袱里分文没有，颗粒不存，也就几件换洗衣裳，找回来又有啥用？

寻吃的，保命要紧。瓷锤咬了咬牙，壮了壮胆儿，爬上了壕沟，就地打了个滚儿，站起身来。

四下里看了看，壕沟两边都是庄稼地。要不是返青的麦苗儿，要不是预留用来种棉花的白地。

瓷锤弯腰揪了一把麦苗儿往嘴里塞，嚼不动，咽不下去，他又吐了出来。这地方人咋不种蔓菁？那东西能吃的。

还得寻吃的。手搭凉棚看远处，远方一片白地里，好像有两个人在忙活。其中一个人穿着土红的衣裳，在旷野里很显眼。

"下地干活的人一般都带着吃的。"想到这里，瓷锤喜出望外，咽了咽唾沫，跌跌撞撞朝有人干活的地方奔去。

正在干活的两个人也看见一个人踉跄着向他们走来，停下手里的活计看着他。

走近了，瓷锤一眼就看到地里放着一只瓦罐，瓦罐上倒扣着一只粗瓷碗，还有一只箪箪笼儿，上面盖着抹布。

瓷锤一屁股坐下去，喘着粗气儿，眼睛死死盯着瓦罐儿。

"你是做啥的？跑到我这里弄啥来了？"那个手扶着耩子，留着寸长白胡子的老汉问。

"爹，不用问，他不是逃荒的就是逃兵娃娃的。"

那个穿土红夹袄，在前面拉耩子的妇女说着话，丢了绳子走过来。

白胡子老汉警惕地看看周围，没有瞅见啥，丢了耩子也过来问话：

"看你是个壮小伙儿，不像是个逃荒要饭的。你得是逃壮丁的？有没有兵娃娃撵你？"

瓷锤有气无力地点点头说："好我的老伯哩，我就是逃壮丁的。给口吃的成吗？饿死我了。"

老汉还在犹豫，妇女蹲下来，揭去箪箪笼儿上面的抹布，拿出一个黑乎乎的红苕面疙瘩递过来说："可怜人哩！给，你先吃着，甭嫌啥，先垫垫肚子。"

瓷锤一把拿过来干粮，一口一个月牙儿，两口一个笔架子，三口下去，手里就剩下枣儿大小的干粮了。

老伯从瓦罐里倒出来一碗米汤放到瓷锤面前说："这是个啥世道嘛，看把人饿成啥样儿了？你喝口汤。"

瓷锤吃完了手里的干粮，觉得肚子里一阵温暖。可是，接下来就更饿了。

他可怜兮兮地看着箪箪笼儿说："好我的老伯哩，你好事做到底，救人救到活。再给个馍吃。"

老汉有点难堪地说："不瞒你说哩，这点红苕面疙瘩，是我们俩的午饭，还没顾得上吃。现在青黄不接的，家里也快断顿了。你看……"

瓷锤听了，垂头丧气，唉声叹气。

妇女二话不说，又拿出一个干粮来说："爹呀，咱家是吃了今儿个没明个，他是吃了嘴边儿没手边儿。他少吃一口也省不下几颗粮食。给！这人儿，你吃着！"

瓷锤接过干粮咬了一口说："老伯，好人哩。我不白吃你的。吃饱了肚子，我给你拉耩子。你这点活儿，不够我干的。"

老汉眼前一亮说："好说好说。看把他的，这种棉花的地，得犁了才成。可怜我家没劳力，也没牲口，只能耩了凑合着种了。"

瓷锤三两口吃了干粮，把那碗米汤仰脖子灌到嘴里去，抹抹嘴说："能成！我来拉耩子。"

妇女说："这人，你要是没力气，就甭硬挣了，歇够了再拉也成。"

瓷锤站起来搓搓手说："肚子不饿了，力气又来了。来来来，看我的。不是胡吹哩，别的不说，拉耧子我不比叫驴力道小。老伯，你来扶耧子。"

老汉高兴地说："能成能成。你俩拉着，就轻松一些。瑶娃儿，你把绳子弄好，两个人拉。"

那个被叫作"瑶娃儿"的妇女突然脸红了，指着瓷锤说："你看他浑身烂麻烂线的，衣裳都遮不住丑了。他有劲儿，就让他一个人拉。我给咱回去做饭去。那个人拉完耧子，黑了回咱家吃一碗热汤热饭。"

老汉说："成哩！你走些。"

瑶娃儿临走，红着脸看了看瓷锤，眼睛里像有一盏灯在发光。

太阳西斜，老汉说："该收工了。你这娃就是一身好力气，拉耧子呼呼带风，咱半天干了一大天的活儿。走走走，跟上我回家吃饭去。"

瓷锤扛上耧子要走，老汉说："你这娃，走回去四里地，你扛着耧子乏得很哩。来来来，把耧子给我。"

瓷锤把耧子放到地上，老汉弯腰，把耧子头卸下来说："把头儿拿回去就成了，耧子身架放在地里没人要的。走些，回家吃饭去。"

同州田地宽，庄稼人从家里到地里一走就是四五里地。瓷锤跟上老汉七拐八拐地回到村子，天刚好暗下来。

老汉的家，在村西头。这是两间草房外带一间泥巴糊起来的外灶。也没有院墙，房子四周竖着苞谷秆儿做的篱笆。

瓷锤把手里的耧子头放在地上，老汉在前头撩起门帘说："家寒，穷酸得很哩。你甭嫌弃啊。来来来，屋里走。"

瓷锤刚要进门，屋里有个女人喊："先在外头洗把脸再进来。野地里做活儿，灰头土脸儿的。"

老汉放下帘子说："来来来，听人家的，洗洗脸。看把他的，都穷成这样儿了，讲究还不少。"

瓷锤蹲下身，在柱顶石垫起来的土陶盆里洗完脸，跟上老汉进了屋子。

两间屋子，中间吊着草帘子当隔墙。外间是一个不大不小的土炕，炕上坐着一个白头发老婆婆，脸色黄黄的，喘气儿带着"呼呼噜噜"的声音，就像是被堵上气眼儿的风箱。

老婆婆怀里拥着一个男娃儿，睁大眼睛看着瓷锤，一动不动。

当间地上放着一张小矮桌，桌上摆着一碟咸萝卜丝儿、三双筷子、三只碗。

老汉指着地上的草墩儿说："坐下。瑶娃儿，今黑了你给拉耩子的壮小伙儿吃啥饭？"

瑶娃儿在外灶里忙活，一边答应着说："还能有啥？杂面老鸹颡烩萝卜。好不好吃的，管饱就成。"

瓷锤坐下来，看着碗筷说："得是碗筷不够？那我等下再吃。"

瑶娃儿端着饭过来说："你和我爹、我妈在地上吃。我和我娃儿在炕上吃。我娃儿这几天出疹子哩，发着烧。刚刚见好，下不得炕的。"

炕上的老婆婆把怀里的男娃儿扶着靠在被子上说："等会儿你妈给我娃喂饭。你多吃几口，香香的哩。多吃饭才能好得快。我娃儿乖得很哩。"

吃着饭，老汉对瓷锤说："你看我这家里，烂烂婆娘病病娃，都占全了。"

瓷锤好奇地问："娃他大做啥去了？"

老婆婆抹着眼泪，老汉长叹气说："都是这狗熊世道给害的。我儿子三年前被抓了壮丁，一绳子绑了，一去就没音信。前年冬天捎过一封信，说是在忻口吃粮哩，后来就不知道人去哪里了。一搭里去了三个人，都没回来。去年叫人过河打听，还是死活不知。我这孙子，还是他大走了后才生下来的。要是我儿子回不来了，他就是个遗腹子。看把人恓惶的。不说了，吃饭。甭叫饭凉了。"

瓷锤和着眼泪吃完饭说："老伯，我也是和村子一个乡党出来，本来想到坊镇学手艺，没想到碰到兵娃娃。乡党被抓了，我挣脱了。我这里先谢谢老伯，你真真是我的救命恩人，我一辈子都忘不了哩。我饭也吃饱了，该走人了。我还得赶紧往回赶，给乡党家里报个信儿。我大我妈也说不定急成啥样儿了呢。"

听瓷锤要走，老汉摆摆手说："你这娃儿，咋是个急三火四的性子？我给你说，黑灯瞎火的，你走夜路怕是有危险哩。你听我说，你黑了就歇在我家里，明儿个一大早走。"

瓷锤着急地说："谢谢老伯了。我不敢白天走路，怕又被兵娃娃抓了去。黑地里走路，正好哩。再说，我一个大男人，除了兵娃娃，谁能把我咋样儿？老伯，我实实地该走了。等我以后有了时间，拿着点心盒子来看你。来来来，老伯，你坐着，受我一拜！"

说着，瓷锤就下跪叩拜，老伯见了赶紧扶他起来说："成了成了，心意到了就成了。又不是老年间，没有那么多礼数的。这样说来，你这娃还非走不成了？"

瓷锤说："是的哩，我要走了。你老一家多多保重。"

瓷锤正要走人，炕上喂娃儿吃饭的瑶娃儿说："你这人，咋是个不懂王话？你吃了我的饭，就忍心看着我这一家子跌跤爬步的难成劲儿不管？我说话也不越外，你在我家里住三天再走，帮我家把地耩完。我也不亏待你，管吃管住，完了给你带三天干粮路上吃。再说了，你这一身破破烂烂的衣裳，走在路上叫人一看，不偷人都像个贼。好赖等我给你缝缝补补的，换一身干净衣裳再走。你看咋向？"

老婆婆也说："好娃哩，你看我这一家人，没个壮劳力，实在是难成。你就帮我家把棉花种上再走。"

瓷锤有点为难了说："帮你家干活没的说，我只要吃饱肚子，浑身有的是力气。可是，我就怕我妈我大急得要死要活的该咋办哩？"

老汉说："也是个实情，你看这……"

瑶娃儿说："你这人叫个啥名？咋是个死心眼儿哩？"

瓷锤说："我没有大号，人都叫我瓷锤。"

一家人不约而同"扑哧"笑了。

瑶娃儿笑着说："我看你叫这名字正好。除了你，别人还都配不上这名字。你听我说，你不是说你是外出学手艺来的？那正好。也就是说，你不回去，你家里人就当是你在外面好好的哩，也没人知道你是遭了难了？"

瓷锤摸着后脑勺儿说："哎呀，也对着哩。我们一起出来的就两个人。他被抓了壮丁，也回不去。嘿嘿，你虽说是个女人家，见识还不短哩。"

瑶娃儿"呼哧"从炕上下来说："那正好，你住到那一间屋子，我一家人都住到这边炕上。原来两间屋子有隔墙的，我男人走了，墙好好地就倒了。好在没有伤到人。我给你说，不管是墙，是门，还是锁，都是只挡君子不挡小人。我给你收拾屋子去，铺盖都是现成的。"

瓷锤的脸"唰"的一下红到脖子根儿，站在那里走也不是不走也不是。

老婆婆问："娃儿啊，听你这话，你还没有娶媳妇，得是？"

瓷锤说："穷汉人，辈分大，成家迟。我大我妈就盼着我学个手艺挣几个钱，好娶媳妇。我还有个弟弟，也老大不小了。"

瑶娃儿到那一间屋子收拾去了，和瓷锤擦肩而过，瞟了一眼，把瓷锤弄得浑身热烘烘的怪难受。

只有老汉坐在那里不停地抹眼泪。

十七 　瓷锤就这样半是好奇半是同情地在瑶娃儿家住下了。

夜里闲谈，老汉告诉瓷锤，这家人姓元，祖上是从漠北逃乱来的，到老汉这一辈已经是第十八代了。瑶娃儿娘家姓鲜，嫁过来一直没有开怀。直到他男人被抓了壮丁，才生下一个男娃儿。

元老汉还对瓷锤说，他们所在的这个村子，叫个范家窑，全村两千口人大多姓范。保长和甲长，也无一例外都是范家的人担任。本来，按照民国政府的律条，无论是摊丁还是签丁，元家独根独苗儿，都不该出丁的。保长家有三个侄子，应该有一个充丁。可是，印把子、刀把子都在范家人手里捏着，他们就暗地里使了钱，也使了坏。三年前腊月二十八，甲长传话，说夜里喝了汤，每户派一名青壮年，到村里保公所商量正月十五放社火的事情。瑶娃儿他男人不知道这是个毒计，一进保公所，就被一伙说不清来历的壮汉一口袋套在头上，一绳子绑了连夜带走了。

和瑶娃儿他男人一起被绑走的，还有两个年轻人，也都是外姓。人不明不白没了，三家人一起找保长、甲长要人，被告知是县城的官家来村里稽查税务。这三家都是抗税不交，所以被抓走了。

三家人又一起到县里寻人，还没见到官老爷，就被一帮穿黑制服的人乱棍打了出去。放出话来说，人被抓走顶了抗战捐税。

就这样，瑶娃儿她男人一去就没了踪影。

元老汉说着话，老婆婆在一旁哭泣，男娃儿昏昏沉沉睡着了。

瑶娃儿说："爹呀，时候不早了，又都忙了一天，早早歇息。明个耩地，你就不用去了，到药铺给娃儿抓药去。我和瓷锤耩地就是了。"

瑶娃儿把瓷锤引进里屋，指着炕头说："铺盖都弄好了。你这身衣裳脱下来，我有时间了给你洗洗补补。那里放着一身干净衣裳，明个穿了下地。就是个这，你早早歇息。夜里要是口渴，饭桌上瓦罐里有，自己点了灯倒水喝。我这就走，你吹了灯，把衣裳脱了扔出来就是。"

瑶娃儿走了，瓷锤从炕头的衣裳包里找出一条红蓝相间的粗布短裤放在枕边。吹了灯，摸着黑窸窸窣窣脱了衣裳，揉成一团扔到外面。又摸着黑穿上短裤，一身子躺下去，拉过薄被子盖上，被窝里一股莫名其妙的味道从鼻孔里钻进来，又弥漫到脑子里。

瓷锤觉得头有点晕晕乎乎。

瓷锤翻来覆去睡不着。想着这人的命运真是空里来雾里去看不透，黑了红、红了黑把握不了。仅仅一天之间，他就从壕沟里生死挣扎到了年轻女人睡过的被窝里。瑶娃儿微黑的脸庞很耐看，身条儿也不像是生过娃娃的。尤其是那双眼睛，总有一盏灯在里头闪亮，好像一眼就能看到人心里去……

迷迷糊糊地，被一阵"啪啦啪啦"拉风箱的声音惊醒，看了看窗户纸，已经有些发白了。

瓷锤赶紧起身，穿好衣裳下炕。出了屋子，看见元老汉已经穿好衣裳坐在炕沿儿上抽旱烟，老婆婆和男娃儿在被窝里还没有起来。地上的矮桌上，放着一碗苞谷糁子稀饭。柳条编的馍碟儿里，有两块黑中泛黄的烙馍。

瑶娃儿端着一碟咸菜走过来说："你到外头洗把脸，回来就快些吃饭，咱就到地里去干活儿。"

瓷锤洗完脸回来，看见元老汉还坐着不动，问说："老伯，你咋不下炕来吃早饭？"

元老伯说："你吃你的，我等会儿再吃。你吃饱些，要干重力气活哩。等会儿药铺开门了，我给娃娃抓药去。"

吃完饭，要下地干活了。瓷锤弯腰把耩子头儿拾起来拿在手里，瑶娃儿把瓦罐儿递给他说："这是晌午喝的米汤，我这箪箪笼里是干粮。走些！"

天已大亮，路上三三两两行人急急忙忙走路。遇到熟人打招呼，瓷锤不说话，瑶娃儿给人说："这是我娘家远房亲戚，来给我家帮工种棉花来了。"

出了村，瑶娃儿在瓷锤身后说："真是人是衣裳马是鞍，婆婆绸缎赛天仙。这身衣裳，你穿上美美的哩。麦秸灰的夹袄，我男人才穿了一水，新新的。青色裤子有点旧了，我浆洗过，倒也周展。只是鞋子你穿起来有些显小，得是夹脚指头哩？"

瓷锤赶紧说："我这几天走路多，脚浪大了。鞋子不夹脚，就是伏面有点低。不要紧，能穿能穿。"

瑶娃儿说："走得急促，忘了给你把腰带缠上。娃他爹还有一条布腰带，足足用了三尺老布，扎在腰里裹劲儿哩。回头我给你寻出来。"

说着话就到了地里。干活了，瓷锤在前面拉，瑶娃儿在后面扶把。拉了一个来回，瑶娃儿说："你甭走快了，我都跟不上了。太快了，耩子就发飘，耩不深，棉花籽落地根就浅。"

瓷锤拉着耩子，放慢了脚步说："你这地方人种地怪怪的。不是麦子就是棉花，咋没见有种蔓菁的？"

瑶娃儿说："种棉花，是上头来了令，说是省城一个啥所，给了棉花种子，做试验哩。范保长说，谁家种一亩棉花，就免去谁家一亩地的皇粮。"

瓷锤说："也是好事情哩。照这样说，把地都种上棉花，不就不用交皇粮了？"

瑶娃儿在后面"扑哧"笑了说："想得美的太。都种上棉花，地里不打粮食，吃啥哩？得是要把嘴挂在墙上？再说了，政府有令，一亩地要给上头交两捆棉花。交不够，还要挨罚哩。"

瓷锤不知道一捆棉花是多少斤？也不知道两捆棉花是多还是少就问："为啥粮食不是论斗就是论斤，棉花却要论捆？一捆棉花多少斤？平常年景一亩地能收多少捆棉花？哎！不对劲哩。我家五口人，才四亩地。你家咋这么多地？咱脚下这一块地，少说也有五六亩。你家从哪里来的这么多地？"

瑶娃儿笑着回答："这里是黄河滩，地亩本来就宽。你们那里人口稠密，地自然就少了。其实，这块地也不是我家的，是包种村公所的公地。公地只能用来种棉花。给上头交两捆棉花，其中有一捆是村公所的，卖了钱归村公所。一捆棉花由村里交给政府，不给钱，只是免了皇粮。一捆棉花，说的是脱籽棉，十斤。平常年景，照料好了的话，一亩地能收五捆棉花。交够上头的，留作自家用。有的人家换了粮食，有的就卖了换几个零花钱。还有的嫁女儿、娶媳妇，用来纺线、织布、做棉衣棉被。保长说，这些棉花政府收了去有大用处，说是做药面儿，河东里打东洋人就是用这个东西做的火捻子。"

说着话，就听得远远地传来"轰轰隆隆"的响声。

瓷锤停下脚步，望着天空说："怪事情，晴晴儿的天，哪里来的响雷？"

瑶娃儿说:"哪里来的响雷?是河东打东洋人的炸雷。时不时地这样。前些天,天上还有飞机,红头的,轰轰隆隆从头顶上过,说是飞到潼关去的。"

天正午,人也困了饿了。两个人停下活儿,坐在地上吃饭。

一男一女,两个人面对面,头碰头坐在一起,瓷锤的脸,红一阵黄一阵,鼻子尖儿都有了汗珠。

瑶娃儿拿手帕给瓷锤擦汗,瓷锤躲来挡去,把瑶娃儿逗得哈哈大笑说:"看你个五大三粗的男人,咋比女子娃儿还脸皮薄?"

瓷锤说:"照这个样法儿,这块地三天就耩完了。我没种过棉花,是不是接下来用耧种哩?"

瑶娃儿说:"这块地上过了底肥,耩完了,用锄头刨个窝儿,把棉花籽撒进去,再用土盖上,拿脚踏实,浇上水,就等着出苗儿了。再接下来,就是间苗儿、脱裤儿、打尖儿了。活儿多得很哩,一亩棉花顶两亩苞谷的工夫哩。"

听说还要"脱裤儿",瓷锤的脸"唰"的一下就涨红了问:"棉花又不是人,没有裤子,咋还要脱裤子哩?"

瑶娃儿乐得拍着手大笑说:"你真是个瓷锤,也是个瓜子。把棉花苗儿的老叶子打去,叫个脱裤子。不是叫人脱哩。你……"

说着,瑶娃儿也脸红了,瞅着瓷锤,呼吸有点急促起来。

瓷锤扭头不敢看瑶娃儿,几乎颤抖着声音问:"你说过的,把地耩完了,就该放我走了。照你这么说,种棉花还有这么多事情?我到底啥时候才能帮你家把地种完?"

瑶娃儿听了瓷锤的问话,伸过手去,抓住瓷锤的肩膀,把他的身子板正,忽然流下眼泪说:"好人哩,你就忍心我一家老的老、小的小、病的病,这样在泥里水里挣命?"

瓷锤也流了泪说:"你把我哭得怪难受的。我给你说,我也不是舍不得力气,也不是木头人儿铁石心。可是,你一个年轻妇女,男人又不在家，我咋个能帮你？又能帮多长时间？我在你家算是咋回事？这样不明不白，不人不鬼，咋个能长久了？"

瑶娃儿把手松开，忍住眼泪说："我给你说，我也是明媒正娶来的正派人家，不是见了男人不要脸的货色。可是，我男人死活不知。就是活着，啥时候回来也只有天知道。我能等他，怕只怕养不活他的娃儿。他家就这一根独苗儿，养不活，我的罪过就大了去了，死了都合不上眼。"

瓷锤说："就没有个本家亲戚的？你寻他们帮忙也成啊？"

瑶娃儿惨笑着说："你不是都知道了吗？这个村子，我们是外姓人家，亲戚没几个，家家都难过，谁也帮不了谁。还有，我男人被抓了去，留下我一个年轻女人家，日子实在难熬哩。不说别的，我一见甲长色眯眯的眼神就怕得浑身哆嗦。这日子，长着哩，你不帮我，就眼睁睁看着我不死不活？"

瓷锤犯了难说："这就难办哩。我在你家算是个啥身份？长工？短工？亲戚？本家？啥都不算，咋个能成？再说了，我还没有娶媳妇，这样下去，以后咋办？"

瑶娃儿觉得瓷锤心里好像裂开了一道缝儿，就破涕为笑说："好人哩，只要你愿意帮我，能救了我这一家人，能把我娃娃养活，办法有的是。和我男人一搭里被抓走的姓扈人家的媳妇，就寻了个男人搭伙儿过日子，保长、甲长，还有亲戚邻里谁也不说个啥。"

瓷锤问："啥叫个搭伙儿过日子？"

瑶娃儿说："这你就别管了，到时候你就知道了。我给你说，这个想法，可不是自个儿胡思乱想出来的。我公爹、我阿家早就叫我寻个人搭伙儿，只是一时半会儿没合适的。你知道，兵荒马乱的，年轻男人不是躲起来了，就是被抓走了，哪里来的合适的？你没看见，这村子，来来往往，有几个年轻男人？"

瓷锤听了，半天不言语。

好大一会儿，瓷锤才说："吃饭！"

89

十八 吃了饭，两个人又干活了。拉着耩子，瓷锤显得心事重重的样子，脚步也慢了下来。

拉了两个来回，瓷锤停下脚步说："你说的这些都是实情，老汉、婆娘和娃娃，离开壮劳力真个没法活。可是，婚姻大事，父母做主，三媒六证，咋个能自己说了算？我给你说，这事情就是我愿意，也得回家问问我大我妈愿意不愿意？要不然，黑布袋卖猫——偷偷摸摸地算咋回事？"

瑶娃儿听出来瓷锤的心已经活泛了，就劝他说："好我的瓷锤兄弟哩些，咱俩这事，算不得嫁人，也算不得娶媳妇，顶多只是搭伙过日子。说得难听点儿，差不多就是'拉偏套'。你没有名儿，我没有份儿。不查八字不换帖，不改大号不卖姓。等个三年五年，我男人回来了，把娃娃交给他，咱俩的事也就到头了。他如果还要我，你还是哪里来哪里去。他如果不要我了，给我个休书，我愿嫁谁就嫁给谁。当然，到那时候，你要是没有娶亲，愿意要我，我就做你明正言顺的老婆。"

瓷锤脸红半天嗫嚅着说："可是，万一，我是说，要是还有，该咋办？"

瑶娃儿一下子就明白了瓷锤想说什么，笑着说："你还真是个'羞咕咕'。你是不是想问，以后咱俩有了娃娃，该给谁哩？这好办，自古都是谁种庄稼谁收割，谁家娃娃谁拾掇。你听明白了吗？"

起风了，地里的麦苗儿像个顽皮娃娃，在风头上滚来滚去。头顶上，一片乌云从黄河上头飘过来，霎时间布满了天空。

瑶娃儿说："兄弟呀，看来要下雨了。咱赶紧收拾耩子回家吧。淋湿了，冻着了，要发烧的。"

瓷锤看了看天上的云说："咱这地方春天少雨。今天要是能下一锄头雨，种棉花就有墒了。咱不能回去，赶在下雨之前，多耩一点儿是一点儿。"

瑶娃儿不解地问："可是，下雨往回走，雨后不下地。你咋是反着来？"

瓷锤说："要说织布纺线，我是个门外汉。要说耕地种庄稼，你就不如我了。老话儿说，杈头有风，锄头有雨。耩子翻过的地方，能吸雨水，还能保墒，难得哩。甭说话了，赶紧些。"

说着，腰一躬，腿一蹬，脚下生风，耩子尖儿深深钻进土里乘风破浪一般，被翻开的土地，冒着尘土，又"忽"地被风刮散了。

天阴了，黑夜就来得早。眼看着灰蒙蒙都看不清脚尖儿了，两个人才匆忙收工。

瓷锤卸掉了耩子头儿，又把绳子解下来往腰里缠。瑶娃儿收拾瓦罐儿箄箄笼说："耩子头儿不往回拿了，刨个坑儿埋起来，做个记号就成了。绳子就更不用往回拿了，拴在地头的树上就成了。没有人稀罕一根烂麻绳。"

瓷锤把耩子头儿埋进犁沟里，又用脚撩起个小土堆说："绳子要带回去的。不是怕有人拿，是怕被雨淋了灿劲儿哩。把瓦罐给我，咱赶紧往回跑。"

两个人拔脚就跑。半道儿上，雨点'噼噼啪啪'地下来了，砸在干旱的土道儿上，留下一路的麻子坑儿。

呼哧带喘跑回家，两个人都被雨淋得半湿。瑶娃儿进了屋子，忙着找衣裳换。瓷锤站在门口儿，看着院子里密密麻麻的雨丝，嘴里喊着："好雨好雨，老天爷促红人哩。"

元老汉一把把瓷锤拽进来说："你这娃儿，咋不知道热冷？快进来换衣裳，当心受冻惹上病。"

进了屋，老婆婆已经点亮了灯。豆粒儿大的灯焰，照得满屋子昏黄。

娃娃已经下了地，脖子上系着裰子，光脚穿着老婆婆的尖头棉窝窝。

娃娃头大脖子细，额凸豁口高，眼睛眯眯的，嘴唇厚厚的。此时，他歪着脑袋看着瓷锤开口说："你得是要吃我屋里饭哩？"

一屋子人都笑了。

老婆婆更是高兴，坐在炕沿儿上摸摸娃娃的头说："老天保佑我娃哩，烧退了，疹子下去了，有精神了。"

看见这娃娃，瓷锤一阵怜爱，一把揽过来亲着他的脸蛋儿说："我就是你屋里的骡子，给你家耩地，当然要吃你家的饭。"

瑶娃儿在里屋说："他就是个人来疯。你甭逗他了，赶紧换衣裳来。妈呀，你今黑了做啥饭哩？咋不赶紧端上来？"

老婆婆穿鞋下地说："打搅团哩，臊子我都弄好了，就等你回来弄饭哩。老话儿说，搅团要打然，沟子要转圆。我和你爹都没那个力气，非年轻人不可。来来来，我烧火，你打搅团。"

瓷锤三两下换好衣裳出来说："娘娘，你身子不舒坦，烧火我能成。我来。"

热腾腾的搅团盛到碗里，元老汉舀了半木勺子臊子倒到瓷锤碗里说："这臊子，一多半水，浇在碗里，叫个'水围城'。你尝尝，香得太哩。可惜少了油泼辣子。这年头，一点点青油，都点了灯了。"

瓷锤饿了，顾不得饭热烫嘴，"呼呼啦啦"往嘴里扒拉饭。

吃了几口，他停下了筷子问："你这是个啥臊子？黑不溜秋的，看着不咋地，吃到嘴里香咋了。"

瑶娃儿只顾给娃娃喂饭，笑而不语。

老婆婆喜笑颜开说："你这娃儿，嘴刁得很哩。咱穷汉人家，少盐缺醋的，也就是个面酱熬臊子。面酱，还是入了伏，焐了馍，在面盆里晒出来的。吃的时候，用开水打开，臊子炒半熟，倒酱再熬就成了。油盐酱醋都在里边了。"

吃了饭，老婆婆把娃儿抱到炕上去了。娃儿挣扎着要下地，无奈被奶奶紧紧搂着说："我娃儿乖，地下凉，不敢下去哩。奶奶给我娃儿说听话儿。从前，有一只毛鹳儿，遇到了一只老戥儿……"

没多一会儿，娃娃睡着了。

瑶娃儿收拾完碗筷，刷了锅回来说："爹呀，瓷锤他愿意到咱家搭伙儿过日子哩，剩下的就是您老的事儿了。该寻保人寻保人，该立文书立文书。"

元老汉把旱烟袋在桌子腿儿上磕了磕，未曾言语先恓惶，眼圈儿红了又红，鼻孔儿酸了又酸，一把鼻涕一把泪忙活了一阵子才问："娃儿，这么说，你是情愿了？"

瓷锤惶恐不安地说："老伯，我也不知道该咋办？就是看着你这一家人，难成得很哩。您的孙子，可怜得很哩。我也不忍心看着不管。可是，往后到底该咋办，我心里也没个数。您老见多识广，看着办就是了。我还不知道回家该咋个给我大我妈说哩。"

元老汉说："你是个孝顺娃，这很好。可是，也就是个搭伙过日子，不是说媒娶媳妇，也就没有那么多手续和讲究。寻了保人，立了文书，你再回去给你大你妈说。他们同意也好，不同意也好，反正字据立了，都不能反悔了。我说这话，也有点不要老脸了，羞死个人了。可是，又能咋办？我孙子要活命，我元家不能断了根儿，就是个这。就是有点儿委屈你了。"

说着，老汉又流泪了。

瑶娃儿说："爹呀，您老就甭伤心了，打起精神往前过。不管是谁，能把娃儿养活大，就是咱们到了地下见老祖宗，也有硬实的道理，谁也不能笑话咱。您明儿个赶紧寻人立文书。就是个这。"

元老汉说："话说开了，也就这么回事了。看样子，这雨下得不小，地里黏，路上滑，明个就不耩地了。我到面庄子赊五斤白面来，证人、保人吃一顿然面就成了。"

瓷锤把头低下来小声说："您老当家做主，我听您老的。"

瑶娃儿红了脸说："就是个这，今黑了，烧点水，瓷锤洗洗身子……"

老婆婆说："没有立文书，就不能到一搭里去。今黑了还是各睡各的。"

第二天后晌，雨停了，天晴了。微风吹着，白云飘着，房前屋后一片青绿，连空气都带着清香。

元老汉寻的人还没到，瑶娃儿忙着擀面，瓷锤拿着铁锹在后院里挖坑栽花椒树，男娃儿在他周围蹦蹦跳跳。

"听说你家有喜事哩，我来道个喜。有没有酒喝？"

外面进来一个五短身材的中年男人，边走边嚷嚷。

这个人穿着蓝洋布夹袄，黑土布裤子。白色的洋袜子，踩着两头翘的木屐子，"呱嗒呱嗒"走进了院子。

元老汉听见声音，赶紧跑出来。看见人已经进了院子，惊恐地问："范甲长，您咋来了？我家能有啥喜事儿，惊动您的大驾？屋里来，喝茶抽旱烟。"

范甲长举了举手里的白铜水烟袋说："自带自带，我好这一口儿。"

说着，随着老汉进了屋。

瑶娃儿两手面就跑过来，很不客气地说："真是啥地方都有你。你这当官的蹄子，咋个就踢开我家的低门槛了？有啥话儿直说，没啥事儿走人。"

范甲长自己坐在炕沿儿上，一对儿小眼睛在瑶娃儿身上瞄来扫去说："我虽说是个小小的甲长，但也是抗战救国的骨干哩。我听人说，你寻了个不明不白的男人，要招到家里来搭伙儿过日子？我给你说，你男人是抗战壮士，正在河东里和倭寇搏命。这个时候，你竟敢给抗战壮士头上戴'绿帽子'，你就不知道王法律条的厉害吗？赶紧的，把那个没有根底的野男人给我撵走，省得给咱村里抹灰上眼药。"

瑶娃儿冷笑一声说："你说我男人是抗战壮士，凭啥哩？有政府公文还是队伍上的令箭？你红口白牙在这里满嘴胡哒，就不怕闪了舌头？我给你说，我家的事儿，用不着你管。我一不抢，二不偷，三不抗粮四不抽，驴槽里不要你个骡子插嘴。快走些，再敢胡哒撕烂你的嘴！"

范甲长气急败坏地说："好你个不知好歹的野婆娘，你竟敢辱骂抗战骨干？你吃了熊心豹子胆了？你叫我走，我偏不走！我要看看你个烂婆娘招了个啥样的野男人？"

元老汉气得嘴唇哆嗦，老婆婆气得一阵咳嗽。

瑶娃儿冷笑着说："好好好，正好见识见识我家瓷锤的本领。你个老狗，不见棒子不夹尾。"

说着，高喊起来："瓷锤！瓷锤！你快来，屋里来了条野狗咬人哩！"

其实，瓷锤听见有人嚷嚷，早就停了活儿，走过来站在门外听，娃儿在他身后紧紧扯着他的衣襟。

甲长的话，瓷锤听了个真真切切。他肚子里火苗儿"腾腾"往上冒，脑袋里"嗡嗡"直叫唤，脖子上青筋"咕嘟咕嘟"往上爆。

他正要进去收拾甲长，就听见瑶娃儿呼喊。一着急，顺手从墙上摘下一把镰刀，还不忘把身后的娃儿推得远远地说："甭动弹！"这才一个箭步冲进屋子，二话不说，举起镰刀照范甲长粗粗的脖子抡了过去说："妈日的，欺负到家里来了！你当我家没人了？看家伙，剜了你的脑袋当尿罐儿。"

范甲长被吓得"妈呀"一声，身子一软滑溜到地上，双手抱着脑袋说："好汉，不敢。你是歪人，我走我走！"

瑶娃儿说："瓷锤，收拾这个老王八，叫他认得你是谁。"

范甲长连滚带爬往外逃，瓷锤一把揪着他的脖领子，拎起来扔到门外说："老王八，快滚！再敢来，割了你的耳朵下酒。"

范甲长起身就跑，木屐子也不要了，双脚踩在泥地里一溜烟儿没了踪影。

十九 范甲长落荒而逃，瓷锤余怒未消，瑶娃儿拍手称快，可把元老汉吓坏了。

元老汉追了出去，把泥地里两只木屐子捡起来在后面喊："范甲长，你慢些，不要和娃娃家一般见识。给你鞋！你把鞋穿上。"

老婆婆也追了出来说："老汉子，你回来，叫他个狗日的欺软怕硬！

有瓷锤在哩，咱不怕他！"

元老汉手里提着木屐子，气喘吁吁地回来了说："好娃哩，你这一下可把烂子懂下了。这可咋办哩？"

老婆婆气咻咻地把老汉手里的木屐子抢过来，一扬手抡出去说："那个熊货，你越怕他他就越上样儿。他要是再敢来胡搅蛮缠，叫瓷锤收拾他就是了。你赶紧忙活事儿去。"

瓷锤平静下来说："欺负娃娃打老汉，算个啥球男人嘛？我就看不惯这号货，挨打的坯子。"

一家人说着骂着，三个男人一前一后进院子来了。

元老汉赶紧换上笑脸说："他叔来了。赶紧些，屋里坐，喝茶。瑶娃儿，赶紧烧茶去。"

三个半大老汉把瓷锤上下打量一番，不约而同点点头说："是个好小伙哩，有个好汉的样子。"

进了屋，元老汉指着一个串脸胡男人说："瓷锤，这是你程二叔。"

瓷锤上前鞠了个躬说："程二叔来了，喝茶。这事儿，麻烦您了。"

元老汉又分别介绍了老姜叔和老朱叔，瓷锤一一鞠躬称谢，几个人亲亲热热围着矮腿桌抽旱烟。

程二叔说："我们来的路上，碰到了范甲长。这个狗腿子慌慌张张胡跑乱窜，我问他咋了？他说是你家里有狗，撵着他咬哩。哈哈！咬得好！咬得好！咱瓷锤是狼不是狗，是吃瞎熊货的壮狼，好狼。甲长来一回咬他一回，看他还敢再来缠事？"

瘦脸肿眼泡的老姜叔说："这一回算是出了一口气。可是，不知道那狗熊货回去能不能咽下这口气？要是他寻了保长，叫来保丁，还有麻烦事情哩。你们家人还是要当心点儿。"

肤色黑里透红，长着方面孔的老朱叔说："大家都知道，保长阴，甲长坏。甲长倒没有啥可怕的，他就是欺软怕硬的货。他欺负扈家媳妇，让人家搭伙儿的栓柱打得鼻青脸肿，到现在也没见他把人家咋个样儿了。

甭怕！"

元老汉说："咱庄稼人，就想安安生生过日子，谁都不想惹。甲长倒是没啥可怕的。怕只怕他寻了保长，把公地收回，不叫我家种了。人家可都是姓范的叔伯弟兄。"

老姜叔说："这个你倒是不用怕。为啥哩？这年头，青壮年不是被抓了丁，就是躲出去了。你看咱们村上，种地的有几个年轻壮劳力？上头棉花催得紧，上交少了，保长都保不住了。他不傻，轻重自会掂量。"

老朱叔说："那些烂事情咱就不说了。赶紧些，正事要紧。"

元老汉说："他姜叔，你是个能人，又识文断字，处事公道。扈家的事情，也是你立的文书。今个，还得麻烦你哩。忙完了正事，咱吃手撕面。可冷我家穷，没酒喝。"

程二叔说："那咱就开始。瓷锤，有些话还是要当面说清楚哩，免得以后惹下烦缠。我问你，你到元家来搭伙过日子，愿意不愿意？"

瓷锤红着脸说："愿意哩。元老伯一家都是好人。现在过得这样难成，我不忍心撇下不管。"

程二叔说："好得太！我再问你，你在元家，没有个啥名分。不分家产不分房，不分地亩不摊账。你愿意不愿意？"

瓷锤说："我是图个好人家，又不是图家产银钱。我愿意。"

程二叔又问："元家的孙子，不是你的骨血，也不能随你的姓，也就不能把你叫爹。当然，你也不用更名不卖姓。你愿意不愿意？"

瓷锤说："本来就是人家的娃娃，我只是帮衬着养活大。叫我个啥都成。"

程二叔还问："有朝一日，娃娃他亲爹回来了，你卷铺盖走人。元家屋里一根柴火棍棍都不能带走。你愿意不愿意？"

瓷锤叹着气说："娃他亲爹，早回来就好了。他回来我走人，人家的婆娘人家的娃儿，我精沟子走人。"

程二叔满意地点点头说："还有最要紧的，就是搭伙过日子期间，你不能娶媳妇成家。我是说，你不能在这个家另娶。你要是娶媳妇成家，立马走人。还有，你没有名分，瑶娃儿也没有名头。你两家不是亲戚，不能互相走动。也就是说，你回家看你爹妈，瑶娃儿不能随你去。你有养活元老汉一家的义务，瑶娃儿没有为你爹妈养老尽孝的责任。这个，你也能答应吗？"

瓷锤听了，难受得眼圈儿都红了说："有个啥办法？都是没办法才走这条路子。好我的叔哩，您就甭问了。一揽子事，我都认下了。你们不是立好了文书吗？我画押就是了。"

老婆婆说："人家咋办咱咋办，话说明白了就画押。完了吃面，就是个这。"

元老汉说："他叔，你还没说，以后有了娃娃，可是人家瓷锤的骨血，随人家的姓，娃娃让人家领走。"

老朱叔说："文书里都写着哩，等一下念给他听就是了。老姜，你赶紧念文书。"

老姜叔从怀里掏出几张发黄的纸张说："三头六面，字里行间，纸白墨黑，画押为券。都听着啊，说是'小子瓷锤，搭伙元门。视同家人，不具名分。姓名无改，长幼论辈。来不带财，走不携银。债务家产，均不在身。孤女瑶娃，夫妻露水。所生儿女，各有所归。男女双方，不得另婚。本夫若回，互不相认。口说无凭，立字烁金。签字画押，不得反悔'。咋样啊，都听明白了吗？"

元老汉说："明白得很哩，真是好笔杆子好文书。"

老朱叔说："顺口连句，好记得很哩。"

程二叔说："在这个村子，范家人多势众。咱们这些别姓人家，就得抱团成伙儿，互相帮衬。就是个这，来来来，签字画押，完了咥面。看把他的，就等着吃这一口哩。"

老姜叔又拿出来一个木头印盒，打开盖子说："来来来，各方画押，立马生效。"

瓷锤要摁手印，程二叔挡住了说：“老姜不是念文书了吗？长幼辈分。元大哥先来。”

元老汉摁了手印，瑶娃儿也凑上来要摁，程二叔又挡住了说：“没你的事儿，你公爹做主了。该瓷锤了。”

瓷锤摁了手印，正要在地上蹭去手指上的印迹，程二叔赶紧拉住他的手说：“甭急，还有事儿哩。瑶娃儿，你来，叫瓷锤在你脸上抹个记号，也算是给你抹红贴喜了。”

瑶娃儿走过来，满脸深情，两眼泪水说：“好兄弟，委屈你了。来，你给我脸上抹个红，咱俩就是不拜堂的两口子了。”

瓷锤也哭了说：“好人哩，我不委屈，我心甘情愿哩。咱俩好好过，养活娃娃长大成人，就都解脱了。”

说着，一指头抹上去，瑶娃儿腮边挂红，又让滚滚而下的泪水冲成了大花脸。

男娃儿也凑过来仰着脸儿说：“这个人，你也给我抹抹红。”

程二叔诧异地问：“这娃娃不得了，不是还没学会连贯话儿吗？猛地咋就人言人语的了？”

老婆婆泪中带笑说：“我这孙子，成精了。他爹见了，指不定欢喜成啥样儿了。我的乖孙子，以后叫这个人叔哩，可不敢乱叫。他保你的命哩。”

元老汉说：“干脆，叫娃把瓷锤叫干大成不成？”

老姜叔说：“不成！认干亲，也得要立文书，可不是闹着耍哩。先叫叔，认亲的事情，往后再说。”

瓷锤把娃娃抱起来，在他额头抹了点红说：“娃娃可怜得很哩，我咋一见这娃儿，就心酸得不成。”

吃了饭，说会儿话，天也就黑下来了。瑶娃儿在灶房烧热水，元老汉抱着孙子哄他睡觉。老婆婆翻找出来两块旧布，交给元老汉说：“你沿个板凳，把这两块布挂上，权当是个隔墙了。叫人家年轻人踏踏实实睡觉。”

娃娃睡了，老人吹了灯也睡了。

瓷锤点了灯，在屋子里转来转去满头大汗。

瑶娃儿在外头喊："你来把热水拎过去，好好洗洗身子。"

瓷锤到外头去，把半桶热水拎进来。瑶娃儿手里拿着两块手巾进来笑着说："你看我爹我妈，给咱俩把帘子都挂上了。你就踏踏实实的，把心放到肚子里，你咋出这么多汗？快脱了衣裳洗身子。"

说着，帮瓷锤脱衣裳。

瓷锤慌忙地躲来躲去说："羞死个人了。你把灯吹了，往后退些，我到炕上脱衣裳。"

瑶娃儿吹了灯，走到炕沿儿前，一把拽过来瓷锤说："好好洗洗，你一身汗腥味儿。"

黑地里，瑶娃儿给瓷锤擦洗身子，瓷锤扭来扭去，瑶娃儿扯来扯去。一会儿工夫，两个人都气喘吁吁了。

瑶娃儿把瓷锤推到炕上说："你先睡，我也擦擦身子。你可甭睡着了，等着我啊。我这就来！"

瓷锤气急败坏说："这会儿谁睡得着，谁才是个二毬货。"

瓷锤蜷缩在炕上，瑶娃儿擦洗完身子，爬上炕来，在瓷锤身旁躺下来，使劲儿扳着瓷锤的身子说："我的好兄弟，我的好人儿，快扭过来，咱俩好好说会儿话。"

瓷锤被扳过身子，瑶娃儿一头扎进他怀里。

瓷锤慌里慌张问："你咋哭了？我可没有欺负你。你要是反悔了，我这就走。你甭哭了。你身子咋烫得很哩？你得是发烧病下了？"

瑶娃儿把瓷锤抱得紧紧的，生怕他跑了一样说："好人哩，你甭管我，叫我好好哭一场。我给你说，我原来积攒了一黄河的眼泪，你好赖叫我把眼泪腾干净。现在，你在我身边，我又有了两黄河眼泪了，哭不完哩。一河眼泪是我的苦楚，另一河眼泪是你的委屈。好人哩，这辈子我报答不了你，下辈子给你当牛做马，给你当丫鬟婆子，给你当保镖狗腿子，给你当小狗小猫。我这身子，实实在在配不上你，这可咋办哩……"

瑶娃儿在哭，把瓷锤惹得也陪着流泪说："你好得很哩，你是我命中的贵人哩。你听我说，我家比你家还穷，我还有个兄弟，像我家这样儿，多半我哥儿俩都打光棍儿哩。遇上你，不管咋说，我当一回真正的男人。这都是命，我们都得认。咱俩好好过，把娃娃养活大，就都心安了。哎哎哎，你咋咬我哩……哎呀，疼得很，哎呀痒痒哩……"

二十 雨后墒情好，庄稼人起早贪黑点播完了棉花。离夏收还早，除了种红苕和早茬苞谷人家还在忙活外，更多的庄稼人终于有了空闲时间。

瓷锤忙着推土打坯，想着早早把隔墙砌起来。夜里睡觉，他听见元老汉咳嗽心里就发虚，好像做贼一样。

瑶娃儿劝他踏踏实实睡觉，该干啥就干啥。可是，瓷锤还是觉得不稳当。砌隔墙，再装上门，才像两口子过日子。

吃了早饭，瓷锤推着借来的"叫蚂蚱"车推土，门外来了个保丁，进门就喊："元家，去一个人到保公所商量事。快点儿啊，范保长等着哩。"

瓷锤把推车停稳当问："没说是个啥事？要紧不要紧？"

保丁扭头就走说："要紧不要紧咱也不知道，咱只管听吆喝传令。就是个这。赶紧去人啊。"

瓷锤要去，元老汉从屋里走出来说："你甭管，还是我去。你该干啥就干啥。"

话虽这样说，元老汉还是有点发怵，眼神里露出一丝慌乱。

瑶娃儿端着洗锅水出来说："爹呀，你去。甭怕！咱屋里有人了，谁都不敢欺负咱了。"

元老汉嘴里答应着，慢慢腾腾走了。

也就是一顿饭的工夫，元老汉回来了。神情轻松，嘴里哼着小曲儿。

瓷锤和瑶娃儿上前问："咋向？范保长给你说啥事儿了？"

元老汉说："走走走，屋里说话。"

进了屋子，老婆婆担心地问："保长是不是憋着啥坏水哩？得是甲长告状了，要寻咱家烦缠哩？"

元老汉坐在炕沿儿上笑着说："看把他的，我去的路上心里就直打鼓。总想着范保长放不过咱，想着法儿整治咱家哩。嘿嘿，看来是咱多心了。范保长说，咱家现在有了壮劳力，种地不愁人手了，还要给咱家五亩公地种哩。"

老婆婆说："不对劲儿哩。公地不是都派种完了吗？从哪里来的五亩地？"

瑶娃儿也说："就是哩。得是谁家的地让保长抽回去了？"

元老汉说："起先我也是这么想的。可是，保长说，范疙瘩被队伍上叫去当挑夫，家里的地就没人种了。保长还说，那五亩地都点播上棉花了，咱家只管作务就成了。一亩地给咱家减半捆棉花的上缴。回来的路上，我盘算着，这事情划算哩，就应声下来了。"

瑶娃儿疑心重重问："这样的好事，咋能轮到咱家？爹，你问清了没有，这五亩地，咱家种几年？是每年都减免还是只减免一年的上缴？只能种棉花还是咋的？"

老婆婆说："就是的。棉花要倒茬哩，不能年年在一块地里种。"

瓷锤说："管他哩，先种上地再说。我估摸着，壮劳力没有几个了，他保长也得完成上缴。咱要是不种，恐怕也没有人能种得过来。"

元老汉说："这块地咱家种三年，我都在文书上画了押。千年的黑字会说话，他当保长的不能随便反悔。"

老婆婆还是不放心说："我总觉得这里头有啥鬼哩。你不该签字画押的。好赖回来商量一下也好。"

担心归担心，不管咋说，地还是要种的。

棉花出苗了。午后，瓷锤和瑶娃儿到地里看苗情。只见满地里都是棉花苗儿破土拱起的小土堆。瓷锤小心用手扒开几窝，看见棉花芽儿顶着壳子，攒足了劲儿往上冒。

瓷锤高兴地说："苗好一半收。看来今年的棉花收成错不了。完成上缴，给咱能剩下不少。"

瑶娃儿也高兴地说："剩下棉花，卖一些换零钱。剩下一些添置棉被。爹的老棉袄也该换新棉花瓤子了。套子都板儿了，死重死重还不暖和。"

看着看着，瓷锤忽然心思重重的样子说："现在有些闲时间了，砌完了隔墙，我想回家看看我大我妈。还不知道他们咋样了。"

瑶娃儿一听，惊恐地说："不成不成！你千万不要这时候回去。我就怕你回去了，就回不来了。"

瓷锤笑着说："你看你，红天白日的担心啥呢？我也就是回去看看，报个平安。多不过十几天，少不过七八天就回来了。"

瑶娃儿惊魂未定说："不成不成！我给你说，你要是回去，除非……"

瓷锤问："除非啥？你得是要我给你写保书？嘿嘿，甭说我不会写字，就是写了，你也认不得呀。"

瑶娃儿把嘴巴凑到瓷锤耳边说："除非我肚子里有了你的娃娃，才保险。这就像种棉花，谁下的种子，谁惦记着收。"

瓷锤乐了说："你这个比方不太对劲儿。棉花，只要种到地里就会发芽。你那肚皮，谁知道管不管用？要是只下种子不出苗儿咋办？"

瑶娃儿一把捂住他的嘴说："你胡说啥哩？我又不是没生过。只要你的种子没毛病，我保准像鸡下蛋一样给你往外生娃娃。"

正说着话，远远的官路上，人欢马叫，尘土飞扬，热闹得不得了。

瓷锤一看，吓得叫唤一声："哎呀，不好！"拉起瑶娃儿就往回跑说："兵娃娃来了，赶紧跑！"

瑶娃儿也被吓了一跳，定睛一看才说："甭跑！甭怕！我看着像是保长，还有保丁，领着一伙兵娃娃来了。不像是抓壮丁的。"

瓷锤也看清了，确实是保长带着一伙兵娃娃，推着长筒子的大家伙物件，一路走一路吆喝。

瓷锤惊恐未定说："你咋知道不是抓壮丁？"

瑶娃儿说："听人说，今年的壮丁抓够了。再说了，哪里有保长带着保丁，推着长筒子大家伙抓壮丁的？"

一群人走近了，瓷锤看见保长和甲长，带着五个保丁，还有一伙兵娃娃，推着四个长筒子的大家伙，吃力地往这边走来。大家伙都蒙着绿色的帆布，帆布上还绑着树枝。

保长吆喝着："我说瓷锤，来帮把手。把大家伙推到地里，后晌有肉吃。"

瓷锤上前帮忙。一个腰里别着"七寸撸子"的上尉军官，嘴里骂骂咧咧指挥兵娃娃说："妈日的，赶紧给老子推。天黑前把工事弄好，明个一大早就能开火。谁误了事，就把谁的肉颡挂旗杆儿上。"

说着，斜眼盯着瑶娃儿，眼睛里冒出一股邪火来。

瓷锤赶紧给瑶娃儿使了个眼色说："还不赶紧回去给老总们烧水喝？"

瑶娃儿扭头就走，还不放心地看看瓷锤。

保长说："你甭担心，我们这也是为抗战出力，政府和队伍上还给白面猪肉哩。"

到了地里，兵娃娃们"哗啦"的一声散开来，拿起铁锹和洋镐，满地里乱挖。

瓷锤看见不少棉花种子都被挖了出来，心疼地说："老总们手下留情，棉花刚出苗儿哩，甭给糟蹋了。"

上尉军官一把把瓷锤划拉到一边儿去骂道："妈日的，保国要紧还是保你的烂棉花要紧？"

保长走过来说："我说小伙子，队伍上来了令，要在这里设工事打小鬼子的飞机。你只管帮忙干活，别的少问。这可是军事秘密哩，说漏了嘴，要吃洋花生米哩。"

原来，这些长筒子的大家伙，是打飞机用的。

瓷锤家的地，被当成了大家伙阵地。

瓷锤脑袋"嗡"的一声就蒙了。

瓷锤跑到保长跟前，一把揪住他的脖领子问："毁了我家的地，你拿啥赔哩？话不说明白，甭想走！"

保长气咻咻地说："你个碎崽娃子，队伍上的事情，我日吧管得上！有本事，你和队伍上说去！"

上尉军官递给瓷锤一把铁锨说："妈日的，看啥哩？快给我挖工事。挖好了，管你饭吃，有酒有肉。挖不好，把你个熊货下锅煮了。快去！"

保长走到军官面前点头哈腰说："官长，您辛苦！我回去给队伍上筹粮去。"

军官一把拽过来保长说："要你的锤子粮食哩，美国的洋面都吃不完。你也给我挖工事去。还有你的保丁，一个都不能走。啥时候挖完啥时候再走。"

保长垂头丧气，接过铁锨挖工事去了。

挖完了工事，把长筒子大家伙隐蔽起来，保长和保丁，还有瓷锤都累得直不起腰来。

保长要走，军官露出笑容说："你们都是为抗战出力的好汉。甭走，灶上管饭哩。"

在队伍上的野战灶吃了饭，回到家里，天已经黑咕隆咚了。

元老汉一家人还都没睡，瑶娃儿更是担惊受怕。

看见瓷锤回来，一家人七嘴八舌问个没完。

瓷锤累得眼睛都睁不开说："占了咱的地，保长不赔不免。还是我陪官长喝了半缸子酒，官长才下令说，叫保长免了五亩地的上缴。对了，还叫我到队伍上帮忙，说是一个月给一袋洋面做工钱。就是个这，我睡觉去，乏得很哩！"

第二天一大早，瓷锤还在梦中，一阵"轰轰隆隆"的巨响把他惊醒了。

娃儿也被惊醒了，吓得直哭。

瓷锤抓起衣服就要下地说："咋了咋了？我看看去！"

瑶娃儿一把摁住他说："等下没响动了再去。不知道咋回事，甭出门。"

瓷锤坐在炕上，心里直打鼓。又听得外面有人喊："打着了！打着了！冒烟了！"

瓷锤"呼"地下炕来说："街上都有人了，我看看去。你到那屋里看娃儿去。我不回来，你千万甭外出。"

瓷锤走到街上，看见一伙人站在高处看热闹。

远远的天空，几架红头绿身子飞机"嗡嗡"叫着，上下乱蹿。瓷锤家地里的大家伙，"咚咚咚"地猛响，火舌带着烟雾弥漫在河道上空。

有一架飞机尾巴拖着浓烟，歪歪斜斜向黄河湾里扎去。

人群里有人喊："又打中了，冒烟了！"

瓷锤看了一会儿，天上的飞机飞走了，大家伙也没了响动。刚想回去，街上一阵敲锣打鼓的声音传来。

保长领着保丁，举着五颜六色的旗子，敲锣打鼓，还一路喊着：

"旗开得胜，马到成功！"

"抗战必胜，国军英雄！"

瓷锤明白了，就是昨儿个弄来的大家伙，把小鬼子的飞机打下来了。保长这是要慰劳和祝贺去。

瓷锤觉得很解气，不由跟着人群拍手喊叫起来。

保长带着队伍来了，喊瓷锤说："你还在这里看啥热闹？赶紧些，到队伍上慰劳庆功去！"

二十一 国军在黄河岸边设立高射炮阵地，首战告捷，击落击伤小鬼子飞机各一架。保长、甲长带领一伙村民到国军阵地上庆功慰问。瓷锤也被保长拉了去。刚一到阵地，瓷锤看见原本好好的庄稼地已经面目全非，坑坑洼洼，刚出土的棉花苗被摧残得不成样子，不由心疼得蹲在地上直掉眼泪。

阵地上来了好多人。包括同州城内的官员，纷纷前来祝贺，一时间阵地上熙熙攘攘。

阵地上的上尉军官看这阵势，急得大喊大叫说："都赶紧散了！妈日的，这么大的动静，要是被小鬼子观察到了，再派飞机来，你们完蛋不说，连带着老子和弟兄们都得陪葬。"

一个中尉军官忙着把阵地上的人往外赶，人们放下慰问品，先后离去。

保长正要走开，上尉军官过来说："范保长，你甭急走，还有事情交代哩。从今个起，你每天派一名甲长，带几个保丁，在阵地周围警戒。没我的命令，任何人不准靠近阵地。记住，黑天白日不能断人。"

瓷锤还在心疼他的棉花苗儿，军官对他说："行了行了，你这点烂棉花苗儿，值几个钱？为打鬼子，就是把这片地都翻个个儿也值了。你甭闲着了，从今个起，你每天给阵地运二十桶水来，弟兄们做饭喝水用。你也不白干，每个月给你一袋洋面。成了，你去寻车、寻桶、寻水源。现在就去，等着做午饭哩。"

瓷锤说："成倒是成，从哪里弄车和那么多水桶去？"

军官不耐烦地说："这点毬事儿，找保长去。"

瓷锤问："长官，您能不能把工钱先支给我。您别笑话，家里揭不开锅了。"

军官踢了瓷锤一脚说："妈日的，抗战大事，你还在这里和老子讨价还价？罢罢罢，看你也是可怜人，你到灶上领一袋洋面去。快些！等着你送水哩。"

瓷锤得了军官的令，到帆布搭成的帐篷灶房领了一袋洋面，扛在肩上飞也似的跑了。

范甲长也想回去，保长说："你带两个保丁，这就值班警戒。夜里我派人来换你。"

范甲长惶恐地问："你可要快些派人来换我，我妈还有病哩，我还要给她请先生哩。我们在这里警戒，午饭在啥地方吃？"

军官不耐烦地说："在灶上吃，管饱。妈日的，饿死鬼变的？"

保长扭身就走说："我还要挨家挨户收水桶哩。我先走了。"

就这样，一连六天，瓷锤都从三里外给阵地送水。保长派甲长，带着保丁在阵地周围警戒。

自从那天打下飞机后，黄河对岸消停了许多，白天再也看不到小鬼子的飞机来了。只是夜里，有侦察飞机在头上"嗡嗡"叫唤盘旋。

上尉军官在帐篷外盯着夜空看了一会儿说："嘿嘿，你个小鬼子，想不到你爷我的阵地灯火管制吧？你来！你再来多少回，连老子的毛都看不到。嘿嘿！"

一日夜里，范甲长带着两个保丁警戒。下半夜，三个人靠在一起迷迷糊糊打瞌睡，一阵"嗡嗡"的飞机声把他们惊醒。

范甲长抬头看天上，只见一个黑色的大鸟一样的东西在盘旋，既不飞走，也不降低，就这么打着转儿。

范甲长觉得今天夜里的飞机有点不对劲儿。往常也有侦察机夜里活动，但都没有像今夜这样长时间不走。

正想着，忽然看见阵地不远处冒出一堆篝火来，一霎时火苗儿冒起来一丈多高，把四周照得亮堂堂的。

喊声"不好"！范甲长带着人向火堆跑去，看见两个人影儿一闪，就掉进了沟里没了踪影。

阵地上，上尉军官穿着短裤汗衫钻出了帐篷，看见火堆怒骂："妈日的，谁在点火？这不是给小鬼子指示目标吗？赶紧给老子弄灭！天又不冷，烤啥火？"

正说着，只听天上的飞机一阵凄厉怪叫，一头扎下来，翅膀底下丢下来两个黑乎乎的家伙，掉到阵地旁边，"轰隆"两声巨响，阵地上顿时火光四起。

打飞机的高射炮被炸得四零五散，有只炮轮子都飞到了半空，落下来又带着火苗儿滚出去老远。

范甲长带着保丁刚跑到阵地边儿上，三个人就在巨响声中尘土一样四处崩散了。

上尉军官被吓得抱着脑袋趴到地上一动不动。

飞机又冲着地面"突突突"地扫射了一阵机枪，才怪叫着飞走了。

飞机飞走好一阵儿，军官才从地上爬起来，指挥兵娃娃们灭火救人。在查看了情况后，军官对勤务兵说："还好，只毁了我一门'卡福斯'，伤了六个弟兄。妈日的，有奸细在放火指示目标。赶紧，转移阵地，报告上峰，派特务连抓奸细！"

忙活半晚上，到天明时分，阵地转移了，伤员被抬走了，瓷锤家地里一片狼藉。

瓷锤天不亮就推着"叫蚂蚱"车，在井里打上水，又推着往阵地送。

走到半道儿，天色已亮，碰见范保长带着几个人急匆匆走。

看见瓷锤，范保长说："赶紧些，把水桶放到地上，跟上我到阵地去。范甲长和两个保丁弟兄都没了，你推上车子和我一起收拾收拾去。"

原来，半夜里听到阵地一阵巨响，范保长就知道大事不好，匆忙带着两个保丁出了村子。走了一段路，范保长忽然不走了，带着保丁蹲在路边静等天亮。

他知道，这时候去阵地，没啥好事儿。

直到抬伤员的兵娃娃们路过谈论，范保长知道了事情的大概，这才赶过来收拾残局。

又过了几天，听说同州城里驻军兵营指挥部，也被小鬼子的飞机炸了，损失不小。

骆团长不幸身亡，骆副官因为外出没回来，捡了一条命。

回来后，骆副官血红着眼睛，整天闷不做声，带着特务连昼夜巡查抓奸细。

范保长带着人，每家每户收粮收钱安抚甲长和保丁的家人。

这天一大早，瓷锤一家刚起床，就听到大街上一阵紧似一阵的铜锣声，还有个人在喊："各家各户，出一个人到保公所商量事，都赶紧些，有大事情了，要进城看热闹哩。"

瓷锤要去，被元老汉挡住了说："还是我去。我一个老汉，不管啥事都不能把我咋样。你要是去了，被人抓走了不得了。"

元老汉到了保公所，看到院子里外站着不少人。过了一会儿，范保长喊着："人来了，都跟上我去城里。上头黑地半夜来了文书，说是抓住了奸细，要游街示众哩，叫多去人看热闹助威。"

元老汉觉得很解气，跟着乡亲们到城里看热闹去。

到了城里，已经是晌午了。来的人都没带干粮，肚子饿得"咕咕"叫。

老县衙前大街两旁挤满了看热闹的人。人群里有人喊："来了来了！"

就听一阵洋鼓洋号声音传来，从老县衙里出来一队人，有穿黑制服的警察，有穿洋布衫子的学生，还有穿黄色衣裳的兵娃娃。

一队人从大街上走过。

洋鼓洋号后面，是一伙人抬着半拉飞机翅膀，高喊着"抗战必胜，光复河山"的口号。

抬飞机翅膀的人群后面，六个大个子兵娃娃，手里端着长家伙，押着两个被五花大绑的犯人。

骆副官手里举着纸筒做成的大喇叭喊着："诸位父老乡亲，大家伙儿看看啊，这两个坏蛋是小鬼子从河东派来的奸细。他们晚上在炮阵地旁点火堆，在兵营照手电，给小鬼子的飞机做内应。十足的汉奸，国民的公敌，十恶不赦的败类！"

围观的人高喊着："打倒汉奸！严惩奸细"的口号，不断拿土块、石头子儿砸那两个被绑着的人。

元老汉个子高，又站在人群前面，把这一切看了个清清楚楚。

元老汉盯着一个奸细，看着看着，老汉浑身哆嗦，嘴唇嚅动却说不出话来。

等那两个被绑着的人走到跟前的时候，元老汉"呼"的一下蹿出去，抓着那个高个子奸细的胳膊摇晃着喊道："宝娃子！我的宝娃子！你咋就做了奸细！你快……"

喊着，元老汉"咕咚"一声栽倒在地，人事不省。

那个高个子奸细嘴里被塞着抹布，喊不出声音来。他双膝一软，瘫了下去，又被兵娃娃揪起来，双脚不沾地拽着走。

骆副官头里走着，没看见这一幕。等他扭过头来的时候，发现一个老汉躺在地上，还以为是站得太久累晕倒了，管都不管继续喊叫着："大家都看看啊，这就是当奸细的下场。上峰有令，奸细汉奸，一经抓获，就地正法！"

几个乡亲围着元老汉，又掐又喊。范保长冷冷地在一旁看着说："咱们村出了个大奸细，丢人现眼！幸好不是范家的人，要不然连老祖宗的脸面都丢尽了。我说元老汉，你赶紧起来，买席子去，给你儿收尸。我可给你说啊，不准进村，荒郊野外埋了算了！"

看热闹的人明白了地上的老汉原来是奸细的父亲，纷纷围上来朝老汉吐唾沫谩骂。

范保长也嫌丢人，叫人把元老汉弄到一条小胡同里去了。

二十二 元老汉醒来了，他只觉得满头满脸湿漉漉的。一扭头，发现程二叔蹲在他身边。程二叔的脚边放着一只粗瓷大碗。

元老汉问："我这是在啥地方？"

程二叔说："你可算醒来了。我们几个人又喊又掐都不顶事，从一户人家借来一碗凉水泼下去半天，你才醒过来。赶紧的，动弹一下身子，强打点儿精神，还有不少事情要办哩。"

程二叔扶着元老汉坐起来说："不管天大的事情，自个儿的身子还要顾惜哩。我给你说，日子还要过，娃娃还要长。你咋向，能不能起来动弹？"

元老汉号啕大哭，程二叔赶紧捂住他的嘴说："不敢哭哩，刚才围了好几个人看热闹哩，好容易才散了。你一哭，闲杂人又围上来咋办？赶紧些，精神点儿。"

元老汉忍住哭，强打精神问："他叔，你说我的命咋这么苦？该咋办呀？我娃现在在哪里？"

程二叔说："你晕过去这阵子，老朱叫范保长写保书去了，老姜跑回去给家里报信去了。你赶紧起来，咱们到南门外候着。你娃在那里哩。"

元老汉问："到南门外做啥去？"

程二叔小心翼翼地说："你知道的，南门外是杀场。你娃的尸首，还在那里摆着哩。"

元老汉脸色蜡黄，颤颤巍巍起身，扶着程二叔说："走些，给我娃收尸去。我的个娃呀，你气死你爹了，疼死你爹了……"

游街早就结束了，看热闹的人也都走了。

程二叔拿着那只碗，扶着元老汉艰难前行。走过一户人家门前，把那只碗放在门墩儿上。

两个人好半天才穿城而过，来到南门外。

门外一角长满野草的空地上，趴着一具尸首，有两个黑衣警察远远站着，不让人到跟前去。

老朱叔在离警察不远的砖头上坐着，手里拿着一张纸。

看他们来了，老朱叔迎上来说："赶紧些，保长写了保书，认领尸首拉走。"

程二叔问："不是两个人吗？咋只剩下一个了？"

老朱叔说："那个人是外地的，没人认领，公家弄走了。"

程二叔扶着元老汉走到警察跟前，老朱指着元老汉说："这是主家的人，来认领尸首了。这是保书。"

一个警察接过保书说："赶紧弄走！妈日的，晦气得很哩。"

说完，和另一个警察嘴里"呸呸呸"地吐唾沫，小步快跑地走了。

元老汉要到尸首跟前去，被程二叔拉住了说："甭去了，赶紧弄车把人拉走。"

元老汉把身上的衣裳脱下来说："我给我娃盖上，地上凉得很哩。"

程二叔说："你甭去了，坐着，我去吧。给，你把我的衣裳披上。"

老朱叔说："元大哥，你俩在这里候着，我去杠子房雇车去。"

杠子房是专门抬埋人的，有丧轿子和牛车租赁。

程二叔问："租赁车，你有没有带钱？"

老朱叔说："刚才从保长那里借来了，够够的了。先忙事情，有啥话以后再说。"

老朱走了，程二叔对元老汉说："保长不准把人往回拉。也是的哩，这样的事情，也不能在村里按照老理儿办了。我们商量了一下，老姜回去也雇辆车，拉着你一家人。咱们在这里雇车，把你娃拉到河边上。咱们在那里见面，商量着把人就地埋了。你看得成？"

元老汉万念俱灰，有气无力地说："老兄弟，给你们添大麻烦了。你看我屋里的事情，实在是倒霉丢人没法说。我……"

程二叔安慰元老汉。一会儿的工夫，老朱叔带着一辆牛车来了。

几个人把地上的尸首抬到牛车上。

程二叔拿元老汉的衣裳把尸首的脑袋包裹起来，和元老汉坐在车尾巴说："走些！"

牛车"吱吱呀呀"往黄河边走去。

到了河边，已是太阳西斜。

老姜叔他们的车先到了。老婆婆、瓷锤、瑶娃儿和男娃娃，坐在车上等着。

元老汉的车也到了。

两伙人见面，没有多余的话，把尸首抬下来放到地上。牛车走了，几个人忙着寻地方埋人。

瑶娃儿和瓷锤扶着老婆婆，走到尸首跟前。

老婆婆一身子瘫倒在地，浑身稀软，只流泪却不出声。

瑶娃儿说："妈呀，你就哭出来吧。你哭了，就不堵得慌了。"

瓷锤跺脚叹气。

男娃儿被老姜叔搀扶着磕头。

前后左右看了看，老朱叔说："这地方好一些，是个高坎儿，又是荒地，没人耕种，河水也漫不到。"

元老汉走过去看了看，瞅着脚下不远处的滚滚河水，点点头。几个人拿着铁锹挖坑。

瑶娃儿拿被子把尸首裹起来。

元老汉走过去，蹲在地上把嘴贴到老婆婆的耳边不知道说些什么，却见老婆婆不住地点头。

坑挖好了，几个人过来要抬尸首，却被元老汉拦住了说："你们几个人走远一点儿，我和我老婆还有话给我宝娃子说哩。"

众人无奈止住了脚步，只有男娃儿拼命挣脱了老姜叔的手，跑过来一头扎到老婆婆怀里，撕心裂肺痛哭。

老婆婆把孙子紧紧搂在怀里说："我娃要听话哩，我娃要快点长大哩，我娃可不要忘了奶奶哩。奶奶舍不得我娃咋办哩？老汉子，你也给娃娃说几句话儿。"

元老汉在娃娃额头亲着，不住地流泪。

过了一会儿，老婆婆说："瓷锤，你过来把你儿抱走。记住，以后，他就是你亲儿哩。你不管受多大的罪，都要把我孙子养活大。我和老汉给你磕头了。"

说着，把娃娃撒开，和老汉一起跪到地上磕头。

瓷锤一见，赶紧过来拉他们起来说："他就是我亲儿子哩，也不改姓了，还是你家的根儿哩。"

瑶娃儿过来把娃娃抱起来说："时候不早了，把事情办完就回家去。叔叔他们忙了一天了，还饿着哩。"

元老汉把老婆婆拉起来说："老婆子，时候不早了，咱俩送宝娃子上路。"

几个人上来要帮忙抬尸首，被元老汉挡住了说："你们都走远些，我和他妈还要给他说话哩。你们等一下再过来。"

众人闻言，后退几步。

元老汉和老婆婆走到尸首跟前，蹲下身去，仔仔细细用被子把尸首裹得严严实实。然后，老两口子起身，一个抬着头，一个抬着脚。

就在众人感到诧异，想过来阻止时，已经来不及了。

元老汉和老婆婆把尸首抬起来，老汉嘴里喊着："上路！走些！"

两个人抬着尸首纵身一跳，滚到河里去了。

众人大喊："不好！"

一伙人往土坎边缘拥，程二叔一步跨到前面，躬身伸开双臂挡住喊："慢着，危险！"

老朱和老姜立马清醒过来，死拉活拽把人往回拉。

混浊的河水，翻着浪花滚滚流去。

河面上漂着那床被子，还有两个黑影不断起起伏伏，不一时就消失在一个大漩涡里了。

瑶娃儿拉着娃娃就地跪下来不住地磕头。

太阳把最后一抹光线抛撒到黄河里，又一头钻进无边无际的地平线。暮色，像是有只巨手抓了一把草木灰，铺天盖地撒了下来。

二十三 话说刘孝福在酒席上当面求杨先生代写家书，杨先生没有答话，瞟了一眼刘团长。刘副官接过话茬说："刘老弟，你既为军人，就当严守军纪。难道你不知道，新从军者，半年无信，一年无假是铁律？刘团长一贯治军从严，尤其是身边人，无一例外。"

团长夫人王转弟说："他刚来几天啊？啥军纪不军纪的，不就写封信吗？杨先生，你就代他写几笔，交给我，我叫我娘家人跑一趟不就成了？"

刘副官为难了说："这个……夫人发话，自然无甚不可。只是团长您看这事儿……"

刘团长慢条斯理说："按说出门在外，修书一封也是人之常情。可是，现在战事吃紧，我团更是夜以继日训练精兵，枕戈待旦挥师河东。刘老弟一封家书捎回去，家里人寻了来，哭哭啼啼、吵吵闹闹，坏了军纪不说，还容易乱我军心。写家书的事情往后再说。当下，最要紧的是按照杨书记员所说，寻来'开眼酱'，备好面粉作料，练好手艺。待我壮士出征，大盏酒，大块肉，大碗面壮行。明日起，刘老弟别的不管，只管寻酱备料。刘副官，派人跟随，提携向导。期限百日，不得有误。散了吧！"

马班头给刘孝福派了个姓连的老兵一起备料。

吃了早饭，刘孝福背上捎马子，和连老兵一起上街备料。

县城不大，一条主街、五条横街。

走着走着，刘孝福问："连大哥，咱们这地方叫个啥名儿？"

连老兵指着一处商号的幌子说："你不会看吗？这上面不是写着'武功'县吗？"

刘孝福羞红了脸说："说出来叫人笑话哩。我不认得字。"

连老兵说："咱这地方是西府，在省城西边，偏北，是武功县。你刚来不几天，以后慢慢熟悉就好了。"

路过一家药铺，连老兵说："你的作料，得是要在药铺配哩？咱先到药铺看看去。"

刘孝福摇着头说："作料都好办，就是面酱难寻哩。寻到酱了，就好办了。"

连老兵说："好办得很，再往前走几十丈，就有一家酱菜园，几十种酱菜随你挑。走走走，这就走。"

王街北头拐角处，有一家不大不小的门面，匾额上写着："魏记酱园"。

连老兵说："就是这里了。进去看看。"

进了酱园，刘孝福看到当面一个曲尺形状的柜台，后面是货架格子，上面坛坛罐罐放着不少东西。坛子上贴着红纸条，上面写着品种和价格。

一个五十多岁的老汉在柜台后面站着。

许是刚开门营业，还没有别的客人来，酱园显得格外冷清。

看见二人走进来，老汉笑着打招呼："二位军爷大驾光临，给我这小字号带来好运气。我就说嘛，一大早起来的，喜鹊叽叽喳喳叫个不停。还想着今个有贵人来，果然应了。二位想要点啥？尽管开口。小号货真价实，童叟无欺。"

连老兵说："魏掌柜的一张嘴，真真能把死人说活。我们俩奉了团长军令，为弟兄们采购面酱。闲话少说，有啥好面酱只管拿上来。我这位兄弟是团长家的厨师爷，你可不敢怠慢了。"

魏掌柜冲刘孝福鞠躬喊道："师爷开金口，小的伺候着就是。"

刘孝福哪里见过这个场面？他第一次被人这么刻意讨好，有点不适应，忙摆着手说："我就是个做饭的厨师，啥师爷不师爷的，不敢当。我要买酱哩。你这里都有啥酱？拿出来我看看。"

魏掌柜从柜台下面摸出来一包烟卷递给连老兵说："二位抽口烟稍等，我这就搬货。"

连老兵毫不客气，接过烟卷抽出一根递给刘孝福说："来来来，冒一口，喘喘气。"

刘孝福忙说："我没这个福气，您享用吧。我还要看酱哩。"

魏掌柜站在凳子上，从货架上搬下来五六个坛子，一溜儿摆到柜台上，打开一个坛子盖儿说："师爷，您上眼了。你看这一坛，是豆瓣酱，正宗西府小粒儿白豆，旬邑府麻花辣椒，自贡井盐，韩城大红袍花椒，五九开河头茬水秘制。还有这一坛，西瓜面酱，沙地红壤花皮吊胡黑籽儿瓜，一箩子雀儿舌头旱地小麦，老窖面发酵，三伏天暴晒。您再看这一坛，川府麻椒、兰州蚕豆、灯笼辣椒……"

魏掌柜如数家珍，刘孝福目瞪口呆。他没见过这么多的酱，一时不知该咋样挑选？

魏掌柜问："小的敢问师爷买酱，是炒菜还是火锅用？"

刘孝福老老实实说："我是拌面用哩。就是用热油泼了，拌着扯面吃。"

魏掌柜笑着说："小的实在眼拙。对了对了，队伍上兵强马壮，阵势了得。一定是大锅的菜，大碗的面，大堆人吃对不对？"

刘孝福说："是的哩，要做三百人吃的扯面哩。"

魏掌柜说："这就对了。师爷，您再看这边。"

说着，从货架上搬下来一只粗脖子瓦罐，放在柜台上，拔去木头塞子说："那就用这样的，叫作'自来流'。半干半稀，陈年纯面酱。半塬白小麦细罗儿粉，一丈青的竹皮子笼屉蒸了，老火炕捂一春天，立夏当日兑井水破开暴晒，立秋当日收了，又在大缸里闷一年。不是我胡吹，这面酱，方圆百十里难寻。只此一家，别处无货。嘿嘿，常言说好货识主儿哩，就等师爷您法眼慧开哩。"

刘孝福上前闻了闻这罐儿面酱，只觉得一股炒豆子的香味儿直冲鼻孔。对魏掌柜说："拿筷子来，我尝尝。"

魏掌柜一伸手，从柜台下面拿出一只细瓷碗儿，碗里有一只长把儿的白铁勺子说："您尝尝。"

刘孝福拿起白铁勺子，挖了一小勺子面酱，先用舌尖儿舔舔，抿着嘴回味。又尝了一小口说："就先用这个试一试，成了，就买。不成了，再换。掌柜的，这罐儿酱多少钱？"

连老兵过足了烟瘾过来说："看上了，拿着。老规矩，记上账，完了处长一并清账。"

魏掌柜眉兴眼笑说："军爷看得起小号，就是咱的福气。啥钱不钱的，权当小的孝敬军爷了。二位军爷，请自便吧，小的这就叫人把酱送到大营。对了，是送给特勤张处长吗？"

连老兵说："就送到特勤小灶，有人打条子给你。走些！"

两个人要走了，魏掌柜赔着笑送出来，又在刘孝福耳边神神秘秘地说："师爷，劳烦您千万给打个条子。整个县城，只有我这一家是正宗老字号。对了，您看，斜对面那家酱园，您可千万别去，挂羊头卖狗肉哩。您可千万别说是我说的。您慢走，小的不远送了。回头到小号喝茶来。"

刘孝福和连老兵在街上逛了逛，也没啥可买的，心里惦记着快点试验酱，拉着连老兵回来了。

夜里吹了熄灯号，刘孝福对连老兵说："我要试验面酱哩。你去不去？"

连老兵说："我知道，你心里也不愿意让我一起去，还怕我偷学了你的秘方对不对？嘿嘿，我给你说，你干的那营生，八抬大轿我都不去。各忙各的些。"

刘孝福不好意思说："也就是油泼酱，有啥秘方不秘方的？你要是乏了，早早歇着。我一个人去了。"

连老兵说："你去你的，我等查完了铺，到街上耍一会儿去。妈日的，我就不信赢不了常麻子。"

刘孝福问："赢啥哩？常麻子是谁？"

连老兵把他往外推说："你忙你的去，蛋话少问。"

刘孝福来到小灶，点亮灯，把小炉子火扇旺，架上铁勺子，倒上青油烧着。又打开酱罐儿，往碗里倒了一碗底儿面酱。真像是魏掌柜说的，这面酱是个"自来流"，掀起罐儿底，面酱自个儿就慢慢流出来了。

炉子上的青油热了，冒着青烟。刘孝福端起铁勺，把油一股脑儿泼到酱碗里，耳听得"刺啦"一声响，香气四溢。

刘孝福用筷子搅和了几下，又等了一会儿，酱不太烫嘴了，这才拿筷子蘸着面酱品尝。

面酱一到嘴里，刘孝福就直皱眉头。他觉得舌头尖儿发酸发木，还有一股发霉的味道布满口腔。

刘孝福放下筷子，就地转了几圈。

突然一拍脑门儿说："看把他的，作料没有用上啊，怪不得闻着香，尝起来味道不对哩。"

又架铁勺子热油，又倒面酱出来，寻来作料，三三两两配料。

又泼油试验，这回一品尝，比刚才的酸味儿还浓。

刘孝福又转了几圈想了想，觉得可能是没有拌面的缘故。

面酱是不是得拌上面才成？

案板底下寻出来细挂面，煮了，拌酱。

再一尝，有一股苦涩味儿，难吃得很哩。

刘孝福没招儿了，垂头丧气坐着，苦思冥想啥地方不对劲儿。

是不是得拌了扯面才成？

和面、扯面、拌面，忙活半天，尝了尝，还是不成。

刘孝福情急之中，把罐子里的酱倒出来，摊薄了铺在盘子里，又仔仔细细在灯下看。

这一看不要紧，他一眼就发现这种酱，根本就"不开眼儿"。这和杨先生说的"开眼酱"完全对不上号呀？

没有用油泼的酱，看起来油光水滑，铁板一块。油泼了的面酱，疙疙瘩瘩，就像是人皮肤上长"风疹"一样难看。

"酱不对劲儿哩，咋样弄都不成。"

试验了大半晚上，都以失败告终。

刘孝福收拾了摊子，走出来，关上门，蹑手蹑脚回到宿舍。

刚一进门，有个人压低了嗓子问他："咋样？试验成了吗？我给你说，今黑了我运气来了，连和带摸，赢了常麻子。"

二十四 刘孝福买来面酱，试验了半晚上，都以失败告终。回到宿舍，连老兵悄悄告诉他，今黑了打牌赢了。还对刘孝福说，照这样下去，再有十天半月，他就能把老本赢回来不说，还能赢一笔钱给艳羡楼兮妹儿赎身。

刘孝福不知道艳羡楼是做啥的，也不知道兮妹儿是个啥人，只是劝说："正正经经的人，不要掷骰子押宝耍钱。自古耍钱的有几个得好了？"

连老兵说刘孝福就是个傻瓜蛋子，啥都不知道。还叫他闲话少问，闲事儿少管，给上头说备料寻酱，没有个十天半月不成。剩下的，各管各的事。

刘孝福躺在铺板上，听着周围鼾声四起，他也很困，但却翻来覆去睡不着。

他想，问题还是出在酱上，杨先生说的"开眼酱"，似乎还躲在人不知鬼不觉的地方。

这让他心里格外着急。

不知道咋回事，他对酱园魏掌柜没有啥好印象，觉得他太过世故，不像个老老实实的生意人。又想到魏掌柜说斜对面还有一家酱园，还叮嘱他千万不要去。这里边一定有啥名堂。

"明个去看看，说不定还有啥发现哩。"这样想着，慢慢睡着了。

上午，连老兵给马班头请假说还要去备料，拉上刘孝福就走。马班头对连老兵说："你个熊货，刘老弟还有大事要办，派你帮忙，你可不要把好好的人带歪了。"

连老兵嘴里答应着："知道知道，错不了。"

到了大街上，刘孝福说想去另一家酱园看看去。连老兵忙说："正好哩，我还要到杂货铺买点东西。要不你先去酱园，我忙完事去寻你。"

连老兵说完，一溜烟儿跑了。

刘孝福摇摇头，自己循着昨天的路，找到了那家酱园。

一进门就发现，这家酱园和斜对门那家比起来，什么东西都小一号：柜台长不过半丈，货架高不过三尺，坛坛罐罐也都只有铜瓢大，地上还摆放着不少竹子编的篓子。

掌柜的四十来岁，戴着石头眼镜，留着半寸长的八字胡，看起来很文静也很精干。

店面里有几个人在挑选酱菜。

看见刘孝福来了，掌柜的喊一声："贵客里边请！"

掌柜的把几个买主打发走了，这才问刘孝福："贵客是选酱菜还是五熟干货？"

刘孝福不知道啥叫个"五熟干货"，眼睛只顾在货架上趄摸说："我来看看，有没有合适的面酱？"

掌柜的说："我的小号，以酱菜为主，各色酱料自然也有一些。不知道贵客要啥样的面酱，做啥用？"

刘孝福说是拌面条吃的那种，得用油泼了才成。

掌柜的说："斜对面那家酱园，面酱种类多一些。小号专长酱菜，尤其是酱芫蓝，深受乡亲喜爱。"

刘孝福说："对面那家魏记酱园，昨个去过了。面酱都不合适，看看你家有啥样的能用？"

掌柜的笑着说："实不相瞒，面酱，还是斜对门的专长一些。"

刘孝福好生奇怪地问："这就怪了。我昨天去魏掌柜那里，他说让我千万不要到你这里来。今个到你这里，你却把我往他们家推。你们两家咋回事啊？"

掌柜的有点尴尬地说："其实，我这杜记酱园，和魏记本是一家，后来分开经营。魏掌柜还是我表叔哩。他为长辈，咋样说我都不越外。我是晚辈，可不能目无长辈。你来来来，坐下喝茶，咱俩细说慢聊，看看小号有啥能帮忙的。"

刘孝福对这个杜掌柜很有好感，觉得他有学问、有肚量，没准儿能帮自己的忙。

刘孝福就把选面酱前前后后的事学说一遍，完了急切地问道："掌柜的，你看看，我就是想要那样的面酱。"

杜掌柜听了，捋着胡须沉思一会儿才说："贵客，恕我直言，你要的那种酱，可能根本就没有。"

接着，杜掌柜说："和萝卜青菜不一样，酱园所出，所有的产品都不能包打天下。为啥这样说？酱这种东西，喜之一辈子不离，不喜则一辈子不闻。同样的酱，有的人顿顿不离，有的人闻之掩鼻。贵客昨日所选的面酱，自己闻起来酸臭，没准儿换一个人就觉得香甜。还有，像南方人喜欢臭味如臭豆腐，咱这地方人就闻不得。我说的意思贵客明白吗？不是酱出了毛病，是贵客想让所有的人都喜欢。这就很难办了。"

刘孝福听杜老板这样说，似乎有所触动说："掌柜的，我看你是个能人，懂得的事情多。这样吧，今黑了，麻烦你到大营小灶来一趟，带上你的各种面酱，咱俩一同试验咋向？"

杜掌柜一听，连连摆手说："贵客实在是太抬举我了。大营重地，寻常百姓岂能随意乱闯？贵客见谅，实难从命。"

刘孝福又央求说："掌柜的实在不愿意去大营，那我就把配好的酱料拿来，请您指点指点。"

看杜掌柜还在犹豫，刘孝福不知道咋地就灵机一动，把从刘团长和刘副官嘴里听来的大道理挑三拣四说了几句。

杜掌柜听了，赶紧起身双手作揖说："原来是这样。抗战国事，重于泰山。能为抗战出力，小号责无旁贷。我这里有几种酱料，贵客各挑选一些拿去试验。小号愿意和贵客一起品尝调配。"

刘孝福道谢，要挑选酱料，杜掌柜说："离小号不远，路南，有一家面馆，卖浆水面，生意红火。这家面馆的汤料很特殊，有一种难以尽述的味道。贵客可去品尝，没准儿有啥所得。您走后，我把酱料挑选打包，您走时带着就成了。"

刘孝福道谢告辞，出门寻那家面馆去了。

正如杜掌柜所说，出门右拐不远，就看见一家门面，外面搭着帐子，摆着桌子。门前一口大锅，锅里热气腾腾。

饭点儿没到，只有五六个客人坐着。

刘孝福走进帐子，正在大锅前忙活的矮胖子男人说："军爷来了，坐坐坐。得是吃面？稍等一会儿给您端上来。"

刘孝福坐在桌前，以行家的眼光开始打量。

这是一家擀面馆，里间案板上摆着韭菜叶宽的面条，还有五六个盆子，里边放着花花绿绿各种臊子。

刘孝福闻到了一种刷锅水馊了的味道，酸酸的，臭臭的。

他忙起身朝锅里看，只见一锅汤在翻腾，冒着泡儿，泛着绿色，有点像做豆腐的浆水。

正想问掌柜的锅里是啥汤，忽听得身后传来女人的哭声，还有男人的训斥声。

刘孝福一回头，正好和那个女人面对面。

刘孝福心里一怔，觉得这个女人像是在啥地方见到过。

女人很年轻，也就是十八九岁的样子。宽额头，瓜子脸，大眼睛，翘嘴唇，身条儿细高，胳膊很长。也许是经常挨饿，显得弱不禁风，连哭声都像是病猫在叫唤。

女人旁边，站着两个男人。一个精瘦老汉，一个五大三粗的壮汉。

精瘦老汉劝着女人说："叶儿啊，咱借了人家的印子钱，还不上，人家要你顶账哩。这都是没办法哩，你就认了吧。"

五大三粗的男人厉声呵斥道："妈日的，哭啥哩，你爹你妈还没死哩，用不着你在这里吊孝。你跟上我，吃洋面，穿绸缎，不比你在穷家里受苦强啊？快些，画押，我管你们一人一碗面，就各走各的人。"

说着，撕扯着女人坐下来。

女人苦苦哀求说："好人哩，你就放过我吧。我爹欠你的钱，我织布纺线，给人当牛做马都要还上哩。你好歹宽限我一年半载的成不成？我给你跪下了。"

说着，跪到地上磕头。

精瘦老汉掩面不忍看。

粗壮男人一把扯起地上的女人骂道："不识抬举的贱货！"

男人撕扯着女人，冲掌柜的喊："阎掌柜，麻烦找根绳子来，捆上这贱货！"

阎掌柜系着围裙出来说："好说好说，都消消气，坐下来好好说话。这红日白天的，动绳子做啥？都坐下，我给你们上面。吃着面，慢慢说话。"

刘孝福觉得这个女人很可怜，他猛地想起了他那苦命的巧儿姐，忍不住一股怒火直冲头顶。

刘孝福一把扯开那个男人的手说："有话慢慢说，对一个女娃儿动粗，你还算不算个男人？"

壮汉一个不留神，被刘孝福扯得一个趔趄，他后退几步扶着桌子打量刘孝福几眼说："吃粮的？你吃河水管得宽。这里有你啥事啊？走开些，甭管闲事。我不惹你，你也甭惹我。"

刘孝福把女人挡在身后说："这是在县城，你明打明抢人，还有没有王法了？"

精瘦老汉央求说："军爷，这事情你还真管不了。谁让我欠人家的印子钱哩？这都是命。"

女人仿佛遇到救星一样，跪在地上紧紧扯着刘孝福的后腰哀求："军爷救我，我不想跟他走。他要把我卖了哩。"

粗壮男人绕到刘孝福身后去揪女人，女人哭喊着死活不起来。

阎掌柜一溜烟儿跑开了。

刘孝福情急之中和那个男人撕扯。可是，他身单力薄，根本不是那个男人的对手，被粗壮男人扭住胳膊摁倒在桌面上。

刘孝福蹬着腿挣扎，女人也起身和男人撕扯。

正在这时，外面又冲进来一个人。他二话不说，抄起板凳抡圆了照粗壮男人的后腰砸去怒骂："妈日的，吃了熊心豹子胆了，敢打我兄弟，我看你是活够了！"

粗壮男人挨了一板凳，"哎哟"一声惨叫，瘫倒在桌子底下，抱着桌子腿号叫不止。

刘孝福看清了，来人正是连老兵。他眼圈一热喊声："老哥，你来得正好。"

阎掌柜不知道从啥地方又冒出来了，凑到连老兵身边赔着笑脸说："英雄！好汉！今儿个大水冲了龙王庙，都是误会。来来来，都消消气，坐下来，我给泡茶去。"

刘孝福三言两语说了事情经过，连老兵瞪起眼珠子问："你这不是英雄救美吗？撩得太，咋和唱戏情景一模一样的。往后你咋办哩？"

刘孝福说："把人先救下再说。往后咋办，我也不知道。全听老哥您的了。"

女人一听，赶紧又给连老兵跪下说："军爷，你们队伍上要不要洗衣服做饭的下人？带上我，我啥都能干。我不要工钱，管饭就成。求求军爷救我一命，救救我……"

连老兵眼前一亮说："能成哩，我把你带到团长太太那里，看看她要不要你？走！"

精瘦老汉赶紧过来哀声问："你们带她走了，我咋办哩？人家给我要钱要人咋办哩？"

连老兵说："是个这，人我们先带走。今黑了，咱都在这里说事。我们团长太太要是看上了人，出钱赎人就是了。太太看不上人，另说着。就是个这，兄弟，你拉上女娃一起走！"

刘孝福把女人拉起来，只觉得女人的手心很烫。

临走，连老兵对还抱着桌子腿哀号的粗壮男人说："起来，你装锤子哩！我下手知道轻重，伤不到你的筋骨。赶紧起来，准备夜里来这儿说事。"

路上，刘孝福担心地问："夜里说事，咱没有钱咋办哩？"

连老兵说："你个瓷锤猪脑子。你还想着拿钱赎人呀？你听我说，今夜叫几个弟兄，一绳子绑了他个狗日的，正好缺壮丁哩。"

二十五　连老兵和刘孝福领着女娃儿回到大营，马班头系着围裙正炒菜。连老兵讨好地说："班头，我们回来了。您看看，我们领回来个天仙。"

马班头扭头一看，这两个人两手空空不说，还领了个女娃儿来，立马火冒三丈骂道："你个熊货，派你出去帮忙备料，你该带回来的一样也没有，不该带回来的倒是给带来了。谁让你随便把外人领进来？赶紧的，哪里来的送哪里去！"

刘孝福忙替连老兵挡驾说："这不关连老哥的事，是我看这娃儿可怜，给带回来的。您要骂，就骂我吧。"

连老兵也讨好地说："我们带回来这个天仙，是想着伺候团长太太的。您好歹给张处长禀报一声，看看太太喜欢不喜欢。要是喜欢就留下，不喜欢就另说着。"

刘孝福赶紧系上围裙说："我来炒菜，得是又有招待？"

马班头腾出手来，这才有工夫细看一眼女娃儿。这一看不要紧，嘴里直嚷嚷："还真是个天仙。先甭忙，我让张处长来看看。"

正说着，张处长跑来催菜说："快快快，肚丝汤赶紧上。呀！哪里来的女娃儿，这么标致？这是谁家的亲戚，咋不打招呼就领来了？"

马班头赔着笑小心翼翼地说："就是的哩，我也把连二毬骂了一顿，咋不言不传地把生人领来了？嘿嘿，处长，这两个熊货看这女娃儿可怜，就领来说是伺候太太的。您看？"

张处长点点头说："难得哩，也算一片好心。不过，团长没下令，太太没发话，刘副官没安排，谁敢轻易把人领到太太那里去？这样吧，你们让女娃儿洗把脸，梳梳头，拾掇拾掇，我请示刘副官看看咋办。对了，肚丝汤赶紧上，杨先生等着哩。"

马班头说："刘老弟你赶紧烧汤。我说连二毬，你赶紧把人弄走，洗脸梳头整利索点儿待命。"

刘孝福把自己的作料包袱打开，挑出几样来精心烧汤。

汤烧好了，舀到品里，扣上盖子，马班头接过来放到盘子里问："张处长，是不是您端上去，顺便问问刘副官这女娃儿的事？"

张处长端过盘子说："等着！话说好了啊，要是挨骂，我可不担着，你们自认倒霉吧。"

过了一会儿，张处长急急忙忙跑来说："人呢？快去，太太要见。"

刘孝福正炒莲藕，马班头要上手说："你赶紧准备着，没准儿太太要问话。你可记住了，太太要是发火，你自己担着。"

刘孝福手里忙活着说："是哩是哩。等下我炒了这道菜。炒莲藕，得炒成白生生才成，不能搁酱油的。"

连老兵领着女娃儿来了，张处长说："来来来，你跟上我。到了地方，太太问啥你答啥，不要胡乱讲话。知道吗？"

张处领着女娃儿走了，刘孝福炒好了莲藕，脱掉围裙，忐忑不安等消息。

一时三刻，刘副官来了说："刘老弟，你也赶紧上来，杨先生问你咋样烧的壮丝汤？"

刘孝福端着菜跟上刘副官走了，连老兵高兴地说："看把他的，太太八成是喜欢上天仙了。没准儿还奖赏我哩。班头，太太奖赏我，也有您一份儿，我绝不独吞。"

马班头没好气地说："奖赏？不挨骂就幸运了。你站着干啥？还不赶紧烧火馏馍馍去？"

刘孝福跟着刘副官进了餐厅，还没看清楚桌上的人都是谁，团长太太劈头就问："这个孟顺叶是你领来的？"

刘孝福还不知道女娃儿叫个孟顺叶，一头雾水回答："太太说的是谁？得是这个女娃儿？"

孟顺叶不敢抬头，垂手一旁站着浑身打哆嗦。

团长太太"扑哧"一声笑了说："都说你是个老实人，没想到你贼心上来比天大。你说，你领回来这个人，到底是伺候我的还是给你做媳妇的？"

刘孝福急赤白咧半天也说不清楚，刘团长给他解围说："算了算了，夫人也是和你逗着耍哩。你带来的这个人，夫人喜欢着哩。"

刘孝福终于松了口气说："正好哩，太太菩萨心肠，救人一命哩。"

团长太太正色说道："不过，你领来的人，还是给你打下手。我方才问过了，孟顺叶会蒸杠子馍。你知道啥意思？你以后做几百人的扯面，正好需要有人帮你和面哩。就是个这。人，夜里在我家睡觉，白天帮小灶做饭。刘副官，你把孟顺叶领下去，叫人带着置办两身衣裳。你看你看，一个如花似玉的女娃儿，穿不像穿，戴不像戴，糟践了这么好的身条儿脸盘儿。"

刘副官安排人把孟顺叶领下去了。

临走，孟顺叶忽地跪下来给团长太太磕头，也不说话，只是流泪。

刘孝福觉得没自己什么事儿了，也想走。

杨先生问："刘老弟，你这几天备料如何了？面酱找到了吗？"

刘孝福实话实说："先生让我寻的面酱，还没有寻见。看了两家的面酱，试验了好几回，都不行。该有的味儿没有，不该有的味儿全有。我这人笨着哩，都不知道该咋办了。"

杨先生说："今儿个团长把壮士营长官叫过来商量事，离出征的日期很近了。依我看，你抓紧备料，教人学和面、揉面，到时候你一个人可忙不过来。面酱的事，我想想办法，看看能不能从潼关寻到。对了，今儿个这肚丝汤，是你烧的？"

刘孝福刚要答话，刘团长插话问："这碗汤，大家赞不绝口。你用啥办法？啥作料？人家都是肚丝，你咋做成了肚片儿？"

刘孝福回答说："这碗汤，是我大在世的时候教会我的。生料片成两层，三面刀四边斜，主作料是肉蔻。别的……"

杨先生接过话茬说："还用了白胡椒粉，还用了密不传人的猛料是不是？"

刘孝福窘迫地承认："杨先生见多识广，一下子就说出来我大一辈子的绝招儿。"

刘团长说："出征之日，主食扯面，主菜烧肉，另备羹汤。就是你这碗肚片儿汤了。你合计合计，需要多少料，提前备好。"

刘孝福连声答应，刘副官示意刘孝福可以走了。

刘孝福刚要走，突然觉得还有大事没办。他小声说："还有一件事情，烦请太太发话哩。"

团长太太问："有啥话？你说嘛。"

刘孝福不好意思说："就是刚才那个女娃儿，他爹欠了印子钱，放账的人还缠着要钱哩。您看……"

别人没答话，刘团长忽然羞愧下来说："我部驻守一地，负有绥靖治安，教化民风之责。在我的地盘上，丑恶之风，败坏之气还这样泛滥，实在是无颜面对父老。刘副官，你过问一下，果真有放贷盘剥之徒，一经抓获，从严治罪。"

话说那个要债的凶恶男人，在刘孝福和连老兵领着女娃儿走了之后，从地上蹦起来踹了女娃他爹一脚说："都是你个老棺材瓢子惹的事。我给你说，要是有人送钱来咱两清。要是没有人送钱来，剥了你这身老皮拧绳子。你在这儿等着，我回东家话去。夜里你得了钱，大声吆喝两下，我过来取。"

面馆掌柜的说："你还等着兵娃娃给送钱来？听我的，你们赶紧跑吧。你啥时候听说过吃粮的还给人送钱？不要你命就不错了。赶紧的，二位，逃命去吧。"

孟顺叶他爹说："我往哪搭跑？我女子还在他们手里呢。等不来钱，我还要我女子哩。"

掌柜的这几句话，把恶男人吓得赶紧要跑说："我走了，你甭走。得不了钱，我拿你给东家交差。得了钱，兵娃娃走了后你吆喝两声。听见没有？"

说完，蹽腿就跑掉了。

好容易等到天黑，还没见个人影来。把老汉饿得直叫唤说："掌柜的，给口饭吃。等下有人送钱来，你扣掉饭钱就是了。"

掌柜的哭笑不得说："你这人咋是个死脑筋？给你说过多少遍了，你赶紧走些，甭在这里给我惹事儿了。你说你这个人，在我这里死活不走算是咋回事？我还要做买卖哩。"

孟顺叶他爹说："我不敢走哩，我跑了和尚跑不了庙。你行行好，弄口吃的给我。"

掌柜的无奈，给老汉舀了一碗面汤说："桌上还有客人吃剩下的半碗面，你就着汤吃了喝了走人。"

老汉吃着饭，看见三个兵娃娃，其中一个手里拎着一只木盒子走了过来。

这是连老兵带的人来了。

连老兵进了面馆，四下瞅瞅，看见老汉一个人闷头吃饭问："咋就你一个人？那个挨打的货哪里去了？"

老汉赶紧放下碗筷说："军爷来了。带着钱哩吧？我给你说，人家要十块大洋哩，不知道您带的钱够不够？"

连老兵叫兵娃娃把木盒子放到桌子上说："十块？你掂量掂量，沉得很哩，二十块都不止。"

老汉要打开木盒子看，把面馆掌柜的吓得面如土色说："甭打开！贵贱甭打开！你当着我的面打开，就把我牵扯进去了。我看是个这，各位军爷，要抽烟喝茶我这里有，要是各位爷还有别的事，尽管走人就是。"

连老兵说："也好。我们官长说，这盒子里头的钱，你一定要当着债主家的面打开。知道吗？我们走了。"

眼看着连老兵带着人走远了，掌柜的才松了一口气说："我的妈呀，差点儿惹下大乱子了。我说老汉，你赶紧招呼你的人，拿着这东西走人。"

老汉四下瞅瞅，大街上行人稀少，看不见讨债人在哪里。

老汉拿手卷了个喇叭筒朝外吆喝："哎嗨哟嗬！哎嗨哟嗬！"

话音刚落，对面杂货铺出来个人，飞快地跑过来。

掌柜的对那人说："你们带着东西赶紧走。快快走！以后这样的事情，千万别来我这里寻麻烦了。"

老汉三两口吃完饭，把木头盒子交给那个讨债的恶人，两个人一前一后走了。

两个人七拐八拐，进了一处大院子。

放印子钱的东家正坐在八仙桌旁喝茶，两个人进来后，把木头盒子放在八仙桌上。讨债的男人说："东家，事儿办妥了。兵娃娃买走了女娃儿，说是给了二十块现大洋。还说请您当面数数。"

一听说有现大洋，东家的肥胖老婆忙不迭从里屋跑出来，一把抓过木头盒子就走说："这钱归我了。可不能便宜了那个小妖精。哼！"

东家说："嗨嗨嗨！拿过来。看看成色再说。看把他的，钱比你妈还亲。拿过来！"

胖老婆把木头盒子又放回到桌子上，撇着嘴看。

东家拿剪子剪开绳子，打开木头盒子。瞅了一眼，就吓得"妈呀"一声一屁股坐到了地上。

几个人凑到跟前一看，木头盒子里，一头一脚放着两个黑乎乎的铁家伙，鹅蛋形，皮勒花，呆头呆脑长着把儿。

二十六

孟顺叶被派给了刘孝福当下手。

这女娃儿穿了一身新洋布衣服。月白色滚边短袖衫，淡青色挑脚长裤，黑色圆口灯芯绒薄底儿鞋，显得格外清新脱俗。要不是脸上缺了点血色，活脱脱年画上的古典美人儿。

刘孝福本来想教她学和面、揉面、揪剂子，孟顺叶一进特勤灶，二话没说，戴上围裙就开始忙活起来。

她先在大锅里烧了一锅开水，又四处踅摸啥东西。刘孝福问她："你翻来倒去寻啥哩？"

孟顺叶说："咋寻不见碱土？"

刘孝福说："这地方洋气，人家不用碱土，用洋碱面儿，在那个细瓷罐儿里放着。我说，你得是上火了？听你说话鼻子齉齉的。"

孟顺叶说："好好的，没灾没病。"

马班头说："西府的人，说话鼻音重，叫人听着像是伤风感冒上嗓子。嘿嘿，我一开始也奇怪，这地方的人咋常年四季齐刷刷都感冒了？后来才知道人家就这样说话。他们听咱东府人说话还说是敝口烂舌头。"

孟顺叶没有说话，只顾打开细瓷罐儿，用勺子挖了一勺碱面出来，用手指头捻了捻，又放到嘴里尝了尝，犹豫着是不是把一勺碱面都倒到锅里去。

马班头说："你得是仔细碱面舍不得放？我给你说，大把大把随你用。用完了，自有人送来。你弄碱水做啥？"

孟顺叶把碱面倒进锅里，看着锅里的水泛起白花来说："擦洗案板煮抹布。这里的锅碗瓢盆都油腻腻的，案板也起了霉味儿。"

马班头赞许地说："到底是女人家，就是干净利索。我给你说，你快些弄，甭耽搁了午饭。今儿晌午没有客人来，太太想吃小米捞饭拨鱼儿汤。"

刘孝福说："我还要教她和面哩，和出来的面咋办？"

马班头说："你死脑筋呀？太太一家人吃捞饭，还有十来个弟兄吃啥？我说，你们多和点面，弟兄们不去大灶了，就吃面条。或者干脆夹老鸹颡。"

刘孝福说："那就弄点菜，做连锅面。"

正忙活着，连老兵来了问："刘老弟，今儿个还去不去备料选面酱？我已经给杜掌柜的递过话儿了，叫他另选几种面酱，再试验试验。"

刘孝福说："后晌再去。我们要和面了。班头说了，晌午弟兄们不去大灶了，都在小灶吃连锅面。"

马班头骂连老兵说："我看你个狗熊货，把心跑野了收不回来得是？我给你说，以后外出，刘兄弟请假才成，你不能出面挑头儿。去！剥葱剥蒜，烧火搭炭。洗莲菜泥，刮洋芋皮。这些事情都做好了，后晌才放你出去。"

连老兵还有点不死心说："我给浆水面馆掌柜的说好了，要他把浆水面的绝招儿给咱透漏一星半点儿。上午吃饭的客人少，正好给刘老弟教一教。"

马班头骂道："放你妈的狗臭屁！祖传绝招，传长不传幼，传男不传女，谁不知道啊？你是掌柜的他爷哩，人家能把绝招传给你？"

刘孝福为连老兵开脱说："马班头，开馆子都有不能外传的秘密这不假。可是，有一些无关紧要的手艺，还是要教给别人的。要不然，谁能在里头当伙计？当伙计的挣钱事小，学艺事大。"

连老兵说："对对对！还有，上一回收拾了放印子钱的财东，虽然说是不敢逼债了，可是，孟顺叶他爹还没安顿好。我想着让孟顺叶去劝劝她爹，早早回乡下躲事儿去……"

孟顺叶听了这话，吓得不得了，战战兢兢说："我可不敢再出去了，我死也要死在大营里。我爹的印子钱，就是在我们村钱庄借的，大掌柜的是县城的，恶人多得很哩，我可不敢到街上去了。"

刘孝福安慰她说："你不去就是了，好好在大营里干活。太太对你好，谁都不敢欺负你。"

马班头不耐烦地说："后晌再去，就是个这！干活！"

连老兵挨了骂，还请不了假，悻悻地洗菜去了。

抹洗完了灶房，刘孝福教孟顺叶和面。烫了糊，兑了料，用细杆杖搅和着说："烫糊兑料不用你管。你就这样搅和，要朝一个方向，不要乱搅。啥时候好了，让我看。"

孟顺叶搅和面团。好大的工夫，刘孝福过来看了看，手指头捏了捏说："成了。你来看我擩面。"

说着，伸手在面盆里用拳头摁面团，面团上留下深深的拳头印记，又不断被打乱。

孟顺叶按照刘孝福教给的方法摁了一会儿说："你说'踩面'，我还以为用脚哩。"

刘孝福说："用拳头，也是'踩'。我给你说，这一步很要紧，'踩'不好，面筋顺不过来。"

孟顺叶又问："啥时候就'踩'好了？"

刘孝福说："面不粘盆，筋不缠手就成了。"

孟顺叶"踩"了一会儿面说："成不成？你看看。"

刘孝福看了看孟顺叶的手指头说："你指头缝儿里还有面筋，还差点儿功夫。不过，练习到这一步，也成了。你来看我咋样揉面。"

刘孝福把面团放到案板上揉来揉去说："就这样，两头对折，千万不要从腰里向两边折。要揉得发光闪亮，照得见人影才成。"

孟顺叶揉面团，马班头过来说："你这面团儿揉得这样光亮，夹老鸹颡就可惜了。我说，是不是多弄点儿面，弟兄们都吃扯面算了。"

刘孝福说："成倒是成，我的作料不够了。"

马班头说："你又死脑筋了不是？对这些五大三粗的小伙子，啥作料不作料的，弄一盆臊子拌着吃，都够他们的八两三了。就是个这，你们弄面，我叫连老兵弄菜。我还要给太太蒸捞饭哩。"

刘孝福说："那你刚才不早说？这些面不够，再和面，时间就来不及了。"

孟顺叶说："我会弄杠子馍，想着蒸馍和扯面，和面都差不多。要不要试一试杠子压面？"

刘孝福说："杠子压面，不合章法哩吧？我没弄过。要是弄失踏了咋办？"

马班头眼前一亮说："对对对，杠子压面来得快。今儿个权当试验哩。成了，都吃扯面。不成了，疙瘩汤、老鸹颡都成。你和面的事儿弄不好，三百人的扯面，咋样做得出来？"

刘孝福说："能成哩，班头发话，说干就干。顺叶，你说咋样弄杠子压面？"

孟顺叶冷不丁听刘孝福喊自己的名字都不带姓了，心里头一热，羞红了脸说："和面，先前几步和蒸馍一样。"

刘孝福说："我再说一遍，这是做扯面，可不是大灶蒸馍。"

马班头说："不管咋样，先试验一下。快点弄，甭耽搁吃饭。"

刘孝福又烫糊又兑料，新和了一盆面问："你咋样弄杠子压面？"

孟顺叶说："你把案板儿往外挪，在案板外头竖起来一条长板凳，下面压上东西，上面再拴上绳子，甭叫擀面杖跑了就成。"

刘孝福弄好了案板儿，孟顺叶把面团放到案板上。拿来擀面杖，一头塞进板凳腿儿中间，一头压在面团上，就这样一上一下压。只见面团在擀面杖下面挤来挤去，留下一道道渠沟。

刘孝福感到很新奇，接过手来说："这办法好，比用手揉面快。只是不知道成不成？"

孟顺叶说："我和我妈给财东家帮过工，财东家盖房，五六十号人吃饭，不管蒸馍还是擀面，都是杠子压。要不然，来不及的。"

刘孝福一边压面，一边不断地用手扒拉面团看功夫。看着看着，兴奋了说："我看这样八九不离十，面筋慢慢也顺过来了。只是不知道到时候上手扯，劲道咋样？缠口不缠口？"

孟顺叶说："真正做的时候，案板儿比这个大得多。也不用擀面杖，是用椽子粗的杠子，两个大小伙子压，又快又好。"

刘孝福看看面团差不多了，又教孟顺叶揪剂子搓条儿刷油。

说话就到午饭时分。

马班头派人把太太一家要吃的捞饭拨鱼儿端过去，招呼特勤处兄弟们过来吃扯面。

锅里水烧开了，刘孝福让孟顺叶把搓成条儿的剂子拍成面片儿，上手就扯。只见他双手一抻，面条"唰"的一声像纺线线一样在怀里活蹦乱跳。又见他双手一交，面条在手里打了个对折，左手捏面头儿，右手食指挑着百钩儿一扯，两根面条弹簧一样蹦来蹦去。双手再交，两条面耍戏法一样变成了四条，扯开来一尺多长，"啪"的在案板上一摔，"忽"地扔到了锅里。

刘孝福这样忙活着，片刻之间，汤锅里面条上蹿下跳，场面煞是壮观，把孟顺叶看得双眼不够用了。

连老兵烧着火说："要不说是绝活绝招绝把式，先甭说吃，光是看，就叫人满嘴流涎水。"

马班头用笊篱捞面，刘孝福抓起一根面条，举起来照了照，揪一片放在嘴里嚼了嚼，摇摇头说："面性不活泛，还是揉面不到家。嘿嘿，不管做啥，偷不得懒的。"

马班头把面条捞在一个个大碗里说:"好不好,弟兄们尝过以后再说。我给你说,大锅饭,大伙儿吃,和小灶不一样哩。你到时可不要再死脑筋了。弟兄们叫好,你就借坡下驴。"

面被一碗碗端了出去,弟兄们浇上连老兵做的臊子,蹲在门外空地上闷头吃面,无人言语,耳边"呼哧滋吧"往嘴里扒拉面条的声音此起彼伏。

面要一根一根扯,连老兵烧火,马班头捞面,孟顺叶拍面片儿,都忙得不亦乐乎。

也不知道过了多长时间,直到和好的面都扯完了,外头的人还不断要面吃。

马班头急了,走出去说:"看把他的,你们都是个二锤子。扯面,今儿个也就是让大家品尝一下,看看好不好吃?能不能出征壮行用?大家说说,扯面好不好吃?"

外头的人"呼啦"一声全都拥进来纷纷喊:"太好吃了!""吃了这碗面,给个神仙也不换!""刘老弟,赛神仙的手艺啊!"

刘孝福心里高兴,嘴上却说:"今儿个不算,赶明儿个弄来面酱,好好给弟兄们做油泼面酱扯面。"

孟顺叶没吃到面,看这些兵娃娃们兴高采烈的样子,不由好奇心大增。她用笊篱在汤锅里捞来捞去,捞出来几根断了的面条头儿,放在嘴里尝了尝,情不自禁放下笊篱说:"筋道得太,好吃得很哩!"

二十七 **吃**了午饭,还没来得及刷锅洗碗,连老兵猴急猴急地问刘孝福:"我说刘老弟,人家面馆阎掌柜还等着咱们去哩,你看这……"

刘孝福忙着收拾锅碗瓢盆,头也不抬说:"总得拾掇完了才能走哩,要不这一大摊子谁弄哩？再说了，现在正是饭点儿，人家面馆生意正红火，不会有空儿和咱们谝闲传。"

孟顺叶正在洗碗，抬头对刘孝福说："连大哥也是一番苦心，你就去吧。拾掇灶房，我一个人就成了。"

刘孝福说："那也得等班头来了请假才能外出。班头去了餐厅，等他回来再说。"

说着话，马班头收拾完餐厅的碗筷回来了，连老兵殷勤地接过盘子来说："班头，刘老弟该出去备料了，您看……"

马班头瞅一眼刘孝福，刘孝福点点头说："顺叶也叫我去哩，拾掇灶房，她一个人能成。"

马班头瞪着连老兵说："一看就知道是你狗熊货在后头撺掇的。你们出去能成，早去早回，还要做晚饭哩。还有，你回来后，把这两口瓮给我挑满水。"

连老兵点头哈腰答应，三两下替刘孝福解了围裙，扔在案板上，拉起他的手就走。

两个人走到街上，路过药铺，刘孝福说："咱们到药铺去，交代掌柜的备几味药材当作料。"

连老兵说："走走走，先到面馆，回头再来药铺。"

刘孝福不知道连老兵葫芦里卖的啥药，只好跟上他来到面馆。

面馆里客人不多，五六个汉子抱着大老碗吃面。

刘孝福正纳闷儿今儿个吃饭的为啥都是壮小伙子？阎掌柜的瞅见两个兵娃娃来了，忙不迭迎出来说："二位军爷，我和钱庄的人没有一点儿干系，你们可不要寻我的烦缠。"

连老兵一屁股坐到凳子上说："人是在你这里弄走的，事儿是在你这里惹下的，你说和你没有干系，鬼才信哩。就是鬼信了，我都不信。"

阎掌柜哭丧着脸说："我真是比窦娥还冤枉哩。那天钱庄的人扭着女娃儿，一路走一路闹活，偏偏走到我这里说是签字画押。我赔上烟茶不说，还猪八戒照镜子——里外不是人。"

连老兵说："你少在这里给我哭穷装可怜。我问你，这两天，钱庄的人有没有来你这里？"

阎掌柜说："来了来了，就是那个李二逵来过，还问军爷有没有来寻事情。我吓唬他说，军爷来过了，这事情不算完。你们钱庄的人要是再敢缠事，还要收拾你们哩。嘿嘿，军爷威名，把李二逵吓得不轻，说钱庄掌柜的把他开销了，他自认倒霉，远远地避开了，也不知道跑到哪里去了。"

刘孝福问："掌柜的，今儿个来你这里吃面的，咋都是清一色壮汉？得是遇上啥事情了？"

阎掌柜说："回军爷的话，小店今儿个被杠子房包桌了。抬埋了人，来这里吃饭。老规矩，凡是被杠子房包桌了，就不接待其他客人了。"

连老兵说："算你灵性。我给你说，我这位兄弟是伺候大长官的，是个红人。你把你做浆水面的绝招儿，教给他几下子。我这位兄弟满意了，就算没你的事儿了。你要是藏着掖着不教给他绝招儿，我带着弟兄们天天来你这里。我带人来，一不打，二不闹，齐刷刷给你站岗放哨，就是个这。你拿烟来给我，我这就走，我兄弟在你这里，你给照顾好。对了，这几天女娃儿她爹来没来这里？"

阎掌柜的转身从里屋拿出一包烟卷递给连老兵说："嘿嘿，来过，说是大营里他不敢去，问问她女儿有没有消息？听他的话说，好像钱庄的人放过了他，说他女儿有可能给大官儿做小，惹不起。老汉走的时候，有点张狂，说是回乡下去，这下没有人敢欺负他了。看把他的，这就叫时来运转，野地里的狗儿成了哮天犬。"

连老兵点点头说："那就好。兄弟，你在这里学手艺，我去老地方。嘿嘿，看把他的，一天不见，心里就像猫爪子挠。你完事了到药铺等着我，一起回去。"

连老兵走了，刘孝福起身到大锅跟前，拿起勺子舀汤，凑到鼻子跟前闻闻问："你这是啥汤，咋有一股酸味儿？"

阎掌柜说:"浆水面浆水面,就离不开这锅浆水。你说的酸味儿,这就对了。没有酸味儿还就不成。您看您看,扬扬汤,还有泡泡哩。泡泡破了,就是沫子。"

说着,接过来勺子,舀汤扬了几下,锅里泛起了不少豆大的泡泡。泡泡在汤里转来转去,碰到锅边上就破了,泛起一层沫子,酸味儿更浓了。

刘孝福问:"酸味儿从哪里来?得是放了醋?"

阎掌柜瞅瞅边上没有人,嘴凑过来神神秘秘说:"这可不是醋。我给您说,这可是我家的绝招儿,要不是军爷您来,打死我都不能说的。这酸味儿,其实就是一碗汤放馊了沤出来的。嘿嘿。"

刘孝福来了兴趣问:"啥样的汤?米汤还是面汤?"

阎掌柜说:"豆汤酸,肉汤臭。是豆面削片子汤。每次洗锅,留下来一碗。您面前这锅汤,续新淘旧,少说也有二十年了。"

刘孝福说:"长见识了,你真是个老把式。走走走,看看你的面条去。"

正说着话儿,杠房吃面的壮汉们,看见来了个兵娃娃,赶紧吃完了面,记了账,拱拱手离开了。

刘孝福看见案板儿上放着一堆面条,拿起几根瞅瞅说:"你这面像是手擀面的,咋这么厚?这东西吃下去能消化得了吗?"

阎掌柜说:"这就是绝招的妙处了。要没有浆水,铁打的汉子吃下去也克不了。有了浆水,八十的老汉都能消化。"

刘孝福又指着几个装了臊子的盆子说:"萝卜、白菜、豆腐、羊肉、大肉,臊子还不少。对了,你这臊子,咋有的还撒着生葱花?"

阎掌柜得意扬扬说:"生消膻,熟克腥。羊肉臊子,一定要放生葱才成。"

刘孝福还想问啥,阎掌柜哭丧着脸委屈地说:"军爷,小的只能给您说这么多了。再说,我就要遭报应的。不是老天报应我,是老祖宗饶不了我哩。"

刘孝福说:"最后只问您一句,啥东西能除臭味儿?"

141

阎掌柜不情愿地说:"我就再给您说半句,生烟除素,熟烟除肉。就是个这,啥意思您就慢慢琢磨吧。"

刘孝福会意地笑笑说:"您说的这个烟,不是旱烟,是大家伙泡儿对吗?"

阎掌柜说:"我可啥都没给您说。来来来,您品尝一碗我这浆水面,啥都明白了。"

说着,拉刘孝福坐到桌旁喊一声:"来一碗羊肉臊子面。"

刘孝福赶紧说:"一小碗就成,我吃过饭的。"

伙计应声拉风箱,阎掌柜的老婆煮面。

一会儿的工夫,一喇叭头碗热气腾腾的浆水面就端上来了。

刘孝福拿筷子挑了挑面条说:"刚才还是硬格倔倔的面,这会儿都能绕着筷子缠三圈了。你这浆水神奇得很哩。"

汤宽面少,刘孝福两筷子就吃完了面,感觉肚子叽里咕噜叫唤问:"你这面吃下去,咋像有搅草棍儿在肚子里搅哩?"

阎掌柜的说:"这就是浆水在克食哩,好事情,您甭担心,吃不坏肚子的。咋向,再来一碗?"

刘孝福说:"那就再来半碗,还吃上瘾了。"

阎掌柜说:"军爷,您还不知道吧?吃浆水面,碗里的汤不倒掉的,再续面就成了。吃饱了,再把汤倒掉。"

刘孝福兴致勃勃问:"为啥这样哩?得是舍不得汤?"

阎掌柜摇着头说:"每一碗面,都用了不同的作料。作料是放在碗里而不是锅里。就像您这碗羊肉臊子,放了白胡椒,去火。这下您明白了吧?"

刘孝福说:"明白了,这里头道道不少哩。掌柜的,你们这地方的人,吃不吃扯面?还有,有没有人愿意吃面酱拌面?"

阎掌柜说:"西拉东扯。军爷您像是东府的人?我给您说,这地方人就爱吃浆水面。还有苞谷面浆水鱼鱼儿。您说的面酱,这地方人只用它来夹馍，而且是烙馍，夹面酱青辣子。没听说过吃面还用面酱的。对了，东街有一家卖牛肉拉面的，也没有用酱。"

吃完了面，问完了话儿，刘孝福从裤兜里掏出几张票子压在碗底下说："谢谢掌柜的教给我绝活儿。这是面钱，您收下。我该走了。我还要到药铺去哩。"

阎掌柜死活不收钱说："敢收军爷您的钱，我还没长那个胆儿。我看您不像一般兵娃娃，是个软心肠的好人。这样吧，以后得了空儿，您来这里喝茶谝闲传就成了。"

说着生生把钱塞到刘孝福手里。

刘孝福只好说："以后少不了麻烦您，以后再和您清账。您在，我走了。"

走出两步，刘孝福回过身来说："掌柜的，我给您说，从您这里走了的女娃儿，可不是给人做小。是伺候太太哩。太太认她做干女儿。你再不要给人说她做小了。就是个这。"

阎掌柜点头应声。

刘孝福离开面馆，直奔药铺。

进了药铺，刘孝福看见有两个人站在柜台，一个小伙计正在用戥子称药。

刘孝福问："您是掌柜的？"

小伙计吐吐舌头说："军爷，您吓着我了。我是个小学徒。刚才有个军爷来了，和掌柜的在里间说话，想来是您的同人。您里边请，喝茶去。"

说着，朝里头喊一声："掌柜的，有军爷来了！"

刘孝福顺着小伙计的手指朝里边走去。

刚走到后面檐台儿上，就听见第一间屋子里一阵响动，白门帘被从里边揭开，连老兵挡在门口问："你咋这么快就来了？不是说让你学绝招吗？得是啥也没学上？"

刘孝福好奇地问："你问我，我还问你哩。你好像啥地方都没去，直接来这里了。你在这里做啥哩？你又不买药不配料。"

连老兵尴尬地笑着说："都说老弟您是个老实人，没看出来您还蛮贼精。我和掌柜的喝茶哩，您……"

刘孝福看连老兵对自己这样客气，嘴里"您"来"您"去的，猜想一定是他心发虚。

心发虚，一定是干啥见不得人的勾当。

刘孝福担心了问："老哥，你今儿个是咋了？咋这样胆怯？我看看，你在做啥哩？班头说了，可不敢胡来，惹下事情不得了。"

连老兵闪开半个身子说："你来看看也好，反正瞒不住了。"

进了屋，看见一个细高个子中年男人，正慌里慌张把一个布袋往柜斗里塞。柜斗小，布袋大，露头露脑半截子在外面。

细高个子男人慌忙回过头来，吓得脸上直冒汗。

连老兵说："甭怕，这是我兄弟，自己人。"

接着，连老兵把嘴巴凑到刘孝福耳边说："我倒腾点儿东西，弄到北边去，换几个钱，给艳羡楼相好的赎身。"

二十八 刘孝福和连老兵刚回到大营，就看见张处长和马班头都在小灶门前焦急地转来转去，像是在等什么人。

一见刘孝福，马班头连忙喊："你俩肉熊货，现在才回来。快快快，刘老弟，刘副官叫你过去，交代紧要事情哩。"

张处长一把拉住刘孝福的胳膊说："快些，因为你回来晚，我都挨骂了。"

张处长领着刘孝福到餐厅旁的会客厅，推开门说："你进去吧，有啥事你回头寻我。"

刘孝福进去一看，屋里头坐着刘团长、刘副官、杨先生，还有几个穿便装的客人，刘孝福不认得。

这几个人都神色凝重，有的还面带悲伤。

刘副官指着旁边的椅子对刘孝福说："你坐着吧，有话给你说。"

刘孝福刚坐下，刘团长说："刚刚得到消息，骆团长以身殉国，明日举行葬礼，你随同前往。具体事宜，刘副官给你交代。"

说着，刘团长掩面落泪。

刘副官说："虽说骆团长和你仅有一面之缘，却也是你的知遇恩人。你带上各色作料，到了同州府，精心做一份油泼扯面，以祭奠英烈，告慰英灵。"

刘孝福眼圈红了说："老天咋专门和好人作对？骆团长好好地，咋就没了？"

杨先生咬牙切齿说："什么老天作对？全都是倭寇造的孽。这笔血债，一定要倭寇加倍偿还。是个这，汽车今夜出发，你乘车一同前往。安葬了骆团长，去一趟潼关，我带着你寻'开眼'面酱。无论如何，要赶在出征之前，把油泼面酱扯面做出来。这不仅仅有象征意义，更重要的是鼓舞士气。"

刘副官说："此事不宜声张，以免将士沮丧。你回去准备，随时就走。"

刘孝福起身，应承着告退。

回到宿舍，张处长捧着一身新军装找他来说："刘团长有令，叫你换上这身少尉军服，祭奠你的老长官，显得隆重一些。"

刘孝福诚恐诚惶地说："我这身骨架子，也就是系围裙的料。你叫我穿官服，实在是不配哩。"

张处长哭笑不得说："也就是装装样子，壮壮门面，撑个脸面。又不关饷不授印。快换上吧，说走就走的。"

张处长扭头就走，刘孝福不得已换上新军装。

看看时间还早，刘孝福就想到灶上吃个馍馍当晚饭，省得路上肚子饿。

刚一出门，瞅见孟顺叶站在门外像是在等谁。

刘孝福问："你在这里做啥哩？太太那边没有事了吗？"

孟顺叶看见刘孝福一身新军装，显得英气逼人，不由得眼前一亮说："你当官了，好威武哩。太太说你今黑了要走，啥时候回来？你得是不回来了？我怕哩。"

刘孝福心头一热说："谁说我不回来了？我是去……"

刘孝福刚要说是去祭奠老长官，忽然想起刘副官的叮嘱，忙改了话头说："我到潼关寻面酱去，一半天，最多两三天就要回来的。"

孟顺叶舒了口气说："那就好。哥呀，你要快去快回，小灶上离不开你哩。太太就爱吃你炒的菜，爱喝你烧的汤。"

刘孝福听孟顺叶叫自己"哥"，一愣说："咱俩谁年龄大？你咋知道我多大，把我叫哥？"

孟顺叶说："太太说的，她让我把你叫哥哩。太太说你比我大一岁半。"

说着，孟顺叶的眼神有点火辣辣了，燎得刘孝福心里暖烘烘的。

刘孝福说："我走了后，你要照顾好太太，照顾好你自己。没有紧要事，千万不要外出。要是外出，让太太派人保护你。你在着，我去吃个馍，喝口汤。要走一夜路，省得肚子饿。"

孟顺叶扬扬手里的东西说："给你准备好了。太太让给团长准备的，我到灶上也给你备了一份。两个鸡蛋，两个肉夹馍，够不够？"

刘孝福接过孟顺叶递过来的小包袱，感动地说："我长这么大，都是给人家做饭，伺候别人哩。还没有人对我这么好过。谢谢你了！"

孟顺叶说："要说谢，还要谢谢你哩。要不是你救下我，我这会儿还不知道在哪里死活挣命哩。"

两人说着话，越说越热乎。

张处长远远地喊："刘孝福，你走些，大门外上车。"

刘孝福答应着，回身进屋把行李拎出来，又把孟顺叶给的干粮塞进行李袋说："我走了，你在些。"

刘孝福走了，身后传来孟顺叶有点凄婉的声音说："哥呀，好好的啊，快回来啊……"

刘孝福到了门外，一辆十轮大卡罩着帆布篷停在那里。

有人从车上伸过手来，把刘孝福拉上车。

车厢靠前的位置，放着两张圈椅。刘副官说："你坐在这里，和我坐到一起。杨先生和团长坐驾驶楼。"

刘孝福头一回享受这样的待遇，有点不好意思。坐下来，怀里抱着行李包袱。

卫兵们呼呼啦啦都上了车，一个个蹲坐车厢，怀里抱着家伙，瞪大眼睛，威风凛凛。

夕阳西下，车子轰轰隆隆出发了。

车子出了东门，刘孝福隐隐呼呼看见一个老汉，身后背着硕大的包袱，被哨兵盘问过后，低头弯腰，出东门向北，沿着小路吃力前行，很快隐没在一片树林里。

"像是孟顺叶他爹！"

刘孝福满肚子疑惑，不知道这老汉身背啥东西？要去哪里？看样子是要走夜路，去远方。

又联想到药铺里连老兵和掌柜的神神秘秘的样子，刘孝福心里涌上一种不祥的预感。

出了城，空气中飘来一股油菜花的香味。刘孝福贪婪地呼吸着这股新鲜又芬芳的气息，想着这季节家里人不知道在干啥？母亲一定是忙着挖野菜蒸麦饭充饥，哥哥兴许走了正路，学着做啥买卖。老三弟弟是不是在哪个学馆当先生？

还有瓷锤，是不是到了坊镇，正在学手艺？

无论咋说，从同州回来，都要想办法给家里捎封信。

天色慢慢黑了下来，车子摇摇晃晃，刘孝福有点睡意蒙眬。

不知道过了多长时间，也不知道走了多远的路。

车子戛然停了下来。

刘副官下命令说："下车，解手，吃干粮，不得远离，随时听令出发。"

刘孝福下了车，黑乎乎不辨东西南北。觉得右手是半山半塬，左手是一条河，河对面是一大片庄稼地。

感觉左前方，似乎是一座城，没有灯火，一座飞檐小楼黑地里耸立半空。

大家席地而坐，刘副官指挥卫兵把圈椅搬下车来让刘团长和杨先生坐。

几个卫兵脸朝外警戒。

刘团长手指着左前方说："刘孝福，你看你看，那里就是渭南城，你的老家。"

刘孝福心头猛地一震，不由暗自泪流满面。

杨先生诗兴大发，手指月牙儿说："老城东门斜半月。"

刘团长幽幽地对上下半句说："新师西关正双轮。"

杨先生赞叹说："豪气灌顶，雄风浃背。"

车子到了同州，已是黎明时分。

早有人在团部接待，安排刘团长一行休息。

刘孝福背着作料和行李，来到小灶。

小灶有人忙着蒸煮，案板上猪头、牛肉和羊排还冒着热气儿。

刘孝福看那人的身影好熟悉，不由双手一拜说："贾大哥，我来看您了。您一向可好？"

老贾头正忙活，听见有人喊，一回头，愣了一下，随即迎上来搂住刘孝福大哭说："好兄弟，你终于来了。骆团长不在了，天都塌了，我……"

刘孝福紧紧搂着老贾头哭，半晌才说："甭哭了，骆团长还没走远，还在看着我们哩。我们要好好的，做好供饭送送骆团长。你做肉菜，我扯面。油泼作料扯面，骆团长爱吃得很哩。"

太阳偏南，骆团长葬礼在老县衙前街举行。

灵棚早就搭好了，挽帐花圈，寿材供品，洋鼓洋号，乐人唢呐，穿白衣服的孝子和戴黑纱的各界头面人物，在新任骆团长的指挥下，依次磕头鞠躬。

县长代表地方各界发表祭文。台上台下，群情悲愤激昂，口号山呼海应。

祭奠完了后，杠子房十六个壮汉，抬着骆团长的灵柩出城，一直送到骆团长老家白水县安葬。

一队士兵沿路跟随。

后晌，忙完了骆团长的后事，新任骆团长在团部设宴招待刘团长一行。

人人脸上悲伤未去，席间少不了洒酒祭奠，把话叙旧，念叨骆团长的生前善事。

刘团长和新任骆团长交头接耳一会儿，骆团长起身说："诸位，刘团长夜以继日训练精兵，枕戈待旦渡河东征，扫灭倭寇，为骆团长报仇指日可待。兄弟不才，承蒙团长错爱和上峰提携，铭记骆团长遗训，守土抗战，惩办汉奸，维持地方，随时牺牲救国。今有刘团长肩负王命，力图救老官长于九死一生。我宣布，刘团长东征之时，所需一切装备粮秣，均由我团及其同州地方筹备。从现在起，我团及其各方，筹集装备物资，装船载车，刘团长随时可提取资用。来，为骆团长英灵得慰，刘团长旗开得胜，干杯！"

酒宴结束，刘副官派人给刘孝福送来一套便服，叫他换上，说返回的时候到了潼关，刘团长一行继续走，留下刘孝福和杨先生办事。

刘团长一行从同州出发返回武功，车子到了潼关，已是黄昏时分。

车子在一处驿馆门前停下，杨先生和刘孝福下车，车子就开走了。

二十九 杨先生和刘孝福住进了小旅馆。

杨先生划着火柴点亮了桌上的蜡烛。可怜刘孝福长这么大从来没有住过旅馆，看啥都新鲜。他指着靠窗户的一张单人床问："这么小的床，睡不下两个人。也不要紧，先生您睡床上，我睡到地上就成了。砖铺地，不冷也不潮。"

杨先生笑着说："这间屋子，你一个人住。我还有事情哩，住在别处。"

刘孝福担心地问："可是，您走了，我寻谁弄面酱去？我在这里人生地不熟。"

杨先生说："我今黑了把人给你寻好，明天有人领着你寻面酱去。"

刘孝福心里过意不去说："为了寻面酱，先生您真是太辛苦了，专门跑一趟不说，黑地大半夜的，还要忙活寻人哩。"

杨先生微笑着说："你真是个老实人。我给你说，我这回来潼关，还有个最最重要的事情要办哩，给你说说也无妨。刘团长的壮士营，三百号人，咋样来潼关？用汽车运，声势太大，难免不被日本人的探子发现。我们想了个法子，这些壮士都穿便衣，像平民百姓那样坐票车到潼关，和别处来的壮士会合，再坐船过黄河。我这两天就忙着安排接站备船。光是一个备船的事情，就牵扯方方面面，麻烦得很哩。你弄到面酱以后，有人带你坐火车回武功大营。"

刘孝福恍然大悟说："怪不得哩，先生有大事要办。我就说嘛，为了一个面酱，也太费劲儿了吧。这样好，不耽误先生的大事。"

杨先生说："你早早歇着吧，我还要出去寻人说事儿去。对了，夜里睡觉你插好房门，不是熟人敲门，千万别开。要是起夜的话，小解床底下有夜壶，解大手就出门到院子里的茅房去。你在着，我走了。"

刘孝福坐在床上，觉得有点困乏，就想上床睡觉。他解开包袱，拿出那身新军装，把上衣和帽子挂在墙上的木橛子上，心想这样安全一些。

第二天一大早，刘孝福还没醒，就有人敲门说："刘先生吗？我是店家，杨先生叫你吃早饭哩。"

刘孝福被叫醒了，爬起来穿衣服问："刘先生？是不是在叫我？杨先生在哪里？"

门外的人说："杨先生在院子里小食堂等着你呢！"

刘孝福答应着，麻利地穿好衣服，拿手巾擦了把脸就开门往外走。

走了两步，又回来，把房门锁好这才小步快跑来到院子里。

有人指给他食堂的位置，刘孝福跑过去一看，小食堂只有三张饭桌，杨先生和一个戴着礼帽的人坐在桌旁说话儿。

杨先生对刘孝福说："这是酱菜园的姚掌柜。你赶紧吃饭，然后去挖面酱。"

刘孝福问："挖面酱？得是把面酱埋在了地下？"

姚掌柜苦笑着说："我的酱园被抹平了，成了废墟。面酱平时在后头的窑洞里封着，窑洞也塌了，得拿着耙子和铁锨挖。我正在筹划重建酱园哩，人手紧张，还得麻烦小老弟自己动手挖。"

刘孝福说："我有的是力气，挖倒是不怕。得有人带着我去才成，要不我认不得地方。"

姚掌柜说："我新招了个伙计，你吃了饭，跟上我走，叫他和你一起挖。"

早饭也简单，馍馍米汤。桌上几碟酱菜非常好吃，刘孝福边吃边赞不绝口。

姚掌柜得意地说："不是鄙人自吹自擂，方圆大百十里地，没有人不知道我的酱菜。可怜我祖辈百年基业，毁于一旦，实在叫人心痛。"

吃了早饭，杨先生忙别的事情，姚掌柜带刘孝福出了旅馆。

走到一家杂货铺门前，刘孝福看见一个人在那里站着，背影很熟悉，一时想不起来是谁。却听姚掌柜喊："瓷锤，人来了，你带着去挖酱。记着带上干粮，晌午就不要回来了。"

刘孝福大吃一惊，还没来得及问话，就看见那个人一回身，刘孝福看了个真真切切。

就是瓷锤。

瓷锤也认出了刘孝福，大喊一声："孝福兄弟！"张开双臂迎了过来。

两个人见面，都高兴得不得了。姚掌柜说："原来你们俩认识。这就更好办了。"

刘孝福激动得语无伦次说："一个村上的，他是我瓷锤哥哩。瓷锤哥，你咋在这里？"

姚掌柜插话说："你们赶紧去挖酱，有啥话儿边干边拉呱，我还得帮杨先生的忙。你们赶紧去，我走了。"

瓷锤把靠在墙角的耙子扛上，刘孝福也抓过来铁锨说："走走走，先干活去，完了再好好谝。"

两个人边走边说，没多大一会儿就到了酱菜园。

刘孝福看了看四周，皱着眉头说："瓷锤哥，这一堆烂砖烂瓦的，就是酱菜园？窑洞在啥地方？"

瓷锤指着不远处的土堆说："那就是原来的窑洞，都塌了，咱们慢慢挖。"

两个人一边干活，一边说话儿。瓷锤把他和瑶娃儿搭伙过日子的前前后后说了一遍，又说瑶娃儿的男人当了奸细送了命，元老汉老两口跳了黄河。保长收回了官地，还逼着瑶娃儿还账。村里的范姓人家都欺负外姓人，大人小娃儿见了瑶娃儿一家人都吐唾沫骂奸细，弄得一家人实在没法在村里住了。老朱叔的侄子在酱菜园当伙计，就把瓷锤介绍给姚掌柜当壮工，一家人住在姚掌柜家的柴房，瑶娃儿帮人缝缝补补。

刘孝福也把自己被抓以来的经过说了一遍，瓷锤好生羡慕说："要不说是有手艺走遍天下，我兄弟有绝招，到哪里都有人待见。"

刘孝福问："我在队伍上，有律条规矩，不能捎家书。哥呀，你咋没有给家里捎封信报个平安？这段日子，还不知道家里人多着急哩。再说了，你在村子里过不下去了，咋不带上嫂子和娃娃回老家？"

瓷锤叹着气说："要不说各有各的难处哩。你知道我家里的情况，穷得提起裤子摸不着腰。我带你嫂子和娃娃回去，连个住的地方都没有，我兄弟也快成人了，叫我大我妈咋办哩？我心想着在这里站住身了，挣几个钱回去，盖两间草房过日子。这两天，我正寻思着寻先生写家书哩，你来了，正好，一封家书报两家平安。你看得成？"

刘孝福说："我们有规矩不许捎家书。不过，你捎家书，说说我的事情，大概不算越规矩吧？是个这，明天你就寻人写家书，想办法叫人捎回去。我有钱哩，都给你，把这事情办成。"

瓷锤说："兄弟，难道你就在队伍上不走了？你这样下去怕不是个事儿吧？人家队伍上有没有说啥时候放你走？"

刘孝福说："走一步看一步。再说了，我正在琢磨做油泼面酱的事情。杨先生是个大能人，能帮上我。等我把手艺学精了，再说以后的事情。"

两个人边说话边挖土，眼看晌午了，连面酱的影子都没有寻见。

瓷锤擦擦汗说："兄弟呀，我看咱俩这样挖不是个办法。这堆土像山一样，啥时候能挖完？你等着，我得想个办法。"

瓷锤拿着铁锨，到旁边砍了一棵小树，又拿铁锨把一头削尖说："咱们拿这根棍儿往土里戳，要是碰到硬东西，就顺着棍儿往下挖。这样省力气。"

刘孝福连声说好。

两个人就这样换着拿木棍儿戳土。

瓷锤戳了一会儿，高兴地说："嘿嘿，兄弟你快来试试，我觉得底下像是有硬东西。"

刘孝福拿木棍儿试了试，高兴地说："对着哩，八成碰到面酱瓮了。哥呀，咱们顺这里往下挖。"

两个人一个拿耙子一个拿铁锨，顺着木棍挖。不一会儿，一个圆圆的东西露了出来。

瓷锤看了看，高兴地说："对着哩，你看你看，这就是石头瓮盖子，下面就是酱瓮了。"

挖了几下，一口牛角瓮露出了半拉。两个人抱着瓮一使劲儿，把瓮从土里拔了出来。

刘孝福高兴坏了，拿手把瓮盖子上的土擦干净说："盖子好好的，也不知道瓮里钻没钻进去土？"

瓷锤把瓮盖子揭开，看见瓮盖子底下是一层油布，油布又被麻绳密密麻麻捆在瓮身上。

刘孝福小心翼翼解开麻绳说："也不知道这里面是不是面酱？要是酱菜咋办？"

油布被揭开，一股浓烈的酱香味直冲鼻孔。

刘孝福高兴得大喊："面酱！面酱！是面酱！老天爷，可寻见宝贝了！"

瓷锤闻了闻味儿说："好香好香哩！要不说是百年老字号，东西就是好。看把他的，闻得我肚子饿得不成了。走走走，抬上回去试一下，看看咋样？"

刘孝福打量着瓮问："哥呀，你说这一瓮酱，有多少斤？"

瓷锤说："少说也有五十斤。咋了？得够不得够？"

刘孝福说："就算一人一两，够三百人拌面的了。"

瓷锤说："你嫂子说，面酱用的时候得用水破开。那就更够用了。"

刘孝福问："得是嫂子也会弄油泼面酱？"

瓷锤说："会弄。上一回同人说话，就是吃的面酱拌面条，好吃得太哩。"

刘孝福说："那赶紧走，弄回去，就到你住的地方试验一下。嘿嘿，这一回，宝贝酱有了，弄酱的把式也有了。"

两个人拿麻绳捆了瓮，拧了个环儿，拿铁锨把儿穿过去抬着，急急忙忙往瓷锤住的地方赶去。

三十 刘孝福和瓷锤抬着面酱，兴高采烈往回走。

刚一进门，迎面碰上姚掌柜。姚掌柜看见他们抬着瓮高兴地说："对着哩，就是这样的，开眼面酱。你们咋这么快就挖到了？那个窑洞里头，有好几种酱，得是你们把别的酱挖出来扔到一边去了，专门把这一瓮抬回来了？也不对呀，你们也不认得呀。咋弄的？"

两个人把面酱瓮放到地上，瓷锤说："我们拿个棍儿在地上戳，碰到硬东西就往下挖。头一下就挖到了这口瓮，我兄弟揭开盖子闻了闻说就是的。嘿嘿，运气来了挡都挡不住。"

姚掌柜忧郁地说："酱园没了，老师傅伤的伤走的走，往后再做这样的酱，不容易哩。你们赶紧抬回去，试验一下看成不成？要是能成，就赶紧分装成小包，等杨先生安排运走。你们忙着，我还有事情要办哩。"

姚掌柜走了，两个人又抬着酱到了后院柴房。

瑶娃儿听见脚步声迎出来说："轻点儿，娃儿刚睡下。咦！这个人是谁？"

瓷锤说："这就是我给你说过的一个村上的乡党，刘孝福兄弟。兄弟，这是你嫂子。"

刘孝福脸一红说："嫂子，听我哥说你能成得很哩，我哥好福气哩。"

瑶娃儿也红了脸说："听你哥胡吹冒撂哩。快放下东西，坐着喝水。饿了吧？我这就煮面条，现成的。"

瓷锤说："赶紧热油，我兄弟要试验面酱哩。"

刘孝福说："锅里煮面，灶膛热油，连做饭带试验酱，正好哩。嫂子，寻个勺子，拿个盘子来，我弄点面酱出来看看成不成。"

瓷锤坐到几块土坯砌成的灶火前，往灶膛续了一把柴，眼看着火苗儿冒起来了。瑶娃儿拿来铁勺，倒上青油。

刘孝福拿勺子从瓮里挖了半勺子面酱，倒到盘子里，又用筷子摊匀了说："哥呀，油热了就往面酱上泼。"

油烧热了，瓷锤端着铁勺，一股脑儿把油泼到面酱上。只听"嗞啦"一声响，油烟夹杂着水汽冒了起来。

刘孝福紧张地忽闪着鼻孔，闭上眼，静静等了一会儿说："有一股香味儿，不过，好像有点不对劲儿。"

三个人一起凑到盘子跟前看，却见盘子里只有面酱不见油。

瓷锤说："怪毬事情，这面酱不对劲儿，好像张着大嘴巴把油喝进肚子去了，外面看不出来。"

刘孝福却喜出望外说："对对对，就是这个样子的。要不说是开眼酱？酱把油都吃进去了。哎！不对劲儿哩。"

瓷锤也看出来有点不对劲儿说："兄弟呀，这酱死疙瘩一块，咋样拌面吃？搅不开嘛。"

刘孝福拿筷子挑了一小块儿酱放到嘴里品尝说："味道也不对，有一股臭味儿。"

瑶娃儿说："做法不对，面酱泼油，得破开才成。"

刘孝福一拍自己的脑门子说："看把他的，都高兴糊涂了。嘿嘿，我还没有兑作料哩。"

瑶娃儿说："啥作料不作料的，就这酱，用水破开了，拌面吃就撩得太。兄弟，你来破酱，我煮面，先吃了饭再说。"

刘孝福在锅里舀了一勺开水，倒到面酱盘子里，用筷子搅匀了，端在手里仔细观察。

看着看着，刘孝福暗暗发笑心想："先破酱还是先泼油？把酱调到面条上再泼油还是先泼油再拌面？还有那些作料，到底应该怎样使用？这些，显然不是在这里就能弄好的。不过有一点是肯定的，这酱，对着哩！这一股臭味儿，一定得用作料才能除掉。"

想到这里，刘孝福说："哥呀，嫂子说得对，咱先吃饭。"

面条捞在碗里，把破好的酱拌进去，三个人端起碗就吃。

瓷锤说："就是这个味儿，对着哩，香得太。"

瑶娃儿吃了一口面说："兄弟，你刚才用热水破酱，不对劲儿。得凉水才成。这酱好吃是好吃，就是味儿太单也太短，沾上舌头就没有了。"

刘孝福说："今儿个先试验一下，以后有了时间，我再慢慢弄。这一回，八九不离十，能成的。"

瓷锤说："对对对，我兄弟手艺高，肯定能弄成。对了，兄弟，你啥时候走？这酱咋样运走？还有，你说的给家里捎信，啥时候弄？我还得寻人代写哩。"

刘孝福说："刚才姚掌柜不是说了吗？把面酱分装了，好带着走就成。写家书，等一下吃完饭，咱就上街去。"

吃了饭，刘孝福说："嫂子，我和我哥到街上寻人写信去，锅碗瓢盆，就麻烦你收拾一下。"

刘孝福和瓷锤先回到小旅馆，刘孝福从包袱里拿出一沓钞票说："哥呀，这钱你拿着，除了代笔费用，剩下的给我嫂子和侄儿买身衣裳用。"

瓷锤推辞说："用不了这么多钱，有一两块钱就够了。剩下的，你都拿走。你一个人在外面，用钱的地方多着哩。"

两个人来到街上，看见一个戴眼镜、穿长衫的老先生在街口摆摊儿算卦，刘孝福说："老先生会写字，就是他了。"

两个人走到老先生跟前，说明来意。老先生倒也痛快说："光写家书五毛钱，代邮寄一共一块钱。不过，现在兵荒马乱的，邮路不畅通。要是专人捎书到家里，本县加一块钱，外县加两块钱。西府不去，河东不送。"

刘孝福说了家里的地址，老先生说："你家不太远，加一块五，五天送到。不瞒二位，不管到省城还是到渭南，每天都有生意人和赶脚的往来，捎书没麻搭。"

两个人把要说的话先后给老先生说了一遍，老先生提笔写字，一会儿的二夫就写好了说："要不要我念给你们听？"

刘孝福说："不用了，老先生，这是三块钱，不找零了，你快些寻人捎走就成了。"

两个人给了钱正要走，老先生拦住了说："先甭走哩。要是你家里人接到家书，给你们回信，地址咋写？谁收？"

刘孝福和瓷锤对视一眼，瓷锤说："兄弟，你在队伍上不方便，就写我这里吧。"

刘孝福说："能成，那就写姚记酱园，姚掌柜的转就成了。"

回来的路上，刘孝福把手里的钱塞给瓷锤说："哥呀，这钱你拿着，我着急寻杨先生说事情哩。你回去和我嫂子想办法把面酱分装好，千万包严实点儿，甭叫洒漏了。杨先生安排好了我回武功的事情，咱再商量往后咋办。"

瓷锤拿着钱，有点不好意思说："不瞒兄弟说，我还没有开工钱，你嫂子忙活一天也挣不了五毛钱，手头正紧哩。自家兄弟，我就不客气了。我们把酱分包好了，等你信儿，你说送到哪儿就送到哪儿。"

两个人分了手，刘孝福一路小跑回到旅馆，找店里的伙计问杨先生的去向。小伙计两手一摊说："杨先生是个大忙人，来来去去两头不见太阳，谁知道他这会儿在哪里？您等着吧，夜里一准回来。"

刘孝福回到房间，一边等杨先生，一边把作料包摆到桌子上想着咋样配料。不知不觉，肚子饿了，天色将晚。

耳听得走廊有脚步声，刘孝福急忙开门去看。

是杨先生和另外一个不认识的男人走了过来。

刘孝福赶紧迎上去问话，杨先生说："到院子食堂吃饭说事。你先走，我拿个东西就来。"

刘孝福到了食堂，桌上摆好了一盆饸饹、一盆面条汤。

刘孝福把饭和汤都盛到碗里，等着杨先生。

杨先生手里拿着一卷纸，和那个男人进了食堂。

刘孝福赶紧说："杨先生，您说的'开眼酱'，寻到了。嘿嘿，我们挖出来的。姚掌柜的说就是这种面酱。"

杨先生高兴地说："太好了。我的事情也办得很顺利。这是楚干事，县党部的。接站渡船的事情，楚干事都安排好了。吃了饭你就赶紧收拾行李，带上面酱，等车来接。下半夜有一趟火车，咱们坐火车回西府。"

楚干事说："没办法，倭寇的飞机猖狂得很，火车白天都不敢开，钻到山洞里，黑天才敢开出来。"

杨先生把手里那卷纸摊开来，刘孝福看到，这是一张地图，上面密密麻麻画着各种符号。

杨先生对刘孝福说："你去把蜡烛点上拿来，我们边吃饭边商量事情。"

楚干事拿出两张车票放到桌上说："只有二等车厢的票，二位委屈了。"

刘孝福赶紧扒拉几口饭，喝了两口汤，说是要去看看面酱分装好了没有。

杨先生点点头，和楚干事研究地图。

刘孝福马不停蹄跑到瓷锤住的地方，问面酱分好了没有，夜里就要坐火车返回西府。

瓷锤说："姚掌柜的给了几个竹篓子，还有油纸袋子，我和你嫂子把面酱都分好了。一共五件，给你送到啥地方？"

瑶娃儿把娃娃放到床上，起身拿了个包袱递给刘孝福说："你给的钱，可救了大急。我买了四个肉夹馍，想着叫你哥给你送过去。你来了，正好带走路上吃。老潼关的肉夹馍，好得很。"

刘孝福看着地上的五个竹篓子发愁说："咋样弄走哩？不老少的。"

瓷锤说："好办得很哩，这里有扁担，我挑着给你送过去。"

刘孝福说："那就麻烦哥了。时间不早了，我还要回去准备一下，就不打扰了。嫂子，以后有时间我再来看你们全家。我这就走了。"

瓷锤挑着面酱，把刘孝福送到了旅馆。

半夜，楚干事带一驾骡车来接，拉上杨先生和刘孝福，装上面酱，直奔火车站而去。

三十一 杨先生和刘孝福坐火车到了武功县，天已经大亮了。站台上，刘副官和张处长来接站。

刘副官看见杨先生，紧走几步迎上去说："先生，赶紧跟我走，有大事等着您出面协调呢！"

看着站台上的竹篓子，张处长说："你等着，我寻个挑夫来。"

张处长出去雇了个挑夫，挑夫挑着面酱，张处长和刘孝福在头里走。

一路走，刘孝福还沉浸在坐火车的神奇感里。他问张处长："您坐过火车吗？"

张处长说："那当然。最多的坐过一天一夜的火车，遭大罪了。"

刘孝福又问："我看火车和牛差不多。牛拉车嘴里'呼哧呼哧'喘气儿，火车上坡也'吭哧吭哧'叫唤。牛吃草料，火车吃啥哩？"

张处长乐了说："对着哩，火车也要吃东西。只不过不吃草料，吃煤炭。"

刘孝福又问："牛要喝水，火车喝不喝水？"

张处长更乐了说："当然要喝水，火车喝水，一次要喝上百桶水哩。你没见车站有个长脖子的弯管子？那就是喂火车喝水的东西，叫个水鹤。"

刘孝福还问："牛拉车累了要歇气儿哩，火车走着走着就停了，是不是也累了歇一歇？"

张处长说："火车停下来，不是歇脚，是有人要上下火车哩。"

刘孝福再问："火车也有轮子，为啥不在路上跑，一定要在铁条子上跑？"

张处长瞅了一眼刘孝福问："要是没有人领着你，你能不能从潼关走到这里来？"

刘孝福说："不认得路，要不然就得有人带路，要不然就得边走边问。"

张处长说："对着哩。火车也不认得路，咋办哩？就给他脚下铺上铁条子，顺着铁条子走，就不会迷路。"

说着，张处长自顾自笑出了声。

刘孝福若有所思点点头又问："对了，你咋知道我和杨先生今儿个回来？"

张处长想了想才回答说："你有没有听过'顺风耳'的故事？"

刘孝福说："听过听过，还有'千里眼'哩。"

张处长说："这就对了。火车站有个顺风耳，杨先生在潼关喊话，这里的顺风耳听见了，就跑来告诉我和刘副官了。就是个这，快到了，你甭问了，赶紧回去歇着吧。"

到了大营，张处长说："太太知道你今儿个回来，派孟顺叶在特勤小灶等你，说是帮助你试验哩。你要是乏了，就先歇歇再说。你去吧，我忙别的事情去了。"

到了小灶，刘孝福一眼瞅见孟顺叶在灶房门口朝这边张望，心神不定的样子。

刘孝福带着挑夫快走几步迎上去，到小灶跟前，挑夫卸下担子，刘孝福问："多少钱？长官给你钱了吗？"

挑夫说："长官爷给过了。您在些，小的走了。下回有事，还寻小的来就是了。"

孟顺叶双眼直勾勾盯着刘孝福问："你这两天都忙啥了？乏不乏？吃没吃过早饭？饿不饿？渴不渴？"

刘孝福说："等一会儿我吃个馍馍就成了。太太派你来的？"

孟顺叶说："锅里有热馍，我给你拿去。你热馍夹豆豉，再喝口水。太太说，你一回来肯定忙着试验哩，叫我来帮帮你。"

刘孝福暗暗吃惊心想：这顺风耳管用得很哩，连我弄到了面酱都听见了？要是家里有个顺风耳就好了，时不时给妈妈说几句话，省得她着急担心。

草草吃了饭，刘孝福说："你把炉子点上，咱们试验面酱，看看咋样弄更好一些。"

孟顺叶问："要不要和面？"

刘孝福说："先不要和面，看看酱成不成再说。"

刘孝福把包袱摊开来，打开一竹篓面酱，拿来几只碟子，摆在案板上，拿勺子挖面酱放到碟子里备用。

忙活了一会儿，刘孝福说："拿铁勺热油，多弄点儿。"

油烧热了，刘孝福先后给碟子里的面酱泼上油说："你帮我记着点儿，这些碟子从里到外，按照'不破水、先破水、后破水、不放料、先放料、后放料'的顺序，千万别记错了。"

过了一会儿，刘孝福说："来来来，你也尝一尝，看看哪一种味道好一些？"

两个人拿筷子沾酱品尝。等一会儿，孟顺叶指着一个碟子说："这一份儿味道好得很哩，就是这个先放料的。"

刘孝福惊喜地问："得是？你有没有记错？"

孟顺叶说："错不了，就是这一只碟子。我把你刚才说的顺序，编成'手帕、围脖、棉袄、棉裤、裤带、鞋子'，这样就好记了。没错，就是尝到'裤带'的时候，香味儿最浓。"

刘孝福哭笑不得说："吃嘴的东西，你咋和衣裳纠缠到了一起？不过，你这个办法好，错不了。我也觉得先放料的味道最好。来来来，咱们再试验一下。"

刘孝福和孟顺叶剁了不少葱、姜、蒜、辣子末儿，装在碟子里，又分别加上面酱，进行新一轮试验。

反复试验，不知不觉到了午饭时分。

刘孝福忽然感到啥地方不对劲儿，问孟顺叶说："连老兵、马班头和张处长咋都不在？特勤弟兄们都到哪里去了？"

孟顺叶说："太太吩咐，今儿个晌午，小灶不做饭，弟兄们都到大灶吃饭。你刚说的那几个人，我也不知道干啥去了。不管他们了，咱们是吃饭还是接着试验？这些面酱，咱们煮点面条吃吧？"

刘孝福心里"咯噔"一下子沉了下去，担心地问："这不对劲儿哩，以前可从来没有这样过。我不在这两天，大营里发生啥大事情了吗？"

孟顺叶说："也儿个，外面来了几个人寻刘副官，也不知道有啥事儿。刘副官跟上那几个人走了，夜里才回来。对了，团长这两天脾气大得很，爱发火骂人，你可当心点儿啊。"

刘孝福心里忐忑不安说："可别有啥不好的事情。甭管了，咱们接着试验。还有不少东西，没有摸透哩。"

两个人边试验边品尝着，案板上摆满了锅碗瓢盆和各色作料。

刘孝福对着一碟试验品发愣。

突然，刘孝福大声喊："快来看看这个碟子！"

孟顺叶凑过来问："咋了？你这儿大呼小叫，吓我一跳。"

刘孝福兴奋地说："你看你看，这一碟儿，和别的都不一样。葱白、姜黄、火辣，还有这牛毛色面酱，一层一层的，好看得很，就像是一朵花正在开放。"

孟顺叶看了看说："好看是好看，好不好吃就不一定哩。"

刘孝福说："我大说过，好看的不一定好吃。但是好吃的，一定得好看。"

孟顺叶说："好吃不好吃，咱们尝一下不就知道了？"

两个人尝了尝，孟顺叶说："味道倒也平常，没觉得有啥不一样。"

刘孝福说："我敢保证，要的就是这个味儿。你是不是觉得有点皂味儿？"

孟顺叶说："啥是皂味儿？我就是觉得有一股蛰舌头的味儿，好长时间都下不去。"

刘孝福兴奋地说："对着哩。要是配上扯面，就对了。嘿嘿，这叫忠臣遇良将。张先生也这样说过。快快快，和面、扯面，再试验一回。"

孟顺叶被刘孝福的表情逗乐了说："看你这样子，像是娶媳妇儿哩。"

说着，自己倒先红了脸。

刘孝福说："对对对，就像是缘分到了，换帖子看八字都对上了，就等着拜堂成亲哩。"

说完，和孟顺叶对看一眼，两个人都闹了个大红脸。

两个人忙着和面、扯面，一切弄好了，撒作料、兑面酱、泼热油。

看着眼前这碗面，刘孝福紧张得浑身哆嗦。他双手合十，朝着这碗面嘴里念叨着"老天保佑，祖宗在上"！

念叨完了，小心翼翼拿筷子把面搅和几下，夹起一根面放到嘴里品尝。

孟顺叶着急地问："咋向？好吃不好吃？"

刘孝福放下筷子，眼眶里布满泪水说："你尝尝，看对不对？"

孟顺叶尝了尝，放下筷子惊喜地说："神得很，你说的皂味儿，遇到面，就变成了腊汁肉的香味儿。还有这面，劲道，缠和，像丝线一样柔顺。"

刘孝福擦擦眼泪说："要是和面再下点功夫，一定还要好。成了！成了！我大教给我的作料面，和杨先生说的油泼面酱，都在这一碗面里相会了。就像多年的老朋友，一见面就亲热得不得了。"

两个人趁热把这碗面吃完了，刘孝福说："快快快，把刚才试验过的家伙什儿全收起来，甭叫人看见了。快吧！"

孟顺叶赶紧收拾东西问："你得是怕别人看见了也学会了？你们这些手艺人，心里都鬼得很哩。"

刘孝福说："收拾完东西，再做一碗面，我这就找人品尝去。"

正说寻人品尝，马班头就来了。

刘孝福见马班头来了，兴冲冲说："马班头，您快来看，油泼面酱扯面，我弄成了。您稍等一下，我做一碗您尝尝。"

马班头冷冷地说："孟顺叶，太太叫你过去一下。刘老弟，你跟我来。"

刘孝福还在兴头上，听马班头叫自己跟他走一趟，还有点犹豫说：

"啥事儿啊？您等一会儿尝一碗面成不成？"

马班头声音高了说："事情都惹下了，还吃啥面哩。赶紧走！顺叶，你也赶紧去太太那里。"

刘孝福和孟顺叶互相瞅了一眼，四目茫然。

马班头把刘孝福领到张处长屋子，顺手关上门，屋子里显得很燥热。

张处长满脸阴沉，劈头盖脸问刘孝福："我问你，前两天你和连老兵到街上备料，都和啥人接触过？商量过啥事情？"

刘孝福一头雾水说："没有啊。就是到了面馆、酱园，还有药铺。没说啥事情啊。咋了？"

张处长说："药铺？你们到药铺干啥去了？药铺掌柜的，你们谁认识得早？"

刘孝福说："我不认识呀，就是想去备点作料。事情还没说好哩？"

张处长说："妈日的，配料就配料，咋还倒腾东西了？倒腾啥不成啊，非得倒腾那些要命的东西？我给你说，你们惹下大乱子了，刘团长都跟着倒霉了。"

刘孝福被吓哭了说："处长，您可甭吓唬我。我胆儿小，不经吓的。您就说，我们惹啥大乱子了？"

张处长说："你知道不知道那个卖女儿的老汉？也就是孟顺叶她爹？那个老东西从哪里来的？"

刘孝福说："知道啊，也就是碰巧在面馆里遇上了。后来的事情您也知道了。咋了？他咋了？"

张处长叹着气说："我给你说，那个老东西，背着西药、绷带和治疗红伤的药膏，闯卡子往北边偷运，被省党部特务抓住了。要光是药品还罢了，没咱团里啥事儿。偏偏的，老东西包袱里有军械，这下麻烦大了。"

刘孝福一听，头皮炸裂一样惶恐不安问："那老汉，现在在哪里？还有连老兵，他做啥去了？"

张处长说："妈日的，老东西倒是猴精，被特务发现，扔下包袱钻进山沟跑了。跑了和尚跑不了庙，特务们在包袱里发现了证据，顺藤摸瓜，抓住了药铺掌柜的。一天一夜严刑拷打，掌柜的熬不住，招了。说军械品是连老兵偷出来的，想换钱为相好的赎身。特务今儿个就闯进大营，把连老兵抓起来拷问，非要他说出同伙不可。连老兵倒是一人做事儿一人当，死活不肯招。特务要把连老兵带走说办大案，被刘团长拦住了。说没凭没据，不能把他的兵带走。现在，特务和刘团长还在审问连老兵。你也要注意，特务说咱们特勤处就是个窝子，非要人人过关，找出同伙不可。你等着，没准儿一会儿还要你过堂哩。"

三十二 **刘**孝福胆战心惊地等待着"过堂"。

张处长对刘孝福说："迄今为止，连占昆还没有供出任何同党，只说是自己财迷心窍，鼓动孟顺叶他爹铤而走险，从药铺掌柜的那里赊来药品，再加上自己偷来的军械物资，往北边贩卖。你过堂的时候，该说啥不该说啥，心里要有数，可不敢胡乱说话。"

刘孝福说："连老兵贩卖东西，我确实不知道。就是打死我，我也是这句话。不知道就是不知道，就是个这。"

张处长点点头说："这样最好。你记住，你话说得越多，越有麻烦。不是你的事情，千万不要揽到自己身上。"

正说着，有个勤务兵过来传令说，请刘孝福到副官处去一趟。

刘孝福挺了挺胸，咳嗽一声算是为自己壮胆。

到了副官处，刘孝福只扫了一眼，就觉得阴森恐怖，腿肚子几乎要抽筋了。

连老兵穿着衬衣，满身是血印子，双手反过来被捆在椅子背上。对面摆了两张条桌，跟前坐着四个人。刘团长、刘副官，还有两个穿中山装的男人。

看见刘孝福，连老兵挣扎着喊道："我一人做事一人当，和别人没关系。你们把他放了，要杀要剐冲我来。"

那个梳背头的中山装男人呵斥道："我们情报站盯着你不是一天两天了，你的犯罪证据我们早就掌握了。我劝你还是放聪明点儿，供出同党，免你死罪。"

另一个年轻一点的中山装男人说："这个案子，是我们郑站长亲自破获的，人赃俱获，不怕你嘴硬。"

刘团长说："连占昆，你倒卖的军械，从何而来？是不是有内应？有就有，没有就没有。你交代清楚。"

连老兵说："日把有内应哩！我就是撬开军械库的门锁，自己钻进去偷来的。看把他的，头一回就被你们抓住了。算我倒霉。"

郑站长说："满嘴鬼话，看来你是王八吃秤砣，铁心当奸细了。军械库岗哨严密，岂容你破门撬锁？我有办法撬开你的铁嘴。来人，上刑！"

刘副官拦住了说："郑站长审讯，重在挖出同伙。这不，刘孝福来了，您抓紧审问。有破绽就深挖，无线索就放过。"

郑站长走到刘孝福跟前，鱼泡眼狠狠盯住刘孝福问："你和他倒卖药品军械，从何时开始？一共多少回？还有谁是同伙？那边谁是接应？从实招来，免得皮肉受苦。"

刘孝福从心里害怕，心跳得就要从嗓子眼儿蹦出来。但是，他知道，这种时候，怕是没有用的。

刘孝福鼓了鼓勇气说："报告长官，我没有倒卖过啥东西，只是去药铺配料。我一个厨师，哪里来的同伙儿？"

刘团长问："连占昆去药铺之前，你知道不知道？他去药铺做啥去，有没有给你说过？"

刘孝福委屈地说："去药铺，只说是配作料。别的，真没有说。我不说谎话，就知道这些。"

郑站长问："你和连占昆勾结，共谋犯罪，利益均沾。我问你，你得了多少钱？"

刘孝福大着胆子说："我一条光棍，从军吃粮，吃穿用的，都有队伍上管着，在这里无亲无故，要钱做啥用哩？我没有得钱，也不知道别人得没得钱。我说的是实话。"

连老兵喊着："你们这些当官的，真是满脑子糨糊。他只是个厨子，一心一意弄他的扯面，他知道个锤子？有啥话问我，放过他。"

刘副官说："郑站长，这样问来问去，也不是个办法。我看是个这，无关人员，就先放回去。如果连占昆有啥新的口供，再抓来审问不迟。"

郑站长心有不甘说："他说他没有共谋犯罪，叫他签字画押，一旦查实，从重处罚。"

刘团长说："这样好，跑不了他。"

年轻一点的中山装男人在纸上写了几句话，把刘孝福叫过来说："来来来，我给你说，这上面都是你的口供，你担保不是同伙。如果以后查实，你就要承担重责。你签字画押吧。"

刘孝福走过去，毫不犹豫画押。

郑站长说："你走吧！在这里发生的事情，不准往外透露半点儿。要不然，后果你清楚。"

刘孝福说："我不敢说谎话，就是个这。"

刘孝福走了后，郑站长阴险地对刘团长说："团座，您的部下通敌资敌，证据确凿。这个人，我们要带回去严加审问。您这里军务繁忙，就不打扰了。走！把这个通敌的奸细带到站里继续审问。"

刘团长拦住说："郑站长，您说连占昆通敌，请问他私通何敌？"

郑站长说："团座明知故问。他偷运药品军械于敌占区，不是通敌又该做何解释？"

刘团长说："蒋总司令文告明示，我亿兆同胞，日寇为唯一死敌。连占昆私运军械，去向为北。众所周知，日寇在河东。所谓敌占区，仅仅指我神州沦陷之地。所谓通敌之说，并不成立。"

郑站长说："一个国家，一个领袖，一个政府，一支军队。除此之外，所有组织和武装，皆为敌人。况且，剿匪训令，依然有效。不是通敌又是什么？"

刘副官说："郑长官，时过境迁，北方已经不是敌占区。北边的军队，同样是国民政府的军队。其最高长官，乃由国民政府军事委员会任命。恐怕资敌通敌，名不副实。以其为由治罪，恐各界不服。"

郑站长蛮横地说："我身为情报站长，防谍锄奸职责所系。刘团长身为国军将校，理应全力配合才是。"

刘团长说："鄙人职责，上峰早已明确，东御敌，西拒马，北警戒，南安内。除非有证据，否则通敌之说空穴来风，奸细谍报牵强附会。"

几个人吵吵嚷嚷不可开交，杨先生风风火火跑过来说："诸位，为党为国日夜操劳，恐怕早已疲惫。鄙人建议，奸细疑犯，带下去继续审问。诸位不妨另寻幽静之地，协商两全之策如何？"

说着，在郑站长耳边窃窃私语。

郑站长点点头说："杨干事，看在你我同为党部要员的份儿上，听君一言。今日审讯，暂且告一段落。下一步深挖细究，还要诸位鼎力相助。"

连老兵被带了下去。

临走，他梗着脖子嚷嚷："妈日的，割头不过碗大的疤瘌。随便招呼，爷我不怕。不过，可得说好了，送我上路，老规矩不能变，酒肉四菜，泡馍扯面，一样不能少！"

刘孝福一回来，就被张处长叫来商量事情。还没商量出个头绪，刘副官来通知说："今夜有重要招待，特勤小灶要使出看家本领，酒肉大菜，山珍海味，主食冷荤，多多益善。"

临走，刘副官意味深长地说："吃好喝好，事情就少。"

刘副官一走，张处长兴奋地说："好事情好事情，快快快，安排备宴，全力以赴。"

张处长对刘孝福说："看到没有？事情有转机了。连占昆这事情，八成大事化小，小事化了。你赶紧做你的拿手扯面，喊马班头来，我要好好安排。"

原来，杨先生从中协调，对刘团长说郑站长其实也不愿意把事情闹大，关键是他个人能得到多少好处。又对郑站长说刘团长愿意私底下达成谅解，请郑站长出个价，一切都好商量。

就这样说来说去，讨价还价，最后达成口头协议：刘团长出六条"黄鱼"，郑站长高抬贵手。不过有一条，不准让连占昆自由活动，以免机密外泄。

刘副官答应说："自今日起，关连占昆禁闭。郑站长不发话，绝不解除禁闭。"

刘团长说："回头给连占昆说，死罪免了，活罪难免。把他编入精壮营，不日东征，是死是活，战场分晓。"

事情就这样定下来。

晚上，招待餐厅灯火通明，刘团长设宴招待郑站长。席间推杯换盏，自不必说。郑站长多喝了几杯，趁着酒劲儿，非得把连占昆叫来当面跪谢不杀之恩。

刘副官再三阻拦，郑站长执意要见。没办法，刘副官赶紧到后头安排，给连占昆换了一身干净衣服，带进餐厅。

连占昆知道自己死不了，二愣劲儿又来了，一进门就嚷嚷："谁大赦我不死，我要给他磕头哩。不过，话说回来，不能连累我弟兄。"

刘团长骂道："不知死活的莽汉！是郑站长法外开恩，饶你不死。还不赶紧感谢？"

连占昆冲郑站长说："我还要问，站长大人果真饶我不死？"

郑站长说："是刘团长爱兵如子，我不过顺水推舟。"

连占昆还问："果真不寻我兄弟麻烦了？"

郑站长说："查无实据，也就罢了。"

连占昆这才"咕咚"跪在地上磕头谢恩。

郑站长说:"起来!你乃军人,膝下有黄金。不过,放过你的,是你们团长,理应重谢!"

连占昆从地上爬起来,冲刘团长鞠躬说:"团座是我的长官,我没啥可报答的。这条命,团长要的话随时拿去。"

刘团长说:"好!要的就是你这句话。不日东征,你冲锋陷阵,杀敌立功,将功补过。你愿意不愿意?"

连占昆"啪"一个立正说:"就是没有这事情,团长指哪儿我都得打哪儿,服从为天职。况且,这是打小鬼子,英雄好汉干的事情。我愿意!一百个愿意!"

看来一切都按照杨先生的安排,顺利进行。

可是,吃过了面条,郑站长摇摇晃晃站起来说:"鄙人还有一事相求,这碗扯面,可是那个刘厨师做的?我要见他。"

刘团长说:"您这么高的身份,见一个厨师,也是屈尊卑驾了。来人,唤刘孝福听命。"

刘孝福系着围裙跑来了,一进门,郑站长就摇摇晃晃说:"我吃得出来,你这碗扯面,一定是有绝招妙方。我有一事相求,把你的妙方透露一二给我,他日我封金挂印,也开个饭庄自食其力。如何?"

三十三 郑站长要刘孝福的所谓秘方,着实让刘孝福吃了一惊。他不敢拒绝也不愿意随意透露秘方,嘴里只是嗫嚅着:"这都是练出来的手艺,没有啥绝招秘方。再说,我也不会写字。"

杨先生给刘孝福解围说:"不会写字不要紧,回头你说出来,我帮你写。郑站长朝你要东西,是高看你一眼。往后有啥事,还要仰仗郑站长罩着你哩。"

刘副官也说:"你先下去吧,随后杨先生再找你,把郑站长交代的事情办好。"

刘孝福走了，郑站长也喝醉了。

刘副官安排特勤人员把郑站长和另一个特务送走。郑站长摇摇晃晃，嘴里还不忘叮嘱："把我的'黄鱼'带着，弟兄们还指望它活命哩。妈日的，钞票越来越不值钱了。"

刘副官说："站长放心，东西已经放到了车上。您下车，有人给您送到手里。"

郑站长嘴里打着饱嗝儿，在几个勤务兵的搀扶下，踉踉跄跄走了。一切安排停当，几个人才长出一口气，暗自庆幸躲过一场大祸。

刘副官说："这一回让姓郑的小人讹了咱一大笔钱，就是把连占昆杀了卖肉，也值不了这么多钱。"

刘团长说："花钱事小，倒卖军械也并不稀奇。可是，和北边纠葛上了，兹事体大，张扬出去必成心腹大患。轻则褫职，重则丧命。要是定性异党窝案，则或撤编、或移防，我团必遭灭顶之灾。"

刘副官擦了擦额头的冷汗说："这么严重？都是'草字头'排除异己，内战内行，外战外行造成恶果。"

刘团长问杨先生："先生这一天多行动，成果颇丰，使我团化险为夷，功比天高呀。敢问先生，您是如何笼络八方，纵横捭阖，除祸端于未发？"

杨先生说："谈不上功劳，只是尽力而为罢了。我寻了药铺掌柜的家人，说通他们花钱免灾。又拿钱上下打点，把药铺掌柜的保出来外出躲避。还安排人到北边沿途布置，撤销接应，中断联络，掐断线索，防止事态扩大。好在姓郑的爱财如命，这才有了破财免灾的可能。"

杨先生这里口气轻松，把刘团长听得目瞪口呆，半天才说："先生真是孔明转世，苏秦现身。不过，鄙人还是不明，先生不过县党部干事，何以先知先觉，手眼通天？先生莫非……"

杨先生笑着说："团座不会怀疑我是北边的人吧？嘿嘿，我只不过是一个有良心、有正义感的中国人。说我先知先觉，实在不敢当。我也就是一个生不逢时的读书人而已。"

几个人谈来谈去，谈到了出征日。刘团长问："以先生之见，我壮士出征，何日为宜？"

杨先生说："五天后就是东洋人的'天长节'，也就是倭国昭和天皇的生日。按照惯例，鬼子这一天放假庆贺，必定战备松弛，正是我东征的天赐良机。壮士可在此之前乘火车到潼关，秘密集中，筹集粮秣军械，伺机乘船过河。一切都安排就绪，就等团长这边一声令下，即可动身。对了，我已联系好车站，后天起两天，各安排一节车厢运人。当然，票还是要买的。"

刘团长站起来对刘副官说："传令下去，壮士营后天动身，分两批乘火车到潼关。在此之前，安排犒赏壮行。刘副官要亲力亲为，务必妥帖机密，万无一失。"

命令传达下来，特勤处张处长立即着手安排。

张处长对马班头说："后天和大后天，后晌安排送行大宴。每顿饭按照一百五十人准备。每人一只猪肘子、一瓶西凤老酒、一碗油泼扯面。另备蒸馍、菜汤。副官处调来卡车，另派二十个兄弟协助。即日起，马不停蹄备料，夜以继日劳作，小灶大灶蒸煮，确保大宴长官满意，壮士欢心。我自荐人搭棚设桌，后厨事务，你里外照应，不得有误。"

马班头回来对刘孝福交代："你只管一心一意做好扯面，我给你调十个弟兄协助。对了，作料面酱，还有葱姜蒜辣，赶紧采购备足，可不敢有丝毫闪失。"

刘孝福说："别的都没有问题，就是需要大锅长案，还有特大号面盆五六个。"

马班头说："这些东西我来弄，你只管训练人手。"

刘孝福猛然想起一件事说："上一回那个姓郑的，朝我要啥配料秘方。当时他喝多了，临走也没有朝我要。不知道这事情过去了没有？要是他来寻我的事情，咋办哩？"

马班头摆摆手说："那狗熊货认钱不认人，他要你的方子，只是想拿去卖给别人换钱哩。听刘副官说，杨先生胡乱写了一张方子，对付过去了。没朝你要，你就安心扯面吧。"

刘孝福心里一块石头落地。

时间过得飞快，转眼之间出征之日就要到了。

天过午，特勤大灶、小灶各色人忙得团团转。

马班头提前买了同州带把儿酱肘子，此时正在大锅笼屉上加热。几口大锅里面是菜汤。还有一口大锅笼屉里馏着蒸馍。

外面挨墙支起来五条大条案，孟顺叶带着十个大小伙子压杠子和面。巨龙似的面团儿在案板儿上滚来滚去，杠子上下起伏，吱呀作响。

刘孝福请来了面馆掌柜的，他带着伙计在四口行军锅里煮臊子，煮好后分荤素干稀盛到四口大面盆里备用。

刘孝福考虑很细致，毕竟众口难调。面酱再好，也难免有人吃不得，各种臊子供他们选择。

日已偏西，刘副官派人传令，大宴开始，饭菜一起上。

马班头这边还好办，安排弟兄们把热好的肘子和蒸馍抬上去，菜汤也盛到行军锅里抬过去。

刘孝福这边麻烦大了。

和面、揪剂子、擀面片儿还好办，弟兄们噼里啪啦一起上，只有这扯面，一般人弄不来，指望刘孝福一个人，显然不赶趟。

情急之中，孟顺叶抓起面片儿说："各位军爷弟兄看我的，双手抓住面片儿，两头使劲儿，扯到头再弯回来重新扯一遍，扔到锅里就成了。快上手。"

刘孝福急得满头大汗说："不成不成，这样扯出来薄厚不匀，不像样子。"

马班头也过来帮忙说："就这样弄。看把他的，又不是结婚请女婿，不用那么细渠。弟兄们，一起来！"

说着，马班头抓起面就扯。

弟兄们看了看，一个长串脸胡的老兵说："上手！"

"呼啦"一下，围上五六个弟兄，人人抓着面东拉西扯。刘孝福放下手里的面，拿起笊篱捞面，又捏起一根放到嘴里品尝几下说："能成，就是不太匀称。筋道儿还成。"

面条一碗碗捞起来，又一碗碗加酱泼油，接着有人一盘盘端了过去。

刘孝福对马班头说："有没有提前给弟兄们说，不爱吃面酱的，自个儿浇臊子吃？"

马班头说："早就说过了。你快些弄！"

也不知道过了多长时间，刘孝福面前的空碗终于都用完了。

大灶小灶都消停了，众人累得席地而坐，嘴里"呼哧呼哧"大喘气儿。

耳听得隔墙大营里，人声鼎沸，热闹非凡。

刘孝福终于放心了说："还好，弟兄们没有找茬儿的，看来吃得好好的。"

马班头累得有气无力说："肉一吃，酒一喝，面条好吃不好吃，就没有人挑剔了。你没听说过吗，再好再赖的饭菜，喝过酒都一个味儿了。"

正说着，忽听得一阵"呼呼啦啦"的脚步声。刘孝福抬眼看去，这一看不得了，可把刘孝福吓坏了。

外面跑来一大群弟兄，个个手里拿着空老碗，嘴里嚷嚷着还要吃油泼面酱扯面。

马班头头发都竖起来了喊："快快快，弄面！不得了，这下不得了，惹大事儿了。"

刘孝福也顾不得许多，跳起来喊："快！把剩下的面都扯完。弟兄们甭拥挤，一个一个来。"

众人又是一阵忙活，不断有人端着面跑了，又不断有人拿着碗过来要面吃。

直到所有和好的面都扯完了，还有三个壮士举着空碗要面。

刘孝福沮丧地说："对不起兄弟们，和好的面没有了，现和面也来不及了。对不起啊，明个再来吃好不好？"

马班头说："这样吧，扯面没有了，挂面有的是。弟兄们不嫌弃的话，来个油泼面酱拌挂面。快！煮挂面！"

挂面煮好了，三个壮士端着挂面，嘴里嘟嘟囔囔走了。

刘孝福一屁股坐到凳子上说："一百斤面粉，用得光光净净。这些人咋这么能吃？"

马班头说："明儿个，和一百五十斤面粉，每人合一斤。我就不信还不够吃？"

第二天还是这个阵势，只不过早有准备，扯面足够多，和好的面还没有用完。

那边壮士们还在吆五喝六喝酒吃饭，张处长跑来说："刘孝福、孟顺叶，你俩到太太那里去一趟，太太有事情交代哩。"

刘孝福和孟顺叶互相看了一眼，两个人都不知道啥意思。

马班头垂下头说："这一下瞎了，人要走了！"

刘孝福和孟顺叶赶紧洗了手，跟上张处长走了。

来到刘团长家，张处长说："你们进去吧，团长和太太在屋等着哩。"

刘孝福和孟顺叶一进客厅，两个人都愣住了。

气氛有些不寻常。

刘团长一身戎装，太太穿上了猩红旗袍。

刘团长还没说话，太太冷不丁说："你们两个，跪下来听话。"

刘孝福和孟顺叶来不及多想，齐刷刷跪下来低头不敢看团长和太太。

刘团长说："我今天带最后一批壮士，乘火车出发。你们俩，今晚也和太太一起坐火车走。太太和刘副官到省城下车，你们俩到渭南下车。"

两个人不懂啥意思，刘孝福抬头问："团长，您要出征，做啥把我和她撵走？您能不能带上我，跟您一起到河东打鬼子。我虽然不会打仗，但跟上您，给您做饭吃，照顾您！"

孟顺叶也说："我是太太的人，太太到哪里我就到哪里。"

刘团长说："杨先生说过，兵娃娃少你一个不算啥，这油泼面酱扯面，你刘孝福是关中第一人。以后，还要靠你把关中这门手艺传下去。你要走了，关中乡党就吃不上这一口了。"

刘孝福说："可是，我还是想跟您走，您是我的恩人，我不能有恩不报。您要是不准，我寻杨先生去。"

太太说："杨先生已经到潼关接站了，这都是他一手安排的。你们听我说，你们两个，一男一女，一个未嫁，一个未娶。我和团长做主，你们结为夫妻，百年好合。今儿个，我们两口子既是大媒又当高堂，你们当着我们的面，磕头拜堂成夫妻。完了，赶紧准备东西，夜里一起走。"

刘团长说："就此一别，若有缘分，日后再相见，我就到你们开的面馆去，带很多人，给你们拉生意。记住，纵然千难万险，一定不要荒废手艺。这是关中的门面，是老陕的名头，是乡党的念想。"

太太说："磕头！拜堂！"

刘孝福和孟顺叶磕头大哭，念说团长和太太的大恩大德。

磕完了头，太太让两个人站起来。

刘团长有事情要走，刘孝福努力忍住眼泪，给团长敬了一个军礼。

团长认认真真回了一个军礼，二话不说，抹泪离去。

太太把一个红漆盒子交给孟顺叶说："这里有几块大洋，是我和团长给你们的礼金，拿着，回家好生过日子。"

夜色笼罩，刘孝福和孟顺叶背着包袱，跟随刘团长和太太一起上了火车。车到省城，刘副官和太太，还有几个随从下了车，众人挥泪告别。

火车到渭南，刘孝福和孟顺叶给刘团长磕了三个头，千恩万谢告别。

天还未亮。刘孝福和孟顺叶站在站台上，眼看着火车启动，轰轰隆隆从身边驶过。

三十四 **刘**孝福和孟顺叶目送刘团长带壮士营坐的火车驶向了黑咕隆咚的夜色，两人这才恋恋不舍地出了车站。

车站外，铁道两旁，到处都是芦席、木皮子搭的小窝棚，不时有衣着破烂的男男女女从窝棚里出出进进。脚下污水横流，垃圾遍地。几个警察腋下夹着"水火棍"巡查，嘴里嚷嚷着："不许点灯，不许野外生火！"

孟顺叶捂着鼻子，抵挡着阵阵袭来的恶臭味儿。刘孝福皱着眉头说："这地方像是遭了灾，哪里来的这么多逃难的？"

孟顺叶说："是的哩，这地方怪怪的，咋到处都是可怜人？哥呀，咱这是要到哪里去？"

刘孝福说："寻个旅馆，歇息一下，天明了再走。"

孟顺叶说："咱两个年轻力壮的，歇啥哩？又不是没走过夜路。"

刘孝福尴尬地说："我不认得路，咋走哩？寻个地方歇歇脚，顺便问问路。"

走了好长一段路，才在一个十字路口找到一家商铺门脸儿，大门上吊着黑布门帘，门帘缝隙漏出一丝微弱的灯光。

刘孝福说："黑地半夜点着灯，像是买卖人家。进去问问路。"

刘孝福撩起门帘，和孟顺叶走了进去。

迎面一截半人高的柜台，台面上点着罩子灯，里面坐着一个三十来岁的伙计。看见有人进来，伙计站起来打招呼："二位来了！住店吗？"

刘孝福这才知道，这确实是一家旅店。

刘孝福问："我想打听一下，到河北去的路咋走？"

伙计打量刘孝福一眼说："河北地方大得很哩，你到底要去啥地方？"

刘孝福说了家里的地址，伙计说："那地方远得太哩，走路怕是要一大天哩。看您二位，不像是常走的。又带着女眷。听我说，二位在这里歇息一会儿，等天明了，店里有骡车。雇一辆骡车把二位送到家咋向？"

刘孝福说："那我们就不歇脚了，雇你的骡车要多少钱？"

伙计说："二位不是从东边来的？恐怕还不知道吧，这里灯火管制严得很哩，骡车走夜路都不许点灯。黑灯瞎火赶车，怕是要闪了牲口蹄子，天亮了才成。"

说着，伙计"噼里啪啦"打算盘算账。

算完了账，伙计说："这样吧，一间客房，带茶水和洗脸水，送一顿沫糊稀饭早餐；一挂单套骡车，单趟七十里地，钞票收您五块，光洋的话就是一块。"

孟顺叶说："光洋就要一块呀？贵得很哩。"

伙计委屈地说："不瞒二位，您是急着赶路，天麻麻亮就要起身。骡子走长路，还得外加一升豌豆硬料。回来路过故市镇，歇一晚上车马店，明儿个捎带两个人进城，这才给您打了七折。要不然，一块光洋都不够的。"

刘孝福说："一块就一块，可说好了，天麻麻亮就起身的，可不敢耽误。"

伙计从墙上摘下一枚黄铜钥匙放到柜台上说："二位，这是房间钥匙，右拐第二间。我们也不敢耽误，要不然返回的时候临天黑赶不到故市镇，就麻烦了。"

这是刘孝福第二次住旅店，显得比上次熟练了些。进了门，点上灯，看了看孟顺叶，两人都有点窘迫。

刘孝福指着里间的一张单人床说："有铺盖，凑合歇息一会儿吧。"

孟顺叶说："你先歇息，我洗把脸，脸上厚厚一层灰。"

迷迷糊糊睡了一会儿，就听外面有人敲门喊："客人，起床吃饭，麻利点儿，甭耽搁上路。"

刘孝福坐起来，发现孟顺叶抱着包袱坐在床边。

两个人洗了把脸，匆忙出去吃早饭。

坐上骡车，出了城，天才大亮。

车把式是个五十来岁的老汉。老汉很精干，不善谈，一路鞭子打得响亮，骡子四蹄碎步，骡车轻快前行。

天已经近午，刘孝福打开车篷帘子，突然兴奋地说："我这下认得路了，快到故市镇了。"

进了故市镇，车把式把骡车赶进路边的一家车马店说："二位，我要喂牲口。您二位自便，一顿饭的时间，回来上车赶路。"

刘孝福和孟顺叶在外面买了两个牛舌头烧饼当午餐，一路吃着赶回了车马店。

牲口吃完草料，接着上路。

离开故市镇不远，忽然有三个大汉拦住了车子。

车把式回头朝车里喊："英雄挡着道儿了，要钱哩！"

孟顺叶吓得一哆嗦，抱着包袱靠着车厢不敢言语。

刘孝福赶紧掀开帘子跳下车。

这是三个穿着破烂灰色军装的大汉，一看就知道是脱离队伍的散兵。

打头的散兵，脸上有一条深深的疤瘌。

疤瘌散兵冲刘孝福一拱手说："好汉明人不做暗事。我们是河东里打散了的抗日壮士，沦落到这一步，也是没办法了。好汉给几个钱，吃饭住店寻队伍。行个方便，各自方便。"

刘孝福问："我们也没带几个钱，好汉要多少钱？"

另一个小矮个儿散兵凑上来说："打开包袱，亮家底儿。不管多少，三一三余一。"

刘孝福知道这一回不出点血走不了，就打开包袱说："各位英雄，甭为难我。"

刘孝福本来是打开包袱寻找钞票，没想到包袱一打开，却露出了那身到同州府祭奠骆团长发的少尉军官服。

疤瘌散兵看见军服，大吃一惊，忙拱手作揖说："小的有眼不识泰山，得罪官长了。走些！"

说着，带着两个散兵，慌慌张张跑开了。

刘孝福还在发蒙，车把式说："嘿嘿，这一回碰到硬茬儿了。走些！

没事了！"

上了车，车把式说："锤子散兵，都是落败了的'把把儿'，在这里讹人钱财哩。"

刘孝福不懂啥叫个"把把儿"，车把式解释说："就是一帮二毬愣娃，不干正事儿，争凶斗狠。碰到软蛋要几个钱，碰到硬茬儿下软蛋的货色。"

骡车下了官道儿，拐上了乡间小路。走着走着，发现车前面一个瘦高个儿的年轻人，背着捎马子赶路。

听见车子响，赶路的回过身来，冲骡车招手问："赶车的，问个道儿。"

骡车停住了，赶路的人问："请问大把式，刁刘村是不是在前面？还有多远？"

听见有人问"刁刘村"，刘孝福心想是遇上村里人了，就赶紧跳下车来代车把式回答说："对着哩，再往前走五里地就到了。咦！你得是刁刘的人，我咋不认得你？"

赶路人说："怪不得你不认得我，我不是刁刘人，是个捎信儿的。我打听一下，你得是刁刘的？你们村有个叫刘普兆的人，你知道不？"

刘孝福一听，心想这就是在潼关叫人代写的那封信了。不知道啥原因，这封信这么长时间了，还在路上。

刘孝福哭笑不得地说："对着哩，我就是刁刘村的。你捎的那封信，就是我和瓷锤哥叫人代写的。好家伙，这么长时间了还在路上，白白花了好几块钱。"

赶路的上下打量着刘孝福说："你就是信主儿？咋这么巧，你不会是哄我哩吧？"

刘孝福说："我哄你做啥哩，又不是银钱。我给你说，就是我在潼关，和我瓷锤哥叫人代写的信。你不信？我给你说，收信的有两个人，除了刘普兆，还有个人叫刘孝贤，你看看对不对？"

赶路的人把信拿出来看了看皮儿，抬头尴尬地笑笑说："对着哩，就是写给两个人的。看把他的，碰巧了，送信的遇到写信的了，咋办哩？"

刘孝福说："还能咋办？你把信给我就成了。"

赶路的说："行倒是行，可是，收信的人，还要给我五毛钱跑腿儿钱哩，你给得了？"

刘孝福有点恼怒地说："你这个人咋听不懂好赖话，你把信给我，省得多走路了，还不好吗？你给不给？不给我也不能要了，反正这封信没啥用处了。人都回来了，要信有啥用啊。走！各走各的！"

车把式一个响鞭就要赶路，送信的一把抓住刘孝福衣袖可怜巴巴地说："我一大早从城里出来，走了大半天路，水米未沾牙，可怜不可怜？你好歹给几个钱，也让我吃口饭呀。"

刘孝福看了看送信人，叹了口气，从裤兜里掏出几张钞票说："给你，把信给我吧。"

送信人接过钱，数了数，把信交给刘孝福，拱拱手，扭头就走。

重新上路，快骡子加鞭，骡车很快就到了村子。

车子停在家门口，刘孝福把孟顺叶扶下车说："大把式，我们到了，辛苦你了。车钱都给过了，你走些！"

车把式说："这一路耽搁了时间，临天黑赶不到故市镇了，我只能在店子歇脚了。你给我几毛钱住店钱，骡子草料钱，就不朝你要了。"

刘孝福还想争辩几句，看到自家门已经开了，母亲灯芯拄着棍儿朝他们走来。

刘孝福喉头一热，顾不上许多，掏出裤兜里剩余的钞票给了车把式说："你走些，就这么点儿钱了，都给你。"

车把式接过钱，牵着牲口掉头，一身子蹦上车，一鞭子打下去，骡子撒蹄子就跑。

刘孝福一把拉住孟顺叶说："快快快，快叫妈，这是我妈。"

说着，刘孝福叫着："妈呀，你娃我回来了，这是你儿媳妇儿，叫个顺叶。"

孟顺叶也叫了声"妈"，正想行大礼，被灯芯一把拉住说："快进屋，进屋再说话。"

三十五

刘孝福回来了，而且还带回来个如花似玉的媳妇，可把灯芯高兴坏了。

她拄着拐棍儿忙来忙去，张罗着烧开水沏茶。

刘孝福说："妈呀，你甭忙活了。你有些啥话要问，就赶紧问吧。顺叶也乏了，问完了话就先歇息着。等一下我把我大哥和三弟寻来，商量往后咋办哩。对了，我瓷锤哥给家里捎了信，信走得慢，半路上让我接到了。等一下我还要去我普兆叔家去，报个平安。"

顺叶也说："妈呀，我给您说，我和孝福在武功拜过堂了，我也算是进门媳妇了。有啥活儿您就吩咐，我来做。得是要烧水哩？我来吧。"

灯芯满心欢喜地说："那就好那就好。娃呀，你细皮嫩肉的，在娘家一准是金枝玉叶，到咱这穷家里来，委屈你了。你坐着些，说几句话，就赶紧歇着去。"

三个人坐下来，灯芯还没问话，刘孝福就把自己离开家以来的各种经历说了个大概，灯芯听得心惊肉跳，不住地抹泪说："老二，只说你外出学手艺，也不给家里捎个信儿，还以为你跑来跑去安顿不下来，谁想到你这是到鬼门关走了一遭。我可怜的娃儿，你有没有挨打？有没有遭罪？你可把你妈心疼死了。你说，你们哥儿几个要是有个三长两短，可叫我咋给你死去的大说哩？"

说着，又伤心落泪，泣不成声。

孟顺叶忙安慰说："妈呀，您老就放宽心，孝福他人好心眼儿实，又有手艺，到啥地方都有人稀罕。这不是好好的回来了吗？往后，咱一家人安安稳稳过日子。"

说了几句话，灯芯说："顺叶儿，你坐了半天车子，乏了，就先到厦子房歇着。要是饿了，我给你烧碗面片儿汤喝，就着糜子面儿馍吃。"

顺叶说："妈呀，我不乏，回来的路上在街上吃午饭了。您坐着，我把屋子和院子收拾一下，夜里恐怕得来人说话哩。"

刘孝福看孟顺叶精神头儿足得很，估计她新来乍到，新鲜劲儿上来了，又是头一回见婆婆，叫她歇也歇不下，就对灯芯说："妈呀，是个这，顺叶精神好，你就带她把屋里四处看看，拾掇拾掇。我先给瓷锤哥家里报个平安去。对了，我大哥和三弟这段时间都在忙些啥？得是夜里才有时间？"

灯芯说："你们弟兄三个，还就是你让人放心些。你大哥和你三弟，都是像中了邪一样，白天睡觉夜里欢实。这会儿，他们还都在家，夜里才出去哩。你先去瓷锤家报个信，回来顺便叫你大哥和三弟来一趟。"

刘孝福说："也好。妈呀，那你们忙着，我就走了。"

刘孝福出了门，沿街向村东头走。一路上碰到熟人，免不了停下来打招呼。

乡党们瞅见刘孝福穿得干干净净，人也显得白净利落，都以为他这段时间在外面混得不错，纷纷询问详情，刘孝福只是说在外面学手艺，一切如常，也不多耽搁，三言两语打住话头，急急忙忙奔瓷锤家。

进了院子，刘孝福一眼看见瓷锤他大刘普兆老汉正蹲在地上绑扫帚，就小声说："叔啊，我回来了。来看看您老人家。"

普兆老汉一心一意地绑扫帚，听见有人进来，猛抬头，看见刘孝福来了，慌得丢下手里的活儿起身问："你啥时候回来了的？你瓷锤哥到哪搭去了？"

刘孝福蹲下说："叔啊，我瓷锤哥好好的，在外面做事情哩，过段时间就回来。我先回来给您老全家报个平安。来，我帮您弄扫帚。"

普兆老汉赶紧说："来来来，坐坐坐，你赶紧把你瓷锤哥的事情好好说说。看把他的，一走就没影没信了，把人担心得吃不好睡不着的。"

刘孝福坐在凳子上，老汉要去倒茶，刘孝福拦住了说："我婶子和我弟做啥去了？"

普兆老汉说："还能做啥？你婶子在地里拔草，你弟给人家帮工。你赶紧说，瓷锤，我那个不省心的儿，他到底弄啥哩？"

刘孝福就把瓷锤的事情，一五一十给普兆老汉说了。

老汉听了，气得浑身哆嗦骂道："无父无君的东西，只说是外出学艺，谁承想他倒好，招亲穆柯寨了。婚姻大事，也不听父母大人的话了，自己就做主了？不成器的东西。看他回来我不打断他的腿。哼！"

刘孝福劝慰老汉消消气，把瓷锤的想法说了个大概，然后劝说："叔呀，我瓷锤哥这样办事，一来走投无路没办法；二来也是为您二老着想，混出个人样儿再回来，您二老也省得为他的终身大事熬煎。再说了，不是还有个弟弟吗？瓷锤哥早早成亲，不耽搁兄弟说媒、提亲、娶媳妇。依我看，这是好事情哩。您老有福气了，我瓷锤哥再回来，你们家有老有小，全全活活一家子。"

听刘孝福这样一说，老汉破涕为笑说："大侄子，还是你会说话。你说的这些，也是个道理。千不怪万不怪，就怪我没本事，把家弄得穷酸恓惶不成样子了。也罢，只要他好好的就成。他再回来，我还要给他走个手续哩。成亲了，有娃儿了，可不能偷偷摸摸叫人笑话。嘿嘿，看把他的，我没娶媳妇没办酒席，倒先当上爷了。"

看普兆老汉想通了，刘孝福就起身告辞说："就是个这，叔呀，您忙着，我还要回家忙一阵子哩。"

老汉又是眼泪又是笑脸把刘孝福送出门外。

想到大哥和三弟家去，刘孝福忽然觉得这样两手空空不是个办法，路过普绪家的杂货铺，心想买点儿礼性才是正理儿。

到杂货铺买了两封白糖酥皮，拎在手里先到了三弟家。

三大和三妈都不在家，老三刘孝贤在炕上蒙头大睡。

刘孝福把三弟叫醒说："三弟，快醒醒，我来看三大，他老人家不在家？是这个，我回来了，妈说叫你去家里商量事。"

老三揉揉眼睛，坐起来，看见配墙上放着的点心包，一手拉过来，撕开纸包就抠出来一块塞进嘴里说："二哥，你咋就像一阵风，去无踪来无影？你等下，我这就跟你走。"

刘孝福说:"你赶紧起来洗把脸,吃点东西。我还要叫大哥来家一趟哩。"

老三说:"成,你走些,我随后就来了。"

刘孝福正要走,忽然停住脚步问道:"哎呀,不对劲儿哩。三弟,你一贯说话文绉绉的,今儿个咋了?也和我一样说话直来直去的了?"

老三不好意思说:"打人不打脸,骂人不揭短。二哥,那都是过去的事儿了。看把他的,我到小郭村打牌,一说话就被人笑话,都说我是个书呆子,欺负我,不和我好好耍。嘿嘿,古人也说,此一时彼一时也。到啥时候、啥地方,就说啥样的话。我要把牌打好,就要把打牌的人琢磨透,就得和他们混到一块拧成死疙瘩。你说对不对?"

刘孝福没有工夫说这些须子话,吩咐几句就出了门。

路过自家门口,正要往西边大哥家去,却看见大哥刘孝喜揉着眼睛向这边走来。

刘孝福赶忙上前问候,刘孝喜说:"二弟回来了。看把他的,我睡得正香,老海成来了借骡子,说是你回来了。你嫂子有身子不方便,我就先来了。咋向?这段时间挣到钱没有?你再不回来,妈就揭不开锅了,全指望我买米送面。"

老大、老三和刘孝福一前一后都进了门。

刘孝福把孟顺叶引见给大哥、三弟,老大刘孝喜说:"看把他的,我二弟这货不知道啥地方值钱,走到哪里都有桃花运。我就弄毬不懂,咋满世界的仙女,都叫我二弟遇上了?好事儿!好人儿!好姻缘!"

老三刘孝贤说:"二嫂领进门,酒席只怕是要补办哩。亲戚朋友,乡党四邻,都要请哩,礼数可不能逾越。"

刘孝福说:"大哥,我和顺叶拜过堂了。剩下的,就是请客了。麻烦手续也不要了,你看着办,钱我有哩。"

灯芯说:"老三,你能掐会算,选个好日子,割几斤肉,买几样菜,像模像样儿办几桌,甭叫人家笑话咱家不懂礼数。只可惜,顺叶娘家没啥亲人了，只有一个老爹，还不知道跑到哪里去了。要不然，两家人都在多好？"

刘孝贤说："就是二嫂她娘家人都在，这年月这么远的路，来往都是难成哩。"

一家人商量来商量去，要办的事情就八九不离十了。刘孝福问老大："大哥，你的烟熏色骡子咋样要回来的？有没有啥麻搭？"

老大眉飞色舞地说："妈日的，那几个狗熊货，还想和我来硬的，也不看看他爷我是弄啥的！有人帮我盯着，我的烟熏色骡子被人骑着走亲戚，我的人一拥而上，三下五除二，制服了那熊货，抢回来我的骡子。也不过就是把六轮子还给了他。"

老三刘孝贤不屑地说："大哥，你做的这些事情，都是用蛮力，每一件事情都留下个尾巴，西瓜皮擦沟子——没完没了。你要从根儿上想办法才是。"

老大瞪着眼睛说："根儿上？根子就是钱。有了钱，就不用我动手了。有钱能使鬼推磨，也能让各路英雄好汉听我使唤。哼！"

听说钱，老三来了精神，看了看灯芯说："妈呀，今儿个人全乎了，我新嫂子又是第一回来咱家吃饭，黑了弄啥好吃的？"

灯芯说："正想着做啥饭哩。你哥拿来五斤面，想着烙油馍吃，只怕是油不够了。"

刘孝福听了，从裤兜里掏出几张钞票说："妈呀，正好，你领着顺叶去杂货铺灌点油回来，顺便认认路，见见人。"

灯芯接过钱说："你这娃，做事情没准头。你媳妇进门，还没请客吃饭认亲戚，咋就能随便外出？我去，顺叶儿要是不乏，就先给咱和面。"

灯芯走了，孟顺叶四处找家伙什儿和面。

老三刘孝贤悄悄地问："二哥，你回来带钱了？带了多少？我正有大用处哩。"

老大也说："对对对，赶紧说，带来多少钱？你三弟把本钱输光了，不过本事练得差不多了。你有钱借给他，他给你利息。我也跟上出力气沾光。"

刘孝福左右看看，小心翼翼地说："带了十块光洋，住店、雇骡车花了一块，还有九块。再就是一些钞票了。这钱，我还打算留着弄个门面开馆子哩。"

老三双眼放光说："借给我五块，我给你一分五的利息。月息，得成？我有把握，有了大本钱，能赢回来一座房。"

老大摩拳擦掌说："成！老三，你打牌，我当护卫。赢了钱，给我分成。二八开，得成？"

刘孝福为难地说："这是大事儿，还得和妈商量。再说了，我还得开馆子，要不咋养活家？"

老大着急地说："开馆子，我帮你寻地方，三五块光洋就够了。咋向？大事情，还要咱们大男人定。妈胆小怕事，听她的，啥都弄不成。你嫂子有身子了，再不想办法弄钱，咋养活娃娃？"

三十六 **地**里的麦子就要成熟了，刘孝福开馆子的事情还是没有着落，急得他三天两头催促大哥刘孝喜赶紧给他踅摸门面。

这天傍晚，刘孝福正在家里挑水渗土，刘孝喜风风火火寻他来了，一进门就嚷嚷："好事情来咧，二弟，停下活儿我给你说。咦！好好的又渗土做啥哩？"

刘孝福放下水桶走过来说："眼看夏天就快到了，房顶漏雨哩，和泥明儿个把房顶拾掇一下。啥好事情？"

刘孝喜一屁股坐下来，抓起茶壶往嘴里灌水。

灯芯看见了，忙拦住他说："壶里的水凉了，喝了肚子疼。我给你换热水去。"

刘孝喜抓住茶壶不放手,"咕咚咕咚"喝了几口,放下茶壶说:"刚从党睦镇回来,口干舌燥。啥凉水不凉水的,不管那事情。二弟,我给你说,党睦镇有一家馆子,掌柜的打牌输了基业,我托人给话留着租下来。靠官道儿,两间半门面,能支六张饭桌。锅碗瓢盆灶具都齐全,点把火就能做生意。"

刘孝福眼前一亮问:"好事情。哥呀,人家租赁给咱,签几年文书?每年多少钱?"

老大刘孝喜说:"三年五年都成,一年租赁费三块光洋。嘿嘿,原来是卖蒸菜的馆子,掌柜的输给了车马店,车马店掌柜的又不会开饭馆,就便宜往外租。嘿嘿,要不是我有个弟兄消息灵通,给人家口头说下来,还轮不到你哩。你今儿个夜里备好东西,明儿一早去看馆子。你看好了,当面签字画押立文书。"

刘孝福说:"靠近官道的门脸儿,租金一年三块钱,真不贵。哥呀,人家没说租金咋样付?"

刘孝喜说:"当时签字画押,交一块钱订金。其他的,半年清一回账。"

刘孝福大喜过望说:"真的吗?只交一块钱,真的很合适。哥呀,你也知道,我没有多少钱。交了订金,还要上货备料。要是半年一交,我就能缓过来。能成!"

孟顺叶插话说:"我咋觉着有点不对劲儿。是不是也太便宜了?"

刘孝喜摆着手说:"弟妹,你就放心吧,这地面上,谁敢哄我?借给他几个胆子也不敢。哼!就这,你夜里好好准备一下,明儿个一早我套车来接你。你看……"

刘孝福看老大欲言又止,问他:"哥呀,还有啥事?"

刘孝喜吞吞吐吐地说:"你嫂子身子一天比一天沉了,屋里没有个盛热水的东西,我又跑来跑去不在家。你嫂子说,馆子的事情成了,给家里添个电壶(暖水瓶)。我说这都是亲兄弟,咋好意思张嘴哩?你嫂子就是那样的人，二弟，你别往心里去，要不，等你馆子开张，挣到钱再说……"

灯芯说："你媳妇快生了，你就少往外跑。又是头一胎，动了胎气了不得。我就说让你媳妇搬过来住，你又不愿意。"

刘孝福笑了说："能成！这不算啥事情。签了文书，咱就在党睦镇现买一个。甭说你为馆子的事情跑路劳神，我也该给我侄儿买件东西，迎接他来到世上。"

灯芯笑了说："肚子里的娃娃，隔着皮儿的瓜，还没生哩，你咋知道是个男娃儿？"

刘孝喜说："黄店子张先生号过脉了，说八成是个男娃儿。"

老大走了，灯芯端饭上桌说："吃饭，今黑了喝汤。灶火底下还烤着馍。"

孟顺叶把油泼辣子端上来，刚端起碗要喝汤，忽然放下饭碗，捂着嘴就往外跑。

刘孝福忙跟着去问："咋了？得是病下了？"

灯芯也跟了过来，看着孟顺叶呕吐，高兴地说："好事情哩，多半是有喜了。嘿嘿！顺叶是进门喜。"

刘孝福也惊喜地说："得是？看是不是夜里睡觉肚子受凉了？"

孟顺叶呕吐完了，灯芯端来漱口水说："赶紧回屋去，甭叫受风了。"

孟顺叶往回走，在刘孝福耳边轻声说："八成是的，你要当爹了。"

刘孝福高兴地说："得是？这么快。哎呀，也是个麻烦事。"

孟顺叶说："是不是你的馆子要开张了，担心我有了身子帮不上忙？放心，我看着帮你把生意做起来，不耽搁的。生意好了的话，雇一两个伙计也就成了。"

一夜无话。

第二天一早，老大刘孝喜赶着骡车来接刘孝福看门面。

孟顺叶早早就起了床，在外面呕吐。灯芯在一旁照顾她。

孟顺叶也要跟上去，被灯芯拉住了说："不敢哩！你要歇息好，可不敢动了胎气。他弟兄两个只是去看看，还不知道咋样哩。"

日头正南，刘孝福到了党睦镇。

里里外外看了门面，觉得很满意。冲刘孝喜点点头说："哥呀，我看这地方能成，人来车往热闹得很哩。我有把握把馆子开好，你寻人立文书吧。"

老大刘孝喜说："人早就寻好了，在茶馆等着哩。嘿嘿，我心里有数，这门面，你一定会满意的。走！签字画押交订金。"

街里边不远就是茶馆，一个白胡子老先生抱着白铜水烟袋坐着喝茶。

刘孝喜进来看见老先生，点点头说："成咧！您受累了。"

文书早就拟好了，签字画押，交了订金，结了茶钱，送走了老先生，刘孝福说："哥呀，今个这事情顺利得很，都是你跑前忙后帮着我。走走走，咱们去吃饭，完了给我嫂子买电壶。"

接下来几天，刘孝福花钱请人修灶、裱糊、添置碗筷灶具，从米面行赊来面粉，请先生给起了个"福顺扯面馆"的字号，挂了幌子。老三刘孝贤给看了个好日子，红红火火地开张了。

开张这天，老大、老三赶来帮忙。孟顺叶不顾身子，不听婆婆灯芯劝阻，头两天硬是坐车赶来了。

红日高照，鞭炮"噼里啪啦"炸响，三三两两的人围上来看热闹。刘孝福换了一身新衣裳，腰里系上了镶红边儿的围裙，站在门口高兴得不知道咋办。老三刘孝贤站在台阶上喊着："诸位贵客、乡党，小号今儿喜庆开张，承蒙各位贤达捧场。本号经营祖传油泼扯面，外带卤肉凉菜。今日起，三天大酬宾，面食凉菜，半价优惠。来来来，里边走，今儿个喜庆，进来的客人，头十碗面免费！我说掌柜的，吉时已到，开门接福纳祥！"

"哗啦"一声，大门打开，十几个客人拥入，小小的面馆显得拥挤热闹。

刘孝福自掌大厨，孟顺叶当下手。老大、老三当起了伙计。

夜里掌灯时分，面馆客走人安。

弟兄三个坐下来盘账。老三"噼里啪啦"打算盘算了一会儿账说："半价优惠，还落了个小有余头。哥哥们，这样下去，生意兴隆指日可待！二哥，做生意，少不得请账房雇伙计，你趁早踅摸人，省得到时候来不及，耽搁生意。"

刘孝福高兴地说："刚刚收了麦，面粉正是便宜的时候，趁这个机会，进五六百斤面粉，存上两三个月的货。还有，原先说是油泼面酱不见得受欢迎，今儿个试开张，大多半人还是喜欢吃。吃臊子面的人少。"

孟顺叶忧愁了说："可是，面酱不多了，从武功带回来的一罐儿，不够三天卖的。咋办哩？"

刘孝福诡秘地笑着说："嘿嘿，我多了个心眼儿，潼关面酱，我还没舍得用哩。今儿个用的，是我从外面买回来的一般面酱。嘿嘿，看来，还成。潼关面酱，留着后面有大用处哩。"

老三刘孝贤问："二哥，啥潼关面酱？有啥大用处？"

刘孝福说："说起面酱，名堂大着哩。往后再给你慢慢说。我留着潼关面酱，就是等着有财东家、吃官饭的、做大生意的贵客来了才用。再说，这东西不好弄。瓷锤哥在酱菜厂当伙计，正和掌柜的忙着建新的作坊，啥时候能出货，还不一定。当下先这样对付着。好的后边用，这就叫留一手。"

老大刘孝喜说："二弟，赶紧收拾完睡觉，困得很哩。我给你说，我只能给你帮三天忙，就要赶回去哩。你嫂子快生了，妈一个人，腿又不好，我担心哩。再说了，我好几天没去牌场子了，可甭把贵主儿给得罪了。"

刘孝福说："是得是得，你帮我寻好伙计再走。你说的贵主儿是谁？我咋不认得？"

老三刘孝贤嘻嘻笑着说："二哥，你还不明白吗？我，就是大哥的贵主儿。知道不知道，谁给大哥份子钱，谁就是贵主儿。我也是最多帮两天忙，还要上牌场子去。嘿嘿，手气和牌技都够够的了，该发大财了。"

三天过后，老大、老三都走了。老大给寻来个十五六岁的半大小伙子，当伙计端碗，孟顺叶坐柜台收钱。

好在客人不算多，后厨刘孝福一个人忙得过来。

大酬宾过后，算了算账，除去面钱、菜钱等成本，赚头不算少。

刘孝福心里高兴，不顾孟顺叶劝阻，硬是从米面行赊来五百斤面粉，说是生意好的话，最多个把月就卖完了。

就在生意刚刚起步，一切都还算顺利的时候，出了岔子。

这天晌午，面馆刚刚上客，外面来了一挂马车。车上下来六个穿黑衣服、敞怀露胸的大汉。

为首一个歪戴着一顶旧军帽，嘴里叼着烟卷儿。进门就嚷嚷："谁是掌柜的？过来一下。"

伙计从后厨把刘孝福叫出来。

刘孝福出来一看这阵势，心里"咯噔"一下，感觉遇到大麻烦了。

刘孝福赔着笑脸，递上烟卷儿问："各位好汉，今儿个啥好日子啊，这么多好汉光临小号。没说的，先抽烟喝茶，等会儿尝尝我的祖传油泼扯面。"

一个黄脸大嘴巴汉子说："宝号开张，我们不敢讨扰。我们翟营长来收捐，公事公办，不吃饭。"

刘孝福不知道收啥捐，忙问："官长，小号刚刚开张，钱还没有赚到，不知道有啥公事？"

翟营长"呼啦呼啦"扇着扇子说："我们是保乡安民营的，来收半年的捐。嘿嘿，你挣钱不挣钱，爷爷我管不着。来吧，交钱，大洋两块。你交钱，我记上账，就各忙各的。"

刘孝福被吓得声音都变了，哀求说："官长，我刚刚开张，面粉还是赊来的，从哪里来的钱？您看，这捐，宽限些日子得成？"

刘孝福心想，撑过今天，求老大刘孝喜出面，看看能不能花小钱躲大灾？

翟营长说："没钱？好办得很哩。弟兄们红苕苞谷面吃了半年了，该吃几天洋面了。来呀，给我搜，寻着面粉搬走顶账。"

说完，一挥手，几个黑衣大汉二话不说，里里外外、上蹿下跳找面粉。

黄脸汉子从后厨搬来一袋面粉喊着："弟兄们，面粉有的是，在后厨，都上手，搬走！"

一帮大汉如狼似虎，小伙计吓得一头扎到后厨不敢出来。孟顺叶要出面阻拦，被刘孝福一身子挡住她说："人要紧，叫人家搬去吧，有啥办法。"

三十七 **如**狼似虎一帮人走了，留下遍地狼藉。

孟顺叶被吓得不轻，掩面痛哭说："这下咋办哩，生意眼看就开不成了。可怜你一片心血白费了。"

刘孝福安慰她说："我大在世时说过，从业容易创业难。为啥这样说？从业养活一代人，创业留下百年基。今儿个遭的这场难，恐怕只是个开始，往后还会有的。你甭伤心了，只要人好好的，馆子总有开起来的那一天。"

孟顺叶眼泪汪汪地问："现在咋办？恐怕米面店赊的账，人家逼着要还哩。"

刘孝福说："我看是个这，你有身子了，劳累不得。我还有几个钱，雇一辆车，把你送回去。一来你在家养身子，二来叫我哥和我三弟来一趟，帮我收拾这烂摊子。"

孟顺叶说："我不走！我要在这里帮你收拾这一摊子事情。把你一个人留在这里，我实在是不放心。"

刘孝福说："你在这里帮不上啥忙，反而叫我担着心。你回去捎个话儿，叫我哥和我弟来，比你留在这里强得多。你要听话，身子要紧。"

正说着话，小伙计来了，怯生生站在门外不敢进来。

刘孝福说："娃呀，你来，我给你说，咱们这就去雇车子，你把你婶子护送回家。"

孟顺叶看刘孝福这样坚决，只好去收拾东西说："也罢，我今黑了到家，叫大哥和三弟连夜赶来。"

刘孝福说："千万甭赶夜路，不太平，出了啥事更不得了。你听我说，叫我哥和我弟明个一大早来。另外，叫我弟带几块钱来，只怕是要还账哩。"

三个人在骡马店雇了一辆驴车，刘孝福眼看着孟顺叶和小伙计上了车，驴车上了官路，这才返回店里。

午饭时分，有几个客人进来吃面，刘孝福挡回去尴尬地说："遇上事情了，今儿个不开张了。"

其他客人纷纷离开了，唯有一位看起来像是生意人的中年男人坐在桌前不走，眼睛矗摸来矗摸去像是有话说。

刘孝福走到他跟前说："老哥，您有事儿吗？"

中年男人说："我刚吃了一回你的面，好吃得很，为啥就不开张了？得是遇上啥事情了？"

刘孝福左看右看，没有发现啥不对劲儿的地方，这才小心翼翼地把面馆遭难的事情说了个大概。

中年男人叹着气说："看来，你是个老实人。只是也太老实了，这样咋能不吃亏？依我看，八成，你是上了圈套了。"

刘孝福吃惊地问："老哥，店面是通过中间人说好的，签字画押交订金手续样样不缺，咋就是上套了？"

中年男人说："这么好的地段，为啥上一家就开不成馆子了？再说，这店面的租金，也便宜得离谱，这样好的事情咋就轮到你了？再说了，你初来乍到，人地两生，米面店掌柜的咋就敢赊账给你那么多面粉？"

刘孝福想了想，还是不明白其中的缘故问："上一家的馆子，是掌柜的打牌输了，才抵给了车马店。米面店掌柜的许是看我生意好，不愁来钱的门路，才敢赊账给我。一来一去，里里外外，都说得通。这里头能有啥圈套？"

中年男人说："这样吧，如果今、明两天米面店掌柜的不来要账，就说明这里头没啥圈套。要是有人紧催着你还账，可就不好说了。依我看，这地方不是久留之地，你尽快收拾烂摊子，早早走人才是正道儿。要不然，多待一天，就多一分不测。"

正说着话，外面闯进来两个人，一个胳肢窝下夹着算盘，另一个手里拿着账簿。

来人一进门就说："我俩是米面店的伙计，掌柜的叫我俩来收账了。您来，我们当面把账算清楚。"

先前来的中年男人起身就走，临出门对刘孝福说："听我一言，是非之地，不可久留，全身而退，才是上策。"

刘孝福对要账的说："我今儿个遭了难，您二位回去给掌柜的说说，账我都认，只是宽限几天。等我哥和我弟来了，我保证清账。麻烦二位了。"

拿算盘的人说："先算账，再说别的。你来看。"

说着，打开账簿，"噼里啪啦"打算盘。

算完了账，打算盘的说："两笔账，一共五块大洋，我们只收大洋不收钞票。你画个押，账就算明白了。剩下的，我哥俩就在这里等着。你一日不还账，加收一成利息。就是个这，你弄茶水给我们喝，我们陪你在这儿等着。"

刘孝福傻眼了，五雷轰顶一般呆呆地不知咋办。

三个人就这样冷眼相对，呆坐两个时辰。

眼看日已偏西，刘孝福无奈地说："要是快的话，我哥和我弟明个后晌能到。晚的话，一两天到不到都不好说。您二位这样干等着，也不是办法。是不是先回去，反正我也跑不了。等我哥和我弟来了，我再去寻你们结账。"

两个要账人对视一眼说："不用麻烦，天黑了有人来给我们送铺盖，晚饭我们自备。你可以忙你的事情，只是不能出门。"

刘孝福胡乱吃了点东西，忙着收拾烂摊子。

那两个要账人吃了自带干粮，天擦黑，有人送来铺盖。两个要账人把饭桌挡在门口，又拼了几张饭桌当床铺，打开铺盖自顾自倒头就睡。

刘孝福忙活半晚上，把锅碗瓢盆都收拾起来，面酱调料也收在筐子里，半夜时分才在后厨歇息。

第二天，刘孝福和要账人死熬，除了喝水，谁也不说话。

晌午时分，听见门外一阵车轮和牲口蹄子声，刘孝福说："快看看，是不是我哥来了？"

要账人把桌子移开，就听见有人在敲门。

要账人把门打开了一道缝儿往外看，猛地一下门被从外面撞开，把要账人撞了个趔趄。

老大刘孝喜裹着一阵风闯进来问："我兄弟在哪里？兄弟！兄弟！"

刘孝喜身后，老三刘孝贤也跟了进来。

刘孝福一看老大来了，扑上去就哭说："大哥，你可来了。我……"

说着，满腹委屈，泣不成声。

老三刘孝贤忙问："二哥，有没有挨打？"

一个要账人撇着嘴说："我们只要钱，不伤人。人好好的，给钱还账就各走各的人。"

刘孝福说："这二位也是伙计，掌柜的派来的。还好，没太难为我。哥呀、三弟，这生意做不成了，赶紧清账走人，往后的事情再慢慢商量。"

老大脸上挂不住了说："啥？刚开张就走人？没那么回事。我们可是交了钱的。我去弄个明白。就是要走，也得把订金退了。"

一个要账的说："抢走你们家面粉的，是吃二道粮的，和别人没关系。你有能耐，寻二道粮翟头儿去。"

老大不懂啥叫"吃二道粮的"，要账人给他解释半天，老大才明白说："妈日的，这不是明抢吗？欺负到我头上来了。哼！看我寻他们算账去！"

刘孝福吓得赶紧拦住老大说："哥呀，你可不要寻那些人去。你要去，也只看看有没有熟人，疏通关节，把咱的面粉要回来就成了。我看，把面粉要回来，就算还了账，咱们收拾东西回家。这里的生意，实在是做不成了。"

老三也说："强龙不压地头蛇。哥呀，能疏通关节最好，轻易不说硬话，万万不可动手。"

老大说："那好吧，你们在这里等着，我去寻几个兄弟帮忙。"

一个要账人说："这样最好。你能把面粉要回来，面粉顶账也成。我们在这里等着。"

老三说："哥呀，你去吧，我和二哥在这里等着。要是一个时辰你回不来，就是动下烂子了，我和二哥再去寻你。大哥，你明白我的话吗？"

老大不耐烦地说："你们不就是怕我吃亏吗？放心！妈日的，看谁硬过谁？"

老大一阵风似的跑了，几个人关起门来死等。

也就是半个时辰，外面传来敲门声。

有个人边敲门边喊："快开门！快开门！"

老三赶忙开门，只见两个穿短衣短裤的年轻人搀扶着老大一瘸一拐地走了进来。

刘孝福一看，老大衣裳被撕烂了，脸上青肿挂彩，惊叫一声问："哥呀！你这是咋了？"

搀扶老大进来的年轻人先后把事情说给刘孝福听。

原来，老大寻了两个兄弟，直接到营部要面粉。尽管两个兄弟死活劝说不要动手。但是，老大还是忍不住动了粗，被五六个"吃二道粮的"壮汉摁倒打了一顿。

老三刘孝贤摇头叹气，埋怨老大不识时务，在人家的地盘上动手，吃了眼前亏。

两个要账的幸灾乐祸地说："看看看，不听人言，吃亏眼前。别的不说，赶紧还钱。"

刘孝福沮丧加害怕，问刘孝贤带没带钱来。

老三刘孝贤说："钱是带来了，不知道够不够？"

要账的摊开账簿说："大洋五块。另加一天利息，给五块五。半个光洋就不要了，换成钞票，给十块钞票的利息。"

老大一听，顾不上疼痛，从凳子上蹦起来骂道："妈日的，欺负人哩，半天时间，凭啥要利息？你们狗眼看人低，是不是看我吃了亏，狗咬败仗？我给你说……"

说着，老大在后腰摸来摸去。

一个弟兄看见了，忙把"独撅"递给他说："哥呀，刚才在营部，我怕你出事，趁你不注意，把家伙什儿下了。给你，在这里用没事的。"

老大接过"独撅"，点着那个打算盘要账人的脑门说："要利息？给你个花生米要不要？老二，看看账对不对？多加一分钱，我就要动手了。"

刘孝福赶紧说："五块钱的面钱就对着哩，利息是他们胡要哩，我没答应。"

老三打开包袱说："正好，我带的钱正好够。"

老大说："给钱，五块。平账，滚蛋！"

要账的两个人对看一眼，先后点点头。

要账人走了，弟兄三个和另外两个好汉商量事。

刘孝福说："哥呀，收拾东西走人。这里不是好人待的地方。"

刘孝贤说："这明显就是个圈套，大哥，我们上别人的圈套了。也怨我盘算不周密，没有提前看出破绽。"

刘孝喜说："都怨我，没把事情打听清楚。我看是个这，狗日的姓翟的不是个东西，八成是他设计害人哩。这笔账还要算的，迟早要他加倍偿还。只是眼前，恐怕还是早早收拾东西回家。妈在屋里急得不吃不喝的。是个这，你们先走，我留下来要订金。不能白白吃了这个亏。"

老大的两个好汉兄弟劝说："大哥，您先走，订金的事情，我们来要。一准给您要回来，分文不少。要不然，您在这里，我们施展不开手脚。"

老大听了垂头丧气不再言语。

几个人动手收拾东西装车，刘孝福和刘孝贤搀扶老大上车。

老大挣扎着说："我还要赶车哩，你们都不会使唤牲口。走些！"

车子正要走，刘孝福问："小伙计人呢？咋不见他了？"

老三刘孝贤说："车一进村里，他就要走。给了五毛钱工钱，放走了。"

三十八

刘孝福开馆子铩羽而归，赔掉了老本儿。回到家里一连好几天垂头丧气打不起精神，还没有想好下一步咋办，却发现母亲灯芯的腿似乎越来越沉重了，走路拖着地，挂拐棍都很费力气。

刘孝福说："妈呀，你的腿不对劲儿哩，咋越来越不好了？赶明带你去黄店子，叫张先生号脉开方子。"

灯芯说："恐怕是老病根儿了，啥方子都不顶用。年轻时这条腿就不好使，这会儿老了，不花那个冤枉钱了。对了，生意做不成，往后咋办哩？你媳妇有了身子，行动不方便，这一年半载的，你就甭胡折腾了，多在家待着伺候她。"

孟顺叶说："妈呀，这一家子，吃穿用度也不是个小数目。不想办法挣钱，咋养活家？馆子开不成，给人当厨师也成。"

刘孝福说："等我和老三商量商量再说。"

正说着话，老大刘孝喜来了，进门就喊："二弟，有个挣钱的场子，你干不干？"

灯芯说："老大，你再甭给你二弟胡出主意了，你看你叫他开的馆子，老本儿都赔光了。"

老大尴尬地笑了笑说："妈呀，你就甭打我的脸了。二弟开馆子没弄成，都怨我没把底子弄清楚，上了别人的圈套了。给你，二弟，这是你的订金，要回来了。"

老大把一块光洋放到桌上，刘孝福问："哥呀，人家咋会这么痛快就把订金退回来了？"

刘孝喜说："妈日的，往外吐钱，谁都不会痛快。还是来硬的管用。"

刘孝福问："哥呀，你说有啥挣钱的场子？"

刘孝喜说："赤水镇有个姓宋的大财东，做布匹生意，六月初六给他妈过八十大寿，请了戏班子，要大过三天。人家有钱，请各路大厨做山珍海味大席。你去不去？"

刘孝福问："我去，是红案还是白案？给多少工钱？"

刘孝喜说："红案人家从省城请了名厨，白案也有了。你只做一道拿手主食，就是长寿面。"

刘孝福高兴地问："做面，能成。人家给多少钱？做几天？"

刘孝喜说："前三天后三天，还有正日子一天，连来带去七天。工钱一块光洋。要是赢了的话，还给一块钱赏金。"

刘孝福疑惑地问："哥呀，这是做面，又不是打牌，做啥论输赢？"

刘孝喜说："要不说有钱人耍的大。不知道谁给宋财东出了个主意，说是要弄'三对台'。嘿嘿，我也是头一回听说。"

刘孝福问："啥叫个'三对台'？"

刘孝喜说："就是唱对台戏，摆对台宴，吃对台面。看把他的，这一回该你发财了。做面，谁还能是你的对手？这一块钱赏金，你稳稳当当挣回来。"

刘孝福瞪大眼睛说："这样的事，我还是头一回听说。哥呀，你是咋知道的？"

刘孝喜说："本来，是几个兄弟揽下来的营生，到时候给人家看院子护场子。没承想还有你挣钱的机会。嘿嘿！"

刘孝福说："能成，还有几天时间，我备点料，到时候还上油泼面酱扯面。潼关开眼面酱，我还存着几罐儿哩，这一回可有大用处了。"

灯芯插话说："好是好，可是，你们一走就六七天，豆颗儿身子沉了，又天天闹口，我腿又不方便，谁伺候她呢？"

刘孝喜说："又不是怀龙珠抱凤胎，没那么娇贵。一天三碗饭就成。二弟，就是个这，你备好料，等着一起坐车走。"

提前四天到了赤水镇，夜里喝了汤，财东家的管家上官召集各路大厨开会。上官说："正日子是初六，明儿个起，前三天常席，招待远道而来的亲戚。冷荤酒菜十三花，主食是长寿面和发面寿桃。初六是正日子，'唱对台戏，摆对台宴，吃对台面'。后三天答谢各方朋友，还是十三花。现在，我把规矩给大伙儿说一下……"

前三天都是常宴，虽然忙碌，却也波澜不惊。到了正日子，着实让刘孝福大开眼界。

对台戏刘孝福看过的，就是两台戏班子，面对面搭台，唱同样的剧目，戏散场的时候哪家戏台子下面观众多哪家获胜。对台宴也大概差不多，一样的菜码，客人喜欢哪家的菜就把手里的赤红豆放到哪家的盆里，完了点数，多者获胜。

就数这对台面最特别，以碗取胜。客人喜欢哪家的面，就把吃完饭的空碗放到哪家灶前。

一家是西府来的姓年的拉面大厨，他的绝活是"一根面"。年大厨有文化，说自己的拉面"一头在东海，寿星老福如东海。一头在南山，寿星老寿比南山"。

话是这样说的，场面也确实引人入胜。只见年大厨在后院拉出一根面来，在汤锅里煮熟，又被人拉着穿过正屋厅堂，走到前院彩棚底下，在食客的碗里集聚，一碗又一碗，那一根面如丝如缕，绵延不绝，围观者、品尝者人山人海，叫好声排山倒海。

刘孝福嘴笨，自己的面除了那句"祖传油泼面酱扯面"以外，就没有什么说法了。

眼见得年大厨的拉面赢得满堂彩，刘孝福不免心发虚。他只是更加卖力扯面、捞面、拌面，虽有几个围观叫好的，阵势微弱了许多。

这场对台面，从黄昏一直进行到掌灯时分。年大厨灶前里三层外三层摆满了空碗，刘孝福灶前的空碗稀稀拉拉没有几个。

就在上官管家数碗论输赢的时候，戏剧性的一幕发生了。

听说对台面结束了，一大群人"呼啦"一下从彩棚拥到后厨，个个手里举着空碗，嘴里嚷嚷着还要吃面。

还有一群人尚未吃到刘孝福的面，听说比赛结束了，手里拿着干干净净的空碗找管家上官"算账"。

人多天热，又眼看着惹出事情来，管家上官站在凳子上，手卷成喇叭筒高喊："各位贵客，各位乡党，千不怪万不怪，怪我预备不足，两个面点大厨和的面，都用完了。现做又来不及。我看是这向，喜欢吃拉面的，站到东边。喜欢吃扯面的，站到西边。我得先分出高低，论个输赢，明儿晌午，再安排做面，到时候我备足料，管饱！"

人群"呼啦"一声分列两行。不用数，一眼就看出来，刘孝福获胜。

年大厨脸上挂不住了说："光算人不成，我跟前还有这么多空碗。一个空碗一个人，都算上。"

管家上官又安排人数空碗，数来数去，连带空碗和人，都是刘孝福获胜。

就在上官要宣布对台面结果时，年大厨突然大喊："乡党们甭走，我还有绝活哩，各位开眼。"

年大厨从围裙兜兜里掏出鸡蛋大一块面团说："我的拉面，能穿针引线。

各位，看到热闹处，叫个好，站个队，促红促红我。我这里给大家作揖了。"

年大厨变戏法一样，把这团面揉来搓去，拉来拉去，转眼之间就成了头发一样细的面丝儿。又从胸前围裙上拔出一根针来，一穿一拉，面丝穿过针眼儿。年大厨顺手抓过一块抹布，在抹布上穿针引线，不一会儿的工夫，抹布上密密麻麻布满面丝针脚。

人群中爆发出一阵叫好声，纷纷移动脚步凑到年大厨跟前。

年大厨得意地说："管家大人，您现在再数数人。"

管家上官说："你甭急，看看人家刘大厨服气不服气？"

刘孝福不慌不忙，从案板底下的盆里拿出拳头大一块面团说："本来，这块面团我要留着下一回用的。我家祖传扯面，就像蒸馍要酵面头一样，上一回的面头，下一回和面用。这样续新延旧，这团面少说也有五六十年了。我家的扯面，不比粗细，比的是劲道儿。各位看好了。"

说着，双手抓住这团面扯开来，又合上，如此反复几次，面团就变成二指宽、一筷子厚的面条儿。一扬手，面条儿一头"唰"飞上眼前的二道梁，又垂了下来。刘孝福把面条挽了个圆环说："谁帮个忙，抓住面环儿荡秋千？放心，摔不下来的。"

人群屏息静气，鸦雀无声。

有个膀大腰圆的小伙子摩拳擦掌，走到二道梁下，伸手抓住面环，双脚一蹬腾空而起，身子在半空飘来荡去。

人群中惊叫声、鼓掌声、呐喊声此起彼伏。

小伙子下来了，年大厨不服气地说："照这样说，他这面条比皮绳子还结实，吃到肚子里能消化得了吗？要是把人吃出毛病来，不得了。"

管家上官也问："对呀，你这是面条还是皮条儿？吃下去克不了不就落下病根儿了？"

刘孝福二话不说，伸手抓住面环，使巧劲儿，"啪"的一声，面条就断开了。

刘孝福说："这是生面，煮熟了就散了五分劲道，再配上我们家的油泼面酱，入口挽缠，进肚就化了。对了，刚才不是叫大家喝面汤了吗？还有原汤化原食一说哩。"

人群中议论纷纷，管家上官一时难以分出胜负。

正在为难，宋财东搀扶着身穿一身红的老寿星来了。宋财东宣布："今儿个的对台面，寿星两样都品尝了，都喜欢哩，也就不分胜负了，都是赢家。管家，赏！"

三十九 刘孝福做厨活挣了点钱，正盘算着下一步做点啥事情养家糊口，老三刘孝贤就来借钱了。

灯芯说："老三，你这娃真不懂事。你大嫂快生了，你二嫂明年春天也要坐月子，花钱的地方多得很哩，你咋忍心拿你哥的救命钱？你大在世就说过你，不要净想着靠歪门邪道挣大钱，应该寻个正儿八经的事来做。"

老三说："妈呀，不是我不懂事，您看这世上，老实巴交的人谁能过上好日子？古人都说：'人之情多矫，世之俗多伪。'我现在牌技精得很，十拿九稳赢钱。只是本钱太少，来钱太慢。我要是有个十块八块的，没准儿一晚上就能赢来一座房子。"

刘孝福说："兄弟呀，我手头有几块钱不假，可是，你看妈这腿，病得越来越重了，我还想着给妈看病抓药哩。再说了，我给人家做厨活，扯面是招牌，面酱是绝招。现在，从潼关带回来的面酱没有了，我还要想办法到潼关，寻瓷锤哥弄面酱来。"

老三听了，沉默一会儿说："哥呀，你说得对，给妈看病要紧。妈这腿走动不利落，我看还是把张先生请到家里来。"

刘孝福说："那还是我去请吧，正好还有事情向先生请教哩。"

老三说："我去打听一下，看看东头刘财东他妈啥时候复诊，到时候请先生来一趟也就是了。反正又不是啥大病，拖一半天不碍事的。"

205

孟顺叶说："先生来了，也给我把把脉，我咋觉得浑身没力气。"

灯芯说："你有了身子，一天到晚粗茶淡饭，连个肉星儿也见不上，身上咋能有力气？老二，回头割点肉来给你媳妇炖汤喝。"

老三见状说："妈呀，你们在着，我走了，还要到小郭村赶场子哩。今黑了，我还不准备大赢，放长线钓大鱼。等我有了本钱，再来大的。刘老麻这段时间手气不错，每回都赢一点儿，这几天正和我较劲儿哩，我给他点甜头儿，寻机会把他家的房子挣回来。"

老三走了，灯芯瞅着他的背影说："这娃儿，浑身心眼儿，就没有一个长在正经地方。"

隔了两天，老三刘孝贤果然把张先生领到家里来给灯芯看病。

张先生给灯芯把完脉，嘴里说着："无大碍。"却把刘孝福叫到一旁神色忧郁地说："令堂脾肾两虚，脉浮且迟。非大补不足以去危势，需大阳或期许固元本。方子可开，只是……"

刘孝福听不大明白先生这些话，老三刘孝贤说："先生但说无妨，无非是用到稀缺药石，靡资遭费。"

张先生点点头，坐下来开方子说："记住，人参鹿茸，应以县城和圣堂为首选。"

刘孝福接了方子，又请先生给孟顺叶把脉，说是有身孕，浑身乏力。

先生给孟顺叶把完脉后神情轻松地说："如珠滚滚来，似往却向前。滑脉，无须用药，果蔬佐以荤腥保胎。"

老三刘孝贤听了先生所言，喜笑颜开说："哥呀，你好福气。先生说嫂子身孕，一切正常，不需用药，吃点肉就好了。"

几个人坐下来说话，刘孝福说了他被抓壮丁以来的种种遭遇，先生感叹世事如窖，深不可探。

然后，先生神神秘秘地说："有高人夜观天象，东方倭星昏暗，贼寇气数将尽，华夏时转运来。苦熬保平安，万事忍为上。"

送走了张先生，老三刘孝贤说："先生说话，也有前后相左之时。嘿嘿，上一句说世事深不可测，后一句又说华夏时转运来，到底哪一句可信。这方子，哎呀不好……"

刘孝福听老三说不好，忙打手势使眼色，把他拉到屋外问："咋了？得是方子不成？"

老三说："哥呀，不是方子不成，而是这方子上的药，一般人家根本就用不起。你看，人参二两重，鹿茸一两，还只是十服。粗粗估计，一服药，得一块光洋。这不要命吗？"

刘孝福听了也傻眼了说："从哪里弄那么多钱？这可咋办？"

老三说："哥呀，我说句话你可不要生气。我看先生这意思，咱妈这病，八成是治不了。你想啊，这么贵重的药，一般人家根本就吃不起，咱家的情况他也不是不知道。他既然知道，为啥开这么金贵的方子？"

刘孝福说："能开方子，就是还有救。砸锅卖铁也要给妈看病。要不，咱当儿子的，咋给地下的老父亲交代？"

老三刘孝贤说："我看是这样，回头和大哥商量一下，能不能悄悄去寻张先生，换个方子，用平常药，把人命先保住。等咱有了钱，再往好里看。"

话说老三刘孝贤寻张先生换了药方，孟顺叶每日给婆婆煎药服侍，灯芯的病不仅不见好，反而一日沉似一日。

好药用不起，老三刘孝贤下了决心，一定要想办法多挣钱。

他想出来的所谓好办法，还是去牌场子。

一日傍晚，天气闷热。老三刘孝贤找老大刘孝喜说："哥呀，今黑了我有把握弄大钱来。记住，鸡叫三遍，你带着硬家伙来牌场子。你到了后不问长短，亮家伙镇住众人，拉起我就走。"

老大刘孝喜问："这段时间你赢没赢本钱来？没有本钱，你咋赢大钱来？"

老三说："没办法，我要盖房子，妈要看病抓药，都得要钱。我从雷关寨钱庄借了十块光洋，月息二分。"

老大被老三的话吓住了，颤抖着声音问：“兄弟呀，你吃了豹子胆不成？钱庄的钱，你也敢借？那些人都是吃人不吐骨头的货。再说了，你拿啥抵押？”

老三说：“我把自己抵押出去了。两个月不还钱，自甘给钱庄理账，十年分文不取。”

老大吐吐舌头说：“兄弟呀，看不出来，你比哥还狠。你都敢把自己抵押出去，真是豁出去了。也好，妈日的，这年头，舍不得娃娃套不住狼。我也豁出去一回，保你平安回来。来来来，咱们再商量一下……”

夜里，老大护送老三到小郭村牌场子。眼看着老三背着大洋进了门，老大蹑手蹑脚出村等着。

牌场子，顶上吊洋油灯，下面三桌“麻雀牌”。十几个人有看的有上场子的，屋里烟雾弥漫，热气腾腾。

打了半夜牌，老三跟前的十块光洋输掉了五块，刘老麻大赢，连光洋带钞票把钱布袋装得满满的。

打着打着，刘老麻打着哈欠说：“最后一圈。妈日的，眼都睁不开了。”

刘孝贤说：“老哥，规矩你懂不懂？散场不散场，输家说了算。咱们这桌，就我输得多。是个这，鸡叫三遍，不管输赢，都散场得成？”

刘老麻斜眼乜视刘孝贤说：“你娃子就这点能耐，还敢和我上劲儿？再打三圈，你跟前的钱还是姓刘不假，可都是我家的了。嘿嘿，同宗同族，我也不忍心把你弄得太惨。你要是后悔，还来得及。你要是一条道儿走到黑，我们可就不客气了。不把你弄成个精沟子，光身子，给你外甥当孙子。”

扁家村保财说：“有钱不挣王八蛋。他不是还有几块钱吗，都归我了。来来来，摸牌。”

鸡叫三遍，老大刘孝喜飞身翻过院墙，躲在牌场子门外水缸边上等消息。

人困马乏，看场子的也都回到屋子打盹儿。

老三刘孝贤把跟前的五块光洋推到桌子中间说："妈日的，我今黑了手气坏得很。干脆，最后一把，输光了算毬了。来来来，最后一把，不管输赢都散场咋向？"

刘老麻说："能成！就这样弄，弄来弄去，弄干弄净，这就是你娃子的命。"

刘孝贤说："最后一把，还是老规矩，双压单，夹翻番，点炮的，一输三。"

这是本场子最大的赌注了，四个人都像打了鸡血一样兴奋，一个个脱去上衣，光着膀子，汗流浃背，脸红脖子粗。

别的牌桌的人都停了手，纷纷过来围观。

牌过三手，刘孝贤似乎手气不好，摸一张打一张，也不吃也不碰，一个劲儿摇头叹气。

却看上家，刘老麻早早停了牌，其他两个人一会儿吃，一会儿碰，忙得不亦乐乎。

眼看得牌所剩无几，又轮到刘老麻上手了。只见他右手食指划下来一张牌，大拇指甲撬起一道缝儿，拇指肚伸过去摸了摸，紧张得大张着嘴，鼻孔忽闪着，嘴角的八字胡抖动着。紧接着，一翻手腕，把牌亮开喊了声："五筒！自摸！"

刘老麻这里声嘶力竭，以为自摸。没想到挪开手却是六筒。

刘老麻颓然落座，油汗顺着脑门儿直往下流。

保财说："亮了就得打，不打就得罚。你咋办哩？"

刘老麻有气无力地说："又不胡，又没用。打咧就打咧，反正给谁都没有用。"

保财说："对我没用，想来对谁都没用。往下走。"

刘孝贤说："对大家都没用，我看看是不是对我有用。嘿嘿。"

说着，把手里的牌翻开说："各位看清楚了，五七筒夹六。我赢了！"

刘老麻忽地跳起来喊："不能的。你个狗日的。你前几把打出去过六筒，咋又能赢六筒？日鬼哩，我不服！"

刘孝贤说："把戏人人会耍，我也只会这一把。你不服？好好好。牌保儿来判！"

场主儿和牌保儿都来判，一眼看去，输赢立明。

刘老麻一身子坐到地上耍赖，鬼哭狼嚎。

其他两个人先后说："点炮的输三家。我们输的，他包赔。"

牌保儿把桌上的光洋数好分好问："还耍不耍？输家说了算。"

刘老麻疯了似的从地上蹦起来喊："妈日的，来来来，我还要来。我没钱了，叫人写字据。我把房子压上，顶二十块光洋。"

场主儿冷笑一声说："输光老本儿的见多了。输老婆的，输娃娃的，输妹子的，就没见过输房子的。来人，笔墨伺候。"

立了字据，画押做保，又洗了牌，接着开张。

这一局更干脆，牌未过两手，刘老麻战战兢兢打出一张"八万"，就听刘孝贤"啪"把手里的牌摊到桌上说："别的都不算，我只赢你八万。吊八万，胡了！"

四十　话说刘孝贤大赢，把写好的契书揣进怀里，牌保儿也替他收了光洋，一旁的刘老麻输红了眼，抡起拳头，一个"黑虎掏心"朝刘孝贤心窝子打来。牌保儿眼疾手快，一个扫堂腿把刘老麻踹倒在地，又被场主儿一脚踏在身上骂道："你个狗日的，愿赌服输的规矩都不懂？你这样乱踢乱咬，坏了我的名声，以后谁还敢来？"

这边摁住了刘老麻，那边保财看着桌上的光洋袋子双眼喷火。趁人们不注意，一把抓过来扭头就跑，又被另一个牌保儿拽住了。

眼看难以脱身，刘孝贤情急之下喊道："哥哥救我！"

话音未落，大门从外面被踹开，老大刘孝喜卷着狂风冲了进来。他抬腿就是一脚，踹在了保财的心窝子，保财"妈呀"一声仰面朝天倒下去，手里的钱袋子被刘孝喜一把抢过来。接着，刘孝喜一手抓钱袋子，一手挥舞着"独撅"，威风凛凛。

混乱之中，谁也没有注意到，一个黑影悄悄溜了出去。

他就是和刘孝贤一个桌上打牌的仝还游。

控制住了局面，牌场主儿说："该走的快走，看热闹的开溜！"

脸色煞白的刘孝贤不知所措，却见刘孝喜一个闪身把他挡在后面，挥舞着"独撅"边往回退边喊："谁乱动就吃我的花生米！"

哥俩后退着出了门，扭头就往村外跑。

跑到岔路口，刘孝贤气喘吁吁问："哥呀，走小路还是走大路？"

刘孝喜停下脚步，朝身后瞅了瞅，发现并没有人来追。他喘着气儿说："兄弟，契书在你身上吗？"

刘孝贤说："在哩！钱！钱袋子没有了！"

刘孝喜扬了扬手里的钱袋子说："在我这里哩。兄弟，咱俩分头走。你拿着契书走大路，我拿钱袋子抄小路。记住，你回村子后先到我家里去。"

刘孝贤说："哥呀，我一个人走，怕怕哩。有人劫道儿咋办？"

刘孝喜说："兄弟甭怕，哪里会有人劫大道儿？走你的。你悄悄走，我在小路上弄出点动静来。有人来撵，听见响动就会朝小路上去的。"

说完，刘孝喜猛地推了刘孝贤一把说："快走！"

刘孝贤朝大路跑去，刘孝喜扭身上了小路。

刘孝喜不紧不慢走着，尺把宽的小路，两旁稀稀落落分布着大大小小的坟墓，还有高高矮矮的柏树。

刘孝喜不免胆怯。他壮了壮胆子，张嘴大吼"乱弹"：

呼喊一声绑帐外，

不由得豪杰笑开怀。

某单人独骑把唐营踩，

直杀得儿郎痛悲哀。

遍野荒郊血成海，

尸骨堆山无处埋。

小唐儿被某胆吓坏，

马踏五营谁敢来

……

正唱得兴起，却忘词儿了，嘴里胡乱哼哼着，眼睛却不住地向四周暂摸。

眼前就是"乱交坟"，三五株一人多高的"瓮瓮柏"翁仲一样直立两旁。

刘孝喜疑神疑鬼，却不敢大步快跑。他担心刘孝贤还没有到村子。

他有一种不祥的感觉，今晚一定会发生啥事情。有他在这里吸引着，三弟也许会安全一些。

正想着，耳边忽然传来"啪啪啪"的鼓掌声。

刘孝喜被吓了一跳，手里的"独撅"左右横扫，颤抖着声音问："谁！是人是鬼？"

掌声落，两个大汉从柏树后面闪身出来。

刘孝喜一看就知道大事不好。

这两个人都穿着夜行服，蒙着脸，只露两只眼睛。

来人闪面，迅速动作，一前一后把刘孝喜夹在中间。

面前的大汉张口说话，声音"嗡嗡"的像是从洞穴里发出来的，瘆人得很：

"这一出《斩单童》昂扬得很哩，赛过周辅国，气死田德年，不输振西北。唱！接着唱，把戏唱完再动手。"

担心的事情发生了，刘孝喜反而冷静下来。他想着，在这里拖住这两个家伙，三弟就多一分安全。

刘孝喜拿"独撅"指着来人说："看把他的，只说是怕怕地里有鬼哩，却蹦出来个大活人。你是谁？做啥的？识相的闪开，瞎眼的吃花生米。"

面前的大汉冷笑着说："是条汉子。死到临头还不服输。要钱还是要命？你看着办。要命的话，留下钱袋子和契书，走你的人。要钱的话，小命留下。"

说着，和身后那个汉子挪动脚步，就要动手抢钱袋子。

好个刘孝喜，猛地一弯腰，就地往后一拱，后面的人不防备扑倒在他后背。又一个蹬腿，扛起那人扔到前面，砸在了前面大汉的下半身。

前面的大汉一个趔趄站立不稳，刘孝喜手里的家伙冲他的面门搂了火儿，只听"啪"一声爆响，一粒子儿擦着大汉的脑门子飞了出去。

刘孝喜不管死活，拔腿就跑。一边跑一边着急忙慌给"独撅"上子儿。

刚刚跑出去几步，猛听身后一声炸响，刘孝喜浑身一震，双腿发软，踉跄几步栽倒在地。

两个大汉围上来，其中一个踢了踢刘孝喜说："妈日的，不知死活的东西。跑！我再让你跑！"

另一个说："是条好汉，可惜手里的家伙不得劲儿。都啥年月了，还用这种不顶用的家伙什儿，怪不得哩。哥呀，快搜身上，看看契书在不在？"

两个大汉把刘孝喜浑身上下翻了个遍，没寻见契书。拿了钱袋子，嘴里骂骂咧咧走了。

刘孝喜心里明白，怕人家再动手，屏息静气装死。

话说老三刘孝贤一路快跑，上气不接下气儿刚一进村，远远地传来两声炸响。

他喊一声："不好！"脚底下踩了电门一般狂奔。

他没敢回自己的家，而是跑到老二刘孝福家后门，挥拳一阵捶门：

"哥呀，快开门！快开门！"

刘孝福睡得迷迷糊糊，被猛烈的敲门声惊醒，翻身坐起来，胡乱摸衣服。

孟顺叶也被惊醒了，摸索着划亮火柴点着灯。

刘孝福披上衣服，跳下炕去对惊恐不已的孟顺叶说："你甭动，我看看。像是三弟的声音。"

刘孝福开了门，被老三刘孝贤一把抓住衣襟说："哥呀，大事不好！大哥遇上事情了，赶紧救人！"

刘孝福赶紧捂着他的嘴说："甭嚷嚷，吓着妈了！咋了？"

刘孝贤断断续续说了几句，刘孝福拉着他就跑说："赶紧！多叫几个人一起去！"

两人拔腿就跑，却听见身后传来母亲灯芯颤抖的声音问："老二！得是老三来了？老大出啥事情了？"

刘孝福顾不得回去安慰她，回头朝屋里说："妈呀，你睡你的觉，没啥大事，我和三弟接我大哥去，马上就回来。"

刘孝福和老三刘孝贤挨家挨户敲门，叫起来七八个人。大伙儿扛着磨条子，点着灯笼火把，出村沿着小路寻找过去。

灯芯预感大事不好，挣扎着下炕。爬到炕沿儿上，头朝下栽倒在地。

再说刘孝福和刘孝贤带着人，出村顺小路走出去一里多地，就瞅见趴在地上的老大刘孝喜。

刘孝福一见，大喊一声："哥呀！"扑上去查看。

老三刘孝贤也蹲下身去，就着灯笼火把的亮光，看见刘孝喜脖子上血淋淋的，心里一惊，就哭出声音来："哥呀，都是为了我。你可要好好的呀，你甭吓唬我们……"

众人上手，把刘孝喜抬起来往磨条子上放，却看见刘孝喜一骨碌翻身坐起来笑着说："妈日的，没事的。狗熊货没准头，铅子儿擦着脖子皮儿了。"

刘孝福赶紧把老大摁倒说："哥呀，甭说话，送你去黄店子诊治。"

老三把身上的汗衫脱下来，"嗞啦"一声撕开，胡乱裹在老大脖子上说："大哥，没事的。你好好的，这就送你去寻张先生去。"

老大躺在磨条子上说："抬我走，两个人就够了。乡党们就回家吧，谢谢了。赶明个我好了，请大家吃碗碗肉喝烧酒。"

老二和老三抬着老大穿村而过，乡亲们被劝说纷纷回家歇着去了。

弟兄两个抬着老大，一步一拐赶到黄店子，天已经大亮了。

张先生老伴儿刚打开大门，就看见两个人抬着一个人朝这边走来。仔细瞅瞅，认出来了走在前头的刘孝福，扭身朝门里喊："有病人来了！当家的，有病人来了！"

张先生一向有早起习惯。此时，他已经洗漱完毕，正在后院练拳脚。

听见老伴儿喊，老先生急忙朝外面走来，刘孝福和刘孝贤抬着老大进了门。

把人抬进诊室，放到床上，张先生揭开包布，看了看伤口说："擦皮破肉，无关大碍。"

说完，忙着给老大擦伤口上药包扎。完事以后说："红伤药膏三管，抹完即可。伤者行走自如，不必太过小心。"

听说老大没有大事，老二、老三弟兄两个长出一口气。老大抱拳说："先生神医，真正的神医！别的不说，诊费一定不能少。"

弟兄三个摸遍身上，都找不出钱来。老大尴尬地说："钱都在袋子里，被人抢走了。隔天来送钱。"

三个人谢过张先生，急急忙忙要走。张先生指着脚边的磨条子说："农具带走，耕种为要。"

老三弯腰把磨条子抓起来，弟兄三个一前一后出了门。

三个人到了村外，看见刘孝福西邻"刘大烟袋"长腿大步向他们走来，远远地就喊："老大！我正要寻你们哩，赶紧回家看看，你妈快不行了！"

四十一

弟兄三个急急忙忙跑回家，母亲灯芯已经被邻居抬到炕上，孟顺叶怀着身子坐在一旁手足无措。

刘孝福爬上炕，抱着灯芯的头哭喊摇晃，却见灯芯双目紧闭，脸色发灰。

老大刘孝喜急得在地上走来走去地说："快叫先生来，快把人往外送。快快快……"

老三刘孝贤上了炕，掐了掐母亲的人中，毫无反应。又拿手指头在母亲鼻子底下试了试，不由得痛哭失声说："老人家升天了，我的亲妈呀！"

邻居"刘大烟袋"老伴儿伏婶子说："我们听见顺叶儿哭喊，过来一看，人倒在地上已经昏迷了。抬到炕上又掐又揉才醒来了，说不了几句话就又不成了。真是的，命苦。"

刘孝福哭着问孟顺叶："妈临走都和你说了些啥？"

孟顺叶还没有从惊慌中缓过来，断断续续说："只是说，老老实实过日子，甭胡来。还说杀一只鸡……"

众人都不知道"杀鸡"是什么意思，伏婶子说："老讲究了，说是一家人三年里边死了两个人，就会死第三个人。要杀一只鸡给阎王爷换命哩。你大走了不到三年，你妈是担心你们几个谁再有个好歹，就是个这。"

老三刘孝贤嘴里嗫嚅着："老老实实，甭胡来。这是说我哩，我有罪哩，不肖子孙是也。"

一阵跑一阵急，老大刘孝喜脖子上的包扎布挣开了，血顺着脖子往下流，疼得他咧着嘴直吸凉气说："妈呀，你叫你娃好好过日子，甭胡来，你娃记下了，慢慢改……"

人死如灯灭。弟兄们免不了四处举债借钱，置办材木老衣，埋葬了母亲。

到了"三七"，夜里烧了纸，喝了汤，弟兄三个坐到一起商量事情。

老大刘孝喜说："老三，你从钱庄借的钱，是不是该还了？"

老三刘孝贤忧愁地说:"还有半个月,要是还不上,我就得给人家熬活儿云。"

老二刘孝福说:"可是,从啥地方弄那么多钱来?"

老大说:"老三上一回赢了不少,可惜让贼娃子抢了去。那天夜里要是让老三背着钱就好了。把他的。"

老三说:"大哥,甭埋怨了。当时也想着说两个人分头走,遇上事情至少能保一头。现在想想,还是对的,你甭丧气了,赶紧商量往后咋办?"

老大问:"三弟,你连本带利,要还人家多少钱?"

老三说:"月息二分,不计复利,连本带利十四块光洋。"

老大又问:"刘老麻家的房子,一共值多少钱?"

老三嘴里算来算去一会儿才说:"三间火房,四间厦房,都是一水的松木,一马跑到头的椽子,一砖到顶的青砖,还有房顶上的筒子瓦。都拆了卖的话,少说七八十块光洋。人家咋说也曾经是大户人家,瘦死的骆驼比马大。"

老大喜笑颜开说:"三弟这笔账,算得我心里越来越亮堂。拆了房,还了账,还剩下不少。够你盖三间伙房了,还能剩下一些哩。可是,你家的庄子就一间半宽,三间火房咋盖哩?"

老三刘孝贤说:"这好办。西邻家也是一间半宽的庄子,我们说好了,盖房的时候两家合在一起,都是三间宽,南北一家一半儿。一家出南门,一家走北门。"

老二刘孝福担心地问:"哥呀,账是这样算,凭一纸文书,就能拆人家的房吗?人家耍赖咋办?再说了,这也是把人家一家人往绝路上逼,结仇人哩。对了,妈抬埋那天,刘老麻还来随礼了。乡里乡亲的,咋样下得去手?"

老三听了,面带愧色,低头不语。

老大手捂着脖子问:"三弟,你过去常说的一句话,啥害啥祸啥样来着？你再说一遍我听听。"

老三说："古人说的，叫作'为害常因不察，致祸归于不忍'。说的是人被人害，是因为事先没有察觉。人给自己惹来祸端，是因为心肠太软的缘故。咋了？你问这个做啥用？"

老大一拍大腿说："对着哩，对得很哩。你们想啊，我要是事先知道贼娃子抢钱是带着快火，而不是刀啊棍子啥，就会把钱袋子埋在一个地方，事后再来挖走不就好了？现在，咱们都在难处，该要的要不回来，或者说不忍心要，是不是就该咱弟兄们遇上祸了？看把他的，这个叫作啥古人的货，精明得很哩，说得太好了。三弟，这个人在啥地方？我要去拜师哩。"

老三哭笑不得说："古人，是古时候的人，不是姓古的人。说这话的人，死了上千年了，你到哪里拜师去？"

老大尴尬地自嘲说："他已经早死，我省得烧纸。咱们还是商量个办法，看咋样把房子弄到手。"

刘孝福说："还能咋办？要不然寻官，要不然同人说话。"

老三说："同人说话，是个好办法。寻刘族长去。"

过了几天，弟兄三个约了刘族长，一同到村西刘老麻家说事儿。

刘老麻的婆娘云秀正要出门，瞅见刘族长带着人来了，吓得赶紧回身关门，嘴里大喊："娃他大，要房的来了，赶紧跑！赶紧跑！顺祝儿，赶紧拿棍子，把人往外打！"

趁大门尚未关严实的工夫，老大一个箭步上前，一巴掌推开门说："跑？跑得了和尚跑不了庙！"

一个叫作"顺祝儿"的半大男娃儿，手里举着烧火棍，抡圆了朝刘孝喜砸来喊："打你熊货哩，叫你拆我家房。"

刘孝喜举手一挡，抓住棍子顺手往怀里一拉，连人带棍子抱在怀里说："再长十年，再耍威风。碎熊娃，走远些。"

说着，把娃娃举过头顶，放到门外，把众人让进来，回手关了门说：

"叫你娃在外面凉快一会儿。"

好高好宽敞的房子。外面热腾腾的，屋里却凉嗖嗖的。

刘老麻短衣短袖从屋里出来，看见众人，脸上堆笑说："族长来了，兄弟们来了。快快快，进屋喝茶。"

几个人进了屋，云秀也要进屋，被刘老麻挡住了说："快烧茶去。女人家家的，甭管事。"

几个人落座，刘族长从怀里掏出一张契约说："我家祖辈，五代乡约。现在没有乡约了，族长还是我。咱们村《约书》上明写着'德业相劝，过失相规，礼俗相成，患难相恤'，你们同姓争讼，我还是要管一管的。还有，民凭文书官凭印，也是老规矩了，不能在我手里毁了它。都说说吧，你两家的事情咋办哩？"

刘老麻红着脸说："老族长，好我的叔哩，千不该万不该，我不该不听您的话，改不了耍钱打牌的老毛病。这笔账我认，求您老人家通融一下，好歹给我家留条生路。老婆娃娃不能睡在露天底下吧？"

老大刘孝喜说："欠债还钱，天经地义。你们家爱睡到哪里就睡到哪里，哪怕是睡到西庙里，我都管不着！"

刘老麻说："好我的大兄弟哩，你说的西庙，早就让老皮一家给占了。他父子抽烟，败光了祖业。现在，我连庙都住不上了。"

老三刘孝贤说："族长德高望重，我们都听他的。"

刘族长说："你家曾经是方圆十里八里有名的殷实人家，院子三连，房子十间，在你大手里败了两院，在你手里又接着败。你们这些败家子，不守祖业，不走正道，不循纲常，不担人责，我的老脸都没地方放了。好在这一次你败给了同门同族，还算好说一些。要是败给了别人，我管都不管。是个这，三兄弟悲悯为怀，院子人家就不要了，厦子房给你留一间不拆。还有那个外灶带火炕，都留着你们家住。其余的，择日拆！就是个这。我看你个败家子以后长不长记性？"

正说着话，房门被"咚咚咚"地敲响了。

刘老麻开了门，脸色大变问："老姨婆，你来做啥？"

门被推开，进来的，是一个拄着拐杖的矮个子小脚老婆婆。

族长赶紧起身说："他姨婆，老人家，您来了？娃娃们的事情，您老就别管了，当心自己身子骨。"

老姨婆颤着嗓音问："说是又要拆房子了？有没有这回事儿？"

族长无奈地说："老人家，契书上白纸黑字，没办法哩。反正有您住的地方就是了。"

老姨婆说："那年发大水，我被冲到河里，从张渡爬上岸，落到这里，已经四十三年了。我一个孤身老婆子，做下人老妈子伺候他们刘家三辈人了。老掌柜在世说得好好的，我一辈子不走，他们家给我养老送终。我眼看着他们后辈人，房子败光，日子穷光，东西卖光，还好，给我剩下了一口棺材。我就是来求你们，能不能等我咽下这口气再拆房子？我死了在老屋里停尸，抬埋从老屋里出门。反正我也没有几天活头了，我都八十三岁了，该走了。"

族长为难地说："老人家，您的话，晚辈都应该听才对。可是，您看，这文书上写着，一月之内，账物两清。这……"

老姨婆问："我不认得字，也不看那东西。我又不是主人，看了也没用。我给你说，你信不信，我从进了这个家，四十多年就再也没有出过门。有一年村里唱大戏，老掌柜叫我去看，我走到门口头发晕，就没敢迈过门槛儿去。还有一年，外头货郎摇拨浪鼓，我想出去买个扎头发的络络，还是走到门口被太阳刺得睁不开眼，又回来了。从那时起我就想着，除非死了被人抬着，要不然我就不出门。我说，你们能不能宽限几天，等我死了抬出去再拆房子？我还要在正堂停尸哩。你们看看，这事情……"

老二刘孝福在老三耳边轻轻说："要不，宽限些时间？"

老三刚要给老大说宽限时日的话，老大抢先说："他老姨婆，您的身世全村人都知道。您是个好人，也是个可怜人。您的话，我们不忍心回绝。可是，我们也没办法，我们借了钱庄的印子钱，被催命似的催账哩……"

刘老麻走到老姨婆跟前，一边扇自己耳光一边哭说："老姨婆，都怨我不是人，把家败光了。您老放心，房子拆了，还给您留着一间哩。您百年之后，也有地方停靠……"

老姨婆说："娃儿，你的难处我知道咧。你们都在着，我不打扰了。我去准备东西，好搬家。你是我娃哩，是我亲娃哩。你听老姨婆说，以后可不敢耍钱了，好好寻个营生，把娃娃养活大，改换门风，做个好人家。"

说着，老人扭身蹒跚出去了。

刘老麻赶紧起身上前搀扶着她。

老姨婆走了，屋子里的人唏嘘不已，端坐无话。

也不知道过了多长时间，冷不丁地，听得外面有人哭喊："快来人！老姨婆躺在棺材里了！"

屋里的人赶紧跑出去看，堂屋一口黑漆棺材旁边，刘老麻老婆和娃娃在哭。

大家忙跑上去一看，只见老婆婆穿戴整齐，躺在棺材里，嘴角流血。

刘族长上前在老人鼻子底下试了试说："咬舌自尽，老人家走了！"

四十二

一场输赢，一条半人命，让老三刘孝贤内心备受煎熬。

从刘老麻家回来，刘孝贤一路神情沮丧。回到刘孝福家，刘孝贤喃喃自语道："胜止于利，败无惭色，非胡乃狄。智极损德，术尽伤身。仁之不存，义将焉附。仁义不修，孝悌不立，奚为长生。"

老大刘孝喜说："老三，你是不是中邪了？嘴里叽里咕噜嘟囔些啥？

有话好好说。"

刘孝福问:"三弟好容易变成个常人,咋赢了一场牌,又转回去了?"

老三没有回答,老大却忽有所想地问:"不对劲儿哩!三弟,你赢了刘老麻的房子,他发疯撒泼是常理。保财见钱眼开,桌上抢你的钱袋子也说得过去。你说的那个姓全的,偷偷溜出去做啥去了?还有,在小路上劫我的贼娃子,到底是啥来头?"

老三这才从刚才的冥想状态中回过神来说:"古人说:'阳以赞人,阴以行私。'啥意思?凡是使阴招的人,都是为了私利。姓全的不辞而别,肯定是寻人劫道。在他看来,契书远比袋子里的光洋值钱。他如果得了契书,就能要挟刘老麻,狠狠讹人家一笔钱财。实在不成,他还能把契书卖给放印子钱的,那些狠人有的是办法以纸换钱。哥呀,算了,这事情就算过去了。你可千万不要再去寻姓全的算后账了。由他去吧。"

老大愤愤不平地说:"妈日的,姓全的抢了咱的钱,还差一点儿害了我的命,就这么便宜他了?不成!"

老二刘孝福说:"哥呀,听老三一句话吧。我虽然没文化,可也得懂冤家宜解不宜结的道理。妈没了,咱们再也不敢惹是生非了,好好过日子。要不然,妈在地下也闭不上眼睛。"

老三也说:"我耍钱害人,也是迫不得已。时至今日,一切仇怨都已了结,以后绝不沾恶习纤毫。哥呀,你给我寻个地方,我教学当先生,教娃娃们读圣贤做文章,也算弃恶从善。"

老大刘孝喜说:"刘老麻房子拆了以后,你把有用的木头和砖瓦留够,剩下的拉到程曹村木头市上卖了。教学?好办得很哩。程曹村新成立书坊,正缺先生哩。回头我寻人给执事的说说。"

老二刘孝福说:"三弟还是不要离开家。三大和三婶年纪都大了,离不开人。我听说,村东头刘氏冢和祠堂,老董事身体不好管不了事儿了。寻寻族长,看看三弟能不能当个董事?挣钱不多,养家没啥问题。"

老三听了,眼前一亮说:"好得很哩。我就去当董事,在老祖宗祠堂行善赎罪。"

老大听老三这样一说，似乎受到了触动，蔫儿蔫儿地说："我的'独撅'没有了。以后，我就用我的烟熏色骒子挣钱。"

老二说："面酱没有了，我以后要多给人家做厨活。哥呀，你帮我揽营生，不管红案、白案，我都接。先挣钱养家，开馆子的事，以后再说。"

老三说："二哥，你给人做厨活能成，你的扯面绝招可千万不要荒废了。常言说：'一招鲜，吃遍天。'依我看，你的手艺，以后要大放异彩的。得了空儿，你把你肚子里的招儿、法儿、门道儿都给我说说，我落在纸上，配上图形，能传家的。"

光阴慢慢流，日子天天过。

刘孝福一年四季外住给人做厨活，长则十天半月，短则三天五天。虽无积累，倒也能吃饱肚子。

孟顺叶接二连三给他生了三个儿子。刘孝贤都给他们起了名字。老大刘毓敏，老二刘毓茂，老三刘毓延。

民国三十四年，立秋不几日，老大刘孝喜一大早手里拎着点心盒子就来寻刘孝福说："二弟，喜事！大喜事！嘿嘿！"

说着，老大情不自禁乐个不停。

刘孝福正要背捎马子出去寻厨活，见老大一进门就乐不可支，奇怪地问他："哥呀，你是中了状元还是拾了元宝？一大早就高兴得不得了？对了，你有啥事呀，咋还给我提点心盒子？"

刘孝喜说："嘿嘿！得了金元宝，中了头科状元，都没有这件事让人高兴。我给你说，我也个赶骒车拉客人进城。好家伙，满城的人都敲锣打鼓，满大街都是鞭炮声响，男男女女都上街扭秧歌。饭馆都不要钱随便吃。我还以为新皇帝坐金殿了，一打听才知道，小鬼子，也就是老三说的倭寇，投降了！石灰窑点心摆在大街上，排队白领。我挤了半天才领了一盒。回来的路上，捎带的两个客人又给了我两盒，算是路费了。点心一家一盒，赶紧给娃娃们吃。"

刘孝福听了就地蹦起来老高说："真的吗？嘿嘿！太好了！太好了！"说着，手舞足蹈。

刘孝喜说："娃娃们还没起来？我给你说，县老爷要大摆宴席，答谢本县各路抗战壮士。摆宴席召集厨师，红案白案都要。我托人给你报了名。县衙的官差一听咱家祖传厨师，你又做得一手扯面，当下就录了你。我给你说，你赶紧准备一下，今个后晌进城，明天备宴，后天开始摆宴席、唱大戏三天。嘿嘿，该你发财了。"

刘孝福说："哥呀，这么大的喜事，咱不要工钱，白干，还要干好。人家城里的饭馆子都不要钱，点心铺子都散发点心，咱也是顺民，咋好意思要这份工钱？不说了，我赶紧准备一下。你吃了晌午饭就来接我。嘿嘿！我这心咋就要跳出肚子了，就像药铺里捶药末儿——'咚咚咚'的震得慌。"

县公署门前大街，人来人往，熙熙攘攘。

城里各大饭庄子纷纷沿街支帐篷、摆桌子、砌炉灶。运面的、送菜的、捐肉的、帮厨的，各色人等喜笑颜开，忙而不乱。

总务课申课长是宴席总管，他把刘孝福分到了"成记炉齿面馆"的摊儿上，交代他专做扯面。

刘孝福为难地说："做扯面容易，'开眼酱'从啥地方弄？这么大的喜事，用油泼面酱拌面最讨人喜欢。"

申课长费半天劲儿才弄明白啥叫作"开眼儿面酱"，他不以为然地说："大场面，大众吃，图个热闹和喜庆。'开眼酱'没有，我叫城里几家酱菜园子给你送别的面酱来对付着。"

政府要员都在老县衙，也就是县公署里吃宴席。其他人沿街就市，随意吃喝。

头一天晌午饭，刘孝福摊子前拿着碗吃饭的人络绎不绝，越来越多。刘孝福使出浑身解数，也应接不过来。正在他急得想叫成掌柜多派几个帮手时，成掌柜忽然找他说："申课长刚来信儿说，从现在起，本摊儿给大众只供应炉齿面。扯面专供公署。这样吧，你到后头去，我来给客人说一下。"

说着，成掌柜站在饭桌子上高声喊着："县公署有令，扯面暂时只供应抗战壮士和省政府来的要员。其他乡党，不要拥挤了。来来来，炉齿面管够，到那边排着去。"

众人知趣地离开，成掌柜到后头对刘孝福说："不得了，公署有个大人物要见你哩。你赶紧去，申课长派人在门楼底下接你哩。"

刘孝福解下围裙，洗了手，忐忑不安地向公署走去。

公署门前，有个穿蓝制服的年轻人正在左顾右盼。刘孝福上前鞠个躬说："先生，我是做扯面的人，说是叫我进去，有人寻我哩。"

穿蓝制服的年轻人上下打量刘孝福一眼说："对对对。你跟我走。"

来人把刘孝福领到一个挂着蓝布门帘的屋子前面说："你进去吧，有人在里边等着你哩。"

刘孝福撩起门帘，里边黑，看不清楚。刚要仔细瞅，里边的人一把把他拉进去说："我吃了一口面就知道这是你做的。来来来，进屋来。"

刘孝福听声音就知道是谁。他大吃一惊地问："杨先生？是您？您咋在这里？"

杨先生让刘孝福坐着，给他倒上茶说："这就叫山不转水转。嘿嘿，想见的人，总会见到的。在酒席上，我只吃了一口面就知道，这是你做的油泼扯面。除了面酱味道不对，其他的，都是老味道，一辈子都忘不了。"

两个人叙话，杨先生告诉刘孝福，他已经调离武功县，在省党部当秘书。这一次是陪秘书长一起来县里与民同庆。杨先生还说，县里出了几十个抗战壮士，也有好几个抗战烈士，省党部很重视，派秘书长来慰问、表彰和庆贺。

刘孝福急切地问刘团长和壮士们的下落，杨先生黯然神伤地说："中条山一战，国军死伤无数。包括刘团长在内的八百壮士，活着的不过二十几人。刘团长以身殉国，杀身成仁。不过，孙长官成功脱险，带队伍南撤。刘团长原来所带的那个团，撤销编制，伍员遣散，大营做了学校。"

杨先生还告诉刘孝福，刘团长夫人选择在乡下老家安身，刘副官把一切都安排好了。连老兵在刘团长牺牲后，也自裁随往。他和刘团长身前，摆了几十个日本鬼子的尸体，也算大义凛然，死得壮烈！

刘孝福听说刘团长不在了，痛哭流涕。杨先生安慰了他一会儿说："你还不知道吧？刘团长他们一走，特务们定下计谋，诱捕了药房掌柜和孟顺叶他大，未经审问就把人给毙了……"

看刘孝福震惊不已，杨先生嘱咐他说："现在不是伤心的时候。我抽空出来寻你，是有重要的话给你说。现在，虽然鬼子投降了，但离天下太平还远得很，以后很可能还要兵荒马乱一阵子。你是个老实人，靠手艺吃饭，千万不要巴结权贵，靠拢官方，老老实实在家待着就好。对了，你得是还保存着军装？回去赶紧把它烧了，尽可能不让人知道这段经历。如果有时间的话，学点文化，以后可能用得上。"

杨先生这番话，刘孝福听得云里雾里。他疑惑地问："先生，您不是一般人。也不像政府里的官儿。您神神秘秘，啥事情都知道，啥地方都去到。您像是诸葛亮，又像是郭子仪。您……"

杨先生笑着说："实话给你说，我有点像刘备，在做着打江山夺社稷的大事儿。"

两个人正说话，外面有个人喊："杨秘书，秘书长叫你快点回去有事交待。"

四十三 话说抗战胜利前夕，潼关县城被日寇的飞机接二连三轰炸，把个千年古城夷为平地。县政府搬迁到了塬下面，各家商号纷纷另寻他地，赖以为生的居民不得不外出避难，县城里除了一片废墟，四处空空荡荡，没了人烟。

姚掌柜的酱菜作坊从此一蹶不振。走了伙计，跑了师傅，毁了账簿，烧了存料。好容易在雍门镇找了块地方，盖了几间草房，置办了缸瓮盆池，再也无力雇人进原料了。

更要命的是，姚掌柜的身子骨一天不如一天，连走路都气喘吁吁了。

好在还有瓷锤和瑶娃儿在身边伺候，一日三餐将就着。

这天晌午，姚掌柜觉得胸口憋闷，浑身无力，抬脚举步大汗淋漓，不由得赶紧吩咐老伴儿说："我大概活不了几天了，你赶紧到杠房去，雇人把老大、老二寻了来。赶紧些，我有话说哩。"

老伴儿忙招呼瓷锤两口子过来。瓷锤和瑶娃儿正忙着把几口老瓮放倒暴晒，听见掌柜的老伴儿招呼，手都没洗赶紧跑到掌柜的屋里。

进了门，瓷锤看见姚掌柜席地而坐，大吃一惊地问："掌柜的，您咋坐到地上去了？现在虽说是夏天，地上潮湿，坐不得的。"

瓷锤和瑶娃儿上前赶紧把姚掌柜扶起来坐到椅子上。

瑶娃儿说："都是这天气闹得，也太燠热了。赶紧喝口凉水镇一镇。"说着，示意瓷锤去舀凉水，自己抓起扇子给姚掌柜扇风。

姚掌柜一边喘气一边急急忙忙说："快去！到杠房去，给人家钱，叫掌柜的差人到西安把老大、老二叫回来商量事。慢了只怕是来不及了。"

瓷锤说："到西安去的火车，一早一晚才有。天上飞机有一阵子没飞过来了。可是，河东里鬼子打炮，大白天火车藏在洞子里，一早一晚才敢出来。"

姚掌柜老伴儿说："杠房今儿个差人去，隔天就能回来。当家的，咱不急，养好身子，有话以后慢慢说。"

姚掌柜从炕席底下摸出一包钞票递给瓷锤说："这是钱，里头还有详细地址，你赶紧送到杠房去。掌柜的姓安，你把钱和地址给他，就说急事急办，不差钱。快去！"

老伴儿看这阵势，心里明白掌柜的这是早有打算，留了后路，只怕是人难长久了，不由得伤心落泪。

杠房差了人去西安，连来带去四天工夫，还真的把掌柜的两个儿子带回来了。

这四天工夫，瓷锤推着姚掌柜看郎中，喝汤药，不见起色，人倒是一天天消瘦下来，胃口也没了，嘴里除了喊燥热，一整天都不言语。

老伴儿急了，对瓷锤说："听说县城里的洋先生手段高明，治好了不少人，赶紧四处打听，看看他的门面搬到啥地方去了？"

瓷锤点头说："好的好的，我这就去打听。我想着，大活人，又有名气，寻他也不是啥难事儿。"

姚掌柜一听，立马急了，脚蹬地手敲桌说："不成不成！坚决不成！啥洋先生？不就是西医吗？对病人不是动刀子就是给人身体里打药水，管不管用先不说，把好好的人弄得皮开肉绽。身体发肤，受之父母，你给我弄成稀巴烂，到那头老祖宗不认咋办？不成！坚决不成。"

几个人争论来争论去，都没个正经主意。

天麻擦黑，姚掌柜两个儿子终于赶回来了。

两个儿子一回来，姚掌柜立马来了精神。瓷锤和瑶娃儿一看，找了个理由，知趣地躲了出去。

屋子里就剩下姚掌柜一家四口人。

姚掌柜劈头就问老大："旗开，就你一个人回来了？你媳妇，还有我那宝贝孙子咋没回来？"

姚掌柜大儿子姚旗开一身商人打扮，青色夏布长衫，黑色圆口洋布千层底鞋子，白色洋线带勾底儿袜子。白净脸上架着金丝框子石头镜。

此刻，姚旗开眼神四处趸摸在哪里坐。

两把椅子坐着老两口子，方凳子上放着老二的行李包。

他想坐在炕沿儿上，右手一摸，一层灰土，皱着眉头直叹气说："咱家咋就穷成这个样子？连个坐的地方都没有？"

姚掌柜二儿子不屑地瞟了大哥一眼说："抗战时期，国难当头，多少人死于非命？能活着就是运气了。你还弹嫌这个那个？"

姚掌柜老伴儿说："都甭扯闲的了，你们从西安来，在哪里吃的饭？晚上想喝啥汤？喝了汤，再慢慢合计。"

老大姚旗开说："原来认为老潼关肉夹馍是天下第一美味，到了西安才知道，和腊汁肉夹馍比起来，差得不是一点半点儿。我从西安带来了腊汁肉夹馍，再烧个肚丝汤就成了。"

听老大姚旗开这一番毫不搭界的言语，姚掌柜气得拍着炕沿儿骂道："不着四六的东西，你爹我要死要活的你不管不问，开口就是吃吃喝喝。你到底是不是我的亲儿子？"

看姚掌柜发脾气，姚旗开赶紧换了一副面孔，嘴角挤出一疙瘩着急说："爹呀，不怕病轻病重，就怕病因不明。这样吧，您老人家忍几天，先在这边吃中药。等秋后天凉快了，我把您请到西安，找最好的大夫给您看病。找出病根儿，手到病除。"

姚掌柜二儿子插话说："爹呀，我建议这样，如果您的病要紧，咱们就先商量如何给您瞧病。如果您认为别的事情要紧，就先商量别的事情。至于晚上喝汤，我看倒是不急，商量好了事情，慢慢吃慢慢喝。"

姚掌柜老伴儿说："你们商量事，我去烧汤。瑶娃儿给我当帮手。你们父子三个好好说话，都甭着急上火发脾气。"

说完，一撩门帘，走了。

姚掌柜渐渐平静下来，手指着炕上的木板子说："旗展，你把那口棕箱子拿下来打开，我有话说。"

老二旗展脱鞋上炕，费力地把那口棕箱子拿下来放到他爹面前说："爹呀，您这箱子里都有啥好宝贝？"

老大旗开瞪大了眼珠子说："不会是金银财宝老古董吧？"

姚掌柜打开箱子，拿出来一个布袋子说："这里边有黄豆，还有绿豆。老大，你数一数黄豆有多少？老二，你数绿豆。"

看两个儿子莫名其妙不动手，姚掌柜说："这几年，我和你妈都是炸弹声中震过来的。闲来没事，我就想着，倭寇欠咱的账，将来总有清算的那一天。到底欠了咱多少账，没个底数不成。我就养成习惯，不管走到哪里，随身携带两种豆子。飞机扔一颗炸弹，我数一粒黄豆。打一发炮弹，数一粒绿豆。这段时间没见飞机来，对岸的炮弹也越来越稀少了。你们帮我数一数，有多少？"

两个儿子面面相觑，久久不语。

顷刻，老大满脸油汗，老二双眼泪盈。

还是老二旗展机灵，擦擦眼泪，把油灯拨亮说："哥呀，这是鬼子欠咱们的血泪账，赶紧数一数，有朝一日用得上。"

老大旗开稳了稳神情说："爹，您真是个有心人。都说咱这里人过日子稀里糊涂没个底数，都是胡说八道。不过，爹呀，您大老远把我们叫回来，不会是为了数这些豆子吧？"

姚掌柜说："你们一边数数，一边听我说。我就指望着能活到倭寇完蛋的那一天，我把这些豆子交给国军，让他们到了日本，也找一个县城，按照豆子数量，翻上一番，把炸弹炮弹往狗日的头上砸。现在看来，只怕是等不到那一天了。"

老二旗展数着绿豆说："爹呀，小鬼子没几天蹦头儿了，我们政战处教官说，德国投降了，意大利变天了，小鬼子支撑不了几天了。苏联一出兵，立马就叫他们滚蛋。爹呀，您好好活着，能等到那一天。"

老大旗开也数着黄豆说："我们字号的蔺掌柜说，鬼子完蛋了，好日子就来了，他正想着扩资本，增资金，将来在西府开分号。我是分号掌柜的不二人选。只要我当上掌柜的，一年的薪水能在这里买二十亩地，比开酱菜作坊利大多了。"

听着两个儿子的话，看着他们数豆子，姚掌柜一言不发，心直往下沉。

四十四 **老**大旗开数完了黄豆说："爹呀，一共是三千七百零六颗黄豆。也就是说鬼子一共扔了这么多炸弹。"老二旗展也数完了说："绿豆一共有七千二百二十三颗。爹呀，这么多炮弹，您是咋样数出来的？还有，要是两枚或者三枚炮弹一起炸开，只有一个声响，您咋样知道？"

姚掌柜说："我也就是数个大概，八九不离十也就成了。对了，旗开，你找来笔墨，把这两笔账记下来。"

老大旗开不以为然说："爹呀，不是我不在乎，而是您记的这些数字，只怕是没啥大用处。人家国军那么忙，政府那么多事情，谁管你民间这些烂账？"

姚掌柜严肃地说："啥叫烂账？凡是讨不回来的账才叫烂账。亏你还想当分号掌柜。我给你说，咱家的账本，打庚子年间就开始有了，一共记了一百零五个账本。有一笔账，还是你太爷爷手里记下的，原以为就成了烂账。没承想，在我手里要了回来。老话说，父债子还，人死了，账不能烂。可惜，那些账本和作坊一起被战火烧没了。倭寇欠下的这笔账，是血债，一定要还的。这辈子不还下辈子还，这一朝要不回来下一朝要，不能就这么了了。你快找笔墨纸张去，有大用。"

说着话，姚掌柜老伴儿进来了问："汤烧好了，是不是先喝汤？"

老二旗展说："妈呀，我爹让找笔墨纸张，哪里有？"

姚掌柜老伴儿说："对门杂货铺就有，我让瓷锤去买。"

姚掌柜说："好得很哩。你给瓷锤说，现在有一种自来水笔，不用研墨，好用得很。快去买来，现买现用。"

姚掌柜老伴儿还在问："是不是先喝汤再记账？娃儿们肚子早饿了。"

姚掌柜不耐烦地说："叫你去你就去，记完了账再喝汤也不迟。"

老伴儿嘴里嘟嘟囔囔地出去了。

姚掌柜继续说："还有一件大事，不得不早早交待。你们看。"

说着，姚掌柜又从棕箱子里拿出来一本厚厚的账本样儿的东西翻开说："这是咱家的备工册，连文字带图样儿，一共记载了十八种酱菜、九种佐酱的配料方和主料品种。四代人的心血，全家的命根子，传家宝。传来传去，传到了我手里。我现在是有今儿没明儿的人了，该往下传了。按照祖训，老大，你先说说，愿意不愿意接手，把祖宗创下的基业接过来，传下去？"

老大旗开瞥了一眼备工册说："爹呀，不是我不守祖业，而是我根本就不是那块料。您知道，我自小被您和我妈惯得肩不能扛，手不能提的。干酱菜这一行，得有好身板好力气才成。我恐怕让您失望了。您看看我弟咋样？"

还没等姚掌柜问话，老二旗展避之不及连连摆手说："哥呀，您高抬我了。您知道，我打小就闻不得酱菜味儿。这个，爹呀，您是知道的。不成不成，我根本就不成！"

说着，挪了挪身子，离棕箱子更远了。

姚掌柜长叹一声说："这都是气数，命里安排的。我又有什么办法。你们这些不肖子孙。包括我在内。子不教，父之过。罢了罢了，少不得我到了那头，给祖宗磕头认罪。"

说着，姚掌柜一身子瘫下来，就像被人抽了脊梁骨。

弟兄两个手足无措之际，姚掌柜老伴儿手里拿着自来水笔和一个小本子进来了说："纸笔都有了。还是先喝汤，再记账吧。"

姚掌柜挺了挺身子说："把灯挪到外屋，叫瓷锤一起过来喝汤。你和瑶娃儿在灶房喝汤，照顾好娃儿。"

一时三刻，汤和馍馍都端上来了。

姚掌柜被儿子们扶着走到外屋，正座儿坐定说："喝汤！"

瓷锤惶恐地说："掌柜的，这是您家里的家事，我一个外人恐怕不合适在这里吧？我还是到灶房去喝汤。"

说着，起身就要走。

姚掌柜拦下了瓷锤说："从今往后，你就是家人了。赶紧喝汤，喝完了还有正经事情要办。"

几个人都没有食欲，草草地喝了几口汤，抹抹嘴，就算完事儿了。

瑶娃儿过来收拾碗筷。

姚掌柜说："瑶娃儿，叫你婶子过来，说事儿哩。"

老伴儿进来了，姚掌柜说："娃他妈，麻烦你把我的长袍、马褂、瓜皮帽子找出来，给我换上，有大用处。"

老伴儿惊恐地问："好好地，穿那个做啥用？"

姚掌柜说："我这身行头，不配做重大事情。你快去找来！"

老伴儿找姚掌柜的衣裳去了。姚掌柜说："老大，我来说，你来记。老二，我说的过程中有啥不妥当的地方，你给把把关。瓷锤，你不要走，当个见证人。"

老大旗开备好纸笔，直愣愣看着他爹不说话。

姚掌柜一字一句地说："自中华民国二十六年孟冬初五始，倭寇每日飞机大炮对我潼关古城狂轰滥炸，至民国三十三年伏月初七，经潼关姚记酱菜园姚青霖结绳点豆，计炸弹三千七百零六，炮弹七千二百二十三，总计一万零九百二十九颗。千年古城毁于一旦，城中万民啼号连天，商铺民居仅剩残垣，姚记祖产荡然无存。实为盘古开天，三皇五帝以来民族灾难之绝无仅有。小民记录在案，官家报仇伸冤，姚家迄今以降万世不忘。大仇得报之时，民冤得洗之日，姚家大典祭祖，钟鼓齐鸣，青霖九泉拍手弹冠。

"中华民国三十三年伏月初七。口述：姚青霖。笔录：姚旗开。勘误：姚旗展。见证：对了，瓷锤，你的官名叫个啥？"

瓷锤正听得入神，感叹姚掌柜识文断字像个大先生，佩服姚旗开下笔有神，不承想姚掌柜点到自己，还问自己官名大号，一时感到既神圣又尴尬。他羞红了脸说："我就没有大号。我大说等我结婚或者有了基业再请先生看生辰八字起个官名。没想到这一耽搁就再也没有人提起了。"

瓷锤说完，难为情地低下头。

姚掌柜父子一听，不由自主都乐了，刚才严肃的气氛一扫而光。

老二姚旗展笑着说："爹呀，依我看，瓷锤哥这名字很好的。一来好记，二来省得重名。不过，瓷锤哥，您姓啥？"

瓷锤说:"我大姓刘,想来我也得姓刘才成。要不然不就成卖姓了。"

姚掌柜也笑了说:"好得很好得很!瓷锤这话有好几层意思。一个是姓名大号不由己,父母族长说了算。二来行不更名,坐不改姓,男子汉大丈夫做派。好!记下来:见证,刘瓷锤。"

老大姚旗开记录完毕,恭恭敬敬交给姚掌柜说:"爹呀,只说您初通笔墨,没想到您老这功底,抵得上大先生了。这是我记的,您看看有没有毛病?"

姚掌柜接过本子,扫了一眼说:"我说老大,你这笔头,当个账房先生够材料。老二,你参加政战学习,自有高手指点,也算是秀才了,你看看合适不合适。"

姚旗展客客气气地说:"我这两下子,比我哥不如,比爹您就差太远了。不过,以我见,文字下面应该列表,数字表述有时候比文字更直观。而且,真的递到政府,数字比文字更有说服力。"

姚掌柜说:"好得很。老大,你就列个表格,填上数字。来来来,咱们签字画押。哎呀,不对哩,你妈把我的长袍、马褂、瓜皮帽咋还没拿来?"

正说着,老伴儿一旁应声说:"寻见了,这不是嘛,在我怀里抱着。刚才看你正说话,没敢打搅你。来来来,到里屋,我给你换上。原来你真是干大事情,咋不早说?以我妇人家的主意,还得写上多少人被炸死炸伤了。我就觉得,死伤人,比毁伤东西罪过更大。"

姚掌柜老伴儿说完,一屋子人都感到很惊奇。大字不识几个的妇女,竟然懂得大道理,而且见识不比大男人差。

姚掌柜羞愧地说:"是的是的,你妈说得太有道理了。可惜,我当初没注意到。再说了,死人伤人,何止万千,数不过来的。罢了罢了,只能这样了。来来来,更衣。接下来还有重要事情哩。娃他妈,你这下就甭走了,留下来出个主意。"

姚掌柜更衣出来,油灯下更显得有光彩。

姚掌柜坐到桌子旁说:"我再问一句,老大,你愿不愿意继承祖业,也就是说开酱园？"

老大姚旗开说："兴趣和能力都不允许。爹，您骂我打我，我都干不了这营生。"

姚掌柜又问："老二，你是不是也不愿意继承祖业？"

老二姚旗展说："我是国民政府准军事人员，个人去向择业，岂能个人做主？再说了，政战深造结束之日，就是我国民政府接受逆产，重整旧山河之时。建功立业，正当其时。我不能因私废公。爹，明确说，我不能继承祖业。"

姚掌柜说："好好好，都把话说亮堂了，事情就好办了。老婆子，下面我拿个主意，你听听看成不成？"

老伴儿说："你当家你做主，我也就在一旁听着。"

姚掌柜说："首条，姚记酱菜园之一切财产和账务，姚旗开、姚旗展二人甘愿放弃，任由其父姚青霖处置，日后不得反悔。次条，姚旗开、姚旗展既已放弃祖业，即日起便不再承担其父母赡养之义务。姚青霖名下一切财产包括并不限于钱款之物，即日起完全由其夫妻自行处置。再次条，姚家基业，自此由刘瓷锤继承，条件是经营姚记酱菜园，不得私自更换字号。其为自主经营，旁人不得干涉。如不更改字号，姚家任何人亦不得干涉。最后赘述，姚青霖夫妻之养老及百年善后，由其力所能及，听天由命，姚家后人无此义务，瓷锤亦不承负……"

说到这里，姚掌柜不由伤心落泪，说不下去了。

四十五 姚掌柜这一伤心落泪不要紧，只听得"咕咚"一声，瓷锤双膝跪在地上不住地磕头说："掌柜的，我只是您宝号的帮工，最多算是您的徒弟。我一个庄稼汉，大字不识几个，没啥能耐。您把祖传基业托付给我，我实在担当不起。不过，您老人家放心，只要您在，宝号在，我就一辈子在这里干下去。您就把我当个徒弟和壮工使唤，当掌柜？我没那个能耐。根本也就没敢往那个地方想。"

众人忙把瓷锤拉起来。

姚掌柜说："瓷锤，好娃娃，好小伙儿。你刚才这一推辞，我这心里就有底子了。我当掌柜三十二年，别的不敢说，看人没错过。这人啊，不怕诚惶诚恐，就怕大大咧咧。你越是推辞，就越能说明你知道自己几斤几两，也就越知道自己的短处。当掌柜的，这一点金贵得很哩。好娃哩，你就甭推辞了。你放心，柜上虽然没剩下几个钱，但也没啥债务。只要下决心开工，萝卜、白菜、咸盐、黄豆、米面少进快出，周转起来也不是啥难办的事情。况且，就是我死了，你婶子也能帮衬你。娃呀，胆子放正，步子迈开，你能成！"

老大旗开对瓷锤说："好兄弟，难得我爹对你这么信任，你就应承了吧。你哥我实在是无心无力继承祖业，你当掌柜，把祖业撑起来，也算帮了我的忙。你放心，我就在西安，离你也不远，有啥为难的事情，能帮衬的绝不含糊。"

众人七嘴八舌劝说瓷锤，一直不声不吭的姚掌柜老伴儿开了口说："他爹呀，咱这不是分家，也不是散摊儿。咱这是商量酱菜园子谁当掌柜的。谁当掌柜的我不管，儿子可都是你我的亲骨肉，是我一把屎一把尿拉扯大的。他吃我的奶长大，就应当给我养老送终，戏词上是这么唱的，人老几辈子都是这么做的。不能说儿子不当掌柜的，不守祖业，就不是我儿子了，就不认他爹妈了。你们都说说是不是这么个理儿？"

老二旗展说："对对对，完全没错。还是我妈有见识，懂道理。爹呀，我看这件事很简单，您立个文书，三方签字画押，把酱菜园子托付给我瓷锤哥打理，本钱利息，东家掌柜，一是一二是二说清楚。这和咱家父子母子兄弟伦理纲常没关系。您看得成？"

姚掌柜显然是为刚才的冒失难为情，不得不把过头的话收回来说："这人啊，事情急了难免用过气力，心急了难免说过头话。这样吧，你妈说的有道理，今个咱们只说酱菜园子的事，其他的，以后再说。来呀，老大老二，你们拟个文书，明儿找证人签字画押。条款嘛，你们商量着拿出几条来。对了，瓷锤，你再说说你的想法？"

这一来一去，瓷锤心里才有了几分踏实。他结结巴巴但又诚心诚意地说："事情都到这一步了，我再推辞就让掌柜的一家人心凉了。是个这，有没有掌柜的名头都不要紧，从今往后，我就在掌柜的、婶子、大哥、兄弟的扶帮下，把酱菜园子当自己的家，豁出去这一身力气，把酱菜园子开起来，办好了，不能让别人看笑话。我、我、我……"

说着，瓷锤"刺啦"一声扯开自己的衣服，拿拳头"咚咚"砸着心口说："我要是说假话，就拿刀子把心挖出来，扔到大街上叫野狗吃了，再叫雷劈了，再叫牛拉一泡屎在上面……"

看瓷锤这样前言不搭后语胡乱表态，众人"轰"一声笑了。

姚掌柜更是笑得前仰后合，上气不接下气地说："好你个瓷锤哩，你这嘴里一套一套的，跟谁学的？按你的说法，你的心叫狗吃了，雷还能劈到你的心吗？雷只能把狗劈了吧？牛要是早早过来拉屎，是不是也得被雷劈死？不过话糙心正，能看出来，也能听出来你这些话都是从心底蹦出来的。能成！这小伙能成！有他这番话，我到那头也能合眼了。来呀，立文书，还有，弄点酒来！"

第二天上午，姚掌柜差人寻了证人，各方在文书上签字画押，晌午又在馆子设宴，招待亲朋好友，也算是公开了此事。

说也怪，酱菜园子有了着落，姚掌柜的病，一夜之间好了大半。走路腰身也能直起来了，说话也不气短了，眼神都有了光彩。

老大姚旗开也格外轻松。这心里一轻松，孝心大发，说要领着姚掌柜到西安看西医，姚掌柜自然一口回绝。

老二姚旗展说："爹呀，以后酱菜园子在哪里开都成，千万不要开到河东去。你们都不知道吧？凡是沦陷区的产业，八成要被当成逆产处置的。"

姚掌柜说："放心！咱家的基业，就是在潼关创下的。这是块风水宝地，不能离开的。要是你瓷锤哥能耐够大，生意火起来了，开分号选宝地，另当别论。"

当天午后，老大老二就被送到藏火车的山洞里上了火车。天擦黑，火车启动，没敢拉汽笛，小心翼翼"吭哧吭哧"向西开去。

也怪，河对面鬼子的大炮，似乎哑巴了，屁大个声音都没有。

夜里，瓷锤第一次以掌柜的身份，和姚掌柜老两口商量事情。瑶娃儿带着娃娃烧水伺候。

屋子里，姚掌柜显得格外高兴。他吩咐老伴儿说："把我的白铜水烟袋拿来，我想抽两口过过瘾。"

老伴儿担心地说："郎中不是说了吗，你的身子虚火太旺，烟，抽不得的。"

姚掌柜说："不要紧，就两口。你赶紧拿去，我这会儿想那一口想得厉害。"

瓷锤说："婶子，您尽管拿水烟袋去，我有法子叫掌柜的抽烟不上火。"

说着，扭身就往外跑。

再回来，瓷锤手里多了一把薄荷苗儿。

姚掌柜一看说："正说事情哩，你咋扭头就跑。你黑灯瞎火的弄这些草来，喂兔子还是拌凉菜？真是的。"

瓷锤笑着说："掌柜的，您就等着变戏法吧。来，婶子，把这把薄荷捣碎了泡水，灌到烟袋里，这样抽烟不上火。嘿嘿，这一招，还是我在同州学会的，没想到今个用上了。白天我就留意过，对门墙根儿底下长着薄荷，野生的，劲道大，好使。"

掌柜的老伴儿笑嘻嘻接过薄荷走了。

姚掌柜开心地笑着说："凡事都怕有心人。瓷锤，我没看错你。就凭你这份心，当个好掌柜，手拿把掐。哎！对了。以后，咱俩称呼是不是该改改了。现在你是掌柜的，我最多算个顾问，或者师爷。"

瓷锤一听，神情严肃起来说："您老不说我还真就忘了。文书上不是写着吗，您老是东家，我是您聘的掌柜的。大当家的还是您，我是柜台和人前人后办事的。我看，以后就叫您东家吧！"

姚掌柜老伴儿拿着白铜水烟袋进来说："给你，瓷锤说这法子好用，你就试验一下。别多抽，就两口啊。对了，刚才你们说啥东家西家的？"

瓷锤说："婶子，掌柜的说，以后我们得改称呼了。我叫掌柜的东家。当然，把您老，还叫婶子。"

东家老伴儿说："对对对，该咋叫就咋叫。称呼一改，就都有了新的身份，出门办事也好使唤一些。"

东家一口水烟吸进去，闭目享受。片刻，鼻孔喷出烟雾来说："水烟配薄荷，绝了。以后就这样弄。不过，说好了，概不外传。"

瓷锤说："东家，以后开园子，您想咋样弄？"

东家说："你是掌柜的，我想听听你的想法。"

瓷锤说："您看这世道，兵荒马乱，一两年内只怕是消停不了。只要小鬼子不完蛋，潼关这地方，炸弹炮弹就绝不了，生意就难做起来。您想啊，谁敢拿性命耍着玩，来这里和你做生意？"

东家说："可是，离开潼关，哪里有这么好的地方？这里鸡鸣三省，水路、公路、铁路样样俱全，来来往往方便。再说了，咱家的酱菜酱料，用的就是这地方的水。离开潼关，啥地方的水土能管用？"

瓷锤说："东家说得对，想得周全。可是，在这里开业，实实在在的太危险。好容易把生意做起来，炮弹炸弹一来，不是着火就是崩塌，咱能有多少钱往里边砸？"

东家老伴儿插话说："瓷锤。不对！应该叫掌柜的。掌柜的说得对。我看：咱是不是先选个平安的地方，把园子开起来。生意一起来，就活泛了，人吃马喂就有了来路。生意活了，人心就稳当了。以后天下太平，再把生意搬回来就是了。"

东家想了想，点点头说："有道理。现在最紧要的是活下去。掌柜的，依你之见，在啥地方开园子好一些？"

瓷锤说："我也就是刚有个想法，以后再细细盘算。东家，您说的做酱菜离不开好水土，倒使我想起来，我们老家人都知道，塬上的柿子醋最好，名气大得很哩。为啥？人都说塬上好土好水长出好柿子，就是不好好长庄稼。我想……"

瓷锤话说半截打住，东家沉思了一会儿说："长庄稼和长果树是两码事。苞谷小麦和柿子枣儿，对水土要求不一样。这道理我还是懂得的。咱家的酱菜，讲究山里的'地留'水边的笋。不过，咱家在你说的塬上无亲无故，咋能盘到地方？还有，你说的塬上，太平不太平？倭寇的飞机大炮够得上吗？"

瓷锤说："这容易，我回老家一趟，费工夫打听一下再做主张。不过您放心，塬上地广人稀，一般的兵家看不上。我出来之前听人说，有不少城里人到塬上避祸。"

东家老伴儿说："好好好，听瑶娃儿说，你离家出来，还没回去过哩。正好带着瑶娃儿和娃娃回去认认亲。"

四十六 话说瓷锤带上瑶娃儿和娃娃，告别了东家两口子，黑天坐上火车，一路上偶尔听见几声炮响，炮弹落在了铁路坡下面。车上的乘客好像见怪不怪，该睡觉的睡觉，该吃东西的吃东西。

瓷锤一家坐在二等车厢，座位也就是用木头条子简单钉成的，也没有靠枕。车厢里没有电灯，靠近车门处挂着一盏马灯，车厢里昏暗迷蒙。好在路程不远，小半天时间也就到了。

下了火车，到了半夜。车站仍然灯火管制，到处漆黑一片。瑶娃儿抱着娃娃，瓷锤挑着行李，跟着前面的人出了站台。

到了外面，瓷锤傻眼了。他根本就没坐过火车，也不知道去老家的路怎样走？挑着担子，领着瑶娃儿，没头苍蝇一样乱撞。

远处一个黑影晃动，瓷锤大声问道："是哪位大哥先生？停住脚，问个路。"

说着，领着一家子向黑影走去。

走到跟前，瓷锤看清楚了，这是一位三十几岁的汉子，长衣长裤看起来文文静静。

瓷锤干笑了几声问话："大哥先生，我们第一次坐火车，不知道回家的路咋走，麻烦您给指指路。"

陌生男人操着一口河南腔问："你是住店还是赶夜路？住店我领你去，赶路我给你带到大路口。"

瓷锤喜出望外说："大哥先生，您真是好人，可帮了我的大忙了。我这里给您鞠躬了。"

说着，弯下腰去，深深鞠躬。

陌生男人尴尬地笑着说："您别客气。说实话，我以前是教书先生，家没了，学校也没了，逃难来的。我干不了活儿，白天教娃儿识字，夜里给客人带路，也就是混个饭钱。不管您是住店还是赶路，我把您带到店里或者路口，您给我五毛钱，没有钱，给个馍馍就成。"

瑶娃儿听了说："馍馍我这里有。可是，我们说不好是赶路还是住店？"

陌生男人说："那你们合计合计。对了，你们是要到哪里去？南边还是北边？"

瓷锤想了想，听人说过，村子离县城不多不少六十里地，大半天也就走到了。住店，只怕是要好几块钱哩。

想到这里，瓷锤说："我们朝北边走，到了故市镇也就不远了。我们不住店，您给带个路，我们带着馍馍，给您两个得成？"

陌生男人说："好说好说！我知道故市镇，你朝北边去，也就一条大道。走！你跟上我。"

瓷锤挑着担子，瑶娃儿抱着娃娃，跟上陌生人七拐八拐，来到一条铺着炉渣的大路旁。

陌生人指着北边说："这个方向就是北，你沿着路不拐弯，走十几里地天也就亮了，运气好的话还能遇上捎脚的骡车。嘿嘿，我把路带到了，给我馍馍，我还要赶下一趟车哩。"

瓷锤放下担子，从包袱里掏出两个饼子说："谢谢先生，您走好。我们也该走了。"

陌生男人接过饼子，朝瓷锤鞠了个躬说："这一个鞠躬，是还您的。一路走好，后会有期。"

瓷锤看了看前方，黑黢黢的啥也看不清，似乎灰白色的路两侧，长着什么庄稼，密密麻麻，被道路分成两片。

看着看着，瓷锤有点胆怯了。他不由自主地想起被抓壮丁的事。

瑶娃儿也看出来瓷锤的心思说："瓷锤哥，这黑灯瞎火的，又带着娃娃，走夜路恐怕不方便。万一有个闪失咋办？"

瑶娃儿这一说，瓷锤还真的不敢走了。他忧愁地说："可是，不走，该咋办？总不能在这里圪蹴一晚上吧？"

瑶娃儿说："大夏天的，又不冷。这里是城边上，到底稳当一些。我说，咱不是带着床单吗？铺到地上，坐下来，打个盹儿天也就亮了。"

瓷锤说："只能这样了。我就怕委屈了你和娃娃。"

瑶娃儿说："一家子在一起过日子，啥委屈不委屈的。你抱着娃，我铺床单。"

床单就地铺着，瑶娃儿把娃娃抱在怀里，两个人背靠背坐着打盹儿。

不知过了多长时间，"啪"的一声脆响，把瓷锤惊醒了。他睁眼一看，天已经亮了。

一辆崭新的骡车停在跟前。车把式四十多岁的年纪，短衣短裤，手里拿着一杆长鞭子，鞭子上头拴着红绳子。一匹灰白色骡子驾辕，人、车、骡子都显得精气神十足。

看瓷锤醒来了，车把式问："客人这是要到啥地方去？南边还是北边？"

瓷锤站起来说："去北边，离故市镇不远就是我们村子。"

车把式说："好得很，我的车就是往北边去，也刚好到故市就返回来。你坐不坐车？我捎个脚。"

瓷锤看了看瑶娃儿。瑶娃儿也站起来朝车上看了看说："我们三口人，还有行李，要多少钱？"

车把式说："捎脚便宜，给一块钱就成。"

瓷锤和瑶娃儿碰碰眼神，回头给车把式说："能成，我带着娃娃，也就不跟你讲价钱了。一块就一块，到了故市镇给你车钱。"

瓷锤领着瑶娃儿和娃娃，怀抱肩挑，到家里已是掌灯时分。本来可以早点到家的，只是下了车，瑶娃儿发现娃娃有点跑肚拉稀，神情紧张了，和瓷锤就地找了家诊所给娃娃看病。郎中看了看，连脉都没有把就说："饱食受凉，不打紧，一服丸药可除。"

瓷锤突然回来，还带来了女人和娃娃，把他大普兆老汉高兴得老泪纵横。她妈香珍更是一头扎到灶房烧汤做饭。

本来，一家子还要连夜商量很多事，但瑶娃儿和娃娃都困了，喝了汤早早睡下了。普兆老汉叮咛瓷锤几件事情，瓷锤都答应了个大概说："大呀，兵荒马乱的年头，下聘书请媒人那一套就免了，找亲戚朋友来吃一顿饭就成了，也算我把瑶娃儿明媒正娶到家。还有，给娃娃起个名能成，姓千万改不得，我答应人家的。"

普兆老汉说："成！娃儿姓元，这不能变。他小名叫个根儿。对了，瑶娃儿也该起个名，咱家给的名字。还有你，成家立业了，也该有个大号了。明儿我寻族长去，讨几个名字来就是了。你乏了，早早歇着去。"

第二天天还没亮，瓷锤一醒来就抓起衣服下了炕，打开门就往刘孝福家跑。他猜想着，刘孝福要是给人做厨活的话，一定是早早起来赶路。

果然，刚到刘孝福家，还没敲门，大门就"吱呀"一声从里边打开了。

瓷锤一看，正是刘孝福。

两人一见，各自一愣，随即抱在一起痛哭失声。

少时，刘孝福稳了稳神情说："走走走，到屋里说话。"

两个人来到外屋，刘孝福冲里屋喊："赶紧些，起来，烧水做饭，来贵客了。嘿嘿，我的生死弟兄瓷锤哥来了。"

瓷锤赶紧拦住说："我就是来告诉你一声，我回来了。你不是还要外出吗？你忙你的去，今黑了你回来咱俩好好谝一谝，我还有很多事情要你帮着拿主意。"

刘孝福不好意思笑笑说："不瞒哥，我还真的要出门，到高庙村做厨活去。说起来丢人哩，我回来这么长时间，干啥啥不成，麻烦事情一大堆。我也要好好和你说说，商量往后咋办哩。是这向，你在这里吃早饭，我吃了早饭再走不迟。"

瓷锤笑着说："你哄人哩。咱这地方人，一天两顿饭。等吃了早饭，你还来得及去给人家做活吗？这样吧，你走你的，我也走。记着早早回来，咱们好好谝。"

夜里，刘孝福回来了，瓷锤稍后也来了。

瓷锤把姚掌柜家的事说了一遍，刘孝福羡慕地说："哥你好福气，到哪里都遇到好人。"

瓷锤说："好我的兄弟哩，你哥我现在难成得很哩。当了掌柜的，才知道有多缠人。现在，酱菜园子要开业，不开业就活不下去。开业，潼关城肯定不行，炮弹炸弹说来就来。在别处开，又没个熟人。愁死了。"

说着，瓷锤把想在塬上开酱菜园子的想法告诉了刘孝福。刘孝福说："这是个好主意。一来塬上太平一些，二来离县城不远。说到找熟人寻地方，我大哥兴许能帮上忙。回头我去问问。"

瓷锤说："现在天也不算晚，干脆把你哥叫来。或者去他家里问。兄弟，你不知道我心里有多着急？"

刘孝福说："要是找我哥，只能是上门了。以前我妈在，他总过来。

现在，我妈不在了，人家又当大哥，咱们该登人家门的。"

瓷锤说："我不能空着手去吧？这是求人家。"

刘孝福说："倒也是。我哥没啥，就是我嫂子，心思多一些。也难怪，女人家都这样。"

两个人正说着话，大门被"咚咚咚"地敲响了。

刘孝福起身去开大门。

门开了，外面闪进来一个人。刘孝福一见说："真怪，也真巧。正说要寻你，你就来了。哥，瓷锤在这里，你进来说话。"

老大刘孝喜带着酒味进来说："我听说瓷锤回来了，还当了掌柜的，就去寻他。普兆叔说他来寻你了，我就赶来了。咋样？他当了掌柜的，能不能让咱们也跟着发点小财？"

刘孝喜见了瓷锤，没过三五句话，就听瓷锤说想在塬上找地方开酱菜园子，他把胸脯"啪"一拍说："包在你哥我身上。巧得很哩，我有个过命的兄弟，就在东塬上，也是个有名的英雄。他出面，官家都得给面子。成！明个我就骑骡子寻他去。不过，得说好，事情成了，抽水头是少不了的。"

刘孝福哭笑不得地说："哥呀，瓷锤哥和我也是生死弟兄，他的事就是我的事。再说了，事情八字还没有一撇，啥水头不水头的。哥，我再说一句掏心窝子的话，瓷锤哥这一次回来，把他酱园子最后两罐面酱都拿来给我了。他们宝号做的面酱，是油泼扯面的绝好配料。他不生产，我拿啥赢人？以后拿啥开门面？"

刘孝喜说帮忙给瓷锤在塬上找地方开酱菜园子，不过十天时间，还真的找到了。

瓷锤雇了骡车，和刘孝喜赶到东塬上去看。一路上瓷锤不住地看土路两旁的树木和庄稼，连声问车把式对塬上熟悉不熟悉？路过一个村口，发现一个壮汉挑着水走路，瓷锤忙叫停了车，他自己跳下车子，跑到汉子跟前鞠了个躬说："大哥，我口渴了，能不能让我喝口水？"

壮汉摆着手说:"口渴了?走走走,到咱屋里去,喝口热茶解渴!"

瓷锤谢过壮汉,用手捧着喝了两口水,致谢告别。

回到车上,瓷锤说:"这里的水,冰凉冰凉的,得是雪化成的水?"车把式说:"我常跑塬上,听人说,这里有个六姑泉,水不知道从啥地方来的,一年四季流不断,冬暖夏凉,用它做的柿子醋,味道就是好。"

瓷锤听了,双眼发亮。

骡车进了一个不大不小的镇,向西一拐,进了一座看起来有些破败的大院子。

下了骡车,只见满院子倒颈卧项的各种水缸。大号的两个人不能合抱,小号的一只手就能拎起来。

瓷锤问:"孝喜哥,这地方以前是做啥的?怎么会有这么多瓮?"

刘孝喜说:"等一下说话的中人就要来了,到时候你问他。"

说话间,门外急急忙忙地跑来个矮个儿老汉。老汉进门就嚷嚷:"贵客贵客!贵客来咧!"

刘孝喜对来人说:"锁叔,这就是我兄弟瓷锤。名字土气,人家可是大字号掌柜的。"

那个被叫作"锁叔"的老汉,弓着腰走到瓷锤跟前说:"大掌柜的有眼光,我这地方土好水好人也好,做啥都能发达起来。"

瓷锤问:"锁叔,这地方以前是做啥的?咋这么多瓮?"

锁叔说:"以前就是个醋坊,掌柜的一病不起,欠了不少药费,就把这个作坊顶了账。嘿嘿!以前,这家醋坊远近有名,可惜,败了。"

瓷锤听了大喜,心想:能做醋坊,少不了好水。看来,这地方有好水,生意能做起来。

想到这里,瓷锤对刘孝喜说:"哥呀,我看这地方能成。剩下的,交定金、立文书、谢中人,您就多费心吧。"

刘孝喜也乐呵呵地说:"咋样?哥没骗你吧?这地方可真是老天给你留着的,还有那些瓮,你以后正好用上。嘿嘿,走!丰原包子有名,咱去吃。"

瓷锤看看天色说:"看来今黑了回不去了。哥,寻个店,天黑了落脚。"

瓷锤选好了地方,风风火火回潼关和东家商量。

一番紧锣密鼓忙活,瓷锤和瑶娃儿的酱菜园子终于开张了。东家老两口还留在潼关,说日子好过了总店还是要开张的。

普兆老汉带着一家老小,搬到了塬上酱菜园子,连帮忙带出力过起了日子。

四十七 话说巧儿被卖到了凤城韩财东家。

刚来几天,财东家安排了一个叫梨花嫂的中年妇女,带着巧儿熟悉院落房间,又给她置办了几身衣裳,剪了头,洗了澡,三天过后才领到了老太太房里。

刚一进门,巧儿被吓了一跳。偌大的火炕上,只有半条被子,还有就是火炕四周摆满了各色花馍馍。

正纳闷儿,梨花嫂冲炕上轻声说道:"您老人家精神好!伺候您的人给带来了。洗了澡,换了衣服才来的。"

巧儿睁大眼睛也没看见炕上有什么人。正在疑神疑鬼,却见炕上那半床被子抖动了一下,被子头冒出来一团棉丝。

紧接着,半张枣核一样的小脸哆哆嗦嗦从被子角下钻了出来。

这是一个瘦干了的老太太。

巧儿心想:"这个老太太,不会比一只公鸡重多少。"

正想着,老太太忽然开口说话了。这声音,让巧儿想到锅铲子铲锅底儿。

不过,老太太说话倒也口齿清晰:"你会不会蒸花馍馍?会不会擀面条?"

巧儿垂下眼帘答道："花馍馍我不会蒸，别人带着才成。各色面条我都能做。老人家想吃哪一口儿？回头我做了您尝尝。"

老太太又说："你来了，就要赶紧学会蒸花馍馍。我都九十岁了，生日都过了。下一个生日等不来了，也不想等了。我要带很多花馍馍走。不成！我冷得很哩！"

说着，老太太的头无声无息缩进了被窝。

巧儿看到，炕上那半条被子，原来是整条被子折叠起来的。老太太的头缩进被窝的时候，被子似乎都没有被触动。

老太太屋子很大，靠近火炕有个竹床，这就是巧儿的安身之处了。

老太太吃了巧儿做的旗花面，赞不绝口地说："想起了我娘家嫂子的手艺。可惜，她早就没了。"

巧儿说："您老人家上岁数了，要吃软和透烂的饭。我给您煮的旗花面，面软，擀薄，下锅煮开用文火焖。您不用嚼就能咽下肚，还好消化。"

老太太努力睁大眼睛，上下把巧儿打量个够才说："怪不得哩，好俊俏的样儿，脸蛋就像面粉一样白净。"

巧儿说："您老真会夸人。"

老太太闭目养神说："你再学会了蒸花馍馍，就啥都不缺了。"

巧儿说："就这几天，跟上梨花嫂学着做。说快也快，十天半月就成了。"

老太太嘴里咕哝着"十天半月"，少时，鼻腔里冒出来一连串鼾声。

得了空儿，巧儿跟着梨花嫂学蒸花馍馍。

刚一上手，巧儿就觉得这个梨花嫂太古怪了。

她教给巧儿和面，按照她说的面粉和水的分量，根本就蒸不出来馍馍，倒像是发糕。还有，捏各种动物造型，梨花嫂要不然不管不问，要不然指东说西，根本就不像是在带徒弟。

蒸得有点模样儿的花馍馍，梨花嫂一定给老太太说是自己蒸得。蒸得一塌糊涂的花馍馍，她又专门端给老太太看说是巧儿做的，故意出巧儿的洋相。

巧儿觉得这里边有啥过节？

心想自己一个无依无靠的佣人，不会妨害别人吧？梨花嫂为啥这样时时处处提防着自己？各干各的事情，各吃各的饭，不争啥也不抢啥，自己到底什么地方做错了？

不行！得找个机会把话说明。

夜里，巧儿伺候老太太喝了汤，趁老太太迷迷瞪瞪睡着了，跑出来到伙房寻梨花嫂说事儿。

刚一进门，梨花嫂就说："我料到你该来找我了。你得是想问我你啥地方得罪我了？为啥我和你过不去？"

巧儿一愣，随后尴尬地笑笑说："嫂子您咋一眼就看到人肚子里去了？我早就想问您了，得是我啥地方做的不好，得罪您了？您说出来，我一定改。"

梨花嫂说："手别闲着，帮我洗锅洗碗，然后到我屋里说话。"

巧儿忙上手帮着洗锅洗碗。完事后，巧儿跟着梨花嫂一前一后到了后院一个独立小屋子。

进了门，点着灯，巧儿问："嫂子，您说老太太会不会这会儿醒来？"

梨花嫂说："放心，她这一觉，鸡叫头遍才醒来。后半夜就时睡时醒。"

巧儿问："嫂子，您好像知道这家人很多事情？我看东家人对您都很客气。"

梨花嫂说："不说那些事情了。你今个来，正好哩，要不然迟了就来不及了。"

巧儿问："做啥就来不及了？"

梨花嫂反问："韩家为啥出大价钱把你买过来？"

巧儿说："不就是伺候老太太吗？咋了？"

梨花嫂说："雇一个伺候人的老妈子，用不着那么多钱。更用不着跑那么远托人把你买了来。"

巧儿说:"嫂子,别的就不说了,我还是想知道你为啥不好好教我蒸花馍?还有,您好像有意当着老太太的面说我的不是。对不对?这到底是为啥?"

梨花嫂轻轻但又很有力地说:"为啥?你会蒸花馍了,也就活到头了。我这是好心救你一命,至少能叫你多活些日子。"

接下来,梨花嫂告诉巧儿,老太太一直在挑选一个既会做面条又能蒸花馍的人,模样儿还得好。老太太死了以后,要陪葬的。

"陪葬!"

巧儿眼前闪过这样一幅画面:一只朱红棺材前面,莲花宝座上一对儿金童玉女。

不过,金童玉女是纸人儿,老太太要带走的,可是活生生的人。

巧儿打了个寒战,不过,很快也就平静了说:"嫂子,这人啊,谁不想多活几年?可是,我这个年纪,却早就活够了。要我死我不怕,我就怕大恩大仇不能相报。"

梨花嫂说:"我一直不教给你蒸花馍手艺,就是想尽量往后拖延时间,看看以后会不会变个世道。你要是学会了蒸花馍,老太太在世上没啥念想了,一口气上不来就没了。到时候,你也就活到头了。"

巧儿带着哭声说:"嫂子,你这样对我好,我又多了一个恩人。这么多恩人,我咋能回报得过来?"

梨花嫂说:"把活人当死人埋了,这就不是人干的事儿。我给你说,跑买卖的回来说,日本人败了,北边的队伍就往南边打,再往北边一些的地方,世道已经变了。还说队伍就要开到这里来了。队伍来了,天就变了。或许你也就不用陪葬了。"

四十八

形势发展总是超出人们的预料。

欢庆鬼子投降的锣鼓声仿佛还在耳边，战火又燃遍关中平原。

凤城周边一夜之间住满了解放军，凤城就像汪洋中的一条孤舟，不断摇摇晃晃，随时有倾覆的危险。

一日傍晚，韩家从外边跑回来的账房先生郗世荣慌慌张张地告诉东家，说城外解放军架起了大炮，黑洞洞的炮口直指鼓楼，看样子要攻城了。

韩财东穿着缎子睡衣，手里托着雕花白银水烟袋，歪着脑袋想了半天才骂道："什么他妈的国军，要钱要粮一个顶仨，打仗守城熊囊鬼一窝。这才半个月工夫，城外六镇丢了三对儿！"

说着，让郗世荣附耳过来，贴着耳根叮嘱一会儿，郗世荣连连点头。

第二天，郗世荣带着两个伙计，赶着三驾马车，车上装了六口木头箱子，上头盖着棉被褥子等物。到了北门，守城的国军上来检查，郗世荣递给国军排长一包东西，排长掂了掂，喜上眉梢说："韩财东有要事，放行！"

马车叽里咕噜出了城，直奔解放军住的村子。

早有哨兵上前拦住马车，郗世荣让伙计打开木箱子，里边是长枪短枪和子弹，还有一挺满带烧蓝的"捷克式"机关枪。

哨兵一看这些硬家伙，不敢怠慢，喊出来一伙解放军，前呼后拥把郗世荣和伙计带到了指挥部。

接待郗世荣的，是一个三十岁出头的军官，解放军都喊他"马政委"。

马政委派人点清了车上的枪弹，并对韩财东明事理、懂时局的明智行为大加赞赏。同时，马政委打了收条，明确攻城的时候，韩家大院四角插上旗杆，挂上灯笼，这样就能避开解放军的炮火，攻城部队看见这个信号，对韩家人员财产严加保护，可保平安。

郗世荣回来后面见财东家，递上马政委开的收条，把马政委的话复述一遍。韩财东听了后说："哼哼，我要是提前挂上灯笼，国军一定会认为我是共军内应，不等共军炮火，他们就会来灭了韩家。听我的，城不破，灯不挂。一切听天由命。"

天黑了，韩财东老妈妈喝过汤刚刚睡着，巧儿坐在小板凳上洗老太太的裹脚布，韩财东推门而入问："老妈睡着了吗？"

巧儿忙起身说："刚刚睡着。咋了？财东家有事情？"

韩财东说："麻烦你把她老人家叫醒，我有话说。"

巧儿爬上炕，在老太太耳边又是叫又是揉，老太太哼哼唧唧醒来了说："谁这么讨厌，刚睡着就叫醒我。"

韩财东赔着笑说："妈，是我，您那孝顺儿子看您来了。"

老太太从被窝里钻出半张脸来说："算了算了，甭在我面前装孝子了。你要是真孝顺，就赶紧想办法叫我走。"

巧儿一看，母子两个对上话儿了，知趣地倒退着出了门，顺手把门从外面带上。

刚走几步，就听见老太太说："现在啥都不缺了，就盼着上路了。早走一天就都早安生一天。"

巧儿一听，心头一紧，拔腿就往梨花嫂那里跑。

梨花嫂收拾完东西刚要往小屋子去，迎面碰上巧儿，看见巧儿慌慌张张的样子说："你赶紧回去，鸡叫头遍来我这里，我给你留着门儿。"

巧儿返回老太太那里，韩财东正好出屋子，看见巧儿乖巧地垂手而立，满意地点点头说："都说你是个老实人，也是个巧手能人，看来选你真是选对了。老太太对你很满意，恨不得认你做干女儿。是这向，你家里还有啥人？回头你给账房留个地址，我差人给你家送点钱去，你就安心在这里伺候老太太。亏待不了你家。"

巧儿点头称谢。

巧儿不敢睡觉，好容易熬到公鸡打鸣，起身爬到炕沿儿上，听听老太太呼吸均匀，睡得正香，心想："亏得财东家和她说了一会儿话，打扰了她的瞌睡。要不然，没准儿这会儿就醒了呢。"

巧儿蹑手蹑脚出了门，拔腿就往梨花嫂屋里跑。

后院里，满院子月光，把花花草草照得明暗有致，不知名的花朵误把月光当太阳，仰起脸儿来使劲儿绽放，阵阵花香扑鼻。

巧儿顾不上欣赏这一切，碎步快走，来到梨花嫂屋前。

也不说话，推门，门无声无息地开了。

梨花嫂说："快进来！你来我这里没有人看见吗？"

巧儿说："没有人看见。嫂子，我这心咋跳得厉害？是不是要出大事情了？"

梨花嫂说："你摸黑坐到床边上。我给你说，也就这几天，财东家要对你下手了。他们怕解放军破城，事情就做不成了。账房先生弄来了毒药，说是花大价钱从外面买的，不像信子药有药味儿。人吃了不知不觉就死了。你可得当心，到时候这么办……"

不年不节的，财东家突然雇请十几个妇女，支起大锅蒸了一天一夜的花馍馍。

巧儿的心"咯噔"一下，心想：这就是他们要动手的第一个信号。莫慌。

花馍蒸好了，又放在太阳底下晾晒了两天。馍馍皮儿都干裂了，财东家人好像对此并不在意。

这些花馍又被装在了三口硕大的黑红色箱子里。

这天天还没亮，巧儿被一阵猛烈的敲门声惊醒。

披上衣服开了门，韩财东和郗世荣闯进来，韩财东对巧儿说："我们有话对老人家说，你到灶房去。吃了早饭，要出城办事。对了，你换上新衣服，出门办事儿也显得光鲜一些。"

巧儿觉得眼前一片晕眩，踉踉跄跄几步，差点儿没摔倒。好在韩财东转过身去叫他妈没看见。

巧儿歪歪斜斜跑到伙房，梨花嫂正忙，朝她使了个眼色。

少时，韩财东大老婆和小老婆领着两个妇女来了，一个妇女手里托着一件大红衣服。

韩财东大老婆喜眉笑脸对巧儿说："今天老爷领着一大家子出城。可能要在外面住一段时间。本来，你是个下人，不带你走的。可是，老太太喜欢你，离不开你，也就带着了。你好福气。来来来，你把这件衣服换上，出了门，不能给韩家丢面子。换上衣服，咱一起吃早饭。吃了饭，上路。"

说着，几个妇女上来不由分说，帮巧儿换上了新衣服。

灶房外间，支上了八仙桌，桌上干鲜果品摆了不少。一会儿工夫，梨花嫂把早餐端上来，每人一碗荷包蛋，还有一盘油炸馒头干、四碟咸菜。

梨花嫂把那只红色喇叭头碗放到巧儿面前说："这是你的。"

信号齐全了。

巧儿被众人摁到椅子上坐好。她看了一眼梨花嫂，梨花嫂点点头面无表情说："吃吧，少盐少醋地说一声啊。"

巧儿把心一横，眼睛一闭，端起碗来猛地喝了几口汤。

接着，又夹起一块鸡蛋往嘴里送，咬了几下，突然"哎呀"大叫一声，仰面倒地。

众人看时，只见巧儿双目紧闭，嘴角流出鲜血来。

觉得有一只手凑到自己鼻子底下试探，巧儿不敢出气，硬生生憋着。

这一切都是梨花嫂提前说好的。巧儿倒地，咬破舌头流出血蒙众人。

觉得有人把自己抬起来走了不长一段路，似乎把自己放在了一口箱子里，箱子底铺着软绵绵的东西，身上压着一堆轻飘飘的东西，一股纸味道直冲鼻腔。

巧儿这才睁开眼睛，扒拉开脸上的纸花。觉得憋气，按照梨花嫂的安排，伸手拔开箱子锁扣儿，露出一个枣儿大的洞口，透过洞口看到一块红布。

还是憋气，不过倒也还能忍受。

箱子又被抬到一辆车上，不长时间，就听到鼓乐齐鸣，唢呐震天响，还有三眼铳的爆鸣。接着，车子起动，哭声此起彼伏。

也不知道走了多少路，直到听见外面有人盘问。

听声音不像是国军，因为听梨花嫂说，解放军里边有不少南方人，口音和北方大不相同。

耳听得一阵叽里咕噜说话声，又听不太懂。

是时候了！

巧儿双腿一蹬，"咔吧"一声，箱子盖子被蹬开了。巧儿一身子坐起来，双手把大红布一扯，放开嗓子拼命叫喊："救命呀！有人要活埋我！救命！"

这一嗓子不要紧，早有一群端枪的人围上来。有一个人大声喊着："这儿有个大活人，女的！"

立刻，一群人七手八脚把巧儿从箱子里拽出来。一阵刺眼的阳光，巧儿一头晕了过去，一身子软瘫下来。

韩财东正忙着和城外的解放军交涉，还拿出了马政委写的收条。说是老母亲仙逝，要抬到城外祖坟安葬，让解放军行个方便。人抬车拉的，是棺材和花圈、花馍等丧葬品。

正说着，巧儿一声喊，从箱子里探出身子。韩财东一看大事不好，也不管身穿白色孝袍，撒腿就跑。

他这一跑，男女孝子"哗啦"一声四处逃散。

剩下抬棺材的、吹喇叭的、赶马车的伙计们，呆若木鸡，一动不敢动。

当官的一声令下："给我抓回来！一个都不许放过！"

当兵的四处去追。

韩财东的双腿被孝袍的下摆纠缠着，跑不快，没跑多远就被一个解放军飞起一脚踹倒在地上。

韩财东不知死活，被枪口指着，还敢挣扎着爬起身来，从孝袍大衣襟掏出一把小手枪来。他刚一亮家伙，早被解放军一枪托扫过去，正中脑门子。

韩财东嘴里"妈呀"一声惨叫，一头扎到地上，腿蹬了几下，七窍流血，随他妈去了。

原来，梨花嫂早早串通了一帮伙计，大家对韩财东活人陪葬的做法义愤填膺，按照分工，做了手脚。梨花嫂把毒药换成精盐，伙计提前把箱子锁扣弄活，关键时候救了巧儿一命。

韩财东劝说老妈，如果再不死，解放军攻城进来，巧儿陪葬的事情就弄不成了。弄不好，老人还有可能死于战乱，弄得个尸首不全。就这样连劝说带吓唬，老太太心甘情愿服毒身亡。为防止夜长梦多，顾不上停尸三日的老讲究了。这里人一死，马上出殡抬埋。

只是没想到人算不如天算，巧儿大难不死，韩财东横死野地。

四十九 围城部队救了巧儿。

官兵们听说了巧儿的遭遇，既为她的悲惨身世难过落泪，又为她的非凡经历啧啧称奇。马政委教育官兵说："这不是哪一个人的苦难，是整个阶级共同的冤仇。无产阶级，哪一个没有一本血泪账？穷苦人家，哪一家没有一部悲惨史？只有推翻统治阶级，劳动人民才能当家做主。只有消灭剥削阶级，劳苦大众才能翻身得解放。大家要牢记阶级苦，不忘血泪仇，用奋勇作战、消灭敌人为阶级兄弟姐妹报仇雪恨。"

部队战前训练任务紧急，马政委吩咐人把巧儿带到了战地医院，交给了一个姓潘的护士长，说让巧儿调养好身子以后，再安排她的去向。愿意留下来当兵，就在医院当护士。不愿意当兵，就发给路费让她回家。

巧儿劳作惯了的人，哪里闲得住？躺在床上睡了小半天，吃了放在床头的两个馍馍，觉得力气又回到了自己身上。

她下了床，想出去走走，看看这里是个啥地方。

她刚推开门，一个男娃儿的声音传来："老乡，你醒来了。很好很好，我去报告护士长。"

巧儿这才看清楚，站在门外的是一个十五六岁的男娃娃，一脸稚气，一身不合身的灰色军装，还有一杆不长不短的步枪斜挎在肩上。

小战士找护士长报告去了，巧儿站在原地打量。这是一家大户人家的大院，对檐房子两排十几间，不断有人从房子里进进出出。有的拿着带血的绷带出去洗，有的拿着木板拐棍儿进去伺候伤兵。整个大院忙而不乱，井然有序。

巧儿正看得入神，一个女兵端着一个大木盆，吃力地从房间出来，看见巧儿站着喊她："你是新来的吗？快帮帮我。"

巧儿忙走上前去，和那个女兵抬上木盆走问："这是要去啥地方？"

女兵看了巧儿一眼说："没看见吗？这一盆绷带，要到水井边上去洗。咦！不是说新来了个护士吗？不是你？"

巧儿说："我不知道你说的那个人是谁。我是大军救下来的。你要去洗这些东西，我帮你。反正闲着也没事干。"

两个人到了村口水井边上。巧儿刚要从井里打水，有两个农民打扮的大男人早就飞快地从井里用木桶提水上来，放到木盆边上说："只管用，我们专门为大军医院打水。"

听女兵说，这两个打水的男人，是村子里组织的支前民兵。大仗没有开打，就帮部队干一些零碎事情。

巧儿把这一切看在眼里，觉得和以前看到的任何事情都不一样。具体啥地方不一样，自己一时半会儿说不清。好像这支大军，都是一家人那样亲切。又都好像是书坊的学生那样说话办事带着柔瓤。

绷带很快就洗完了，巧儿又帮着女兵把这些绷带抬回去，晾晒到后院拉起来的绳子上。

干完这些活儿，女兵热情地说："谢谢你，同志。你是哪个单位的？妇救会还是农会？"

巧儿一时不知道怎样回答。

正在这时，护士长跑过来对巧儿说："刚听警卫排的战士说你醒来了，还没来得及找你谈话，就找不见人影了。走走走，我和你谈谈。"

说着，拉起巧儿的手就走。

一旁站着的女兵看着巧儿后背自言自语说："不是新来的护士？不是妇救会的？"

护士长和巧儿来到一间小屋子里。刚一进门就闻见一股刺激性药味儿。

护士长说，这是配药间。

开始三言两语，护士长问了问巧儿的身体状况，巧儿说身体好好的，现在头也不晕了，浑身也有力气了。

护士长疼爱地说："也算是在鬼门关走了一趟，一般人吓也吓得半死。你想过吗，往后你打算咋办？你家里还有啥人？"

提起家人，巧儿就落泪说自己孤身一人，被人卖来卖去，没有个落脚的地方。

问到往后咋办？巧儿咬牙切齿地说："我活着就剩下两件事，找仇人报仇，找恩人谢恩。"

护士长也陪着巧儿落了泪说："记住，白燕巧同志，我们要报仇，但是报的不是哪一家一户一个人的仇，而是整个无产阶级的仇，被压迫被剥削阶级的仇，全世界大多数劳苦大众的仇。留下吧，革命队伍有很多你这样的苦出身，为穷人打天下，才是无产阶级每一个分子最值得付出的事业。"

护士长的话，巧儿听不太明白。不过，留下来，倒是符合自己的想法。

想到这里，巧儿说："大军救了我的命，我愿意留下来为大军做事情。可是，我能做点啥？做饭我倒是会，大军灶房要不要人？或者伺候人我也会，伺候伤兵也成。"

护士长笑了说："部队做饭的叫炊事员，都是男兵。现在最缺少的就是护工了，你是女的，干这个合适。攻城就要打大仗，战伤救护任务会很繁重，正需要人手。"

就这样，一顶军帽，一身旧军装，巧儿就成了军队医院的护士。

夹了一段时间巧儿才弄清楚，这是一所师级野战医院，下面还有团级战地医院和营级救护所。一般轻伤，就在团级以下医院治疗。重伤员和营级以上干部，才在师级医院治疗。

巧儿被分在了勤务班。

勤务班就是专门为医护人员服务的。成天就是洗绷带、洗被单、蒸煮医疗器械，包括为重伤号送饭。

这天中午，阳光灿烂。巧儿抱着一堆绷带纱布去洗，没留神有一条绷带散乱了拖在身后，走着走着忽然双手一沉，就听得后面"哎呀"一声，似乎有人摔倒了。

巧儿忙回头去看，只见一个伤员坐在院子地上，一根拐棍扔得老远。伤员似乎很疼，龇牙咧嘴的很难看。

巧儿忙把怀里的绷带纱布放到门边上的长条凳子上，过来扶伤员起来。

伤员的说话带着鼻音，能听懂。

伤员说："我拄拐棍儿走着，你的绷带把我的拐棍儿缠住了，又拽走了。哼！你走路不长眼睛呀？"

巧儿把伤员扶起来，又把拐棍儿捡回来递到他手里说："都怨我都怨我！您没事吧？哪里疼？走走走，我扶您去病房，让医生看看要紧不要紧？"

伤员把拐棍挂好，换了一副表情说："你这个同志，态度还不错嘛。认错就好。我不怪你。对了，你是护士？我咋不认得你？"

巧儿回答说自己刚来不久，在勤务班，平时很少接触伤病员。

正说着话，护士长来了，问清了情况说："巧儿，以后走路要小心。要养成习惯，手里的东西拿稳当了再走路。还有，在医院，不能倒退着走路，不能急转身，不能走当间，要走边上。当间的路是伤员走的。多亏崔参谋长身体灵活，要是别人，这一跤摔下去，可没个轻重。"转身又朝崔参谋长问道："您没事吧？要不要回病房检查一下伤口？"

崔参谋长咧开大嘴笑着说："革命军人是钢铁战士，又不是泥捏的。放心，敌人的炮弹都没要我的命，摔个跤又能咋的？护士长，不要批评这个护士了。她们平时也很辛苦的。"

这件事过去了几天，巧儿莫名其妙地调到了护理组。

护理组就是专门护理伤员的，包括康复护理。

尽管巧儿说自己不会包扎伤口，也不会换药，但护士长说，换药有医生，包扎伤口看几次就会了。这个参谋长是个大功臣，在队伍上很有名气，他要求巧儿当自己的护理员，院长同意了。

巧儿觉得这个参谋长对自己非常好。

弄清了巧儿的身世，参谋长说："穷人都有血泪账。我给财东家放过羊，大冬天的单衣单裤，挤在羊群里取暖。丢了羊，吓得不敢回去，一口气跑了三十里地，直到遇上队伍。"

巧儿听了参谋长的身世，不由得一阵心疼。

巧儿也觉得自己对这个伤员，有点不一样。怪怪的，说不清。

一来二去，两个人熟悉了。几乎到了无话不谈的程度。

一天，参谋长擦手枪，巧儿好奇地围着看。只见参谋长熟练地把一把小手枪卸成一堆零件，用布擦来擦去，又飞快地组装好了。巧儿伸手摸摸手枪说："你这把枪，小巧得很哩。有的手枪，很大很长，在屁股后头吊着。你这把枪，在腰里别着，很神气的。"

参谋长说："这是一把勃朗宁，外国造。你看见的大号手枪，叫驳壳枪。枪这东西，大有大的好处，打得远，打得准。小有小的好处，好藏好带用起来便利。就是打得近，杀伤力也小一些。对了，你对枪这么感兴趣，得空儿我教你打枪。不过，子弹不多，打几枪是个意思就成了。你们当护士的，用不上枪，有警卫排保护着。"

眼看着参谋长的伤口一天天在愈合，巧儿心里高兴。一想到他伤好了就要离开医院，心里就觉得空荡荡的。

参谋长似乎也觉得自己快要离开医院了，得了空就教巧儿练习瞄准。

这天一大早，参谋长拆了绷带后，在地上走了几步说："我的伤好了，能走路了。马上要攻城了，部队来人接我回去。巧儿，走，到村外空地上，我教你打枪。"

两个人来到村外，参谋长教会巧儿压子弹，拉枪机上膛，双手端枪瞄准说："你看着前面那棵老槐树，用缺口套住，用准星压住，然后慢慢扣扳机。注意是照直往后，不能往上往下。往上子弹朝天上飞，往下就打脚面。你来打一枪试一试。"

巧儿照着参谋长的说法，端着手枪，一动二拇指，"砰"的一声爆响，巧儿手一哆嗦，枪就掉在了地上。

参谋长先把枪捡起来，又跑过去看了看老槐树，回来高兴地说："打中了打中了！第一次打枪就打中了，你真行！"

参谋长又教巧儿打了几枪，巧儿慢慢就不再害怕枪响了。

远远地，三匹马，两个人朝这边跑来。

两个当兵的到了跟前，下了马，朝参谋长敬了个礼。那个大个子兵说："参谋长，我们来接您出院。医院里没找到您，听到枪响我们就赶过来了。果然是您。"

参谋长朝两个当兵的还了礼说："稍等一下，我还有点事情要办。你们两个，在旁边等等我。"

两个当兵的牵着马走到一旁等待。

参谋长把手枪连带枪套递给巧儿说："要走了，没啥送给你的。这把枪，你喜欢就送给你做个纪念。记住，遇到事情用枪，千万要拉枪机上膛。平时不用，要关上保险。"

巧儿惊喜地接过枪问："是吗？给我的吗？您把枪给了我，您打仗用啥？再说了，医院能让我用枪吗？"

参谋长被巧儿这一连串的问题逗乐了说:"我经常打仗,枪有好几把,有我用的。你虽然是护士,但也是军人,没有规定不能有枪。对了,枪套上还有子弹夹,一共八发子弹。有点少,等再缴获了我给你送来。就这样吧,我走了,你也该回去了。"

说着,参谋长伸出右手说:"握手道别,这是规矩。打完这一仗,我再来看你。我们还有很多事情要做。"

巧儿心头一热,双手抓住参谋长的大手,只觉得一股暖流从手上传到胳膊上,又传遍全身。

五十 **解**放军对凤城久围不攻的战术产生了良好效果。城内守军士气低落,拖枪逃跑甚至成建制投降的事情屡有发生。没有逃脱的只不过是在官长范旅长的严令下做做样子而已。

政府官员或者微服出城再也不回来,或者托病在家,拒不到岗。各家商号有的关门歇业,有的举家外逃。勉强支撑着的也因货出不去,料进不来濒临倒闭。范旅长自恃有空军支援,拒绝接受解放军打开城门和平改编的提议,鼓动死硬分子顽抗到底,不时放冷枪冷炮为自己壮胆。

更恶劣的是,范旅长每每以城内上万百姓为"肉盾",出城抢粮时,驱赶老百姓在前,抢得粮食后又压着老百姓断后。老百姓和解放军指战员强烈要求强攻入城,全歼守军。

攻城指挥部觉得解放凤城的时机已经成熟。

七月初八夜,天半阴半晴,月亮时隐时现。随着三发红色信号弹升空,城外十几门大炮骤然轰鸣,炮口吐出猩红的烈焰,把一枚枚愤怒的弹丸抛向城内早已标定的目标。

尽管守军层层设防,明堡暗碉星罗棋布,火力点立体交错,更有空军飞机临空助阵。无奈解放军情报工作深入细致,一阵炮火,城内工事大多土崩瓦解，只有少数几个火力点例行公事般微弱抵抗。

火炮急袭过后，攻城部队开始架云梯登城。一顿饭工夫，北门首先被攻破，先头部队打开城门，大部队蜂拥而入。大军形成浩浩荡荡的钢铁洪流，向城中心鼓楼席卷而去。

丧心病狂的范旅长，呼叫夜空盘旋的敌机，不分敌我，狂轰滥炸。攻城部队、守城官兵和老百姓死伤惨重。

天快亮时，攻城战斗结束。守军范旅长因为拒绝投降被副官击毙。副官率残兵败将向解放军缴枪投降。

攻城部队进入城内巷战开始时，陆陆续续就有伤员送下来。攻城指挥部三级战地医院一片忙碌。

巧儿所在的医院，半夜工夫收进了百十名伤员。有的伤员到了医院，来不及抢救就牺牲了。

牺牲的伤员，由民兵、农会人员和支前妇女帮助清洗遗体，包上白布，装入提前备好的棺材，做好登记，就地掩埋。

有一个被炸得面目不清、身材高大的伤员被抬到巧儿和医生面前。巧儿剪开伤员的衣服，伤员右腿外侧一处伤疤，在马灯光线下是那样熟悉。

巧儿心里一哆嗦，赶紧拿清水清洗伤员面部。随着血迹的清除，半幅熟悉的面孔赫然显现。

"崔参谋长！"巧儿忍不住失声痛哭。

医生摸了摸伤员心口说："阵亡！登记！清洗！掩埋！"

天已经大亮，打扫战场还在进行，除了时不时有几声冷枪，是解放军在追击逃散的敌军外。城内城外，一片寂静。

晌午，伤员急救工作告一段落。除了在手术台手术的伤员外，其他伤员包扎完毕。个别级别高、伤势重的转送上级医院。

医院派护士长领着一个救治小分队到城里救治。巧儿被分配到城内，寻治受伤的老百姓和就地投降的守军。

一路走一路救治。伤情轻的就地包扎，命其自行到医院继续治疗。

伤情重的被民兵抬上担架外送。

走着走着，就到了一处熟悉的大宅门口。

大门的门楼已经被炸弹炸塌了，朱红色的大门也被炸得像个筛子，百孔千疮。

"梨花嫂怎么样了？"巧儿心想着，突然回头对护士长说："我要进去看看梨花嫂，她是我的救命恩人。"

护士长吩咐她："快去快回，注意安全。我就在前边救护站，你回来就到那里报到。"

说着，吩咐警卫排一名小战士保护巧儿。

巧儿带着小战士进了院子，院子里一片狼藉，破窗烂门，残砖片瓦，还有被炸破的水缸，几乎寸步难行。

好容易来到后院，发现地上躺着两匹被炸弹炸死的骡子，肚皮炸裂，肠子都流了出来。

好在小屋还算完整。

巧儿敲了敲门，没有人答应。

她费劲儿地推开门，只见床上躺着一个人。仔细看，这个人一脸污血，人事不省。

"梨花嫂！"

巧儿大哭一声扑了上去。

查看伤情，发现梨花嫂头上有个洞，还在慢慢往外渗血。再看看屋顶，被飞机机枪打了不少洞，有光线直射进来。

巧儿一边呼喊，一边为梨花嫂包扎伤口。

梨花嫂嘴里哼哼唧唧发出了声。

巧儿赶紧把耳朵贴在她嘴边。

梨花嫂断断续续说："快走！嫁人！报仇！"

说着说着，没了声音。

巧儿试了试她的鼻子，已经没有气息。

巧儿还在痛哭，被小战士拉走了。

巧儿回去报告护士长说救命恩人梨花嫂已经被敌人飞机机枪打死了，她要为恩人送葬。

护士长想了想说："想法是对的，也应该予以掩埋。可是，棺材，只能给牺牲的烈士使用。你咋为她送葬？"

巧儿说："韩东家还备有好几口棺材，挑一口装殓梨花嫂。"

护士长说："也成！不算违反群众纪律。你等着，我找几个民兵或者支前民工帮你。"

忙来忙去就到了晚上。

一个村干部模样儿的人带着四个民工找到救护站，说是领导让过来帮忙掩埋尸体。

护士长让巧儿领着民工去了韩家大院。

巧儿在韩家一处库房找到了一口棺材，白茬，未上油漆。用指头敲了敲，觉得很厚实。点点头说："抬走吧，就是它了。"

民工抬着棺材到后院去了。巧儿又在韩财东大老婆的卧室，找出来几件半新不旧的衣裳，抱着跑到后院。

巧儿让民工在外面等着，自己端来水，为梨花嫂擦洗身子，又给她换上衣裳，吩咐民工把梨花嫂的尸体装进棺材。

民工又在韩家大院找来硬轱辘车，把棺材抬到车上，从侧门拉出去，出城在外面找了块地方掩埋了。

忙完这一切，巧儿带着民工返回城里。

救护站就设在一处临街民房内。

巧儿回去向护士长报告。护士长说："今夜你值班，没事不要外出。明天大军就要外撤了，救护站也要撤销了，回医院随部队开拔。"

救护站除了几个轻伤员，再就是四个警卫战士。

医护人员都到屋子里休息了。

短短两天，恍如隔世。

救命恩人梨花嫂没了，待自己就像大哥哥一样的参谋长也没了。巧儿觉得这个世界上，但凡对自己好的人，好像都活不长。

她不知道这是为什么。

巧儿呆呆地坐着，对着马灯流泪，一边苦思冥想。

她觉得这个世界上好人活不长，一定是坏人太多太坏了。坏人活得好好的，好人就一定活不长久。

想起坏人，不由得想起自己的亲爹，那个禽兽不如的两脚兽。想到了糟蹋自己、放印子钱的苟掌柜，想到了开烟馆子的恶人，想到了连糟蹋带贩卖自己的卞财东父子……

想着想着，一股怒火从心头升起。

她想，马政委、护士长，还有崔参谋长不是都说了吗，只有消灭了坏人，好人才能过上好日子。护士长还说参加革命队伍的目的，就是要为千千万万个和自己一样的受苦人报仇。

对！报仇！

自己这也是阶级仇。

自己有仇自己报，也算是革命。

想到这里，鬼使神差，从挎包里掏出了那把小手枪。

小手枪枪身蓝汪汪的，枪口黑洞洞的。

再看看子弹，金黄金黄。

她觉得这都是在暗示：这把枪，能为自己报仇。至少，能杀几个坏人，为好人出一口气。

想啊想，不知道想了多久。只觉得脑袋发晕，走路头重脚轻。似乎遥远的天际，有一个声音在喊她："恩难报，仇必报。"

还有一只手拉着自己，慢慢腾腾地向韩家大院走去。

到了韩家大院，巧儿来到了梨花嫂住的小屋子，胡乱翻腾，找出来几件旧衣服。想了想，又找出来一个包袱，包上旧衣服回到大院，找到灶房，揭开笼屉，拿了几个冷馍馍，包进包袱，出了门。

夜已经深了，大街上不时有巡逻队走过。看见巧儿穿着军装，背着包袱，没有问话，互相敬了个礼各自走人。

巧儿径直走到南门。

卫兵拦住了她说："黑灯瞎火，又是刚打完仗，一个女孩子出城有危险。请回到城里，天亮再出城。"

巧儿急急忙忙说："有个伤员伤口恶化，要出城到医院拿药。"

卫兵没有再问，挥挥手放她出城。

月亮小心翼翼地从云层里钻了出来，散淡的微光像是在田野里薄薄撒了一层盐。巧儿借着月光，在一片新起的坟头中找来找去，看到一个坟头插着半尺宽、两尺高的新木头牌子，她知道，这就是崔参谋长的坟头了。因为只有团级干部的坟头才插新木头牌子。其他牺牲人员，要么是随便找来旧木板子，要么干脆就是一块竖起来的青砖，上面写着牺牲者的姓名和职务。

巧儿跪在地上，痛哭了一阵子起来说："我的亲人，我的好大哥，你在这里好好躺着，我要回家办大事情。我要杀了坏人，为自己报仇。我自己的仇，自己报，不麻烦队伍上了。报完了仇，再回来陪你。陪你在那头好好过日子。不不不！我不配。我就在那头给你当勤务员，伺候你！"

哭完了，说完了，巧儿就在崔参谋长坟头脱了军装，换上梨花嫂的衣裳。把军装在坟头刨了个坑埋了，把小手枪包在包袱里，看了看天色，东方既白，定了定神，顺小路朝南边碎步快走，越走越快……

五十一 走着走着，天已经大亮。露水打湿了鞋袜，巧儿抬头四处张望，发现前面不远就是三岔路口。她打起精神，到了三岔路口，毫不犹豫顺大路南行。

走了半天，日已正午。巧儿觉得饥肠辘辘，心想前面就是村庄，到那里歇歇脚，讨杯水喝，吃点干粮，再打听一下路怎么走。

凭直觉，凤城应该在坊镇北边，到底有多远，自己也说不清楚。

想着想着，就进了村子。

这是一个不大不小的自然村，一街两行的人家，草房居多，行人稀少。

前面就是十字路口，稀稀拉拉有几个摆摊做生意的，卖些瓜果蔬菜、针头线脑、碗盆瓮缸。

东北角一处瓦房前面，有个算命先生，山羊胡，戴黑边眼镜，青衫大褂，端坐在一张条桌后面。条桌前蓝布白字写着："点迷津，保前程。合婚姻，化灾凶。"桌上置有乌木签筒，里边插着不少木签。笔筒旁，有一本毛了边儿的线装老旧黄页书。

巧儿心里一动，走上前去行了个礼问："先生，我想问一下从这里到坊镇多远？咋走？"

算命先生摘了眼镜，上下打量一番巧儿说："姑娘，问路莫如问前程。你抽我一根签，自有仙人指坦途。"

巧儿为难地问："老先生，我没有几个钱。抽签要多少钱？"

算命先生说："五毛即可，多者不算。若是心诚，两毛也可。"

巧儿说："我真的只有五毛钱，都给您吧。"

说着，从包袱里掏出五毛钱放到桌子上。

算命先生叫巧儿抱起签筒，"哗啦哗啦"一阵摇晃。完了，放下签筒，顺手抽出一根木签，递给先生。

算命先生接过木签，把眼镜扶正，看了一眼签文，脸色变了，从桌下拿出一方白布说："姑娘沾沾手，再抽一根。"

说完，又叫巧儿摇晃签筒，重新抽签。

巧儿心里好笑，把木签又给了算命先生问："这一回成了吧？"

算命先生接过木签，神色凝重说："天意如此，又能奈何。姑娘，整整一百枚签，你竟然两次抽中同一根签。天意不可违啊。你听着，八七

268

签，下下，壬庚，武侯与子敬同舟。曰：'阴里详看怪尔曹，舟中敌图笑中刀；藩篱剖破浑无事，一种天生惜羽毛。'"

巧儿问："先生，我不识字，您说的那些话啥意思？"

算命先生说："骨肉乖张，操戈入室。面上春风，胸中荆棘。姑娘，你这次要去的地方，临河滩险，立足是岸。"

巧儿从算命先生的话里听出来个大概，她心里一阵翻腾，脸上努力装出平静来说："谢谢先生了，我记下了。我还想问问，到坊镇咋走？有多远？"

算命先生把桌上的五毛钱还给巧儿说："姑娘主意已定，权当我啥话也没说，只是一路当心，行事谨慎。灵丹妙药，心悔为上。此地离坊镇三十里地，出村沿大路向东。这两天大军草料车和你同路，可以车代步。"

巧儿没有拿五毛钱，说："钱是给您的，我不能要回来。方便的话，讨口水喝。"

算命先生起身说："后面就是我家，你随我来。"

在算命先生家喝了水，吃了馍馍，巧儿觉得还有力气，谢过先生，向村东口走去。

出了村口，朝南边一拐，就上了大路。

果然，一上路就发现前前后后，十几辆拉着干草和粮食的牛车、马车、驴车，上面坐着车把式和押运的民兵，打着响鞭吆喝牲口，急急忙忙赶路。

巧儿站在路边，不住地朝过往大车招手，嘴里喊着："好人，行行好，搭我一截。"

两辆车都没有停，巧儿正失望，第三辆牛车停了下来。

车上拉着几口袋粮食，车把式和两个民兵模样的人坐在上面。

车把式是个中年男人，他大声问巧儿："女子，你往啥地方去？咋一个人走路？"

巧儿心里一阵喜欢，鞠了个躬说："好人哩，我急着赶回坊镇，家里捎信说，我娘家妈病下了，我要回去看她。"

车把式说："也是孝心哩，你上车吧。"

巧儿上了车，两个民兵也凑过来问长问短。

巧儿说自己是坊镇人，嫁到了凤城。男人支前走了，娃娃还小，没人陪同，只好自己单身一人回娘家。

巧儿这样一说，车上三个人立马对她客气起来，好像一家人一样拉起了家常。

车把式问："你也是娃他妈了，咋像个没出阁的姑娘，也不盘头扎裤脚？"

巧儿说："走得急促，来不及盘头。裤脚原本是扎着的，一路走来，被路边根根草草刮扯掉了。"

车上三个男人深表同情，说一个女人家出远门，不容易哩。

一路前行，免不了人吃干粮牛吃草，走走停停。到了坊镇，已经是前半夜了。

到了接待站，车把式对巧儿说："姑娘。哎呀不对。大妹子，你离家远不远？要是远的话，不要走夜路，就在这里歇一晚上。"

巧儿这才想起来问："大哥，坊镇不是住着民团吗？咋解放军设了站点？"

一个民兵笑着说："河对岸开来解放军先头部队，一枪没放，坊镇的民团就散伙了。这里设立站点，就是接应大部队渡河，一起南下，不久就要打省城了。"

巧儿听了立马明白，这里也和凤城一样，解放了。只是大军急着南下，还没有派干部驻村。

虽说是杀仇家为自己报仇，可咋样行动，着实让巧儿一番琢磨。自己有枪在手，对付个把人不在话下，可是，咋样才能找到仇家？思来想去，巧儿觉得还是要回家找到她爹，再打听仇家去处。就这样办！

巧儿路熟，道儿也不远，七拐八拐，就到了自家门前。

推了推门，关着。巧儿也不敲门，看了看院墙，翻身爬墙，轻轻落地，蹑手蹑脚走到窗前。

不知道为什么，大半夜的，屋子里还点着灯。侧耳细听，好像有人打鼾，有人呻吟。

巧儿从门缝里看过去，灯下有两个人影，地上还躺着一个人。

巧儿心里一紧，从包袱里抽出手枪，推弹上膛，插在后腰，用后襟遮挡。稳了稳神，轻轻一推，门开了。

屋子里，就地铺着草席，草席上侧身躺着一个人，缩成一团，嘴里要死要活一般呻吟着。

草席旁的凳子上有两个人，趴在条桌上睡着了。

桌上放着剔骨刀、绳子，还有一把斧头。

巧儿仔细一看，发现草席上躺着的不是别人，正是自己那个禽兽不如的大烟鬼父亲。

再一看，趴着睡觉的人，有一个背影有点熟悉。

"腾"的一下，巧儿火从心头起。

这个人，不是别人，正是糟蹋她的放印子钱的苟掌柜。

巧儿不声不响，抓起桌上的剔骨刀，又抓起苟掌柜的头发猛地一拽。

苟掌柜嘴里："哎呀"一声叫唤，醒来了。

他还来不及反应，早被巧儿一刀子划过去，脖子被割断了一半，鲜血"呼"的一下喷射出来。

苟掌柜嘴里"哼哧"一声，身子一软，瘫了下去。

巧儿一松手，苟掌柜"扑通"一声脸朝下扑倒在地。

这一声响，惊动了另一个睡觉的人。

听到响声，他抬起头来，迷迷糊糊瞅见桌上一摊血，吓得他"妈呀"一个激灵起身，站立不稳，跌坐在地。

说时迟，那时快，巧儿一步跨过来，剔骨刀顶住了那人后心怒喝："你是谁？跑到我家干啥来了？快说！"

那个人被吓得魂飞魄散，上下牙磕得"咯咯"响。在巧儿怒喝之下，断断续续说出了来龙去脉。

原来，大军先头部队打过来的消息不胫而走，苟掌柜和大烟店掌柜都觉得这里要变天了，不是久留之地。趁大军顾不上接管地方，想着弄一笔钱南逃。

从哪里弄钱？大烟店掌柜的说巧儿他爹抽大烟，小命不长，一副骨头值钱，弄出来煮大烟，带到南边能卖不少钱。大烟店掌柜的知道，取大烟鬼的骨头，得等他死了，血液凝固才成。本来，两个人要带着打手和伙计来的，无奈那些家伙都是胆小鬼，听说大军要来了，怕算后账，工钱都不要作鸟兽散。无奈之际，两个作恶多端的家伙才亲自动手，本来想着一绳子勒死他得了，但大烟店掌柜的说最好用大烟毒死，这样的骨头最好，能熬出极品烟膏子来，好卖大价钱。就这样，两人灌了巧儿他爹不少烟泡水，等着他咽了气，身子凉了，再取骨头。

没承想这个节骨眼儿，让巧儿碰上了。

弄明白了事情原委，巧儿二话不说，一刀子捅进去，大烟店掌柜的嘴里"唉呀妈呀"叫着，趴到地上蹬腿挣扎几下，就不再动弹了。

解决了两个仇人，巧儿心里倒平静了。她走到草席跟前，扒拉着他爹，嘴里叫着："醒醒！醒醒！"

她爹努力睁开眼，抬起胳膊，指了指巧儿，又指了指自己的脸，嘴里说不出话来。

巧儿摇晃着她爹，还想问话，却见她爹用尽最后一点力气，伸手把自己的脸抠出几道血印子，放下手，嗓子眼儿呼呼噜噜一阵响，头一歪，没了气息。

巧儿把她爹身子放平，跪在地上磕了三个头。起身，朝她爹身上吐了三口唾沫，起身到里屋，一头扎在炕上昏睡过去。

也不知过了多长时间，巧儿睡醒了。她发现自己衣服上沾了不少血，屋子里一阵乱翻，翻出几件男人的衣服，脱了血衣，穿上男人的衣裳，把手枪放到包袱里，背好包袱，出了屋子，掩上门。

穿过院子，出了大门，关上门，急急忙忙走路。

路上遇到熟人，也不答话，步履匆匆，径直走到大军接待站。

接待站人来人往，一片忙碌。

巧儿在门外站着，看见一个民兵模样的人正要进院子，她走上前去，把包袱交给那个人，轻声说了几句话，扭头就走。

民兵点着头，接过包袱，进了接待站。

一会儿工夫，接待站跑出来一群人，四处寻找给包袱的那个女人，却怎么也找不到。

五十二

开馆子毫无着落，刘孝福只能给人家做厨活挣几个辛苦钱。

他主打白案，以寿面、喜面出名。有钱人家娶媳妇做寿，少不得隔三间五请他去。连工钱带喜馍，一家人算是没有挨饿。

来化镇董财东托人给儿子说媒，定亲之日大摆筵席三天，请亲戚邻里和乡党们吃喜面。第一天吃的面叫作"连筋面"，一尺长、一指宽的手擀面，煮到锅里接头续尾看似一根不绝。盛到碗里首尾相交像个圆环。在锅里叫作"打断骨头连着筋"，寓意两家互相照应，亲情相连。在碗里就叫作"圆圆满满"，寓意婚姻圆满、家人团圆。再佐以羊肉、萝卜、豆腐臊子，配上火红的油泼辣子，看起来美，吃起来香。

第二天的面，叫作"根连枝"。二指宽的面，留三指整头，又用刀剖成几根韭菜叶般的细面，看起来像流苏。寓意枝叶茂盛一条根。煮的时候，肉丁炒熟，加水烧开，下面带菜，叫作"一连锅"。

第三天才是刘孝福的拿手戏"油泼扯面"。

有了好酱好面，刘孝福做起来自然得心应手，百十人吃得叫好声此起彼伏，把董财东高兴得叫账房先生大大方方打赏。

正在热闹之时，听得门外传来一阵梆子声，有一个沙哑苍老的声音传来："董财东，吃喜面，天南海北都传遍。九天仙女穿红裙，东海龙王送咸盐。王母娘娘赏蟠桃，太上老君赠仙丹。观音菩萨捧净瓶，六合五福都齐全。送财童子来敲门，三更叫醒我老汉。定海神针当拐棍，紫金钵盂做饭碗。梆子一声凤凰叫，快板八句送吉言。赏我老汉一碗面，女封诰命男升官……"

原来，门外来了个叫花子，打着竹板讨饭来了。

早有家丁迎上去，连推带搡拦住他不让进门。

刘孝福看见了，忙对拿来两块银圆赏钱的账房先生说："您给东家说说，大喜日子，来了要饭的要打发哩，也是个喜庆事情。"

正说着，董财东出门发话："甭拦着，叫他进来吃一碗面。大喜的日子，来的都是客。来呀，油泼扯面伺候，尽管吃。"

要饭的是个六十多岁的老汉，穿得烂麻烂线。大热的天，一件分不清本色的夹袄补丁摞补丁不说，还到处垂着布条儿，一看就让人想躲得远远的。

老汉进了门，刘孝福赶紧扯了一大碗面，加上酱，撒上辣椒粉，用煎油泼了端过来。

要饭的没有接碗，拿出自己的大号缺口老碗，把面倒进自己的碗，闷头吃了起来。

吃了一碗，要饭的瞅着刘孝福不说话。

刘孝福知道他没有吃饱，赶紧再做了一碗给他。

老汉吃完了第二碗面，心满意足地擦擦嘴说："真的是天下第一碗，名不虚传。不过……"

刘孝福赶紧给老汉盛了一碗面汤说："原汤化原食。您喝了汤，有啥话尽管说，我听着哩。"

要饭的喝着汤说："你这面，面好酱好手工好。只是有一样还不到家。"

刘孝福一听，赶紧弯下腰说："您指教。"

要饭的说："你这辣子有麻搭哩。只是辣，不够香。只是黑红，不够亮堂。喜庆的事情，要大红大红才好看。"

刘孝福一听，知道遇到高人了。油泼扯面的酱料琢磨到家了，可是，辣椒总觉得哪里不到功夫。油不热，泼不熟。油太热，又发黑不说，还有一股焦煳味儿。

刘孝福蹲下身子，毕恭毕敬说："您老说得对着哩，我弄辣子功夫不够，您老指点。"

要饭的得意地说："我别的不会，做辣子有办法。你听着，你捣干辣子时，要分开。辣子不能太碎，要带着麸皮片片才好。辣子籽，一定要捣碎，不能带一点片片星星。"

刘孝福恍然大悟说："怪不得辣子不香，原来是把辣子籽去掉了。"

要饭的说："一斤籽，半两油。全凭辣子籽出香哩。还有……"

说着，要饭的看看四周，话说半截又咽了回去。

刘孝福一看，忙拉着叫花子起身说："您跟我来，借一步说话。"

说着，领着要饭的来到后院，出了后门，左右看看没人，掏出刚刚得的银圆，递给要饭的一块说："您老接着指点。"

要饭的也不客气，拿过银圆，塞进怀里说："我就给你说一句话，凤仙花开满地红。咋样解开这句话，就看你的悟性了。你忙着，我走了。"

说完，也不等刘孝福回话，一转身，拄着拐棍走了。

刘孝福重复着这句话，不得要领。

做完了喜面，拿着一块银圆走在回家的路上，刘孝福嘴里不停地念叨着要饭的临走时说的那句话："凤仙花开满地红。"回到家后，刘孝福急急忙忙找老三刘孝贤商量事情。

刘孝贤自从赢了房产，再也没有打牌赌博。他原先想在东庙当董事，但人家说东庙还兼着刘氏冢董事，他年轻不够辈分。就改了主意，说通了族长，在西庙当了大董事，操办烧香祭祀、祈雨求福，主持婚丧嫁娶，钱粮得的不多，倒也踏实心安。

老三听了刘孝福问话，想都不想说："哥呀，你咋就不知道？所谓凤仙花，就是指甲花。这东西容易得很，春种一棵，折枝五斤，染指甲，够半村女娃娃用的。"

刘孝福大喜过望说："就是的就是的，指甲花染指甲，红得很哩，看着就喜庆。就是个这，你忙着，我回去试验一下。"

夜里，顺叶哄娃娃睡觉了，刘孝福悄悄出了门，朝族长家走去。

族长家种着指甲花。

敲开门，说明来意，族长说："后院里有的是，你要多少有多少。你要那东西做啥？你一个大男人，生了三个带把儿的，又不用染指甲？"

刘孝福来不及答话，到了后院，折一把指甲花枝叶说："我有用哩，成不成还说不好。"

回到家来，刘孝福把指甲花放到瓷盆里捣碎，泡上水，瞅了一会儿，上炕睡觉。

第二天一大早起来，刘孝福急忙跑到灶房去看。

他看到那盆泡着指甲花的水，发着青色，一点点红颜色都没有。

刘孝福大失所望说："看把他的，咋就弄不成？"

正说着，顺叶进来做早饭。看到刘孝福对着一盆青颜色的水发愣，就问他："大早上的，你不挑水扫院子，在这里做啥呢？"

刘孝福把泡指甲花水的事情告诉了顺叶，顺叶听后说："你真是个笨人，指甲花要红，得加白矾，还得包紧了甭叫跑气才成。"

刘孝福惊喜地说："对对对，加白矾才成。看把他的，我咋给忘了。今黑了，再试验。我就不信弄不成。"

一连几个晚上，刘孝福都在试验他的指甲花水。拿戥子称分量，反复找最合理的配合比。第五天，终于做成了。

刘孝福对着盘子里猩红的油泼辣子，兴奋得连连说："成了成了！要的就是这颜色。"

正在兴奋，却闻到了一股奇怪的味道。四处去找，都找不到味道来源。把鼻子凑到泡过指甲花水盆里一闻，不由得感叹："看把他的，原来是这东西发出来的怪味。这东西，可不敢往辣子里加，闻都闻不得，咋能吃哩？不成，还得另想法子。"

刘孝福知道，试验进入最难的时候了。

他懂得，一般来说，一种食材的怪味，必须得另一种食材或者药物来抵消，这就叫作相生相克。可是，能克掉指甲花水怪味道的东西，到底是个啥？

刘孝福打开他大刘挽钩留下的配料包袱，十几种药材挨个儿试验，指甲花的怪味道，还是依然故我，死死地待在盆子里不肯离开。

连续熬夜，身体就撑不住了。打喷嚏冒虚汗连带着咳喘气短，人也消瘦下来。顺叶吓坏了说："你看你，都成那个样子了，还不赶紧看先生？"

"看先生？对对对，找黄店子张先生。"

刘孝福拖着病体，找到张先生。张先生给他把脉看舌苔后说："风寒加上急火，阴阳失调，湿气淤积。不要紧，几服丸药可除。"

说完，给了刘孝福几包丸药。

刘孝福打开丸药，闻得异香扑鼻。忙问道："先生，您这是啥药？咋这么香？"

张先生说："你的湿气不算太重，芳香可祛。你闻到的香味儿，主要的来自藿香。咋了？"

刘孝福把指甲花试验的事情给张先生说了，然后焦急地说："试验不成，怪味道咋样都去不掉。急死我了。"

张先生听了笑着说："虽说是药食同源，可还是各归各的道儿。医讲的是祛和除，食讲的是进和补。这里边学问广而深，岂能轻易得来？再说了，医者用药，多为干，鲜用鲜，生者大不可入药。说的炮制，就是这个意思。薏仁入药，得炒了才可。退一步说，即使是你的指甲花试验成功了，春、夏、秋还好办，寒冬腊月，鲜指甲花何处可觅？窖藏不得要领，晒干效力几何？贤侄，老夫觉得你想法不错，路子走偏了。"

五十三

刘孝福和张先生研究辣椒油配方，研究来研究去，好像都不得要领，又不知道啥地方错了。

正在一筹莫展，张先生忽然问他："你走南闯北做厨活，到过的地方不少。你有没有见过一种庄稼，叫作番米？"

刘孝福说："不知道您说的番米是高秆儿的还是矮秆儿的？夏天熟还是秋天割？"

张先生说："听说河滩地适合种，应该是喜水。喜水，应该是宽叶儿高秆儿。至于夏季还是秋季成熟，老夫未曾听说。"

刘孝福又问："您打听番米做啥用？得是能入药？"

张先生说："去年秋天，不知道从啥地方来了个游医，专治体内湿气瘀积。他给病人开了一张药方子，里边有一味药，叫番米须。病人拿着方子，跑了十几里地，寻了五六家药房，竟然求之不得。后来在县城药铺才寻见，据说药力神奇，达到驱虎逐豹的程度。这味药，我倒是见过，像山羊胡子。可是，长什么样儿终不得亲闻。贤侄若有机会，替我一观。最好能弄来植株，我也开开眼。"

刘孝福说："这有啥难的？得了空，我跑一趟河滩就是了。"

张先生说："有劳贤侄了。按说一味药，不值得劳烦贤侄。我思索着，番米须既然能除湿，想来对食材异味有抑制，没准对你制作辣椒油有作用。"

刘孝福听了，眼里闪过一道光亮，嘴里答应着尽快去寻番米，随即起身告辞。

刘孝福着急着寻找能除掉指甲花异味的食材，只说是服了张先生的药丸子不过三日，觉得喘气匀称了，咳嗽也没了，身子骨有了力气。他刚想到河滩寻找番米，可巧就来了活计。

渭河北岸有个村子叫油坊陈家，因陈家开油坊远近有名而得村名。已经单传五代的陈大掌柜为母亲做寿，特意请了南北大厨，大摆筵席。理所当然托人找到刘孝福做寿面，工钱优渥，连来带去五天，三块银洋。

刘孝福心里大喜。他做厨活以来，还没有得过这么高的工钱。免不了摩拳擦掌，指望一展身手。

说来也巧，油坊陈家就有一大片河滩地。关中地区庄稼一年两熟，河滩地因为河水涨落并无定数，一般种两季只能收一季。要么夏季，要么秋季。

今年渭河涨春潮，小麦返青就发了大水，麦子颗粒无收。洪水退去，庄稼汉点种了番米。

此时，正是番米吐须的时节。

趁外出备料的工夫，刘孝福约了红案扁大厨，一起到河滩看番米。

两个人顺着小路往河滩走，上头太阳晒，底下水汽蒸，两个人都热得透不过气儿。

路边有几棵歪脖柳树，两个人坐到树下歇凉。

刘孝福看着柳树说："这地方的树，咋很多都是歪脖子？而且都朝一个地方歪。真是怪事哩。"

扁大厨撩起衣襟擦着汗说："这有啥奇怪的？你没见这里除了柳树，就没有别的树木吗？"

刘孝福左看右看说："真的。只有柳树。"

扁大厨说："洪水来了，别的树都活不了。只有柳树，水来了不死，水走了疯长。歪脖子，就是让水给冲成这样了。"

刘孝福赞叹道："要不说是识文断字，半个先生。您识字，见识就是广。一般人比不得。"

扁大厨喜欢听奉承话儿，此时听见刘孝福夸自己，不由得就有点飘飘然了。他嘴里客气着说："哪里哪里，刘老弟年纪不大，名气不小。尤其是一手做面绝活，方圆几十里没有比你更高的。嘿嘿，咱俩这是互相往高里吹哩。不过，话又说回来，不管啥时候，也不管啥世道，识字，总是有好处的。就像你拉我看番米，书上就有哩。咱这里种番米，道光年间就有了。原来，县老爷听说番米产量高，能养活更多的人，下令渭河两岸广泛种植。可是，县老爷不懂，这东西喜水。东西两塬、河套以北，没有这么多水，种一片死一片，一来二去，就没有人再种了。只有河滩，临水，下湿地能种活。这东西，遇上好年景，一亩地能当两亩地，产量高过小麦两倍哩。走！时候不早了，番米前面就有，咱走着。"

走着走着，刘孝福看到前面一片一人多高的庄稼，长着天花，像高粱又比高粱长势旺。

扁大厨手指前方说："你看你看，那就是番米。"

刘孝福紧跑几步，把扁大厨抛在了身后。

到了庄稼地旁边，刘孝福看到一人多高的庄稼，天花像一把倒置的伞，风一吹，就有不少虫子一样的东西纷纷落下。庄稼的腰部，长出来小棒槌一样的东西，顶端冒着青色的丝状物。

刘孝福一时拿捏不准，所谓的番米须是啥东西？

正犹豫，扁大厨赶来了。

扁大厨说："我姑家种这东西，收割的时候我总来帮忙。你看你看，顶头上长着的东西，叫个天花。天花上掉下来的东西，就是花粉，和小麦扬花是一个道理。你再看，花粉掉下来，落到中间的棒槌须上，一下子就被黏住了。听人说，这就是番米授粉哩。有一年遭年馑，天花上的花粉落下来了，中间的棒槌还没有吐须，到了秋天收割的时候，光光的棒槌不结个啥啥。"

刘孝福听了点着头说："这就对了。张先生说番米须，应该就是中间这些头发一样的东西了。哎呀！您说，我揪一把番米须，人家看庄稼的会骂我吗？"

扁大厨笑着说："百里河滩，没有个人影儿，谁管你哩？只管揪，出了事㧟顶着。"

话是这样说，刘孝福还是有点不放心，左看右看没有人来，才下手揪了几把番米须装进兜里。

回来的路上，扁大厨说："你要是当药用，要晒干才成。这样新鲜的番米须，放在兜里一夜的工夫就霉烂了。"

刘孝福听了，赶紧把番米须掏出来拿到手里甩着走路。

走着走着，刘孝福说："刚才忘了一件事，张先生说，最好拔一棵番米带回去，他有用哩。"

扁大厨说："你要是连根拔，就不好了。一来庄稼人不答应。二来，也没有大用，柴火一样。我给你说，我姑姑家有番米种子，我朝她要一些，你回去种在菜地，开了春一直到收小麦，都能种。早的就叫早茬，晚的叫晚茬，不早不晚的叫二不溜。"

刘孝福说："您不是说这东西河套北边种不活吗？"

扁大厨说："当庄稼种不活，当花草种能活的。多浇水就成了。走吧，赶紧回去。我还要炝肉哩。"

夜里，在席子搭成的厨房里，扁大厨炝肉，刘孝福忙着用碾槽子碾作料。

两个人聊着天，刘孝福问："我大也是红案，善使挽钩，人称刘挽钩。他老人家在世，炝肉的时候放很多作料。您炝肉，咋就是白水一锅？"

扁大厨说："嘿嘿，戏法各有各的门道。你没看见我放作料，这就对了。我做红案，肉都是提前用作料腌制了的。这样入味，去腥，催熟，利刀也利口。我还想问你哩，你不就做个面条吗，咋像开中药铺那样费事？"

刘孝福说："您的作料要腌制，我的作料要泡水。道理想来都是一样的。"

两个人说着话干着活儿。突然，扁大厨停下手里的活儿过来说："你都弄的啥作料？咋味道怪怪的？"

刘孝福说："可不是吗。这只是第一遍。第二遍就变味道了。再用水一泡，味道就更不一样了。"

扁大厨来了兴趣，看刘孝福碾作料。看来看去，看不出名堂。他忽然神神秘秘地对刘孝福说："行当有行当的规矩。我也不问你用的都是啥作料。这样吧，我把我的作料给你一包，你把你碾好的作料给我一包。咱俩啥话都不问，就做个交换。咋向？"

刘孝福心想："你这是淘换方子哩。不要紧，作料给了你，你都认不全都是些啥。你要是把作料给了我，我也认不全，有啥用？"

想到这里，刘孝福说："谢谢您看得上我。我这些作料，不过是些花椒、桂皮、大料和肉桂，没啥稀奇的。"

扁大厨说："兄弟，你这人看着老实，心里贼得很哩。你看是个这，红案白案两道儿跑，我不会学白案，你也不会弄红案。可是，没准儿这手艺门道里头，有啥地方通着哩。咱们不问话，只看悟性。来来来，给你。"

说着，从怀里摸出一个纱布包着的作料包放到一边，又顺手从碾槽里抓了一把作料末说："谁都不吃亏，但愿都占便宜。是个这，我提议的，我请客。明早起，请你吃豆腐车车。"

刘孝福无奈地说："您是当哥的人，又是懂规矩的人，我也没啥好说的。哎！您说的豆腐车车是个啥？我咋没听说过？"

扁大厨说："世事大得很哩，我们就是再活两辈子，都看不完听不完经历不完。啥话都不说，豆腐车车，保证你一吃就上瘾。明个早起，你听梆子响，就是豆腐车车来了。"

第二天一大早，刘孝福刚起床，就听到街上传来"梆梆绑"的梆子声。

扁大厨起得早，他此时已经忙活得差不多了。听见梆子响急忙跑进来说："正好，我的翻碗子装完了，赶紧去吃豆腐车车。去迟了，就没有了。"

刘孝福匆匆擦了把脸，和扁大厨一人拿了一个大碗，一路小跑到了街上。

十字路口，远远看见一辆木轮车停在地上，三个人蹲在地上捧着大碗在吃什么东西。一个中年大汉，忙着做生意，还不时拿起梆子敲着。

"要不是用车推了来，就像是剃头挑子。"刘孝福脑子里冒出这样的念头。

到了跟前，刘孝福才看清，这和剃头挑子大不一样。一只小号水缸，水缸盖子捂得严严实实，缸底下还生着炭火。另一只炉子，炉火正旺。上边支一口小锅，锅里是半锅黄橙色的汤。地上还有一个小桌，桌上放着红红绿绿的作料。

扁大厨显然是老食客，他走到跟前打招呼说："崔掌柜，两碗，手掰，辣子油要重。"

崔掌柜嘴里说着："没麻搭！"一边递给两个人一人一个发面饼。

扁大厨教刘孝福把发面饼掰成桃核大的疙瘩说："吃法和水盆羊肉差不多。"

掰好了馍，连碗交给崔掌柜。崔掌柜端着碗，走到锅跟前，拿一个扁头勺子，呼呼啦啦往碗里舀汤，舀满了，再用扁头勺子捂住，滗去汤，揭开水缸盖子，又是呼呼啦啦往里头舀白白嫩嫩的浓汁。浓汁到了碗里，迅速凝固成一团，像是豆腐脑。

然后，崔掌柜往碗里劈头盖脸浇上了各种作料汤说："您慢用。"

刘孝福一看，碗里红红一层辣椒油，绿莹莹一层绿菜末儿。

闻了闻，奇香扑鼻。

尝了尝，绿色的末儿是干香椿。

刘孝福忍不住赞叹道："从没见过这样吃豆腐脑。香椿配辣子油，味道就是醇香。"

崔掌柜说："不放香椿，就不能放辣椒油。"

刘孝福听了，似有所悟。他停下手里的勺子，瞅着豆腐车车发愣。

五十四 **刘**孝福从豆腐车车辣椒油上受到启发，忙活一天下来，顾不上歇息，一心一意试验自己的配方。

他想，卖豆腐车车的掌柜的反复叮咛自己，如果不吃香椿，就不要吃辣椒油，要不然会有异味。也就是说，红堂堂的辣椒油，一定是加了某种染色的东西，这种东西本身有异味，必须用香椿的味道把它除去。凭感觉，辣椒油里边的红颜色一定不是所谓的指甲花，因为颜色和指甲花染出来的差异很明显，暗红的成分多一些。还有，同样的辣椒油，用来拌豆腐是一种味道，能不能拌面，可能是另一回事。可是，不试验，永远都不知道。

张先生是个高人，药食兼通，他提到的番米须，必定有他的道理，而不仅仅是出于掌握药性。

苦苦思索着，刘孝福觉得自己离成功只有一步之遥了。这一步，是不是就差在试验上？

可是，即便是试验出来配方，如何制作和使用？是制作成干粉，还是用鲜料？制作干粉味道能不能保住？用鲜料如何保证原料供应？比方说，番米须有大用，如果必须使用鲜料，总不能大冬天的满世界寻找鲜番米须吧？

想着想着，刘孝福觉得头有点发蒙。

他正想出去走走，看看晾晒的番米须有没有啥味道，也好换换脑子。

刚刚撩开竹帘子，扁大厨手里拿着一把东西气急败坏地跑过来说："妈日的，这不是明摆着日弄人哩？想扣工钱明着说，用不着在这里下套挖坑上郎嘀挡！"

刘孝福一把把扁大厨拉进来说："哥呀，有啥话到屋里来说，可不敢在外面吵吵嚷嚷。叫东家听见了，面子上都不好看。咋了？您遇到啥事情了？"

扁大厨把手里的东西举起来说："你看看你看看，这把干鱿鱼，早就瞎了，不能用了，小婆娘非得用它来烧汤，还说烧不好要扣工钱哩。"

刘孝福说："哥呀，小声点。小婆娘是谁？"

扁大厨一屁股坐到竹床边上，压得竹床"吱吱呀呀"响说："小婆娘就是掌柜的用油换来的'山货'，害人的狐狸精。人家大婆娘都不寻事，驴槽里插进来她个狐狸嘴。什么东西？"

弄了半天，刘孝福才明白。原来，油坊掌柜的有两个老婆，小老婆是用油从山里换来的。

刘孝福闻到了一股刺鼻的酸臭味问："哥呀，您拿的干鱿鱼是不是坏了？霉烂了？"

扁大厨说："鱿鱼干是用大碱水泡过的，为的是防止受潮霉烂。可是，大碱，根本就不能用。用了，就是这股味道。甭说烧汤，闻着都恶心。哼！我烧不了这个汤。敢扣我工钱，我寻刀客做了她个骚狐狸。"

刘孝福说："哥呀，骂骂咧咧没用，有事情寻刀客更不敢哩。您想啊，刀客都是耍命的，有今儿没明儿的人。他给您把事情摆平了，只怕是成本更高。没准儿比您的工钱还要高哩。您甭急，看看能想个啥法子过了这一关。"

这样一说，扁大厨冷静下来说："刚才我也是气急了。兄弟，你说的想个办法，是不是你心里有主意了？你救我这一回，我要报答你的。快说，你有啥好办法？"

刘孝福说："现成的办法我还没有。不过，张先生说过，药食同理，相生相克。有酸臭味的食材，就应该有能除味的作料。咱现在要想一想，啥作料能除味儿？"

扁大厨听了这话，立马蹦起来，从枕头底下翻出一包东西说："对着哩对着哩，作料能出味儿，也能除味儿。我给你说，你大给你留下来的作料，我仔细看过也闻过了，有一股味道。我当大厨十八年还从来没有闻过。走走走，咱现在就试验一下，看看成不成？"

刘孝福高兴地说："哥呀，您不仅手艺高，脑子也灵光。对着哩，我大在世时，也是红案。想必原来没少做过鱿鱼海参。他传下来的配方，没准儿也能用到红案。咱们赶紧试验一下，看看灵不灵？哎呀，发鱿鱼，用溮水，没有一大晚上时间不成。干鱿鱼咋样试验哩？"

扁大厨兴奋地说："这你甭管,我有办法。我有作料,专门用来发干货,保证一时三刻就能弄出来。不过……"

看扁大厨欲言又止,刘孝福知趣地说："哥呀,您甭担心我把方子偷了去。我懂规矩的,您发您的鱿鱼,我保证不看。嘿嘿,我这两下子,看也看不懂。"

扁大厨被刘孝福的真诚和老实感动了,咬了咬牙说："兄弟呀,别的不说,只要你的佐料对除鱿鱼酸臭味有用,你把方子给我,我给你发干货的配方。绝活换绝活,就是两个绝。走!赶紧弄!"

扁大厨和刘孝福走到灶房,烧热水发鱿鱼配作料,好一阵忙活。

午夜时分,两个人都熬红了眼。

小灶台上,一只土砂锅冒着热气。

两个人红着眼睛紧紧盯着砂锅,好像怕它长腿跑了一样。

又不知道过了多长时间,一个声音从背后传来："我说,你两个大厨半夜三更的忙活啥哩?咦!这是啥东西?咋这么香?"

扁大厨回头一看,赶紧站起来垂着手说:"大掌柜,您来了。我们俩在试验烧汤哩。您看。"

说着,指着灶台上的砂锅说:"二太太拿来的鱿鱼,味道不对劲儿,不能直接烧汤的。我俩试验一下,看看有啥法子能除了酸臭味。"

刘孝福揉揉眼睛,也附和着说:"这鱿鱼,搞不好是新品种,或者是平时见不到的另一种脱水法子弄成的,味道和一般的干货不一样,我帮着扁大厨试验一下。嘿嘿,大掌柜,这么晚了您还没睡。辛苦得很哩。"

大掌柜把鼻子凑到砂锅边上闻说:"家大业大操心事儿就多。我白天忙一些乱七八糟的事情,夜里看账本算出入。几十年养成的习惯。汤好了没有?赶紧让我尝尝。"

扁大厨说:"大掌柜的为老妈尝汤,一等一的大孝子哩。不过,我们这只是试验,不敢保证能成。您要尝,等一下,我舀出来点晾一下,可甭烫着您了。"

286

说着，扁大厨拿汤匙舀了两勺汤，倒进碗里摇晃几下说："这汤，我们还没来得及尝哩。您品一品，看看能不能喝？"

大掌柜接过碗儿，也不用汤匙，直接顺着碗沿儿抿了一小口汤，砸吧砸吧，咽下去，闷不做声。再喝了一小口，咽下去，还不说话。接下来，把碗里的汤一饮而尽，"咚"一声把碗放到案板上说："我的妈呀！只说是我走南闯北几十年，除了王母娘娘瑶池的蟠桃宴没尝过，啥美味佳肴、珍馐玉液没尝过？这样的汤，就这味道，真是让我的舌尖儿嘴腔儿开了光。没说的，明儿正宴会，压轴大菜就是这碗汤。要是我妈喝了，说一声好喝，我赏六块大洋。甭急，你俩今黑了甭睡了，我差人送十斤干鱿鱼，你们俩烧三十六窝这样的汤。就是个这！"

大掌柜撂下话，一转身，脚下生风，"噔噔噔"地跑了。

大掌柜的走了，扁大厨和刘孝福呆若木鸡。

过了一会儿，扁大厨小声说："我说兄弟，你看大掌柜的像不像个二毬？一把年纪，咋还像个愣头青？你说，这样的人，凭啥发家？"

刘孝福醒悟过来了说："扁哥，甭说闲话了，小心隔墙有耳。快快快，咱俩乜尝尝汤。"

扁大厨二话不说，端起砂锅就往嘴边送，烫得他"哎哟"一声，差点儿把砂锅扔到地上。

刘孝福赶紧接过砂锅，托着底儿说："扁哥呀，您当大厨十几年，难道不懂沿儿烫底儿凉的道理？"

说着，把砂锅放到案板上，拿来两只碗往里边盛汤。

两个人尝了汤，不约而同就地蹦起来半尺高喊："成了！"

兴奋之余，扁大厨说："兄弟呀，你大真是个神仙。他留下来的作料配方，真是个大宝贝。没说的，你告诉我配方，我告诉你我的绝活。走走走，屋子里说事儿。"

进了屋，刘孝福先说话："哥呀，我就捉摸着，卖豆腐车车的辣子油，有啥好方子？红堂堂的还没有怪味儿。我做的辣子油，要么不红，要么有怪味儿。"

扁大厨说："好个精明的白案大厨。我给你说，卖豆腐车车的和我是老熟人，他的辣椒油秘密我知道。他用的不是本地的辣椒，是宁夏人在枸杞子地里种出来的。说是枸杞子和辣椒相好，蜜蜂采蜜，乱了花粉，就长出这样的辣椒。色红，味儿长，洇侵。你知道啥是洇侵？就是染到哪里哪里红，用布一擦就干净。嘿嘿！"

刘孝福听了，瞪大了红眼睛说："对了！是辣椒的事情。哥呀！你是我亲亲亲亲的哥哩。就您这句话，解开了我心里的死疙瘩。您在上，受小弟一拜！"

说着，真的弯腰作揖。

扁大厨赶紧拦住他说："甭急甭急！还有，他为啥说不吃香椿不能放辣椒油？嘿嘿，不瞒你说，这里头的道道儿我懂。西边儿来的辣椒，后味儿妖甜，吃多了齁嗓子，必须用干香椿调和。嘿嘿，我有个法子，不用干香椿，味儿还特别正。我给你说，石膏水。"

刘孝福大喜过望，没等扁大厨问，随口报出了自己的作料配方："我大的作料配方，主要的就是丁香、砂仁、草果、良姜。对了，最最要紧的是，米雀儿。您知道啥叫米雀儿吗？就是烟壳子！"

正说着扁大厨双手一拱，弯腰行礼不止。

五十五 话说刘孝福得了辣椒油的配方，老婆顺叶在家里却遇到很大的麻烦。

老大刘孝喜的老婆田豆颗接连生了两个女儿，这让一贯喜欢吹牛的刘孝喜非常恼火。

老二出世的时候，接生婆在里屋忙活，刘孝喜被吓得不敢靠前，一个劲儿在祖宗牌位跟前磕头说："好我的十八辈子的老祖宗哩，你们好歹显个灵，叫我生一个带把肘子带嘴儿茶壶，叫我这一支人脉传下去。你们让我老婆生个男娃娃，我每年清明节上坟，烧纸双份，烧酒两瓶，鸡鸭鱼肉，干鲜果品，外带四川卷烟老叶子茶。你听我给你们说，我带的这些东西，烧纸一股烟，酒肉埋坟边，不往回带一星半点儿……"

刘孝喜嘴里胡乱编着词儿磕头，却听得一阵过堂风，吹得木板儿做的牌位子一阵摇晃。

刘孝喜抬头看了看牌位子，心中狂喜喊道："祖宗显灵了！这一下有望了，保准生个男娃儿。"

正喊着，里屋传来一阵嘹亮的婴儿啼哭声。

刘孝喜爬起来就往屋里狂奔，嘴里喊着："咋向？是不是带把儿的？保准是个男娃儿，祖宗都显灵了。"

到了房子门口，刘孝喜不敢贸然进去，隔着门帘问："男娃儿？是不是男娃儿？一准是男娃儿。"

屋子里，婴儿哭声更响亮了。

一时三刻，接生婆走了出来，面无表情。

刘孝喜赶紧问："咋向？婆婆，得是男娃儿？我听着娃娃哭声像是公鸡叫明，你赶紧给我说？"

接生婆伸手说："减半，给五毛，红鸡蛋也不要了。是男是女你自己看。"

刘孝喜一屁股坐到地上哭出声说："妈日的，你这个熊样儿婆婆，保准没有给我接生男娃儿。你看你那双倒霉的手，青筋纹路都不对劲儿，像是个女娃儿的头发角角。给你给你，赶紧给我避！"

说着骂着，刘孝喜还是掏出五毛钱递给了接生婆。

接生婆拿过钱，不屑地瞪了刘孝喜一眼说："你看你个母鸡嗓子样儿。生男生女关我啥事儿？你自己没能耐。要是没长那东西，连个骡子都不如。哼！"

刘孝喜无精打采目送接生婆走了，有气无力从地上爬起来，一脸晦气揭开门帘，看到媳妇豆颗儿捂着脸哭，一旁放着包起来的娃娃。娃娃的腿没有包严实，露出了浅褐色的肉皮。

刘孝喜一看，赶紧拿枕巾把娃娃包严实。

娃娃过满月，又不是头一胎，再加上是个女娃儿，刘孝喜没了那个心劲儿，族长自然没有请，叫来老二老三两家人，简简单单吃了顿饭。

吃着饭，刘孝喜忍不住数落媳妇儿："妈日的，你的肚皮得是烂麻袋？一生一个赔钱货。再这样下去，我要绝后了。妈日的，没个男娃儿，以后都没有人在坟前烧纸。"

媳妇田豆颗也不是省油的灯，听男人在众人面前连数落带骂，一肚子的委屈终于爆发出来。她怀里抱着娃娃怒骂："你还是个男人，说这些没羞没臊不踏犁沟的混账话，枉披了一张男人皮。你叫大家评评理，生男生女是我一个人的事吗？你种下茄子难道能长出南瓜来？你个没用的东西！"

刘孝喜啥时候受过这份窝囊气？看老婆竟敢在人面前骂自己，气得心里的火"腾"的一下蹿起来老高，手指着老婆骂道："你个不发种子、乱发种子、把好种子都发歪了、把我的种子给变坏了的烂婆娘，看我咋样收拾你！"

骂着，就往婆娘跟前扑。

刘孝福赶紧一把抱住他的腰说："哥呀，可不敢这样骂人。这屋里男男女女、老老少少的，你嘴里也没有个把门儿的，乱说话传出去叫人笑话。男娃女娃都是咱的娃儿。"

刘孝福这一劝说，刘孝喜忽然有了啥新发现一样。他一屁股坐到板凳上问："我说二弟，你用了啥法子？你老婆一生一个男娃儿？快快快，你给哥说说咋样弄的？是你的办法还是别人教你的？你给我说说，回头我也照着你的法子弄。"

刘孝喜这一番胡言乱语，把顺叶羞臊得满脸通红。她抱着小的，拉着两个半大不小的娃娃，抬腿就走说："给娃娃当伯当大娘哩，说话没个分寸、没个正形。我走了，你们啥时候不骂人了我再来。饭我还是要吃的。

娃娃还饿着肚子哩。"

这样乱乱哄哄闹着，老三刘孝贤看不下去了说："大哥，古人说君子之德如风，小民之德如草。你当大哥的，就应当是弟兄几个的君子。你可倒好，不当君子倒也罢了，偏偏出口带风，还是歪风邪风。你这样胡搅蛮缠，以后生了男娃儿，咋样言传身教？你把娃娃往啥地方带？左宗棠左大人说了，水低为海，人低为王。你时时处处争强好胜，凡事都要压人一头，连生娃娃这事情，你都要搏命逆运，你就不想着给自己留条后路？罢了罢了，心平气和，应时顺命，才能时来运转。来来来，大家吃饭吃饭！"

老大刘孝喜虽然不再骂了，但嘴里还是一百个不服气说："老三，你是站着说话不腰疼，往后你要是没有男娃娃，看你咋办？你还能像今天这样满嘴都是桑叶，出来就是丝纹？哼！"

刘孝福接过话茬说："都甭说了。不管男娃儿女娃儿，都姓刘，都是咱的亲骨肉，亲都亲不够，咋能嫌弃？大哥，以后可不敢这样了啊。"

老大刘孝喜听刘孝福这样说，眼珠子转来转去说："哎呀，对了呀。看把他的，还是老二说话在理。我说老二，我家一个带把儿的都没有，你家倒成了三股子权，一对儿半男娃娃。咱这样，换一个咋向？我把女娃娃给你一个，你把男娃娃送我一个。这样咱两家就都男女双全了。你看得成？"

刘孝福傻眼了，嘴巴半张着，竟然无话可说。

老三说："互通有无，反正血脉都不外流。我看能成。"

在门外站了一会儿，听得屋里不再争吵了，顺叶才把娃娃抱回来。刚坐到桌上，老大刘孝喜看着大侄儿毓敏，越看越喜欢说："说好了啊，我就要老大。我家女娃儿，你看上哪个是哪个。"

顺叶听得一头雾水问："哥呀，你说的那话是个啥意思？"

田豆颗儿也插嘴说："你哥意思是说，我家女娃儿多，你家男娃儿多。咱两家换一个。你给我一个男娃娃，我给你一个女娃娃。嘿嘿，甭说，这法子好，两家就龙凤全活了。"

田豆颗这一说不要紧，把顺叶吓得面如土色，把老三紧紧抱在怀里，双腿把老大老二夹住，好像怕一阵风把娃娃刮走似的，好大一会儿缓不过劲儿来。

刘孝贤看这阵势，打圆场说："说个笑话，不必当真。来来来，都吃饭。"

刘孝福也跟着说："大哥大嫂这是说笑话哩。来，吃饭。"

夜里，娃娃们都睡了，顺叶问刘孝福："晌午说的那些话，谁起的头儿？你到底是咋给他们说的？"

刘孝福说："大哥也就那么一说，我可没答应。这是个人，自己的骨肉，咋能像小狗小猫一样换来换去？放心吧，也就是那么一说。赶紧睡，明个我还要早早赶路，到雨安坊做厨活哩。"

顺叶说："大男人，吐口唾沫砸个坑，哪能随便乱说话？我给你说，不管你咋样答应人家，我可不答应。别人家的娃娃再好我不要，我的娃娃再不好我都不舍得。哎呀，不对劲儿哩，我这眼皮子，跳个不停。娃他大，你这几天甭走，我有点害怕。"

刘孝福说："放心！再咋说也是一家人，亲骨肉，大哥大嫂不会来横的。睡觉吧。"

刘孝福睡了，顺叶搂着娃娃，一夜没合眼。

第二天一大早，刘孝福早早就走了。

刚吃了早饭，田豆颗抱着娃娃来了。

一进门，田豆颗就嚷嚷："你家老大在哪里？快过来见我。你看我给娃娃带啥来了？"

顺叶正在洗锅，小娃娃睡觉，老大老二在外面玩儿。

顺叶出来一看，田豆颗抱着小娃娃，领着大娃娃，手里还拿着一包东西。

顺叶笑着迎上来问："嫂子，你给我娃送啥东西来了？"

话是这样说，顺叶的心猛然"咯噔"一下。

田豆颗把手里的纸包放到饭桌上，坐到饭桌旁边说："巧得很哩，我刚说主你家来，门外面就来了卖粘牙糖的。我喜欢你家老大，专门给娃娃买了两毛钱的糖。你叫娃娃来吃。"

顺叶说："嫂子一向大方，给我娃娃买糖，娃娃有福气，摊上好大娘。嫂子，你坐。你吃饭了没有？"

田豆颗说："吃了。沫糊泡干馍，饱饱的。"

顺叶说："都是给娃娃喂奶的人，吃饭要有油哩，要不不下奶。"

田豆颗说："妹子，我来就是想问你，也个在我屋里说的那些话，咋样办？是不是还得挑个日子，寻个中人，立个文书？"

顺叶被吓得脸都变了说："嫂子，也个你们说的啥，我不在场的。不是说就是个笑话吗？嘿嘿。嫂子，你可甭吓唬我。你知道，我这人没胆经不起吓唬。"

田豆颗说："好我的妹子哩，人家弟兄几个都说好了的，两家换娃娃。咱们女人家，都要听话哩。要不然，叫男人脸面往哪里搁。听男人的话，也是妇道。你说是不是？"

顺叶说："好我的嫂子哩，你稀罕我家娃娃，多来几回。或者叫我娃娃多去你家几回，逢年过节看望你几回都成。"

田豆颗打断她的话说："你这人咋不开心眼儿？娃娃到哪里都姓刘，不改名不卖姓，有啥不好？你看他三大，过继给人，都姓刘，还不是一家人一家亲？"

五十六 无论田豆颗怎样说，顺叶就是死活不松口。田豆颗心里直怨恨顺叶不顾亲情，又一想，这么大的事情，还得男人说了算，大不了让他们男人去商量，女人家，到时候还得听男人的。

想到这里，田豆颗不想在这里浪费时间了，起身就走说："妹子，咱俩都拿不了大事，还得他们男人拿主意。就是个这，我走了。"

田豆颗这一要走，顺叶脸上有点讪讪的。她忙说："嫂子您慢点走，还有东西给您拿哩。"

说着，回身到灶房，揭开案板上方窑窝帘子，拿出来一只带盖子的陶罐儿，又放到布袋里，出来交给田豆颗说："嫂子，这是娃他大给人做厨活，东家给的方肉。天热，我怕坏了，用盐醃了，蒸萝卜尖尖放点肉，入味。您拿着回去给娃娃吃吧。"

田豆颗听说有肉，眉开眼笑，一把抓过来布袋说："要说我二弟真正的有出息，手艺高，请的人多，自己吃个肚儿圆不说，还往回拿肉拿面拿馍馍，一个人养活一大家子。比你哥那个二毬货强多了。"

顺叶就爱听别人说自己男人有本事，听见田豆颗夸自己男人，打心里高兴，脸上放光说："还是嫂子会说话。这年头，有个手艺还是好一些。不过，话又说回来，我大哥场面上的人，朋友多，脸面大，家里亲戚凡事都离不开他。这才是真有本事。"

田豆颗心里有事，也不和顺叶多啰唆了，嘴里打着哈哈，抱上娃娃，拿上肉，脚下生风头也不回地走了。

顺叶望着她的后背，觉得这事情过去了，心里一阵轻松，站在门口朝外喊："敏娃儿，还不快回家来？"

只说是这件事就这样过去了，没想到夜里就有人说话来了。

老大刘孝喜托了老三刘孝贤，手里拿着礼性说事情来了。

刘孝福刚回来，在灶房忙着把做厨活拿回来的馍馍掰成两半晾起来防霉。

老三刘孝贤把手里的点心包包往桌上一放说："二哥，有人送礼性来了。嫂子，你家有好事儿了，还不给我泡茶？"

顺叶凑在灯下拆娃儿的棉裤，听到外面老三来了，放下手里的活也跑出来。

毓敏领着毓茂从屋子里跑出来，看见桌上的点心包包，弟兄两个两眼放光。

刘孝贤打开纸包，拿出来一个酥皮，掰两半分给两个侄子说："我侄儿的福气来了。给，拿着吃，别掉地上了。"

顺叶说："他三大，你这样会把娃娃惯坏的。"

刘孝贤说："一辈人有一辈人的福，老子辛苦儿享福。要不，活着有啥奔头？"

刘孝福出来了说："老三，谁拿的点心包包？啥事情？你我亲弟兄，有话直说，不用这些礼性的。"

刘孝贤说："人亲礼更亲，亲兄弟说正事情，也得按章法来。哥，有点事儿，借一步说话。"

顺叶一听，就知道男人商量事情，女人是不方便听的。她随即说："他三大，你们说你们的事情，我还要给娃娃拆棉裤哩。来，我给你们把茶泡上。"

刘孝福说："你忙你的去，我们在明间说一会儿话。茶，还得烧开了水才成。"

刘孝贤说："哥呀，你有没有听说有一种叫作电壶的东西，城里人都有用的了。那东西灌进去热水，一天一夜都凉不了。泡茶的时候打开盖子就有热水，方便得很。"

刘孝福说："在党睦开馆子的时候就听大哥说过这东西，当时说想买来着。后来馆子没开成，又赔了钱，就把这事儿给忘了。后来我又在油坊陈村子看到过，东家有。长长的，圆圆的，竹子皮儿，带着塞子，膛子里闪着电光。那东西好是好，贵着哩，听说要一块光洋哩。"

弟兄两个说着话，把方桌抬到明间。

一时三刻，刘孝福烧好了开水，泡茶，打开了话匣子。

刘孝贤说："哥呀，不是我有事，是大哥和大嫂托我来的。事情嘛，你大概也猜出来了。就是商量着换娃娃。"

刘孝福岔开话题说:"三弟,你现在说话越来越中听了,直来直去就像是庄稼汉。这就对了,到啥时候说啥话,对啥人说啥话。说话的人不费劲儿,听话的人也轻松。"

刘孝贤说:"哥呀,我换成了直肠子,你倒成了个曲麻肚。好好说话,你甭打岔。换娃娃的事情,你看有没有商量余地?"

刘孝福尴尬地笑了笑说:"好兄弟,这事情可不简单。毕竟是亲骨肉,我一时不好回答你。退一步说,就是我答应了,只怕是你二嫂那里不好开这个口。她那人你也清楚,按说三个男娃儿,负担重,不好养活。可是,她说亲生的,一百个都不嫌多。你看你看,不好开口嘛。"

刘孝贤说:"哥呀,你们家里谁做主?你一个大男人,咋凡事听女人的?咱们把大事定下来,你回头再给她慢慢开导。别的不说,你看我,不是也过继了吗?这不是好好的吗?"

刘孝福说:"这可不一样。你过继,是因为咱家穷,上不起学,为了能让你上学念书。我娃娃,不管咋样都要念书的。"

刘孝贤低头不语,看起来很难受的样子。

刘孝福慌了,给三弟茶碗里续水说:"三弟,原谅你哥我说话冒冒失失。可是,我没有伤着你的意思。"

刘孝贤抬起头说:"哥呀,咋这么黑?你把灯拨亮一些。"

刘孝福忙拨灯说:"等我有了钱,买洋油灯就好了。这豆油,点灯光冒烟不发亮。"

刘孝贤擦了擦眼泪说:"哥呀,其实,说换娃娃,我心里也老大不愿意。我是这样过来的,心里的苦楚,只有我自己心里清楚。当然,不是埋怨两边老人不好。相反的,都很好。可是,只要想起来,心里还不是个滋味。大哥总和大嫂过不去,两口子打打闹闹眼看过不成了,我也是为他们着急。来的路上我都想好了,实在不成,咱另想法子。"

刘孝福说:"对对对,抱养一个男娃娃。"

刘孝贤说:"那样不成,外人外姓的,不是一股劲道,娃娃也受罪。

哥呀，引蛋是啥意思你听说过吗？"

刘孝福说："知道。母鸡不下蛋，给窝里放一枚鸡蛋，母鸡看见了就会下蛋。咋了？你说这话啥意思？"

刘孝贤说："对对对！就是这个意思。你们实在不想换娃娃，就把老大毓敏借到大哥家住一段时间。没准儿，大嫂还真的能生个男娃儿。"

刘孝福听了这话，满口答应说："这没啥麻搭，也能张开口给你嫂子说。亲兄弟，权当帮忙。娃娃夜里在大哥家睡觉，白天回到他妈跟前，好事情。"

刘孝贤说："能成。这事情在你这里先这样说着。我还要给大哥大嫂说哩。"

刘孝福说："三弟，为了咱弟兄们的事情，你真是操心劳神多跑路。不管咋说，哥我这里先谢谢你想事周全，办事牢靠。"

老三走了，娃娃睡了，刘孝福把"引蛋"的事情给顺叶说了。

顺叶半天不言语，刘孝福劝她："娃他妈，你心疼娃娃我心里知道。可是，亲弟兄，咱也不能凡事往外推。再说了，你娃也只是夜里去睡个觉，白天还回到你身边，有啥不好？"

顺叶哭哭啼啼说："不是你身上掉下来的肉你不心疼？说是只睡个觉，那可是整整一夜见不到人，我心里咋能踏实？娃娃夜里尿尿咋办？被子蹬开咋办？要喝水咋办？不是自己的娃娃，谁能有那个耐心？"

刘孝福又是一番好言相劝。

眼看已是半夜，顺叶终于答应了说："只能这样了。你是男人，你定下的事情，我不能不听。可是，有一样，夜里娃娃睡着了再抱过去，早起娃娃醒来就给我送回来。娃送回来，我要当面验过，身上有青伤红伤，我饶不了她。"

刘孝福说："你看你，想到哪里去了？娃他亲大伯大娘的，和自己亲骨肉有啥不一样？疼都疼不过来，哪里舍得打骂？再说了，娃娃在家睡觉，满炕翻滚，掉下来不是一回两回了，身上的伤就没有断过。"

顺叶说："那可不一样。自己的娃娃，在自己面前伤着碰着，肉疼心不疼。在别人家带伤，肉疼心也疼。娃他大，不是我多心，嫂子那人，心肠不咋地。有时候歪，有时候邪，有时候狠。你一个大男人，和她离得远，哪里会知道？"

刘孝福说："你想多了。嫂子最多也就是刀子嘴豆腐心，她没害过人，没做过缺德事，也没有坑蒙拐骗过谁。你不要净把人往坏处想。"

顺叶说："坑没坑过人我不知道，我就知道她见不得别人好。只要是别人比她过得好一点儿，她就眼气得不行。可是，要是过得不如她，她又把人下眼观。前年，她家的羊生了一个羊娃子，东邻喜琴家的羊生了两个羊娃子，她看着眼气。人家羊娃子带着缰绳跑出来，她左看右看没有人，把缰绳在羊脖子绕三匝，又缠在树上，时间一长没人看见，羊娃子就活活被勒死了。"

刘孝福听了这话，心里打了个寒战，嘴上却说："羊是羊，娃是娃，不一样的。再说了，她既然把娃娃当引蛋，还忍心伤害娃娃吗？况且我都答应老三了，就先这样试一试。睡觉！"

五十七

天黑了。

顺叶喂老三毓延吃了奶，哄睡着了。又打水让老二洗了脚，拿出一串柿子把儿让他"数钱"，又在板柜盖子上教老大毓敏拿黄纸叠风筝。

刘孝福回来了。

进门一看，三个娃娃各有各的相，忍不住笑了说："咱家里能演一台戏了。"

毓敏问："大呀，你说能演戏，演个啥戏？有没有孙悟空？"

刘孝福摸摸老大的脑袋说："能哩，还有铁扇公主哩。"

老二毓茂放下柿子把儿仰起脸问："铁扇公主在哪搭？"

刘孝福说："就是你妈。你们夜里睡觉，你妈拿扇子给你们扇风赶蚊子，可不就是铁扇公主？"

顺叶说："要说演戏，人家演的是三娘教子，咱家演的是娘教三子。我说，他大，你甭和娃娃说笑了，把娃娃逗疯了，都不睡觉了咋办？"

窗外，有人轻轻咳嗽了一声。

刘孝福走出去，发现大哥刘孝喜在外面站着。

刘孝福小声说："哥呀，稍等一下，娃娃还没睡哩。来来来，你进来，咱俩在明间等着娃娃睡着了再抱过去。"

也不知过了多长时间，顺叶过来说："哥呀，娃娃睡着了。"

刘孝喜起身说："好好好，我把娃娃抱过去。"

顺叶说："叫他大把娃抱过去。半路上，娃娃闻见别人身上的味道，会醒来的。他大把娃抱过去，放在炕上，眼看他睡熟了再回来。还有，您拿着这条独幅床单，盖在娃娃身上。这是他一夏天身上盖的，味道他熟悉，睡得踏实。"

说着，忍不住落泪。

刘孝福说："你看你这人，娃娃在他伯他娘屋里睡觉，你担心啥？"

刘孝喜也说："妹子，你就放心吧。我和你嫂子轮着看他，保证没啥麻搭。早上他睡醒来，我就给你送回来。"

刘孝福抱着娃娃，刘孝喜拿着床单跟在身后。

顺叶送到门外，看着天空流星划过，心里一阵慌乱。

刘孝福回来了，没等顺叶问话就说："好好地，娃娃放到炕上稳稳当当，睡得踏踏实实。他和他娘睡炕上，大哥睡外屋竹床，说是把着门，怕谁家狗啊猫啊的进来吓着娃娃。你看你看，这不是啥都好好的？"

顺叶听了，稍稍放了心说："我就怕娃娃半夜醒来尿尿，发现是别人家，又哭又闹咋办？"

刘孝福坐在炕沿儿上说："娃他妈，我早就想说你几句，今儿个正好说说这事情。咱两口子这么长时间了，都知里知面儿又知心，我说话啥地方不周全，你担待着点儿。"

顺叶诧异刘孝福今晚咋一脸严肃和她说话，问他说："娃他大，你这是咋了？啥时间你这样和我说过话？得是我有啥地方做得不好，让你心里不舒服？"

刘孝福说："不是不是。你听我说。娃娃是父母的心头肉，这道理谁都懂。心疼娃娃，爱娃娃，做父母的都不例外。可是，你想想，娃娃迟早要长大，迟早要过自己的日子。这就像母鸡抱鸡娃，时间一到，老的翅膀盖不住了，小的翅膀硬了，就各奔各的前程了。哪里有父母护展娃娃一辈子的事情？再说了，咱是个穷寒人家，娃娃不是金枝玉叶，也不是少爷公主，咱没能力也没有必要前前后后寸步不离护着他，这样对娃娃也不好。村西头增福家就是例子，独苗独根的娃娃，走路怕摔着，吃饭怕噎着，睡觉怕吓着，老两口、小两口四个人一天到晚前后不离。娃娃都十六岁了，还不敢一个人走路。夜里尿尿，一个响雷，被吓得口吐白沫，差一点儿要了命。十六岁，我都跟上我大学手艺做厨活了，他还钻在他妈怀里不下地，成了啥都弄不成的废物。咱家的娃娃，将来都要撑门户立家业的。我大在世叮嘱过，将来要开门面做生意的，咱们这一辈子成不成不敢说，到娃娃手里，一定能成，一定得成！要不然，咱就是上不孝下不贤的罪人。娃娃在咱跟前，一不送人，二不过继，三不入赘，这就够了。咱连个娃娃在亲戚家睡觉这事情都放不开手脚，咋能成？这不是害了娃娃又是啥？我给你说，咱要是把男娃娃都教成个眼高手低、弄啥啥不成的败家子，那就连瞎带坏还倒霉。你说是不是？"

刘孝福这一番话，把顺叶说得眼泪汪汪。她揉了揉眼睛说："娃他大，你说的这些，我都懂。我的身世你也知道。我不是把娃娃当金枝玉叶，我没那个心思也没那个力道儿。可是，只要想到我从前受的罪遭的难，就怕得要命，光害怕我娃娃也过那样的日子。做父母的一不小心，一步走歪，对娃娃可就是一辈子的事情。受穷我不怕，吃苦也能成，总得叫娃娃平平安安长大成人。半路有个闪失，落下一辈子的埋怨，我就是死了，也闭不上眼。娃他大，你甭给我解宽心。实话给你说，我不是不放心大哥，我是不放心大嫂。她那人，心眼儿不正，你说一千道一万，我都信不过她。"

夜半三更，电闪雷鸣。

顺叶爬起来就要下炕，刘孝福赶忙点着灯问她："你做啥去？得是把干柴火抱回来？你睡你的，我去。"

顺叶边穿衣服边说："打雷，娃娃会醒来的。他醒来不见我，又哭又闹咋办？我去把他接回来。"

刘孝福也赶忙起身穿衣服说："要去也是我去，你在家里看着这两个。都是娃娃，谁都离不开他妈。"

顺叶不管不顾，下地穿鞋说："不一样的。这两个是在家里，老大是在别人家里。你就在屋里看着这两个，我去！"

刘孝福下炕拦住她说："你咋是个死心眼儿？这黑灯瞎火的，你外出，我担心的是两个人。你在着，我去。油布在哪里？给我拿来。"

顺叶穿好鞋就出门说："大哥会送我们娘儿俩回来的。你在，我去，甭争了。"

顺叶开了大门，一阵风把她吹得倒退几步。她咬了咬牙，稳了稳神，大步出门，回手把木锁插上。

好在只是闪电刮风和响雷，雨还没有下来。顺叶嘴里喊着："毓敏，老大，我的娃娃，甭害怕，我来了。"

她喊话一半是给自己壮胆。

跌跌撞撞一路赶到大哥家，扬起手拼命地敲门喊话。

敲了好一阵子，大门终于从里边打开了。

刘孝喜开门把顺叶迎进来说："好家伙，这哪里是我侄子，简直就是我八辈祖宗。一个响雷，他就醒来了，碰死撞活要回家，哄都哄不下。正闹活哩，你来得正好。"

顺叶一头扑进屋子，眼前的景象把自己吓了一跳。

灯亮着，炕上就像是大闹天宫。

毓敏哭着喊着要妈妈，满炕打滚。田豆颗一手摁住他，一手护着自己的大女儿。小女儿被吓着了，破了命地哭喊，嗓子都沙哑了。

顺叶一步上前，一把抓住毓敏的小腿喊道："我的乖儿子，甭怕，妈来了。"

说着，把娃娃抱在怀里哄着。

田豆颗气急败坏地说："咋回事？都这么大的娃娃了，胆子还没有老鼠大。好好地，一个响雷就炸了窝。妹子，你来了就好了，赶紧把娃娃抱走，反了天了还。"

听见嫂子数落自己的儿子，顺叶不干了，说："嫂子，怨不得娃娃。他长这么大，从来没在别人家睡过觉。我这就把他抱走，你一家子安生睡觉。"

刘孝喜说："看把他的，这事情又弄不成了。走走走，我送你们娘儿俩。"

豆颗儿说："一步邻近的，还怕有狼不成？娃他大，你甭走，帮我端老大尿尿，我还要哄老二哩。"

刘孝喜骂道："不懂事的婆娘！黑灯瞎火，电闪雷鸣，我都有些害怕，还甭说妇女娃娃家。你娃尿尿，就叫她在地上尿，惯她的毛病。"

顺叶说："大哥，嫂子说得对，我自己走，你甭送了，在家照顾娃娃。"

刘孝喜不管那一套，从墙上摘一把油伞夹在腋下说："走走走，趁老天还没下雨。"

顺叶把娃娃抱回来，一进门，对刘孝喜说："大哥，黑灯瞎火的，嫂子娃娃都在等您哩，我也就不让您进来了。您赶紧回去，路上小心。"

刘孝喜说："好的。你放心，甭说这几步路，几十里的夜路我都走过，怕啥？"

进了门，发现刘孝福父子三个，都坐在炕上，大眼儿瞪小眼儿。

顺叶把老大毓敏放到炕上，小家伙兔子一样滚到弟弟跟前，脸上的眼泪还没干，就嬉皮笑脸和老二滚作一团。

刘孝福问："毓敏，你一个男子汉，做啥半夜三更地哭闹要回来？"

顺叶说："怪事情，我又没说他闹活，你咋知道？"

刘孝福说："我三弟不是说了吗，叫啥来着？对对对，知子莫如父。我就知道，他不是省油的灯。"

顺叶脱衣服上炕，把毓敏拉过来说："老大，你过来睡在我身边，我给你叫叫魂儿。你一定被吓着了。咋样？你伯吓唬你没有？你娘掐你没有？他大，你端着灯，我看看娃娃身上有没有伤？"

刘孝福哭笑不得地说："你看你这人，胡思乱想些啥？娃娃是去他大伯大娘家，不是去狼外婆家。"

顺叶把娃娃衣服脱掉，上下看了个够，没发现啥问题，才放心了。

没想到毓敏忽然说："我醒来了要回来，我大伯给我拿糖吃，我没吃。我大娘叫我吃她的奶奶哩。我不吃，她硬往我嘴里塞，我憋得透不过气儿，才哭了。我都这么大了，咋还能像我三弟一样吃奶奶睡觉？"

五十八 "引蛋"计划一开始就受挫。

又到了夜里掌灯时分。刘孝福外出做厨活刚回来，老三刘孝贤就来了。

本来，刘孝贤是受大哥刘孝喜之托，给他大侄儿刘毓敏做开导来了。他一进屋，就发现毓敏趴在板柜盖子上，用手指头蘸着半碗清水写写画画。

刘孝贤心里大喜，凑到跟前问："贤侄，宝贝娃儿，你这么小的年纪就喜欢舞文弄墨，将来必定是个大先生。我看看，你画的是个啥？"

刘毓敏头也不抬地说："我画画儿哩，画了个老妖怪，要吃娃娃哩。你看你看，这就是老妖婆，血脸毛头发，二尺长的脚指甲。"

刘孝贤一看，柜盖子上水迹还在，一个硕大无比的脑袋，脸面被鸡窝似的乱头发盖住了。最底下，一双老鹰似的利爪带着弯钩，显得凶恶狠毒。

刘孝贤倒吸一口凉气说："娃儿呀，古人说非礼莫视。你才这么大点儿年纪，心里咋装了这么多邪恶的东西。来来来，三大教你写字。对对对，你刚才画了个老妖怪，现在，咱们写一个'人'字。你看啊，这个'人'字要写好，关键是头要正。"

说着，刘孝贤在旁边蘸着清水写了一个"人"字。

毓敏一看，又在"人"字的两脚，添上了鹰爪。

刘孝贤皱着眉头说："来来来，咱们写一个'口'字。"

毓敏看了看问："你画的这个方框，里头咋啥都没有？"

刘孝贤说："这就像是你的嘴巴啊，张开了，要吃糖了。还没吃糖哩，当然是空的。"

毓敏说："嘴巴里头不是还有牙齿吗？我给你添上。"

说着，在"口"字里边画了两颗牙，整个字顿时显得面目狰狞。

刘孝贤气馁了说："好了好了，今儿个不画画了，也不写字，你赶紧睡觉。明个，三大给你拿一本字帖来，你描红。记住了，咱们这就开始上学念书了。"

毓敏说："我今黑了不睡觉。我睡着了，你们就又把我抱走了，我醒来看不见我妈。"

刘孝福和顺叶面面相觑。

刘孝贤尴尬地干笑几声。

夜色渐深，老大刘孝喜来抱娃娃了。

毓敏困得眼睛都睁不开了，还挣扎着写写画画，脑袋一会儿歪到这边，一会儿歪到那边。

顺叶叹着气说："好我的娃儿，可怜的娃儿，你去睡觉吧，今黑了哪里都不去，就在咱家，就在妈妈身边踏踏实实睡。"

老三刘孝贤摊开双手对刘孝喜说:"哥呀,你看这事情,是不是缓一缓?"

刘孝福也说:"对着哩,这娃是个犟驴,以后慢慢哄着来。"

刘孝喜苦笑着说:"看把他的,这枚'引蛋'成精了。罢了罢了,以后再说。"

刘孝喜回到家里气急败坏地说:"妈日的,人家不来了。求爷爷告奶奶都不来。"

田豆颗说:"你高高大大的男人,连一个碎娃都制服不了,还能弄啥?我看你就剩下在我跟前吹胡子瞪眼了。"

刘孝喜骂道:"都是你个没能耐的臭婆娘,把我害得给一个四岁娃娃低三下四。好在这是我侄儿,亲骨肉。要是别人,传出去我的脸面往哪里搁?"

田豆颗不服气回敬道:"你们老刘家,老的小的没一个好东西。那么大的娃娃心眼儿就那么短,一来天生的贱骨头,二来大人不给娃教正经本事。对了对了,为啥咱们就生不出男娃娃,弄不好是你祖上干了缺德的事情,或者是你在外面胡成哩,做了见不得人的事情。哼!"

刘孝喜一听,老婆竟然骂祖宗,怒从心头起。他笑嘻嘻地凑到婆娘跟前说:"嘿嘿,你还说对了,我还真干过对不起你的事情。来来来,我说给你听。"

田豆颗把脸贴过来,还没言语,"啪"的一声,右半张脸就挨了一巴掌,四根指头印暴起在她光光堂堂的脸颊上。

田豆颗"嗷"的一声,一头撞了过去,正中刘孝喜前胸。刘孝喜"噔噔噔"后退几步,仰面朝天倒在地上。

田豆颗疯了一般跳下炕,一身子扑过去骂道:"狗东西,就会在家里撒野。看我不和你拼命!"

田豆颗哪里是刘孝喜的对手,身子还没挨着刘孝喜,早被刘孝喜就势一个扫堂腿,"扑通"一声跌了个嘴啃泥。

两口子这一番惊天动地，早惊醒了两个娃娃。大的哭喊着下炕满地打滚，小的张嘴没了命地叫唤。

　　刘孝喜一看，心疼了，顾不得满身尘土，爬起来抱起大的放到炕上，又把小的抱起来哄着。

　　田豆颗躺在地上，嘴里"哎呀哎呀"地叫唤。

　　刘孝喜说："装啥哩？赶紧起来。我的腿脚都长着眼睛哩，只是瞄着你的腿腕子，用了两分力气。要是别人，可就没这么幸运了。快起来，给娃娃喂奶。"

　　田豆颗嘴里日娘道老子骂着，爬起来，掸掸身上的灰尘，爬上炕接过小女儿，撩起衣服给娃娃喂奶。

　　刘孝喜舒了一口气。可是，他隐约看到，豆颗儿眯缝着的眼睛里，似乎有一股凶气。

　　第二天晌午，刘孝喜牵着他的大青骡子在地里吃青草。骡子老了，跑不动了，又舍不得卖，还当个宝贝似的养着。两个娃娃都睡觉了，田豆颗拿着铲子在门外菜地里铲韭菜。

　　刚开始干活，听得一阵狗狗发出奇怪的叫声，像是人被捂着嘴用嗓子眼儿在哭。循声望去，只见菜地边儿上，一只乱毛土狗，嘴里叼着一只刺猬。刺猬的尖刺扎伤了狗狗的嘴巴。可是，它还是舍不得嘴里那块带尖刺的肉肉，一边惨叫一边原地打转，不停地在地上蹭嘴里的刺猬。越是蹭，刺猬的尖刺就越扎得深。

　　田豆颗心里一动，一铲子抡过去，正中狗狗脑袋，狗狗疼得一哆嗦，刺猬掉下来了，狗狗跑开了。

　　刺猬腿受了伤，跑不快，慢慢腾腾挪动身子。

　　狗狗还不死心，不远不近看着人和刺猬。

　　田豆颗走过来，捡起铲子，小心翼翼把那只刺猬端在铲子上，回家去了。

　　狗狗跑到田豆颗大门外，顺着门缝朝里张望，嘴里不断发出哀鸣。

一会儿，田豆颗开了门，扔给狗狗一块肉说："以后你要是饿了，就在这里等着，我拿肉给你吃。"

田豆颗喂狗狗的肉，还是顺叶送的。

从此，隔三差五，田豆颗都要来找顺叶闲聊。

每一次来，田豆颗都牵着那只瘸腿刺猬，让刘毓敏和他弟弟玩。

顺叶心里过意不去，每次临走都要送给她肉和馍馍。

这天下午，田豆颗又来了。毓敏问她："大娘，你的刺猬咋没有带来？我还要喂它土鳖吃哩。"

田豆颗说："刺猬病了，不吃不喝，看着怪让人心疼的。"

毓敏一听就急了说："是吗？赶紧给它吃药。大娘，你等着，我家里有药。"

说着，跑回去在家里一阵乱翻。

顺叶不知道大儿子找啥？就问他说："你是饿了还是渴了？你翻腾啥哩？"

毓敏说："大娘家的刺猬病了，我找家里的药丸子给它治病。"

顺叶笑着说："给人吃的药丸子，咋能给刺猬治病？你真是个瓜娃子。来来来，我给你包上点儿红糖，你给刺猬喝糖水，病就好了。"

毓敏拿了糖，高高兴兴地跟上田豆颗走了。

顺叶看到，田豆颗来的时候，总有一条脏兮兮的狗狗，不远不近地跟着。

毓敏到了田豆颗家，看见那只刺猬拴着绳子，围着香椿树转来转去，看不出是病了。

毓敏高兴地说："你得是病下了，见我来了，病就好了？你等一会儿，我给你喝糖水。"

田豆颗把怀里的娃娃放到木头做的娃架子上，把红糖要过来说："你看着娃，我给你冲糖水去。"

一会儿的工夫，田豆颗的大女儿端着半碗红糖水出来说："哥呀，我妈说这红糖水，你先喝几口，再给刺猬喝才成。我刚才喝过了，甜得很哩。"

毓敏想都没想，端起碗喝了一口糖水，嘴里嚷嚷着："好甜好甜，刺猬，你也喝吧。"

刺猬把嘴凑到碗边上，闻了闻，跑开了。

一会儿，毓敏忽然喊着："大娘，我要拉粑粑哩，肚子里有一只蛤蟆乱叫唤。"

田豆颗说："你就在旁边土堆上拉，拉完了我埋上就是了。"

毓敏跑到土堆上，脱了裤子又开腿拉屎。

小鸡鸡从裤裆下露了出来。

田豆颗把大门开了一道缝儿，那只土狗无声无息地钻了进来。

田豆颗手里拿着肉，一块一块撕着，扔给狗狗。

狗狗追着肉肉，吃着追着，一块肉肉飞到了毓敏裆下。

狗狗"呼哧"一声窜过去，只听"妈呀"一声惨叫，毓敏仰面躺倒在土堆上，双手捂着裤裆，血顺着指头缝往外涌。

话说顺叶目送老大毓敏走了，也没多想，哄娃娃忙家务。

忙了一会儿，老二要喝水，她拿起项锅旁的瓦罐，给老二倒水。一不留神，瓦罐"啪"的一声摔在地上，碎成八瓣儿。

顺叶心里直呼"倒霉"，把地上的瓦罐碎片捡起来。又是不小心，瓦罐碎片划破了手指头。

顺叶心里一阵慌乱，她预感有啥大事情要发生了。

"毓敏！"

脑子里刚闪现出这两个字眼儿，一阵巨大的恐惧笼罩了她的内心。

她猛地从灶房跑出来，抱着小娃娃，拉着老二就往外走。

他要去找老大毓敏。

正在这时，村西头刘普朝满头大汗跑来喊："嫂子，不得了！你娃叫狗狗咬伤了，你赶紧去看！"

五十九 顺叶听说老大毓敏被狗咬伤了，吓得嘴里"爷呀奶呀妈呀"一阵乱叫，拔腿就往外跑。着急忙慌，手里还牵着老二毓茂。她跑得快，娃娃小腿倒腾不过来，没跑两步，老二就跌倒在地。顺叶不管不顾，拖着老二奋力前行，娃娃一阵惨叫。

刘普朝看见，一个箭步上前，掰着顺叶的手说："你赶紧去，娃娃留下来我叫人帮着照看。你松手，赶紧松手。"

顺叶哭喊着一路狂奔。到了老大刘孝喜家门口，却见刘孝喜正把毓敏抱起来往大青骡子背上放。娃娃已经昏迷了，鲜红的血从裆部流下来，又流到了骡子背上。

顺叶被吓得魂飞魄散，只顾上抓着娃娃的腿哭了一声"我的娃儿"就倒地不起。

刘孝喜顾不上别的，扶着娃娃，蹁腿骑上骡子背说了声："到黄店子救娃娃！"

随即，双腿一夹，嘴里一声"嘚起"，大青骡子好像得到冲锋号令一样，腾开老迈的四蹄，飞奔而去。

田豆颗忙着给顺叶掐人中。

老大刘孝喜骑着骡子，一路不停地夹腿喊令，催促骡子快跑。也真是难为他了，光溜溜的骡子背，又没配带鞍镫。他还要一手揽着软绵绵的娃娃，竟然骑得稳稳当当。

骡子出了村，狂奔在沟套路上。跑着跑着，刘孝喜感觉它蹄子慢了下来，骡子肚子似乎剧烈抽搐。再看骡子头，好像歪向一边，显得很痛苦的样子。

刘孝喜嘴里怒骂："妈日的，快跑，甭给我装熊包蛋！"

骡子还是跑不快，刘孝喜急了，从腰里拔出一把攮子来，背手冲着骡子屁股就刺。

大青骡子惨叫一声，四蹄猛然加快。

刘孝喜感觉攮子把儿黏黏糊糊像是有血迹。

好容易跑到黄店子张先生家门口，刘孝喜还没抱着娃娃下来，感觉到身下那头大青骡子浑身筋骨一松，像是要倒下来的样子。

刘孝喜不知哪里来的神力，在骡子倒地一瞬间，抱着娃娃从骡子背上飞身而起，只听"扑通"一声，骡子倒在地上。刘孝喜一个趔趄过后，身子还没站稳，也顾不上骡子了，像一股狂风卷开了张先生家大门，嘴里高喊："先生快救人！快救娃娃！"

张先生今儿在家坐诊，外屋坐着三个等候的病人。

张先生正给一个妇女把脉，听见刘孝喜狂喊狂叫，还没有顾得上应答，只见诊室门帘就被撞掉了。一个人的脑袋裹着门帘，跳大神一样横冲直撞就进来了。

张先生恼怒不已，正要训斥来人。却见那个人跪倒在地，同时一把扯开头上的门帘哭喊："先生快救我家娃娃！"

张先生松开把脉的手，示意那名妇女回避。

妇女一千个不情愿地出去了。

张先生定睛一看，是刘孝喜，怀里抱着一个娃娃。娃娃下半身被血浆了一般。

张先生把娃娃接过来放到床上，剪开了娃娃的裤子，被娃娃的伤情吓了一跳说："这是咋了？刀伤？"

刘孝喜从地上爬起来说："狗咬的。先生快救我家娃娃！"

张先生喊来老伴儿帮忙，为娃娃洗伤口。一边洗，娃娃裆部一个劲儿往外流血，眼看止不住。

张先生从墙上摘下来一只硕大的葫芦，拔掉塞子，一股脑儿往外倒半青半黄的药粉，一把一把往娃娃裆部糊。

糊着糊着，血被止住了。

张先生又打开药柜，从一只青花瓷罐里掏出几只麦秆儿来，挑了一根最细的，用剪子剪了个斜角说："帮忙摁住娃娃！"

娃娃还在昏迷中。

刘孝喜此时已经从慌乱中恢复过来。他以为到了先生家，娃娃就得救了。

刘孝喜摁着娃娃，只见张先生拿着那根麦秆儿，斜口对着娃娃的尿道口使劲儿地往里边插。

娃娃又疼醒来了，撕心裂肺地哭喊。

眼看着血水顺着麦秆儿孔流出来，张先生喘了口气说："顺流了，性命无忧了。"

张先生拿竹片儿撬开娃娃的嘴，命老伴儿给娃娃嘴里灌了些药水。

眼看着，娃娃不再叫唤了，半昏迷半睡过去。

忙活了一阵子，张先生才缓过神来问了问娃娃受伤的缘由。

刘孝喜哭丧着声音说了事情的大概起因，完了问："先生，我家娃娃是不是就没有危险了？"

张先生阴沉着脸说："造孽啊，你们这是造孽！好好的男娃娃，遭难了。"

刘孝喜又紧张地问："先生手段高，能救下的。咋了？还是有危险？这可咋办？求先生一定想办法救活娃娃，多少钱都不在乎。"

张先生说："性命无忧了，只是男娃娃，命根保不住了。可怜可惜可恨！"

刘孝喜听了，又是一个五雷轰顶。他一咬牙，一跺脚说："先生你救娃娃，我这就回去取了那个狗婆娘的命来。"

说着，刘孝喜就要走。张先生一把抓住他的胳膊说："贤侄，鲁莽不得。娃娃暂时没事了，你回去办几件事情，我给你写个单子，你照单子办事。记住，救人要紧，凡事沉着。"

说着，张先生摊开笔墨纸张写字说："狗毛，也就是肇事犬的狗毛一大撮。还有几味药，我这里没有，到大地方抓来。对了，能去县城更好，买点儿西药来。药名我也说不上来，你问西药店的人，只说伤情，他们就知道。"

刘孝喜拿着先生写的单子刚一出门，就看见外面围着几个人。再一看，那头青骡子倒在地上还没有起来。他扒拉开人们走上去一看，那头大青骡子躺在地上，嘴边流了一大摊血沫子，舌头伸出嘴外，一只眼珠子鼓了出来。

刘孝喜心头一紧，蹲下身子把手指头放到骡子鼻子边儿，感觉骡子已经没有了呼吸。

刘孝喜哭了声："我的宝贝！"

只见大青骡子努力地动了动舌头，那只原本鼓出来的眼珠子，渐渐收了回去，眼皮子也慢慢闭上了。

刘孝喜揉了揉骡子的眼睛，又费力地把骡子的舌头塞回它的嘴里去，这才站起来说："宝贝，你老了，也累了。我知道你是被我使唤死的。是个这，你先在这里躺着，我忙完了事情，回来再给你送葬。"

说完，朝看热闹的人们拱了拱手说："乡党们哩，求大家帮我看好骡子，千万甭叫狗掏了它的肚子。我回头请大家喝酒。"

说完，擦一把眼泪，拔腿就跑。

话说刘孝喜一路小跑，累得上气不接下气，好容易跑到村口，却见一辆双套轿车迎面而来。

跑到轿车跟前，就听车把式问："哥呀，你回来了，娃娃咋样了？"

刘孝喜一看，赶车的是老三刘孝贤。

刘孝喜正要答话，看见老三冲自己努了努嘴。

刘孝喜反应过来答："娃娃命救下来了，先生说还要用药哩。我回来剪狗毛，先生说有用处。"

刘孝喜正说着，车子尾巴处跳下一个人来。顺叶嘴里喊着："老天爷救下我娃娃的命了？真的吗？娃娃还疼吗？还……"

顺叶还要问啥，刘孝喜一眼瞅见她手里的狗毛说："甭问了，先生正要狗毛哩，你快给送去。对了，来来来，这辆车是双套子，正好借我一头驴使唤。"

老三刘孝贤问:"车子是借刘财东的,你要驴做啥用?我已经叫人找我二哥去了,大嫂在家里照顾几个娃娃。咋了?你要去啥地方吗?"

刘孝喜说:"先生开了单子,要去城里抓药,还要买西药哩。我实在跑不动了,骑驴走,连夜到城里,明儿一大早就能赶回来。"

刘孝贤一听,忙着把拉车的驴子解套说:"哥呀,你可骑驴到故市,把驴拴到骡马店,再坐夜里的马车进城……"

刘孝喜顾不上听刘孝贤啰唆,一把抢过驴缰绳来说:"各走各的,回头再说。对了,你要是回村子,帮我看着你嫂子,别让她跑了,回头我寻她账。还有,到黄店子张先生家,照看了娃娃,别忘了叫人照看我的大青骡子。它跑死了,我回来还要给它送葬哩!"

刘孝喜骑上驴走了,刘孝贤也赶着车往黄店子走,一边赶车一边说:"老嫂比母,岂能当牲口看着?若嫂嫂不淑,如之奈何?大青骡子?跑死了?义骡乎?有义犬义马,未闻有骡子深明大义。恶犬恶妇和义骡同出一门,籍所未载,世所未见。罢了,贤侄性命攸关,嘚起!"

话说刘孝福赶到黄店子村,已经是掌灯时分。看见娃娃蜡黄着脸,昏昏沉沉睡着,心如刀绞。又听张先生说娃娃性命保住了,稍稍放心,心里想着该咋样安慰顺叶?

张先生说:"娃娃还要在我这里住上半个月,你们可留一个人照看。其他人,恕老夫不留。还有一件最要紧的事情,西药买回来,即刻送来,有大用。千万耽搁不得。"

顺叶哭了半天,也累了说:"你们回去吧,我在这里照看娃娃。大哥抓来药,记得赶紧送来。"

说完,又不放心地问:"先生,紧着要西药,得是先生这里的药不管用?得是我娃娃还有危险哩?"

张先生安慰顺叶说:"听同行说西药对红伤有驱虎逐狼神奇效力,万全之策。你们放心,即便是没有西药,我这里也有法子确保娃娃性命。"

六十 　**刘**孝福把顺叶安顿下来，叮嘱她除了照顾娃娃，得了闲，帮着张先生家干点洗洗涮涮、烧茶做饭的事情，然后对张先生说："先生，您算算我家一共欠您多少诊费药费？我回去就四处张罗钱，尽早还上。您不能既救命又搭钱。"

张先生忙完手里的活儿，有点无奈地对刘孝福说："救命是救命，还钱是还钱。悬壶济世，命为先，钱次之。可是，这世道，物价翻番，民不聊生，一斤钞票尚且换不来一斤盐。我虽说小有积蓄，可也坐吃山空了。你若宽裕，不妨资几块银圆。不瞒贤侄，老夫急需钱充盈药柜。"

刘孝贤说："先生救命，恩德山海。短则三日，长则五天，定有银圆奉上。"说着，拉着刘孝福鞠躬告辞。

张先生送弟兄俩出门，一眼瞅见几个人围着一头倒地的骡子说话，大吃一惊，忙上前询问。刘孝贤把骡子累死的事情和大哥交代的话给先生说了个大概，先生霎时变了脸说："但凡医馆，或伤者于户，或病者于室，或亡者于庭，皆以为常。唯独门前，毁车毙马为大忌。道理何在？使人不得归矣。"

说着，张先生上前查看骡子一番说："症在五内俱焚，疾见肺腔锉灼。没错，是累死的。不过，书载曰，马死于途，牛亡于田，犬毙于盗。也就是说，马多死于狂奔，牛多死于力尽，狗多死于盗贼之手。至于骡子和驴，却极其鲜见命丧于疲惫。忠骡义畜，实在难得。"

说完，先生站起来问："两位贤侄，此骡作何打算？"

刘孝福刚要回答"想用车拉回去埋了算了"。老三刘孝贤抢先说："先生高见，愿闻其详。"

张先生对刘孝贤的态度极为满意，脸上轻松下来说："本家兄长有包子铺于街面，待老夫差人唤了来商议。二位贤侄稍等片刻。"

也就是一顿饭工夫，只见一辆三套大车急速前来，车上拉着四个壮汉，手里抄着刀斧钢锯。车子到张先生门前停下，一个半大老汉下了车，凑到张先生跟前，听张先生对他耳语几句，点着头，从车上取下来一张破旧席子，铺在骡子跟前，壮汉们抄家伙干活。

刘孝福哥儿俩眼看着这几个人是在杀骡取肉，心里不痛快，想着以后咋给大哥交代？张先生说："二位贤侄，这头骡子，剥其皮，剔其肉，空其腹，断其首，整副骨架覆蒙，草木灰填之。远观似活物一般，然后可以礼葬，也不枉忠骡义畜之哀荣。"

刘孝福听不懂这些话，正在茫然，老三刘孝贤显得很佩服的样子说："先生神谋，非同一般。就这样，我们等着拉它皮囊回去即可。"

张先生说："二位贤侄自回，鸡叫时分，自有车子载了送到。若不辞劳累，可差人挖坑造穴。"

刘孝福哥儿俩回到村子，在自家地里挖了个深坑。半夜时分，果然有大车把骡子骨架子送来，众人埋葬骡子不提。

话说刘孝福大儿子毓敏在张先生家调养，中药西药齐上，也就是半个月工夫，伤口结痂，行动自如。

得了口信，刘孝喜哥儿仨雇了大车，接顺叶娘儿俩回家。临走前，张先生交代事项，也不过就是百日忌水，辛辣不宜，冷热计较，少走多睡之类。

刘孝喜拿出几块银圆交给先生说："我就有这几块钱了，先给你，不够的话，以后我再想办法。妈日的，我婆娘惹下的乱子，还得我来拾掇。"

张先生只收了一块银圆说："一枚足矣，医药账目，从此两清。"

回来的路上，刘孝喜说："这个张先生，看病价钱公道得很哩，一块银圆就还清了。这是个神医，这是个圣人哩。"

刘孝贤悄悄对刘孝喜说，那头骡子的肉，包子铺老板给了钱的，都当作医药费给了张先生，所以，就不欠几个钱了。

刘孝喜听了，悲喜交并说："我的宝贝骡子，救了娃儿，还抵了债，我看比关老爷的赤兔宝马还金贵哩。罢了罢了，以后还要给它送草料吃食哩。只要我不死，它就活着哩。"

正聊着，顺叶突然插话说："先生说，娃儿的命根子，还能长上来哩。这我就放心了。我说，我娃娃有后福哩，我看就给他起个小名，叫作狗剩，咋向？"

一席话说得车上的哥儿仨低头不语。

六十一 **话**说瓷锤把酱菜厂挪到塬上，一切置办停当，正好赶上立夏。瓷锤按照老规矩，蒸了坯子，发了剂子，配好了作料，又选了个黄道吉日，就开始破酱装缸发酵，只等入伏晾晒收水。

这年伏天雨水少，太阳毒，正是成酱的大好时节。末伏刚过，第一批酱就做好了。瓷锤挑选成色最好的酱，封了六坛，雇了轿车，吩咐老婆瑶娃带着伙计在家好生经营，自己带着一名伙计，装了酱，下东塬，出川道，过县城，直奔老家。

他惦记着刘孝福，盘算着他干厨活用的开眼酱，只怕是青黄不接了。

一大早出发，傍晚到了故市，人歇店马喂料，只等一大早继续赶路。

车子进村，到了晌午饭时分。瓷锤先到了刘孝福家，心想先卸了酱，省得拉来拉去费功夫。

刘孝福这天没有外出，和老婆顺叶给娃娃换药。老大刘孝喜两口子也早些来了，想看看娃娃的伤恢复咋样。

几个人烧了开水，烫了白布，破了药水，正要动手，忽听大门被敲响了，一个男人粗壮的喊着："哥呀，快开门，我是瓷锤，我给你送酱来了！"

刘孝福手里忙着，耳朵却听得真真切切。他高兴地对刘孝喜说："哥呀，我占着手，你快去开门，瓷锤给我送酱来了。正好哩，再出去干活，就没有酱了。"

老大刘孝喜高嗓门儿喊道："来咧来咧！瓷锤兄弟，你得是开张发财给我报喜来了？"

开了门，刘孝喜和瓷锤把酱卸下来往家搬，伙计说："掌柜的，这粗活我来干，你赶紧和人家喝茶说话去。"

刘孝喜咧嘴大笑说："咋向？我就说你有出息的，干啥成啥。当然，我给你踅摸的地方，也是好风水哩。"

几个人搬完了酱，刘孝福刚要招呼顺叶泡茶，瓷锤一眼发现屋里啥不对劲儿，忙问："哥呀，谁伤着病着了，这屋里咋一股药味儿？对了，还是治红伤的药味儿？"

刘孝福打断他的话说："你刚刚落脚，先喝茶，别的，以后再说。"

田豆颗从里屋出来，愣头愣脑地说："我给弄下的烂子，娃娃被狗咬伤了，花了不少钱哩，还欠着人家先生诊费药费哩。"

瓷锤一听，急忙问："哪个娃娃，老大？老二？咋样了？"

说着，急急忙忙寻找娃娃就要去看。

刘孝福说："娃娃是被狗咬伤了，不过现在好多了，伤口都掉痂了，先生说再换一回药就好了。"

瓷锤听了，松了口气说："没事就好，好了就好。可得把娃娃看紧了，他长着腿，一时看不住，招猫惹狗的保不齐。"

刘孝喜接过话茬说："别的还好说，就是欠下先生的救命钱，该还人家了。"

瓷锤一听，摸出两块银圆来说："我的酱菜铺子刚开张，还没有啥收成。这两块钱，给娃娃看伤还账。大哥的水头，等卖了这茬酱一定结清。"

客人一进门就说钱，这让刘孝福很不高兴。他赶紧打断话题说："你这些酱，是刚刚收坛的吗？这味道香得很哩。"

瓷锤忙说："对着哩，刚刚收坛的，你尝尝咋样？我心里想着，方子是古方，面是好面，水也是好水，天气也是好天气，应该能做出来好酱的。哥呀，你赶紧试验一下，看看成不成？"

刘孝福说："姚记的酱，不用试验的，保准能成。来来来，你先喝茶，一会儿一起吃饭。"

瓷锤说："不了不了，我还要赶紧回家看我二大哩。老人家知道我回来没有先去看他就不高兴哩。对了，哥呀，夜里咱俩谝，你在着，我走了。"

瓷锤执意要走，刘孝福送他到门外说："你这些酱，等夜里我配了料，泼了油再品尝。这样吧，我家里事情烦缠，喝了汤，我去你二大家寻你去，好好谝。"

瓷锤说："好好好，别忘了带上泼好的酱，说道说道。你在些，好好照顾娃娃，我走咧。"

夜里喝了汤，伺候娃娃睡觉了，刘孝福兑好佐料，热了油，泼了酱，耐心等了一会儿，这才用筷子头蘸了酱，放到嘴里细细品尝。

品尝了一会儿，刘孝福皱皱眉头，又品尝了好几次，端起酱碗，给顺叶打了招呼，出门寻瓷锤去了。

瓷锤正在他二大屋里等得焦急，嘴里有一句没一句和他二妈聊天，心想刘孝福迟迟不来，不会是酱出了啥毛病吧？

正忐忑不安，刘孝福敲门了。

两人见面，瓷锤说："哥呀，后院凉快，咱喝茶说话。"

后院坐定，瓷锤他二妈端来了茶壶茶碗说："你哥俩好好说着话儿，拿着蒲扇，有蚊子的。"

瓷锤他二妈刚一走，瓷锤就着急地问："哥呀，咋向，这酱？"

刘孝福说："这酱嘛，不开坛子就闻着香，开了坛子尝尝更香。可是嘛……"

瓷锤看刘孝福说话遮遮掩掩，心里就有数了说："哥呀，有话直说，赶紧说。酱咋了？"

刘孝福说："酱我带来了，你尝尝就知道了。"

瓷锤着急，没找筷子，直接用指头蘸了酱放到嘴里品尝了一会儿说：

"怪了，封坛子之前我尝了好多遍，味道都很正。咋你泼了油，味道就变了？"

刘孝福说："说的是哩，泼了油，味道反而短了，后味还有些燥。啥地方不对劲儿哩。"

刘孝福和瓷锤商量酱的事情，瓷锤反反复复品尝了好几次泼了油的酱问道："兄弟，我这酱，泼油前和泼油后的味道，差很多哩。我的意思是，除了酱的毛病，你想一想，会不会是你的配料有啥毛病？会不会你的配料盐或者碱放多了？"

刘孝福说："瓷锤哥，盐是和面时候用的，碱根本就没有放。我是说，这碗泼了油的酱，还没有拌面就有这味道了。哥你别着急，咱们慢慢想办法。"

瓷锤沉默了一会儿说："老掌柜的曾经说过，碱味儿燥，盐味儿短。如果你的配料里边没有盐和碱，我看，这酱里边的怪味儿，八成是水里边的。"

两人正说着，瓷锤他二妈过来续水，听见二人对话，老婆婆边续水边说："咱们这里的水，就是有一股燥味儿。熬稀饭是好水，做酱，要用西瓜瓢子破哩。"

老婆婆一句话，让刘孝福和瓷锤茅塞顿开。瓷锤兴奋地一拍大腿说："对着哩，我说咱这地方人为啥喜欢用西瓜破水做酱，也许道理就在这里边。"

刘孝福也兴奋地说："对对对，我大在世的时候，也用过西瓜面酱，说不用西瓜，有股燥味儿。可是，用了西瓜，做成的酱又有了一股甜味儿，也不好。"

瓷锤自顾自地兴奋起来说："我有办法去掉甜味儿，只是没有试验，我还不敢打包票。兄弟，我看是这向，明儿我就回塬上，试验做西瓜面酱。我二妈这一说我想起来了，我们作坊门前是个水坑，水坑边缘总是有一层薄薄的白面面，牲口都爱舔。原来以为是盐，现在看来，肯定有碱在里边哩。嘿嘿，用西瓜瓢子破，这就叫一物降一物。"

刘孝福也高兴地说："这办法，八成能成。哥呀，你在家多待两天，陪陪婶子，走走亲戚。你走的时候，我跟上你一起，咱们一起试验。我就不信弄不成。"

瓷锤听着这话，却有几分尴尬地说："好兄弟，各有各的门道儿，各做各的试验。咱俩各管一段儿，我不掺和你的配料，我的意思你知道吗？"

刘孝福也尴尬地说："嘿嘿，我一高兴就把老规矩忘了。能成，你做你的酱，我做我的配料。做成了，还是你赚你的酱钱，我赚我的面钱。"

话说秋凉了，刘孝福大儿子毓敏的伤口也完全好了。娃娃吃饭睡觉、走路玩耍都和别的娃娃一样。

顺叶看娃娃好了，心里去了一块大石头。可是，自己也觉得奇怪，心里还是不踏实。

她以为给娃娃吃好的，命根儿还能长出来。可是，一来二去百十天，娃娃的命根儿，还是只露个茬子，尿尿时还会勾一些到蛋蛋上，一天不洗，身上就有股子尿味儿。

这天后响，张先生到附近出诊，专门来看娃娃。

看了伤口，先生说："完全好了。你这娃娃命大，你们大人也将息的好。"

顺叶担心地问："先生不是说娃娃的命根子，还能长出来吗？咋这么长时间了，还是不见长？"

张先生谨慎地说："这个，需时日的，也许三年五年，也许十年八年。男娃娃，二十岁还长身体哩。以后能长啥样儿，未可知。不过，长，总是见长的。"

尽管刘孝福对娃娃的身体心中早有数了，但听了先生的话，还是心里一沉，毕恭毕敬地对张先生说："先生开个好方子，我们家就是砸锅卖铁，也要给娃娃把身子看好。"

张先生说："男娃娃，总要顶天立地的。若家资许可，读圣贤，阅诗书，学礼乐，长心志，将来修身齐家平天下，未可料也。"

临走，张先生意味深长地叮咛刘孝福："好男儿，长志为要，长身为次。"

张先生走了，顺叶一千个不放心地问刘孝福："我看先生说话，咋有点不太干脆，是不是娃娃的身体很难长好？是不是我娃娃的命根子，就落下病根儿了？是不是我娃娃以后就和别的娃娃不一样了？是不是我娃娃以后就不能成家立业生娃娃了？"

刘孝福安慰她说："你看你，先生不是说了吗，男娃娃长身体，要长到二十岁哩，咋就长不好了？再说了，先生给咱们提醒了，要想办法叫娃娃读书识字长本事，将来说不定能成大事哩。你放心，咱家再穷，也要让娃娃念书哩。"

刘孝福说着话，半晌不见顺叶言语，仔细一看才发现，顺叶眼睛瞪得老大，目光发直发呆，像中了邪一样。

刘孝福赶紧把手抬起在顺叶眼前晃来晃去说："好好的，你这是咋了？你甭吓人了，有啥话，赶紧说出来，可甭憋在心里。"

顺叶扒拉开刘孝福的手说："我有罪哩，我罪过大哩，我把我娃娃给害了。我娃娃长不好，我就活不下去了。"

刘孝福又是赶紧安慰她。

正忙活，老大刘孝喜来了，手里提溜着一团长毛的东西说："好事情哩，我刚学会下套，就套住了这只野鸡。嘿嘿，人常说野鸡赛人参，拿过来给娃娃补身子。"

还没等刘孝福说话，刘孝喜就发现有点不对劲儿。

顺叶从炕沿儿上跳下来，一把抓住刘孝喜的脖领子说："我有罪，你们也有罪。我作孽，你们也作孽。先生说了，我娃娃命根子长不出来了。我给你说，你要赔哩，你们要赔哩。"

刘孝喜被吓坏了，赶紧挣扎着说："快放手，你是我弟妹，叫人看见像话不像话？你放手，有话好好说。"

说着，左手一松，那只野鸡掉到地上，满屋子乱扑腾。

刘孝福忙活好一阵子，才把顺叶的手掰开。

刘孝喜挣脱了身子，忙着把那只野鸡抓住说："弟妹，你消消气儿。这只野鸡，还是我拿回家宰杀了炖汤，再给我侄儿端过来。你们在些，我走了。"

老大刘孝喜急急忙忙走了。

刘孝福长出一口气说："今儿个这是咋了？我说，你这是中邪了，我这就找神婆婆去，请她老人家来咱家作作法，破了邪气。"

顺叶一身子倒在炕上说："你哥，这是回去要你嫂子的命去了。我活不成，她也活不成。就看谁先走。"

顺叶这么一说，刘孝福大惊失色，忙对顺叶说："你在着，好好地啊。我这就去大哥家，可别再出啥事情了。"

临走，刘孝福多了个心眼儿。他先到老三家，把事情大概给老三刘孝贤说了，然后就想拉着他一起去到大哥家看看。刘孝贤说："轻重缓急不可颠倒。哥呀你先走，我叫我大我妈到你屋里看着二嫂，我随后再来。"

刘孝福一听有道理，就说："好好好，就这样。我先走，你随后就来啊。"

刘孝福一路狂奔到大哥刘孝喜家，一把推开门，就听得里屋传来一阵女人的叫喊："你这是要我命哩，我今儿个不活了……"

刘孝福赶紧到了里屋，却见刘孝喜双手抓着他婆娘田豆颗的头发，抡来甩去像是耍陀螺。手里发着狠，嘴里不说话。

刘孝福一个箭步上前，抓住刘孝喜的手说："快放手，要出人命的。快放手！"

刘孝福这里拉架，那里田豆颗挣开身子，张开嘴就在刘孝喜的手背上下家伙，只听"哎呀"一声惨叫，刘孝喜手背上鲜血淋淋。

刘孝喜暴怒，飞起一脚踢过去，却抬得太高，正好踢在刘孝福的肚子上。

刘孝福"哎呦"叫了一声，跌倒在地，捂着肚子满地打滚。

刘孝喜和媳妇田豆颗顾不上打闹了，齐刷刷蹲下身子查看刘孝福。

刘孝福边打滚，边偷偷瞄着刘孝喜两口子。看两人不打闹了，坐在地上说"都别打闹了，好好说话。"

刘孝喜扶住刘孝福问："兄弟，你有事没事？好在我这一脚，只用了三分力气。要是用满了劲儿，只怕是动下烂子了。我给你说，不是吹牛，我曾经一脚踢死过一只狗。哼！"

田豆颗扶起刘孝福说："兄弟，要紧不要紧！甭听你哥二毬货满嘴胡咶。嫂子给你烧一碗盐开水，暖暖肚子。"

这里风波刚刚平息，那里老三刘孝贤来了。看了这阵势，面色忧郁地说："兄弟相搏，妯娌相怨，不祥之兆。"

厂个人平静下来，坐着说话。老三说："大嫂，口干舌燥，烦请烧茶，一来解渴，二来败火。"

田豆颗得了大赦令一般，临出门，在头上捋了一把，一缕青丝脱落。她回头瞪了一眼刘孝喜，把手里的头发往地上一扔，"噔噔噔"地走了。

老三刘孝贤看田豆颗走了，这才问话说："二嫂言称，张先生断定贤侄命根不可复原，因此以为大祸。二哥，先生当真有此言？"

刘孝福还没说话，老大刘孝喜不耐烦地说："老三，你往后甭在嘴里拧麻绳了，说人话，说人能听懂的话。妈日的，火上房了，谁能有心情听你舌头挽疙瘩？"

刘孝福说："根本就没有的事儿。张先生说，男娃娃，要长到二十岁哩，人家可没有说娃娃命根长不出来了。都是顺叶心眼儿窄，青天白日的往有鬼处想。"

被老大抢白几句，老三刘孝贤换了口气问："先生就说这些？还有没有别的话？"

刘孝福说："有啊，就是让娃娃上学读书识字，说将来有大出息也说不定。"

老大刘孝喜还在捉摸这些话啥意思，老三刘孝贤五雷轰顶一般凝固了表情，许久才憋出一句话说："先生透底儿了，娃娃不好了。二嫂为娘之人，自有一窍通子。"

六十二 眼看得天下越来越乱，大街上隔三差五地走过穿着各种颜色军服的队伍，也不知道开拔到啥地方去。夜里，时不时听得轰轰隆隆的炮声。白天听不见炮声了，天空却三三两两盘旋着红绿头的飞机。有从北边过来的生意人说，穿灰色衣服的和穿土黄色衣服的队伍，每天都在打仗。穿灰色衣服的队伍一个劲儿地往南边打，穿土黄色衣服的队伍也就一个劲儿地往南边退。看样子，冬天或者来年春天，这里也将成为战场。

没完没了的战乱，搞得人们精神一阵紧张一阵麻木。

刘孝福管不了这么多。世事乱，红白喜事就不讲究了，请厨师的人家就少，他又没有没别的挣钱的本事。地少，庄稼收成又差，眼看得一家人就要饿肚子了，这让刘孝福惶恐不安却又无所适从。

这天后半晌，刘孝福在庄北地里割谷穗，老大刘孝喜骑着毛驴来找他，说是小郭村场子做饭的老汉家里出事情了，辞了工回塬上老家了。赌场掌柜的让他帮忙寻个人来顶替，问刘孝福愿不愿意去？

刘孝福说："哥呀，这活儿只怕是干不得。能在场子里吃饭的，都是耍钱的人。赢了的不说，输了钱的人，哪里有钱有心思买饭吃？再说了，场子天天打打杀杀的，弄不好还要招祸哩。"

刘孝喜说："这你就不懂了不是。场子做饭，和开馆子差不多。地盘是掌柜的，家伙什现成的，也不过卖些包子、煎饺、菜夹馍，最多带上旗花面疙瘩汤等汤汤水水的。白天不开伙的，也就是夜里卖饭。对了，卖多卖少，卖啥不卖啥，自己做主，掌柜的一概不管。当然，自己做主，是盈是亏，全是自己个儿的事，都和别人不牵扯的。"

刘孝福说："那我就弄不懂了，掌柜的啥都不管，为啥要给咱场地，还配齐家伙什？得是要抽利哩？"

刘孝喜摇着头说："你真是榆木疙瘩不开窍儿。你想啊，场子一晚上进进出出的人，少说也有二三十吧？这些人饿了吃啥？就算有的人自带馍馍，饿了吃几口凑合着。赢了钱的人，有钱的人，总得吃点儿热汤热水的。场子要是没有这个，谁还会去？我给你说，掌柜的看不上这点芝麻大的利头，人家弄的是大钱。我说你到底去不去？我可给你说啊，也就是我有这个面子，要不然，想去的人，多得是。"

刘孝福说："卖饭，总得雇两个人做帮手吧？我一个人，忙不过来的。"

刘孝喜听了，喜笑颜开地说："原来卖饭的，雇着有人哩，你去了直接还雇他就是了。对了，说是雇，不开月钱的，卖饭得的利三七开。这就说好了啊，明儿一大早你就去，新老当面交割，掌柜的当中人，米面油盐现场作价，夜里就能开张。"

刘孝福犹豫着答应了。

第二天一大早，刘孝喜骑着驴来找刘孝福，说是一起去场子。刘孝福忙着把菜刀擀杖包起来背着，刘孝喜说："不用不用，做饭的家伙什都齐全着哩。赶紧走些。对了，毛驴又不是骡子，驮不动两个人。妈日的，要是我的大青骡子不死就好了。"

刘孝福说："哥呀，你骑驴前头走，我走着随后来。"

哥儿俩上了路，老大刘孝喜骑着驴走了几步就跳下来说："算毬了，牵着驴一起走吧。这头老阉货，还不如人走得快。"

到了小郭村场子，刷了黑红大漆的大门紧闭。刘孝喜在门框上摸了摸，捵出一条小拇指粗的绳子来，拉了几下，一会儿工夫，大门"吱呀"一声从里边打开了。一个满头花白的老汉领他们进了门。

足足有五间宽的大院子，门房带过道就有三间。两侧厢房，各有三间，其中东北角一间是明间，装着一人高的木头护栏，里边拴着几条牛犊子大的黑狗。见有生人来了，大黑狗没有叫唤，吐出猩红的长舌头，拼命想挣脱铁链子扑过来。刘孝喜说："掌柜的花大价钱弄这些狗来，不会叫唤，光会咬人。"

刘孝福看着这些狗，觉得头皮发麻，远远地躲在刘孝喜身后。

东西向的院子，正东为上。四间大瓦房坐东朝西，只是不知道为啥，门并没有开在正中间，而是开在了最北边。

刘孝喜一眼就发现正房的窗户很大，窗户上并不是糊着纸，而是白色油布一类东西，挨着窗户台，装了四块一尺见方的镜子。镜子里面是酱色的窗帘。

五间宽的院子，最北边一间是通道。

再往里走，还有两座正房，临过道都开着窗户。

刘孝福感觉这些窗户和门差不多，只是多了窗户台而已。

走到后院，又来到一间半竹竿搭的棚房前，白头发老汉撩开门帘说："本来说好了一早交接的，夜里来了车，把林老哥接走了。掌柜的说不用当面交接了，立了字据，林老哥和中人画了押。你们谁当家谁来画个押。字据上写着，米面油盐作价一块光洋，月底交给掌柜的就成。"

刘孝喜这才对刘孝福说："这位老哥叫个董家子，你叫他董家哥就成。以后你当炉头，他就是你的帮手。你去画个押，点一点家伙什，准备夜里卖饭就是了。"

刘孝福进去查看一番。屋子里灶台上，一大一小两口锅，一只不大不小的风箱夹在中间。灶台对面是一张硕大的柳木案板，案板上放着一些瓶瓶罐罐。墙上搂着三根木橛子，上头挂着箅子、草圈、垫格等。墙上还掏着三个窑窝，里边放着三个黑色的粗瓷短脖坛，刘孝福知道，这就是青油和酱油醋了。

家伙什儿摆满屋子，显得凌乱不堪。细细看，却都是干干净净，连两个擀面杖都白白净净的。

刘孝喜在门外喊着："兄弟，你忙你的，我走了。我后半夜才睡，这会儿回去补个觉。"

刘孝福送走老大，想着问一问情况，刚一张口，董家子打着哈欠说："后半晌再说事，我这会儿也要睡觉了。我给你说，在这里卖饭，熬夜熬人哩。"

说完，董家子走了。

刘孝福一个人走走看看，心里一点儿底都没有。

后半晌，董家子摇摇晃晃地来了。进了屋子，四处踅摸后惊奇地说："要不说你是大厨，手底下就是利索。你看你看，这葱、姜、蒜剁成了末儿，烫的面抹上油，乱帮子白菜剁了馅儿，酱油醋香油破了水，连烧汤用的芫荽都弄好了。我说，这就等黑了天烧火了。这些杂活，本来是我的事情。你都弄好了，我倒省事儿了。只不过，不干事儿拿钱，理儿亏。"

刘孝福笑着说："董家哥，咱俩一起弄事情，不分里外。夜里卖饭，您多操心银钱。还有，价码规矩我不懂得，还得您教我。"

董家子爽快地说："带馅儿的，都是一毛钱一个。汤汤水水，两毛钱一碗。只不过，客人吃饭，都得是热的。这是掌柜的定下的规矩，凉菜凉饭，就是凉了场子。你忙了大半天了，歇着些。对了，咱俩歇的地方在跨院，铺盖现成的，都是掌柜的给的，你只要不太讲究新旧脏净就成。"

黑了天，耍钱的人陆陆续续来了。听得前院哗哗啦啦响，刘孝福问："董家哥，前面开张了，咱们是不是该包蒸饺了？"

董家子说："不急不急，你等着，我去挑水。这村子就一口井，白天挑水的人多，水犯浑。夜里挑水人少，水才清亮一些。"

刘孝福说："董家哥，你给我说井在啥地方，我去挑。我年轻力气大，您歇着，等会儿该忙了。"

董家子拿起扁担，挑起两只木桶说："你是炉头，我是帮厨，你忙案板，我忙地面。对了，场子开张，还得些时间，你听到的声响，是老开音耍马钱哩，先开的是骰子场，和开戏前的锣鼓家伙一样的。后开的是纸牌和麻将。"

董家子挑水去了，隔着两座正房，都听见前院"哗啦哗啦"声音越来越响，刘孝福起了好奇心，顺过道走去，看见最前面的正房侧面窗户透着亮光，斜着顺镜子看去，只见昏黄的灯光下，几个人影晃来晃去。一个大个子壮汉，手里拿着像是马尾巴的东西，上面拴着一溜串的铜钱。马尾巴甩来甩去，铜钱哗哗作响。

夜色渐浓，刘孝福和董家子蒸好了饺子，放在锅里捂着。客人要吃的时候，拿出来放到小锅里用油煎了。

后半夜，三三两两食客来了。这些人的表情有的沮丧，有的得意。沮丧的就是输了钱的，要三五个煎饺，端了盘子，蹲在外面默不作声地吃。赢了钱的，兴高采烈地端着盘子边吃边吹牛。

刘孝福看着瓦盆里的钱，心里暗暗高兴，心想除去成本，利头不算小，和给财东家做厨活差不多。

正高兴，外头一声喊："份儿四红喜，麻场，上上堂！"

刘孝福听不懂啥意思，董家子擦干净了红漆木盘说："四份煎饺，四份热汤。要快，端到前面麻将场子，客人要。嘿嘿，有人开大胡了，请客哩。"

董家子再回来的时候，盘子里满满当当的零钱，着实让刘孝福吃了一惊。

董家子开心地说："兄弟，你是个福将哩，这十天半月都遇不上叫堂饭的，你头一天来，就开门见喜。我给你说，堂饭的规矩，除了银圆光洋是赢家的外，桌上的零钱一盘端。嘿嘿，发点小财。"

刘孝福心花怒放，不由得暗自庆幸。心想大哥刚开始叫自己来，自己差一点儿就拒绝了。要是不来，不就白白错过了发财的机会？

更让刘孝福想不到的是，大哥刘孝喜不知道啥时候又来了。只是没有到后院来，听到他在场子里不知道吆喝啥。

半夜鸡叫，场子里赌徒近乎疯狂。叫骂声、甩牌声、狂笑声、哭爹喊娘声，一声盖过一声传到后院来。

得了空儿，又挣了几个小钱，董家子兴头儿很高，嘴里叨叨着刘孝福从来没有听说过的稀奇事情："一般场子，吃喝嫖赌不分的。咱这掌柜的识文断字，读过几年圣贤书，懂不少礼数的。他说赌不伤风也不败俗，只是抽大烟、嫖女人、争凶斗狠喝大酒的就没好人，不准来场子的。说来也怪，讲究多了毛病多，按说红不起来才对。可咱这场子，方圆几十里有名得很哩，一年到头红火。"

刘孝福对这些不感兴趣、眼看着蒸好的饺子要卖完了，心里想着要不要再和面，董家子叨叨完了去外面刷盘子。突然，前院传来"啪啪"几声巨响，紧接着正房的灯全灭了，耍钱的人从门窗四处往外逃散。

董家子不声不响地从外面冲进屋里，拿起一只碗扣灭了油灯，把刘孝福摁到地上说"甭动，甭出声，砸场子哩。人家要钱不要命的"。

刘孝福蹲在地上，耳听一阵凌乱急促的脚步声越来越近，撩开门帘，隐约看见两个黑影急急忙忙朝这边跑来。

到了跟前，那两个人一头钻进屋子，又钻到案板底下，不出声也不再出来。

过了好一会儿，前院的灯亮了，董家子摸黑吹燃了"媒子"，点亮了油灯说："都出来吧，没事了。"

两个人从案板底下钻出来了，刘孝福看清楚了，一个是老大刘孝喜，另一个穿着黑缎子衣裳的人，他不认得。只听刘孝喜说："妈日的，几个兵娃娃砸场子。要不是跑得快，就麻搭了。大闹叔，钱我都给你拿出来了，这抽头，您看咋算？"

六十三 **砸**场子的散兵游勇被赌场家丁赶跑了，耍钱的人有的一溜烟儿跑了不再回来，有的风声过后又聚集在一起，看起来似乎还要接着耍。掌柜的端着紫砂茶壶走过来说："老规矩，输了的想走就走，赢了的要走，得输家子说了算。"

和大闹一起耍钱的还有三个人，这三个人都输了钱，不甘心走，接着耍又没了本钱，几个人嘀嘀咕咕商量着，不说散又不说不散。

掌柜的打发走了别人，走过来说："我看是这向，你们要是接着耍，没有本儿的从柜上借，老规矩二分五的利息。要是不耍了，各走各的人。"

几个人你看我我看你都不说话，账房走过来说："掌柜的说老规矩，旧账没还不能再借新账也是一条。我翻了翻账本，你们几个还都欠着旧账哩。不能再借了！"

掌柜的"滋溜"喝了一口茶说："也不是不能借。再借，就要押房子押地。牲口大车都能抵押，不过价钱我说了算，还得寻个里外都熟悉的中人来。"

三个输钱的人低下了头不再言语。

大闹一看机会来了，从捎马子里摸出三块光洋来放到桌子上说："各位乡党，都是熟门熟户的，以后还要在一起耍哩，好说好散，可甭伤了和气。听我的，一人一块钱，各走各的人，不服气的明儿后儿再来，咋向？"

那三个人不约而同站起身来，一人摸了一块光洋，二话不说，拔腿走人。

大闹长出一口气，四下踅摸一番后大声喊："林仓！林仓快过来些，走人了！"

喊了几声，没见人来，掌柜的叹着气说："刚才乱枪一响，我就看见一个人，骑着你的枣红马溜了。得是你的保镖？"

大闹一听，气急败坏地骂道："妈日的，这狗熊货一准儿撇下我开溜了！回去找他算账，非剥了他的皮不可！"

这里正骂着，刘孝喜不知道啥时候溜进来了说："大闹叔，咱俩缘分不浅哩。您的人不见了，正好我送您一趟。只是这抽头……"

大闹说："好办，人进家门，五块光洋。"

刘孝喜大喜过望说："就是个这，走人。不过，我没有马，只有一头驴，还走不快。叔啊，委屈您了。"

大闹背起捎马子，和刘孝喜出了屋子。刘孝喜牵过驴来，把大闹扶上驴背，自己头里牵着缰绳，朝着黑黢黢的路上走去。

身后，场子里吹灭灯火，关门上板，隐没在秋夜里。

出了村子，大闹忽然从驴背上跳下来说："来呀，大侄子，你骑上驴，我地上走。"

刘孝喜不明白啥意思，停下脚步问："叔啊，您啥意思嘛？您是东家，我是保镖，我挣您的钱，咋能自己骑驴让您走着？不成不成！"

大闹二话不说，走到前头从刘孝喜手里抢过缰绳说："你懂得个锤子！叫你骑，你就骑。从现在开始，你一路都要听我的，送我回家，我再给你加一块光洋。"

刘孝喜一听又给加钱了，乐得双手一拍说："叔啊，要不说您是个大人物，不得了的人物梢子。我给您说，以后我跟着您干，道儿上的英雄，十有八九认得我，说话好用着哩。不是我说您，您看您用的那人，是个啥货嘛？要紧时候撇下东家自己溜了。要是我，拧下自己的头都要护着您哩……"

刘孝喜这里喋喋不休，大闹早就烦了说："甭说话，上驴，赶紧些！"

大闹前头牵着驴，刘孝喜骑在驴背上。走着走着，刘孝喜感觉啥不对劲儿就问："叔啊，走错了吧？往您村子走，不是这个道儿。这是往我们村子去的。您得是迷路了？"

大闹说："叫你甭说话你咋不听？走小路，过村子，绕是绕了些，到底安稳一些。你不懂，甭说话了。"

走小路，两旁都是庄稼地。割了穗的谷子，摘了角儿的豆子，还有割倒在地的糜子满地都是，黑夜里泛着灰黄色。

走着走着，大闹忽然停下脚步，回头看着刘孝喜问："你的捎马子咋瘪瘪的？下来！"

刘孝喜跳下驴背，把捎马子卸下来说："嘿嘿，不怕叔您笑话，我这捎马子，就是为了装钱的。现在，钱没到手，自然就是空的，里头倒是有几个馍馍片儿。您老要是饿了，拿几片儿出来吃。"

大闹也不说话，把刘孝喜的捎马子接过来，弯下腰，顺手在路边地里拔一把谷子秆儿，揉吧揉吧塞进捎马子，在手里掂了掂，又抓起几块土坷垃塞进去，这才满意了，把捎马子交给刘孝喜说："背上，骑驴，走着些。"

刘孝喜瞬间明白了大闹的用意，不由得一惊，心想这货手段老辣，把我打扮成有钱人，他自己装扮成下人，不能小看哩！

刘孝喜紧张起来，也不敢多说话。大闹只顾牵着驴，加快了脚步。万籁俱寂的荒野，耳边只听得驴蹄子"嘚嘚嘚"的声音。

走着走着，大闹忽然停下了脚步，手指着前头问："你看前面那几个黑乎乎的东西，像不像是几个人影儿？"

刘孝喜在驴背上定睛一看说："叔啊，那是几棵瓮瓮柏树，刘团总家的祖坟。妈日的，人有钱了，就一个劲儿地在祖坟上花，这不是瓜娃子吗？走着些，过了坟地，就进村子了。"

大闹心里嘀咕，这些柏树长得也太怪了，咋看都像是几个人，满身杀气站在那里。这可不是好兆头。

心里想着，脚下还是动起来，不过，人和驴都显得犹豫起来。

那头老驴，眼珠子突然发亮，看起来鬼火一般。

慢慢地靠近柏树，那头驴忽然停下了脚步。脖子伸得老长，任凭大闹怎样拉扯缰绳，就是不抬蹄子。

刘孝喜和大闹同时喊了一声"不好"！

两张嘴，两个字刚出口，就听得"啪"的一声巨响，刘孝喜嘴里"吭哧"一声，从驴背上一头栽倒在地。

大闹一看，就地打滚，翻滚着就进了旁边的谷子地，没了命地在地里连滚带爬。

柏树后面闪出来三个人，走到刘孝喜跟前，一个人弯下腰来看了看说："脖子穿了两个眼儿，蹬腿了！"

另一个人说："快，拿了捎马子，闪了！"

有人刚要解刘孝喜身上的捎马子，那头老驴突然暴怒起来，张大嘴巴嘶叫着，声音惊天动地。

那头老驴一边叫唤，一边闪展腾挪，前蹄踏后蹄蹬，几个人连连后退，一时间手足无措。

一个人嘴里喊着："快！打死驴！"

又是一声枪响，那头驴浑身一颤，蹄子发软，慢慢地倒下去。

一个劫道的解开刘孝喜的捎马子，突然一声怒骂："妈日的，上当了。这货是个下人，捎马子里是草，一个子儿也没有。"

几个家伙手忙脚乱。有的四下找人，有的不甘心，在刘孝喜身上乱翻。

正在这当口，不远处的大路上，一彪人马打着火把，一路喊叫着朝这边跑来。一边跑，还一边乱放枪。

几个劫道的一看大事不好，丢下刘孝喜四处逃命去了。

原来，这伙人正是大闹的保镖林仓带来的。这货眼看赌场出了事，自己不敢出手，骑上马溜回家带着人马前来救驾。没想到路上听到枪响，感觉到是大闹遇上土匪了，赶紧过来救人。

这伙人到了现场，看到死的死了，跑的跑了，唯独大闹活不见人死不见尸，不知道该咋办？

林仓四下看了看说："东家没事的，一准儿是跑到村里去了。留下三个人在这里守着，其他人四下寻找，我去村里看看。"

话说大闹连滚带爬脱险，一路跌跌撞撞，直接跑到了村子南门。他心里清楚，刘孝喜就是这个村子的人。

非常年月，南门紧闭。

大闹拼命敲门。好大工夫，门打开了。看门的是一个半大老汉，手里拿着一柄大刀。

大闹一头闯进大门，嘴里含混不清地说着啥。

看门的也不细问，扔掉手里的大刀，从门后拿出一面脸盆大的铜锣，狠命地敲起来。

霎时间，村子里热闹起来。敲锣的、吹哨子的、扛梭镖的、打着灯笼火把的，人群乱乱哄哄朝南门涌上来。

老三刘孝贤也在人群里。他凭感觉就知道一定是老大刘孝喜出事儿了。

人多了，大闹也壮起胆子来，三言两语说清了事情大概。

刘孝贤听说大哥中枪了，心想这一回只怕是凶多吉少。他吩咐几个亲戚，抬着一扇门板出了村子。

这一伙人出了村子，迎头碰上林仓。林仓也不多说话，带着这些人就往村外走去。

走着走着，林仓忽然问："我们东家呢？他去哪里了？"

刘孝贤说："放心，你们东家出了钱，有人护送着走了。对了，你咋知道你们东家一定会来我们村子？还有，你看到我大哥了吗？人咋样了？"

林仓说："到跟前你就知道了，这里不多说了。"

人们到了村外，灯笼火把照着，刘孝贤一眼瞅见大哥刘孝喜脸朝下趴在地上，脖子上都是血。

刘孝贤不禁悲从中来，嘴里哭着："大哥呀，我来迟了！"

刘孝贤把大哥的身子翻过来，用手指头试探了鼻子一下说："人没了！抬回去吧。老规矩，横死野外，不能进村的。村外搭灵棚办后事！"

人们抬着刘孝喜的尸体往回走，停在南门外。几个亲戚守护着，刘孝贤叵村子张罗事情去了。

早有人敲开刘孝喜的家门，把这个噩耗告诉了田豆颗。

田豆颗一头栽倒在炕上哭诉："你个死鬼，心咋这样狠？你走了，留下我们娘儿几个咋活？我这回怀了娃娃，你不能叫他生下来就没有大？你不会叫他成了个遗腹子吧？我的老天，我发誓，这一回一定要生个男娃娃！"

哭着喊着，突然爬起身就要往外走说："我要看看去！"

亲戚们七手八脚把她拦住了说："黑地半夜的，你去了，对肚子里的娃娃不好。天亮了再去！"

六十四 刘孝喜死于非命，大闹终于良心发现，拿出二十块光洋给刘孝喜置办材木老衣不说，自己还披麻戴孝给刘孝喜送葬。

葬礼上，大闹咬牙切齿地对林仓说："贤侄是替我死的，也是替你死的。要不是你临阵脱逃，死的不是你就是我。我给你说，你对我、对我贤侄，都是个戴罪之身。咋样赎罪哩？就是把那几个劫匪一个个找出来，交给我一刀一刀剐了他们。从现在起，你啥都甭做了，一心一意寻仇家报仇雪恨。就是个这！"

办完了大哥的后事，刘孝福还想着去赌场做饭，他觉得这个场子能养活人，为了一家子生计，不冒险也没办法。

日上三竿，刘孝福动身前往小郭村。刚一进村子，远远地发现场子门前围着十几个人，乱乱哄哄也不知道在干啥？快步上前一看，场子门前竖着一块半个炕席大的木头牌子，旁边站着一个穿土黄色衣服扛着长枪的兵娃娃，牌子上写着两行字。刘孝福不认得字，向旁人打听。一个叼着烟袋的中年男人一字一句给他念道:"重利盘剥,聚众赌博,非连根挖了它不可!"

刘孝福觉得这不像是官府的告示。因为以往官府告示都是文绉绉的,不像这块牌子,写的都是大白话。

刘孝福正捉摸着,那个吸旱烟袋的男人又说:"新官上任三把火。听说新的县太爷上个月才到任的,想来是要干些名堂出来。"

刘孝福恍然大悟。他觉得这里不是久留之地。

刚要走开,场子里边走出来几个人,打头的就是赌场掌柜的。他戴着呢绒瓜皮帽,穿着黑缎子棉袄、黑洋布棉裤,脚下一双黑洋布棉鞋,双手反剪,五花大绑,被几个兵娃娃拿枪指着往外走,又被塞进了一辆硬轱辘车。车把式鞭子一响,骡子蹬蹄,套绳绷紧,车轮滚动,车子吱吱呀呀走了。

人群中,一个戴眼镜穿中山装的年轻人,扯着嗓子喊话,意思是说以后谁胆敢聚众赌博,为害乡里,扰乱治安,就要被枪毙。

刘孝福觉得脖子后面直发凉,一扭头,走了。

生计没了,饭馆开不成,上门厨活十天半月都遇不上一回。

刘孝福觉得一家人快要活不成了。

收完秋,庄稼人闲下来了。

人一闲,闲话也就多了起来。人们都说现在的时局有点不对劲儿。共产党的队伍兵分两路,一路从北往南打,一路从东往西打。可是,打着打着,就不见动静了。国军先是向北开拔,后来又向南撤退。守黄河的国军先是拼命抵抗,可是,共军先头部队过河以后,国军的队伍就稀里哗啦往回撤,说是要守卫县城。

以往听惯了的隆隆炮声,也没有再响过。

时间、空气,都像是凝固了。

升斗小民该干啥还干啥。

十月初十到十二,蒲城敬母寺有三天庙会。庙会上有大戏、灯影、线腔，当然少不了摆摊卖货和卖吃喝的。

刘孝福提前两天收拾家伙什儿，想在庙会上卖扯面。他计划卖两种面，一种就是油泼面，干的。一种是揪片子热汤面，浇臊子。

老三刘孝贤帮着他收拾东西，又帮他雇了一辆大车。可是，实在是没有人手帮他。老三刘孝贤说："二哥呀，家门不幸，横祸连连，为弟还要扶老携幼，眼看你孤身闯荡，身上衣口中食，千斤担，万里路，为弟我实在牵挂，又无能为力……"

眼看得老三又是之乎者也，又是泪痕满面，刘孝福忙打断他的话说："三弟放心，到蒲城我先住客栈，再雇两个帮工，摆摊卖饭就能开张了。你在家里，老的老小的小，事情也不少，多操心就是。"

话说刘孝福赶到蒲城敬母寺，日已偏西。找了家客栈，卸了货，打发了车把式，上柜台交了钱，拿了钥匙，也不进房间，赶忙到米面铺买面粉。他知道蒲城都是旱地，小麦瘦，面筋多，是做扯面的上等材料。

他想着三天大概需要百十斤面粉，可是一打听价钱，自己钱少买不来。想赊账，掌柜的笑了说："大兄弟，赊账也不是不成，得熟人作保哩。你我初次打交道，人生面不熟，不好办哩。这样吧，你先买三十斤，现钱。第二回来，就能赊账了。咋向？"

刘孝福答应着说："我这里先谢了，下回还来您这里买面。"

做扯面不同别的，要火旺才行。刘孝福早算过账的，一斤面一斤炭。要是遇上好煤炭，能省下两成哩。

好在蒲城产煤，尤其块儿煤，好烧灰少火力猛。

到了炭厂，掌柜的很会做生意，说是先给送一百斤上等块儿煤，不要现钱，过后结账。

油盐酱醋自己带着的，当然少不了瓷锤送来的面酱。虽说是面酱有点儿差，但摆摊比不得给大户人家做厨活，只要油多辣子香，一般食客并不挑剔酱的好坏。

剩下的就是雇帮工了。

大庙会，各种营生都有。甚至还有专门的人市。

庙后街就是人市。

第二天一大早，刘孝福就来到人市。刚一落脚，"呼啦"一下围上来五个大男人，七嘴八舌打听主家要啥样儿的帮工，工钱能出到多少。

听说只是给卖面的打杂，三个年轻人摇摇头走开，剩下一老一少两个人接着问这问那。

这是一对父子，老的会和面揉剂子，以前给饭馆帮工。小的会烧火打杂，手脚利索。

说好了工钱，刘孝福说："你父子俩回去换一身干净衣裳来，卖吃食，不能浑身上下油渍麻花的，食客看着不放心。"

老汉笑着说："我父子俩想着帮别人拉煤卸炭，专门穿了这身破烂来，让您见笑了。是个这，我俩回去就换衣裳，青布裤褂青布鞋，连围裙都自带。主家住在哪里？我们去哪里找您？"

刘孝福说："我住在鸿运客栈，明儿天麻麻亮二位就来，一起搬东西。二位回去准备吧，我还要找人砌灶哩。"

老者一听，拍着胸脯说："这事好办哩，我儿子给泥瓦匠当过下手，砌墙盖房不敢说，砌灶没问题。我家的灶就是他自己个儿砌的，好用着哩。是个这，您添五毛钱，这活儿，我们给您做了。对了，砌灶的土坯我们就有，三五块的不在话下。还有风箱，我们家也有，您要用的话，再加五毛钱。得成？"

刘孝福一听，这事儿靠谱，就说："成！今夜就可以砌灶。不过，砌好了我要试一试，好用再给钱。一起算到工钱里去。"

一切准备停当，庙会一开，刘孝福的面摊就开张了。

庙会实在是热闹。天刚亮，摊贩们就忙着各种营生，支帐子的，撑铺柜台子的，点火卖油糕的，揉面卖橡头蒸馍的，栽杆子耍猴子的，耍大刀卖膏药的，算卦抽签的，等等，各忙各的，一派生机。

刘孝福知道，面条是正餐。早早做起生意来的，都是卖油糕、晶糕、包子、豆腐脑的。再往后，才是卖面条、砂锅、碗碗肉、酸汤水饺的开张。

看看庙会上人越来越多，刘孝福觉得该自己露一手了。

他挽起袖子，抡起胳膊，扯起面剂子，双手一押，面剂子"唰"一声变成一道直线，接着手一抖，面剂子又在空中形成半月形，忽闪忽闪像是跳舞。面剂子落下来，在案板上"啪"的一磕，回弹起二尺多高，又在刘孝福手中扭来扭去，转眼间变成四条一指宽尺把长的面条，刘孝福右手一扬，面条飞进锅里，随着开水上下翻滚。

刘孝福嘴里喊着："火烧旺，油烧煎，酱破浓，醋调酸，葱姜多放，辣子遮天。来啊，头三碗不要钱，食客说好值万贯！"

帮工的父子俩看这阵势，知道是遇上把式了，眼里满是佩服，手底下格外出活。小伙计风箱拉得像敲梆子，灶膛里火苗冒出半尺长，现场热气腾腾，烟火气十足。

还真有食客上前品尝，端起老碗，蹲在地上，也不言语，只顾往嘴里填面条。

稍时，一个壮汉吃完了面，把空碗举起来喊着："把他的，吃了半辈子面，白吃了。今儿个这面，才是真正的好面。我吃了这碗面，就权当过生日了。掌柜的，等着啊，我叫我妈也来尝一尝。"

这一嗓子不要紧，三三两两的人可就围上来了。

刘孝福开张，生意火爆。

饭点过后，食客还围着不走。可是，刘孝福的面卖完了。

帮工的老汉着急地催促："赶紧买面粉来，接着和面接着卖啊！"

刘孝福说："这面，得和好了醒半天的，现和现卖，不成的。"

正在刘孝福后悔没有多买面粉的当口，街面上来了一队尼姑。

这些尼姑，挨家挨户分发一本小册子。

转眼间，就有一个尼姑来到刘孝福的摊子前面，把一本黄纸订成的小册子放到案板一角。双手合十，嘴里念念有词。

刘孝福听不懂，帮工的老汉却听懂了说："嘿嘿，这是劝善歌，一位有名的大先生写的，好听好记。"

刘孝福看了一眼尼姑，他觉得有点面熟。再看，不由浑身一震，双眼冒出火星子来，颤抖着声音问："您是，您是巧儿姐？对对对，我认出来了，您就是巧儿姐！"

尼姑抬头看了一眼刘孝福，随即低下头去，微微合眼，启动双唇，声若雏雁："施主认错人了。贫尼尘缘已断，除了佛法，并无一亲半故。"

刘孝福带着哭音说："我不会认错的，你就是巧儿姐。你咋在这里？你咋就出家了？可怜我妈，临死前还念叨你哩。"

尼姑的脸上虽无表情，眼泪却流下来说："东发鼓，西警钟，声声惊醒邯郸梦。念佛坐山观，早日到灵山！"

六十五

巧儿突然现身，让刘孝福心里打翻了五味瓶，酸甜苦辣辛一起往上涌。

和好的面已经用完了，再和新的显然来不及了。此时庙会正热闹，赶庙会的人熙熙攘攘似乎越来越多。

收摊吧？心有不甘。卖下去，又没有原料。再加上心里惦记着巧儿，刘孝福显得有点心神不宁。

帮工的老汉四下看看，又瞅瞅刘孝福说："我说东家，扯面卖完了，这还有老半天的时间，咱不能在这里硬等着不是？您不是还准备卖揪片子热汤面吗？现做来得及吗？"

刘孝福收了收心，镇定了一下情绪说："揪片子的面，也得醒半天才行，要不然没有劲道。再说，面粉也没有了，咋办？"

帮工老汉搓了搓手，思索了一下说："这地方人还爱吃糊裹馍，来吃的人，馍馍自带。裹馍馍的面，三五斤够卖半天的了。只是不知道您做得来做不来？"

刘孝福想都没想就说："糊裹馍太简单了，也就是家常应急，没有人把这东西当饭吃吧？"

帮工老汉摇着头说："东家，这您就不知道了。咱这地方比不得您老家。这地方三年两头旱，庄稼人苦寒。你看这上庙会的人，买着吃的少，自带馍馍的多。有的人花两三毛钱，吃一碗糊裹馍，回去都敢给人吹牛说他在庙会上吃好了。青菜干菜调料您这里都有，我回家拿五斤面粉来，就够后半天卖的了。您放心，面粉价钱和柜上一样就成，要不然您明儿买了面粉还我也成。您看咋向？"

帮工这一番话，让刘孝福对他另眼看待了。他觉得这老汉绝不是一般人，也绝不是一般苦力能比得了的。

刘孝福问老汉："我看您老不是一般人，至少也是个识文断字的先生。敢问您以前是做啥的？为啥混成了个帮工？"

刘孝福这一问，倒把老汉问尴尬了。老汉干笑两声，又叹着气说："回东家话。我这是羞先人哩，门风到我这一辈算是倒就得说不成了。您说得对，我以前也是个教书先生，不过是给私塾书坊学馆当先生。前些年办起了国民小学，私塾学馆书坊就都散了。国民小学的老师，都是上面派来的，吃官饭。咱这没有洋墨水的土包子，人家不用。没有地，也不会种地，就落到了这个地步。不说了，东家，您看我让娃回家拿面粉来得成？"

刘孝福连声说："还是您老考虑周全。那就有劳您老了。"

帮工的老汉听得刘孝福改称自己"您老"，有点受不起了说："东家，别介，我姓章，立早章。您喊我老章就成。东家和下人，不能乱了礼数的。您等着，我叫娃拿面粉去。"

小帮工回家拿面粉去了，刘孝福和老章忙着切萝卜泡干芫荽。老章手里忙着，嘴里却也不停："我说东家，我不知道您老家的糊裹馍咋弄？这地方也就是葱姜末炝锅炒萝卜，完了加水煮菜。菜煮得差不多了，把拌上面粉的馍馍块下进去水烧开就成了。"

刘孝福感觉有点好笑，一个帮工教厨子咋样做饭，这不是弄反了吗？心里想着，嘴里却说："谢谢您老指点，不过，我想按照老家的做法来，没准儿这地方人还认为是吃个新花样哩。对了，您老看看这本册子，说说啥劝善歌是咋回事？"

老章抬头诡秘地看了一眼刘孝福，小心翼翼地问："东家，您是不是要问那个尼姑的事情？看当时那阵势，好像您认得她？"

刘孝福红着脸说："您老真是孙悟空再世，啥事情都瞒不过您那双眼睛。不敢瞒您，那个尼姑，我确实认得，而且还有不少交情哩。请教您，这出家人，还会不会认过去的熟人？"

老章没有正面回答，却问刘孝福："东家，尼姑临走前给你说的那几句话，您听明白了吗？"

刘孝福老老实实回答："听着耳熟，却不明白啥意思？"

老章说："这就对了！她给您说的，不是念经，也不是功课，而是戏词。戏词，您明白啥意思吗？"

刘孝福老老实实说："我看的戏不多，不知道是哪一出戏。更不知道她给我念戏词是啥意思？"

老章说："她念的这出戏，在折子戏里就是数罗汉。"

刘孝福恍然大悟说："对对的，这出戏我看过。我就说咋听着耳熟哩。您老快说，她给我说戏词，啥意思啊？"

老章说："东家，她六根不净，凡尘未了。得了空，您去寻她，会有结果的。"

刘孝福大吃一惊问："是吗？真的吗？照您这样说，收了摊，今黑了我就去寻她。"

老章摇着头说："夜不观寺，更不游庵。东家需白天去，而且要以香客的身份才成。"

刘孝福问："那就是说，我要去敬母寺寻她，得手里拿着香才成。对吗？"

老章笑了回答："东家，敬母寺是寺，是和尚住的地方。尼姑，也叫比丘尼，住的地方叫庵。您说的那个比丘尼，住在敬母寺北五里地的山根下，叫作静虚庵。一般的尼姑庵是不许可男香客去的。不过，静虚庵许可男香客去，得女香客陪着才成。而且，庵里的规矩，叫作须眉不二面。也就是说，比丘尼不允许第二次见同一个男香客。"

刘孝福说："一面就一面。不过，我人生地不熟，哪里来的女香客陪我去？"

老章说："这好办，过完庙会，我叫我内人陪着，咱一起去，我还能给您做个向导。东家，不说了，面粉拿来了，咱开张吧。"

刘孝福把面粉倒在盆子里，和上水，一只手麻利地在里边搅和。老章看了不明白就问："东家，糊裹馍不用和面的，馍块拌干面粉就成。再说了，现在没有食客，也没有馍馍，您和面做啥？"

刘孝福说："您老吆喝，两毛钱一碗。我做的是有讲究的糊裹馍，和好的面，要剁碎了，就像是麦子粒一样，叫作麦粒糊裹。劲道有嚼头。"

老章来了精神，和娃娃一起扯着嗓子喊起来："来吃啊，老把式，新做法，麦粒糊裹香得太，两毛钱一碗！"

糊裹馍到底没有扯面红火，却也溜溜卖了半天。

三天庙会，刘孝福生意红火，除了成本，大有赚头。

第四天，庙会收了摊。刘孝福买了香，让老章和他老伴陪着去静虚庵寻巧儿。

一路走，刘孝福心里急，脚步快，老章两口子就有点跟不上了。老章后面喊道："东家，不要急。早到了也没用。您是去寻人，又不是专门上香。去早了，比丘尼还在做早课，也见不上的。"

一行三人到了静虚庵，山门大开，三三两两香客也陆陆续续来了。

刘孝福看了看，果然没有男香客单独来的，都有女的陪着。当然，他也看不出来到底是男陪女还是女陪男。

进了门，别的香客都是磕头烧香念佛，唯独刘孝福像是个愣头青，碰上个尼姑就问："巧儿姐哩？我来寻巧儿姐。"

尼姑双手合十念道:"施主,佛门无俗名。"

老章一把扯过刘孝福说:"不懂规矩不要乱来,当心把你撵出去。来来来,您先上香,我帮您打听。"

刘孝福上了香,磕了头。老章走到一位看起来年长一些的比丘尼跟前,双手合十问了几句话。

回来,老章对刘孝福说:"你说的那个人,来的时间短,辈分低,是云门辈的,法号可能叫个妙泽。我们到素膳斋等着就是了。对了,见了面,你一切看我眼色行事,可不要乱说乱问坏了规矩。"

说是素膳斋,其实也就是两间房子,里边有三张桌椅,显得空旷又干净。

有比丘尼敬茶。盖碗茶放到桌上,双手合十不说话。

老章懂行情,从兜里摸出几张钞票放到一旁的功德箱。比丘尼后退着走了。

刘孝福着急等人,老章说:"这里是香客吃饭的地方,有规矩的,来吃素食的香客,要有功德的,也就是给钱。嘿嘿。"

等了一会儿,一个年长尼姑领着一个年轻尼姑缓缓进来了。

刘孝福一看,年轻尼姑正是巧儿。

他激动地站起身,拔腿就要迎上去,被老章摁住了说:"甭乱来,听安排。"

两位尼姑远远在刘孝福桌前站着,老尼姑开口了说:"施主,半炷香为限。法门净地,不谈俗事。"

刘孝福有一肚子话要说,可是,眼前的老尼姑不走,老章两口子也不走,还真不知道说点啥。

他激动得张口结舌,嘴里"你你我我"个不停。

巧儿,也就是妙泽说话了:"施主来做功德,可见机缘到了。施主自度,积善积福。贫尼这里有香茶一包,全赖一面之缘。"

巧儿把一包茶叶放到桌上,又退回去了。

刘孝福看了看茶叶说："我不是来要茶叶的，我有很多话要问哩，可是不知道咋说？"

巧儿说："前日闻见施主膳食，有异味。特备好茶叶消弭。施主可用这样的茶叶捂作料，除异味。"

刘孝福听得云里雾里，老章却喜笑颜开说："出家人，慈悲为怀。东家，这是法师点化您哩。"

刘孝福和巧儿说了一会儿，总感觉鸡同鸭讲。

眼看时间到了，老尼姑使了个眼色，巧儿说："施主，法门深深，庭院沉沉，你我佛尘，缘分已尽。不二面的，施主请便。"

说着，念经，转身。

看着巧儿的背影，刘孝福早就泪流满面了。

就在他刚要离开的时候，巧儿回头看了他一眼。这眼神他大概懂了，好像依依不舍。

回来的路上，刘孝福流泪无话。

老章兴奋地说："东家，没想到这个比丘尼重情义不说，还是个行家。你看你看，这包茶叶，是泾阳茯茶。她说的，以后你做饭用的调料，要用这样的茶叶捂一捂，就没有邪味儿了。嘿嘿，东家，您真有福气。"

六十六　刘孝福卖了三天饭，黑了天算账，除去给老章父子的工钱，结清面钱炭钱，还剩下一堆花花绿绿的钞票和几十枚铜钱。他让老章到车行预定马车，说好价钱，第二天一大早来客栈接，自己拿包袱包了钞票，沿着白天早就看好的路线，直奔钱庄而去。

战乱年月，钞票发毛，要是不换成光洋，说不定哪一天就变成了废纸。本来，县城里有一家政府办的银行。可是，听老章说，银行只能拿光洋换钞票，要是想换光洋出来，得去钱庄。不过，钱庄半黑半白，价钱随口来，搞不好要吃亏的。

到了钱庄，高高的柜台后面，一位戴着黑圈眼镜的老者摘了眼镜，盯着刘孝福看了很长时间，看得刘孝福心里直发毛。

还是老者先开口说："客人，你是来换银圆的吧？"

刘孝福说："是的是的，不知道你这里是个啥行情？"

老者说："那要看你的钞票是啥来头，是金圆券还是交通票？"

刘孝福把包袱摊开说："都在这里，你看看。"

老者接过包袱，扒拉几下说："三块鹰洋，就是这价钱。"

刘孝福说："您数都没数咋就知道我这钱有多少？"

老者说："不用数，大面值的就那些，我一眼就能看出来。那些毛毛票，多几张少几张不要紧的。"

刘孝福心里凉了一大半，可还是狠了狠心说："三块就三块，不过，我要大头成不成？"

老者说："你这人看着老实，心里奸得很哩。大头换二百铜圆，鹰洋换一百五十块铜元。照你说的来，我就得关门了。不成不成！要不这样，我给你换成铜元好不好？"

刘孝福不想都换成铜元，因为铜元也就比钞票好一点点而已。

刘孝福正犹豫着换还是不换，门外一个声音传进来："刘东家，是您在里面吗？我是老章，您出来说话。"

刘孝福听见喊声，忙对钱庄老者说："我的伙计叫我哩，我去看看，回头咱们再商量。"

老者看刘孝福要走，忙不迭地说："甭忙，就按你说的，给你大头咋样？"

刘孝福说："能成！不过，您得给我两块大头。那一块大头，你给我二百铜元。"

老者这下尴尬了，干笑着说："你这人，年纪轻轻就会挖坑整人，将来能当官的。"

刘孝福说:"我一个厨子,当啥官?你赶紧给我钱,我着急走人哩。"

老者一边数着钱,一边说:"能整人,才能当官。能害人,能当大官。能杀人,能坐皇上哩。"

老者包好了钱,递过包袱来说:"你数一数。"

刘孝福把包袱在手里掂了掂说:"我相信您,不用数了。"

出了门,看见老章在路边站着,两人见面,刘孝福说:"您刚才一声喊,帮了我大忙。要不然,人家还不给我大头哩。"

老章说:"我原本打算让你拿着钞票买面粉带回家,比换成光洋实惠哩。看来你是换了,那就不说了。"

两人往客栈走,刘孝福突然想起啥来说:"坏了!你刚才一叫我,我一着急,没有验光洋,不知道真假。您说钱庄会不会拿假光洋骗我?"

老章说:"放心!钱庄掌柜的,嘴刁话狠心眼多,人还不算坏。您想啊,他要是拿假钱骗人,还不得倒了牌子?这个掌柜的,以前在孙镇杨虎城家管过事,见过世面。杨家倒霉了,他才出来开钱庄。他换了钞票,又托人在银行换成光洋,一里一外,赚头不少。"

刘孝福问:"不是说银行不换光洋出来吗,他咋能换?"

老章笑着说:"都不能换,就不是世道。都能换,是好世道。有的能换有的不能换,才是当下这个世道。对了,您打算拿钱回去还是买成面粉?我雇好的车,装得下面粉的。"

刘孝福说:"面粉家里也缺,但更缺钱。我还要买一些佐料做试验哩,要用钱的。"

老章说:"我也不知道您换了几个钱,不过,世道不太平,带钱回去还是不稳当。是个这,买一些面粉带一些钱,双保险,咋向?"

刘孝福说:"您这办法好,就这样办。走,咱现在买面粉去。"

老章说:"夜不观色,看不来面粉成色。明个您走,顺路买了,就手装车。对了,您都没问我大老远寻您来做啥?"

刘孝福说:"您精明,可能猜到我要换钱,怕我吃亏,就来了。"

老章说："我去客栈找您，是有话说哩，客栈伙计说您背着包袱出去了，我就猜着您可能换钱去了。走走走，您方便的话，到客栈说话。"

到了客栈，刘孝福问："您找我啥事呀？"

这一问，老章倒红了脸，有点讪讪地说："东家，工钱您结清了，还多给了。面粉钱、香火钱您都给了，也都给得多。您是个好人、能人，这我知道的。可是，我想着啊，您可能在这里还有些事情要办，可能我还能帮上忙的。"

刘孝福说："对着哩，您父子俩，都是好人，都是能干的人。尤其是您，识文断字，见多识广，以后肯定要请您帮忙的。这样吧，以后每年庙会，我都来，还找您父子帮忙咋向？"

老章说："这不，我带着笔和纸来，就是想留下您的地址，以后有事，可以写信联系的。我也把我的地址抄给您。不过，我说的您还有事，是说那个比丘尼，尼姑……"

刘孝福眼皮子垂下来，小声说："人家不是有规矩吗？不见第二回的。再说了，人家把茶叶给我了，办法也交给我了，我回去试验就是了，还找人家做啥？"

老章说："话不能说绝，事也不能做绝。您信不信，这个比丘尼，尘缘未断，而且这辈子都断不了。您看她的眼神，和一般比丘尼不一样哩，眼睛仁里有火也有水，不一般。"

刘孝福说："还能咋？各走各的路。对了，您说我以后还有事要办，就是找她吗？我还能有啥事找她？"

老章说："这样吧，也不怕东家您笑话。您给我留几十个铜圆，我老伴儿可以时常去看她。女人家说话，方便一些。看看以后她有啥事有啥话，可以捎回来，我再写信告诉你。嘿嘿，这就是佛尘一线牵。有用的。说实话，我手头要是宽裕的话，都不给您说这些了。可是，现在，真是一个铜元难倒人了。"

刘孝福听了老章的话，大受感动，说："您真是好心肠、热心肠，比我想得周全。您等一下。"

说着，解开包袱，抓起一把铜圆说："先给您这些，不够了以后再说。"

老章接过钱，也不数，装进口袋里，拿出纸和笔来说："您给我留个地址，以后我给您写信。想着世道再乱，家书还是能递的，自古都是这样。"

第二天天亮，老章带着马车来接刘孝福。结清店钱，装了锅碗炊具，老章说："答应过车行的，牲口是吃夜草了，可车把式吃了早饭才走。您也吃点儿，这一路就马不停蹄了。"

刘孝福说："好好好，咱一起吃。吃啥好？"

老章说："不远处有一家高力肉烩菜，橡头蒸馍就着，美得太。东家要不要尝一尝？"

刘孝福来了兴趣问："啥叫个高力肉？没听说过。"

老章说："到地方您就知道了。车把式，走着些。"

到了餐馆，老章点好了饭菜。先上来一盘六个蒸馍，长条形的，接着上来一大盆烩菜，闻着就香味扑鼻。

刘孝福拿起筷子，夹起来一块暗红色的长条状东西说："这不就是过油肉吗？咋就成了高力肉？"

吃着饭，老章说："对对对，就是过油肉，也有叫酥肉的。不过，在这里，都叫高力肉。据说，这东西是唐朝高力士发明的。对了，高力士就埋葬在城北不远的地方，给唐元宗看门哩。知道唐元宗吗？"

刘孝福尝了一口肉，觉得花椒味儿太重了，倒也味道厚重，香味持久，心里琢磨这肉的作料配方，一时没有回答老章的提问。

车把式插话说："就您有学问？别谝闲传了，吃了饭还要赶路哩。"

老章说："东家是大厨，我说高力肉的来历，想着对东家有用哩。"

刘孝福花了五毛钱，让饭馆伙计给包了十几块高力肉，说是路上就馍吃，实际上想拿回去琢磨琢磨，看看有啥名头？

吃完了早饭，就去买面粉。刘孝福问老章："这地方邪着哩，您看啊，前后左右，就这一家饭馆开着门，其他的咋都不开门？"

老章说："东家好眼力。这地方人早起空着肚子就下地干营生，太阳老高才回来吃第一顿饭，就是卯时出巳时入。对了，这地方人都是一天两顿饭。财东家还有生意人才吃三顿饭。这一家馆子，名声大，外来的客人早饭都赶过来吃，开门就早。其他饭馆，没有这个名声也就没有这个生意，早开门没用的。"

老章这番话，让刘孝福动了心思，想着以后开门面，就要琢磨好开门关门的时辰才成。

到了米面铺，掌柜的认出了刘孝福说："我早看出来您是个能人，我叔上庙会吃过您的扯面，回来把您夸得不得了。可惜我忙生意，没有福气品尝。您家离这里远吗？看这阵势是要出远门了？您要是在这里开个馆子，保险红火，到时候，还仰仗您照顾小号的生意哩。"

刘孝福问："谢谢您的抬举。不过，您叔叔咋就知道扯面是我做的？"

掌柜的说："庙会就您一家卖扯面，我这铺面也就您一个外地人买过面粉，您也说过买面粉是做买卖卖扯面。这不就对上了吗？"

刘孝福还没接话茬，老章开口了说："这可是大把式哩，大能人，可惜不是咱这地方人，等会儿就要回老家。不过，以后每年庙会，东家都来的，到时候请您尝尝他的绝活油泼扯面。我们东家买面，可要挑好的给，分量价钱都要有照顾，以后才能照顾你的生意。"

掌柜的说："好说好说，光洋买面，一块两袋。铜板买，一百一袋。钞票要看来头名号。"

刘孝福说："说实话，您的面粉是好货，就是价码贵了点儿。在我们县城，一块光洋两袋半面粉。"

掌柜的说："我不知道您府上是哪里的？可是，我说啊，方大圆百十里地的面粉，大多是象峰牌子的，一袋四十斤。我这里的面粉，是卧虎牌，一袋五十斤哩。不过，光洋得是大头才行。要是鹰洋，另说着。"

说好了价钱，刘孝福摸出两块光洋说："给我来四袋面粉。"

掌柜的大失所望说："我看您赶着大车来，心想着还不得来个几十袋面粉的，拿回去倒腾给同行，也是一笔赚头。刚才给您算的账，是按照大买卖来的。您这一两袋的，价码早就标好了，您这两天也是按照这个价码买的。"

老章说："您是大掌柜，吐口唾沫砸个坑，可不能说话不算数啊。再说了，我东家以后开饭庄子，还要照顾您的生意的。甭啰唆了，收钱，装面，走人！"

掌柜的带着不乐意的样子说："算我看走了眼。罢了罢了，以后您买卖大了，可得照顾小号生意才成，要不然我可就亏大了。不说了，装面粉。"

六十七 有了面粉，家里一段时间都不缺吃的了。又有几个零花钱，刘孝福的心又被佐料抽扯进去了。

巧儿说扯面里有一股邪味儿，自己是心知肚明的，只不过一时找不到啥好办法来。再说一般食客，也不大在意这种味道，多数人也就是吃个肚儿圆而已。可是，到大户人家做厨活，到城里开馆子可就不一样了。天下食客，高人多的是，挑剔的也大有人在。"一招鲜吃遍天"没错，"一招败名声坏"也是常理。

刘孝福心里还有个主意，一定要在自己手里把所有方子配料做法都固定下来，后世的人照方下单就成了。弄好了，能养活好几代人哩。

刘孝福一头扎进自己的试验里，凡事不问，着了魔一般。

巧儿说的用茶叶捂佐料就能除异味，可是，是单料捂还是料包捂？是温捂还是凉捂？捂多长时间？巧儿没有明说啊。再说了，这就像先生看病一样，一味药，和不同的药配，生熟用量炮制方法都不一样，这是张先生亲口对自己说的。看病用药是这个道理，配膳用料也差不多吧？先用茶叶捂料包试验一下。

刘孝福把茶叶用纱布包了，和料包一起捂在坛子里，封上口，放到炕头。他想着炕头温度合适，捂出来效果一定好一些。

时对时捂了三天，刘孝福迫不及待打开坛子，把茶叶和料包分别放到鼻子底下闻，茶叶带上了料包味道，而料包却还是原来的味道，好像并没有受茶叶的影响。

刘孝福又把茶叶和不同佐料放在不同的坛子里捂，十几天过去了，还是没有发现有任何变化。

一来二去，茶叶没有了。

用过的茶叶，就手泡着喝完了。

这天程曹村有集会，刘孝福早起背上捎马子，给婆娘顺叶说是上会买茶，顺便进一些佐料。

顺叶忧心忡忡地对刘孝福说："你成天忙你那些破东烂西，娃娃你也不管。老大的命根子老是不见长，还倒就了，尿尿总是往回勾，一天不洗就臭烘烘的。听说县城新开了大医院，大先生是从省城来的，你该带着娃娃去看看才成。要不然，我一天到晚都放心不下，你好赖想个法子救救娃娃……"

刘孝福赔着笑脸哄他说："娃娃还小，正长身子哩，还有几十年长头，一定能长好的。你说的娃娃的命根子倒就了，那是伤好了，伤口收敛了，再往下，就该长了。你放心吧，不会有事的。再说了，去大医院看病，贵得很哩，等我把方子弄好了，买卖做起来了，攒下钱了，再去也不迟。就是这，你在着些，我走了，回来给娃娃买糖葫芦吃，再给你买一方新帕子，过年戴。"

刘孝福走了，身后传来了顺叶的哭声。

刘孝福有点心烦意乱，低头只顾走路。碰上熟人，也不打招呼，点点头继续走路。

走到村西口，一声："哥呀，您这是去哪里？"

刘孝福抬起头来，发现是老三刘孝贤，手里拿着一张单子迎面走来。

刘孝福说："今儿个程曹村有会哩，我去买点茶叶，顺便进点儿佐料。你这是干啥？"

刘孝贤说："这不是快要冬祭了吗？我自西向东挨家挨户催收善物。有钱的收钱，没钱的收粮，没粮没钱的派工。当个董事，事情还不老少哩。"

刘孝福没有心思和老三闲聊，嘴里说着"你忙你的，对了，办这件事情，要好言好语，说人家爱听、能听懂的话才好，就像现在这样就成，文绉绉的人家听不懂。就是个这，你忙着，我先走了"。

刘孝福着急走人，却被老三拦住了说："正好哩，您回来捎上点祭贡物，省得我跑一趟了。您听好了，宝帽子红蜡一对儿，红芯子灯碗一对儿，长须子灯草一两，红皮儿柏籽皮高香两把。还有……先就这些，再多了您也记不住。钱您有没有？有的话先垫上，回头算账。没有的话您等着，我回家拿给您。"

刘孝福说："买这点东西，钱我还够。回头再说吧，你忙着。"

说完，两个人擦肩而过。

到了会上，一街两行买卖，就是找不见卖茯茶的。到了一个杂货摊儿前，刘孝福问："掌柜的，打听一下，哪里有卖茯茶的？"

掌柜的说："您要那东西做啥？我给你说啊，咱这地方人，穷人喝黑砖，富人喝陕青。茯茶，要不就是看病的先生和药房买，要不就是寺庙管事儿的买，您要这东西做啥？"

刘孝福撒了个谎说："对对对，我配药哩。照您这么说，药店里应该有卖的？"

杂货摊掌柜的说："您要是配药，半两三钱儿的无所谓。要是别的用处，可别去药店啊。您想啊，茶叶进了药店，可就成药了，价钱翻番的。"

刘孝福说："谢谢提醒啊，这东西我常年四季用，贵了的话，也不划算。您如果库里有，卖我一斤成不成？"

掌柜的眉开眼笑说："要不说您贵人自有巧事儿。我还真进了一批货，专门从泾阳老字号弄来的，想着年前寺庙药店有要的。是这向，您要的话，算便宜点儿，进价六毛，卖您八毛得成？"

看刘孝福不说话，掌柜的说："算了，您给七毛钱成不成？你好赖让我赚一点儿，大老远的，人吃马喂弄来，花不少踏杂哩。"

刘孝福说："成！七毛就七毛，货没毛病吧？长毛发霉可不成。你啥时能拿来？"

掌柜的"扑哧"一声笑了说："这您就外行了。茯茶，想发霉长毛难着哩，它本身就是砖茶发酵出来的。要是二次发酵，那就成宝贝了。您有没有听说过，长毛的酱难得？"

刘孝福忽然明白了啥道理一样，他忙对掌柜的说："是个这，我给您一毛钱订钱，您回去拿茶叶来。我得等半天时间吧？"

掌柜的说："我的小号离这里二里地，我打发伙计去拿，也就一炷香的工夫。您先逛会儿，到时候来取货。"

刘孝福在会上转了转，买了作料、方帕、糖葫芦，塞进捎马子里，回头就来取茶叶。

果然，再回来的时候，杂货摊掌柜的开口就说："您要的货拿来了，半斤一坨，一共两坨，您收好了！"

刘孝福打开茶叶封纸，鼻子闻了闻，觉得和巧儿的茶叶没啥两样。

结了钱，收了货，刘孝福转身往回走。

一路上，刘孝福都在琢磨掌柜的说的话，心想，长了毛的酱是好酱，还真有道理。因为以前家里进的酱，有的就是长毛了，自己当时年岁小，还以为是臭了，嚷嚷着难闻。还是他大刘挽钩说这是好酱，留着待贵客用。

酱？难道是酱？

瓷锤送来的酱，本身就有问题，当时他俩还商量着咋样去掉这个味道。想到了水的毛病，想到面粉的毛病，想到了改配方，还想到了用西瓜汁代替水来发酵，难道得用这种茶叶？

用茶叶捂酱？对对对，可能就是这样的。

刘孝福越想越兴奋，恨不得立马飞回家里做试验。

说也巧了，刚走到家门口，又碰上老三刘孝贤。

还没等刘孝贤说话，刘孝福一把抓住他的肩膀说："三弟呀，你猜我今个遇上啥人了？遇上啥事情了？走走走，跟我回家，我给你说说。"

刘孝贤丈二和尚——摸不着头脑，眨巴着眼睛问："哥呀，您得是捡金子了？我给你说啊，横财难留。"

刘孝福说："说啥金子银子的，快跟我回家，有事情商量哩。"

回到家，把糖葫芦给了娃娃，让顺叶把他们领走了。

刘孝福把老三刘孝贤拉到明间说："老三，你有学问，帮我想想，这里边是个啥道理？"

老三劈头却问："哥呀，先甭说道理，您给我捎的东西哩？"

刘孝福茫然问道："捎东西？捎啥东西？哎哟！蜡烛和香！我给忘得一干二净了。把他的，这咋办？"

刘孝贤哭笑不得说："哥呀，您这是因俗忘圣，因人误神，轻重失序，缓急失据。罢了罢了，免不得我抽时间跑一趟。"

刘孝福听不懂这番话，只知道老三在数落自己，忙打岔说："大不了我今儿个马失前蹄。老三，我说个事情，你帮我琢磨琢磨，毕竟你脑子好用。"

刘孝福把茶和酱的事情说了一遍。

没想到老三大吃一惊问："哥呀，您在蒲城见到巧儿姐了？她出家了？因啥入空门啊？您问了吗？她说了吗？咋没听您说过？这件事情千万别让二嫂知道，女人家，难免心窄见短。"

刘孝福表情不自然了，心里想着咋把这事情给说出来了？真不该。

刘孝福说："对对对，三弟说得对，先甭让你二嫂知道了，以后再说吧。老三，我刚才说的事情，你帮我想想，这里头有啥道道儿？我好像心里有个明缝儿，可又弄不明白啥道理。"

老三刘孝贤张口就来:"哥呀,您有没有听说过术业有专攻这个说法?您说的这些,这个术在瓷锤不在您这里。所谓邪味儿,如何辨源?也就是你咋样知道这个味道从哪里来?是你的作料来的还是酱料来的?您只需试验一下,加了酱的面和不加酱的面哪一种有邪味儿,不就清楚了吗?按您说的,用茶叶捂作料,前后没有变化,那就是说,问题出在酱身上。用茶叶捂,也应该是捂酱料而不是酱本身才对。料已成酱,木已成舟,改不了的。哥呀,依我之见,你把茶叶捂作料的事情给瓷锤哥说说,看他是不是也做个试验,用茶叶捂做酱的原料?做酱,是人家的专术,你我都不懂。但道理是一样的。"

刘孝福被老三刘孝贤这一番高谈阔论折服了,一拍大腿说:"对对的,就是个这。明个上塬,找瓷锤去!"

六十八 说好了要到塬上寻瓷锤商量改面酱配方的事情,刘孝福让老三刘孝贤雇轿车来,刘孝贤说:"哥呀,你这回去一人一包袱,又不是千里重担,雇轿车何用?依我之见,雇一匹快马,一日就到,次日返回,轻便快当。"

刘孝福一听老三的话有道理,忙说:"对对对,骑马轻快。可是,从哪里弄马来?"

刘孝贤说:"哥呀,您真是让面酱弄糊涂了。刘团总家里养着十几匹良马,原先说是养快哨防土匪用。后来刘团总被派遣到河西当团总了,带走了几匹,剩下的养在家里备用。家人想闲着也是闲着,就租给有用处的商人官家。马是好马,料是硬料,只身一人最合适,价钱也远比轿车公道。您等着,我这就去说话去,交了订金,马吃夜草,明儿一早就能牵来。只是到了城里,找个车马店,给马喂一升豌豆,饮一瓢清水,就能一鞭子到塬上了。夜里你们说事,别忘了喂马就行。"

第二天天刚亮，刘孝福起床，包好了包袱，交待了家里，打开前门，站在门口朝东边张望。

　　一袋烟工夫，东村口传来"嘚嘚嘚"的马蹄声，刘孝福看见一个人策马扬鞭飞快赶来。

　　骑马人到了跟前，飞身下马，把缰绳递给刘孝福说："哥呀，你这就走。嘿嘿，红马比白马还贵五毛钱哩。"

　　刘孝福接过缰绳，尝试几下还是上不了马。刘孝贤这里刚要扶他上马，却见这匹红马前蹄曲后蹄收，似卧非卧的样子。

　　刘孝福就势上马，那匹马立即直起身来，把个刘孝贤感动得连连说："义马！义马侍主者乃是！"

　　刘孝福听不懂刘孝贤嘴里的古董话儿，接过马鞭，双腿一夹，那匹马鬃毛一竖，迈开四蹄，碎步如啄，脊背似榻，轻快地朝着西门奔去，刘孝贤一声"哥哥稳当些"从身后远远传来。

　　话说刘孝福骑了快马，一路马不停蹄，赶到城里正好晌午。觉得身下马鞍有些滑溜溜的，知道是马已经出汗了。城西路边大车店歇脚，喂了马，人吃了碗连锅面，就又上马奔南边上了大坡。

　　七拐八拐到了塬上瓷锤作坊，日已偏西。瓷锤正在作坊忙活，听得外边一声马儿嘶鸣，系着围裙跑出来迎接。二人碰面，刘孝福感叹地说："这匹红马比人还精明哩，它咋知道我要来的地方到了，叫唤着给你信儿？"

　　瓷锤扶刘孝福下马，边说："听声音只当是匹烈马，谁知道一看见它，就明白这是匹精马，性子灵，调教好。"

　　早有伙计过来，牵走马喂料去了。

　　瓷锤和刘孝福来到作坊说："我试验了好几种配料，也做好了几缸酱，还想着给你捎话过来尝尝。正巧你就来了。走走走，里屋喝茶解解乏。"

　　刘孝福说："好我的哥哩，我心里急呀，不把酱弄好，早晚不踏实。先看看酱再说。"

在里屋，刘孝福一边喝着茶，一边品尝着桌上放着的几碗面酱。品尝了一会儿，刘孝福说："哥呀，这几种酱，各有各的味道，只是不知道泼了油，拌上面，是个啥成色？快快快，让嫂子擀面，试验一下。对了，我这回来，得高人指点了，说是面酱的料，要用这茯茶捂了才能去邪味儿。我带茶来了，赶紧试验一下看看灵不灵。我就是不知道，这茶叶咋捂料？哥呀，这是你的行当，想来你有门道的。"

说着，刘孝福从包袱里拿出茶叶来，又拿出一块光洋说："来得匆忙，没有带礼性，这一块钱，给了嫂子，看看给嫂子侄儿买点啥需要的。对了，你大你妈不是都在这里吗？他们二老身体可好？他们在哪里，我去看看他们？"

瓷锤说："自家兄弟，没那么多礼性。我大我妈身体好着哩，正忙活着酱菜的事情，咱们说完事再看他们去。我现在卖酱，日子还过得去。只是这年月钱太毛，物价一天一个样儿。进粗料钞票还行，进细料，非得现大洋不可。罢了罢了，不说这些了。你咋样？弟妹和侄儿还好吧？大侄儿的身子调养咋样了？"

刘孝福叹着气说了几句话，瓷锤听了也不住叹气。完了少不得互相宽慰。

刘孝福抽空去看瓷锤他大他妈，瓷锤他大普兆老汉问了刘孝福家的情况，对他一家人这几年的遭遇揪心不已，还说瓷锤把人家姚家的产业搬到这里，总不是个办法，迟早还要搬回潼关的。

夜里，拌着各色酱料的面条端上来了，刘孝福一一品尝过后，半天不语。

瓷锤说："兄弟，你不说话，我心里就明白了。这些酱，没邪味儿的没香味，有邪味的味道短。对不对？"

刘孝福说："就是个这！看来，非得用茶叶捂了才成。来来来，咱们商量商量，看看咋弄？"

两个人商量半晚上，困得不行，还是没有啥眉目。刘孝福说："哥呀，先这样，到底用啥办法，您多费心。歇着吧，我明天还要早点儿赶回去，一大堆事情要忙活哩。"

瓷锤打着哈欠说："你再住几天，也许就有门道了。我觉得心里有一点道道了，只是还不知道咋说。"

刘孝福说："哥呀，说句实在话，要是还给人做厨活，你这几种面酱，任意一种都能对付。毕竟红白喜事的，客人不太讲究。要是开馆子可就不一样了，还指望用你的酱创牌子哩。我开馆子，指望回头客支撑哩，可不是一锤子买卖。夜深了，歇着吧，以后慢慢琢磨。"

第二天，日已三竿，刘孝福还在睡梦中，被一阵马叫唤醒了，赶紧爬起来下炕，挑开门帘，瓷锤在外面站着说："不再睡一会儿了？也是的，你这匹马性急，看你没有出来，乱喊乱叫把你聒醒了。你要是不睡了，赶紧吃饭，我还有几句话要说哩。"

吃着饭，刘孝福才发现瓷锤两眼红红的，像是一夜没睡觉的样子。心疼地问："哥呀，你得是夜里琢磨酱的事，一黑了没合眼？这可急不得，慢慢来，可别熬坏了身子。"

瓷锤说："不要紧的。也黑了，我试验了好几种办法，用茶叶水拌酱，用茶叶末子揉酱，都不对路子。那就只有一条路子了，就是用茶叶捂酱料。可是，咋样捂？一起发酵还是酱坯子拌茶叶？这还要试验哩。可是……"

看瓷锤欲言又止，刘孝福心里有数了说："哥呀，不用细说了。我就给你说一句话，拌面的酱，还要用我大他老人家留下来的方子处置哩，您只需要恢复到老字号成品的样子就行了，您明白了吗？"

瓷锤叹着气说："最省事的办法，就是把作坊又搬回到潼关去，用那里的料、那里的水、那里的缸，保准能成。可是，潼关不安宁，打来打去的没法做营生。"

正说着，耳边传来马蹄子刨土的声音，刘孝福说："哥呀，我该走了。你听，那匹马等不及了，催我赶紧回去哩。"

瓷锤把兀凳拿起来说："怪事儿哩，你这匹马，倒像是主人一样，凡事想做主哩。那就走吧，留也留不住，人留马不留。"

刘孝福说："这匹马会算账，它知道说好了的两天时间，再等一会儿，它怕天黑赶不回去，主家会焦急的。"

两人到了门外，普兆老汉两口子和瑶娃儿领着娃娃路边上等着。见了面，寒暄几句，瓷锤把兀凳放在马鞍子旁边，就要扶刘孝福上马。

刘孝福说："哥呀，不用扶，马儿自己会圪蹴身子的。"

可是，那匹马回头瞅了瞅兀凳，直着身子并没有圪蹴下来。

刘孝福笑着说："看把他的，这牲口真真成精了。它咋就知道有兀凳当上马石，不肯圪蹴了？"

瓷锤笑着说："它要是个人，都能当大掌柜的。兄弟，不远送了，路上当心点儿。等我把酱做成了，给你送去就是了。走着些……"

说着，瓷锤声音变了，像是要哭的样子。

刘孝福眼圈一热，说了声："哥呀，多保重！叔叔婶子、嫂子侄儿多保重。走了！"

说走，可是马儿并不迈步。伙计这才想起来啥事情，忙把手里的马鞭子递给刘孝福说："它在等鞭子哩。"

刘孝福接过鞭子，一拨缰绳，马儿"咴儿咴儿"叫了一声，腾开四蹄，一溜小跑，土路上升起一溜烟尘。

一路除了歇脚喂马，不敢耽搁时辰。这样紧赶慢赶，到村里已经是四廓擦黑。

进了村子马儿就叫个不停。赶到家门口，老三刘孝贤早早在外等着。

刘孝福下了马，把马鞭交给刘孝贤说："麻烦兄弟把马儿送回东家，结清银钱，赶回来商量事情。"

刘孝贤把马鞭插到马鞍上，又把缰绳缠到马脖子上，拍了拍马屁股，二话没说，那匹马就"嘚嘚嘚"地跑着向东门奔去。

一边往家走，刘孝贤一边说："你看那匹马，得胜将军一样回帐复命交差。银钱明天再结，主家验了马才成。"

到了家里，刘孝贤说："哥呀，你赶紧喝汤吧，我已经在家里喝过汤了。喝了汤，还有事情说哩。"

顺叶端来一碗汤放到桌子上，不言不语。借着灯光，刘孝福看见顺叶似乎神情恍惚、双眼肿胀，忙问："这是咋了？得是又出啥事情了？"

刘孝贤说："哥呀，巧了，也个你走后，张先生出诊路过，来家看了看娃娃，说了几句话，留下一张方子就走了。"

刘孝福放下碗问："先生说啥了？还有这方子，都是些啥药？"

刘孝贤叹着气说："先生也就说了几句平常话，嫂子一听就哭了，问先生，说是不是娃娃命根子长不上来了？先生只说，照方子抓药，吃一个月，以后就不用吃药了。"

顺叶擦着眼睛说："我娃娃的命根子没救了，要不为啥以后不要吃药了？都是我造的孽！"说完，迈着沉重的脚步走了。

刘孝福问："兄弟，先生的方子都是啥药？"

刘孝贤说："我看过了，不过荷叶、薏仁、冬瓜皮一类利尿除湿的药。"

刘孝福听了，心往下沉。

其实这个结果，他早就心里有数。

他现在需要找个理由，给老婆宽心，日子慢慢熬着过就是了。

六十九

兄弟二人看着顺叶的背影，不约而同叹了口气。良久，哥儿俩几乎同时说话："有个事……"

刘孝贤忙说："哥呀，有事你先说。"

刘孝福说："兄弟，你的事情着急不着急？着急了你就先说。"

刘孝贤说："我的事情不急，哥您先说吧，啥事情？"

刘孝福说:"看来咱俩的事都不急。那我就先说了。还是瓷锤哥做酱的事情。"

刘孝福把和瓷锤商量事情的过程给刘孝贤说了个大概后问:"兄弟,你帮我琢磨琢磨,瓷锤哥做酱的事情,以后咋样办?做成了好说,万一总做不成,该咋办?"

刘孝贤思索一会儿说:"哥呀,如果我没记错的话,张先生曾经给你说过一句话,叫作大道至简。啥意思?比方说郎中给人看病,得开方子吧,有时候越是简单的方子,越有效果。不管方子里头有多少味药,其实管用的也就那么三五味,其他的,都是配角。看病是这个道理,做酱也差不多是这个意思。对于面条来说,酱是配角。对于酱来说,香料是配角。看这个意思,你们是不是把精力都用在配角上了?依我说,市面上各种各样的酱,你多买几种回来,有一种适合就成了。再说了,扯面,也就是一碗面条而已,你就是做出花来,也就是填饱肚子用的。圣人说的食不厌精,不是给苦力穷汉庄稼人说的。哥,我说的意思你懂了吗?"

刘孝福似有触动,琢磨琢磨,还是不以为然。

刘孝福说:"兄弟的话,有几分道理。可是,你想啊,老人家留下来的配方,主要是拌面用的,我在武功县的时候,高人杨先生就说了,要想做长久,就要有绝活儿,还要有点讲究,这样才会越传越神,越神就越有名气。这才下了决心做油泼面酱扯面。酱料味道不对,有可能是酱有毛病,要不然就是配方有毛病。配方我改了很多次,每次都有长进,每次都有不足。市面上能买来的酱,我差不多都试验过了,好像都不太对劲。只有一种让我满意的,还是潼关老字号的面酱。那就是说,老人家留下来的配方,特别适合老潼关的面酱,就是杨先生说的'开眼酱'。可是,老潼关的酱,放到塬上作坊里做出来就变了味,你说是不是一方水土的问题?既然酱有毛病,是不是就该改进酱而不是炮制酱料的方子?"

刘孝贤听了这话,也不以为然说:"哥呀,术业有专攻是对的,可是,专攻不是钻牛角尖,也不是一条道儿走到黑。比方说,您将来想开馆子卖扯面，指望它养家糊口，还想作为祖业辈辈相传。瓷锤哥开酱坊，面对的不是您一家一户，而是千家万户。你可以指望一碗面条打天下，瓷锤哥不可能指望你一家客户撑祖业。他专门为你研究出来的酱，对别的客户有没有大用？换一句话说，瓷锤哥有没有必要在这一味面酱上下死功夫？老话说了，商人重利轻礼义。一头利做不久，两头利长相守。再来说说你将来开馆子的事情，一碗面条，别指望脍炙人口，更不要指望龙肝凤髓，也就是吃饱吃好而已。人老几辈，传下来的都是大鱼大肉，没听说过一个馍馍美名扬的。哥，您明白我的意思吗？"

刘孝福听老三这样贬低自己苦心钻研的面食，心里早不平顺了，本来想刺他几句。可是，想了想，又把到嘴边的话改了味儿说："我兄弟没有白读书，懂得的东西就是密实。可是，我还是要在这碗面条上下死功夫，一来这是老人家临了交待的，我做成了他在那边才踏实。二来，你知道的，我红案不精，又没有啥文化，想靠大鱼大肉创业，怕是不成。再者说了，一碗面条，在家里经常吃，为啥还有人要下馆子品尝？人和人不一样，面条和面条也不一样。我开馆子卖面条，就是要让客人吃了还想吃，来了还要来，吃饱了肚子还能有面子。你刚才说啥没有馍馍美啥来着？也就是有名气的意思吧。你就没听说过，蒲城蒸馍拿秤称？人家一个卖椽头蒸馍的，传了三代人，每天一开门食客往里拥。我将来开的馆子，就要成为这样的祖业。别人没有的我有，别人有的我好。我的就是我的，别人学不来，这就是你们有墨水人说的啥'一招鲜吃遍天'。你瓷锤哥把开眼酱做成了，也是把祖业传承了，也是把买卖做精了。好面酱，自然不愁买家，哪里就成了给我一家做？兄弟呀，你说这些话有你的道理。可是，我有我的心思。不过，你刚才说的张先生说过的话，我还要再琢磨琢磨，想个两头都顾得上的法子来。好了，我的事情就说到这儿，说说你的事情吧。"

刘孝贤有点尴尬地点点头，清了清嗓子说："嘿嘿，我来和哥哥商量一件大事，也就是我的终身大事。我这段时间往村东头刘团总家去的勤了点儿，为了西庙的事情，也为了祭祖大典。你知道，人家刘团总家是花了钱的，也是拿主意的。一来二去，刘团长太太看上我了，要把刘团长的侄女说给我当媳妇。还没有到托媒人的地步。太太说，这女娃识文断字，想嫁给有文化的人。还不想出村子，离娘家近，也好有个照顾。太太就说给我了，我想请哥哥帮我拿个主意，看看合适不合适？"

刘孝福听了大吃一惊地问："你说的那个戴洋帽子的女学生？不可能吧？人家一个城里念过洋学堂的大小姐，咋能下嫁一般人家？是不是你看上人家了想当然？兄弟呀，听哥一句话，你要找的是个老实本分过日子的婆娘，不是花瓶西洋镜。"

刘孝贤左右看看，神神秘秘说："哥呀，这你就不知道了吧？我给你说，刘团总这个团总，怕是不得长久，也不一定得好。我听人说，他在河防做事，受人排挤不说，也根本就防不住的。现在，北面、东面的国军民团都在撤退，共军打过来也就几个月最多半年的事情。刘团总已经到省城辞官了，说要回家养老。他养老，除了咱们村子，还能去哪里？他家祖坟在村里。他是老江湖了，知道树大招风的道理。将来换了天下，官越大罪也就越大。嘿嘿，因此上说，他把侄女嫁给我，不是下嫁，而是避祸找退路。"

刘孝福一边听一边想，半晌才说："我在队伍上，早就听杨先生说过要换天下哩，没想到这么快。杨先生还叮嘱我，老老实实做厨师，不要和当官的公家人来往，想来是这个道理。按你说的，刘团总侄女嫁给你，是刘团总的主意而不是太太的？要是这样，八成能成。"

刘孝贤说："哥呀，你也知道，刘团总太太不是原配，是填房，大事情不拿主意的。不过，话又说回来，人家也是有条件的，就是想让我去国民小学当教书先生。咱们村国民小学，就是人家刘团总召集几个人出钱办起来的，叫个八大贤人办学。可是，我不想当教书先生，还是想当西庙董事。"

刘孝福说："当不当教书先生，你自己做主就成了。你要不愿意，就给人家说清楚想法。"

刘孝贤红了脸，低下头轻轻说道："您知道，我耍过钱，赢了一座房子。可是，把人家另外一家人逼得走投无路，这罪过，磨盘一样压得我不得安宁。当西庙董事，正好做功德赎罪。还有，国民小学不缺教书先生的，我去了，就要顶人家的缺，心里更不得安生了。"

刘孝福笑了笑说："我三弟啥时候吃斋念佛了？对了，终身大事，父母做主。你有没有给二老说？二老是啥意思？"

刘孝贤说："说过了，二老当然欢天喜地，说天大的好事掉到我头上了。我心里愿意，就是不太踏实。哥呀，您说说，这门亲事成了，以后换了天下，会不会给家里惹来麻烦？自古福祸相依啊。"

刘孝福说："杨先生曾经说过民不攀官。人家一个女娃儿，就是个学生，能有啥麻烦事情？不管谁坐天下，都不会跟学生过不去的。我看没啥麻搭，能成就是好事。刘团总他侄女，对了，女娃儿叫个啥名？人家总不在村里，都没见过几面，更不知道叫个啥？"

刘孝贤说："他家人古数，洋学生起了个很土的名字，说名字越土越有福。叫个闰冬。"

说着刘孝贤忽然想起来另一件事，就赶紧说道："对了，哥呀，差一点忘大事了。有人给大嫂说了个顶门的，也就是上门女婿。帮衬着一家人过日子。这男人孤身一人，比大嫂小两岁，没成婚，也没啥牵挂。大哥没了，大嫂让我大我妈拿主意。"

刘孝福又吃了一惊问："咋这些事情我事先都不知道？这不对劲儿哩。大哥没了，理所当然轮到我当家了，咋你们都把我绕过去了？"

刘孝贤说："哥呀，您别见怪，这些事情没有提前给您说，就是看你一天天忙得不着家，有个眉目才和您商量。"

刘孝福叹着气说："罢了罢了，我也就那么一问，不会计较的。要我说，有人帮衬大嫂一家，这是好事。大嫂愿意就成。不过，得说好了，可不能让娃娃受委屈。"

刘孝贤说："这事情我来办。媒人来我家，当着二老的面，要和他约法三章的，第一就是视娃娃为己出，不得另眼看待。第二条就是更名改姓，得姓刘才成。第三条就是一切银钱账务不得带来。第四条就是认我大我妈为在世祖宗，过年过节三叩六拜……"

刘孝贤还在自顾自说着，刘孝福打断他的话说："够了够了，三条都变成四条了。

七十 接连两场秋雨过后，冬天说来就来了。

刘团总丢了河防，辞了官，回到村子当起了绅士。老先生一袭长衫，终日戴阔边礼帽，一支油黑锃亮的文明棍不离手。虽说是成了二茬子村夫，但家里人来车往，高朋满座，各色人等时而高谈阔论，时而义愤填膺，时而悲鸣不已，庄户人家都不知道他们一天到晚忙些什么。

进入腊月，形势渐渐明朗。有消息灵通的人说，刘团总和几十个旧官僚、乡绅、文人、宗族头面人物，成立了"渭北和平促成同盟会"，派杨虎城旧属姜鸿义三渡渭河，劝县城守军和共军谈判，最好能达成和平协议，使渭北免遭战火涂炭。与此同时，刘团总他们还东到华阴，北至黄龙，和共军首脑沟通，争取大部队暂缓南下，给和平留够时间。

于是，渭北平原出现了战云笼罩下的短暂繁荣。

人们都知道世事即将大变，可又不知道咋样变？于是，谈婚论嫁的、结亲会友的、烧香拜佛的、买卖牲口的、易地造屋的、金兰结拜的，甚至一些大户人家修坟立碑、起坛设醮，一时间弄得空气中都带着乌烟瘴气和光怪陆离。

刘孝福这段时间忙了个不亦乐乎。

大户人家抓紧时间结亲过寿，一时找不到啥理由过事的财东家，包庙会唱大戏，恨不得把攒下的银钱都花了出去。还有的大户人家做好了出逃避祸的准备，藏好了细软，备好了车辆，临走之前探亲访友，吃吃喝喝好像生离死别一般。

刘孝福隔三差五给人家做厨活，工钱竟然比以往高好几倍。偶尔闲下来，少不得磨刀备料，跟会卖面，一个人忙不过来，雇了本家远房亲戚孝佑做帮手。

腊八这天，程曹村又过会。刘孝福雇了车，装上锅灶，和孝佑跟会卖扯面。

集会规模大，人多买卖好。还没到午饭时分，刘孝福带来的面剂子就所剩无几了。正在琢磨是要卖糊裹馍支撑半天还是收摊子回家，忽然村东头乱乱哄哄，人们呼喊着破了命往村西头跑。刘孝福不知道咋回事，扯住一个小伙子的胳膊问："大兄弟，咋回事，都跑啥哩？"

小伙子挣脱着跑开了，大喊着说："队伍快进村了，快跑吧！"

刘孝福不知道来的是啥队伍？看人们都跑，扯上孝佑就走说："快跑！要是队伍来了，少不得抓壮丁的。"

孝佑不慌不忙说："哥呀，你跑吧，我没事的。我看着摊子就成了。"

刘孝福一把拿起零钱罐子，一手使劲儿扯着孝佑说："看啥摊子，逃命要紧。"

孝佑不走，嘻嘻笑着说："哥呀，你长得白净好看，你看我长得黑不溜秋的，又是个眯眯眼，人家不要我这样的人，嫌丑哩。"

刘孝福急得带着哭音说："人家是抓壮丁，又不是招女婿，啥丑不丑俊不俊的。快跑吧！"

两个人正纠缠着，就见一个当官的带着十几个扛长枪的兵娃娃走了过来，二话不说，上来三个人扭住孝佑，给他头上戴了顶土黄色帽子，拉着就走。

刘孝福吓得脸都白了，结结巴巴说不出话。当官的一使眼色，又上来三个人就要抓刘孝福。刘孝福急中生智，从案板底下的口袋里掏出一顶军帽来说："各位军爷，我也是吃过粮的，打过仗，挂过伤，队伍遣散了回家活命的。高抬贵手，饶过我们兄弟，家里还有老娘哩。"

说着，又掏出几块光洋来，递给当官的，一边不断作揖。

当官的一眼就瞅见那顶军帽，犹豫了一下，抓过光洋来说："上峰有令，扩充队伍。他，带走！你留下！看你也是当过国军的，给你指条路子。我们往省城撤退，要赎人的话，拿一百块现大洋省城找我们。要快啊，三天五天的，没准儿我们还要往南撤退。"

刘孝福顿时呆若木鸡，眼睁睁地看着这伙人推搡着孝佑走了。

孝佑挣扎着扭过头来，嘻嘻笑着说："哥呀，放心，我长这么丑，他们会放了我的。千万别花钱啊，我没事的。"

当兵的一阵风似的，来得快走得也急。不过一顿饭的工夫，赶集上会的人们又返了回来，做买卖的照常营生，大街上人来人往潮水一般，好像什么事情也没发生。

刘孝福傻傻地站了一会儿，生意做不成了，雇了个帮手，把锅碗瓢盆装上车，车把式赶着车回村子里。

进了村，看见十几个人从村西口往东走，一眼看见刘孝贤在人群中，刘孝福扯着嗓子喊："兄弟呀，坏事了，你赶紧过来商量事情。可不得了，闯大祸了！"

这一嗓子不打紧，人们"呼啦"一声围上来问长问短。刘孝贤上前问道："哥呀，你不是跟会卖面去了吗，咋这么早就回来了？"

刘孝福带着哭音说："兄弟呀，坏事了，队伍把孝佑兄弟抓走了。都怪我呀，跑得慢。这可咋办呀……"

人们一听这话，七嘴八舌乱出主意，有的说："带上钱快去追！"有的说："找刘团总要人去！"有的说："打听夜里在啥地方驻扎，再拿钱赎人。"

刘孝贤说："哥呀，甭慌忙！咱们赶紧回去，卸了车，我找刘团总说说去，看人家有啥办法。"

到了家门口，卸了车，给车把式结了账，刘孝福简简单单把事情经过给刘孝贤说了一遍，然后急促催他找刘团总去，千万想个法子把人救回来。

刘孝贤一路小跑去了。

刘孝福把东西搬回家，刚坐下喘口气，门外一个人连哭带喊就闯进来了。

进来的人，是孝佑的婆娘胡黑女。

胡黑女进了屋子，不管三七二十一，扑上去就朝刘孝福身上脸上又抓又挠。一边哭喊："你把我男人弄丢了，你赔！人是你弄丢的，你给我要回来。要回来就罢了，要不回来，你赔我十万八万的。不赔钱，就拆你家房子抽你家地，要不然我就带着娃娃在你家住下了。你赔我男人！"

刘孝福躲躲闪闪，语无伦次。

顺叶跑过来，抱住胡黑女劝她说："大妹子，你先消停一会儿，事情还没弄清楚哩，先甭慌忙，坐下慢慢商量。"

刘孝福脱了身，劝慰胡黑女说："我让他跑，他不跑，说长得丑，没有人要他的。人家还要抓我哩，要不是我那顶军帽，我也回不来了。大妹子，你就怪罪我吧，我也不说啥。现在不是吵闹的时候，我兄弟找刘团总商量去了，人家刘团总当过大官，一定有办法的。大不了多花钱赎回来。卖房卖地，钱我来出。"

劝说半天，胡黑女总算消停下来了，坐着抽抽搭搭地哭。

刘孝贤回来了，打量一眼胡黑女说："嫂子，我说点事儿，您挪个地方。"

胡黑女说："我男人的事情，你就照直说。做啥要我挪地方？你得是有啥见不得人的坏心思？"

顺叶拉胡黑女到里屋去，胡黑女不去说："我就不去！我就要听！你甭管，我还认你做嫂子。你要多管闲事，我就不认得你个毬哥锤子姐！"

顺叶被胡黑女气得张口结舌说不出话，直愣愣站着大喘气。

刘孝贤说："罢了罢了，直说吧。刘团总说，抓人的队伍八成从华州来，可能是胡长官的队伍。刘团总派了人，骑快马追去了。对了，人家刘团总写了封信，包了银圆，我觉得人能救回来的。"

胡黑女一听是胡长官的人，一拍桌子站起来骂道："啥？我们胡家的人？姓啥叫啥？几辈几分？这还了得，欺负到自家人头上了。我给你们说，我娘家也是有咬人狗的，我娘家侄子就是刀客，没人敢惹的。你说，那个姓胡的，哪个村的人？大号叫个啥？咱们这一片，姓胡的都是一家人。看我侄子不挑了他的脚筋才怪哩。"

刘孝贤被胡黑女这番闹腾弄糊涂了，半晌才回过味儿来，哭笑不得地说："嫂子，您可能弄错了。这个胡长官，和你家八竿子打不着的。他叫胡宗南，是南方人。是个很大很大的官儿。再说了，抓人的兵娃娃，也只是胡长官十几万兵马中的一个小小吃粮的。"

刘孝福一听这话，觉得有点希望，急忙问："刘团总的人，知道往哪里去追吗？人家说了，队伍是开到省城里去的，刘团总的人追到省城，得几天工夫啊？"

刘孝贤说："人家刘团总有地图，手下有能人，查了半天，断定那支队伍今晚在官道镇一带过夜休整，派的人直接去官道截，又是快马，黑了天一准儿到。好的话，明天人就能回来。"

顺叶这会儿缓过神了，走过来对胡黑女说："大妹子就放心吧。来来来，先喝口水，等会儿在这里喝汤。我给咱烧胡辣汤。"

胡黑女没理会顺叶，伸开手对刘孝福说："拿钱来！"

刘孝贤问："嫂子，咋又说上钱了？谁欠你的钱了？"

胡黑女说："你们让我受了这么多惊吓，还不给几个钱啊？我说，人回来了，两块钱就够了。人回不来，再说着，都别想安生。拿钱，两块，不喝汤了！"

刘孝贤实在忍受不了胡黑女的胡搅蛮缠，指着胡黑女的额头说："你这样胡搅蛮缠，要钱不要脸，我要给族长告你个不贤不良、不本不分，叫大人娃娃朝你脸上唾唾沫！"

胡黑女忽地站起来，一巴掌把刘孝贤的手打下去说："毛都没长全的兔崽子，在我面前充老大。我们家姓胡，就不认你们姓刘的做祖宗。拿钱来！不给钱，今黑了我就不走了！"

七十一　刘团总果然不凡，他查地图推断胡长官的队伍极有可能在官道镇休整，遂派人骑马去追。也就一夜工夫，果然在官道镇找到了队伍，花一百大洋把孝佑赎了回来。

人回来了，刘孝福算是松了一口气。可是，刘团总赎人的钱咋办？不能让人家又出力又出钱吧？可是，要是自己出这笔钱，就是砸锅卖铁也凑不齐呀？

一大早起来，刘孝贤就来了。见了面，刘孝福见他没精打采的样子，心疼地问："兄弟呀，为了孝佑兄弟的事，你一夜没合眼吧？现在人回来了，你赶紧回家歇息去。"

刘孝贤说："好多事情哩，都压在我心上，不和哥商量商量，咋能睡得着？我说，眼前这几件大事，咱们一块琢磨琢磨。哎呀，哥呀，你得是也一晚上没睡觉？"

顺叶端来了稀饭和咸菜馍馍，招呼刘孝贤一块吃早饭。看弟兄两个好像都没心思吃饭，叹着气说："要不说是亲弟兄，脾气都是一样的。你哥给我念叨了一晚上，说人要是赎不回来，他一辈子良心过不去。天快亮的时候，孝佑回来了，也没进家门，你哥出去开门，两个人就在外面说了几句话。这人虽说是回来了，你哥更揪心了，说要想办法还人家刘团总的钱。兄弟呀，你说说，咱家从哪里来的那么多钱？再说了，就是有钱，还得留着给我娃娃看命根子哩。娃娃治不好，要是废了的话，我也活不成了……"

顺叶说着，又流泪了。

刘孝福不耐烦地说："你看你，又来了。赶紧伺候娃娃们起床穿衣裳，我和老三说说话儿。"

刘孝贤说："我就知道哥会纠结还钱的事。人家的大恩大德，咱要记一辈子。人家的钱，咱也不能不还。可是，人家大门大户的，不缺这点钱。至少一时半会儿不缺。啥时候还，还多少，多长时间还完，另说着。我侄儿的命根子，还是要找个好郎中看。不成的话，到县城的联合医院，找西医看看。哥呀，趁着这会儿还有工夫，说几件事情你听听，也帮着拿拿主意。"

刘孝贤这几句话，让刘孝福心里宽展亮堂了不少。正要问刘孝贤还有啥事情，顺叶又跑过来问："兄弟呀，你说的城里的啥医院，西医，果真能看我娃娃的命根子？啥时候去？得多少钱？"

刘孝福说："忙你的去，我们商量好了再给你说。兄弟这几天事情多，忙得太哩，你就甭打搅了。"

刘孝贤说："嫂子，等忙完这几天，我带着侄儿去看西医，您就放心吧。您忙您的去，我们商量事情。都是些重要的大事情。"

眼看顺叶走了，刘孝贤压低了嗓子说："哥呀，年前年后，还有不少大事情哩。据刘团总估计，共军大部队一时半会儿过不来，就是过来，也有可能到了麦熟口了。刘团总安排了几件事情。第一件，腊月二十二古会给学校挂匾。国民小学虽说成立三年了，可是匾一直没挂。为啥哩？这块匾大有来头，是刘团总同窗好友屈武先生的岳父，也就是大名鼎鼎的学者要员、当今国内鼎鼎有名的书法家于右任先生亲笔题写，不说价值连城，至少也堪称珍宝。刘团总本来想请县长主持挂匾仪式，一来兵荒马乱时局不稳，县长三年换了两任，把事情给耽搁了。二来，请了高人，说这块匾非得在最危急的时候挂，才能化险为夷，保学校平安。刘团总觉得现在就是危急时刻，这时候挂匾，能保证学校幸存于战火。为啥选在腊月二十二挂？这天是古会，人气旺，影响大，又是个吉利日子。刘团总安排我筹划挂匾仪式，嘿嘿，这是光宗耀祖的大善事。仪式当天，刘团总在学校大摆宴席，招待各方名流贤人，主厨是外面请来的，您是面食主厨，也就是您最拿手的油泼扯面。今个到挂匾日子，还有半个月，您要好好准备准备。备料的钱，刘团总已经批了，您看啥时候取，到账房支就是了。第二件事，刘团总把我们的婚事也定下来了，正月初三。到时候东庙祭祖，西庙祈福，女方送亲，男方迎娶。婚礼大典在我家，待客酒席各办各的。也就是婚宴女方家客人到时候在女方家，男方亲朋在男方家吃饭……"

刘孝贤说得眉飞色舞，刘孝福打断他的话问："不对呀，你娶媳妇，招待人家女方家客人是礼数，为啥叫人家女方家人到刘团总家吃饭？里儿面儿都不对。"

刘孝贤说："哥你别急，听我慢慢说。您关心的事情，都要说到的。刘团总面子大，来的客人当然不是等闲之辈。再说了，人家到时候也还要商讨时局要事，放到我家肯定不合适。至于礼节，您放心，刘团总早就安排好了。新人敬酒，还是在我们家。入洞房、铺床、安放陪嫁，当然还是在我家，只是吃饭喝酒在女方家，合乎礼节的。至于花销，刘团总都给备好了，不用咱家花钱。刘团总说非常时期，能简则简，女方家提前送来箱子、柜子、铺盖等一些东西，我家婚房婚床，都是旧物件见见新就成了。这段时间，请大嫂二嫂过去帮帮忙，收拾收拾。对对对，还有个大事哩，刘团总说啥事情他家都可以办，唯独托大媒，非得咱家来办才好。这个我也想好了，请族长两口子当大媒，阴历二十六大媒人上门，提亲合日子过礼。当然，这一切都事先安排好了的，合日子也就是个仪式。哥呀，明天晌午，您陪着我大我妈到族长家拜访托媒，礼物我回头就办好。"

两个人正说话，顺叶把娃娃们领来一个个摁倒在地上说："快给你三大磕头，他可是你们的贵人哩。快磕头。"

娃娃们磕头，可把刘孝贤乐坏了，急忙把娃娃们一个个扶起来说："哈哈哈，咱家人丁兴旺，我侄儿们个个都是福宝儿。你们这一磕头，好兆头哩，我们第一个娃娃，一定会是个带把儿的。娃娃们，来来来，给你们钱，买糖吃。"

说完，从兜里掏出一把钞票，塞到娃娃们怀里去了。

顺叶难得一笑，而且笑得灿烂。

刘孝贤夸道："我嫂子笑起来，真真像大戏里的状元配主角，东吴孙仲谋的妹妹。"

顺叶羞红了脸说："看兄弟这话说得，没边没沿儿了。我说兄弟，照你这么说，我娃娃就能在城里看命根子了？钱也有着落了？你和刘团总，都是我们家的大恩人哩。"

这边一家子说得开开心心，却听得门外一阵吵吵嚷嚷。

刘孝福起身要到外面去看，就听见大门"咣当"一声被撞开了。孝佑扯着婆娘胡黑女的头发，死拉活拽就进来了。

刘孝贤赶忙迎上去说："哥呀，好容易回来了，两口子说说话，咋就打打闹闹来了？快松手，坐下坐下，有话好好说。"

孝佑把婆娘拉到桌前，一脚踢在婆娘的后膝盖，婆娘杀猪一般叫唤着就跪了下来。

几个人赶忙把胡黑女拉起来，屋子里乱乱哄哄，把娃娃们吓哭了。顺叶见状赶紧把娃娃们拉走了。

孝佑"啪"一声把两块光洋拍到桌子上骂道："不懂礼数的臭婆娘，活活个女光棍儿。哥雇我帮工，是赏我口饭吃，队伍上抓我，是我不听哥的话没跑，怨不得我哥，还连累了哥。哥又请刘团总把我赎了回来，救命恩人，菩萨心肠，大仁大义哩。这婆娘不感谢也就罢了，还来哥家里寻事找茬儿，还敢讹哥两块光洋。妈日的，不像话，不像人，给哥赔礼道歉！"

刘孝福哥俩又是劝又是拉，好容易把两口子劝住了。

胡黑女捋了捋头发大大咧咧说："大人不记小人过。哥呀，你以后还要雇你弟弟给你帮工哩，最好让他跟着你学学手艺，这样我们全家以后吃喝都有了。对了，你和刘团总这回就成了亲戚了，你家的亲戚也就是我家的亲戚。最好能让我家孝佑认刘团总当干爹，以后就是一家人了。有个当大官的亲戚，男人吃香喝辣，女人绫罗绸缎。"

胡黑女满嘴跑火车，把几个人弄得笑也不是怒也不是。

孝佑冲刘孝福拱拱手说："哥呀，婆娘算是给您下过跪了，事情就过去了。甭听这货在这里满嘴胡呔了，您在着，我们走了。"

胡黑女被男人拽着衣襟拉走了，边走边回头喊："哥呀嫂子呀，好好帮衬我家，你儿子的命根子就能长出来，长得长长的，像叫驴一样，将来生娃娃，一戳一窝，十个八个……"

七十二 刚刚送走了孝佑两口子，又迎来了族长的儿子刘孝恬。

刘孝恬手里拿着一枚淡黄色裱褙纸信封进了门，冲还在二门外的刘孝福说："哥呀，有您的信。"

刘孝福接过信，招呼刘孝恬进屋喝茶，刘孝恬摆摆手说："不了不了，都忙着哩。在些，甭送。"

说完，扭身走了。

回到屋里，刘孝福把信交给刘孝贤说："这营生，非得我兄弟不可。"

刘孝贤把信拿在手里，上上下下、前前后后打量一番后说："看来真是天下大乱了，连官邮都不通了。这封信是信使送来的，连口都没封。"

刘孝福问："啥封不封的，你赶紧看看信是哪里来的？都说了些啥？我眼皮子跳哩，别是啥不好的事情吧？"

刘孝贤还在把玩信封，完了把信放在桌子上说："官邮有封无据，信使无封有执。也就是说官邮是封口的，没有接收人的收据。信使送的书信是不封口的，但信皮上有回执。你看这封信，回执已经被撕去了，显然是族长收到信，签了字，人家信使把回执拿回去交差了。不过，族长这就不懂了，回执签收，必定得收信人才成。他虽为族长，也不能越俎代庖的。罢了罢了，看看信吧。"

打开信封，抽出一张黄白色的纸张来，刘孝福看见上面密密麻麻的黑字，就像爬满了蚂蚁，排列整齐，又好像在蠕动。

只一眼，刘孝贤就惊呼："功力匪浅，褚遂良在世也！"

刘孝福哭笑不得说："好兄弟，赶紧给我说说信里说了啥？谁来的信？都快急死我了，你还在挽挽缠缠。赶紧说，用人话说，可别咬文嚼字的。"

刘孝贤举着信，像是在自言自语："不可轻佻。这笔法、字法、构法、章法、墨法、笔势，至少四十年功底。尤其墨的浓、淡、干、枯、湿的处理，独具匠心又浑然一体。哥呀，此人何方神圣，小弟有心拜访？"

刘孝福有点恼怒了说："你还没念给我听，我咋知道是谁写的信？给你说过几遍了，你还在这里穷酸？"

刘孝贤干笑两声不紧不慢地说："不可酸腐，但不能造次。待我细细一观。"

刘孝贤聚精会神地看信，刘孝福心里泛起了嘀咕，心想："看来，凡是人，都有把持不住自己的时候。兄弟本来已经脱了穷酸气，变得常人一般了。可是，现在却有一股说不清道不明的劲头，好像升官发达了一样，连眼神都带着嚣张。对了，他成了刘团总的乘龙快婿，是不是就觉得高人一等了。这不好！"

刘孝贤看完了信，连连夸奖说："哥呀，这个人不仅书法了得，文法亦上乘，要在老年间，咋说也是个秀才。而其，还参禅问佛，修行颇深。我来给你说说这封信说些啥。这封信是蒲城来的，写信的人叫个章考据……"

这下轮到刘孝福吃惊了，他惊呼："章先生？蒲城县的，给我当过帮工。佛？是不是说的巧儿姐的事情？赶紧往下念！"

刘孝贤说："信上说，他和他老婆到一个尼姑庵去了一趟，见了一个比丘尼，这比丘尼就是你说的巧儿姐。信上说，大军攻下了蒲城，尼姑庵比丘尼帮大军医院救治双方伤兵，然后，巧儿姐就蓄发还俗，脱袍从戎，不久就跟随大军西征。对了，信上还说，巧儿姐凡心未了，尘缘未断，诵经有口无心。口诵心不行，即是被经转。别说顿悟，连渐悟都无门。还说巧儿姐以另一种方式大彻大悟，就是要普度众生，就要先解放大众。西方极乐世界，通衢惩恶扬善。人间一切悲苦，起因恶行恶果。对对对，信里还说，巧儿姐以后不管走到哪里，认咱家做自家，解甲归田日，回村养老时，希望咱家能为她留一间草房度日……"

刘孝福听懂了。

彻底听懂了。

他不由流下泪来说："只怕是今生今世，再也见不到她了。只要她活得好，我也就踏实了。兵荒马乱，打打杀杀，但愿她信过的佛，能时时保佑她平安。兄弟，赶紧写封回信，就说……"

　　年前年后，大事接踵而来。学校挂匾仪式一切顺利。刘孝福给红案大厨当下手，还忙着做扯面。他纠结于没有好酱，自己觉得扯面味道平平，但食客纷纷叫好。

　　也就是在这次挂匾仪式上，刘团总宣布，在小学校设立大军接待处，常备膳食，凡大军路过，无偿提供饮食。不管国军共军，一视同仁。只不过，接待国军时不需要当官的签字画押，接待共军则需要最高官长在账簿上签字。

　　刘孝贤说，刘团总洞察神算，料定天下必将为有德者所得。

　　刘孝福被安顿在大伙房，有接待就在大伙房劳作，没有接待就在刘团总家帮忙。

　　工钱自然丰厚。不过，刘孝福有言在先，一家人吃饱肚子即可，工钱分文不取，权当抵刘团总救人的账。

　　刘孝福总想找个机会给刘团总说说刘团长的事情，无奈刘团总事多人忙，总也抽不出时间来伙房。一日晌午，刘团总特意来伙房问刘孝福烧的鱿鱼汤用了什么神奇的作料，让客人称赞不绝？刘孝福简单说了几句烧汤的事，紧接着就问刘团总认不认识刘团长？刘团总惊奇地问刘孝福如何认得刘团长？刘孝福就把在武功壮士营的事说了个大概。刘团总听后感慨："世事难料，命运不测。他曾经缴过我的枪，我耿耿于怀，他能去河东打日本，我也算释然了。"

　　刘孝贤结了婚，衣着光鲜，终日里带着新媳妇在刘团总家迎来送往，俨然反客为主。

　　刘孝福劝他说："兄弟呀，我看也不过十来天，你就像换了个人一样，乡亲们都说，你变得都快让人认不出来了。你识文断字，应该眼明心亮，可不能图一时富贵，为将来惹下祸根子。你看看人家刘孝东，也是个先生，就断定谁现在和刘团总走得太近，谁将来要惹麻搭。当然了，人家对我们家有恩，我们不能忘记人家的好处。可是，这和巴结不是一回事。你看我，炒我的菜，扯我的面，大事不搅和，大人物不巴结。我说，还是平平常常好。"

刘孝贤说："哥呀，你说的这些，我大我妈也给我说过了，我知道的。刘团总为人光明磊落，做事滴水不漏，凡事远观三步，比一般当官的强很多。他做的这些事情，正好就是为将来做打算。我看好他，至少将来换了天下，新主人不会把他当前朝遗老整治的。对了，哥呀，大嫂的婚事，也该操操心了。大先生合好了日子，正月十六。到时候还要咱们帮着张罗。"

刘孝贤这番话，让刘孝福听了有点担心。三弟前些日子还说刘团总树大招风，换了天下不得好。现在，咋又变了腔调？

田豆颗找的这个男人，新起了个名字叫个刘孝祖。正月十六，只身一人前来完婚，在祖坟磕了头，给田豆颗前夫刘孝喜牌位烧了香上了供，本家人吃了顿饭，改了口认了亲，就算完事了。

次日上午，田豆颗两口子来到刘孝福家里，男的手里提着点心包，走路说话都带着拘谨。

刘孝福在学校忙着做饭，顺叶接待他们。

喝着茶，田豆颗看见顺叶大娃娃刘毓敏在里屋门前，怯生生地看着来人，田豆颗问："大侄儿身子好了吗？我看着娃娃脸色好多了。"

提起大儿子，顺叶心里堵得慌，一股怨气腾腾往心口撞。碍于新人在跟前，也不好发作，只是喃喃地说："身子好了，根子还说不好。还说天暖和了去县城看西医哩。"

田豆颗从怀里掏出几张钞票说："都是我做的孽。这点钱给娃娃看病。来来来，大侄儿，到跟前来！"

说着，田豆颗把娃娃拉扯过来。

谁都没想到，田豆颗又把男人拉过来说："给娃娃下跪！"

顺叶被田豆颗的举动搞糊涂了，不知道她啥意思，长辈咋就给晚辈磕头？

田豆颗两口子齐刷刷跪下来，把娃娃吓得大叫一声拔腿就跑，又被田豆颗一把拉住小腿。

田豆颗说："好娃娃哩，你半个身子就是半神仙哩，我们给你磕头，你要保佑我们生个男娃娃哩。你被狗咬了的命根子，千万托生在我娃娃身上……"

顺叶终于明白了。她一时气血冲顶，冲上去一巴掌扇在田豆颗脸上，只听"啪"一声响，田豆颗右半边脸暴起三条红筋。

田豆颗"嗷"一嗓子，就势往顺叶怀里拱说："你打你打，打不死我你都不是人！"一边说着，一边腾出手来在顺叶大腿上狠掐。

刘孝祖是个慢性子，只见他慢慢悠悠起身，双手左右划拉劝架，嘴里咕咕哝哝不知道在说啥。

娃娃们听到动静都来了，一阵乱哭乱喊。

顺叶像一头暴怒的狮子，轮起拳头朝田豆颗脑袋上捶打，怒骂道："不是人的东西，把我娃娃害成这样，还要诅咒他。今儿个不拼个你死我活，都不算完！"

田豆颗被打蒙了，挣扎着要从地上爬起来。可是，顺叶已经豁出去了，迎着田豆颗仰起来的脸，一脑袋朝下死命磕去。"嘭"的一声，两个人都发出了惨叫声，双双倒在地上。两个人一个头上起包，一个脸上青肿。

毓敏"妈呀大呀"哭喊着，飞快地跑出去寻刘孝福去了。

七十三　刘孝福被娃娃从学校叫回来，一到家就看见顺叶在凳子上坐着，双手捂着脸哭泣，田豆颗在地上躺着，嘴里"妈呀妈呀"乱喊乱叫。刘孝祖笨手笨脚胡乱忙活。

刘孝福把顺叶的手拿下来，看了看说："不要紧，就是磕肿了。"

又蹲下来看看田豆颗的脸说："也不要紧，红肿但没破皮。我说嫂子，你赶紧起来，地上凉。"

刘孝祖嘟嘟囔囔说："二弟呀，第一次来认亲，就弄个这，都是我们不懂事。二弟，是不是让弟妹躺到炕上去，用热水敷一敷。都不要紧的话，我们就回去了。"

说着，也蹲下身子拉田豆颗起来。

顺叶这时候也清醒了，瞅着田豆颗，双眼冒火骂道："你还给人当嫂子哩，没有心肝肺的东西。你做啥诅咒我娃娃长不出命根子？你害人一回还不成啊，一直要害死才得了吗？我给你说，你赶紧给我滚，一辈子都不要来我家了。我家娃娃也没有你这个当娘娘的。"

刘孝福搀扶着顺叶朝里屋走，一边朝刘孝祖使了个眼色。刘孝祖扶着田豆颗往外走，还腾出一只手来，掏出来几张钞票放到桌子上，嘴里动着，却没有说出话来。

天气慢慢暖和了。

夜里，刘孝福从学校厨房回来，刘孝贤也跟着来了，屁股还没坐稳当就说："哥呀，明个刘团总到城里去说事情，雇了五辆轿车。我给说好了，其中一辆给我们用，拉娃娃去城里看西医。"

顺叶听见这话，笑着迎上来说："还是兄弟有心，惦记着你侄儿的伤哩。好事哩，得是一大早就走？那我夜里烙几张饼子当干粮。对了，还不知道得多少钱？你哥的钱够不够？"

刘孝贤说："要不说给当官的办事畅快哩。干粮不用带，到了故市镇吃早饭，也得喂骡子马。到了城里，我陪你们给娃娃看医生，刘团总到衙门说事情。看完医生，我们自己回来，刘团总就不回来了，人家要坐着汽车到省城去，还不知道啥时候能回来。看病的钱，我带着哩，算是刘团总给我哥的工钱，够够的了。对了，毓敏去，两个小的早早送到我家里去，让我妈照看着。"

顺叶轻快地说："我还是烙几张饼子，庄稼汉，带着自家馍馍踏实些，买着吃耗费大。"

380

第二天赶到城里的时候，已经是午后了。刘团总他们的轿车直接奔衙门而去，刘孝贤带着轿车一路打听医院。

按照路人指点，轿车到了联合医院。几个人下了车，刘孝福看着医院大门说："要不说是西医哩，门面就是阔气，楼房老高老高哩。咋看着比衙门还气派？"

这西医就是讲究。几个人进了门，正不知道往哪里去，迎面来了个穿白大褂的女医生，打量他们一眼后笑眯眯地问："得是来看病的？来来来，给我说说，看哪个科？我领你们挂号。"

刘孝贤给女医生低声说了几句话，女医生神色凝重了说："那就挂外科，报个姓名，交五毛钱。"

挂了号，又有一个穿白大褂的男医生，把几个人领到二楼，七拐八拐，到了一间挂着白牌子的屋子门口，男医生问："谁带病人进去？陪诊人只能进去一个。"

刘孝贤说："我带着娃娃进去，你们在外面等着。"

顺叶说："不成！我也要进去。我要听医生到底咋说？"

刘孝福说："三弟去就成了，人家有墨水，和看病先生说话也方便。你去了也没啥用。人家医院的规矩，咱不能给破了。"

男医生回头瞅瞅说："要不然你们等着，等屋子里的人出来，我给医生说说，看能不能多进去一个人。"

稍等了等，屋子里出来一个腿上缠着白纱布的人。白大褂男医生进去一会儿又出来了说："正好哩，医生今儿个不太忙，你们可以都进去。只是，不要乱说话，一个人说就成了。对了，医生问啥就回答啥，多余的话就不要说了。"

几个人带着娃娃进去了。

一个四十多岁、面色白净、戴着金丝眼镜的医生，问了问情况，接着拉开一道白布帘子说："把娃娃扶上床，我看看。其他人不要到跟前来。"

刘孝贤把娃娃抱起来放到床上，又麻利地脱下娃娃的裤子，也不说话，掀开帘子出来了。

三个人在外面等着，紧张得大气不敢出。

良久，医生出来了说："给娃娃把裤子穿上，领出来吧。"

顺叶进去给娃娃穿裤子，医生在脸盆里洗了洗手，坐下来，扶了扶眼镜说："娃娃伤得这么重，你们用了啥办法，让他过了感染这一关？娃娃恢复得很好，不用吃药了。"

顺叶刚出来，听见医生的话，心思重重地问："先生，我就想知道，我娃娃的命根子，能不能长上来？"

医生面无表情地说："我是看外科的，只要没有感染，也就是没有流血流脓，伤口愈合，也就是好了。如果娃娃还在感染，可以用盘尼西林。现在，娃娃的伤口已经完全长好了，就不用再看医生了。我说的话，你们能听明白吗？"

刘孝福看了看顺叶疑惑的表情，朝刘孝贤使了个眼色，刘孝贤问："先生，都说西医高明哩，您看有没有重生的药？"

医生摇了摇头说："重生？我们外科有开刀手术缝合，没有啥重生之术。依我见，你们看看中医，也许有办法。就这样，你们可以走了，我这里没有啥药可用了。"

顺叶听了，身子摇摇晃晃站不稳。

刘孝福赶忙扶着她往外走。

刘孝贤拉着娃娃，朝医生鞠了个躬也走了。

一家人坐着轿车回到村里，已经是掌灯时分。

顺叶回来，一言不发，一头扎到炕上。

这天是三月三，早上，躺了几十天的顺叶早早起床，拖着软绵绵的身子给全家人烧了米汤，炕了馍馍。吃着饭，刘孝福欣喜地说："你这身子骨好些了？看来还是张先生的方子管用。你看你看，你这身子骨不就慢慢好了？我说，吃了饭，老大毓敏上学去，学校开学好几天了，你身子不好就没让娃娃去。你这下好些了，就让娃娃上学去，也好把落下的功课补一补。我带着老二去东庙烧香，你带着老三在家。"

顺叶眼神怪怪地瞅着刘孝福说："你把老二带走，烧完香就赶紧回来。老大上学了，我给娃娃换一身新衣裳。这老三咋办哩，娃娃还要吃奶哩。"

刘孝福笑着说："吃奶的娃娃，跟着你还怕没奶吃？上学又不是走亲戚，换啥新衣裳？"

顺叶叹着气说："记住，以后千万不要让娃娃们到田豆颗家里去，千万甭叫那个畜生把娃娃害了！我说的，你记住了？"

刘孝福说："亲亲的自家屋里，咋就不能去了？少走动就是了，难道还要断亲不成？"

顺叶说："我娘家，眼看着我就回不去了。我娘家人也不知道都咋样了？以后太平了，记着领娃娃们去一趟，免得我娘家人担心惦记。"

刘孝福说："天下太平了，路好走了，少不得我们全家都去武功县，也认认门。不过，可得有个准备，兵荒马乱，你娘家人谁有个头疼脑热，谁有个三长两短的，保不齐的事。当然，平平安安最好。就是个这，你带娃娃歇息着，我们回来，晌午擀面吃，我还要试验酱哩。等瓷锤哥把酱弄成了，咱家就等开馆子了。嘿嘿，天下太平，馆子开张，我大他老人家就能闭上眼了，咱家的好日子也就来了。"

在东庙烧完香，刘孝福带着娃娃要回家，老三刘孝贤神神秘秘地说："哥呀，今天是个好日子，咱得在祖坟烧香去。"

刘孝福说："东庙大冢就是祖坟，姓刘的共同的老祖宗。这不是刚烧完香吗，咋还到祖坟里去？"

刘孝贤说："哥呀，我屋里的八成是怀上了，闹口哩。我想给咱大他老人家烧香报喜去，让他保佑我头一胎生个大胖男娃娃。我这里早就备好烧纸和柏香了。"

刘孝福一听，喜上眉梢说："看把我兄弟能成的，点火就开锅。哈哈哈，你这回说你屋里的？这就对了！以后就这样说话，再甭假模假式咬文嚼字的，不招人待见。走走走，这就去。"

从东庙往坟地去，路过家门口。刘孝福的二儿子毓茂说："大呀，我要回家喝水哩，还要和我弟弟耍哩，我不去埋死人的地方去了，怕怕太哩。"

刘孝福说："这娃娃，满嘴胡说哩，你爷睡觉的地方，有啥怕怕的？"

刘孝贤说："好好好，叫娃娃回去也好。人小，走多了也不好。好侄儿，你回去吧，甭乱跑，等三大回来给你吃煮鸡蛋。"

老二毓茂蹦蹦跳跳回了家。

屋子里外没有人。

他端起桌上的茶碗，一口气把凉茶喝干净，抹了抹嘴喊着："妈呀，你们在哪里？我弟弟哩，咋没听他学说话？"

三声五声无人答应，走到里屋去，一眼就发现炕上摞了个凳子，顶头重棚口边上掉下来半尺长的红裤带，好像上面还有娃娃微弱的"吭哧吭哧"声音。

毓茂预感大事不好，"哇呀"一声哭了喊妈妈，一边试探着爬上凳子。凳子不稳当，老二连带凳子栽倒在炕上。

毓茂爬起来就往外跑，到院子里破了命哭喊："快来人，我妈不见了，我弟弟在重棚上哩！"

这里一阵狂喊，不大工夫就从外边冲进来一个半大老汉。

毓茂看人来了，一头跑过来，拉住来人的手就往屋里拽说："德兴爷爷，快来看这是咋了……"

德兴和娃娃来到屋里，瞅了一眼，喊声"不好"！上了炕，双手抓住重棚边沿，双腿一蹬上了重棚。

他看见顺叶侧着身，脖子上勒着红裤带。赶忙把她翻过身，解开她脖子上的裤带，却看见老三毓延拱在顺叶的怀里吃奶，小脸憋得通红，嘴里吭哧吭哧的。

德兴顾不上许多，一把把娃娃拉起来，抓住衣领，顺重棚口放下来说："快！把娃娃接住！"

毓茂接住老三毓延，德兴站到炕上，把顺叶又拉又拽到重棚口，又抱下来放到炕上。

顺叶双眼圆睁，眼珠子鼓了出来，嘴大张，舌头也吐了出来，血顺着嘴角流。

德兴把手指头放在嘴里抿了抿，又放到顺叶鼻子底下试了试，"唰"地流下眼泪说："苦命的，你就这样走了？留下娃娃咋办哩？"

德兴老汉顾不得安顿娃娃，拔腿往外面跑，喊住了几个路过的熟人，让他们帮忙寻刘孝福回来。

七十四 话说刘孝福被人从地里喊了回来，一路狂奔，后边跟着惊慌失措的刘孝贤。一进门，看到顺叶躺在炕上，人事不省，慌忙上前掐她的人中，德兴老汉说："没救了，还是准备后事吧。可怜的，年纪轻轻的，娃娃没妈了。"

刘孝福哭喊着："她的脸还是热的，还有救哩，赶紧请先生来，赶紧雇车把她送到张先生那里去，先生一定能救活她的！"

德兴老汉把刘孝福拉到旁边说："甭哭了，赶紧叫人来帮忙办后事，赶紧给亲戚们报丧。"

刘孝贤紧随刘孝福进屋，看了看顺叶，哭出了声："我可怜的嫂子，你就是活活被憋死的，被气死的，内疚死的。好糊涂的嫂子呀！"

哭了两嗓子，又看见刘孝福木头桩子一样直愣愣站着，一脸茫然，赶紧过来轻轻掐了掐他的腮帮子说："哥呀，事已至此，伤心无用，你还有娃娃，赶紧醒过来，一大家子还指望你哩。"

好一会儿，刘孝福才"哇"的一声哭出声音来说："都是我害死的，都是我害死的！"

德兴老汉说："是这向，你们在这里忙着，看好娃娃们。我这就叫族长来主事，我这就把你们家亲戚叫来，我这就叫人给你们在外村的亲戚报丧。"

刘孝贤看德兴老汉说话有点不大对劲儿，上来安慰他说："叔啊，对不住了，刚才吓着您了。您老稳稳神，把我大嫂一家叫来。其他的，再说！"

说着，朝德兴老汉深深鞠躬致谢。

刘孝贤他大他妈不知从哪里得到消息，这时也赶来了。老两口放声痛哭。刘孝贤赶忙安慰他们说："大呀，您和我妈把三个娃娃领到咱家去，给娃娃买糖吃，哄哄他们。这边的事有我哩，有啥事需要您二老出面，我会叫您来的。"

刘孝贤他大一边抹泪一边说："可怜的，年纪轻轻的，也没备好材木老衣。娃儿呀，甭费事儿了，依我说，把我的寿材给你嫂子用了，还有你妈的寿衣也给她用上。急事先办，剩下的缓缓日子再说。我这就叫你妈请几个妇女来，给你嫂子剪头发、擦身子、换衣裳。"

不多时，族长来了，亲戚朋友们也先后来了。

田豆颗两口子也急急忙忙赶过来了。

死者为大，两口子跪在地上给顺叶磕头。

刘孝祖人老实，磕着头嘴里念叨着："我这才刚过来，就遇到这倒霉事了。我就说进门要过火盆的，燎一燎邪气。是她不让啊，说大男人不过火盆的。都是我不好啊，把邪气带来了。弟妹啊，你放心走，到那头可甭怪罪我……"

田豆颗磕着头，嘴里念叨着："好我的妹子哩，都怨你嫂子我刀子嘴豆腐心，嫂子我得罪你了。也怨你心眼儿太窄，凡事往坏处想。嫂子给你磕头，以后头七、二七、三七还要给你烧纸献饭哩。过了三七，你在那边安家了，我就放心了。到时候可甭忘了给嫂子我托个梦。对了，嫂子还有事情托付你哩，你大哥在那边孤身一人没人照顾，我这里又寻了人搭伙过日子，你给他说，都是为了娃娃好，叫他可甭怪罪我。你给他说，我将来死了，还是要和他并骨哩。妹子呀，你要是愿意，在那头和你哥帮扶着过，我也不怪他，也不怪你，你……"

田豆颗越说越离谱，把刘孝祖气得朝她直翻白眼。田豆颗正好回头看见她男人这个样子，气不打一处来，跪着就揪住了刘孝祖的耳朵骂道："你还是个男人哩，遇到事情就埋怨别人。我还给你说，我就是这样想的，也就敢这样说。我先头男人是原配，你是后来的，二茬子货。你和他比，差远了去了，给他拾鞋带都不够资格。对了，你当着弟弟妹妹的面答应，给人家随礼，两块光洋，先记着账，你将来挣了钱还人家。还有，我还要把三个侄儿带回我家照顾，当作我的亲生儿子养着，你还甭嫌弃。"

田豆颗满嘴胡咧咧，别人看不下去了，都朝族长刘伯礼努嘴，意思是出面箐管这个没规矩的女人。

族长刘伯礼上前威严地说："住嘴！当着这么多族人，你一个妇女家家的满嘴胡说八道，成何体统？你们两口子起来，能帮忙帮忙，不能帮忙一边儿去！我们还要忙正事儿哩。"

刘孝祖得了令，犹如大赦，一把拨拉开田豆颗的手说："快起来，甭在这里丢人现眼了。族长都发话了！"

田豆颗被族长训斥，又被刘孝祖数落，早就憋了一肚子火。这时，刘孝祖起来伸手拉田豆颗，田豆颗左右扭着身子挣扎说："族长说我我忍了，你说我做啥？你是后来的，连祖宗都是刚刚认下你的，你不要蹬鼻子上脸。我还给你说，也就是我弟妹晚走一步，她要是赶在你来之前走了，还轮不到你哩，我们本家人，浑浑全全不比你过来搭伙好？"

刘孝福本来还迷迷瞪瞪地，听嫂子田豆颗这一番胡说八道，反而清醒了说："嫂子，甭在这里胡呔了，赶紧走你的。"

族长刘伯礼被田豆颗气得七窍冒烟，朝旁边一个小伙子使了个眼色，小伙子一步上前，抡起胳膊朝田豆颗嘴上扇去，"啪"一声响，田豆颗嘴角流出血来。

田豆颗还在撒野，早有几个人上去，把她四蹄朝天拖了出去。

刘孝祖忙说："慢些慢些，甭把她的衣服撕烂了。"一边小步快跑跟了出去。

族长刘伯礼这才说："来，族人商量事。这第一条……"

办完了顺叶的后事，烧了三七纸，刘孝贤找来族长商量以后的事情。

刘孝福办了几个酒菜，给顺叶灵位献了饭祭了酒，满脸泪水。

族长刘伯礼捋着胡须说："走的走了，活着的还得过日子。我和你三大商量过了，三个娃娃嘛，老大、老二还好办一些，这老三还在吃奶，你一个男人家，怕是不好养活哩。"

刘孝福说："您是族长，按说得听您的。可是，娃娃们，我还是要都养活哩。他妈提前给我说过，坚决不叫到我嫂子家里去。她这是给我留后话哩，可惜我当时糊涂，不知道她是想寻死哩。都怨我，我害了娃他妈，罪孽重哩。"

刘孝贤说："哥呀，你的心思我知道，我大我妈也知道，您就甭自责了，往后咋办最要紧。您想啊，族长是长辈，娃娃也是族里人，当族长的也心疼不是？族长就是担心，您养不活我侄儿，也是为了娃娃着想，给他一条活路。"

族长说："西边五里地，常庄子村，有一户好人家，男人是铁匠，手艺十里八村有名气，女人贤惠守妇道，可就是没个娃娃。我托了人，给说合了，人家还满心愿意。娃娃过去，不改名不改姓，权当先认个干爹干娘。人家提前买了一头奶山羊，专门为娃娃吃奶。吃的用的穿的，一样都不缺，还说将来长大一点，掏钱送到书坊念书识字。你看你看，娃娃好运气这就来了。"

刘孝福哭着说："好我叔哩，您都是为我好，为娃娃好，这我心里清楚。可是，我实在不忍心，把娃娃送走了，他妈在那头知道了，还不得心疼啊？还不得找我算账啊？我还是想把娃娃拉扯大，也能减轻我的罪孽。"

刘孝贤说："哥呀，不瞒你说，我亲侄儿，和我的亲骨肉有啥两样？我甚至想着，我们把老三养活了，我大我妈也愿意。可是，您知道，我婆娘她心眼儿小，说咱家出了这事，不吉利，恐怕对肚子里的娃娃不好，不愿意。这也罢了，还动了刘团总家里人，都给我明说不愿意。这就为难了……"

刘孝福说："兄弟呀，我不是那个意思。娃娃不能给你们养，不能给你们添麻烦。我还是想着自己养，就是砸锅卖铁、拉棍子要饭，也要一家子在一起。"

族长刘伯礼说："你是个大男人，有主见是对的，可也得听人劝。老话说听人劝吃饱饭。娃娃太小，抬脚动步都得女人管，这样对娃娃好。明说吧，你养活娃娃，我们都不放心。咋说也是族里人，我要眼看着娃娃长大才放心。这事情先这样说着，你也好好琢磨琢磨，看到底咋样对娃娃更好。今黑了就说到这儿，等娃他妈烧了百日纸，再商量不迟。这段时间，我安排族里妇女帮着喂奶照看。"

过了几天，刘孝福到常庄子村去，找了几个老人打听，都说老三要去的这家人都很好，小两口，有手艺，还有一个老妈，四间房，八亩地，吃喝不愁，也不少零钱花，日子比一般人家好了不少。

刘孝福听了，总算放下半条心。

他又在那家人门外观察，发现总有一个小脚老婆婆进进出出。老婆婆衣衫整齐，头发丝丝入扣，走路带着精神，脸上挂着善良。门外拴着奶山羊，柴火摞得整整齐齐，连树木都长得端端正正。

后院还不时传出叮叮当当的打铁声。

"是个好人家！"

刘孝福放心了，也认命了。

刘孝福跑到这家人后门外，左看右看没有人，拱手作了个揖，嘴里念叨："好人家，要对我娃娃好哩。"

不知名的鸟儿飞过头顶，"叽叽喳喳"叫唤。

七十五 天气一天比一天暖和，时局一天比一天明朗。

原先打算逃命的富人财东，这段时间好像安宁了不少，早已备好的车马没有用上，反而纷纷忙活着雇长工请短工春耕。

街上的队伍隔三差五就来一波。有的驻扎一两天，有的脚步匆匆连学校里备好的饭都不吃。

刘孝福看得明白。凡是国军路过，队伍松松垮垮、表情慌慌张张像是兔子被狗追赶。而共军路过，则队伍整整齐齐，有的还唱着歌，路边还有女兵敲着竹板念顺口溜。

族长保长都成了大忙人。

他们派年轻人在村东口放哨，因为这段时间来队伍，总是进东口出西口。远远看见国军来了，放哨的一路小跑，在村道敲马锣。听见锣声，年轻男女纷纷出村躲避。

要是瞅见共军，放哨的则不慌不忙，在街道上敲梆子。梆子一响，人们不仅不慌，有的还上街看热闹。

人们都知道，队伍过完了，天下就太平了。

刘团总一直在城里待着没回来，刘孝贤天天在学校忙着接待各方。刘团总提前在学校里囤积了米面，还有萝卜、干菜和粉条。刘孝福带着五个厨子忙着蒸馍馍烩菜。有队伍用饭，一人两个馍馍、一勺烩菜就打发了。

这天夜里，有一队穿灰衣裳的队伍，来到村子里就不走了。扛长枪的兵和挎盒子炮的官儿，就在大街上席地而卧，连住户人家的门都不进。

刘孝贤找到一个腰里别着小手枪的官儿，说是村子里在学校安排饭招待大军，希望当官的下令，让队伍到学校里吃饭，学校操场上还可以打地铺睡觉。

刘孝贤真实的想法，这伙人吃了饭就该走了。这不吃饭，啥时候走也说不定。

当官的态度和蔼地和刘孝贤交谈了一会儿。

刘孝贤不住地点头，然后又飞快地朝学校跑去，吩咐刘孝福他们赶紧烧菜汤、烧开水。

鸡叫头遍，这些当兵的起了身，打好了背包，手里拎着搪瓷缸子，排着队往学校里走。

到了大灶旁，当兵的有的打开水、有的打菜汤，然后，又走到小操场，坐着背包喝汤，一边伸手在干粮袋里掏东西往嘴里放。

就着马灯灯光，刘孝福看到，这些当兵的吃的干粮，就是炒熟了的小米。

刘孝福心里一震，他似乎明白了为啥共军一定会得天下的道理。

刘孝贤不管这些，不停地和当官的商量，说是馍馍都是蒸好的，大锅菜也是炖熟的，如果不叫队伍吃了，放的时间长了，只怕是要馊了的。

当官的说话有浓重的外地口音，刘孝福听了个大概，好像是他们有纪律，吃饭吃菜要给钱。这个村没有成立新组织，没有接头人，他们又没有足够的菜金来支付。

刘孝贤吁了一口气比比画画说，吃饭不要钱，只需要在账本上签个字就可以了，族长保长都认可的。

当官的一听还要保长认可，更不干了，而且态度很严肃。

刘孝福觉得应该自己出面了。

刘孝福放下手里的马勺，走到席棚旁边，对刘孝贤招招手，刘孝贤赶紧过来，刘孝福在他耳边嘀咕了几句话，刘孝贤点点头又跑到当官的跟前连说带比画。

刘孝贤说的是，不用保长族长认可了，只要在账本上签字，将来成立了新组织，交给他们认可就成了。

这一回，当官的同意了。

兵们三三两两来领馍馍打菜。

馍馍和菜分完了，刘孝福他们也累得睁不开眼。收拾了锅碗瓢盆，刚要回家歇息，却听得一阵急促的军号声，这些当兵的利利索索起身，背上背包排队，上百人的队伍，几乎无声无息。

刘孝福觉着这些人和国军简直就是一个天上，一个地下。

共军真的是天兵天将，而国军像是牛头马面。

刹那，队伍走完了。他们刚才休息过的地方干干净净，似乎连脚印都没有留下。

刘孝贤送走了队伍，收拾了账本，仰望天空说："天垂象，河出图，圣人则之。凡夫俗子，趋吉避凶。"

刘孝福打着哈欠，问刘孝贤嘴里念叨啥？

刘孝贤说："当官的说他们今黑了要往西南开拔，我想着八成是去故市镇。可能还有仗要打。"

刘孝福问："为啥一定会去故市？为啥说要打仗？不是说了吗，刘团总给各方说和，不用打仗就能换天下吗？"

刘孝贤说："刘团总捎话回来，说故市镇驻守的是县民防团，这些人不受胡长官指挥，听命于县党部。如果不象征性打一仗，县党部不好对上面交待。"

刘孝福听了这话，感到既可笑又荒唐。"打就打，不打就不打，做啥要做做打仗的样子？"

刘孝贤似乎觉察到了刘孝福的疑惑，说："故市镇是县城最后的防线。打下故市，再往南就没有阻拦了。又说不一定真的打，围起来，放枪放炮，弄出阵势来，吓唬吓唬民团就可以了。这样各方都有个交待。想当年白彦虎围困故市，也是围而不打，等着乡绅出面谈和。后来，乡绅们凑齐了钱粮，交出了骡马，白彦虎象征性放了几炮，烧了十几间马棚，撤走队伍交差了。当年的县太爷，还给故市乡绅挂了匾，上面刻着'屈全我里'大字哩。嘿嘿，正史野史同理，翻来覆去皆然。"

果然，黎明时分，刘孝福睡得正香，被隆隆炮声惊醒，以为要打仗了，爬起来就要带着娃娃逃命。

从炕上拉起来娃娃们，还没有出门，就听得大街上一阵梆子响。还有人大声喊叫。

仔细一听，敲梆子的人嘴里喊的是："不要怕，不要跑，大军放空炮哩，平安无事！"

刘孝福感到迷惑不解的是，大军是打实家伙炮弹还是放空炮，村里的人是怎样知道的？还有，这两军阵前，咋就像小娃娃过家家一样，闹着玩耍哩。

不过，他心里还是踏实了许多。

过了几天，刘团总带着几个人，骑着高头大马回来了。

他带来的这几个人都是生面孔。

紧接着，这些人把保长、甲长、保丁，还有乡亲们认定的、并没有官衔的里正乡约、东庙西庙董事，请到小学校说是学习。

刘孝贤也被请去学习。

刘孝福给这些人做饭。

黑了天，往回走的路上，刘孝福问刘孝贤都学些啥？为啥还有念调调的声音？

刘孝贤神神秘秘地说："哥呀，要解放了，你嘴里也得有几个新名词才行。我给你说，保甲制度要推翻了，乡约里正两庙董事也要遣散了，要成立迎新委员会了。咱们村和程曹村，都在一个新组织里，来的这些人，都是新组织的。别的，也不能多说，以后还要大换样儿哩。哥呀，像你这样的穷人，以后要吃香了。我嘛，两面人，要改造还要发挥作用。明天我们就学习完了，然后，这些参加学习的人，都要一一登记在册，说以后还要接受新委员会的改造哩。"

麦熟口，村子里忽然热闹起来。村子里成立了农会，刘孝贤在农会当文书，刘孝福也成了农会委员。

刘孝福一直不知道这些农会是干啥的？委员又是干啥的？

直到农会里忽然有了枪，又来了不少不穿军装挎着手枪的干部，闹起了土改。

刘孝福发现村里的财东、富人、家业厚实有头有脸的人都被关在小学校，一天到晚办学习班。

　　刘孝福被当成积极分子，被反复动员检举揭发富人们的罪行。

　　这就是土改。

　　刘孝福走到哪里，都有人冲他点头哈腰，无缘无故地就有不少人和他攀亲戚论辈分。

　　这就是换了新天地吗？

　　别的都被刘孝福当成一场梦，一场睡不醒的春秋大梦。

　　但他家分了八亩好地，还和别人家合伙分了一头牛，又分了农具、衣裳、被子，还有刘团总家被拆了房子的木头，才让刘孝福真真切切感受到啥叫个好日子来了。这就是干部们说的当家做主。

　　没有人提醒，刘孝福把那身国军少尉军装还有帽子，黑地半夜拿到后院一把火烧了，又把灰埋了。

　　他好像预感到，这东西以前是避祸用的，不处理掉，迟早会惹祸的。

　　新社会新天地，新鲜事情接二连三。最让刘孝福意外的，是瓷锤回来了。

　　白天忙农会的事情，夜里哥儿俩才聚到刘孝福家里说事情。

　　瓷锤说老掌柜的来了一趟塬上，潼关解放了，政府动员他们这些老字号尽快把买卖做起来，还安排不少人帮着，从老字号的废墟里挖出来一些细料，在雁门镇用席子木棍搭起了作坊和门面，还给了资金，限令九月开业迎客，说是要献礼。

　　塬上的作坊就不开了，房子是租来的，退掉就是了。至于缸呀瓮呀坛子物的，便宜作价就地卖了。他这回来，是为了把老家的房子托付给他二大，把政府分给的土地交给村里当公地，把一家人的户册迁到潼关去。

　　刘孝福有点担心了，问瓷锤说："哥呀，别的还好说，就是二位老人，乡亲热土的，他们舍得离开吗？"瓷锤说老人有交待，只要百年后能埋在祖坟就成。我兄弟也要在潼关学手艺，以后也要在那里成家的。

两个人说着话，刘孝福还念念不忘面酱，问面酱里的那股邪味儿，是不是用茯茶消除了？

瓷锤笑着说："好我的兄弟哩，潼关酱菜开张了，用老方子、老水土就成了，还要啥茯茶？你要是开面馆，面酱，也就是你说的开眼酱，要多少有多少。"

刘孝福兴奋地一拍大腿说："好事情，好世道，咱们两家的好日子就要来了。哥呀，以后我开了面馆，你可得把面酱供足了。庄稼汉有好日子过，到馆子里吃饭的人也多，不发愁生意做不起来。你等着，我叫老三来，带瓶酒，喝几杯，借着高兴劲儿。"

七十六

分了地，分了牛，也有了农具，按说好日子就在跟前了，没想到却把刘孝福置于非常尴尬的境地。

打倒了地主老财，那些平常给财东家当长工打短工的人，也踏踏实实过起了十亩地一头牛，老婆娃娃热炕头的日子。就连那些做小买卖倒腾东西的人，好像也都乐呵呵地种地打粮食，日出而作日落而息。日子平淡倒也安宁。

刘孝福看着牛和那些农具就发愁。

这时他才发现，自己半辈子琢磨扯面，东跑西颠做厨活，早就不知道咋样种地了。

收了麦子，刘孝福不知道该种啥庄稼，跑去问德兴老汉，德兴老汉对他说："过年看邻家，种地看连畔。人家种啥你种啥，人家咋办你咋办就成了。另外，庄稼一枝花，全靠粪当家。粪从哪里来？牛圈茅房都是的，人要勤快多垫土就成了。还有老炕老锅灶，打碎了往地里上，都是好肥料。"

话是这样说，做起来都是难处。堡子南边二畔，刘孝福家有二亩地。

按说平平展展，一马跑到头的好地，别人家种的绿豆长得旺旺的，刘孝福家的绿豆，霜打了一样没精打采，黏在地上硬是不肯直起腰来。

把德兴老汉叫到地里看，老汉扒拉着豆子根部说："你得是不会锄地？别人锄地是灭草松土，你可倒好，锄头专往根上刨，伤了根，庄稼缓性子生新根，当然就长得慢。"

刘孝福小心问："叔啊，得是等新根长出来就成了？大不了比邻家庄稼迟成熟几天。也不要紧，我家又不是等着要吃豆子哩。"

德兴老汉站起来摇着头说："你能等，庄稼不能等。就是庄稼能等，老天爷也不等。你想啊，豆荚暑天饱，就是趁天热它才灌浆水哩，秋天就成熟了。你的豆子比别人晚几天不要紧，浆水上来天也就凉了，它咋能长成？原先说种庄稼看连畔，你还真看不会。依我看，把你的地给别人种吧，做你的厨活是正经。"

果然，秋后，别人家豆子一亩地打三斗，刘孝福家二亩地才打了两斗多一点儿。

还有他种的谷子糜子，也就是能把种子收回来。

一年两季下来，也就是刚刚够口粮。

老大刘毓敏的学费就成了大问题。

从兄弟刘孝贤那里借来学费，刘孝福盘算着，种庄稼养活不了娃娃，看来还得做厨活。

没想到，连做厨活都成了大问题。

地主没了，老财倒了，富人穷了，穷人也没有几个富起来的。一般人家红白喜事，早已没了排场，简简单单的饭食，几个亲戚帮忙就成了，谁还请厨师？

过去那些害人的烟馆、赌场、钱庄、当铺，一夜之间就没了踪影。好倒是好，可花钱的人也少了。

刘孝福不甘心就这样干耗着，还想着世道好了，庄稼汉日子瓷实了，赶集上会下馆子的人也应该多起来。可是，正好相反，一些饭庄餐馆一天到晚也没有几个客人来，赶集上会的人一般就在小摊儿上对付几口，要不然背着馍馍就白水。

看来，还得推车子卖面。

地里不忙了，刘孝福借来鸡公车，备了厨具餐具，四处赶集上会卖面条。

还想着说这下总成了吧？可是，又遇到大问题了。

没有人愿意当帮工了。自己带着娃娃，忙了这头忙那头，手忙脚乱，一天到晚也卖不了几个钱，还把娃娃委屈得两股子泪痕就没断过。

别的还好办，就是两个娃娃缝缝补补、洗洗涮涮的，把个刘孝福难成得唉声叹气。

遇到难处，还得找自家兄弟。

刘孝贤得了儿子，一家人欢天喜地。按说他们家也应该算是贫农，可是因为刘团总这层关系，上边硬是把他家定为中农。

中农就中农，种地就种地，反正有了儿子，日子也就有盼头了。

刘孝福找弟弟想讨个过日子的长久方法。刘孝贤说："哥呀，依我看，你现在最紧要的是找个伴儿来，还是男主外女主内，这样才是个长久之计。"

刘孝福说："好倒是好，一来哪里有合适的女人？我还带着娃娃，谁又愿意嫁过来遭这份罪？再说了，找个人来，对娃娃不好咋办？老话儿说，有了摇妈（后娘），也就有了摇大（后爹）了。娃娃受委屈，我对不起你躺在地下的嫂子。"

刘孝贤说："先迈出这一步，往后有啥事再说。你咋就知道一定找不到女人？你咋就知道找到的女人一定对娃娃不好？凡事要往前看，怕这怕那，只怕是一辈子原地打转转。这样吧，你先打好主意，我再帮你踅摸踅摸人。"

刘孝福犹犹豫豫，算是答应下来。说找找看，有合适的再说。

刘孝贤还真上了心，四处托人，不多久，还真的找到了合适的女人。

年跟前，刘孝贤对刘孝福说："哥呀，黄店子张先生帮你说合了个人，他们家远房亲戚，年龄比你小五岁。死了男人，愿意嫁过来，人家也不嫌弃你有娃娃。说是人好，又有手艺。后天晌午，你到张先生家去，见个面，过个话，看看有没有缘分。"

刘孝福紧张地问："人家女方有没有娃娃？人家嫁过来，带不带娃娃？还有，人家女方的公公婆婆咋说的？"

刘孝贤说："哥呀，你应该先问人长得咋样？黑脸还是白脸儿，高个子还是矮个子，双眼皮还是单眼皮。你可倒好，问了一大堆先后顺序颠倒的话。人我也没见过，底细人家张先生也没说。再说了，这得等着你们见个面，对对缘分才成哩。"

刘孝福红了脸说："又不是小伙子头婚，人长咋样不要紧，心地善良才重要哩。就这样，定好日子我去，好长时间都没见张先生了。人家可是咱家大恩人哩。"

选好了日子，刘孝福带着瓶子酒点心包，一大早就赶到了张先生家。

到了张先生家，刘孝福着实吃了一惊。

张先生家的院子，被隔成了三块，前后房前后院，原先连在一起，现在都有了隔墙。好好的院子，变成了曲里拐弯的大杂院。

好在张先生的上房还保留着，诊室也还在。

见了面，刘孝福赶忙作揖，张先生拦住他说："新社会了，不讲这些了。来来来，人在诊室哩，你跟我来。"

刘孝福跟着张先生走，手指着多出来的隔墙问："你家分家了？住在这里的都是你家亲戚？"

张先生苦笑着说："定了个富农，房子被分出去了。也好，干净利落，平起平坐。子孙平常人，省得祸随身。"

进了诊室，看见一个圆脸的妇女坐在那里。看见刘孝福，女人起身道了个万福，羞红了脸。

张先生说："她叫个秀秀，我家亲戚。你们说说话儿。现在新社会了，不兴媒人包办了。对对对，新词儿叫妇女要解放。桌上有壶，喝水自己倒。你们说着话儿，晌午就在我家吃饭。"

说完，张先生走了。

看着张先生弯得像弓一样的身影，刘孝福不由一阵心酸。

两个人有一搭没一搭说着话儿，刘孝福原来的担心都是多余的了。秀秀干净利落答应嫁过来对娃娃好。自己的娃娃是独苗，公婆养着不用操心。缝缝补补的照顾就成了。

两个人说开了，女人说她还要回家给公婆回话，起身走了。

刘孝福送她出来，对张先生说一切满意。往后过礼办婚事，一切听从张先生安排。

刘孝福也要走，张先生拦住了说："是个这，你俩都甭走。我们全家都想吃贤侄做的扯面哩，老婆子早早和好了面，等着贤侄上手哩。对了，还有面酱，也备好了。这也是老讲究，叫作新人吃面，事事好办。都留着！"

刘孝福看了看秀秀，秀秀点点头。

刘孝福说："那好那好，能伺候先生一碗面，是我的福气。"

说着跟张先生到灶房去忙活。秀秀也跟着去帮手。

一边走，刘孝福一边想："这改天换地力道就是大哩，把一肚子学问的郎中，都变成了庄稼汉一样，一举一动都是个平常人了。"

吃了饭，张先生对两个人说："看来缘分是对上了，接下来还得走讲究。我看好了日子，大年初六，女方到男方家看屋里。也就是个说法。新社会有了婚姻法，看完了屋里，选个好日子登记，来几个亲戚朋友吃顿饭，就成了。"

大年初六，张先生两口子带着秀秀来看屋里。

秀秀一进门，就瞅见屋子里有个木柜，柜子板儿裂缝了，一股霉烂味道从里面散发出来。

刘孝贤一家老小也来了，几个人坐着喝茶说话。

张先生说："秀秀没带娃娃来，怕娃儿伤心。她的主，我们做了。咱两家是世交，都知根知底，啥事都说开了就好办。"

几个人说着话，秀秀实在忍不住了，起身跑到柜子旁边，伸手掀开了柜子盖，从里头拿出几件破破烂烂的衣裳说："都霉了，我就手洗洗晾干了。"

这举动，把刘孝福尴尬得低头不语，大家伙儿可都点头称赞。张先生说："看到吗？这叫先做主后当家。"

刘孝贤说："这就算看屋里了，今晌午的饭，都在我家吃，我大我妈是长辈，理所当然认这个亲。饭菜简单，有人帮忙做。喝了茶，就去吃饭。"

几个人说着话，刘孝福的大儿子毓敏挎着书包回来了。

娃娃一进门，一眼瞅见秀秀。秀秀抬头冲他笑，毓敏先是一愣，接着"啊"一声惶恐地问："你是谁？你得是我娘娘（田豆颗）她家的人？你得是跑到我家里害我来了？大呀，我怕怕，赶紧叫她走！"

刘孝福走过来说："娃娃家，没个礼数。来，你叫大姨，这是你大姨，给你拆洗衣裳哩！"

毓敏扭头就往外跑，一边哭喊着："我不要这个人，她要来害我哩，我要给我妈说去哩！"

七十七　刘孝福想找个女人帮衬着过日子，秀秀也一心愿意嫁过来。第一回上家里来，刘孝福的大儿子毓敏就闹死闹活地赶她走。

张先生蛮有信心地说："娃娃还小，受过伤，不愿意让生人来家里，这不怪他。只要你们两人没啥意见，这事就成了。我看是个这，以后让秀秀多来几回，帮着洗洗涮涮的，和娃娃熟悉了，再办事也不迟。"

以后的日子里，秀秀三天两头来刘孝福家，一进门就拆拆洗洗扫院子做饭。

这天晌午，她刚一进门，迎面碰上毓敏手里拿着半截棍，娃娃咬牙切齿骂道："你个瞎熊坏蛋，你也个来了，还把我妈的棉袄拆烂了，挂在绳子上，又让风吹到地上，还让鸡在上面拉屎了。你赶紧走，再也甭来了。"

说着，举起手里的棍子吓唬她。

刘孝福过来把娃娃手里的半截棍子夺过来说："你这娃娃咋好歹不分？你大姨来咱家是给你做饭洗衣裳，照顾你和你兄弟哩。"

说着，又抱歉地对秀秀说："娃娃不懂个啥，你不要见怪。"

秀秀蹲下身子温柔地对毓敏说："大姨给我娃娃做饭来了，你吃了饭，还要上学哩。走走走，到屋里去，看你头上都有灰尘了，大姨拿皂角水给你洗洗头，干干净净地招人喜欢。"

毓敏一把把秀秀推开说："你走你的，谁要你洗头？我给你说，从今往后，我就不上学了，天天在家里等着赶跑你哩。我还要护着我弟弟，你要是再把他害了咋办？"

如此这般，三番五次，秀秀慢慢地也就不来了。

伏天来了，又赶上大旱。

地里的谷子叶子卷成绳子，芝麻长到半尺高再也没了劲头，顶上的花被风一吹就飞走了。大路小路尘土一寸来厚，人来人往，车来车往，腾起黄色的烟尘，又粘在人们裤脚上，拍不下来也甩不掉。

老人们说，衣裳的布眼儿都开了，看来十天半月下不来雨。

村里成立了初级社，干部们发动大家平地里打井，弄来新式水车，牛拉人推，夜以继日提水抗旱。

地多水少，眼看着庄稼还是一片一片枯死了。

天旱干热，是晒酱的好时候。

瓷锤给刘孝福寄来一包用油纸包着的面酱，顺带还有一封信。刘孝福不认字，少不得请刘孝贤来念给他听："这是按照老方子新做出来的面酱，试验一下味道如何？如果能成，以后就这样生产。不知道兄弟你的面馆开了没有？如果愿意的话，可以来潼关开个馆子，酱菜作坊旁边有两间铺面房，现在空着，租金也便宜。两家人在一起做生意，互相有个照应，最好不过。"

听刘孝贤念完了信，刘孝福大喜过望说："好事情好事情，我到潼关开面馆，用酱方便不说，和瓷锤哥还能互相照应。嘿嘿，我这就和面，夜里你来，尝尝这面酱咋样？"

刘孝贤说："倒是个好事情，面馆开起来，字号也就立起来了，终于能实现老人家的愿望。可是，两个侄儿咋办？你是带走还是先留在家里我们照应着？"

刘孝福喜滋滋地说："先试验面酱，面酱成了，往后啥事情都好办哩。你黑了天来，一家子都来，尝尝扯面，看还是不是老味道？可是，还有一件事，三弟你看……"

刘孝贤说："哥呀，你不说我也知道，得是你家没有白面了？这好办，我先从我家拿过来两升。虽说我家里白面也没多少，但我有办法借麦子来。我走了，给你拿面去，你好好琢磨琢磨这面酱，还要试验老人家留下来的方子成不成？"

刘孝福给社里请假说推水车热着了，要歇息一半天。

这倒是实话，这两天确实有几个人中暑了。

刘孝福把面酱倒在老碗里，又打开作料包，用热水泡了作料。看看时辰差不多了，把作料水倒进老碗，搅开。

再等了一个时辰，刘孝福查看面酱，觉得好像沉淀了，老碗里上面一层水。

拿筷子搅和几下，在嘴里抿了抿，感觉味道不大对劲儿。

心想着这可能是没有泼油，也没有拌面的缘故。

黑了天，刘孝贤一家都来品尝扯面。

吃了面，大家都说好。只有刘孝福心里清楚，这味道还是不对劲儿，似乎少了啥，又多了啥。

吃了面，刘孝贤说："哥呀，等会儿我大他们走了，咱们说说这面。我觉得，和老味道有点不一样哩。"

天气热，刘孝福把席子铺在后院，叫娃娃们睡了，自己和刘孝贤坐在一旁说话。

刘孝福说："三弟，你看这面里边，到底啥地方不对劲儿？我也感觉到，好像该有的味道不全，不该有的味道没走。到底是咋回事？"

刘孝贤说："吃面的时候我就琢磨，这回瓷锤哥邮寄来的面酱，是老配方，又是在老作坊里做出来的，应该没啥问题。哥呀，你看看是不是作料有啥毛病？"

刘孝福说："作料的方子，是在老人家留下来的底子上，一味一味慢慢添加的。每添加一味，我都试验过，都对着哩。"

刘孝贤说："哥呀，你还记不记得我对你说过，张先生说的大道至简的话？依我看，老方子是作料，不是食材。你后来之所以不断添加作料，是因为要炮制面酱。换句话说，就是啥样的酱用啥样的方。这回用的是正宗老潼关面酱，而你的方子还是面对杂七杂八不对路子的酱。因此上说，你的配方，要往下减味。减啥不减啥，那就是你的事情了。"

刘孝福听了恍然大悟说："对对对，三弟说得对。八成是作料方子的事情。我看呀，再做几回试验，每一回减一味作料，看看到啥样儿就成功了。"

刘孝贤也说："就这样办！回头我再给你拿白面来。哥呀，自家兄弟不说见外的话，要是试验成功了，你得把底方告诉我，我落到纸上，就定型了。以后只要面酱不变，方子就不变。这就是传家宝，可不能让外人知道。"

接下来的日子，刘孝福就像被鞭子抽着的陀螺，整天忙个不停。白天忙社里生产，夜里试验配方。

眼看着就要立秋了。

还是夜里，娃娃们都睡着了，刘孝福把刘孝贤叫到家里来。

一进门，刘孝贤鼻子就使劲儿吸气，稍许就忍不住大叫起来："哥呀，味道香得很哩，对对对，就是这味道。这是面酱泼了油的味道。快让我尝尝。"

刘孝福说："甭急甭急，等我煮了面，整个儿尝尝。我也觉得差不多了，就是这个样子了。"

刘孝福在铁勺里煮了两条面，照老方法拌上酱，端出来让刘孝贤品尝。

刘孝贤细嚼慢咽吃完了面，砸吧砸吧嘴，回味了一会儿才说："满嘴余香，缠绵悠长。一碗下肚，终生难忘。哥呀，快拿纸笔来，你说作料，我落纸成方。"

刘孝福拿来娃娃的描红纸和笔墨，把灯拨亮。

刘孝贤握笔凝神，满脸神圣。

刘孝福说："这个方子，配的是一斤老潼关开眼面酱。我说你记，二月返青茵陈干货一钱、秋后自然干蒿子籽半钱、头茬枸杞一钱、八角一钱、丁香半钱、熟地半钱、秋后旱地葱须一钱……"

记着记着，刘孝贤感觉不对劲儿了问："哥呀，不是说减作料吗？我看样数没减，这量也不对劲儿。这些作料，加起来半斤了，用得上这么多吗？"

刘孝福不好意思干笑着说："我三弟鬼得很哩，一眼就看出这里边埋着关子哩。我这样说，你就这样记，只有我知道用的时候咋办，别人就是拿了方子也做不成。兄弟甭见怪，传家的东西，不弄点门道秘密出来，传不成哩。"

刘孝贤明白了，乐呵呵说："这就对了，是不是还要在方子上写传长不传幼，传男不传女，传先不传后，传儿不传媳？"

刘孝福问："你说的传先不传后是啥意思？"

刘孝贤说："要是后人一窝生两个，两个都是男咋办？"

刘孝福乐了说："文人就是死脑筋。双胞胎，也是分先后出世的，谁先生下来谁不就是老大吗？"

刘孝贤说："就这样写。有点儿琢磨头，有点儿神秘感，后代就越敬重，不敢随意走样儿。我说，就这样吧，回头拿油纸包了，找个地方藏起来。"

说着，刘孝贤站起来，看着刘孝福，两眼泪花。

刘孝福也流泪了，胀红着脸说："兄弟，等我拿来香，咱俩给老人家的牌位子磕头，上香！"

刘孝福磕着头，嘴里念叨着："大呀，你叫你娃弄的油泼面，弄成了，味道好得很哩，要是开面馆保准能成哩。这下您老人家放心睡觉，保佑咱家辈辈靠这一碗面过活，世世代代不挨饿。"

刘孝贤磕着头，羞愧不已说："大呀，你娃我没听您的话，没啥出息，除了识得几个字，别的一事无成。现在是新社会了，世道太平了，你娃我要寻个正经营生好好干哩。您老阴魂听着，我一定把您的孙子们照看好，让他们上学识字学文化，将来能有大出息。"

上完了香，磕完了头，刘孝福说："三弟，我这两天要去潼关一趟，看看瓷锤哥说的铺面咋向，能不能开面馆？这一回，咱有成功的方子了，我有把握开了馆子，一炮打响。"

刘孝贤说："成！你先去看看，娃娃放到我家里，我妈帮着照看。还有，路费你有没有？我明个给你拿几块钱来，出门在外，盘缠少不了！"

七十八 **感**觉酱料的方子成熟稳定了，刘孝福找合作社刘社长请假，说要去潼关看望亲戚，往返可能得十几天。刘社长说："同门同宗的，你家的远亲近邻在哪里大家都知道。你啥时候有个潼关的亲戚？"刘孝福说："瓷锤也是咱们村子老住户哩，他一家和我们家，虽说算不上自家屋里人，可是，我们互相可都是过命的兄弟，比亲兄弟也差不到哪里去。说实话，我这回去，也想看看瓷锤哥家的酱菜作坊恢复得咋样了，以后还得指望人家的面酱撑门面哩。"

刘社长一听，来了精神说："得是你做油泼扯面用的那个面酱？好好好，我批准你的假，十天半个月都成。可有一样，你回来时，要带一些酱，让大家都尝尝。还有，你回来要做一顿正宗扯面，叫社员们都来吃，权当顶你的误工费了。你知道，咱们这还是初级社，按地亩、牲口、劳力分粮食哩。你叫大家美美咥一顿扯面，年底分成就不扣你家应得了。你看得成？"

刘孝福满口答应。

把两个娃娃托付给刘孝贤一家照顾，自己背上馍馍，揣了盘缠，从社里雇好了毛驴，一大早骑上毛驴直奔镇上。

镇上有通往县城的汽车，每天三趟。县城有开往潼关的火车。如果一切顺利，当晚就可以到潼关。

太平年间出行就是顺当。到了镇里，把毛驴交给店里，自己在汽车站买了车票，蹲在路边等车。

店里每天都有回村子的人，顺路骑毛驴回村子，能省一半的钱。

等了好大一阵子，远远看见一辆冒着黑烟和白汽的棚车开了过来，一路龇牙咧嘴、气喘吁吁像是八九十岁的老人。

刘孝福不知道，为啥乡村跑的载客汽车，都是烧木炭的？这和他当初被抓壮丁坐过的美国大卡车，完全不是一回事。

上了汽车，验了票，刘孝福挤在硬条木连排椅子上坐下了。

到了县城火车站，天近当午。

在窗口买了火车票，问了问售票员，说火车还要两个小时才能开过来。

刘孝福坐在候车室，打开包袱，拿出馍馍来吃。

有个穿制服的年轻女人走过来和蔼地说："叔叔啊，您要是喝开水，那边茶炉子有，不要钱的。"

刘孝福说："好好好，你们这里真好。可是，我没有带缸子来，咋喝水哩？"

穿制服的女人说："茶炉子旁边的框子里有碗，您拿碗接水喝。喝完了水，把碗泡在瓮瓮里消毒就成了。"

刘孝福感到很新鲜，走过去拿碗接水喝，心里感慨新社会就是好，不管熟人生人，都客客气气就像是乡党一样。

火车一路走走停停，到了潼关，天已经是黄昏了。

出了车站，刘孝福一脸茫然，根本不知道该往哪里去。

好在刘孝贤对他说过，出门在外，早早投宿。

刘孝福不知道瓷锤住的地方离火车站有多远，也不知道咋样去？心想还是找个旅店再说。

街上有牵着驴的人，挨个问下车的客人要不要骑驴？

有个和善的老者，牵着一头不大不小的青毛驴，冲刘孝福笑了笑说："兄弟，您这是要去哪里？骑驴吧，便宜。"

刘孝福走到他跟前，拿出一个信皮说："老哥，您看看这个地方离这里有多远？"

老者尴尬地说："嘿嘿，我不识字。不过，您跟我来，找个人问问。"

老者带着刘孝福，拿着信皮，找到一个卖醪糟的小摊，把信皮交给烧火的中年男人说："你帮我看看，这是啥地方？"

烧火的男人停下拉风箱的手，接过信皮看了看说："哥呀，这个地方离这里还有七八里地。天眼看就黑了，走夜路不好哩。"

谢过卖醪糟的人，刘孝福问："七八里地，也不算远，不知道您牵着驴，能不能走夜路？要多少钱？"

牵驴的老者说："大兄弟你不知道，我们这里人不是急事都不走夜路的，尤其是牵着牲口走山路，更不稳当。"

刘孝福问："牲口有夜眼，走夜路比人还稳当。"

牵驴老者说："这一片地方，过去总打仗，枪呀炮呀的响动大，狼虫虎豹都被吓跑了。现在不打仗了，野货们也回来了，胆子也越发大了。山上来了狼和豹子，专门找过路的牲口下家伙。把人吓跑，拿牲口当点心哩。政府都发告示了，组织打猎的，狼是被打没有了，可是还有豹子哩。怕怕！"

刘孝福一听有豹子，也被吓着了说："那您看，我该咋办？得是要住店，明早再赶路？"

老者说："这还用问吗？我带您去住店。店是社里办的，便宜哩。店里管事的，是我家亲戚，我给说说，还能再便宜一两毛钱。您住店，我回家，明天一大早牵着驴驮您去城里，咋向？"

刘孝福说："只能这样了。"

登记住店，一夜无话。

一大早起来，牵驴的老者就来了。

结了店钱，老者问："这地方的肉夹馍好吃，您要不要尝尝？我是吃过早饭了。"

刘孝福说："我早起吃了个馍馍，喝了碗店里的米汤。咱们走路吧。对了，我骑驴走，您老咋走？牵驴还是地上走着？"

老者说："还有顺带的驴哩，我骑上给带回去。这您甭管，只收一趟的钱，把您送到要去的家门口。您骑上驴，到前面还有一头驴等着我送还哩。"

两个人骑着驴，不紧不慢赶路。驴对路很熟悉，不用拽缰绳，自己靠着路边迈开碎步"嘚嘚"地走。

走着走着，刘孝福发现啥地方不对劲儿，就问并行着的老者："老哥哥，潼关是个热闹的地方，为啥没有拉客的汽车？"

老者说："汽车原先是通着的，这段时间停了，说是没有油了，烧柴火的车子又三天两头坏，就没有汽车拉客了。听说政府正在想办法弄新车哩，也不知道啥时候能弄来？也好，没有汽车，我们牵驴还多一些生意。"

七拐八拐到了雁门镇姚记酱菜园，着实把刘孝福吓了一跳。

只见酱菜橼子搭起来的门面，挂着长长的白布条，两边竹席包着的柱子上，还贴上了白色的挽联。进进出出的男男女女，披麻戴孝，手里拿着花圈纸花。

刘孝福赶紧跳下驴，迎面来了一位小伙子问："朋友还是亲戚？来来来，先在簿子上登记。"

牵驴的老者也赶紧下了驴过来说："不巧得很哩，赶上丧事了。您在着些，我走了。"

刘孝福看老者伸着手，知道是要驴钱哩，掏出钞票拿出几张给了他，把驴缰绳也递给他，随着迎客的小伙子到礼簿前登记。

还没见着瓷锤，刘孝福随了礼，被来人带进了院子，又来到席子搭成的灵堂，上香、磕头、吊唁。

瓷锤领着老婆娃娃一旁跪谢还礼。

瓷锤还在灵堂守着还礼，刘孝福被带到旁边喝茶。

过了好大一会儿，瓷锤戴着重孝过来说话。

未开口，先恸哭，刘孝福少不得劝慰。

瓷锤说："老作坊细料多数都扛出来了，新作坊也能生产了。可是，老掌柜说还有几种细料在废墟下埋着，那都是贵重的作料，又是干货，挖出来有大用。他老人家一个人拿着铁锨到老作坊去挖，挖着挖着，碰上了没有炸的炸弹，铁锨把炸弹铲爆了，人被炸没了。家里人住得远，听到声响来查看，只找到了几块带着皮肉的碎布片。可怜的老掌柜，一辈子就这样到头了。"

刘孝福听了，大骇不已，也哭着说："咋这么倒霉？炸弹哪里来的？事先咋就不知道？"

瓷锤说："政府提前有过告示，不允许人们自行挖废墟，说可能有日本鬼子飞机扔的炸弹、打的炮弹被埋着。作坊的废墟，被政府派人清理过的，啥也没有。可是，偏偏没有清理过的地方，它就有。人没了，灵堂里的棺材，放着几件旧衣服。明个下葬，一切按老规矩……"

刘孝福在瓷锤新家住了几天，办完了老掌柜的丧事，两个人商量开馆子的事情。

瓷锤说："兄弟呀，看来开馆子的事，还得等一段时间。为啥哩？我们在新作坊生产，用的水还是从老城老井里拉来，老城里发生这起炸弹炸死了人的事，政府就把老城封了。我一时半会儿还找不到好水。"

刘孝福问："你不是给我邮寄过面酱吗？你在信上说也恢复了生产。你知道，我开馆子用面酱，用量也不大，有个三瓮两缸的，够我用半年的了。再说，你不是还在想办法找水吗？"

瓷锤说："说是恢复生产，只不过按老方子，试验着每样老产品咋样？是不是当年的味道？就是给你邮寄的面酱，一共也就生产了一盆，十斤不到。啥时候能大量生产，还说不好。让兄弟白跑一趟。"

刘孝福说："赶上给老掌柜送行，也是缘分哩，咋能说白跑一趟？哥呀，遇上这样不幸的事，人心容易乱，心劲也容易散，您可要挺住，一大家子都指望您哩，不管咋说，都要把买卖开起来，这是好几家几十口人的活路。我在这里住几天，给老掌柜烧了头七纸再回去。开面馆的事情往后再说，您这边都顺当了，写封信给我，我再来。"

瓷锤说："兄弟放心，我能顶得住。再说了，还有政府帮忙哩。我给你说，现在的政府好着哩，遇到这事，政府干部都来了，给我贷款，还指望秋天开张哩。"

姚掌柜过了头七，刘孝福也要告辞了。

瓷锤雇了一辆轿车，送刘孝福到火车站。即将分手，刘孝福才悄悄对瓷锤说："哥呀，这几天我一直有个事儿不明白，看你精神头不好就没敢问。老掌柜出殡，好像没看见他两个儿子？咋回事？"

瓷锤说："他两个儿子，一个跟着老蒋跑了，一个蹲了新政府的监狱，他大儿子的老婆娃娃在这里，不过除了披麻戴孝，没有见外人就是了。咋了，你问这个干啥？"

刘孝福说："也没啥，我就是担心会有人和你争抢这份基业。"

瓷锤说："放心，有字据哩。再说了，政府也认我是继承人哩，都登记在册，发了证书的。"

七十九 刘孝福回到村子，第一件事情就是找社长销假。

社长看他两手空空，拉长脸说："你得是把我的话当耳旁风了？你拿回来的酱哩？我还给社员们说等你回来了给各家各户都分点儿酱尝尝哩！"

刘孝福忙着道歉，又把瓷锤家遇到的事情学说了一遍。社长这才换了一副表情说："难怪哩，这真是飞来横祸。罢了罢了，我们都没这个口福就是了。"

刘孝福说："面酱，我家还有点儿，社员都去吃肯定不够，上头来了人，您带着干部去吃，还能应付的。不过这白面，只怕是要社里出哩。"

社长神神秘秘地说："我给你说，你可甭张扬出去了。说不定秋后，就要成立高级社哩，我这个社长到时候能不能当，还两说着哩。不过，你把好面酱给我留着，成立高级社，少不了下来干部。可说好了，除了我，谁带着来都不许用。记住了？"

刘孝福答应了，社长又说："好咧！你这段时间请假，我就当公派了，不扣你家应得了。"

果然，还没收秋，村里就先先后后来了好几拨干部，忙着登记人口地亩牲口农具，还把初级社的账目查了个遍。

上边来了干部，刘社长都带到刘孝福家吃饭，还给派了帮厨的妇女，刘孝福整天忙着给干部们做饭。这倒也好，娃娃就一起吃，还省了自己米面油。

只是这面酱，很快就被吃光了。

所谓的高级社，也就是把原来几个初级社合并在一起，原来各家各户养着的牲口，统一放到高级社牲口棚里养着，打下来的粮食除了分给社员，还有不少存放在东西两庙。

刘孝贤有了新差使，当上了粮库保管员。

秋后一开学，刘孝福的大儿子毓敏就从本村初小毕业，考上了庙合完全小学高小。

老二毓茂也上学了，在本村小学读一册书。

毓敏住在学校，星期天才回来。

夜里，刘孝福督促老二毓茂写作业，反复劝说好好念书，识字了，才能把扯面的方子交给他。

老二毓茂正在描红，听说识字才能看懂方子，不以为然地说："好我的大哩，我爷不识字，还不是把方子传给了你？你不识字，不是也知道方子？你要真给我方子，不用识字，你给我说就成。"

刘孝福瞪大眼说："胡说！我和你爷不识字，那是没有办法的事情，家里穷交不起学费。你正是上学的年纪，又赶上了好世道，不好好念书，将来能有啥出息？你将来长大了，不识字，睁眼瞎，黑眼窝，连媳妇都娶不上。"

毓茂把毛笔一扔说："大呀，你不是说我哥念书上进将来吃公家饭，那就只能是我开面馆哩。开面馆不用识字就成。还有方子，你信不信，你现在给我说，我都能记得住。"

刘孝福半信半疑，试着把方子配料说了几味，让毓茂背给他听。

毓茂想都没想，随口就报出来了。

刘孝福感到不可思议，为了加大难度，就又说了好几味，还把用量和做法也说了一遍。

毓茂毫不例外都背出来了。

刘孝福这回紧张了说："好娃娃哩，看来老祖宗显灵了，老天爷睁眼了，赏给我家后辈吃这碗饭哩。娃娃，我可给你说了啊，这些方子，记在心里，千万别张扬出去。"

毓茂说："放心，瓜瓜才给别人说哩。可是，大呀，要是我说梦话给别人听到咋办哩？"

刘孝福想了想说："你还是个小娃娃，黑地半夜，你都睡了，谁还醒着听你的梦话？就是听见了，谁又听得懂？我还给你说，我刚才给你说的那些方子，都是现说现编的，都是假的。真的，写在纸上，我藏起来了。等你长大了，就交给你。"

毓茂满脸不屑说："大呀，你哄人都不会哄。你平时嘴里念叨的，还有你和我三大商量的事情，我能听懂的，和你刚才说的差不多。嘿嘿，大呀，你把方子交给我，和我三大写在纸上的不一样哩。你编瞎话都不会。"

刘孝福完全没有想到，平日里寡言少语的毓茂，说起话来干脆利索、完整清晰，一点儿也不像这个年纪娃娃能说出来的话。

他想了半天，都想不透毓茂的语言天赋从哪里来？老祖宗谁能言善辩？谁又口齿伶俐？谁说话句句都掐尖儿？

忽然，刘孝福联想到三弟，心里想着："怪毬事情，难道他三大平日里趁我不在家，偷偷教给他本事和能耐了？"

想到这里，刘孝福试探着问："娃儿，你刚才说的方子和纸上写的不一样，哪里不一样？"

毓茂说："不是方子不一样，是我三大说过的，写在纸上一句话，说方子只能传给我哥，不能传给我。他是老大呀！"

刘孝福心里一沉，觉得这娃娃年龄虽小，心机挺重。看来以后说话办事，还是要小心点儿，省得他听了那些不合适的话，传出去惹是生非。

还有，刘孝贤说的传长不传幼的话，毓茂都听懂了，而且记在心里了。

这不好。

想到这里，刘孝福问："你得是记住了这句话，担心以后不把方子传给你，心里怪罪我哩？我给你说，那也就是你三大随口说的，不算数。你知道，你哥爱念书，心思就不在开馆子上。你三弟又给别人家顶门续香火了，方子不传给你传给谁呀？要是不传给你，刚才为啥会给你说那些配方？"

毓茂瞌睡了，打着哈欠说："我爱看你做饭，我也要学做饭。不光是做面，我还要做大肉菜哩。以后你到哪里给人家做饭，就带上我，我看都看会了，不用你教的。我要睡觉了。"

毓茂睡着了，刘孝福把他紧紧搂在怀里，一会儿哭一会儿笑，一直到鸡叫两遍才迷迷糊糊睡着了。

世事变得太快了，刘孝福看得眼花缭乱。

好像成立高级社没两年，上头又来了不少干部，组织社员们整天开会唱歌游行贴标语。

刘孝贤有文化，脑筋好使，被干部们另眼看待。一天忙着不是写标语就是教社员们唱新歌。

刘孝福感觉怪怪的，就提醒他还是老实本分做人好，不要出头露面，更不要事事出风头，小心得罪人给自己惹祸。

刘孝贤说："哥呀，你满脑子都是酱呀面呀的，脑子都被酱糊住了。你还不知道吧，刘团总，嘘！以后可不敢说刘团总了。他原先在省政府当差，前年丢了差事不说，还被打成右派，到处被批斗。我和他是姻亲，又走得近，我要是不赶紧向干部靠拢，不跟上形势，不当积极分子，也要受牵连的。"

一席话把刘孝福吓得不轻，忙说当积极分子可以，只是不要害人，不要和乡里乡亲过不去，凡事给自己留后路。

刘孝贤说："放心！我心里有数的。哥呀，我给你说，东西两庙的粮仓，公家收回去了，以后不归村里管了，管事的都是上边派来的，我也不能当保管员了。你知道，我不会种地，又没力气，更不愿意干苦力活，咋办哩？我要为自己争取个好差事。这段时间来了这么多干部，这么大的阵势，你知道是要做啥哩？我给你说，一来是高级社要成为公社，二来要大跃进哩。这就是我的机会，要抓住哩。"

很快，刘孝福就知道啥叫个公社。

公社就是把所有社员都编成班、排、连，实行军事化管理。原先说是要统一住宿，因为找不到那么大的房子才没有那么做。虽然还是各家各户住在各自房子里，可是，灶台被拆了，锅被统一收走炼了钢铁。

公社成立了食堂，全体社员都在食堂吃饭。

刘孝福在食堂当了灶长，刘孝贤当了食堂会计。

那个打了半辈子牌、输了房子的刘老麻，因为在旧社会苦大仇深，对新社会感恩戴德，又和干部走得近，当上了食堂管理员。

食堂设在学校对面的连部。

第一天开伙，社员们就炸了窝一样兴奋。

只见食堂到处贴着标语，识字的社员念给大家听："共产主义是天堂，人民公社是桥梁"、"吃饱吃好不要钱，一天等于二十年"、"敞开肚皮吃饭，甩开膀子大干"。

刘老麻更是打了鸡血一样兴奋，大呼小叫，前后乱窜，一会儿给干部赔笑脸，一会儿对没坐对位置的婆娘娃娃老人吹胡子瞪眼。

刘孝福穿着围裙忙着往盆子里盛菜，一边揪着心，脑门子上冒冷汗，心想："这货当了头头，只怕是以后没有好事哩。"

八十 **刘**老麻走马上任第一件事，就是召集食堂人员开会研究制定工作计划。食堂专职人员连带采购也就四个人，帮厨的妇女都是轮流上工。

夜里社员们喝了汤（晚饭），各回各家休息了，帮厨的妇女扫地抹桌子摞板凳，刷锅洗碗烫抹布，忙活完也都下工了。

刘孝福把第二天早饭备料查看完毕，解下围裙也准备回家了，刘孝贤走到操作间对刘孝福说："哥呀，你先甭着急回家，刘管理员说要开个会，制定工作计划。走走走，到他屋子去。"

刘老麻的屋子，就地摆着一张矮脚小饭桌，说是为了品尝检验饭食质量，当然也还有招待贵宾的用处。

刘老麻坐在方凳子上，右脚根悬空，脚尖儿踮来踮去，半边身子晃来晃去，手里拿着扫把篾儿剔牙缝。看看人都到齐了，扔了手里的篾儿指着地上的小板凳说："坐！咱们也开个会，商量个大事情。我说刘会计，你咋空手来了？去去去，把你的笔墨纸张拿来，等会儿我说话，你还要记录哩。"

说完，又看了看采购张继仁说："张采购，你把灯拨亮点儿，妈日的，又不是烧你家的灯油，你抠来抠去那么细发做啥？"

采购张继仁把灯拨得亮亮的，看着一寸高的火焰，心疼得嘴唇直哆嗦。

刘老麻又对呆坐在桌前的刘孝福说："刘灶长，你咋不长眼色？拿块半截砖来，把灯放在上面。常言说高灯低明，你不会不知道吧？以后做事情，眼里要有水儿，手底下要有准儿。就是个这，人齐了，开会！"

说是开会，实际上就是刘老麻一个人在表演独角戏。他手舞足蹈，唾沫星子四溅，扯着嗓门说道："贫下中农当家做主翻了身，广大社员祖祖辈辈盼着的好日子来了。啥叫好日子？穿，春夏秋冬四季衣，再也不是一件衣服穿半年了。扯远了，咱们是食堂，专门管吃饭。这吃嘛，一天三顿不重样儿，晌午正餐有腥荤，十天半月吃小席，月底过节十三花。还有，社员谁当了先进，谁受到表扬，谁成为典型，谁给集体争了光，都要另外加菜犒劳。刘会计，我说的都是个大概，也就是给你们画个框框，你把我说的这些琢磨琢磨，拿出个表册来……"

张继仁是河南逃难来的，受过苦挨过饿，也养成了事事节俭、处处抠门的习惯。他虽然对刘老麻的滔滔不绝似懂非懂，但也听出来这就是吃今儿不顾明儿的意思，感觉这样吃法撑不住的，不等刘老麻说完话就插嘴说："管理员说的，中听得很哩。可是，这得吃多少米面，得用多少油盐酱醋？还有天天见腥荤，哪里来的那么多肉？我说，就是给我钱，我也买不来那么多肉。"

刘老麻正在兴头上，对张继仁打断自己的话非常恼怒，手指着张继仁说："家雀儿飞不过一丈三，井蛤蟆没见过锅盖大的天。你都翻身当家做主了，还带着满身的穷寒味儿。你只是采购，钱的事情要你操心的话，还要我干毬用？我给你说，鸡鸭牛羊我不敢说，连（村）里不是办着养猪场吗，猪养肥了杀了吃肉，还用四处去买吗？我给你写个条子，你只管领回来，月底、年底公对公算账就是了。妈日的，想得好好的，被你个狗熊货把思路打乱了。我说，刘会计，回头把我说的写下来，还要给干部汇报哩。就是个这，散会！"

刘孝贤回去后写出来个计划，还画了图表，列出了食谱，刘老麻没几滴文化水，翻来翻去看不大懂说："行了行了，你给我念一念，省得我费那个劲儿了。"

计划报上去没有回音，食堂该咋吃还是咋吃。

刘老麻第一炮就哑巴了，不甘心，眼珠子一转，买了包洋烟卷，趁夜里陈连长（村长）值班的机会，跑到连部问计划报上去没有回音是啥原因。

陈连长正琢磨工作，就想尽快打发刘老麻走。陈连长手指头点着那份计划说："计划写得很好，也很有志向和决心。只是，方向不对，和上级的新精神不符合。我给你说吧，上级总结了前一段时间办食堂的经验教训，正在部署纠偏的工作。食堂的总方针首先是吃得饱，其次才是吃得好，还要杜绝大吃大喝，反对浪费。以后，食堂的伙食，以家常便饭为主，你懂了吗？至于计划嘛，就不用这么麻烦了，每星期制定个食谱贴出去就行了。好了，你忙你的去吧。对了，把你的烟卷拿走，以后不准来这一套。你走吧，我还有事情哩。"

说完，半推半送把刘老麻赶走了。

刘老麻回家的路上，越想越生气，嘴里嘟嘟囔囔不知叨叨些啥。走着走着，他忽然停下脚步，弯腰从地上捡起一块瓦片，一扬手，把瓦片扔到半空，指着月亮嘴里怒骂："你也看我笑话？看我不打断你的狗腿！"

发泄了怨气，心里好受多了。又琢磨道："月亮有没有腿？没有腿，它咋样爬上来？说不定它还真没有腿，脑袋上有个环，环上拴着绳子，绳子搭在横梁上，太阳下山把它拽上来的……"

上级很快来了新精神，规定农村食堂以家常便饭为主，在保证社员吃饱的前提下，号召粗粮细作，调剂花样，尽可能让社员吃好。上级还特别强调，吃得好主要是饭菜精心制作，而不是大鱼大肉。

为此，公社决定举办家常便饭大比赛。比赛分为主食和副食两个组，分别评出一二三等奖。得奖集体和个人要披红戴花上台领奖。

这可把刘老麻高兴坏了。

从公社开会回来，刘老麻把食堂的人都叫到跟前说："上头要比赛饭食，主副食都设三个档次的奖项。我看，咱们食堂，最有可能拿到的，就是主食大奖了。为啥这样说哩？刘孝福的油泼扯面，十里八村有名，又是他大刘挽钩传下来的，别的村食堂，拿啥和咱们比哩？我说，现在离比赛还有五天时间，我安排一下，咱们赶紧动起来，非拿大奖不可哩。"

吃了晌午饭，食堂的人忙着收拾，刘老麻把刘孝福弟兄两个叫到屋子，询问要拿大奖，要准备啥东西？还有哪些困难？

刘孝福老老实实回答："别的都好办，就是面酱没有了。"

刘老麻说："一说扯面你就拿烂怂面酱说事！你甭管，我明天就派人到镇上给你买来。还有啥？"

刘孝福说："这面酱可不比平常，得老潼关的才成。还有，这回是摆擂台哩，可不是平常人吃的，一定要讲究点儿才成。要想面筋道缠和，得瘦麦、二遍、洋碱、精盐。其他的作料，我给你说，你记着，让人尽早买来。"

刘老麻听不懂这些术语啥意思，不耐烦地说："好好说话，妈日的，又不是龙肝凤髓。"

刘孝贤解释说："瘦麦，是旱地打下来的小粒儿麦，就是咱们说的雀儿舌头。二遍，就是麦子磨第二遍时筛出来的白面。和面用的碱面，不能是含杂质的土碱。还有盐，也不能是大粒土盐，得是白雪一样的精盐才成。"

刘老麻说："这些好办，公社合作社里有卖的。对了，说的面酱，是不是非得老潼关的？咱们这里人家家都会做的西瓜面酱成不成？"

刘孝福说："西瓜面酱发甜，遮挡香味哩。要得奖，就得老潼关面酱。"

刘老麻说："成！我给你说，这面酱我弄不来，我给你时间给你钱，自己去弄。弄来了好说，弄不来就收拾你！"

看刘孝福有点为难，刘孝贤打圆场说："老潼关面酱，我哥家里还有一点儿，留着当样品的，和以后的酱做个对比。比赛的话，估计七八份儿够，再多了就没有了。"

刘老麻说："这就对了。评委都是大干部，就那么三五个人。你们要拿出绝活来。"

刘孝福听弟弟把家底儿都抖落出来了，老大不高兴地说："我家里这罐儿面酱，和咱们食堂蒸馍馍的酵面一样，不是用来吃的，是和以后弄来的面酱勾兑的。你都给我吃掉了，以后拿啥勾兑哩？"

刘老麻说："刚才就给你说了，有粉就往脸上搽，可甭往沟蛋子上抹。把面酱拿来，我给你保管着，放到你家里我不放心。万一叫老鼠偷吃了，叫野狗叼走了，叫贼娃子偷走了咋办？"

几天忙活，一切齐备，就等着公社干部来评比了。

这天晚上，公社里来了六名干部。

尽管上级规定，评比主食就只品尝主食，不得安排副食，尤其不准给评委上酒上菜。但刘老麻还是让刘孝福精心准备了几个凉菜，拿来一瓶老酒摆在桌上。

评委一来，组长就指着桌上的酒菜说："赶紧，立即把这些东西撤下去。谁敢违反规定，一律取消评比资格。"

陈连长附和着说："谁让你们私自做主弄这些东西的？赶紧撤下去。不过，各位领导，我看，就保留两盘素菜，当茶点，也好给人家厨子扯面留点时间。嘿嘿。"

组长说："好吧，留下两道素菜，酒绝对不能上。主食赶紧上。"

刘孝福把煤饼子炉子火捅旺，放上铁勺热油。

几个帮厨的忙着把面剂子擀开，大锅水烧开，只等一声令下，就扯面下锅。

刘老麻跑过来说："赶紧，扯面，浇酱，泼油，上饭。"

刘孝贤带着人，端着盘子，把八碗扯面端上去了。

也就是一袋烟功夫，刘老麻带着一个干部来到灶房。

干部一进门就兴奋地问："扯面是谁做的？"

刘老麻指着刘孝福说："就是他，刘孝福，远近有名的大把式，人称八百里秦川第一碗的扯面大厨。"

干部问刘孝福："您认识杨专员吗？"

刘孝福被问愣了，想了想才问："哪个杨专员？他是干啥的？"

干部激动地说："就是一区的杨专员，我叔叔。您是不是以前在武功县一个团部当过厨师？"

刘孝福一下子就想起来了，激动地上前一把拉住干部的手说："您说的是杨师爷？我认识啊，他可是我的大恩人哩。他在哪里？"

干部神情沮丧下来说："他老人家前年没了，得了瞎瞎病，熬了半年，人就没了。我叔叔在世的时候，多次提起过您，说您是做扯面的名厨，还说尤其是油泼酱，是您发明的。我叔叔还说，您就是渭北这一带的人，只是不知道具体地址。我叔叔让我留心打听，我到处打听都没结果，今儿个吃扯面，油泼面酱，味道独特，马上就想到可能是您。还真是，可算找到您了！"

刘孝福听说杨师爷没了，不由得悲从中来，霎时两股热泪夺眶而出说："为啥好人不长命？老天爷瞎了眼哩！"

这里两个人正伤心，刘老麻赶紧献殷勤说："这刘大厨，是我把他叫到食堂当灶长的，我就知道他的手艺无人能比，咋向？这一回，我们的主食能评上大奖了吧？我说干部同志，您看看能不能把我和刘大厨，都调到公社里去？嘿嘿，我们俩去了，天天给干部们做好吃的，这叫啥来着？对对对，叫个为更大的人民服务。"

刘老麻这么一说，干部一下子就从激动状态冷静下来说："我是县上临时抽调到公社的，忙完了这一阵，还是要回到县上去的。现在公社化正在关键时期，农村食堂办起来时间不长，往后还要不断进步哩。刘大厨在食堂，能更好地为社员服务，为贫下中农服务。至于以后咋办，还要看形势发展。不过，这样好的手艺人，要善待哩，要多带徒弟，培养更多的人才出来，为更多的人服务。"

过了两天，主食评比结果出来了。毫无意外，刘孝福的油泼扯面拿了一等奖，公社开大会，他和陈连长一起上台领奖。

刘老麻没有上台，心里很不平顺，嘴里骂骂咧咧好几天不搭理刘孝福。

八十一　刘孝福心里只说刘老麻不搭理自己，正好图个清静。没成想也就是五六天时间，刘老麻忽然对刘孝福热情起来，有事没事往操作间跑，见人就表扬刘孝福手艺好人缘好，扯面拿了个第一为集体争了光。这还不算，还把陈连长退回来的洋烟卷硬是塞给了刘孝福，说是刘孝福认识上面的人，洋烟卷迟早派得上大用场。

刘孝福不知道刘老麻葫芦里卖的啥药，不过，凭直觉，刘老麻肯定没憋着好屁，自己还得小心提防才是。

事情说来就来。

晚上收拾完灶房，刘老麻把刘孝福叫到小屋子，满脸堆笑，从嘴里挤出几句话来说："刘灶长，咱俩一个姓，咋说也是同族兄弟，应该互相帮衬点儿才是。您说是不是？"

刘孝福对刘老麻的做派很反感，冷冷地说："管理员有话直说，用不着这样套近乎。"

刘老麻说："是的是的。你看啊，你在上面有人，还是个不大不小的干部，这可是一般人打着灯笼都找不到的好事情哩。我的意思，您要经常和干部来往，时不时送点礼性，找个机会求求人家，把咱俩调到上头去，最好是调到县城，给大机关、大干部做饭。这样一来，咱俩就有可能成为公家人，端上公家的金饭碗。只要您愿意出面，礼性好办，咱们食堂有的是米面和青油，弄点出来不成问题。您看咋向？"

刘孝福轻蔑地看了看刘老麻，不冷不热地说："我家祖祖辈辈庄户人，我当了几十年的厨师，我就知道做饭真材实料实打实，做人老实本分不欺人，对得起良心，对得起老祖宗，对得起后人就行了。当公家人，端金饭碗，连想都不敢想，也不稀罕，还甭说送礼性钻眼儿巴结干部了。我还给你说，食堂的米面油，是社员的命根子，偷东西送人，我不做，别人也甭想这样做。把你的心思收回去吧，我走了，明早还要早起做饭哩！"

刘孝福转身走了，把个刘老麻恨得牙齿咬得"咯咯"响。

食堂办着办着，就实行起了定量供应。社员每个月从会计那里领饭票菜金券，吃饭时拿饭票菜金券到窗口买。

连日来，刘孝福一直觉得每天从库房领回来的米面渐渐减少，以至于馒头越蒸越少，粥越烧越稀，社员们纷纷反映买回来的饭菜缺斤少两。

听到社会员们议论饭菜不够量，刘孝福私底下问刘孝贤这是咋回事？刘孝贤说："哥呀，这不明摆着吗？以前都是我和采购员称了米面发到灶房，后来，刘老麻说他要亲自把关，他自己到库房称重，还不让别人跟着。这里头有鬼。"

刘孝福觉得这件事太重大了，弄不好要出大乱子的。思前想后，找采购员张继仁商量。

张继仁说："菜是我买来的不假，粮食米面是社里分下来的，会计验货上账入库，不用验秤的。不会是社里分下来就不够分量？不能够吧？社里为啥单单给咱们食堂少发东西？"

刘孝福越想越觉得害怕，三番五次找刘孝贤商量办法。刘孝贤说："哥呀，这事情要想弄明白也不难，我想办法，你就别管了，到时候给你看结果。"

刘孝福心里踏实了不少，嘴上说着："我三弟心眼活泛，别人比不上。嘿嘿，我说三弟，你现在浑身上下，和社员们一模一样了，再也不是那个酸弓生了。这样好！"

没过几天，采购员张继仁从公社买作料回来，瞅瞅四下没人，在刘孝福耳边轻声说："会计真是半个神仙，他让我外出上会到黑市上转转，嘿嘿，还真瞅见刘老麻的外甥偷偷摸摸卖东西，包袱里边像是面粉。"

刘孝贤听张继仁说了这件事，叮嘱刘孝福和张继仁说："时机到了，你们都别吭声，我有办法抓住他。"

这天黑夜，轮到刘老麻在食堂坐夜值班。鸡叫头遍，刘老麻打开食堂大门，探头探脑看看街上没有人，返身回去，再出来时，背后多了一个黑色的包袱。

看样子包袱还挺沉重，以至于刘老麻弯着腰低着头，一只手把大门闭上了。

刘老麻刚刚走到街上，几条黑影从矮墙角跳出来一拥而上，他连一声叫唤都没有出口，就被死死按住了。

人赃俱获，刘老麻被几个积极分子连夜带到了连部。

刘孝福、刘孝贤和张继仁也跟着来到了连部。

陈连长值班，看到抓住了偷粮贼，立马把马灯拧亮，举起来照了照刘老麻的脸说："监守自盗！捆起来，明早押送公社严惩！"

刘老麻被人反扭着胳膊，一边挣扎一边骂："刘孝福，刘孝贤，你们这一对儿王八蛋，设计陷害我。我偷面粉，最多是个小偷小摸。你们他妈日的一个当过反动军官，一个坑蒙拐骗赌博害人，我要到公社揭发你们！你们等着，有你们好戏看！"

陈连长冷笑着说："你的行为，早有社员告发，还用得上别人陷害你吗？"

刘孝贤说："刘老麻，这事情怨不得别人，你是从老幼妇孺嘴里掏食哩，实在太龌龊。有一句话叫啥来着？对对对，叫作天作孽犹可违，人作孽不可逭！"

听刘老麻说自己当过反动军官，刘孝福心里一惊，一种大祸临头的末日感涌上心头，他害怕又气愤，指着刘老麻怒骂："管理员，你不要乱踢乱咬。我被抓过壮丁，瓷锤为我作证。我根本就没有当过啥军官，也就是个做饭的厨师。你胡说八道冤枉人，就不怕遭报应吗？对了，你这就是报应！我早给你说过，社员的口粮是命根子，动不得的，你偏偏不听。你偷了社员的口粮，弄得我们做饭缺斤短两，四下里落埋怨，你真是个害人精。我给你说，我走南闯北几十年，啥人没见过？可我还从来有见过你这样黑了心瞎了肺烂了肠子的人，都是一个村里住着的乡里乡亲，你咋就这么坏，你……"

刘孝福说着骂着，只觉得脑袋一阵嗡嗡响，眼前的马灯好像变成了走马灯，飞快地转着圈，晃得自己眼花缭乱。隐隐约约看见几个模模糊糊的人，在走马灯后面冲自己龇牙咧嘴笑。

刘孝福觉得脚下像是万丈深渊，一个趔趄，瘫坐在地。

刘孝贤见刘孝福软瘫了，吓得不轻，连忙上来掐人中呼唤。

陈连长吩咐积极分子把刘老麻押到隔壁会议室，一边安排刘孝贤、张继仁把刘孝福扶起来坐到椅子上，又是往脸上喷水，又是掐人中揉心口，好一阵忙乱。

刘孝福睁眼了，双眼迷茫，嘴唇动着，却说不出话来。

陈连长吩咐："好了，人醒来了就好。你们把他背回去，好好照顾。如果有需要，我派马车送他去看病。"

刘孝福睡了大半夜，刘孝贤躺在他身边照顾。

第二天早上，刘孝福醒来了，可还是不会说话，只是一个劲拿胳膊捅旁边的刘孝贤。

刘孝贤看了看刘孝福，发现他半边脸都塌陷了，嘴也歪到一边，嘴角直流哈喇子。

刘孝贤喊声"不好！"跳下炕来直奔连部。

陈连长派了马车，把刘孝福送到了县城联合医院。

尾　声

　　县城联合医院医生给刘孝福检查了身体，说是脑溢血，无法救治，还说以后还会深度昏迷，让把人拉回去试一试中医中药。

　　人拉了回来，刘孝贤请张先生到家里给刘孝福号脉，先生诊脉半日不语，良久，缓缓说："痹症，卒中，凶险，已病入膏肓。老夫无力回天，准备后事吧。"

　　百日后一日黄昏，刘孝福突然睁开了眼睛，瞅着老二毓茂，张了张嘴，却发不出任何声音。毓茂把嘴唇贴在刘孝福耳朵边，唱歌一样说："蒿子籽，煮干。阴沉，蒸干。留兰叶，烤干。壶瓶花，晒干。捣碎拌匀，按量分包，雨水浸泡，稀释面酱成浆……"

　　刘孝福听着，裂开嘴角似有笑容。

　　刘孝福生病以来，刘孝贤日夜陪伴。起先还忙着给刘孝福寻医问药，指望奇迹出现，久而久之，不见其效，遂灰心认命，早早备好寿材寿衣，只待刘孝福咽下最后一口气。这会儿发现刘孝福醒来了，知道这是回光返照，忍住悲痛贴着刘孝福耳边说："哥呀，我知道您现在能听见我说话了。您心里一直惦记着的巧儿姐，有消息了，上个月，政府派人来咱家，说她随军西征，牺牲在解放兰州战斗中，成为革命烈士。从她遗留的本子上发现咱家地址，就寻来了。我给您说，放心走吧！世道只会越来越好的。这一回您大去，千万别慌忙，走一走，歇一歇，回回头，瞅一瞅，后人实现您的终身所愿，烧纸焚香告知。"

　　老大毓敏说："大呀，您放心走。我中学毕业就去做事，老二已经把您的方子牢记在心。以后不管遇到啥事情，都要想办法开面馆，卖扯面，卖油泼面酱扯面，延续祖业，辈辈相传。"

刘孝福的眼皮，慢慢合上了。那一丝笑意，牢牢地凝固在嘴角。

食堂解散了，张先生也走到了人生尽头。

老先生一大早起来，洗漱完毕，换上长衫，喝了一碗药汤，又招呼家人到诊室。先生缓缓躺在床上，嘴里念叨着："初务农，百草密而禾苗枯。继经商，本尽而利竭。后学医，终有所成，自创良方，服之，西天近矣！"

刘老麻被关押期间，又被群众揭发其曾经参加反动会道门组织，而且还当过"坛主"，被法办死于监狱。

刘孝贤当过会计，干过文书，还当过生产队干部，年过九十，无疾而终。

刘毓敏先当教师，后被煤矿招工，遇矿难不死，逃回村里不再前去，被单位双开。上世纪九十年代骑车上县城找政府部门要求恢复待遇，摔跤后瘫痪，卧床半年离世。由于身残，先结婚后离婚，膝下并无一儿半女。

刘毓延念了几年书，后跟着养父学打铁，随养父姓邢，波澜不兴，倒也平平安安。

1986年国庆前夕，刘毓茂从区段医院辞去厨师，在渭南城里租门面开面馆，一开业即火爆至今，秘方已传至孙辈。老先生迄今年过八旬，每日在面馆监工，每每告诫孙子："不准开分号，不准卖作料，不准送外卖，不准偷工减料，不准用机器，不准……"

田豆颗长寿，活过八十岁。一日在门前坐着乘凉，忽遇本家一孙女背着书包上学路过，听见其书包里传来叮咚的铃铛声，遂起身抓住学生，抢过书包，一通翻找，从里边掏出一串银色小铃铛，以为祖传宝贝，狂笑不止，骤然倒地身亡。

瓷锤的老潼关酱菜厂先是公私合营，后收归国有，再后来又被自家出资盘下，成为扯面馆唯一面酱供应商。

曾经给刘孝福当过帮工，后被国民党抓了壮丁又被救回来的刘孝佑，

1951 年报名参加志愿军入朝作战，担任步兵地空联络员。1952 年夏天，在敌机轰炸中壮烈牺牲，其英名勒石于渭南灰堆秦始皇焚书台遗址公园走廊。

刘团总解放后先是在省政协任职，后因政治历史问题审查未过关，被开除公职，终老乡村。小学校里那块于右任先生所题匾额"文革"中被摘下后不知去向，刘团总后人从美国归来，巨资悬赏求其下落，未果。

后　记

　　1986年深秋，一个黄叶遍地的浪漫日子。我送走了最后一批复员老兵，就接到了一封电报。家属（老婆）在电报上说她次日抵京，让我去北京站接她。

　　向领导请了假，早早赶到北京站。在站台上一见面，我就发现她神色不大对劲，头发乱着，满脸疲惫。以为是路途遥远，又是硬座，少不了鞍马劳顿，也就没有多问，拎起行囊带着她坐公交车回到了部队宿舍。

　　老婆在椅子上刚坐定，劈头盖脸就问："家里做生意的事，你知道不知道？"

　　"做生意？啥生意？你咋没有写信告诉我？"

　　面对我一连甩出来的三个问号，老婆"扑哧"一声笑了说："也是的，忙晕了。我还以为告诉过你哩。"

　　老婆说："我父亲在城里开了家面馆，卖油泼扯面。生意很好，就是地方不好找，半年挪了三处，被人家撵来赶去。我在面馆帮忙，天不明起来忙活，十一二点才收拾停当。不说了，赶紧弄点吃的来。"

　　我的老岳父，祖传的大厨手艺。他能把肉做得软糯酥烂带着面食味道，又能把面食做得筋道裹牙肉香浓郁。这样的手艺，开个馆子理所当然。只是，为啥只卖扯面？

　　翌年夏天，我回家探亲，期间到岳父面馆添手帮忙。

　　面馆设在一家单位用石棉瓦搭起来的临街门面房。一共两间。里间配料兼库房，外面是锅灶和案板。食客的饭桌，只能设在露天，而且只有四张。

我在饭馆帮忙的十几天里，每天都有意想不到的事情发生。下雨了，房顶漏雨，我顶着大雨上房苫雨布。下得房来，看见食客们打着雨伞吃得津津有味。一旁，十几名食客拿着碗夹着盆，同样举着雨伞静静等待。

　　煤炭烧完了，我拉着架子车从煤炭公司买燃料。水缸里的水没了，我又拎着水桶从人家单位水管接水把水缸注满。一整天时间，洗碗烧火收钱端饭，忙得不亦乐乎。老婆满意地表扬我："你当的是陆军，这一回，陆海空都让你干遍了。"

　　我那时非常好奇的是，渭南大大小小面馆成百上千，为啥前后左右唯有这家毫不起眼的扯面馆生意火爆，食客蜂拥？

　　我当然也常吃他们家的面，除了香以外，别的都说不出来啥名堂。一日烧火，与等面上桌的食客交谈。食客说："看把他的，这家面馆，一天不来吃就少心没魂。为啥哩？老手艺、老人手，老做法、老味道，我这副老胃口倒成了这碗面的老奴才。"

　　从那时起的三十多年来，我对老岳父的面馆产生了浓厚情趣，觉得这里面有不少故事可以成为传奇。也就是从那时起，我有心收集挖掘素材，心想将来肯定用得上。

　　三十多年来，食客、后厨、老板，这三条线的素材就像拧麻花，缓慢又顽强地生长，越来越长。

　　我知道自己本事几斤几两，生怕写不好把这些素材可惜了。于是，我先从短篇小说写起，前后出版了两部农村题材的中短篇小说集。觉得本事还是欠缺，拿不动"宏大叙事"体裁，就尝试着写长篇小说。实话实说，我的第三部作品《摩步团》，就是为这部饮食题材的长篇小说"打前站"。

　　2020年秋天，我住到渭河边上农村，一头扎到写作中，不知魏晋，何论秦汉。

　　在写作的四年间，老人患病，亲人染恙，疫情严峻，生活艰辛，各种打击接踵而至。处理完一件又一件杂事难事伤心事，一有空就又回到电脑前，噼噼啪啪，黑刷刷的字体裁种在屏幕上。

不谦虚讲，我本长于公文，四十年间报告、请示、公函、讲话稿等等，写了上千万字，也就是满足岗位需求混口饭吃而已，没有什么特别之处。倒是因为检讨这种文体写得熟练，上至庙堂，下至厅堂，叫好声不断，也因此获奖两三次，提职一半格。记得最得意的检讨是笔下替人开脱，把办公楼男洗手间小便器型号选择错误的原因写成"因为是女性专家所为，没有使用经验"，搞得领导边看边忍俊不禁，相关人员免于责任追究。

由于长期充当会议记录员的角色，我养成了随手记笔记的习惯。几十年间，岳父岳母来北京十几次，虽然主要任务是看病开药，但在我家居住期间，被我抓住机会没完没了问这问那，有点收获就赶紧记下来。岳母不善言谈，每每对提问笑而不语。老岳父虽然"话痨"，但老人家"顾左右而言他"的本事炉火纯青。扯闲篇滔滔不绝，论正事戛然而止。我曾经劝过老人家酒，结果是刚刚抿了一小口，立马头晕踏空倒头而眠。

他竟然猜出来我想套"秘方"。

尽管如此，但架不住天长日久，又碰到个死打烂缠的，偶尔之间一两句话，"天机"成分不少。每年晚秋，岳父都要回到农村，采集一些野生植物根茎或者籽粒。一天傍晚，岳父提着装得鼓鼓囊囊的蛇皮袋悄然无声进了家门，我迎上前去接过他手中的东西，只觉一股臭味扑鼻而来，打开一开，小声问他："您将蒿子籽干啥？"结果把老爷子吓得脸色青黄，回手关上房门，叮嘱我说："可别乱说啊。这东西臭烘烘的，吃不得的。"

在老爷子眼里，我是外姓，当然也就是"外人"了。

我不想偷师开面馆，只想为将来的小说备足素材。

让我没预料到的是，随着素材的积累，竟然让我改变了写作方向。

老岳父不喜欢谈论厨艺，倒是对祖宗经历兴趣浓烈，一打开话匣子就收不住了。他嘴里所讲，漫不经意之间深深震撼了我。有的故事离奇、传奇、神奇的程度匪夷所思。都说文学作品源于生活而高于生活，我不认可。也许是能力不够所致，岳父说出来的故事人物，远远比我笔下所著精彩得多。

这也可说是"宏大叙事"了，以一家四代人的经历，演活了社会变迁动态。

知道我想写面馆，老岳父千叮咛万嘱咐，不要写什么"绝活、秘方，那都是骗人的""不要把有些坏人往实里写，得罪人哩，人家的后人还在，免得找麻烦来"。

但是，他老人家还是时不时问："写得咋样了？我都八十岁了，活着能看得到吗？"

本书最后一稿修改，在北京郊外一家会议中心。我先一天完成修改任务返回城里，第二天暴雨如注，三天三夜不绝，我曾经住的地方水深三尺，满院子车辆被水冲得歪七扭八。庆幸之余不免担心："会不会给我的作品注水太多？"

本书计划写三部计百余万字。第一部就耗费过甚，以后咋样不敢预测。我年过花甲，体力精力衰退。虽感情冲动如初，但客观规律难逃。希望假我天年，"且听下回分解"。

作 者

2024 年 4 月 8 日于北京海淀区住所